Sebastien de Castell

BLUTRECHT

SEBASTIEN DE CASTELL

BLUTRECHT

GREATCOATS

Aus dem kanadischen Englisch
von Andreas Decker

Piper München Zürich

Entdecke die Welt der Piper Fantasy:

Piper-Fantasy.de

Die kanadische Originalausgabe erschien 2014
unter dem Titel »Traitor's Blade« bei Penguin, Kanada.

MIX
Papier aus verantwortungsvollen Quellen
FSC® C083411
FSC
www.fsc.org

ISBN 978-3-492-70321-5

Satz: Tobias Wantzen, Bremen
Druck und Bindung: CPI books GmbH, Leck
Printed in Germany

Für meine Mutter MJ,
die mich als kleiner Junge einmal zur Seite nahm und sagte:
»Hör zu, wir müssen Geld verdienen,
und das geht am einfachsten, wenn man ein Buch schreibt.«
Allerdings erwähnte sie nicht,
dass sie noch nie ein Buch verkauft hatte.

INHALT

1

LORD TREMONDI

Man stelle sich einen Augenblick lang vor, man hätte sich seinen sehnlichsten Wunsch erfüllt. Nicht die einfachen, plausiblen Dinge, von denen man seinen Freunden erzählt, sondern den Traum, den man tief im Herzen bewahrt, den man selbst als Kind niemals laut in Worte fassen würde. Man stelle sich beispielsweise vor, man hätte sich danach verzehrt, ein Greatcoat zu sein, einer jener legendären Magister und Fechter, die das Land vom kleinsten Dorf bis zur prächtigsten Stadt bereisen und dafür sorgen, dass jeder Mann und jede Frau, egal ob von hoher oder niederer Geburt, das Gesetz des Königs für sich in Anspruch nehmen kann. Für viele ein Beschützer – für manche sogar ein Held. Man fühlt also den Greatcoat, den schweren Ledermantel, das Symbol des Amtes, auf den Schultern, das täuschend geringe Gewicht der eingenähten Knochenplatten, die einen wie eine Rüstung schützen, und die Dutzenden verborgenen Taschen, die mit den nötigen Werkzeugen und Schlichen, esoterischen Tränken und Pillen gefüllt sind. Man greift nach dem Schwert an der Seite, von dem Wissen beflügelt, dass einem als Greatcoat beigebracht wurde, falls nötig, zu kämpfen. Schließlich verfügt man über die entsprechende Ausbildung, jeden anderen Mann im Duell zu bezwingen.

Und jetzt stelle man sich vor, diesen Traum in die Tat umgesetzt zu haben – sämtlichen Hindernissen zum Trotz, die Götter und Heilige in die Welt setzen. Man ist also ein Greatcoat geworden. Aber halt, tatsächlich sollte der Traum noch ehrgeiziger sein: Man stelle sich vor, zum Ersten Kantor der Greatcoats erhoben worden zu sein, und seine beiden besten Freunde stehen einem zur Seite. Nun versuche man sich vorzustellen, wo man ist, was man sieht, was man hört, welches Unrecht man bekämpfen will …

»Sie ficken schon wieder«, sagte Brasti.

Ich zwang meine Augen auf und erhielt zur Belohnung den verschwommenen Blick auf den Korridor des Gasthauses, einen pompös dekorierten, aber schmutzigen Gang, der einen daran erinnerte, dass die Welt einst wohl ein hübscher Ort gewesen war, nun aber langsam verrottete. Kest, Brasti und ich bewachten den Korridor von dem Komfort heruntergekommener Stühle aus, die aus dem Gemeinschaftsraum im Erdgeschoss stammten. Uns gegenüber befand sich eine große Eichentür, die zu Lord Tremondis gemietetem Zimmer führte.

»Lass es sein, Brasti«, sagte ich.

Er schenkte mir einen bewusst vernichtenden Blick, der allerdings nicht besonders effektiv war; Brasti ist etwas zu hübsch, als ihm oder sonst jemandem guttut. Starke Wangenknochen und ein breiter, von einem kurzen rotblonden Bart eingerahmter Mund machen ein Lächeln noch strahlender, das ihn meistens vor den Kämpfen bewahrt, die er mit seinen Worten anzettelt. Sein meisterliches Bogenschießen erledigt den Rest. Aber wenn er versucht, einen niederzustarren, sieht er einfach nur aus, als würde er schmollen.

»Was soll ich denn bitte schön sein lassen?«, fragte er. »Soll ich nicht mehr davon sprechen, dass du mir ein Heldenleben versprachst? Damals, als ich mich bei den Greatcoats verdungen habe, weil du mich dazu überredet hast? Stattdessen nenne ich keine Münze mein Eigen und werde verachtet und verdinge mich notgedrungen als niederer Leibwächter für reisende Händler. Oder die Tatsache, dass wir hier sitzen und unserem großzügigen Gönner – was übrigens eine höfliche Bezeichnung ist, da er uns bis jetzt noch keine lausige schwarze Kupfermünze gezahlt hat – dabei zuhören müssen, wie er eine Frau vögelt? Zum übrigens wievielten Mal seit dem Abendessen? Dem fünften? Wie schafft der fette Sack das überhaupt? Ich meine …«

»Könnten Kräuter sein«, unterbrach Kest ihn und streckte sich mit der natürlichen Anmut eines Tänzers.

»Kräuter?«

Kest nickte.

»Und was versteht der sogenannte ›größte Fechter der Welt‹ von *Kräutern?*«, wollte Brasti wissen.

»Vor ein paar Jahren verkaufte mir ein Apotheker ein Gebräu, das den Schwertarm angeblich auch dann noch stark hält, wenn man halb tot ist. Ich habe es benutzt, als ich ein halbes Dutzend Meuchelmörder abwehren musste, die einen Zeugen umbringen wollten.«

»Und, hat es funktioniert?«, fragte ich.

Kest zuckte mit den Schultern. »Kann ich wirklich nicht sagen. Sie waren bloß zu sechst, also war es keine richtige Prüfung. Aber ich hatte die ganze Zeit über einen ordentlichen Ständer.«

Hinter der Tür ertönte ein schweres Grunzen, dem ein Stöhnen folgte.

»Bei allen Heiligen! Können die nicht einfach aufhören und schlafen?«

Wie zur Erwiderung wurde das Stöhnen lauter.

»Wisst ihr, was ich merkwürdig finde?«, fuhr Brasti fort.

»Hältst du in absehbarer Zeit die Klappe?«, fragte ich.

Brasti ignorierte mich. »Ich finde es merkwürdig, dass sich ein vögelnder Adliger fast so anhört wie einer, der gefoltert wird.«

»Du hast also schon viele Adlige gefoltert?«

»Du weißt schon, was ich meine. Hier hört man nur Stöhnen und Grunzen und kleine spitze Schreie, nicht wahr? Irgendetwas läuft da verkehrt.«

Kest hob eine Braue. »Und wie klingt richtiges Vögeln?«

Brasti schaute sehnsuchtsvoll zur Decke. »Die Frau muss viel öfter begeistert jauchzen, so viel steht fest. Und es muss mehr süße Worte geben. So wie: ›O Brasti, ja so, genau da an der Stelle! Du legst dich mit Herz und Seele ins Zeug!‹«

»›Du legst dich mit Herz und Seele ins Zeug‹? Sagen Frauen im Bett wirklich so was?«, wollte Kest wissen.

»Hör auf, den lieben langen Tag nur mit dem Schwert zu üben, geh mit einer Frau ins Bett, und du wirst es herausfinden. Komm schon, Falcio, hilf mir hier.«

»Ist schon möglich, aber es ist so verdammt lange her, ich erinnere mich nicht mehr.«

»Ja, natürlich, der heilige Falcio. Aber du hast doch sicherlich mit deiner Frau …«

»Lass es«, sagte ich.

»Ich wollte nicht … ich meine …«

»Bring mich nicht dazu, dir eine reinzuhauen, Brasti«, sagte Kest leise.

Schweigend saßen wir ein paar Minuten da, während Kest Brasti meinetwegen finster anstarrte und der Lärm aus dem Schlafzimmer ununterbrochen weiterging.

»Ich kann noch immer nicht begreifen, wie er das schafft«, fing Brasti schließlich wieder von vorn an. »Ich frage dich noch einmal, Falcio, was machen wir hier eigentlich? Tremondi hat uns noch nicht einmal bezahlt.«

Ich hob die Hand und bewegte die Finger. »Hast du seine Ringe gesehen?«

»Klar«, sagte Brasti, »groß und protzig. Oben mit einem wie ein Rad geformten Edelstein.«

»Das ist der Ring eines Karawanenlords – was du wissen würdest, hättest du der Welt vor deinen Augen einmal Beachtung geschenkt. Damit versiegeln sie bei ihrer jährlichen Zusammenkunft ihre abgegebene Stimme – ein Ring, eine

Stimme. Nicht jeder Karawanenlord schafft es jedes Jahr zur Zusammenkunft, also haben sie die Möglichkeit, ihren Ring an jemanden zu verleihen, der dann bei allen wichtigen Abstimmungen für sie stimmt. Und wie viele Karawanenlords gibt es noch einmal?«

»Das weiß doch keiner genau, es ist …«

»Zwölf«, sagte Kest.

»Und an wie vielen seiner Finger steckten diese protzigen Ringe?«

Brasti starrte zu Boden. »Ich weiß es nicht … vier oder fünf?«

»Sieben«, sagte Kest.

»Sieben«, wiederholte ich.

»Das bedeutet also, er könnte … Also gut, Falcio, worum geht es dieses Jahr bei der Abstimmung der Lords?«

»Alles Mögliche«, sagte ich nüchtern. »Wechselkurse, Abgaben, Handelsbestimmungen. Ach ja, und die Sicherheit.«

»Die Sicherheit?«

»Seit die Herzöge den König umgebracht haben, verfallen die Straßen. Die Herzöge geben weder Geld noch Männer, nicht einmal, um die Handelswege zu verteidigen, und die Karawanenlords müssen für jede Reise ein Vermögen für Wächter aufbringen.«

»Na und?«

Ich lächelte. »Tremondi will vorschlagen, dass die Greatcoats die Straßenhüter werden sollen, was Autorität, Respekt und ein anständiges Leben bringt. Wir sorgen dafür, dass ihre kostbare Fracht nicht in die Hände von Banditen fällt.«

Brasti sah wenig überzeugt aus. »Sie würden zulassen, dass wir die Greatcoats wieder zusammenrufen? Also statt mein Leben damit zu verbringen, als Verräter aus jeder überfüllten Stadt und jedem von den Göttern verlassenen Dorf verjagt und von einem Ende des Landes zum anderen gehetzt zu werden, würde ich auf den Handelswegen reisen und Banditen verprügeln? Und dafür sogar bezahlt werden?«

Ich grinste. »Und so hätten wir eine viel bessere Gelegenheit, des Königs …«

Brasti winkte ab. »Bitte, Falcio. Er ist seit fünf Jahren tot. Wenn du die verfluchten Charoite des Königs bis jetzt noch nicht gefunden hast … und übrigens weiß noch immer keiner, was man damit eigentlich anstellen …«

»Ein Charoit ist ein Edelstein«, sagte Kest ruhig.

»Was auch immer. Ich will auf Folgendes hinaus: Diese Edelsteine ohne jeden Hinweis auf ihren möglichen Aufenthaltsort zu finden ist ungefähr so wahrscheinlich, als würde Kest den Heiligen der Schwerter töten.«

»Aber ich *werde* den Heiligen der Schwerter töten, Brasti«, sagte Kest.

Brasti seufzte. »Ihr seid hoffnungslos, damit meine ich euch beide. Und selbst wenn wir die Steine finden, was hätten wir davon?«

»Ich weiß es nicht«, antwortete ich. »Aber die Alternative besteht darin, dass die Herzöge die Greatcoats jagen, bis wir alle tot sind. Also finde ich Tremondis Angebot gut.«

»Nun dann«, sagte Brasti und hob ein imaginäres Glas, »schön für Euch, Lord Tremondi. Macht nur weiter, was auch immer Ihr darin so großartig treibt.«

Wie als Erwiderung auf seinen Trinkspruch ertönte hinter der Tür neues Stöhnen.

»Wisst ihr, ich glaube, Brasti könnte recht haben«, sagte Kest, stand auf und griff nach einem der Schwerter an seinem Gürtel.

»Wovon sprichst du?«, fragte ich.

»Zuerst klang das wie ein Liebesspiel, aber langsam glaube ich, dass ich wirklich keinen Unterschied mehr zwischen diesen Lauten und denen eines Folteropfers feststellen kann.«

Ich erhob mich vorsichtig, aber der alte Stuhl quietschte laut, als ich mich zur Tür vorbeugte und zu lauschen versuchte. »Anscheinend haben sie aufgehört«, murmelte ich.

Kests Schwert verursachte kaum ein Flüstern, als er es aus der Scheide zog.

Brasti legte das Ohr an die Tür und schüttelte dann den Kopf. »Nein, er hat aufgehört, aber sie ist noch immer dabei. Er muss schlafen. Aber warum sollte sie weitermachen, wenn er …«

»Brasti, weg von der Tür.« Ich warf mich mit der Schulter dagegen. Der erste Versuch scheiterte, aber beim zweiten zersplitterte der Riegel. Auf den ersten Blick schien alles in dem grell ausgestatteten Raum in Ordnung zu sein. Der Wirt hatte ihn so dekoriert, wie er sich in seinen Träumen das Schlafzimmer eines Herzogs vorstellte. Kleidung und Bücher lagen auf einem einstmals kostbaren Teppich, der nun mottenzerfressen und vermutlich eine Heimstatt für Ungeziefer war. Das Bett wies staubige Samtvorhänge auf, die von einem Eichenrahmen hingen.

Vorsichtig hatte ich den ersten Schritt in den Raum getan, als eine Frau hinter diesen Vorhängen hervortrat. Ihre nackte Haut war mit Blut beschmiert, und auch wenn die hauchzarte schwarze Maske vor ihrem Gesicht ihre Züge verhüllte, war mir klar, dass sie lächelte. In der rechten Hand hielt sie eine große Schere – eine Schere von der Art, wie sie Metzger benutzen, um Fleisch zu schneiden. Sie streckte die linke Hand in meine Richtung, die Faust geschlossen, die Handfläche in Richtung Decke gehalten. Dann hob sie sie an den Mund, und es sah so aus, als wollte sie uns eine Kusshand geben. Stattdessen stieß sie die angehaltene Luft aus. Blaues Pulver wogte durch die Luft.

»Nicht einatmen!«, rief ich Kest und Brasti zu, aber es war zu spät. Welche Magie auch immer in diesem Pulver lag, man brauchte es nicht einzuatmen, damit sie funktionierte. Plötzlich schien die Welt stehen zu bleiben; mir war, als wäre ich zwischen den bebenden Zeigern einer alten Uhr gefangen. Ich wusste, dass sich Brasti direkt hinter mir befand, aber ich konnte nicht den Kopf wenden, um ihn zu sehen.

Kest sah ich aus dem rechten Augenwinkel, aber ich konnte ihn kaum ausmachen, während er wie ein Dämon darum kämpfte freizukommen.

Die Frau neigte den Kopf zur Seite und sah mich einen Augenblick lang an. »Großartig«, sagte sie leise und kam völlig unbefangen, fast schon schlendernd auf uns zu, und die Schere gab einen rhythmischen zuschnappenden Laut von sich. Ich spürte ihre Hand auf meiner Wange, dann strich sie mit den Fingern über meinen Mantel und schob das Leder zur Seite, bis sie die Hand darunterschieben konnte. Einen Augenblick lang legte sie die Handfläche auf meine Brust und liebkoste sie sanft, bevor sie sie nach unten führte und dann weiter an meinem Gürtel vorbei.

Schnipp-schnapp.

Sie stellte sich auf die Zehen und brachte das maskierte Gesicht an mein Ohr, während sich ihr nackter Körper an mich presste, als wollten wir uns umarmen. *Schnipp-schnapp* machte die Schere. »Man nennt den Staub ›Aeltheca‹«, flüsterte sie. »Er ist wirklich ausgesprochen teuer. Für den Karawanenlord brauchte ich nur eine Prise, aber wegen euch musste ich jetzt meinen ganzen Vorrat benutzen.« Ihre Stimme klang weder ärgerlich noch bedauernd, als würde sie bloß eine Feststellung treffen.

Schnipp-schnapp.

»Ich würde euch Lumpenmänteln ja die Kehle durchschneiden, aber ich habe jetzt eine bestimmte Verwendung für euch, und das Aeltheca wird verhindern, dass ihr euch an mich erinnert.« Sie trat zurück und machte eine theatralische Pirouette. »Sicher, ihr werdet euch an eine nackte Frau mit einer Maske erinnern – aber meine Größe, meine Stimme, die Rundungen meines Körpers, das werdet ihr alles vergessen.«

Sie beugte sich vor, drückte mir die Schere in die linke Hand und schloss die Finger darum. Ich wollte sie loslassen, aber meine Glieder gehorchten mir nicht. Mit aller Kraft versuchte ich mir ihren Körper einzuprägen, ihre Größe, die Gesichtszüge hinter der Maske, was auch immer mir dabei helfen konnte, sie wiederzuerkennen, sollte ich ihr noch einmal begegnen, aber das Bild verschwamm bereits während meiner Bemühungen. Ich versuchte, die für die Beschreibung nötigen Worte in Verse zu kleiden, damit ich mich daran erinnern konnte, aber auch sie verblassten sofort. Ich konnte sie anstarren, aber nach jedem Blinzeln war die Erinnerung verschwunden. Das Aeltheca war sehr wirkungsvoll.

Ich hasse Magie.

Die Frau begab sich kurz zu dem mit Vorhängen verhüllten Bett und kehrte mit einer kleinen Blutlache auf der Handfläche zurück. Sie ging zur gegenüberliegenden Wand, tauchte den Finger in das Blut und schrieb ein einziges Wort. Das tropfende Wort lautete *Greatcoats.*

Dann kam sie noch einmal zu mir zurück, und ich spürte einen Kuss durch den feinen Stoff der Maske.

»Es hat fast schon etwas Trauriges, die Greatcoats des Königs, seine legendären umherreisenden Magistrate, so gedemütigt zu sehen«, sagte sie leichthin. »Zusehen zu müssen, wie ihr euch einem fetten Karawanenlord anbiedert, den nur ein kleiner Schritt von einem gewöhnlichen Straßenhändler unterscheidet … Verrate mir doch, Lumpenmantel, wenn du schläfst, träumst du dann davon, wie du noch immer durch das Land reitest, das Schwert in der Hand und ein Lied auf den Lippen, während du den armen, erbarmungswürdigen, vom Joch eines launischen Herzogs unterdrückten Menschen Gerechtigkeit bringst?«

Ich wollte etwas erwidern, schaffte es aber trotz meiner Anstrengungen kaum, auch nur die Unterlippe beben zu lassen.

Die Frau hob den Finger und schmierte Blut auf die Wange, die sie eben noch geküsst hatte. »Leb wohl, mein hübscher Lumpenmantel. In wenigen Minuten bin ich nur noch eine verschwommene Erinnerung. Aber keine Sorge, ich erinnere mich an *dich.*«

Sie wandte sich ab, ging in aller Ruhe zur Kommode und nahm ihre Kleidung. Dann öffnete sie das Fenster und schlüpfte hinaus in die frühe Morgenluft, ohne sich vorher anzukleiden.

Wir standen noch vielleicht für eine Minute oder so wie Baumstümpfe da, bevor Brasti, der sich am weitesten von dem Pulver entfernt befunden hatte, die Lippen lange genug bewegen konnte, um »Scheiße!« sagen zu können.

Kest konnte sich als Nächster bewegen, dann war auch ich so weit. Ich rannte sofort zum Fenster, aber natürlich war die Frau schon lange verschwunden.

Ich ging zum Bett, um nach dem blutüberströmten Lord Tremondi zu sehen. Sie hatte ihn wie ein Chirurg behandelt und irgendwie lange am Leben gehalten – vielleicht eine weitere Wirkung des Aeltheca. Ihre Schere hatte für alle Ewigkeit einen Pfad der Verwüstung in seinen Körper geschnitten.

Das war nicht nur ein Mord. Das war eine Botschaft.

»Falcio, sieh doch«, sagte Kest und zeigte auf Tremondis Hände. An der rechten Hand waren noch drei Finger verblieben; alle anderen waren blutige Stümpfe. Die Karawanenlordringe waren verschwunden und mit ihnen unsere Hoffnung auf eine Zukunft.

Schritte dröhnten die Stufen hinauf, der gleichmäßige Rhythmus identifizierte sie als Stadtwächter.

»Brasti, versperr die Tür.«

»Die wird nicht lange halten, Falcio. Du hast sie irgendwie aufgebrochen, als wir reinkamen.«

»Mach es einfach.«

Brasti stieß die Tür zu, und Kest half ihm, die Kommode davorzuwuchten, bevor sie mir dabei halfen, nach einem Hinweis auf die Frau zu suchen, die Tremondi ermordet hatte.

»Glaubst du, wir finden sie?«, fragte Kest, während wir Tremondis geschlachtete Überreste betrachteten.

»Keine Chance«, erwiderte ich.

Kest legte die Hand auf meine Schulter. »Durch das Fenster?«

Ich seufzte. »Das Fenster.«

Fäuste hämmerten gegen die Tür. »Gute Nacht, Lord Tremondi«, sagte ich. »Ihr wart kein besonders guter Arbeitgeber. Ihr habt viel gelogen und uns nie den versprochenen Lohn gezahlt. Aber das geht wohl in Ordnung, denn am Ende waren wir ziemlich nutzlose Leibwächter.«

Kest kletterte bereits nach draußen, als die Konstabler anfingen, die Tür aufzubrechen.

»Warte mal«, sagte Brasti. »Sollten wir nicht … du weißt schon …«

»Was?«

»Du weißt schon, sein Geld nehmen?«

Das ließ sogar Kest noch einmal den Kopf wenden.

»Nein, wir nehmen sein Geld *nicht*«, erwiderte ich.

»Warum nicht? Schließlich braucht er es nicht mehr.«

Erneut seufzte ich. »Weil wir keine Diebe sind, Brasti, wir sind Greatcoats. Und das muss etwas bedeuten.«

Er schob ein Bein aus dem Fenster. »Ja, das bedeutet in der Tat etwas. Es bedeutet, dass uns die Menschen hassen. Es bedeutet, dass sie uns für Tremondis Tod verantwortlich machen werden. Es bedeutet, dass wir von einem Strick baumeln, während der Mob unsere Leichen mit faulem Obst bewerfen und ›Lumpenmantel, Lumpenmantel!‹ singen wird. Und – ach ja, und es bedeutet, dass wir kein Geld haben. Aber zumindest haben wir ja noch unsere Mäntel.«

Er verschwand aus dem Fenster, und ich stieg hinter ihm her. Die Konstabler hatten gerade die Tür aufgebrochen, und als mich ihr Hauptmann dort sah, wie der Holzrahmen noch immer in meine Brust drückte, lag der Hauch eines Lächelns auf seinem Gesicht. Ich wusste genau, was dieses Lächeln zu bedeuten hatte: Er hatte Männer abkommandiert, die unten auf der Straße auf uns warteten, und jetzt konnte er uns mit Pfeilen beschießen, während sie uns mit Piken in Schach hielten.

Mein Name ist Falcio val Mond, Erster Kantor der Greatcoats, und das war der erste von vielen schlimmen Tagen, die noch folgen sollten.

2

KINDHEITSERINNERUNGEN

Geboren wurde ich in dem Herzogtum namens Pertine. Das ist ein kleiner und schlichter Ort, der vom restlichen Tristia größtenteils ignoriert wird. Das Wort Pertine hat verschiedene Bedeutungen, aber sie alle entstammen der Blume, die auf den windabgewandten Hängen der die Region umgebenden Bergketten wächst. Ihr Blau ist seltsam; man würde es auf den ersten Blick als hell beschreiben, betrachtet man es aber länger, fügt man seiner Beschreibung unwillkürlich Worte wie »schmierig«, »wässrig« und schließlich »irgendwie verstörend« hinzu. Die Pertine hat keine bekannten medizinischen Wirkstoffe, isst man sie, verdirbt man sich den Magen. Und sie stinkt schrecklich, wenn man sie pflückt. Unnötig zu sagen, dass jemand schon ziemlich dumm sein muss, um sie zu dem einzigen Ding zu machen, an das andere Menschen denken, wenn es um seine Heimat geht. Aber irgendwann in ferner Vergangenheit pflückte irgendein Kriegsherr eine dieser Blumen, steckte sie sich an den Umhang und gab dem Land meiner Geburt den Namen Pertine. Ich nehme an, er wurde ohne Geruchssinn geboren.

Aber der Unsinn geht noch weiter. Die Wächter, die in der Stadt für Ordnung sorgen und in Kriegszeiten unsere Truppen stellen, tragen Wappenröcke von derselben Farbe wie die Blumen, die unsere Heimat schmücken, was unweigerlich dazu führt, dass man sie als die »Pertinen« bezeichnet –

denn schließlich sind sie blau und schmierig, sehen wässrig aus und stinken letztlich.

In dieses noble Erbe wurde ich hineingeboren, da mein Vater nicht nur in Pertine lebte, sondern auch in der Garde von Pertine diente. Er war mir weder ein guter Vater noch meiner Mutter ein guter Ehemann, und ich glaube, das wurde ihm irgendwann klar, denn er entließ sich selbst, als ich sieben war. Ich bin immer davon ausgegangen, dass er sich woanders eine neue Stellung als Ehemann und Vater gesucht hat, aber ich machte mir nie die Mühe, es herauszufinden.

Ich bezahlte dem Schicksalsschreiber im Kloster des heiligen Anlas, der sich an die Welt erinnert, eine stattliche Summe, um das hier aufzuschreiben, auch wenn ich es selbst niemals zu Gesicht bekommen werde. Ich habe keine Ahnung, wie sie die Geschehnisse im Leben eines Mannes aus der Ferne zu Papier bringen können. Es heißt, sie lesen die Schicksalsfäden oder verbinden sich mit dem Verstand eines Mannes und fangen seine Gedanken, um sie dann aufzuschreiben. Andere behaupten hingegen, sie würden alles nur erfinden, denn wenn man die Niederschrift endlich lesen kann, befindet sich die Person, um die es geht, so gut wie sicher nicht mehr unter den Lebenden. Was nun auch immer zutrifft, ich hoffe, dass sie zumindest das nun Folgende richtig hinbekommen, denn es handelt sich um zwei Geschichten, zwischen denen fünfundzwanzig Jahre liegen, und ich halte beide für wichtig, also aufgepasst, werter Leser.

Die erste spielte sich wie folgt ab. Ich war acht Jahre alt und lebte mit meiner Mutter am Außenrand eines Dorfes, der an den Außenrand des Nachbardorfes grenzte. Meine Mutter trug mir oft Botengänge auf, die im Nachhinein etwas verdächtig erscheinen. »Falcio, lauf in die Stadt und hole mir eine Möhre. Aber sieh zu, dass es eine gute Möhre ist.« Oder: »Falcio, lauf in die Stadt und bitte den Boten, er soll dir bestätigen, wie viel es uns kosten wird, einen Brief an deinen Großvater in Fraletta zu schicken.«

Nun weiß ich natürlich nicht, wie sich das in Deiner Heimat verhält, werter Leser, aber der Preis für einen auf den Hauptstraßen beförderten Brief hat sich in Pertine seit fünfzig Jahren nicht verändert, und ich bin mir noch immer nicht sicher, was man mit einer einzelnen Möhre anstellen soll. Aber es erfreute meine Mutter, wenn ich nicht da war, und so hatte ich Zeit, in die Schenke zu gehen und Bal Armidor zuzuhören. Bal war ein junger fahrender Geschichtenerzähler, der viel Zeit in unserer Stadt verbrachte. Er versorgte Männer mittleren Alters mit gutem Einkommen mit Neuigkeiten über die Dinge, die sich außerhalb von Pertine zutrugen, und unterhielt alte Männer mit gekrümmten Rücken mit rechtschaffenen Geschichten über die Heiligen. Jungen Mädchen sang er romantische Lieder vor, die sie erröten ließen und ihre Verehrer in Wallung brachten. Und mir erzählte er Geschichten über die Greatcoats.

»Ich verrate dir ein Geheimnis, Falcio«, sagte er eines Nachmittags zu mir. Die Schenke war so gut wie leer, und er stimmte seine Gitarre und bereitete sich auf die Abendunterhaltung vor. Der Wirt, der die Becher vom vergangenen Abend spülte, verdrehte bloß die Augen.

»Ich verspreche dir, es niemandem zu verraten, Bal, *niemals*«, sagte ich, als würde ich einen heiligen Eid leisten. Meine Stimme brach dabei irgendwie, und so hörte es sich in meinen Ohren gar nicht wie ein Eid an.

Bal kicherte. »Dazu besteht keine Notwendigkeit, mein vertrauenswürdiger Freund.«

Das war vermutlich auch besser so, da ich diesen Eid nun breche.

»Was ist das für ein Geheimnis, Bal?«

Er blickte von seiner Gitarre auf und sah sich im Raum um, bevor er mir bedeutete, näher heranzukommen. Dann sprach er mit diesem ganz besonderen Flüstern, das immer so klang, als könnte es auf dem Wind reisen und einen noch aus einer Entfernung von hundert Meilen erreichen.

»Du weißt doch noch, was ich dir von König Ugrid erzählte?«

»Der böse König, der die Greatcoats auflöste und schwor, sie würden den Menschen dieses Landes nie wieder mit Mantel und Schwert helfen?«

»Jetzt denke daran, Falcio«, fuhr Bal fort, »dass die Greatcoats nicht bloß ein Haufen Schwertkämpfer waren, die herumliefen und gegen Ungeheuer und Bösewichte kämpften. Sie waren die Reisenden Magister. Sie hörten sich die Klagen der Menschen an, die außerhalb der Reichweite der königlichen Konstabler lebten, und sie sorgten in seinem Namen für Gerechtigkeit.«

»Aber Ugrid hasste sie«, sagte ich und hasste das peinliche Winseln in meiner Stimme.

»König Ugrid stand den Herzögen sehr nahe«, sagte Bal nüchtern, »und sie waren der Ansicht, es sei ihr Recht, auf ihrem eigenen Land die Gesetze zu machen und zu vollstrecken. Nicht alle Könige waren mit dieser Idee einverstanden, aber Ugrid vertrat die Meinung, dass, solange die Herzöge ihre Steuern und Abgaben zahlten, es ihre Sache war, was sie auf ihren Besitztümern machten.«

»Aber es weiß doch jeder, dass Herzöge Tyrannen sind«, sagte ich.

Bals Hand kam aus dem Nichts geschossen und versetzte mir eine harte Ohrfeige, und als er sprach, klang seine Stimme eiskalt und todernst. »Sage so etwas nie wieder, Falcio. Hast du mich verstanden?«

Ich wollte etwas erwidern, aber ich konnte es nicht. Noch nie zuvor hatte Bal gegen mich die Hand erhoben, und das Entsetzen über seinen Verrat lähmte meine Zunge. Nach einem Augenblick stellte er seine Gitarre ab und legte mir die Hände auf die Schultern. Ich zuckte zusammen.

»Falcio«, seufzte er. »Hast du eine Vorstellung, was mit dir geschähe, würde dich einer der Männer des Herzogs dabei erwischen, wie du das Wort Tyrann in Zusammenhang mit seinem Herrn benutzt? Hast du eine Vorstellung, was mit mir geschähe? Es gibt zwei Wörter, bei denen du sehr vorsichtig sein musst, wenn du sie laut aussprichst: Tyrann und Verräter – denn sie werden oft in einem Atemzug genannt und für gewöhnlich mit schrecklichem Ergebnis.«

Ich versuchte ihn zu ignorieren, aber als er die Hände wegnahm, konnte ich mich nicht beherrschen. »Also was ist es nun?«

»Was ist was?«

»Das Geheimnis. Du hast mir versprochen, ein Geheimnis zu verraten, aber stattdessen hast du mich geschlagen.«

Bal ignorierte die Bemerkung. Er setzte wieder zu seiner verschwörerischen Art an und beugte sich nahe an mich heran, als wäre nichts geschehen. »Nun, als König Ugrid entschied, dass die Greatcoats nie wieder reiten würden, da sagte er, dies würde für alle Zeiten gelten, richtig?«

Ich nickte.

»Ugrid hatte einen Berater namens Caeolo. Man nannte ihn auch Caeolo das Geheimnis. So mancher hielt ihn für einen Zauberer von großem Können und großer Weisheit.«

»Ich habe noch nie von Caeolo gehört.« Aufregung siegte über die brennende Wange und den verletzten Stolz.

»Das haben auch nur wenige«, sagte Bal. »Caeolo verschwand auf mysteriöse Weise, bevor Ugrid starb, und er tauchte nie wieder auf.«

»Vielleicht hat er ja Ugrid getötet … Vielleicht hat er …«

Bal unterbrach mich. »Nun steigere dich da bloß nicht rein, Falcio. Sobald dein Verstand einmal damit anfängt, hört er nicht auf, bevor du vor Erschöpfung ohnmächtig wirst.« Der Geschichtenerzähler blickte sich wieder im Raum um, obwohl abgesehen vom Wirt, der am anderen Ende seine Becher spülte, niemand da war. Ich weiß nicht, ob er uns hören konnte, aber er hatte gute Ohren.

»Nun, man erzählt sich, dass Caeolo seinen König zur Seite nahm, nachdem man das Dekret vor Gericht verlesen hatte. ›Mein König‹, sagte er, ›auch wenn Ihr der Herr aller Dinge seid und ich bloß Euer demütiger Berater, solltet Ihr doch wissen, dass die Worte eines Königs ihn niemals länger als hundert Jahre überleben, ganz egal, wie mächtig er auch ist.‹ Ugrid sah ihn an, entsetzt über diese Impertinenz, und rief: ›Wisst Ihr überhaupt, was Ihr da redet, Caeolo?‹ Caeolo antwortete ungerührt. ›Ich weiß nur, dass die Greatcoats in hundert Jahren wieder reiten, mein König, und dass Eure mächtigen Worte aus der Erinnerung verblassen werden.‹«

Bal sah auf mich herab. Damals glaubte ich ein Funkeln in seinen Augen zu sehen, obwohl ich jetzt mit genügend Abstand eher glaube, dass es möglicherweise eine Träne war.

»Und weißt du, wie lange es her ist, dass König Ugrid starb?« Als ich den Kopf schüttelte, beugte sich Bal nahe an mich heran und flüsterte mir ins Ohr. »Beinahe hundert Jahre.«

Mein Herz tat einen Satz. Es war, als wäre mein Blut durch Blitze ersetzt worden. Ich könnte …

»Verdammt, Bal«, brüllte der Wirt quer durch den Raum. »Setz dem Jungen doch nicht solche Flausen in den Kopf!«

»Was meinst du?«, fragte ich. Einen Augenblick lang kam mir meine Stimme fremd vor.

Der Wirt trat hinter der Theke hervor. »Diese verdammten Greatcoats hat es nie gegeben. Das ist bloß eine Geschichte, mit der die Leute anfangen, wenn ihnen nicht gefällt, wie die Dinge laufen. Umherreisende Magister, die mit Ledermänteln gepanzert sind und mit Schwertern kämpfen und sich die Klagen von verfluchten Bauern und Dienern anhören? Das ist ein beschissenes Märchen, Junge. Das hat es nie gegeben.«

Etwas an der Weise, wie er die Greatcoats so mühelos und unwiderruflich abtat, gab mir das Gefühl, die Welt sei ein kleiner und leerer Ort. So klein und leer wie ein Haus, in dem es nur die müßigen Phantasien eines kleinen Jungen und die traurigen Sehnsüchte einer einsamen Frau gab, die an kalten Winterabenden noch immer aus dem Fenster schaute und darauf wartete, dass ihr seit Langem verschollener Ehemann zurückkehrte.

Bal wollte protestieren, aber ich unterbrach ihn. »Du irrst dich – du *irrst* dich! Es gab die Greatcoats, und sie haben alle diese Dinge vollbracht. Der dumme, vermoderte König Ugrid hat sie verbannt, aber Caeolo wusste Bescheid! Er hat gesagt, dass sie eines Tages zurückkehren, und sie kehren auch zurück!«

Ich lief zur Tür, bevor mich noch jemand schlagen konnte – aber dann blieb ich kurz stehen und drehte mich um. Ich legte die Faust ans Herz. »Und ich werde einer von ihnen sein!«, schwor ich. Und dieses Mal klang es wie ein richtiger Schwur.

Die zweite Geschichte, die ich erzählen muss, trug sich vor zwei Jahren zu, in Cheveran, einer der größeren Handelsstädte im Süden von Tristia, und sie begann mit dem Schrei einer Frau.

»Ungeheuer! Gib mir meine Tochter zurück!« Die Frau war ungefähr so alt wie ich, vielleicht so um die dreißig, und hatte schwarze Haare und blaue Augen wie das kleine Mädchen, das ich auf dem Arm trug. Vermutlich war sie ganz hübsch, wenn sie nicht gerade ein Messer hielt und herumbrüllte.

»Mami, was ist denn?«, fragte das Mädchen.

Ich hatte beobachtet, wie das Kind stürzte, als es über das Tischbein des Obstverkäufers stolperte, der seinen Stand am Rand der Gasse aufgebaut hatte, die anscheinend sein Ziel gewesen war. In seinen Augen hatte die Angst gefunkelt, als es mir erzählte, von einem Mann in einer Ritterrüstung verfolgt zu werden, aber als ich mich nach ihm umschaute, war er verschwunden. Ich hatte das Mädchen den ganzen Weg nach Hause getragen, was nicht sehr weit gewesen wäre, hätte es den richtigen Heimweg nicht durcheinandergebracht.

»Sie hat sich den Knöchel verstaucht«, sagte ich und versuchte das Wasser aus meinem Haar zu schütteln, damit es mir nicht in die Augen tropfte. In Cheveran regnete es immer.

Die Frau rannte zurück ins Haus – ich nahm an, sie wollte Handtücher holen, aber als sie zurückkehrte, fuchtelte sie mit einem langen Küchenmesser herum. »Gib mir meine Tochter, Trattari«, brüllte sie.

»Mami!«, schrie mir das Mädchen ins Ohr.

In dieser Geschichte wird viel geschrien. Gewöhn Dich besser dran.

»Ich sagte dir doch, ihr Knöchel ist verstaucht«, sagte ich. »Und jetzt lass mich freundlicherweise eintreten, damit ich sie absetzen kann. Du kannst danach auf mich einstechen.«

Falls die Frau mich für im Mindesten wortgewandt hielt, überspielte sie es gut, indem sie um Hilfe brüllte. »Trattari! So helft mir doch! Ein Lumpenmantel hat meine Tochter!«

»Beim heiligen Zaghev, der für Tränen singt, lass mich doch einfach das Mädchen absetzen!«

Da anscheinend keine Hilfe eintraf, musterte mich die Frau misstrauisch und wich dann rückwärts in das Haus zurück, das Messer noch immer vor den Körper gehalten. Um mich machte ich mir keine Sorgen – mein Mantel würde jeden Stich abfangen –, aber es bestand die reelle Möglichkeit, dass die Frau dabei ihre eigene Tochter verletzen würde.

Im Hauptraum des Hauses stand ein kleines Sofa. Ich legte das Mädchen dort ab, aber die Kleine setzte sich sofort auf und jammerte, als ihr Fuß den Boden berührte.

Die Frau rannte zu ihrer Tochter, schlang die Arme um sie und drückte sie fest, bevor sie ein Stück von ihr zurückwich und jeden Zoll von ihr einer genauen Musterung unterzog. »Was hast du ihr angetan?«

»Abgesehen davon, ihr zu helfen, als sie stürzte, sie herzutragen und mir anhören zu müssen, wie du mich anbrüllst? Nichts.«

Die Kleine blickte zu uns hoch. »Das stimmt, Mami. Mich hat ein Ritter verfolgt, und dann hat mir dieser Mann geholfen.«

Die Mutter behielt mich im Auge und das Messer zwischen uns. »Ach, süße Beatta, du dummes Kind, kein Ritter würde dir jemals etwas antun. Vermutlich wollte er dich bloß beschützen.«

Beatta zog eine Schnute. »Das ist albern. Ich wollte bloß einen Apfel von dem Obstmann kaufen.«

In diesem Augenblick stürzten zwei Männer und ein etwa zwölfjähriger Junge ins Haus. »Bei allen Heiligen, Merna, was ist los?«, fragte der größere der beiden Männer. Alle drei gehörten zur gleichen Sorte. Sandbraunes Haar und ein kantiges Kinn, gekleidet in die braunen Monturen von Arbeitern. Die beiden Männer hielten Hämmer, der Junge einen Stein.

»Dieser Trattari hatte meine Tochter!«, sagte Merna.

Ich hielt beide Hände zu einer Geste von – nun ja, bitte nicht angreifen – hoch. »Das ist ein Missverständnis. Ich ...«

»Das ist in der Tat ein Missverständnis«, sagte einer der Männer und trat einen Schritt auf mich zu. »Du scheinst zu glauben, dass ein Lumpenmantel einfach herkommen und unsere Frauen angreifen kann.«

»Aye«, sagte der andere. »Diener des toten Tyrannen sind hier nicht willkommen, Trattari.«

Trotz meines Wunsches, die Situation zu entschärfen, hielt ich plötzlich das Rapier in der rechten Hand und richtete seine Spitze auf den Hals des Mannes. »Nenn den König noch einmal so, mein Freund, und wir haben ein Problem, das dein Hammer nicht lösen wird.«

Merna tat ihr Bestes, Beatta mit dem Körper zu schützen, aber das Kind schob den Kopf nach vorn. »Warum nennst du ihn so? Was ist ein Trattari?«

»Ein Trattari ist ein Lumpenmantel.« Merna spukte die Worte förmlich aus. »Einer der sogenannten ›Magistrate‹ des verdammten Königs Paelis.«

»Wohl eher Meuchelmörder«, sagte der größere Mann. »Wir sollten ihn festhalten und Ty nach den Konstablern schicken.«

»Hört mir zu«, sagte ich, »ich kam her, weil sich das Mädchen verletzte und Angst hatte. Es glaubte sich in Gefahr. Jetzt ist es bei euch in Sicherheit, also lasst mich in Frieden ziehen.«

Der Anblick meines Rapiers verlieh dem Vorschlag einen gewissen Nachdruck, also machten die Arbeiter Platz, um mich gehen zu lassen.

»Warte«, sagte das Mädchen.

»Was ist denn, Beatta?«, fragte die Frau.

»Ich habe ihm versprochen, ihm etwas von meinem Abendessen zu geben. Er ließ seinen Apfel fallen, als er mir half, und ich sagte, er könne etwas von meinem Essen haben.«

»Mach dir deshalb keine Sorgen«, erwiderte ich. »Ich bin nicht …«

Zu meiner Überraschung richtete sich die Mutter der Kleinen auf. »Wartet hier«, sagte sie.

Die beiden Männer und der Junge leisteten ganze Arbeit, so auszusehen, als würden sie mich in Schach halten, obwohl eigentlich gar nichts passierte.

»Warum nennt ihr ihn ›Trattari‹?«, wiederholte Beatta ihre Frage, diesmal nur an die beiden Männer gerichtet.

Es war der Junge, der antwortete. »Das bedeutet Lumpenmantel«, sagte er. »Sich selbst nannten sie Greatcoats, und ihre Mäntel sollten niemals verschleißen, solange ihre Ehre hielt.«

»Aber natürlich hatten sie keine Ehre«, sagte der kleinere der beiden Männer.

»Weil sie dem Tyrannen Paelis dienten?«, wollte Beatta wissen.

»Oh, aye, sie waren Bastarde, weil sie sich in die rechtmäßige Herrschaft der Herzöge einmischten. Aber nein, Kind, man nennt sie Lumpenmäntel, weil, als die Herzöge mit ihren Heeren kamen, um dem Tyrannen ein Ende zu bereiten, diese sogenannten Greatcoats zur Seite traten und ihren König im Stich ließen, um die eigene Haut zu retten.«

»Aber wenn der König böse war, war es denn dann nicht gut, dass sie zur Seite traten?«, fragte das Mädchen.

Seine Mutter kam mit einem Apfel und einem Stück Käse aus der Küche, die sie eilig in einen kleinen Sack stopfte. »Nein, Liebes. Weißt du, die Ritter lehren uns, dass jedermann über Ehre verfügt, solange er seinem Herrn treu dient. Aber diese Verräter haben nicht einmal das getan. Also nennen wir sie jetzt Trattari – Lumpenmäntel –, weil ihre Mäntel so kaputt wie ihre Ehre sind.«

»Behalte das Essen«, sagte ich. »Ich habe keinen Appetit mehr.«

»Nein.« Die Frau blieb zwischen mir und der Tür stehen und hielt mir den Sack entgegen. »Ich will, dass meine Tochter den Unterschied zwischen richtig und falsch lernt. Sie hat dir Essen versprochen, und das sollst du auch bekommen. Ich will einem Verräter nichts schulden.«

Ich sah sie an, dann die Männer. »Was ist mit dem Mann?«

»Welchem Mann?«

»Dem Ritter. Der sie verfolgt hat. Was ist, wenn er weiter nach ihr sucht?«

Merna lachte. Ein erstaunlich hässlicher Laut. »Als würde einer der herzoglichen Ritter auf die Idee kommen, einem Kind etwas anzutun! Falls es dort überhaupt einen Ritter gab, dann hat er vermutlich nur gesehen, wie du sie ansiehst, und geglaubt, er müsse sie beschützen.« Die Mutter betrachtete ihr Kind. »Beatta ist ein dummes Kind. Vermutlich hat sie nur etwas durcheinandergebracht.«

Die Situation war mir nicht geheuer. Ich hielt es nicht für sehr wahrscheinlich, dass ein Kind nicht wusste, ob es nun von einem Ritter verfolgt wurde oder nicht. Andererseits fiel mir kein vernünftiger Grund ein, warum jemand Beatta verfolgen sollte. Doch ich wollte kein Risiko eingehen. Ich wandte mich ihr zu. »Beatta, fürchtest du dich noch immer vor diesem Ritter? Möchtest du, dass ich heute Nacht draußen vor der Tür Wache halte, falls der Mann kommt?«

Einer der Männer wollte etwas einwenden, aber Merna hielt die Hand hoch. »Beatta, Liebes, sag dem Trattari, dass wir seine Hilfe nicht wollen.«

Beatta sah ihre Mutter an, dann mich. Und mit der unschuldigen Grausamkeit eines Kindes sagte sie: »Geh weg, schmutziger Lumpenmantel. Wir wollen dich hier nicht haben. Der böse König Paelis war ein dummes Schwein, und er ist tot, und ich hoffe, du stirbst auch.«

Vermutlich hatte das Kind König Paelis zu seinen Lebzeiten niemals zu Gesicht bekommen. Die Herzöge hatten gewonnen, und die Geschichte trug bereits die Spuren ihres Sieges. Und selbst wenn jemand hinter dem Mädchen her war, was konnte ich daran ändern? Die Greatcoats waren aufgelöst und entehrt, und es hatte den Anschein, als wollten die meisten Menschen ihr Kind lieber von der Hand eines Ritters sterben sehen, als dass es von einem Trattari gerettet würde.

Ich nahm der Mutter den kleinen Sack mit Essen ab, und auch nur, weil es die schnellste Möglichkeit war, sie aus dem Weg zu bekommen. Ich verließ ihr Haus.

Ein paar Tage später begab ich mich auf dem Weg aus der Stadt spät in der Nacht zu Beattas Haus. Falls man mich entdeckte, würde es viel Ärger geben, das war mir klar, aber ich verspürte einen seltsamen Zwang. Die Lichter waren gelöscht, und auf ein Fenster war mit roter Farbe ein Vogel gemalt, das Zeichen, das man in Cheveran benutzte, wenn man ein Kind verloren hatte.

3

IN SOLAT

Der Sprung aus dem Fenster im zweiten Stockwerk des Gasthauses unterstützte nicht gerade meine Stärken. Kest verfügt über eine unmenschliche Koordination; er hätte vermutlich sogar von einem Turm stürzen können, ohne sich dabei zu verletzen. Brasti hatte unglaubliches Glück und landete auf einer breiten Markise über dem Hintereingang. Er rutschte weiter auf den gepflasterten Hof. Ich war nicht anmutig und hatte auch kein Glück, also stürzte ich ganz einfach. Und landete hart.

Als ich auf die Füße kam, hatten sich acht mit Piken bewaffnete Männer vor uns aufgebaut. Ich hasse Piken beinahe so sehr, wie ich die Magie hasse. Zwölf Fuß lang, mit stabilen Holzschäften und einer bösartigen Eisenspitze versehen, konnte eine Pike einen heranstürmenden Ritter von seinem gepanzerten Schlachtross holen, wenn man sie richtig im Boden verankerte. Gleichzeitig war sie eine so simple Waffe, dass selbst ein ungeübter Mann in einer Schlacht damit viel Schaden anrichten konnte. Und je mehr Männer mit Piken man hatte, umso leichter war es, eine Gruppe von Schwertkämpfern zu überwältigen, ganz egal, wie geschickt sie auch sein mochten.

Aber nicht das bereitete mir Sorgen. Mich störte vielmehr, dass ich keine Glocken vernommen hatte. Wenn die Stadtkonstabler von Solat in ihren Straßen patrouillieren, tun sie das zu zweit. Sollten sie ein Verbrechen entdecken oder auf Ärger stoßen, kann einer von ihnen losrennen und eine der großen Glocken läuten, die überall in der Stadt verteilt sind. Damit rufen sie Verstärkung. Es gibt einen Code, jedem Distrikt ist eine ganz bestimmte Anzahl von Glockenschlägen zugeteilt, damit die Unterstützung weiß, wo sie hinmuss. Aber ich hatte keine Glocken gehört, also beschlich mich der Verdacht, dass diese Männer speziell nach uns Ausschau gehalten hatten.

»Acht Männer mit Piken und oben zwei mit Armbrüsten, Falcio«, meldete Kest und zog das Schwert aus der Scheide. »Ich glaube, das könnte eine Falle sein.«

»Versuch bitte, nicht ganz so enthusiastisch zu klingen, Kest«, sagte Brasti, während er sehnsuchtsvoll zum Rand des Hofes blickte, wo seine Bögen am Sattel seines Pferdes festgezurrt waren.

»Das schaffst du nicht«, sagte der Konstabler, der ihm gegenüberstand, und lächelte dabei so breit, dass sein Helm ein Stück in den Nacken rutschte.

Brasti murmelte etwas und zog widerstrebend das Schwert.

»Pike oder Armbrust, Trattari«, rief eine Stimme über uns. »Was ist euch lieber?«

Ich sah nach oben zu dem Mann, der sich aus dem Fenster von Tremondis Schlafzimmer beugte. Am Kragen seiner Lederrüstung funkelte ein goldener Kreis, was ihn zum Hauptmann der Konstabler machte. »Wenn ihr die Waffen streckt, kann ich euch einen relativ schmerzlosen Tod versprechen. Das ist mehr, als ihr dem Lord Tremondi gegönnt habt.«

»Du kannst doch nicht ernsthaft glauben, dass wir Tremondi getötet haben, oder?«, rief ich zurück.

»Aber natürlich. Genau hier steht ›Greatcoats‹ an der Wand, geschrieben mit dem Blut des Karawanenlords.«

»Beim heiligen Felsan, der die Welt wiegt«, fluchte ich. »Warum bei allen Höllen sollten wir unseren Arbeitgeber umbringen?«

Der Konstablerhauptmann zuckte mit den Schultern. »Wer vermag das bei Typen wie euch schon zu sagen? Rächt ihr Trattari euch nicht gern wegen König Paelis' Tod? Vielleicht hat Tremondi die Herzöge unterstützt, als sie euren König entfernten? Oder es ist ganz einfach: Er erwischte euch dabei, wie ihr ihn beklaut habt, und ihr habt ihn umgebracht, damit er nicht enthüllen kann, dass die ach so rechtschaffenen Greatcoats nicht besser als Straßenräuber und Diebe sind.«

»Aber sein Geld liegt noch genau neben ihm«, rief Brasti zurück und warf mir einen bösen Blick zu.

»Was? Ich weiß nicht, wovon du redest, Trattari«, sagte der Hauptmann lächelnd. »Hier ist kein Geld – nicht eine Münze.«

Die vor uns stehenden Männer lachten. Offensichtlich war Diebstahl in Solat nur dann ein Problem, wenn jemand anders als die Konstabler stahl.

»Du tust es schon wieder, Falcio«, sagte Kest leise.

»Was denn?«

»Reden, wenn du kämpfen solltest.«

Ich zog das Rapier und schlug den Kragen meines Mantels hoch in der Hoffnung, dass die eingenähten Knochenplatten meinen Hals schützen würden. Kest hatte recht; egal, was wir sagten, es würde uns nicht aus diesem Schlamassel holen.

»Wie würdest du unsere Chancen einschätzen?«, fragte ich ihn.

»Wir gewinnen«, erwiderte er, »aber ich werde verwundet, vermutlich am Rücken. Du wirst von einem Armbrustbolzen getroffen und vermutlich sterben. Brasti wird mit großer Wahrscheinlichkeit von einem der Pikenträger getötet, sobald sie an der schwachen Verteidigung seiner Klinge vorbei sind.«

»Es hat wirklich Spaß gemacht, mit dir zu arbeiten, Kest, weißt du das?«, sagte Brasti und nahm eine andere Verteidigungsstellung an.

Kest rollte mit der rechten Schulter und bereitete sich auf den ersten Angriff vor. »Gib ihnen die Schuld – sie wollen dich töten.«

Brasti warf mir einen Blick zu, der deutlich besagte, dass er dafür keineswegs die Konstabler verantwortlich machte. »Du hast wohl keinen besseren Plan, als einfach zu sterben?«, fragte er, als er die Klinge auf den Bauch des ihm am nächsten stehenden Wächters richtete.

»Klar«, antwortete ich. »Wir bringen ihnen die Erste Fechtregel bei.«

Einer der Männer, der, der in Kests unmittelbarer Nähe stand, fasste in Erwartung eines Angriffs seine Pike fester. »Und was soll das sein, Lumpenmantel?«, sagte er hämisch. »Sich zu Boden werfen und wie die Verräter zu sterben, die ihr seid?«

Ein großer Mann und muskulös, seine breiten Schultern waren perfekt für den Einsatz einer Pike gemacht.

»Nein«, sagte Kest. »Die Erste Fechtregel lautet ...«

Er wurde unterbrochen, als der Wächter mit der Schnelligkeit einer aus der Mündung einer Pistole kommenden Bleikugel mit seiner Pike zustach.

»... steche das spitze Ende in deinen Gegner«, vollendete Kest den Satz.

Niemand rührte sich oder sprach. Die Begegnung war so schnell gewesen, dass nur das Endresultat ersichtlich war. Kests linker Handrücken drückte nun gegen den Pikenschaft, und die Spitze war harmlos von ihm abgelenkt worden. Sein Körper nahm die Ausfallposition ein, und seine Schwertspitze steckte sechs Zoll tief im Leib des Konstablers.

Mit einer Sanftheit, die nicht zur Natur der Auseinandersetzung passte, zog Kest die Klinge aus dem Bauch des Mannes und sah zu, wie er zu Boden sackte.

Einen Moment – nur die Spanne eines Augenblicks – sahen die Konstabler vor uns so entsetzt aus, dass ich glaubte, sie würden den Weg frei geben. Aber dann hörte ich das metallische Schnappen einer Armbrust und fühlte den Treffer im Rücken. Während sich der Aufprall in meinem ganzen Körper ausbreitete, dankte ich dem heiligen Zaghev, der für Tränen singt, für die Knochenplatten, die verhinderten, dass sich der Bolzen in meinen Körper bohrte. Auch wenn es wie der rote Tod schmerzte.

»Verdammte Mäntel«, hörte ich den Hauptmann oben im ersten Stock murmeln.

»Unter die Markise«, rief ich, und wir nahmen Positionen unter dem breiten Stoffstück über der Hintertür des Gasthauses ein.

»Die hält keine Armbrustbolzen auf«, bemerkte Brasti.

»Ich weiß, aber sie können schwerer zielen.«

Die beiden Konstabler, die mir am nächsten standen, stachen mit ihren Piken auf mich ein. Der ganz links, der kleinere der beiden, hatte ein Gesicht wie ein wütendes Frettchen. Der zu meiner Rechten war größer und stämmig und erinnerte mich mehr an einen Bären als an einen Mann. Ich parierte die Pikenspitze des Frettchens und griff mit der freien Hand nach dem Schaft, während ich mit der Klinge eine halbe Sekunde später die Waffe des Bären abwehrte. Das Frettchen zerrte an seiner Pike, aber ich setzte mein größeres Gewicht ein, um ihn daran zu hindern, sie zurückzubekommen. Die Wut in seiner Miene wäre durchaus zufriedenstellend gewesen, wäre kein Armbrustbolzen an meinem Ohr vorbeigesaust, um genau zwischen uns zu landen.

Ich nutzte die kurze Verwirrung, um des Bären Pikenschaft mit dem Griffkorb des Rapiers nach unten zu schlagen, dann trat ich die Spitze mit dem Fuß in den Boden. Als das Frettchen wieder an seiner Waffe zerrte, machte ich einen Satz und nutzte den den Bemühungen des Frettchens innewohnenden Schwung aus, um die Distanz zwischen meiner Klingenspitze und dem Hals des Bären blitzschnell zu überbrücken. Als der große Mann zu Boden stürzte und sich so von meiner Waffe befreite, stieß ich dem Frettchen das Rapier in die Schulter, und es stürzte ebenfalls zu Boden, wenn auch mit beträchtlich mehr Gebrüll.

Ein weiterer Bolzen zwang mich zurück in den zweifelhaften Schutz der Markise, und ich nutzte die Gelegenheit zur Orientierung. Glücklicherweise waren die anderen Wächter, die nun auf mich zukamen, etwas vorsichtiger, also nahm ich mir die Zeit und sah kurz nach Brasti. Ich machte mir nie die Mühe, nach Kest zu sehen – ihm beim Kämpfen zuzuschauen vermittelte mir immer bloß das Gefühl, ein unbeholfener Junge bei seinem ersten fummelnden Kuss zu sein.

Brasti versuchte vor den Konstablern zurückzuweichen, aber er hatte nicht viel Platz, ohne die Deckung der Markise verlassen zu müssen und damit zum Ziel für die Armbrüste zu werden.

»Verflucht, Falcio, das ist alles nur deine Schuld«, murrte er.

»Wenn wir jetzt sterben, Brasti, dann befehle ich Kest, allen zu sagen, dass du arm, gehasst und von allen Frauen als lausiger Liebhaber verschrien gestorben bist.«

»Du weißt, dass ich mit diesem verdammten Ding nicht gegen Piken kämpfen kann«, brüllte Brasti zurück, während er mit dem Schwert vor dem Körper herumfuchtelte. Zog man in Betracht, dass er so gut wie nie übte, war er kein übler Fechter, aber gegen zwei oder drei Männer mit Piken zu kämpfen fällt jedem schwer. Hätte er natürlich seinen Bogen gehabt, wäre es eine ganz andere Sache gewesen …

»Kest!«, rief ich, »hilf Brasti dort wegzukommen.«

Kest warf mir einen kurzen Blick zu, während er den wilden Angriff eines Konstablers parierte, und ich wusste, dass er begriff. Dennoch. »*Armbrüste,* Falcio«, erinnerte er mich, während er den Angriff des Mannes unterlief, um an Brastis Seite zu kommen.

Verflucht, dachte ich, *er hat recht.* Falls Brasti zu den Pferden lief, würden die Männer im ersten Stock sofort auf ihn schießen. Sie brauchten ein besseres Ziel.

»Schön. Tun wir es – jetzt!« Und ich zog ein Wurfmesser aus dem Halfter in meinem Mantel, trat unter der Markise hervor und schleuderte es auf den Hauptmann im ersten Stock. Die Klinge bohrte sich keine sechs Zoll von seinem Gesicht entfernt in den Fensterrahmen, und ich verfluchte den Heiligen, der mich eigentlich beim Zielen hätte unterstützen sollen.

Der Konstabler war ein erfahrener Mann; er ignorierte das Messer und zielte. Ich sprang nach links, während sich der Bolzen zwischen meinen Füßen in den Boden bohrte. Ohne zu zögern, warf der Mann die Armbrust zur Seite und riss dem Wächter neben sich die bereits geladene Waffe aus der Hand. Aber etwas in der Hofmitte erregte seine Aufmerksamkeit – das konnte nur Brasti sein –, und er zielte neu. Ich schleuderte ein weiteres Messer in seine Richtung und machte klar, dass ich die dringendere Bedrohung war, und diese Klinge leistete ihren Dienst bedeutend besser als ihre Vorgängerin und bohrte sich in seine Schulter. Es war Pech für mich, dass er stolperte und abdrückte. Ich hatte den Mantel geöffnet, um an meine Messer zu kommen, und dank des Glücks, das mir Götter und Heilige zugestehen, traf mich der Bolzen in meinen entblößten Oberschenkel.

»Habe ich dich erwischt, Trattari-Bastard«, rief der Konstabler, bevor er rückwärts in Tremondis Zimmer stürzte.

Hinter mir ertönte ein Schrei, und ich fuhr herum, dabei den Schmerz verfluchend, der durch mein Bein zuckte. Genau mir gegenüber stand einer der verbliebenen Stadtwächter, der mit seiner Pike genau auf meine Brust zielte und zustieß. Ich schlug mit dem Rapier nach der Pike, obwohl mir völlig klar war, dass ich nicht schnell genug sein würde. Und sah, wie plötzlich ein Pfeilschaft aus seinem Hals ragte. Der Mann stürzte vor mir zu Boden, und ich blickte mich um, um nach dem nächsten Angriff Ausschau zu halten – aber es gab keinen nächsten Angriff. Neben den beiden Konstablern, die ich erledigt hatte, lagen zwei weitere Leichen von Pfeilen durchbohrt auf dem Boden, und die drei restlichen Männer waren durch Kests Klinge entweder verletzt oder getötet.

»Die Armbrüste schießen nicht mehr«, sagte er und trat unter der Markise hervor.

»Das bedeutet, dass sie nach unten kommen. Zeit zu gehen.«

»Das war eine gute Idee, Brasti Deckung zu geben, damit er an seinen Bogen kommt. Daran hatte ich nicht gedacht.«

Ich legte ihm die Hand auf die Schulter, um etwas Gewicht von meinem verletzten Bein zu nehmen. »Kest, wenn du das nächste Mal zu dem Schluss kommst, dass das bestmögliche Ende darin besteht, dass alle außer dir tot sind, streng deinen Grips etwas mehr an, ja?«

Wir eilten zu Brasti und den Pferden am anderen Ende des Hofes. Keines der Pferde war während des Kampfes verletzt worden. Dafür dankte ich dem heiligen Shiulla, der mit Bestien badet. Während Brasti sich seine Pfeile zurückholte, fragte ich mich, wer uns diese Falle gestellt hatte.

»Bei den Göttern, Kest, wann ist es so leicht geworden, nur das Schlechteste von uns zu denken?«

»Die Zeiten haben sich geändert, Falcio«, sagte er und zeigte hinter uns.

Ich drehte mich um und sah, wie Brasti in der einen Hand seine zurückgeholten Pfeile hielt und mit der anderen die Toten durchsuchte.

»Brasti, hör auf, die Konstabler zu beklauen«, rief ich.

Mürrisch verzog er das Gesicht, lief aber zu seinem Pferd. »Na schön«, murrte er. »Wir wollen ja nichts von den netten Männern nehmen, die uns gerade umbringen wollten.« Er sprang auf seine braune Stute. »Ich meine, das wäre nicht nur unehrenhaft. Es wäre – bei allen Göttern und Heiligen – auch unhöflich.«

»Interessant«, sagte Kest und nahm die Zügel.

»Was?«, fragte Brasti.

Kest zeigte auf mich. »Mir ist gerade klar geworden, dass

er vor einem Kampf zu viel redet und du danach. Ich frage mich, was das bedeutet?«

Er stieß seinem Pferd die Fersen in die Flanken und galoppierte los, gefolgt von Brasti. Ich warf noch einen Blick zurück auf die Toten am Boden und fragte mich, wie lange die Greatcoats wohl durchhalten würden, bevor wir genau das wurden, als das uns die Leute bezeichneten: Trattari.

Das zweitschlimmste Gefühl auf der Welt sucht einen heim, wenn der Körper entdeckt, dass er schon wieder um sein Leben kämpfen muss. Muskeln verkrampfen sich, man fängt an zu schwitzen, man stinkt (was in so einem Augenblick glücklicherweise niemand bemerkt), und der Magen rutscht einem in die unteren Körperregionen.

Aber das schlimmste Gefühl auf der Welt kommt dann, wenn der Körper entdeckt, dass der Kampf vorbei ist. Die Muskeln werden schlaff, der ganze Kopf dröhnt, man schwitzt und – o ja, man bemerkt den Geruch. Und dann wird einem bewusst, dass einem ein Armbrustbolzen aus dem Oberschenkel ragt. Es war der Bolzen, der mich schließlich anhalten ließ.

»Der muss raus«, sagte Brasti weise und spähte weiter über den Dachrand, um nach Konstablern Ausschau zu halten.

Ich hätte ihn umbringen können, aber dazu hätte ich meinen Körper bitten müssen, den ganzen Kreislauf noch einmal durchzumachen, und ehrlich gesagt stank ich auch so schon schlimm genug. Wir hatten eine ordentliche Gasse mit zwei Ausgängen gefunden, in der wir verschnaufen konnten. Die Pferde galoppieren nicht gern auf Pflasterstraßen um Ecken, und wir mussten uns um mein Bein kümmern.

Kest blickte mich an. »Schlag-ziehen-klatsch?«

Ich seufzte. Das tat weh. »Wir haben wohl keine Zeit, einen Arzt zu finden, was?«

Brasti kletterte vom Dach herunter. »Sie durchsuchen die

Häuser. Die Kerle sehen nicht so aus, als hätten sie es eilig, uns zu finden, aber der Hauptmann – der Konstabler, der dich erwischt hat – treibt sie energisch an. In ein paar Minuten sind sie hier.«

Verdammt. »Schlag-ziehen-klatsch«, sagte ich und fürchtete es bereits. »Aber mach es diesmal richtig, Brasti.«

Kest schüttete Wasser auf die Wunde, was mich durch die Zähne pfeifen ließ.

»Schrei dieses Mal nicht«, erwiderte Brasti. »Wir wollen ja nicht erwischt werden.«

Während ich den heiligen Zaghev, der für Tränen singt, anflehte, nur dieses eine Mal aus dem Himmel zu kommen und sich meinen guten Freund Brasti vorzuknöpfen, packte Kest den Bolzen mit festem Griff und nickte Brasti zu.

Wir drei hatten Schlag-ziehen-klatsch schon vor einiger Zeit erfunden. Wird man oft genug verwundet, macht man unter anderem die Entdeckung, dass sich der Körper immer nur auf eine Schmerzquelle gleichzeitig konzentriert. Wenn man also beispielsweise Zahnschmerzen hat und einen jemand in den Magen schlägt, vergisst der Körper kurz den Zahn.

Also das funktioniert so: Brasti schlägt mich ins Gesicht, Kest zieht den Bolzen aus meinem Bein, und Brasti klatscht so fest zu, dass mein Verstand einfach keine Zeit hat, den Bolzen zu registrieren, und ich darum nicht aus vollem Hals brülle.

Ich brüllte aus vollem Hals.

»Pst! Du musst still sein, Falcio«, sagte Brasti, beugte sich näher heran und drohte mit seinem Finger. »Das könnten sie gehört haben. Du musst einfach etwas härter werden.«

»Ich habe dir gesagt, du sollst hart zuschlagen«, sagte ich und sah den Sternchen nach, die durch mein Blickfeld flimmerten.

»Ich habe dich so hart geschlagen, wie das aus diesem Winkel möglich war. Kest war im Weg.«

»Du schlägst zu wie ein Mädchen.«

Kest hielt darin inne, mein Bein zu verbinden. »Fast ein Drittel von König Paelis' Greatcoats waren Frauen. Du hast die meisten davon ausgebildet. Haben sie nicht hart genug zugeschlagen?«

Das war ein Argument, aber ich war nicht in der Stimmung für Semantik. »Sie schlugen zu wie rasende, verfluchte Heilige. Brasti schlägt zu wie ein Mädchen«, murrte ich und hielt das eine Ende des Verbandes fest, während Kest die Wunde ausstopfte.

»Also geht es jetzt nach Baern?«, fragte Brasti.

Ich schob mich auf die Füße. Das Bein fühlte sich mit dem festen Verband gleich viel besser an: Aus dem brennenden Schmerz war ein pulsierender geworden. »Entweder das oder hierbleiben und versuchen, dir beizubringen, nicht wie ein Mädchen zu schlagen.«

»Falcio, falls du das noch einmal sagst, schlage ich dich«, sagte Kest.

»Das ist doch bloß ein Ausdruck, ›du schlägst wie ein Mädchen‹. Das sagt jeder. Es ist witzig.«

Er gab mir mein Rapier zurück. »Nein«, sagte er. »Es ist absurd.«

»Es ist witzig, *weil* es absurd ist«, erwiderte ich.

Brasti versetzte mir einen Hieb auf den Rücken. »Hör nicht auf ihn, Falcio. Er hat seinen Sinn für Humor an dem Tag eingebüßt, an dem er lernte, eine Klinge zu schwingen.«

Es war merkwürdig, da Brasti es nicht wissen konnte, aber damit hatte er genau ins Schwarze getroffen.

4

DER KARAWANENMARKT

Wie ich bereits erwähnte, lebten meine Mutter und ich am Dorfrand, der an den Rand eines anderen Dorfes namens Luth grenzte. Dazwischen ragte ein Holzpfahl in die Höhe, und dort lernten Kest und ich uns kennen, als wir beide ungefähr acht Jahre alt waren. Ich war sehr arm, hatte keinen Vater und keine Aussichten, abgesehen vielleicht von einer möglichen Zukunft als Dorftrottel. Kest Murrowsohn war das Kind einer wunderbaren Mutter, die als Heilerin arbeitete, und eines Vaters, der der Dorfschmied war. Damals erzählte Kest ununterbrochen Witze – und stellte damit sogar mich selbst für die Rolle des Dorftrottels in den Schatten –, aber er machte sich niemals über mich lustig, weil ich arm war oder keinen Vater hatte, und das qualifizierte ihn sofort für die Rolle meines besten Freundes. Er war ein sanfter Junge, der nicht gern jagte oder fischte und auch nie mit Schwertern spielen wollte. Ich andererseits würde eines Tages ein Greatcoat werden, genau wie in Bals Geschichten.

Kests Vater schmiedete die besten Schwerter in der ganzen Gegend, und er hatte im Krieg gegen Avares kämpfen gelernt. Avares ist das Land im Westen, das von Barbaren bevölkert wird, die sich gelegentlich zusammenrotten, über die Berge ziehen und uns zu überfallen versuchen, wie es bei ihnen üblich ist. Sie verlieren jedes Mal, weil unsere Truppen diszipliniert in Einheiten kämpfen, wohingegen sie bloß brüllend auf einen zurennen und sich dabei selbst nass machen, während sie versuchen, einem den Schädel mit allem einzuschlagen, was gerade in Reichweite liegt.

Wie dem auch sei, Murrow, Kests Vater, war ein guter Fechter, und da Kest daran nicht das geringste Interesse zeigte, glaubte er, er könnte ihn eifersüchtig machen, indem er es mir beibrachte. Er zeigte mir, wie man mit einem Breitschwert kämpfte, das man in jenen Tagen oft als Kriegsschwert bezeichnete, weil Duelle mit leichteren Waffen ausgetragen werden. Aber das Schwert, das mir am besten gefiel, war das Rapier. Ganz gerade, mit scharfer Spitze, von geringem Gewicht – jedenfalls verglichen mit einem Kriegsschwert – und mit einem eleganten Stil, der sich anfühlte, als würde man mit dem Tod tanzen. Ich war ein gelehriger Schüler, und ich verbrachte so gern Zeit mit dieser Familie. Seltsamerweise entwickelte Kest nie die Eifersucht, die sein Vater provozieren wollte. Er sah mir zu, machte mir gelegentlich Komplimente, zeigte aber keinerlei Interesse, selbst ein Schwert in die Hand zu nehmen.

Als ich zehn war, nahm mich Murrow nach einer Übungsstunde zur Seite. »Falcio, mein Junge, eines Tages wirst du ein guter Fechter sein«, sagte er zu mir. »Ein guter Kämpfer. Ich habe noch nie erlebt, dass jemand es so schnell begreift.«

Ein warmes Gefühl breitete sich in meiner Brust aus. Er hatte mich noch nie zuvor als »mein Junge« bezeichnet, und einen kurzen Augenblick lang entfachte das in mir ein Gefühl, wie ich es schon lange nicht mehr verspürt hatte. Ich grollte Kest, aber nicht, weil er einen Vater hatte oder weil er das nicht zu schätzen gewusst hätte, denn das tat er, sondern weil er sich nicht einmal halb so viel Mühe gab, seinen Vater zu erfreuen, wie ich es bei meinem versucht hatte. Aber ich nahm Kest sein Desinteresse nicht wirklich übel. Er war schlau, erzählte Witze; alle mochten ihn. Er war gut in vielen Dingen. Ich war glücklich, dass er mir das Schwert überlassen hatte.

Die Jahre vergingen, aber ich nahm das nicht bewusst wahr, und bevor ich michs versah, wurden wir zwölf. Mein Geburtstag war gerade vorbei, und Kests stand kurz bevor. Ich werde nie den Tag vergessen, an dem er zur Hütte meiner Mutter kam, um ihr zu sagen …

Nun, so spielte es sich ab. Er klopfte an der Tür. Ich kam mit einem zur Hälfte gegessenen Stück Brot in der Hand heraus, und er sagte: »Falcio, ich muss dich um etwas bitten. Nun, um ehrlich zu sein, ich muss dir etwas sagen.«

Ich legte das Stück Brot auf der Stufe ab und verschränkte die Arme vor dem Körper, eine nervöse Angewohnheit, die ich in jenen Tagen hatte. »Worum geht es?«

»Nun …« Er zögerte eine Sekunde lang, dann holte er tief Luft und sagte: »Ich werde das Schwert ergreifen, Falcio.«

Ich stieß die angehaltene Luft aus. »Verdammt, Kest, du hast mir eine Heidenangst eingejagt.«

»Das ist mein Ernst, Falcio. Ich werde das Schwert ergreifen. Ich fange heute an. Ich will nicht, dass du dich darüber ärgerst oder böse bist – das hat nichts mit dir zu tun. Ich muss das einfach tun. Ich muss das Schwert ergreifen.«

Ich sah ihn an. Ich wollte ihn nach dem Grund fragen, aber irgendwie wusste ich, dass er es mir nie verraten würde. »Bedeutet das, dass wir keine Freunde mehr sein können?«, fragte ich verwirrt und etwas verletzt.

»Nein, natürlich werden wir immer Freunde sein. Darum sage ich dir das ja, damit du nicht auf die Idee kommst, zwischen uns könnte etwas nicht in Ordnung sein.«

Ich dachte eine Sekunde lang darüber nach. »Nun, in Ordnung. Das ist gut. Wir können zusammen üben. Wir können die beiden besten Fechter im Dorf sein. Aus der ganzen Umgebung werden die Leute kommen, um uns zuzusehen. Wir können zu deinem Vater gehen und heute anfangen.« Ich hielt mich für ausgesprochen nett, da Kest fast zwölf war und meinen Vorsprung niemals einholen würde.

Kest grinste, und wir gingen zu seinem Haus. Als Murrow seinen Sohn sah, wusste er irgendwie, dass sich etwas verändert hatte, und er holte wortlos ein weiteres Schwert vom Regal.

Als Kest das Schwert nahm, glaubte ich, das alles würde sehr schwierig für ihn sein. Sicher, er hatte mir zugesehen und vermutlich eine ziemlich genaue Vorstellung davon, wie man parierte und Ausfälle machte, aber er würde sich unweigerlich sehr ungeschickt anstellen, und er hatte keine Muskeln aufgebaut so wie ich durch die jahrelangen Übungen. Und in der ersten Stunde verfehlte er die Paraden und stolperte über die eigenen Füße, wenn er zuschlagen wollte. Aber er ließ nicht locker und wiederholte stur eine Bewegung nach der anderen, einen Schlag nach dem anderen.

Am Ende des Morgens schlug er mich jedes Mal. Am Ende dieses Abends hatte er seinen Vater besiegt, und nach seinem dreizehnten Geburtstag gab es niemanden auf der Welt, der ihn mit einer Klinge besiegen konnte. Er verriet mir nie, warum er seine Einstellung zum Kämpfen geändert hatte, aber er war der größte Fechter auf der ganzen Welt, und er machte niemals einen Witz.

»Lass es, Brasti«, sagte Kest, aber Brasti schüttelte den Kopf und stieg vom Pferd.

»Natürlich, warum sich darüber beschweren, wenn wir doch im Arsch sind, egal in welche Richtung wir uns wenden?«

Sämtliche Wege aus der Stadt waren versperrt. Die einzige Ausnahme stellte der Karawanenverkehr dar.

»Verstecken, kämpfen oder flüchten?«, fragte Kest mich.

Ich wollte kurz nachdenken, aber Brasti wartete nicht ab. »Ich habe es euch doch schon gesagt, wir kommen hier nicht weg. Sie lassen keinen außer den von den Heiligen verfluchten Karawanen durch, und wir können nicht gegen sie alle kämpfen. Wir müssen uns verstecken, bis sich die Dinge wieder beruhigt haben.«

»Die Dinge werden sich aber nicht beruhigen, bis wir tot sind oder die Mörderin gefunden haben«, sagte Kest. Er verschränkte die Arme vor der Brust und wartete erneut darauf, dass ich etwas Kluges sagte.

Wer auch immer den Karawanenlord Tremondi ermordet hatte, hatte einen perfekten Plan geschmiedet. Alle wussten, dass er reich war, so wie alle wussten, dass seine Leibwächter Greatcoats waren. Dass drei Trattari ihren Arbeitgeber umbringen würden, um an sein Geld zu kommen, hörte sich sehr plausibel an. Falls man uns erwischte, würde uns keiner glauben, und wenn uns die Flucht gelang – nun, das bewies erst recht unsere Schuld, oder? Auf jeden Fall würde auf die Mörderin kein Verdacht fallen. Vermutlich spazierte sie in genau diesem Augenblick durch die Stadt und genoss den Rest ihres Tages.

»Wir werden diese Mörderin nicht aufspüren können«, sagte ich. »Wie können wir behaupten, dass wir mit ihr in diesem Zimmer waren, wenn wir nicht in der Lage sind, sie zu beschreiben? In ein paar Stunden hält ganz Solat nach uns Ausschau.«

Brasti warf die Hände in die Luft. »Also laufen wir. Wieder einmal. Wie die Feiglinge.«

»Darin sind wir richtig gut geworden«, bemerkte Kest.

»Man kann in allem gut werden, wenn man jeden Tag übt.«

»Wir gehen zum Karawanenmarkt«, entschied ich. »Die Konstabler suchen noch immer in der Stadt nach uns; sie wissen, dass wir versuchen werden, uns zu verstecken, also wollen sie uns erwischen, bevor wir untertauchen. Aber sie werden noch niemanden auf dem Karawanenmarkt benachrichtigt haben.«

»Brillant.« Brasti klatschte in die Hände. »Der Karawanenmarkt – und ich dachte immer, ich wäre der Dumme von uns.«

»Keine Sorge«, sagte Kest nüchtern. »Das bist du immer noch.«

»Ich dachte, du erzählst keine Witze.«

»Tue ich auch nicht.«

Ich überließ die beiden ihrem Zank und dachte über unsere Situation nach. Unsere beste Chance aus der Stadt heraus und an Geld zu kommen bestand darin, auf dem Karawanenmarkt als Wächter oder Duellkämpfer eingestellt zu werden. Ein Krieger, der nach Militärart oder auch allein kämpfen konnte, war heutzutage ein großer Vorteil auf den Straßen. Aber im Gegensatz zu Tremondi waren nur wenige Karawanenlords dazu bereit, Trattari in ihre Dienste zu nehmen, also würden wir nehmen müssen, was wir kriegen konnten, und das schnell, bevor die Konstabler auf die Idee kamen, den Markt zu durchsuchen. Allerdings vermutete ich, dass das der letzte Ort war, an dem sie uns finden wollten. Die Nachricht, dass ein Karawanenlord in der Stadt ermordet worden war, würde sich schnell verbreiten, und das würde dem Handel nicht zuträglich sein. Es war besser für die Stadtwächter, wenn sie das noch eine Weile für sich behalten konnten. Und auch besser für uns.

»Wir halten uns an den Plan«, sagte ich schließlich. »Wir sind mit dem Karawanenlord Tremondi gereist, weil er die südlichen Handelswege benutzte und wir eine Passage nach Baern brauchten, richtig? Wir haben kein Geld, und selbst wenn wir uns aus dem Bürgertor schleichen könnten, kommen wir ohne nicht weit. Also sage ich, wir gehen zum Karawanenmarkt, verdingen uns bei einer anderen Karawane und folgen ihr direkt aus dem Markttor. Das wird von den Konstablern sowieso nicht überwacht, also wird man uns vermutlich auch nicht erwischen.«

»Und was ist mit Tremondis Plan? Dass die Greatcoats die Hüter der Handelswege werden?«, wollte Brasti wissen.

»Der dürfte nun so tot sein wie Tremondi«, meinte Kest.

Da musste ich ihm zustimmen. »Selbst wenn das jemand zur Abstimmung bringen würde, werden sie dieses Risiko jetzt niemals eingehen.«

»Nun, Falcio«, sagte Brasti voller Wut und Verbitterung, »dann lass mich der Erste sein, der sich bei dir dafür bedankt, dass wir drei auf der sinnlosen Suche nach deiner persönlichen Wiedergutmachung sterben werden.«

»Wir haben noch immer eine Chance, Brasti – selbst Tremondi kannte die Gerüchte über die königlichen Edelsteine in Baern.«

»Klar, so wie es Gerüchte über Cheveran und selbst das verfluchte Rijou gab. ›Haltet Ausschau nach der niedersten Adelsfamilie‹. Was bei allen Höllen soll das bedeuten? Keiner von ihnen will etwas mit uns zu tun haben …«

»Finden wir die …«

Er wandte sich von mir ab.

Es war unnötig, aber ich sagte es trotzdem. »Es ist mein Geis, Brasti. Es ist das Letzte, um das mich der König bat.«

In der Woche, bevor das herzogliche Heer das Schloss stürmte, rief der König jeden seiner einhundertvierundvierzig Greatcoats einzeln zu sich, und er übertrug jedem von uns eine Mission. Er nannte das Geis – zweifellos hatte er den Begriff aus einem seiner alten Bücher. Manche schwor er zur Geheimhaltung, andere wiederum nicht. Meine Mission bestand darin, des Königs Charoite zu finden. Ich hatte noch nie zuvor davon gehört, aber es war nicht das erste Mal, dass mir der König etwas zu tun befahl, ohne sich die Mühe zu machen, mir die Einzelheiten zu erklären.

Brasti warf die Arme in die Luft. »Er trug uns allen Geis auf, du Hornochse – dir, mir, Kest und allen anderen auch. Aber der König ist *tot,* Falcio. Sie brachten ihn um, und wir haben untätig zugesehen und die Herzöge das Schloss erobern lassen. Und als sie mit ihm fertig waren, spießten sie auf dem Schlosshof seinen Kopf auf eine Lanze, und wir standen daneben. *Auf deinen Befehl!*«

»Du solltest nicht wieder damit anfangen«, warnte Kest, aber Brasti war jetzt so richtig in Fahrt.

»Und *du,* du verfluchtes Arschloch – was hat die flinkste

Klinge auf der Welt getan, während sie den König ergriffen? Sie hat sich in ihrer verdammten Scheide ausgeruht, nicht wahr?«

»Ich habe auch keine Pfeile fliegen sehen«, erwiderte Kest ruhig.

»Nein, hast du nicht, denn ich war ein braver kleiner Magister, genau wie du. Aber was hat uns das eingebracht? Wir gaben unser Leben für einen dummen Traum, und der ist jetzt gestorben, und wir sind die einzigen von den Göttern verdammten Narren, die das noch nicht begriffen haben.«

»Wenn das alles so ein Witz ist, Brasti, warum hast du uns dann niemals deinen Geis verraten?«, fragte ich. »Er hat dir befohlen, ihn geheim zu halten, richtig?«

Brasti drehte sich um, aber ich packte ihn bei der Schulter und riss ihn herum. »Wenn alles, was ihm etwas bedeutete, zusammen mit ihm gestorben ist, warum bewahrst du sein Geheimnis dann noch? Ich sage es dir, Brasti, weil du weißt, dass der Traum nicht tot sein muss, solange wir noch daran glauben.« Aber ich hatte noch nicht zu Ende gesprochen, als mir klar wurde, dass ich einen Fehler gemacht hatte.

»Bei den verfluchten Heiligen, Falcio, du bist der Schlimmste«, brüllte Brasti, und ich konnte nicht verhindern, dass ich zusammenzuckte. »Du hast dich genau wie Paelis in diese ganzen Vorstellungen von Gerechtigkeit und Freiheit verbissen.« Er breitete die Arme aus. »Sieh dich doch mal um, Falcio. Die Menschen hassen uns – nein, sie verabscheuen uns. Sie verfluchen unsere Namen. Wenn jemand etwas so Schreckliches tut, dass sie kein Wort dafür finden, das schlimm genug ist, nennen sie ihn ›Trattari‹. So wollte ich mein Leben nicht verbringen.«

»Glaubst du, das Leben ist für die Bauern einfacher? Oder für jeden anderen, der unter der Herrschaft der Herzöge lebt, diesen selbst ernannten Prinzen? Diese Männer, die in ihren Herzogtümern wie die Götter herrschen, wurden allein vom König und von uns unter Kontrolle gehalten.«

»Komm mir bloß nicht mit ›Dem Lied der Bauern‹, Falcio. Ich wurde genauso arm geboren wie du und war genauso oft unterwegs wie du. Ich habe mein Leben oft riskiert, und auch ich war bereit, den Heldentod zu finden. Aber ich werde nicht den Tod eines Verräters sterben. Das ist nicht richtig, das ist nicht …«

»Gerecht?«, fragte Kest.

Brasti hielt kurz inne, und ich konnte die Qual erkennen, die sich auf seinen Zügen abzeichnete. Als ich ihn kennenlernte, war er der zufriedenste Mensch, den man sich nur vorstellen konnte. Er trug die Welt wie einen goldenen Umhang auf den Schultern und bewegte sich in der völligen Gewissheit, dass mit ihm alles in Ordnung war, so wie mit der Welt alles in Ordnung war. Und in fünf Minuten würde er diese Maske wieder aufsetzen, und man würde keinen Unterschied erkennen.

Aber das war alles, was es jetzt war: eine Maske. Darunter war er so verbittert, von allen und jedem verraten und von mir vermutlich am meisten. Ich fragte mich, wie lange es wohl noch dauern würde, bis er nicht mehr auf mich hörte, wenn ich ihm befahl, nicht zu stehlen. Ich fragte mich, wie viele von uns wohl bereits zu Dieben oder Banditen geworden waren, um zu überleben. Eine kleine Weile waren wir Helden gewesen, und jetzt waren wir bloß Verräter mit einer nutzlosen Begnadigung, keinen Verbündeten und keinem Daseinszweck. Vielleicht waren wir jetzt wirklich Lumpenmäntel.

Kest sagte etwas zu Brasti, und er antwortete, aber ich bekam es nicht richtig mit. Seit fünf Jahren verfolgte ich den einzigen Hinweis, den der König mir gegeben hatte: Ich hatte seine Verbündeten unter den unbedeutenderen Adelsfamilien besucht. Natürlich waren viele davon jetzt tot, von den Rittern der Herzöge aufgrund einer Vielzahl falscher Beschuldigungen abgeschlachtet, und die wenigen noch verbliebenen weigerten sich, mit Greatcoats zu sprechen. Die einzige Ausnahme war in Form einer eilig dahingekritzelten Notiz gekommen, die mir ein Diener von Lady Laffariste in die Hand drückte, die einst eine Vertraute des Königs gewesen war. Dort stand: *Nicht jetzt. Sie brauchen mehr Zeit.* Das war eine schwache Hoffnung, und für Brasti reichte sie einfach nicht aus, ganz egal, wie loyal er im Kern seines Wesens auch sein mochte. Der Streit über den letzten Befehl des Königs war alles andere als neu, und keiner von uns würde ihn gewinnen. Entweder gab es die Charoite des Königs irgendwo dort draußen, und wir würden sie finden, oder wir endeten am Ende eines Stricks.

Ich stieg wieder auf mein Pferd und ritt durch die Pflastergassen in Richtung Markt. Ich ging davon aus, dass Kest und Brasti mir irgendwann folgten, aber in diesem speziellen Augenblick war es mir egal, ob sie es taten oder nicht.

Von der Stadtmitte bis zum Karawanenmarkt brauchten wir eine Stunde, um nicht entdeckt zu werden. Meiner Meinung nach bestand unsere beste Chance noch immer darin, Richtung Süden nach Baern zu reisen, wo laut Lord Tremondis Gerüchten die Charoite des Königs sein sollten – angeblich »wanderten« sie in der Nähe von Cheveran die Küste entlang. Trotz Brastis vernünftigem Einwand, dass wir noch immer keine genaue Vorstellung davon hatten, worum es sich bei ihnen eigentlich handelte, kannte auch er kein besseres Ziel. Wir mussten aus Solat verschwinden, und im Norden hasste man uns von Rijou bis Orison. Nicht, dass man uns anderswo besonders gemocht hätte.

»Wir stellen keine verfluchten Lumpenmäntel ein«, sagte der Karawanenhauptmann und stieß mich mit seiner schwieligen Hand zurück. »Also verschwindet. Versucht einen anderen zu betrügen.« Der alte Mann war Veteran; das verrieten seine Haltung und seine sehnigen Muskeln. Seine Karawane umfasste sieben Wagen, und das Führungsgefährt war eine mit Verzierungen überladene Monstrosität, ein

Wohnwagen, der vermutlich den Karawanenbesitzer beherbergte. Ich musterte ihn kritisch. Er würde ein außerordentlich gutes Ziel für Straßenräuber abgeben.

»Sieh mal«, sagte ich so liebenswürdig, wie ich nur konnte, »dir fehlen mehrere Männer, und du wirst keine finden, die so fähig wie wir drei sind, vor allem nicht für den Sold, den du zahlst.«

»Dich würde ich nicht einmal mit Pferdemist bezahlen, Trattari.«

Selbst für einen alten Mann füllte er sein Lederwams beeindruckend genug aus, um jeden zögern zu lassen, bevor man ihn angriff. Ich bin von Natur aus eine vorsichtige Person, also wandte ich mich ab, um es bei einer der anderen Karawanen zu versuchen, aber in der nächsten Sekunde rief er mir etwas hinterher. »Warum gehst du nicht und besteigst noch einmal deinen König Paelis, hm? Ich schätze, er ist willig und bereit, und vermutlich liegt seine Leiche noch immer da, wo sie sie liegen ließen. Natürlich dürfte es dir schwerfallen, die Stange zu finden, auf die man seinen Tyrannenkopf gespießt hat!«

Also das war seltsam. Plötzlich hielt ich meine Klinge in der Hand, ohne mich daran erinnern zu können, sie gezogen zu haben, stand dem Karawanenhauptmann gegenüber und fühlte mich gut. So richtig gut. Ich war vollkommen entspannt. Ich würde die Erste Regel befolgen und das spitze Ende meines Rapiers in seinen Mund stoßen, und das würde sich wirklich gut anfühlen, denn ich würde für den Rest meines kurzen Lebens wissen, dass es eine Person weniger auf der Welt gab, die meinen König verunglimpfte.

Fünf seiner Männer zogen ihre Schwerter, und ich entdeckte einen weiteren mit einer Pistole hinter dem Wohnwagen. Verflucht, das würde mir einiges an Schnelligkeit abfordern. Sobald man von einer Pistolenkugel getroffen wird, bleiben einem nur wenige Sekunden, jemandem die Klinge in den Rachen zu rammen, bevor man umkippt und stirbt.

»Hört mal, Jungs«, sagte Brasti und spannte die Bogensehne, »wenn ich auch nur sehe, dass euer Freund mit der Pistole den Atem anhält, bereite ich ihm sein Ende. Und glaubt mir, fünf von euch gegen drei von uns, das ist ein ganz schlechtes Verhältnis für euch.«

Der Hauptmann wollte gerade das Signal zum Angriff geben, als eine Stimme aus dem Wohnwagen erklang. »Und wie ist es mit fünf gegen einen?« Die Stimme war weiblich, und der sonst zweifellos verführerische Klang wies einen spöttischen Unterton auf.

»Meine Lady …«, sagte der Hauptmann.

»Friede, Feltock. Du bist vielleicht der Hauptmann, aber diese Karawane gehört mir.«

»Ihr meint Eurer Mutter«, murmelte er, als eine junge Frau in einem blauen Leibdienerinnenkleid aus dem Wagen stieg und zögerlich auf ihn zukam.

Sie hatte dunkles Haar und zart geschnittene Züge, und sie hielt inne, um sich zu sammeln, bevor sie uns schüchtern anblickte. »Meine Herrin befiehlt, dass, wenn der Trattari – Vergebung, Herr, der *Greatcoat* – fünf unserer Männer besiegen kann, sie ihn und seine Gefährten bei vollem Karawanenwächtersold einstellt.«

»Trin, geh zurück in den Wagen zu deiner Herrin«, knurrte Feltock. »Hier ist es nicht sicher.«

Trin ignorierte den Befehl mit zu Boden gesenktem Blick. Brasti schenkte ihr ein verwegenes Lächeln und ein Zwinkern, bevor er dem Wagen zurief: »Meine Lady, ich danke Euch für Eure freundliche Einmischung in dieser Angelegenheit, aber wir wollten gerade gehen. Es sei denn vielleicht, ich könnte die Hand küssen und einen Blick in das Antlitz werfen, zu dem diese wunderschöne Stimme gehört.«

Der Hauptmann murmelte dem Mann neben ihm etwas zu.

»Fünf von einem besiegt – was meint Ihr genau damit?«, fragte Kest, und plötzlich beschlich mich ein schreckliches

Gefühl. Das Einzige, was Kest in diesen Tagen wirklich interessierte, war die Gelegenheit, in schlimme Situationen zu geraten und zu sehen, ob er es irgendwie schaffte, dass man mich umbrachte, während er seine neueste Fechttechnik ausprobierte.

»Ich meine, was ich sagte«, erwiderte die Stimme aus dem Wagen. »Euer Anführer gegen fünf meiner Männer. Siegt er und keiner von ihnen ist tot, stelle ich euch drei ein. Aber für jeden meiner Männer, die er so schwer verletzt, dass sie zu nichts mehr zu gebrauchen sind, stellt ihr mir einen eurer Männer kostenlos zur Verfügung.«

Diese Art Marktherausforderung war durchaus gebräuchlich – wie sollte man sonst die Fähigkeiten der Männer herausfinden, die man einstellte? Aber fünf gegen einen war keine Herausforderung, sondern eine Prügelei – und selbst wenn ich es mit fünf dieser von der Reise gebräunten Schläger aufnahm, konnte ich das unmöglich tun, ohne sie zu verletzen. Und wenn ich drei von ihnen verletzte, würden wir ohne Lohn arbeiten.

»Vergesst …«

»Einverstanden«, rief Kest.

Ich wandte mich ihm zu und verließ mich darauf, dass Brasti den Karawanenhauptmann und seine Männer im Auge behielt. »Hast du den Verstand verloren?«, murmelte ich. »Ich kann es nicht mit fünf Männern aufnehmen und sie dabei nicht verletzen – das kann keiner.«

»Das kann man schaffen, vertrau mir.«

»Du hast das noch nie gemacht«, sagte Brasti und beobachtete noch immer die Karawanenwächter. »Und du bist noch nie besiegt worden.«

»Das stimmt nicht«, erwiderte Kest. »Falcio hat mich im Duell besiegt.«

Brasti riss die Augen auf.

»Es stimmt«, sagte Kest.

Nun, technisch gesehen war es die Wahrheit. Greatcoats

waren nicht bloß Reisende Magister. Man hatte uns zu den besten Duellanten der Welt ausgebildet. Das gehörte gewissermaßen zur Arbeit, denn manchmal konnte man das Gesetz des Königs nur vollstrecken, indem man den Herzog selbst herausforderte und sich seinem Champion stellte. Siegte man, kapitulierte der Herzog für gewöhnlich. Falls nicht, schickten sie die in den Mantel gewickelten Überreste zurück. Also hatten wir bei unserer Ausbildung auch gegeneinander gekämpft – und keineswegs mit Holzschwertern. Ein Mann des Gesetzes sollte in der Lage sein, einen einzelnen Gegner ausreichend zu verletzen, um ihn zur Räson zu bringen, ohne ihn gleich umbringen zu müssen. So gut waren wir – oder sollten es vielmehr sein, denn es endete nicht immer so.

Als der König ein Turnier abhielt, dessen Gewinner der Erste Kantor der Greatcoats werden sollte, wollte ich wirklich siegen – nein, mehr als das, ich beschloss zu siegen. Ich glaubte mehr als alle anderen an das, was wir taten, und ich wollte sie mehr als alles andere anführen.

Also kämpfte ich mich durch eine Runde nach der anderen, bis schließlich nur noch Kest und ich um den Preis rangen.

Vermutlich hatte ich gehofft, er würde sich vorher einen Fehler leisten oder das Interesse verloren haben – so ist das mit Kest; entspricht jemand seinem Standard nicht oder ist der Kampf zu einfach, dreht er sich manchmal einfach um und geht. Aber dieses Mal nicht, also kämpften wir, und ich gewann, und ich erzählte keiner Seele, wie mir das gelungen war. Nicht einmal Kest weiß es – was vermutlich auch der Grund dafür ist, dass er mein Leben nun so gern in Gefahr bringt.

»Bei allen Höllen, Kest, du hast erst vor ein paar Stunden einen Bolzen aus meinem Bein gezogen, und jetzt willst du mich gegen fünf Männer in den Kampf schicken? Warum ziehst du nicht einfach los und duellierst dich mit dem heiligen Caveil mit dem blutigen Gesicht, dessen Klinge Wasser schneidet?«

»Wenn sich die Gelegenheit bietet, werde ich genau das auch tun«, erwiderte Kest und erschien seltsam aufgebracht.

»Du würdest gegen den Heiligen der Schwerter kämpfen? Du bist wirklich völlig verrückt, oder?«

»Ein Heiliger ist bloß ein kleiner Gott, Falcio. Falls ich ihm begegnen sollte, sei versichert, dass ich gegen ihn kämpfe.«

»Bei den Göttern, es ist wirklich dein Ernst, was?«, sagte ich und wandte mich ab. Sollte Kest jemals ein Heiliger werden, zum transzendenten Ausdruck eines Ideals, wird er der heilige Kest, der es verflucht noch mal niemals lernt. Unglücklicherweise ist mein Verlangen, seinen Erwartungen an mich gerecht zu werden, stets etwas stärker gewesen als mein Wunsch, ihm auf die Nase zu hauen.

»Schön«, sagte ich zu dem Karawanenhauptmann. »Mach den verdammten Platz frei, damit wir es hinter uns bringen.« Ich ging davon aus, dass, wenn ich ein gutes Schauspiel bot, uns die Karawanenbesitzerin trotzdem einstellte.

Der Hauptmann kicherte und zog ein paar Pferde aus dem Weg. Er zeigte auf fünf seiner Männer, und sie entkleideten sich bis zur Taille und nahmen ihre Waffen. Zwei Kriegsschwerter, ein Speer, zwei Messer und eine Axt. Verflucht, ich hasse es, gegen eine Axt zu kämpfen. Man verbringt so viel Zeit mit der Hoffnung, dass sie einem nicht die Klinge zerschmettert, dass man vergisst, auf seinen Schädel aufzupassen. Allerdings hatte ich einen Vorteil. Das waren alles stramme junge Burschen, und offensichtlich wollten sie den Damen in der sich versammelnden Menge ihre muskulösen Oberkörper zeigen. Andererseits hatte ich nicht die Absicht, meinen Mantel auszuziehen, und so würde ich wenigstens einen gewissen Schutz gegen diese Mistkerle haben.

Ich zog das Rapier und griff auch noch nach dem zweiten, dessen Scheide vorn an meinem Sattel hing.

»Falcio?« Das war Kest.

»Was ist denn jetzt noch?«

Er wirkte verlegen, was bei Kest unerfreulich aussieht.

»Nun, es ist bloß, dass sie nicht in Rüstung kämpfen, also eigentlich …«

»Du hältst auf der Stelle deinen von den Göttern verfluchten Mund, Kest, oder ich bohre mir selbst eine Klinge in den Bauch, nur um dich in Verlegenheit zu bringen.« Ich wandte mich den fünf Männern zu. »Wenn einer von euch Rüstung tragen will, nur zu.«

Sie grinsten mich hämisch an.

Grinst nur, Jungs. Zumindest einige von euch werden hübsche Narben davontragen, die sie ihren Kindern zeigen können. Solange ich euch natürlich nicht vorher die Eier abschneide.

Glücklicherweise zog Brasti Kest zur Seite, und ich konzentrierte mich auf meine Gegner und meine beiden Probleme. Problem Nummer eins: meinen Tod zu verhindern. Problem Nummer zwei: keinen von ihnen zu töten. Ich beschloss, Problem Nummer zwei für den Moment zu ignorieren und mich darauf zu konzentrieren, nicht getötet zu werden. Ich war ein guter Denker, wenn ich mir Mühe gab. Ein Magister zu sein bedeutete mehr, als nur die Gesetze des Königs auswendig zu lernen. Man musste sich die Beweise ansehen oder sich einfallen lassen, wie man dem Gesetz Geltung verschaffen wollte. Oder die beste Möglichkeit finden, aus dem Gefängnis eines Lords auszubrechen.

Ich entschied mich, lieber einen Kampf nach dem anderen auszufechten als fünf zur selben Zeit. Wahrscheinlich würde ich sie nicht dazu bringen, dabei mitzumachen, aber meine Klappe hat mir im Laufe der Jahre genug Ärger eingebracht, dass ich ziemlich gut darin geworden bin, andere ausreichend zu motivieren, den ersten Schlag zu führen.

»Wartet«, sagte ich, als die Männer anfingen, mich einzukreisen. »Wir sagten fünf Männer. Das ist nicht fair.«

Der Karawanenhauptmann sah seine Männer an, dann mich. »Das sind doch fünf – was beschwerst du dich?«

»Bist du blind? Wir sagten fünf Männer. *Männer.*« Mit dem linken Rapier zeigte ich auf den Kleinsten in der Gruppe, den mit dem Speer, der dem mit den beiden Messern ziemlich ähnelte. »Das ist doch kaum ein Junge. Seine Mutter wird weinen, und ich kann es wirklich nicht brauchen, dass seine besoffene, kuhäugige Hure von Mutter meinen Namen nachts verflucht. Ich kann auch so schon schlecht genug schlafen, ohne mir auch noch das aufs Gewissen laden zu müssen.«

Der Speerträger stieß einen Fluch aus. »Du bezeichnest mich als Jungen? Verdammter Lumpenmantel. Ich zeige dir, wer hier der Junge ist.« Er stürmte mit erhobenem Speer auf mich zu, ohne zu realisieren, dass meine linke Klingenspitze bereits auf seine Brust zeigte. Ich schlug den Speer mit der rechten Klinge zur Seite, bevor er meinen Leib erreichte, und der junge Bursche bremste ab, als sich die Spitze nur noch sechs Zoll von seiner Brust entfernt befand. Er wollte zurückweichen, aber ich benutzte den gleichen Trick wie zuvor bei dem Konstabler. Ich trat auf den Speer. Aber dieser Bursche war viel stärker, und er hielt eisern fest. Er war stärker und dümmer. Ich vollführte ein kleines Schauspiel, das Kest und ich als Jungen einstudiert hatten, und lief den Speer entlang. Gezwungenermaßen ließ er los und mich auf einen Fuß an sich heran, ich drehte die Hände und rammte ihn die Knäufe meiner Rapiere gegen beide Schläfen. Ich hätte das nicht auf diese Weise tun müssen, aber ich hatte einen Plan, und dafür musste ich ihn wirklich demütigen.

Der Speerträger brach zusammen, und ich sprach zu seinem bewusstlosen Körper. »Nun erzähl deiner Hurenmutti aber bloß nicht, dass du heute bei der Karawane verprügelt wurdest.«

Rechts von mir ertönte ein wütender Aufschrei, und Zwei Messer kam auf mich zu. Also hatte ich mich nicht geirrt, und jetzt kam der große Bruder, um die Familienehre zu retten. Wenn ich eines im Leben gelernt hatte, dann, dass Ehre einem immer nur Ärger einbringt.

Zwei Messer hatte allerdings zugegebenermaßen eine

gute Technik. Er sah wie ein Handwerker aus, der die Wagen instand hielt. Viele Handwerker sind ehemalige Seeleute, die aus welchen Gründen auch immer nicht mehr auf dem Schiff arbeiten können.

Er kam ganz nahe, damit ich die Reichweite meiner Klingen nicht ausnutzen konnte. Wenn man je gesehen hat, wie ein Seemann mit dem Messer angreift, dann weiß man, dass die Vorstellung, man könnte parieren, absurd ist. Messer bewegen sich viel zu schnell, und bis man einen Stich pariert hat, haben vier andere einem vier Löcher in den Bauch gestanzt. Man muss sich in den Angriff hineinwerfen und ein paar Schnitte am Arm in Kauf nehmen. Das einzige Problem dabei ist nur, dass man mit einer so langen Klinge wie einem Rapier nicht in so kurzem Abstand fechten kann – ein Stoß ist unmöglich. Aber ich kämpfte mit zwei Rapieren, seit ich acht war, und ich kenne selbst ein paar Tricks. Hat man bewegliche Handgelenke und ist bereit, ein paar Narben davonzutragen, kann man die Klingen schnell genug kreiseln lassen, um dem Gegner doppelt so viele Schnitte zu verabreichen, als man selbst davonträgt.

Ich muss es dem Mann zugestehen: Nach den vielen weißen Narben auf seinen Unterarmen zu urteilen, fürchtete er sich nicht vor einem Schnitt. Oder er hatte Angst, geschnitten zu werden, war aber unbeholfen. Was auch immer zutraf, er begriff bald, dass er hier den Kürzeren zog, also veränderte er die Taktik, band meine rechte Klinge und versuchte unter der linken durchzukommen, um meinen Hals zu erreichen. Es hätte beinahe funktioniert, und ich musste die Schmerzen ertragen, mein ganzes Gewicht auf das verletzte Bein zu verlagern. Aber dann erkannte ich meine Öffnung, und da ich mich bereits auf das schlimme Bein stützte, beschloss ich, ein Risiko einzugehen.

Messerkämpfer neigen zum festen Stand. Sie kämpfen mit beiden Füßen flach auf dem Boden und machen nur dann einen Schritt, wenn sie an einen heranwollen. Dabei haben sie nur im Kopf, sich gegen die Klingen des Gegners und den gelegentlichen Kopfstoß zu schützen, darum wurde er völlig überrascht, als ich mit dem Absatz meines linken Stiefels so hart wie ich konnte gegen sein Knie trat. Als es brach, hörte ich ein Knirschen, das so zufriedenstellend klang wie der befriedigte Seufzer einer Geliebten, und er ging neben seinem Bruder zu Boden. Gesegnet seist du, heiliger Werta, der auf den Wellen wandelt, deine Kinder sind so dumm wie Brot.

Der Hauptmann rannte zu seinem Mann, während sich die beiden Männer mit den Kriegsschwertern in Bewegung setzten.

»Das Bein ist hin«, verkündete der Hauptmann. »Der nutzt uns jetzt nicht mehr viel.«

Die Dame im Wagen lachte. »Das ist einer von deinen Männern für meinen Mann, Trattari.«

»Verdammt, Falcio. Ist dir klar, dass du uns jetzt Geld kostest?«, rief Brasti.

Ich murmelte einen Fluch im Namen seiner Mutter und versuchte den Schmerz in meinem Bein abzuschütteln, während die Schwerter auf mich zukamen. Gegen zwei Schwerter zu kämpfen ist offensichtlich doppelt so schwer, als gegen eins anzutreten, aber nicht das bereitete mir Sorgen; es störte mich viel mehr, dass der Mann mit der Axt nicht zusammen mit ihnen angriff. Ich war nicht dumm genug zu glauben, dass ich sie weiterhin verlocken konnte, einer nach dem anderen gegen mich anzutreten – also warum nutzte er die Situation nicht aus und kam von hinten?

Ich verdrängte die Frage und konzentrierte mich auf die beiden Männer vor mir. Einer war blond und schlank, der andere stämmig und schwarzhaarig mit einem Bart, der bis zur Mitte seiner Brust reichte. Ich entschied mich, sie Blonder und Schwarzbart zu nennen. Vielleicht nicht besonders originell, aber ich hatte ja auch nicht vor, mich lange mit ihnen abzugeben. Beide hatten ungefähr die gleiche Größe, was gut für mich und schlecht für sie war. Männer unterschiedlicher Größe zu bekämpfen bedeutet, man muss dauernd seine Fechtstellung verändern, was mir mit meinem verletzten Bein unmöglich gewesen wäre.

»Ifodor, Falcio, benutze Ifodor«, brüllte Brasti unnötigerweise. Vielleicht glaubte er helfen zu können.

»Ja, ich hab's gehört«, rief ich zurück. Ifodor ist eine Technik, mit der Greatcoats gegen zwei Fechter kämpfen; wortwörtlich übersetzt bedeutet es so viel wie »Binde die Klingen«. Sie benötigt viel Kraft im Unterarm, außerdem muss man dazu beidhändig sein. Ich hätte den Vorschlag weitaus weniger beleidigend gefunden, wäre ich nicht derjenige gewesen, der das Brasti beigebracht hatte.

Man stelle sich zwei Gegner vor, die einen beide flankieren wollen, also trennen sie sich und versuchen einen auf beiden Seiten zu umgehen. Da man aber ein cleveres Kerlchen ist, will man sie nicht an sich vorbeilassen, denn auf diese Weise findet man den Tod. Also tritt man zurück und folgt der Kreisbewegung des einen, sodass der andere ein kleines Stück außer Reichweite ist, und jetzt kämpft man kurz nur gegen einen Mann und hat die Chance, sich eines Gegners zu entledigen. Die Angreifer nun, schlaue Burschen, die sie sind, wollen das natürlich verhindern, also korrigieren sie die Fechtstellung, um einen auf gleichmäßigem Abstand zu halten, was einen zur Spitze eines Dreiecks macht und sie beide an den Seiten positioniert. Das klingt schrecklich elegant, aber in Wirklichkeit sieht man nur zwei Männer, die ununterbrochen auf einen Mann einstechen, der sein Bestes gibt, ihre Klingen mit der Anmut einer nach einer Maus tretenden Kuh abzuwehren.

Und damit kommen wir zu Ifodor, der Wechselbindung der Klinge. Man muss den perfekten Augenblick abwarten, wenn beide Gegner durch den natürlichen Rhythmus, der alle Männer schrittweise aneinander bindet, plötzlich versuchen, gleichzeitig tief anzugreifen, und wenn das geschieht, wenn deine Klingen die obere Paradeposition einnehmen, kann man sie nach unten kreisen lassen und jede gegnerische Klinge binden. Jetzt kommt der schwierige Teil: Man hat beide gegnerischen Klingenspitzen aus der Angriffslinie gebracht und die eigenen Waffen am Feind. Man reißt die Spitzen nach oben und tritt gerade nach vorn, hält Kontakt mit den unteren Hälften ihrer Klingen – und durchbohrt ihre Bäuche.

Ifodor ist eine schwierige Technik, aber sie ist verheerend effektiv, und ich wollte es gerade durchführen, als ich Kest husten hörte und erkannte, dass ich zwei Männer töten und dann entweder selbst sterben oder auf eigene Kosten arbeiten würde. In letzter Sekunde führte ich die Spitzen noch tiefer, um die Beine zu treffen. Schwarzbart erwischte ich, aber den Blonden verfehlte ich um einen Zoll. Glücklicherweise versuchte er einen Ausweichschritt und brachte das linke Bein näher an meine Klinge. Ich führte sie kräftig und schnell über seinen Innenschenkel und hörte ein kollektives Aufstöhnen der Männer in der Menge, als ich einen bösartigen Schnitt direkt unterhalb seines Unterleibs landete. Mit einem Ruck hebelte ich die rechte Klinge aus Schwarzbarts Bein, was ihn zu Boden schickte, und führte die linke Rapierspitze unter das Kinn des Blonden.

Ein kurzer, süßer Augenblick der Stille trat ein, in der ich nur meinen Atem hören konnte. Dann hörte ich jemanden applaudieren. Der Blonde wich zurück, und ich sah, dass der Beifall von dem Axtmann kam. Er lächelte. Er muss sechseinhalb Fuß groß gewesen sein, und er wirkte mindestens doppelt so kräftig wie ich. Ich war bereits erschöpft, und mein rechtes Bein drohte gleich nachzugeben.

Der Axtmann hörte auf zu applaudieren und fing an, eine Rüstung anzulegen. Ich stieß einen leisen Fluch in Kests Namen aus, dass er eines Tages dem blutroten Gesicht des heiligen Caveil gegenüberstehen sollte. Dieser Mann wusste, was er tat. Er hatte sich meinen Stil angesehen, und die Verletzung an meinem rechten Bein war ihm nicht verborgen geblieben. Er konnte mir meine Müdigkeit ansehen, und er wusste, dass Rapiere nicht viel gegen Plattenrüstungen ausrichteten. Einen gepanzerten Gegner konnte man nur aufhalten, indem man die Klinge zwischen zwei Platten bekam, und selbst dann würde man Mühe haben, das darunterliegende Kettenhemd zu durchbohren. Rapiere sind Duellwaffen, keine Kriegswaffen, und das wusste er. Und darum lächelte er. Die eigentliche Frage aber lautete: Warum lächelte ich?

»Verdammt«, hörte ich Kest zu Brasti sagen.

»Was ist?«, fragte Brasti.

»Ich wünschte nur, er hätte Falcio nicht auf diese Weise angelächelt, das ist alles.«

5

ALINE

In Pertine sagen wir: »Das Leben ist ein mit den Göttern abgeschlossener Handel«. Will man Soldat werden, dann schwört man, das ganze Leben lang hart und hingebungsvoll zu kämpfen, und man trifft eine Abmachung mit dem Gott des Krieges und vergießt in seinem Namen Blut. Und dafür gewährt einem der Krieg starke Knochen und dickes Blut. Will man Kaufmann werden, dann schwört man, durchs Land zu reisen und nur wenig zu betrügen, und man trifft eine Abmachung mit dem Gott der Münze, und dafür gewährt einem die Münze eine sichere Reise und leichtgläubige Kunden. Ich traf eine Abmachung mit dem Gott der Liebe und verschwor mein Herz mein ganzes Leben lang einer Frau. Und im Gegenzug gewährte mir die Liebe ein süßes Lächeln und warme Nächte. Für kurze Zeit.

Aline war wundervoll und schön, und ich will Deine Zeit nicht damit verschwenden, sie zu beschreiben, werter Leser, denn möglicherweise stimmst Du mir nicht zu, und dann müsste ich Dich die Erste Fechtregel lehren – oder, was noch schlimmer wäre, Du könntest dich selbst in sie verlieben, und das würde Dir nur ein kleines Stück von dem Leid bringen, das mein Leben erfüllt.

Wir lernten uns mit siebzehn kennen und waren zwanzig, als sie starb. Wir heirateten, liebten uns, stritten uns, unterhielten uns, standen vor dem Hungertod, kämpften gegen

Nachbarn, überlebten nur mühsam einen Fluch auf unserem Haus, und einmal machten wir beinahe ein Baby zusammen. Und am Ende starb sie aus keinem besseren Grund, als dass der Herzog, der über unser Land herrschte, sie in sein Bett holen musste.

Ich liebte König Paelis, aber ich hasste alle Könige vor ihm und keinen mehr als seinen Vater König Greggor.

Ich weiß nicht, warum König und Herzog und ihre Männer die Straße entlanggeritten kamen, die an unserer Hütte vorbeiführte. Vielleicht suchten sie auf dem Weg nach Schloss Aramor, dem Königssitz im Süden, nach Wild. Vielleicht hatte einer der Nachbarn, die unser Land begehrten, uns einen Streich gespielt. Vielleicht hatte die Liebe, beleidigt durch meine säumigen Gebete, entschieden, unsere Abmachung zu brechen. Aber was auch immer der Grund war, die Gruppe des Königs ritt direkt an unserer Hütte vorbei, und der Herzog bat ihn, für Erfrischungen anzuhalten.

Der Herr hat das Recht, in Zeiten des Krieges oder bei Unruhen von jedem Untertan seines Herzogtums Speisung zu verlangen. Der Herzog definierte den Kriegszustand recht locker, also verlangte er, dass wir ihm und dem König Essen und Trinken brachten. Wir holten alles, was wir hatten, einschließlich der Wintervorräte. Ich war so geizig wie alle und doppelt so streitlustig, aber ich war nicht dumm, und ich legte mich nicht mit Königen an.

Yered, der Herzog von Pertine, schien zufrieden mit dem, was wir auftischten. König Greggor zeigte kein Interesse, und keiner der beiden ließ seine Männer an der Mahlzeit teilhaben, also schätzte ich mich glücklich, dass für uns noch etwas übrig bleiben würde, wenn sie fertig waren. Das war idiotisch optimistisch.

»Du bist einer meiner Untertanen, oder?«, fragte der Herzog.

Die Frage war nicht so dumm, wie es klingt; wir lebten an der Grenze zwischen Pertine und Luth, und es gab immer irgendeinen Disput mit dem benachbarten Herzog Holm, an wen wir nun Steuern zahlen sollten.

»Ich bin in der Tat Euer Untertan, Euer Durchlaucht, und habe jedes Jahr meine Steuern bezahlt«, sagte ich demutsvoll.

»Tatsächlich? Nun, damit bist du eine Ausnahme, mein braver Junge.«

Er und seine Männer fanden das sehr komisch, und ich fing an, mich beinahe sicher zu fühlen. Ich konnte das schaffen. Ich konnte den Mund halten und mich verneigen und was sie sonst noch alles verlangten, solange es sie von meinem Land schaffte.

»Und wer ist das?«, fragte Yered, und ich drehte mich um und sah Aline, die das Tor schloss – das einer der Männer des Herzogs offen gelassen hatte –, damit die Ziegen nicht auf Wanderschaft gingen.

»Das ist meine Frau, Euer Durchlaucht«, antwortete ich.

»Da hast du aber eine verflucht schöne Frau, Junge. Komm her, Mädchen, lass dich von deinem Herzog anschauen.«

»Es wird spät, Yered, und ich habe langsam Hunger auf etwas, das nicht heute Morgen vom Boden gefegt wurde.« König Greggor klang gereizt und gelangweilt – ein gutes Zeichen, wie ich betete.

Yered lachte. »Ich habe Hunger auf etwas anderes, Euer Majestät. Gebt mir einen Augenblick, damit ich mich vergewissern kann, dass die mir zustehenden Rechte erfüllt werden.«

Greggor winkte ab. »Wenn es Euch Spaß macht.«

Yered stand vor mir auf. Er war etwas kleiner als ich, also gab ich mir Mühe, mich so klein wie möglich zu machen, damit er sich nicht durch meine Größe beleidigt fühlte.

»Also, Junge, du behauptest, sämtliche Steuern bezahlt zu haben?«

»Ja, Euer Durchlaucht.«

»Alles? Bist du dir wirklich sicher?«

»Ja, Euer Durchlaucht. Im letzten Jahr zahlten wir sieben Münzen, in diesem acht. Ich habe eine Quittung vom Sheriff. Ich könnte sie für Euch holen, wenn Ihr …«

»Genug! Blök mich nicht an wie ein Schaf. Zeig etwas Rückgrat, Junge.«

Der Herzog wandte sich an seine Männer. »Seht ihr das? Mit so etwas muss ich in den Krieg ziehen. Es ist ein Wunder, dass uns die verdammten Barbaren noch nicht überrannt haben.«

Er nahm seinen Weinbecher und drückte ihn mir in die Hand. »Hier, trink diese Pisse. Vielleicht bekommst du davon etwas Mumm in den Knochen, hm?«

Ich trank, denn schließlich war es ja mein Wein.

»Also, zurück zur Steuer. Du hast die Steuer für dein Land bezahlt?«

»Ja, Euer Durchlaucht, vier Münzen für den Sheriff, Herr.«

»Schön, schön. Weiter, du hast auch die Steuer für diese Ziegen bezahlt?«

»Ja, Euer Durchlaucht, zwei Münzen.«

»Und für deine, äh, Hühner?«

»Ja, Euer Durchlaucht, für sie zwei.«

Der Herzog zählte es an den Fingern ab. »Nun, das macht zusammen acht Münzen, nicht wahr?«

»Ja, Euer Durchlaucht, wie ich schon sagte, acht Münzen dieses Jahr, Euer Durchlaucht.«

Die Männer des Herzogs kicherten. Sie hatten diesen Witz schon zuvor gehört.

»Nun, du hast für deine Ziegen und Hühner gezahlt, aber was ist mit dem Rest deines Viehs?«

Ich schüttelte den Kopf und tat so, als würde ich den Witz nicht verstehen. »Es tut mir leid, Euer Durchlaucht? Ich verstehe nicht …«

»Deine Kuh, Mann!«, sagte er und zeigte auf Aline. »Wann willst du denn Steuer für deine Kuh bezahlen?«

Brüllendes Gelächter ertönte – aber vielleicht war es auch nur vereinzeltes Gelächter, das in meinen Ohren dröhnte.

»Es tut mir leid, Euer Durchlaucht, ich hatte keine Ahnung. Ich werde den nötigen Preis bezahlen.«

Ein paar der Männer zwinkerten sich zu. Mit meinen Bemühungen, den Mann zu beschwichtigen und meinen Zorn zu verbergen, war ich direkt in die Falle gelaufen.

»Diese Steuer wirst du bezahlen, Junge«, sagte der Herzog freundlich. »Aber behalte deine kleinen Silberstücke. In diesem Fall zahlt die Kuh die Steuer!«

Wieder ertönte Gelächter, und jetzt trat einer der herzoglichen Soldaten, der genau wusste, wie der Scherz endete, vor und ergriff Alines Arm. Also, das war seltsam. Plötzlich hielt ich einen Stock in der Hand, ohne mir bewusst zu sein, ihn aufgehoben zu haben. Seine Spitze zeigte genau auf das Auge des Soldaten.

Aber bevor selbst der Herzog handeln konnte, schüttelte Aline den Griff des Soldaten ab und schlug mich hart ins Gesicht. Entsetzt ließ ich den Stock fallen. »Dummer Junge«, sagte sie. »Du wirst meinem Glück nicht im Weg stehen!«

Der Herzog lachte und gab seinen Bogenschützen ein Zeichen, und ich begriff, dass sie mir gerade das Leben gerettet hatte. »Hört euch das an, die kleine Hure glaubt, sie könnte meine Frau werden!«

Jeder lachte, sogar Aline. Der Herzog brüllte nach Wein, und einer seiner Männer fing an, in unserem armseligen Vorrat herumzustöbern. Aline ergriff mein Gesicht mit beiden Händen und flüsterte mir ins Ohr: »Wage es ja nicht, Falcio. Ich weiß, dass du mich liebst, und ich weiß, dass du für mich kämpfen würdest, aber nicht hier und nicht jetzt. Ich werde das tun, und ich zahle den Preis für uns beide. Ich werde nicht kratzen oder schlagen oder schreien, sondern sorge dafür, dass sich dieser kleine Mann wie ein Riese fühlt. Es ist allgemein bekannt, dass der Herzog eine Frau nur einmal in sein Bett holt. Und wenn er fertig ist, wird er gehen und seine dreckigen Männer und seinen dreckigen König mitnehmen, und du und ich, wir werden zusammen alt und über den Tag lachen, an dem diese albernen Vögel auf unserem Feld rasteten.«

Sie stieß mich fort und ging auf unsere Hütte zu, bedeutete dem Herzog, ihr zu folgen. An der Tür drehte sie sich um und rief den Männern des Herzogs zu: »Behandelt ihn sanft, ja? Ich hasse es, wenn er in der Nacht weint.«

Die herzoglichen Männer lachten, und selbst König Greggor kicherte und spuckte ein Stück von dem Lamm aus, das unser Abendessen hätte sein sollen. Und ich wartete und betete und hasste mich selbst, während ich gleichzeitig der Liebe dankte, mir eine so weise und tapfere Frau gegeben zu haben, die in diesem Moment von einem Mann vergewaltigt wurde, vor dem ich in wenigen Minuten niederknien und mich bedanken würde.

Genau wie sie gesagt hatte, ließ sie ihn grunzen und stöhnen, und nach ein paar Minuten brüllte er auf und verstummte. Einen Augenblick lang hatte ich Angst, Aline hätte ihm ein Messer ins Gemächt gerammt, aber das Kichern seiner Soldaten verriet mir, dass das die Art des Herzogs war.

Aline trat zuerst mit offenem Haar heraus und knöpfte die Bluse zu. »Die Götter segnen Euch, Euer Durchlaucht. Ich bin eine neue Frau!«

Der Herzog kam aus der Hütte. Seine Kleidung saß perfekt, aber sein Haar war zerzaust, sein Gesicht war gerötet, und er schwitzte wie ein Schwein.

»Die Heiligen schenken dir ihre Gunst, Junge. Du bist in der Tat ein reicher Mann. Ich sollte deine Steuern im nächsten Jahr erhöhen!«

Ich schluckte meinen Stolz und meine Ehre und was ich sonst noch an Würde hatte, hinunter und ließ mich auf ein Knie herab. »Ich danke Euch für Euren Schutz und Eure Großzügigkeit, Euer Durchlaucht.«

»Und dafür, dass endlich jemand deine Frau befriedigt

hat, was?« Der Herzog lachte auf die grunzende Weise von Schweinen, wie sie zu grunzen pflegen, bevor man ihnen den Hals durchschneidet.

»Ja, Euer Durchlaucht, und dafür, dass Ihr getan habt, wozu ich selbst nicht fähig bin.«

»Ha!«, rief der Herzog. »Du bist eine Kröte, Junge, eine stinkende kleine Kröte. Aber du kennst deinen Platz, und das ist das Beste, was wir von einem Bauern erwarten können. Keine Sorge, wir gehen, und ich werde meinen Männern nicht befehlen, deine Hütte anzuzünden.«

Dieser Gedanke war mir noch gar nicht gekommen, aber ich verneigte mich trotzdem dankbar. König und Herzog stiegen auf ihre Pferde, und ihre Männer folgten ihrem Beispiel – ausgenommen einer, ein großer Mann mit einer großen Narbe von der Stirn bis zur Lippe. Er trug eine Kriegsaxt auf dem Rücken. »Mein Herzog«, sagte er und sah mich dabei an, »sollten wir die Frau nicht mitnehmen, nur für den Fall, dass Ihr später wieder Hunger habt? In dem Gasthof, in dem wir heute übernachten, wird das Mahl garantiert nicht so süß sein.«

Der Herzog machte sich nicht einmal die Mühe, ihn anzusehen. »Was erzählst du da für einen Unsinn, Fost? Du weißt genau, dass keine Frau den Herzog zweimal befriedigt.«

»Ja, mein Herzog, aber würdet Ihr nicht sagen, dass die hier anders war? Sie scheint doch eine zu hübsche Kuh zu sein, um sie diesem Jungen zu überlassen, der sie nicht einmal richtig melken kann.«

Der Herzog wollte abwinken, aber König Greggor mischte sich ein. »Bei allen Höllen, Yered, nehmt das verdammte Mädchen einfach mit. Eure Männer haben Euch oft genug grunzen gehört – vielleicht sehen sie ja etwas in ihr, das Ihr nicht erkennt.«

Sosehr ich den Herzog auch mit jeder Faser meines Wesens verabscheue, glaube ich doch, dass er uns in Ruhe gelassen hätte, hätte sich der König nicht eingemischt. Aber diese Bemerkung verletzte ihn. »Ich habe keine Verwendung mehr für sie, Majestät – aber Fost, da du so scharf auf sie zu sein scheinst, nimmst du sie mit. Sie kann die Männer unterhalten, während ich bei besserem Material ›grunze‹.«

Fost ließ mich keinen Augenblick lang aus den Augen und hörte auch nicht auf zu lächeln; die Narbe auf seinem Gesicht zuckte bei der Bewegung. Er gab seinen Männern ein Zeichen, und zwei von ihnen packten Aline, während zwei andere mit Pfeilen auf meine Brust zielten. Dann stieg er aufs Pferd und folgte seinen Männern, während ich dastand und wie ein Bauer starrte. Wie eine Kröte. Wie ein Junge, der seinen Platz kannte.

Aline war ein gutes Mädchen, und sie war klug, aber selbst sie besaß die Grenzen, die die Götter unserer geistigen Gesundheit setzen, und als ich die nächste Stadt zu Fuß endlich erreicht hatte und sie auf dem Boden des Gasthauses fand, war sie seit zwei Tagen tot. Mein tapferes Mädchen hatte sich gewehrt, und unter ihren Nägeln klebte Haut, und ihre Arme hatten blaue Flecken, und ihr wunderschönes Gesicht war in zwei Hälften gespalten von einer großen Kriegsaxt.

Ich fühlte mich sehr seltsam. Ich schien auf dem Karawanenmarkt von Solat über dem Axtkämpfer zu stehen, der anscheinend an irgendetwas gestorben war. Offenbar war die Todesursache Rapierstiche in beide Augen und den Hals gewesen. Einen Augenblick lang fragte ich mich, wer denn wohl so etwas tat, und dann bemerkte ich, dass ich zitterte. Kest zog mich von dem Mann fort.

Feltocks Hand lag auf seiner Waffe, und die kleine Trin schluchzte an seiner Schulter.

»Verflucht, Falcio«, sagte Brasti und betrachtete die Leiche. »Du solltest ihn doch bloß verletzen.«

»Brasti, halt den Mund«, sagte Kest. Ich fand das außerordentlich witzig, und so lachte ich laut, aber aus irgendeinem Grund fand das sonst niemand lustig. Mir fiel auf, dass mein Gesicht ganz nass war. Seltsamerweise ließ mich das nur noch lauter lachen.

»Na schön, er musste ihn töten, aber warum musste er dem Mann das Gesicht auf diese Weise aufschlitzen, nachdem er bereits tot war?«

»Noch ein Wort, und ich schlage dich nieder«, sagte Kest. Kest war ein sehr furchteinflößender Mann, wenn er solche Dinge sagte, und es beendete sogar mein Lachen. Er rieb mir die Arme, was angenehm war, aber irgendwie unangebracht erschien.

»Erinnerst du dich noch an Aline?«, fragte ich ihn. Meine Stimme klang seltsam – ganz schrill, genau wie als Junge. »Ich weiß nicht, warum, aber ich musste an sie denken.«

Einen kurzen Augenblick lang legte Kest die Hand auf meine Wange. Dann bedeutete er Brasti, auf mich aufzupassen, und trat vor den Wohnwagen. Der Karawanenhauptmann verstellte ihm den Weg und legte eine warnende Hand auf seine Brust, aber Kest ignorierte ihn. »Wir haben eine Abmachung. Ein Mann tot und einer verletzt. Meiner Rechnung nach ist das die Bezahlung für anderthalb Männer für die Arbeit von dreien.«

»Mein Handwerker ist mit einem gebrochenen Bein für kaum etwas zu gebrauchen, Trattari«, sagte der Hauptmann. »Verschwindet und betet, dass ich nicht zu den Konstablern …«

»Ein Mann tot und einer nutzlos«, hörte ich die Frauenstimme aus dem Wagen sagen und den Lärm übertönen. »Ich zahle für einen Mann, und drei Männer bekommen etwas zu essen.«

Kest sah in meine Richtung, aber ich blickte noch immer auf den blutigen Schnitt, den ich dem Axtmann ins Gesicht geschnitten hatte.

»Mein Wort drauf«, sagte Kest. »Ein Mann wird bezahlt, drei Männer bekommen zu essen.« Dann wandte er sich an die anderen Karawanenwächter. »Und ihr alle vergesst nicht: Jeder, der sich für einen von denen rächen will, sollte bedenken, dass hier fünf Männer gegen einen antraten, und Falcio war verletzt.«

»Genau«, sagte Brasti. »Und er ist nicht einmal richtig wütend geworden.«

Ein paar der Männer, gegen die ich gekämpft hatte, murrten leise, aber abgesehen von dem Blonden sah uns niemand in die Augen. Er blickte mich an und sagte: »Ein fairer Kampf ist ein fairer Kampf. Außerdem konnte sowieso niemand den großen Kerl ausstehen.«

»Trin, geh und füll die Papiere bei den Marktschreibern aus«, sagte Feltock und gab der Leibdienerin eine kleine Ledermappe. Dann versetzte er der Leiche des Axtkämpfers einen Tritt. »Und sag ihnen, dass Kreff ein Duell verloren hat, das fair ausgefochten wurde. Ich bezweifle, dass es jemanden interessiert.«

Sie nickte und ging, und die Mannschaft bereitete die Karawane zur Abreise vor. Minuten später saßen wir auf den Pferden und ritten durch das Markttor. Ich hatte keine Ahnung, ob die Konstabler noch nach uns suchten oder ob sie wussten, dass wir jetzt zu einer Karawane gehörten, und keine Lust hatten, sich mit den Zuständigkeitsproblemen herumzuschlagen, die die Marktgesetze mit sich brachten. Was es nun auch war, wir stießen auf keinen Widerstand, und zum ersten Mal an diesem Tag sah es so aus, als würden wir uns in die richtige Richtung bewegen.

»Wir fahren in die falsche Richtung«, sagte Kest.

Ich schaute auf. Der Karawanenhauptmann führte die Wagen zur Brücke. Wir trieben die Pferde an, bis wir den Führungswagen erreichten. »Das ist der falsche Weg«, sagte ich. »Die Brücke bringt uns zum Speer – zum nördlichen Handelsweg.«

»Ihre Durchlaucht hat ihre Gründe, um die Leute glauben zu machen, wir würden nach Baern fahren«, sagte Feltock,

»aber diese Karawane fährt nach Norden, in die Heimat ihrer Mutter, die einer Heiligen gleichkommt.«

»Aber der Norden – das ist fünfhundert Meilen von unserem Ziel entfernt!«

»Nein, ist es nicht, das ist genau euer Ziel«, erwiderte der Hauptmann. »Schließlich habt ihr euer Wort darauf gegeben. Ihr seid jetzt ein Teil dieser Karawane, und wo sie hinfährt – nun, dort geht auch ihr hin. Es sei denn, ihr wollt das Marktgesetz brechen und als Eidbrecher gebrandmarkt werden. Ich schätze, das wäre nicht gut für die Trattari, oder?«

Als Eidbrecher gebrandmarkt zu sein, würde das Todesurteil für uns bedeuten. Trattari konnten nicht für frühere Verbrechen verfolgt werden, aber das Gesetz bot uns auch keinen Schutz. Solange wir nicht in den Diensten von jemandem mit Macht und Einfluss standen, waren wir für jeden ein Ziel, der sich einen Namen machen wollte. Und jetzt wurden wir in die falsche Richtung gezerrt, in einer Karawane aus Leuten, die uns hassten, im Dienst einer Frau, über die wir nichts wussten und die Gründe hatte, ihre wahren Ziele zu verschleiern.

Brasti und Kest warfen mir schiefe Blicke zu, als unsere Pferde langsam zur Brücke trotteten. »Schön«, sagte ich schließlich. »Nun sagt es schon.«

Brasti schüttelte bloß angewidert den Kopf, aber Kest nahm mich beim Wort. »Es besteht eine ausgezeichnete Chance, dass du uns gerade alle umgebracht hast, Falcio.«

6

DAS MANSCHETTENSPIEL

Abgesehen von der Karawanenherrin, die uns ignorierte, und Trin, die halbwegs freundlich zu uns war, rangierten die Gefühle, die uns die meisten Karawanenleute während der ersten Woche entgegenbrachten, von nacktem Hass bis hin zu dem, was viel schlimmer ist. Es machte den ersten Teil der Reise zu – nun, dem sehr ähnlich, was wir sonst taten.

Nach dem unbehaglichen ersten Abend, bei dem es wiederholt um den »toten Tyrannen« ging, dem wir gedient hatten, den »Hurensöhnen«, aus denen sich unser Orden zusammensetzte, und den »stinkenden Lumpen«, die unsere Mäntel darstellten, kam es um ein Haar zu einem Messerkampf mit unseren Wächterkameraden. Also entschieden wir uns, die Abende am besten unter uns zu verbringen und die Karawane zu bewachen. Und unsere Rücken.

Trin brachte uns zu essen, nachdem die anderen gegessen hatten – vermutlich war das nur logisch, da man uns sonst garantiert beschuldigt hätte, mehr als unseren Anteil zu nehmen, trotzdem fand ich das erstaunlich anständig von ihr. Sie war hübsch, hatte lange dunkle Haare und leicht gebräunte Haut. Ihre Augen wiesen die Farbe von strömendem Flusswasser auf. Sie setzte sich sogar eine Weile zu uns, hörte unseren Geschichten zu und stellte Fragen über die alten Gesetze, schenkte uns sogar ihr schüchternes Lächeln, wenn einer von uns gelegentlich einen Witz machte.

Sie erzählte uns nur sehr wenig über die Herrin, der sie ihr ganzes Leben lang gedient hatte, erwähnte bloß, sie sei die edle Tochter eines großen Hauses. Trin war ihre Spielgefährtin gewesen, als sie noch Kinder waren und Trins Mutter als ihre Kinderfrau arbeitete, später dann Gefährtin bei ihrem Unterricht. Jetzt war sie Leibdienerin der Dame. Ich fragte mich, wie das wohl gewesen war, als Kind und als Spielgefährtin anzufangen und in jedem vergehenden Jahr an Stellung zu verlieren und mehr zur Dienerin zu werden. Aber Trin schien das für die natürlichste Sache der Welt zu halten, und sie lachte Brasti aus, als er vorschlug, sie könnte ja das beste Kleid ihrer Herrin stehlen und nach Süden fliehen, um sich dort als Prinzessin auszugeben, da sie schließlich genau wie eine aussehe.

»Bei den Heiligen meiner Mutter, nein«, sagte Trin. »Das würde nicht funktionieren!«

»Und warum nicht?«, fragte Brasti. »Hübsch genug dazu bist du doch.«

Trin lachte. »Mit solchen Händen?« Sie hielt die Hände hoch, die durchaus anmutig geformt waren, aber die verräterischen Schwielen einer Dienerin aufwiesen.

»Lass mich sehen«, sagte Brasti, schnappte sich die Hand und untersuchte sie genau. »Wie ich erwartet habe, so weich wie Seewasser und so hell wie ein Edelstein. Und sie schmecken …« Und er beugte sich vor, um ihren Handrücken zu küssen.

»Brasti?«, sagte ich mit einem sanften Lächeln im Gesicht.

»Ja, Falcio?« Er warf mir einen seiner schmollend-ärgerlichen Blicke zu.

»Ich dachte gerade darüber nach, wie lange wir schon nicht mehr unsere Federparaden geübt haben. Sollen wir heute Nacht während der ersten Wache daran arbeiten?«

»Federparaden? Warum bei allen Höllen sollte ich das tun wollen?«

Bei einer Federparade wehrt man eine Klinge mit dem

Handrücken ab. Das ist manchmal erforderlich, wenn die eigene Klinge gerade beschäftigt ist, aber es ist nicht sehr angenehm – darum will es auch nie jemand üben. Die Hände brennen danach stundenlang.

Ich lächelte weiter. »Weil es dir eines Tages das Leben retten könnte. Vielleicht sogar heute.«

Brasti ließ Trins Hand los.

»Bogenschützen üben keine Federparaden. Unsere Hände müssen präzise und kontrolliert arbeiten.«

Trin sah ihn fragend an. »Aber brauchen Greatcoats denn nicht alle die gleichen Fähigkeiten?«

Brasti schnaubte. »Nein, Schwertkämpfer teilen bloß Hiebe aus und stochern herum. Da geht es bloß darum, das spitze Ende zuerst in den anderen Burschen zu bohren. Ein Bogenschütze – also ein Bogenschütze benötigt echtes Geschick.«

Ich verdrehte bloß die Augen und sah Kest an. Diese Tirade hatten wir schon so oft gehört, aber Trin nicht, also tappte sie genau in die Falle.

»Ist das wirklich so schwer?«, fragte sie.

»Meine Liebe, nicht ein Mann von hundert kann ein vernünftiger Bogenschütze werden. Und nicht einer unter zehntausend ein Meister.«

»Und du bist einer davon? Ein Meisterbogenschütze?«

Brasti lächelte und betrachtete die Nägel der rechten Hand. »Ich glaube, das kann man mit Fug und Recht behaupten.«

»Das wird oft behauptet«, bemerkte ich.

»Aber wie bist du zum Meisterschützen geworden? Wurdest du schon so geboren? Hattest du einen Lehrer?«

»Das hatte ich.« Er sagte es, als würde er ein Geheimnis andeuten.

»Und?«, fragte Trin. »Wie lautete sein Name?«

»Keine Ahnung.« Brasti sah sehr ernst aus. »Darüber haben wir nie gesprochen.«

»Ihr habt nie über seinen Namen gesprochen? Du hast bei

diesem Mann das Bogenschießen gelernt, aber er hat dir nie seinen Namen verraten?«

»Das Thema hat sich nie ergeben. Eines Tages wilderte ich auf dem Gebiet des Herzogs Hasen, da war ich kaum alt genug, um den Röcken meiner Mutter zu entkommen, und er trat einfach hinter einem Baum hervor.«

»Wie sah er aus?«

»Groß, sehr groß. Er hatte langes graues Haar, trug es nach Bogenschützenmode, wie wir es nennen.«

»Warum ›Bogenschützenmode‹?« Sie klang fasziniert.

»Bis zu den Schultern, leicht zurückzubinden.«

»Du meinst wie deines?«

»Ganz genau wie meines.«

»Und er brachte dir bei, wie man mit dem Bogen schießt, aber er verriet dir nie seinen Namen?«

»Richtig. Und jetzt, wo ich so darüber nachdenke, glaube ich, wir haben auch nie miteinander gesprochen.«

Trin warf ihm einen misstrauischen Blick zu und glaubte vermutlich, er würde sich über sie lustig machen, aber Brasti lächelte beruhigend. »Um die Wahrheit zu sagen, meine Liebe, das ist eine legendäre Geschichte, und diese beiden Rüpel kennen sie bereits. Vielleicht darf ich dir die Geschichte ja morgen Abend in einem privateren Rahmen erzählen?«

Trin errötete, Brasti grinste, und später am Abend drohten Kest und ich ihm an, ihn bewusstlos zu schlagen, sollte er versuchen, das Mädchen ins Bett zu bekommen, solange wir bei der Karawane waren.

Am nächsten Tag fuhren wir weiter auf der uralten Straße, die Karawanenfahrer Der Speer nennen, weil sie ziemlich genau in nordsüdlicher Richtung verläuft. Im Prinzip war eine lange, gerade Durchgangsstraße eine gute Idee, da man schnell von den Handelszentren Cheveran und Baern im Süden bis nach Orison im Norden gelangt und dabei so nahe an weiteren großen Städten wie Hellan und sogar Rijou vorbeikommt, dass man sie anspucken könnte. Auch wenn alle Heiligen verhindern mögen, dass ich je in der letzteren Stadt lande. Aber falls eine lange, gerade Straße gut für Karawanen ist, für Räuber war es, als würden sie an der Titte der heiligen Laina nuckeln. Da wir jetzt keinen König mehr hatten, gab es auch keine vernünftige Militärpräsenz, um die Handelswege zu beschützen, und auch keine Waldarbeiter, die dafür sorgten, dass die Bäume und Büsche zu beiden Straßenseiten nicht zum perfekten Versteck für jeden mit einem Schwert und knurrendem Magen wurden, der Bandit werden wollte. Die Herzöge hatten keinerlei Interesse an der Instandhaltung der Straßen, da die Karawanenlords sich weigerten, Zölle zu bezahlen, während die Karawanen selbst im Wettbewerb miteinander standen, weshalb auch keiner für das Brot bezahlen wollte, das ein anderer essen würde. Also verwilderten die Lichtungen langsam, und Banditen legten nach Belieben Hinterhalte. Wollte man ihnen durch Schnelligkeit entkommen, machte das alles noch schlimmer, denn man steckte in einem langen, geraden Tunnel fest, in dem Männer mit Pferden mühelos die vor die Wagen gespannten Schindmähren überholen konnten. Alles in allem war es eine gute Zeit, Straßenräuber zu sein.

In dieser ersten Woche wurden wir zweimal angegriffen. Das erste Mal hätten wir beinahe einen Mann verloren, weil die anderen keine Formation mit Kest, Brasti und mir bilden wollten. Glücklicherweise dauerte der Angriff der Räuber nur wenige Minuten, und wir drei schalteten sie ohne ernste Verluste für unsere Gruppe aus. Die Wunde, die ich in der Stadt davongetragen hatte, war auf dem Weg der Besserung, und ich konnte mich halbwegs vernünftig bewegen, solange ich bereit war, später den Preis dafür zu bezahlen, wenn sie nachts wie der Teufel schmerzte.

Nach dem Kampf drohte der Karawanenhauptmann den anderen Wächtern mit der Peitsche, und sie lernten schnell ihre Lektion. Beim zweiten Angriff waren wir bereit. Acht

Männer wollten uns zu Fuß angreifen, davon vier mit Armbrüsten. Aber Feltock ließ die Wagen schnell einen Kreis bilden, während wir die Räuber attackierten und Brasti einen Armbrustschützen nach dem anderen ausschaltete. Eine Armbrust ist eine gute Waffe, wenn sie geladen ist und der Gegner nicht zu weit entfernt steht, aber ein guter Bogen schießt doppelt so weit wie jede Armbrust – und wie ich vielleicht schon erwähnte, verfehlt Brasti nie.

Schließlich begriff der Rest der Räuber, dass sie vermutlich einer nach dem anderen erschossen werden würden, also stürmten sie auf uns zu. Ich kämpfte Seite an Seite mit Kest und dem Blonden – der zwar einen Namen hatte, aber wie sich herausgestellt hatte, nannte ihn jeder nur »Blonder«, also tat ich es auch. Er konnte ganz ordentlich mit dem Kriegsschwert umgehen, sobald man ihn von Kurg wegbekam, dem schwarzhaarigen Mann mit dem langen Bart. Die beiden kämpften schon seit Jahren zusammen und hatten schlechte Angewohnheiten entwickelt.

Wir brauchten nicht lange, um die Banditen zu verjagen, aber Feltock war noch immer nicht mit der Leistung seiner Mannschaft zufrieden, und er entschied, dass es unsere Aufgabe war, die Männer auszubilden, damit sie für jeden weiteren Angriff bereit waren.

»Ich bezahle euch nicht nur, damit ihr auf euren Pferden sitzt«, sagte er. »Angeblich seid ihr doch so tolle Krieger, also lasst uns Beweise sehen.«

»Wir haben bereits zwei Banden zurückgeschlagen«, meinte ich.

»Erbärmliche Bauern mit schlechten Waffen und keinerlei Disziplin – wenn ihr mich fragt, deckt das kaum die Kosten für euer Abendessen.«

»Wir könnten noch mehr von deinen Männern verprügeln«, bot Brasti hilfreich an.

»Versuch es doch, Lumpenmantel«, brüllte einer von ihnen. Kurg – Schwarzbart – hatte mir die Prügel noch immer nicht verziehen, die er auf dem Karawanenmarkt bezogen hatte.

»Halt den Mund«, brüllte Feltock zurück. »Du tust, was man dir verflucht noch mal sagt. Im Augenblick bist du der Letzte, der hier prahlen sollte. Er hat dich wie ein kleines Mädchen fertiggemacht.«

»Siehst du«, sagte ich zu Kest, »das sage nicht nur ich.«

Kest ignorierte mich. »Es gibt ein Problem«, sagte er.

Ich wollte gerade fragen, was er meinte, als Brasti seinen Langbogen nahm und vom Pferd sprang. »Ich höre es auch.«

»Was?«, verlangte Feltock zu wissen. »Wovon bei allen Höllen sprecht ihr?«

Ich konnte es auch nicht hören, aber ich hatte gelernt, Kest und vor allem Brasti in solchen Dingen zu vertrauen.

»Männer«, sagte Brasti. »Mindestens ein Dutzend, und dem Klang ihrer Hufe nach zu urteilen, sind sie schnell geritten.«

»Zu den Waffen!«, brüllte Feltock. »Fahrt die verdammten Wagen um den Wohnwagen und beschützt die Lady!«

»Dazu ist keine Zeit«, sagte ich. Ich hörte die Pferde jetzt auch; sie würden eingetroffen sein, bevor wir die Karawane umstellen konnten.

»Verfluchte Bäume«, sagte Feltock. »Man kann nicht weit genug gesehen, um nach Banditen Ausschau zu halten, und der verdammte Karawanenrat hat keinen Schutz mehr für die Straßen seit …« Ihm wurde bewusst, was er sagen wollte, und er ließ es.

Ich aber nicht. »Seit die Herzöge unseren König töteten und den Greatcoats verboten wurde, die Handelsstraßen zu beschützen?«, schlug ich vor.

»Falcio«, sagte Kest und zog das Schwert aus der Scheide, als das erste Pferd in Sicht kam. »Du tust es schon wieder.«

»Was denn?«, fragte ich, bloß um ihn zu ärgern. Ich zog meine Rapiere, aber dann konnte ich einen guten Blick auf den Reiter werfen, der sie anführte. »Scheiße!«, sagte ich.

Feltock und seine beiden verletzten Männer hielten Armbrüste, und die restlichen Wächter hatten ihre üblichen Waffen. »Was ist? Sind es genug, um die Karawane zu erobern?«, fragte der Hauptmann und blinzelte wild, als er versuchte, die hundert Meter zwischen ihnen und uns mit zusammengekniffenen Augen zu überbrücken. Offenbar war seine Sicht nicht mehr ganz so gut wie früher – vielleicht war das der Grund, warum jemand, der offensichtlich beim Militär gewesen war, jetzt Karawanen beschützen musste.

»Ich glaube nicht, dass sie es auf die Karawane abgesehen haben«, sagte Kest.

»Was bei allen Höllen wollen sie dann?«

Die Männer sprangen von den Pferden und kamen in enger Formation auf uns zu. Dreizehn Männer und ihr Anführer.

»Lasst eure Waffen fallen, Trattari, und kniet nieder«, befahl der Anführer. Er trug als Einziger eine Rüstung, und zwar eine anständige Rüstung, nicht das Sammelsurium aus nicht zusammenpassenden Arm- und Beinschienen und Platten, wie man sie vielleicht bei einem emporgekommenen Sergeant finden würde. Dieser Mann war ein herzoglicher Ritter, vermutlich ein Ritterhauptmann.

Vielleicht fragst Du dich ja jetzt, wo der Unterschied zwischen einem Ritter und einem Greatcoat liegt, werter Leser, da wir doch anscheinend beide zumindest eine gewisse Verbindung zu Gesetz und Kampf haben. Nun, da wäre einmal das Offensichtliche. Sie tragen Rüstungen, wir unsere Mäntel. Sie sind für den Krieg gerüstet, wir für Duelle. Dann ist da die Tatsache, dass sie ihre Eide einem Herzog oder einer Herzogin schwören, während wir auf das Gesetz des Königs schwören – und nicht auf die Person des Königs, damit da keine Missverständnisse aufkommen. Die Ritter betrachten den Eid an eine Idee als lächerlich und ohne jeden Bestand, und die Tatsache, dass wir uns in Ausübung unserer Pflicht vor niemandem verneigen, stellt für sie eine ungeheuerliche

Abscheulichkeit dar. Natürlich gibt es noch andere Unterschiede, aber der wichtigste besteht darin, dass die Ritter die Ehre über alles andere stellen. Greatcoats andererseits schätzen die Gerechtigkeit und können nur schwer einsehen, wieso Diebstahl, Vergewaltigung und Mord plötzlich ehrenhafte Beschäftigungen werden, nur weil sie ein Mann befiehlt, dem man einen Eid leistete.

Aber Ritter zu sein bedeutete auch, dass dieser Mann zu kämpfen verstand; er wusste, wie man Männer führte, und zog man in Betracht, mit welcher Inbrunst er vermutlich nach einem Vorwand suchte, die Welt von uns zu befreien, war er jemand, mit dem wir diplomatisch umgehen mussten.

»Du kannst uns am Arsch lecken, Eisenmann«, sagte Brasti leichthin und zielte auf die Brust des Ritters. Dessen Männer zogen die Schwerter, und drei von ihnen zielten mit Armbrüsten auf uns. Diese Armbrüste würden für ein bedeutend schlechteres Kräfteverhältnis sorgen, falls wir uns den Weg frei kämpfen mussten. Der Ritter lächelte bloß, was ihn mir irgendwie vertraut erscheinen ließ.

»Feltock, was ist los?«, rief die Lady aus ihrem Wagen. »Warum hast du diese Banditen noch nicht getötet, damit wir weiterfahren können? Ich will das Tageslicht nicht verlieren.«

»Karawanenführerin«, begann der Ritterhauptmann und behielt sich dabei mustergültig unter Kontrolle – Ritter können das so gut, da sind sie wie dressierte Raubkatzen –, »mein Name ist Hauptmann Lynniac. Isault, der Herzog von Aramor, hat meine Männer und mich ausgeschickt, um diese Männer als die Mörder von Lord Tremondi, wie Ihr ein Karawanenführer, festzunehmen und zu bestrafen und das Geld zurückzuholen, das sie ihm stahlen.«

»Bestrafen« bedeutete ohne Verfahren auf der Stelle hinzurichten, falls da Zweifel bestehen. Meiner Meinung nach erweckte Hauptmann Lynniac den Eindruck, mehr an dem Geld interessiert zu sein, das wir angeblich gestohlen hatten, als daran, Tremondis Mörder ihrer Vergeltung zuzuführen.

»Nun, da wird er wohl warten müssen. Ich brauche diese Männer, um eine Karawane zu beschützen«, sagte sie knapp. »Wenn wir angekommen sind, sorge ich dafür, dass man sie zurückschickt. Dann könnt Ihr sie ihrer Strafe zuführen.«

Dem Hauptmann gefiel ihr Ton gar nicht. »In diesem Territorium ist der Herzog der unumschränkte Herrscher, meine Lady, und seine Befehle lauten, dass diese Männer ihre Waffen niederlegen und uns begleiten.«

»Kein Gesetz macht einen Herzog zum unumschränkten Herrscher der Straßen«, sagte ich ruhig. Das war einer der Sätze, die ich gelegentlich von den Karawanenlords gehört hatte, also hatte ich die Hoffnung, er könnte etwas bewirken. »Davon abgesehen ist die Wahrscheinlichkeit, dass der Herzog ein Verbrechen verfolgen würde, dem Lord Tremondi zum Opfer gefallen ist – der den Herzog ausgesprochen verabscheut hat, wie ich Euch leider sagen muss –, ungefähr so gering wie die Chance, dass Ihr die Karawane unbeschadet weiterfahren lassen wollt, nachdem Ihr uns in Eurer Gewalt habt. Verratet uns doch bitte, warum sich der Herzog für diese Karawane interessiert?«

»Halt den Mund, Lumpenmantel«, erwiderte der Hauptmann. Selbstgerechter Zorn lag in seiner Stimme. »Meine Lady«, fing er von vorn an, »was auch immer Eure Absichten sind, es würde ihnen sehr schaden, wenn Ihr Euch Herzog Isault zum Feind machtet.«

Schweigen trat ein. Das war ein wirklich gutes Argument, wie ich zugeben musste, und ein gewichtiger Widerspruch zu meinem legalen Einspruch, dass sie keine Rechtsgewalt über die Karawanenstraßen hatten.

»Also gut«, sagte die Frau aus ihrem Wagen. »Trattari, hiermit sei euch befohlen, eure Waffen niederzulegen.«

Nun, das war jetzt ein Problem. Brasti und Kest sahen mich fragend an, aber ich war unschlüssig. Technisch gesehen standen wir in Diensten der Lady. Wenn sie uns befahl, die Waffen zu strecken, hatten wir die Waffen zu strecken.

Außerdem saßen wir zwischen den vom Herzog ausgeschickten Männern, die uns festnehmen sollten, und den Karawanenwächtern, die uns hassten, fest.

Hauptmann Lynniac lächelte. »Eine kluge Wahl, meine …«

»Aber wenn ihr mit diesen Männern geht und die Karawane verlasst, Trattari«, fuhr sie fort, »betrachte ich das als Verletzung unseres Vertrags, und ich werde dafür sorgen, dass der Karawanenrat davon erfährt, wie ihr euren Vertrag gebrochen habt.«

Brasti starrte den Wagen an. »Was? Ihr sagt, dass wir die Waffen strecken, uns aber nicht verhaften lassen sollen? Was sollen wir denn tun – mit den Fäusten gegen sie antreten?«

»Die Lady ist weise und gerecht«, sagte Lynniac.

»Sollten welche meiner Männer den Lumpenmänteln helfen wollen, können sie das natürlich gern tun«, fügte sie hinzu, als wäre das nicht wichtig.

Hauptmann Lynniacs Blick huschte zu den restlichen Karawanenwächtern, aber von denen rührte sich keiner. Das ließ sein Lächeln nur noch breiter werden. Wenn er das tat, erschien er tatsächlich vertraut. Wo hatte ich dieses Lächeln schon gesehen?

»Nun, mein Junge, irgendwie steckt eine Lektion darin«, flüsterte mir Feltock ins Ohr. »Ich weiß nicht, was, aber ich bin fest davon überzeugt, dass du sie irgendwann ergründest.«

Die Männer des Hauptmanns lachten. Brasti sah verwirrt aus. Verzweifelt suchte ich nach einem Ausweg, und Kest lächelte bloß, was die Dinge nur noch schlimmer machte.

»Kest«, sagte ich langsam, »da wir jetzt das Musterbeispiel einer aussichtslosen Situation sind, würdest du mir bitte verraten, warum im Namen des heiligen Felsan, der die Welt wiegt, du lächelst?«

»Weil wir«, sagte er, ließ das Schwert fallen und fing an, die Ärmelmanschetten nach unten zu rollen, »jetzt mit den Manschetten spielen.«

Dazu muss man wissen, wie die Ärmel unserer Mäntel beschaffen sind. Das Leder ist ziemlich widerstandsfähig und kann einen vor recht viel Schaden bewahren. Natürlich könnte man es mit einem Pfeil durchbohren, solange genug Antrieb dahintersteckt, doch selbst eine ziemlich scharfe Klinge kann es nicht zerschneiden. Aber die Manschetten, die unterscheiden sich vom Rest. Sie enthalten zwei sorgfältig zurechtgeschnitzte Knochenstücke, die ins Leder eingenäht sind. Die halten jedem Treffer stand – Kest glaubt sogar, sie könnten eine Pistolenkugel abwehren, allerdings hatte er noch keine Gelegenheit, seine Theorie der Prüfung zu unterziehen.

Bei jedem Reisenden Magister kann es in Ausübung seiner Pflicht vorkommen, dass er oder sie keine Waffe ziehen kann, weil der Raum zu begrenzt ist oder man den Angreifer aus welchem Grund auch immer nicht in Stücke schneiden will. Der König hatte verlangt, dass wir uns in solchen Situationen auch ohne Waffen verteidigen konnten. Also rollt man die Manschetten des Mantels herunter und streift die daran befestigten Lederriemen über die beiden Mittelfinger. Nun kann man Klingen, Keulen oder andere Waffen abwehren. Natürlich nur, wenn man sich wirklich schnell bewegt und keinen Angriff verfehlt.

Wenn wir diesen Kampf übten, was wir dank des heiligen Gan, der beim Würfeln lacht, in der guten, alten Zeit oft taten, nannten wir das »Manschettenspiel«.

»Dir ist schon klar, dass das nicht funktioniert«, sagte ich zu Kest, während ich die Manschetten nach unten streifte und die Finger durch die Lederriemen schob. »Sie werden schnell darauf kommen, uns mit den Armbrüsten aus der Ferne abzuschießen.«

»Dir wird schon etwas einfallen«, erwiderte er.

»Und am besten schnell«, sagte Brasti. Er war vermutlich der beste Bogenschütze der zivilisierten Welt, aber beim Manschettenspiel gewann er nur selten. Ich war darin ganz gut. Wenn das Rapier die Hauptwaffe ist, muss man Präzision lernen, und ich konnte nicht besonders gut mit einem Schild umgehen, also waren die Manschetten keine schlechte Alternative.

Aber gut im Manschettenspiel zu sein war keine Strategie. Der erste Teil würde leicht sein – wir mussten sie dazu bringen, uns aus nächster Nähe zu bekämpfen, damit ihre Freunde mit den Armbrüsten kein klares Schussfeld hatten. Aber selbst wenn wir sie in Schach halten konnten, würden es dieser Ritter und seine Männer schnell satthaben, dabei nicht gut auszusehen. Wenn sie uns mit den Schwertern nicht erwischen konnten, würden sie sich irgendwann zurückziehen und die Armbrustschützen die Arbeit erledigen lassen. Hätten unsere »Kameraden« von der Karawane nur mehr von uns gehalten und unsere Gegner mit ihren Armbrüsten in Schach gehalten, hätten wir bessere Chancen gehabt. Unglücklicherweise drückten sie im Moment der anderen Seite die Daumen.

»Gibt es einen Plan?«, wollte Brasti wissen und blickte mich an. »Denn wenn es einen Plan gibt, dann würde ich ihn zu gern erfahren, und wenn es keinen gibt und ich im Nahkampf mit einem Haufen Herzogmänner umkomme, dann könnte ich langsam den Respekt vor dir verlieren, Falcio.«

Ich hatte einen Plan. Auf den ersten Blick mochte er wie ein schrecklicher Plan klingen, aber tatsächlich war er gar nicht so übel …

»Herr Ritter, darf ich etwas sagen, bevor wir anfangen?«, rief ich.

»Letzte Worte? Erstaunlich vorausschauend für einen Hund.«

»Ich wollte nur sagen, alle Herzöge sind Verräter, alle Ritter sind Lügner, und die Straße gehört allein den Karawanen.«

Hauptmann Lynniac knurrte, dann stürzten sich er und seine Männer auf uns.

»Bitte sag mir, dass das nicht der ganze Plan ist?«, meinte Brasti.

»Hör auf zu reden«, sagte ich und schlug die erste Klinge zur Seite, als sie wie ein Gewitter über uns hereinbrachen, »und fang an zu singen.«

Ich fing Lynniacs Klinge mit der rechten Manschette ab, lenkte sie mit einer engen Kreisbewegung ab und machte dabei einen Schritt zur Seite. Das Geheimnis beim Manschettenspiel besteht darin, dass man jeden Schlag mit einem passenden Schritt kombinieren muss, sonst trägt man durch die Wucht der Treffer am Ende garantiert gebrochene Hände und Handgelenke davon.

Der erste Mann hinter Lynniac stach nach meinem Magen, während der Ritter die Klinge für den nächsten Hieb wieder nach oben riss. Ich glitt zurück nach rechts, ließ den Stoß an mir vorbeisausen und versetzte Lynniac einen Tritt gegen die Brust, bevor er den Hieb anbringen konnte. Aus dem Augenwinkel sah ich, wie Brasti mit beiden Händen den Stoß eines Kriegsschwertes abzuwehren versuchte. In Gedanken hörte ich Kest ihn bereits für die schlampige Technik rügen; man nahm niemals beide Hände, um eine einzige Waffe abzuwehren, denn damit setzt man sich dem Angriff des nächsten Mannes schutzlos aus. Ich sparte mir die Mühe, nach Kest zu sehen, weil … nun, er ist eben Kest, und das hätte mich bloß deprimiert. Stattdessen setzte ich zu dem Lied an, denn das war schließlich der Kern meines Plans.

»Ein König verkündet Gesetze, wie er will,
Ein Herzog beherrscht das Land, das er will,
Eine Frau beherrscht mein Herz, wenn sie will,
… aber niemand herrscht über meine Karawane!«

Die letzte Zeile unterstrich eindrucksvoll den Treffer am Kinn des Soldaten, den ich mit dem Handrücken traf, während seine Keule meine Schulter verfehlte. Leider stimmte niemand in den Refrain ein.

»Die Armee besteuert die Kuh in meinem Stall,
wenn sie will,
Das Herzogtum besteuert den Rest vom Hof,
wenn es will,
Der Hausbesitzer besteuert meinen linken Arm,
wenn er will,
… aber niemand besteuert meine Karawane!«

Kest und Brasti stimmten bei der zweiten Strophe mit ein. Alle Greatcoats lernen das Singen. In kleineren Städten und Dörfern muss man ein Urteil oft als Lied verkünden, damit es sich die Einwohner besser merken können. Brasti hatte einen klassischen Bariton, der ausgezeichnet für solche Lieder zu gebrauchen war. Kests Stimme würde Dich überraschen, geschätzter Leser, würdest Du sie hören – sie war weich und süß und passte überhaupt nicht zu ihm. Aber es waren nicht ihre Stimmen, die ich brauchte.

Einer der Armbrustmänner versuchte einen Schuss anzubringen, aber genau darauf hatte ich gewartet. Ich stieß einen Mann von mir, während ein anderer versuchte, mir mit einem Streitkolben den Schädel einzuschlagen, aber dazu brauchte er einen festen Stand, und indem ich auswich, kam ich rechtzeitig auf seine andere Seite, damit ihn der Bolzen mitten in die Brust traf. Langsam ging mir etwas die Luft aus, darum war ich froh, dass Kest und Brasti in diesem Moment weitersangen.

»Schlag mich im Kampf, ich wette, das kannst du,
Betrüg mich beim Kartenspiel, und ich falle auf
dich rein,
Nimm mir mein Leben, wenn du glaubst,
du schaffst das …«

Ich ließ den Sterbenden, der mir als Schild gedient hatte, zu Boden gleiten, nur um den nächsten Soldaten zu entdecken, der mit der Armbrust auf mich zielte. Ich machte einen Schritt nach rechts und riss die Arme hoch, um mein Gesicht zu schützen.

»Aber bevor du meine Karawane bekommst,
bist du schon lange tot!«

Der Bolzen verfehlte mich nur knapp, aber glücklicherweise verfehlte er nicht den Mann, der sich hinter mich geschlichen hatte. Vermutlich würde Hauptmann Lynniac nach dem Kampf ein ernstes Wort mit seinen Schützen wechseln. Aber noch viel besser war die Tatsache, dass ich zu hören glaubte, wie ein Karawanenmann die letzte Zeile mitsang.

Doch uns lief die Zeit davon. Die Hälfte von ihnen hatten wir ausgeschaltet, aber damit boten sich den Armbrüsten nur leichtere Ziele. Brasti blutete an der Schläfe, wo er einen Streifschuss davongetragen hatte. Kest hatte keine Mühe, zwei Männer in Schach zu halten, aber er machte sich dabei auf gefährliche Weise zum Ziel, und wenn einer der Schützen seine Chance erkannte … Um alles noch viel schlimmer zu machen, verwandelte sich der Boden unter unseren Füßen in Schlamm, und es würde nicht lange dauern, bevor einer von uns ausrutschte oder über einen anderen Mann stolperte. Und am schlimmsten von allem: Bald hatten wir alle Strophen des verdammten Liedes durch.

»Meinem Herrn gehört mein Land …«

Mit einem Tritt gegen das Knie schickte ich den Angreifer vor mir zu Boden und ließ einen Schlag gegen seine Schläfe folgen. Kest hatte seine beiden Gegner ausgeschaltet, aber Brasti hatte Probleme und fuchtelte wild herum, um die Hiebe des Schwertkämpfers vor sich zu blockieren. Er sang nicht mehr.

»Mein Schutzheiliger führt meine Hand …«

Hauptmann Lynniac trat von dem Getümmel zurück und brüllte seine Männer an. Zwei der Armbrustschützen luden nach, aber der dritte zielte.

»Mein Gott weiß, dass ich ihm Gehorsam schulde …«

Auf Lynniacs Befehl zog sich der Rest der Männer zurück, und ich sah, wie Brasti hektisch nach einem Gegner suchte und dabei nicht bemerkte, wie keine zwanzig Fuß entfernt eine Armbrust auf seine Brust zielte. In dem vergeblichen Versuch, rechtzeitig an seine Seite zu kommen, versuchte ich mich an meinen letzten Gegnern vorbeizudrängen. Kest rührte sich nicht, seine viel zu praktische Natur sagte ihm, dass es keinen Zweck hatte. Brasti drehte den Kopf, sah die Armbrust zu spät. Reflexartig riss er die Hände nach oben, um das Gesicht zu schützen, als sich ein Bolzen in den Hals des ritterlichen Armbrustmannes bohrte.

Eine Sekunde lang trat eine bleierne Stille ein, niemand bewegte sich. Dann warf ich einen Blick über die Schulter und entdeckte einen Mann auf einem unserer Wagen mit einer abgeschossenen Armbrust. Es war der Blonde.

»Aber mein Bruder ist der Mann, der meine Karawane beschützt«, sang er leise.

Und ich dachte bei mir, genau das ist mit dem alten Sprichwort gemeint: *Das Lied ist schneller als das Schwert.*

Ich wandte mich wieder dem Kampf zu. Der größte Teil der Männer des Hauptmanns lag jetzt am Boden. Zwei standen noch, aber jetzt waren sie vorsichtig und wichen zurück. Lynniac sah mich an und hob den rechten Arm, zielte genau auf meinen Leib. Er hatte dem Toten die gespannte Armbrust abgenommen. Für gewöhnlich benutzten Ritter keine Armbrüste – sie betrachteten sie als Waffe eines Feiglings. Und Messer sind gut genug für Soldaten, aber nicht gut genug für die Ritterehre. In meinem ganzen Leben war mir noch kein Ritter begegnet, der eine Armbrust auch nur angefasst hätte. Aber Lynniac hatte einen Kampf verloren, und das konnte das Ehrgefühl eines Ritters nicht verzeihen. Er hatte zugesehen, wie seine Männer von Gesetzlosen besiegt worden waren, die für ihn nicht einmal so viel wert waren wie Hunde, und das ohne Waffen. Und anscheinend war ihm seine Ehre nicht länger wichtig, und er würde mich aus reiner Rachsucht mit einem Bolzen durchbohren. Er schenkte mir ein Zwischending aus einem Knurren und einem Lächeln, und wieder blitzte der Eindruck auf, ihn zu kennen.

Dann fing er an zu lachen, und plötzlich wusste ich, wer er war.

Ich erinnerte mich an dieses Lachen. Zuerst war es bloß die sanfte Berührung einer unerfreulichen Erinnerung, aber in Windeseile füllte sie meine ganze Welt, bis ich Hauptmann Lynniac nicht mehr richtig wahrnahm, und ich sah auch nicht das Schwert, das ich gerade vom Boden aufgehoben und wie ein Anfänger auf ihn geschleudert hatte, oder ob es ihn getroffen oder verfehlt hatte, denn ich sah bloß die fünfhundert Ritter, die nach Schloss Aramor gekommen waren, um König Paelis abzusetzen und die Greatcoats für vogelfrei zu erklären. Ich vermochte nicht zu sagen, ob der von ihm abgeschossene Bolzen nur meinen Hals streifte oder in meiner Kehle steckte, denn ich fühlte nur die Hitze der verkohlten Trümmer der königlichen Bibliothek – die Hunderte zu Asche zerfallenen Leichen der Bücher, die meinem König so viel bedeutet hatten. Ich vermochte nicht zu sagen, ob Kests und Brastis Rufe mich anfeuern oder warnen sollten, dass jemand hinter mir stand, denn ich hörte bloß das Gelächter der herzoglichen Ritter, als man den Kopf meines Königs auf eine Stange spießte und auf den Zinnen von Schloss Aramor zur Schau stellte. Dieses Lachen. So unmöglich es erschien, Hauptmann Lynniacs Lachen war genauso, wie ich es in Erinnerung hatte, und es war für mich der Grund, ihn aus der Welt zu schaffen.

Ich kann nicht erklären, was da mit mir passiert war; ich kann nur sagen, dass mein Zorn einem Leichtsinn wich, der sich wie ein weicher grauer Ort unendlicher Gleichgültigkeit anfühlte. Das erste Mal war mir das vor Jahren passiert, bevor ich den König kennengelernt hatte, aber seitdem hatte es andere Vorfälle gegeben, und sie geschahen in immer kürzeren Abständen. So wie es immer schwerer fiel, sich aus ihnen zu lösen. Darum war ich auch auf eine entrückte und desinteressierte Weise dankbar, als Kest mich mit dem Knauf eines der Schwerter des gefallenen Ritters niederschlug.

7

BERSERKER

Eine kleine Weile später kam ich wieder zu mir. Ich saß an einen Baum gelehnt und starrte die Leichen von Hauptmann Lynniac und seinen Männern an. Wie hatten sie uns so schnell einholen können? Und was noch viel wichtiger war, warum hatten sie sich überhaupt die Mühe gemacht? Die Nachricht von Tremondis Tod konnte den Markt nicht vor unserer Abreise erreicht haben – und selbst wenn doch, seit wann interessierte es die Ritter, ob ein Karawanenlord lebte oder starb? Die einzige Erklärung war Geld: Jemand hatte Hauptmann Lynniac erzählt, wir hätten Tremondi getötet und uns dann mit seinem Geld aus dem Staub gemacht. Das war nicht gerade ein edles Motiv, aber das waren auch keine edlen Zeiten, und ganz egal, was die alten Lieder auch erzählten, Ritter sind keine edlen Leute.

Der Blonde und die anderen durchsuchten die Leichen nach Geld und nahmen sich Ersatzwaffen, wenn sie etwas taugten. Mir fiel auf, dass keiner von ihnen versuchte, die Fundstücke einzustecken, sondern alles auf einer Decke landete, die Feltock auf der Erde ausgebreitet hatte. Dort lag eine hübsche Summe Geld; die Männer waren üppig versorgt gewesen. Vermutlich hatten sie früher in dieser Woche anderen Karawanen aufgelauert.

Feltock brachte die Waffen in einen der Wagen und teilte das Geld mit seinen Männern. Dann trat er zu mir und hielt mir einen Beutel hin. »Marktregeln. Du kämpfst und du isst wie alle anderen. Ich kann Trattari nicht besonders leiden, aber ihr habt eure Arbeit getan.«

Ich winkte ab. »Dankc, aber das kann ich nicht annehmen. Wir nehmen nur das, was wir uns verdient haben. Gebt es eurem Handwerker. Seine Heilung macht keine großen Fortschritte, und er wird für diese Reise nicht bezahlt.«

Trin hörte das und kam zu uns. »Meine Herrin besteht darauf«, sagte sie. »Wenn du es ablehnst, riskierst du, sie zu beleidigen.«

»In diesem Fall lehnen wir mit Sicherheit ab«, sagte ich.

Feltock schüttelte den Kopf und lachte. »Ist das dein Ernst? Ich habe euch nie für Mönche gehalten.«

Irgendwo hinter mir murrte Brasti: »Ich auch nicht.«

Der Hauptmann musste mich wohl etwas ins Herz geschlossen haben, denn er legte mir die Hand auf die Schulter. »Hör zu, mein Junge, du hast dir das verdient, und du nimmst es. Ich habe schon viele Trattari gesehen. Glaube mir, es gibt einige, die nehmen, was sie kriegen können, und sind froh darüber. Einige haben sogar damit angefangen, Karawanen zu überfallen.«

»Du irrst dich«, sagte ich. »Greatcoats stehlen nicht, es sei denn, die Gesetze des Königs wurden gebrochen und ein Bußgeld muss erhoben werden, und auch dann nur von denen, die das Gesetz brachen.«

»Glaube daran, wenn du willst«, erwiderte der Karawanenhauptmann, »aber dann belügst du dich nur selbst.« Er ging, und ich hielt die Angelegenheit damit für erledigt, aber ein paar Augenblicke später kam er mit drei Weinschläuchen zurück. »Hier.« Er hielt mir einen hin. »Das ist nur Wein. Ich schätze, trinken darfst du noch, oder?«

Ich nickte dankbar. Ein ordentliches Besäufnis am Abend würde uns drei wieder aufrichten oder dem zumindest so nahe kommen, wie das in diesen Tagen möglich war.

Feltock hielt einen Finger hoch. »Versprecht mir nur,

dass ihr nicht die ganze Nacht das verdammte Lied singt. Die Hälfte der Männer summt noch immer die verfluchte Melodie. Nennt man dich darum einen Kantor der Greatcoats?«

Ich grinste. »Besuch irgendein kleines Dorf und versuch den Leuten die Einzelheiten einzubläuen, wie ein bestimmtes Gesetz in einem bestimmten Fall angewendet wurde, und sie werden es spätestens am nächsten Abend nach ein paar Bechern wieder vergessen haben. Tatsächlich kennt der Durchschnittsbürger nicht einmal ein Zehntel der Gesetze, die ihn regieren. Aber präsentiere sie ihnen als Lied, und sie erinnern sich ihr ganzes Leben daran. Das Trinken hilft bloß dabei.«

»Nun, das mag so sein«, sagte Feltock und kratzte sich am Kopf. »Bei meinen Männern scheint es funktioniert zu haben.«

Er warf mir ein paar Münzen zu. »Das ist der Lohn für diese Woche. Und ich gebe deinen Anteil am Rest Cheek – er ist mein Speermann, den du auf dem Markt dem allgemeinen Gespött preisgegeben hast. Das wird ihn davon abhalten, dich im Schlaf umbringen zu wollen.«

Ein tröstlicher Gedanke. Ich trug Geld und Weinschläuche herüber zu Kest und Brasti, und wir schlugen unser Nachtlager auf. Die beiden waren in einer seltsamen Stimmung, also sprachen wir nicht viel.

Ich übernahm die erste Wache und trank etwas Wein, um mich warm zu halten. Überraschenderweise tauchte Feltock auf, was ungewöhnlich war; er übernahm keine Nachtwache, da er den ganzen Tag über wach und aufmerksam sein musste.

»Irgendetwas Auffälliges?«, fragte er.

Kopfschüttelnd reichte ich ihm den Weinschlauch. Er nahm ihn an und trank einen Schluck, kleckerte etwas aufs Kinn. Er machte den Eindruck, schon eine ordentliche Portion Wein getrunken zu haben.

»Junge«, begann er, »ich muss mit dir über etwas sprechen. Nun bin ich ein alter Soldat, und ich weiß, wie Männer kämpfen. Ich weiß, was sie schaffen können, und ich halte nichts von beschönigenden Worten. Also sage ich es geradeheraus. Ihr seid gute Kämpfer. Dein Mann mit dem Bogen ist ein Teufel, und der Große handhabt seine Klingen so schnell, wie ich es noch nie gesehen habe.«

»Und?«

»Und du bist es, der mir Angst macht«, fuhr er fort. Er hielt die Hand hoch, bevor ich etwas erwidern konnte. »Nein, lass es mich in aller Deutlichkeit sagen. Du bist ein guter Mann mit der Klinge, und irgendein Heiliger hat dich zu einem verdammt guten Taktiker gemacht. Du hast die Jungs beim ersten Ärger zusammengehalten, obwohl sie sich wie verdammte Narren anstellten, und du hast uns eine Menge Ärger von diesem sogenannten Ritter und seinen Männern erspart.« Er deutete auf den Weinschlauch und nahm noch einen Schluck, bevor er ihn mir zurückgab.

»Hast du nicht gesagt, du wolltest es geradeheraus sagen?«, erinnerte ich ihn.

»Ich komme dazu, lass mir bloß Zeit.« Er seufzte. »Du bist ein guter Kämpfer, aber ich will in meiner Wache keine Berserker. Ich ertrage ja eine ganze Menge, bei allen Heiligen, das tue ich, aber das lasse ich nicht zu.«

»Berserker? Ich? Sag mir deine Heiligen, und ich schwöre bei ihnen: Ich bin kein Berserker.«

Er sah mir in die Augen. »Ich habe gesehen, was du mit dem Kerl mit der Axt gemacht hast. Ich wollte den Spinner nie in meiner Karawane haben, aber die Lady hat mich da überstimmt, so, wie sie es auch bei euch tat. Ehrlich gesagt kannte ich nicht einmal seinen Namen. Aber so, wie du dich auf ihn gestürzt hast, mein Junge, so etwas will ich nie wieder sehen.«

Seit unserem Aufbruch hatte ich nicht mehr an den Zwischenfall auf dem Markt gedacht – ich wollte das auch nicht tun. Der Mann hatte versucht, mich umzubringen, und er trug eine Rüstung, und ich hatte keine andere Wahl gehabt.

»Mach dir nichts vor, mein Junge«, sagte Feltock. »Ich sehe dir doch an, dass du im Kopf eine Geschichte schreibst, und ich sage dir, sie ist falsch. Du sagst, du bist kein Berserker, schön. Deine Freunde schwören von ganzem Herzen, dass du keiner bist. Aber jetzt sag die Wahrheit: Du hast geknurrt und dem Mann irgendwelchen Unsinn an den Kopf geworfen, und du hast dich auf diesem Markt mehr als nur etwas verrückt angehört.«

Ich dachte kurz darüber nach. »Nein, Hauptmann, glaube mir, das war nicht verrückt«, sagte ich dann. »Ich war schon mal verrückt, und das klingt ganz anders.«

Feltock blieb der Mund offen stehen. »Bei der heiligen Birgid, die Flüsse weint, mein Junge, wie hört sich das denn dann wohl an?«

»Leise«, sagte ich. »Hauptsächlich ganz leise.«

Er nahm noch einen Schluck aus dem Schlauch. »Und dieser Ritter, Lynniac? Du hast dich wie ein Verrückter direkt auf ihn gestürzt – jeder Mann, der eine Ahnung davon gehabt hätte, wie man mit einer Armbrust umgehen muss, hätte dich durchbohrt. Warst du da auch völlig normal?«

»Nein«, sagte ich. »Das war meine Antwort.«

»Die Antwort worauf?«

Ich schaute in den Nachthimmel, und die Sterne blinzelten uns zu, als würden sie alle einen tollen Witz teilen. »Vor fünf Jahren, nachdem das Heer der Herzöge Schloss Aramor eroberte, töteten sie unseren König und schleiften seine Leiche auf den Schlossturm. Seinen Kopf spießten sie auf eine Pike. Ein paar Männer jubelten, ein paar Männer schauten zu Boden.« Ich nahm einen Schluck Wein. »Und ein paar Männer lachten bloß.«

»Also war Lynniac unter ihnen?«

»Lynniac war dabei«, sagte ich. »Befehlshaber einer Ritterdivision. Ich habe ihn zuerst nicht erkannt, aber als er mit dieser Armbrust auf mich zielte und anfing zu lachen …«

Feltock biss sich auf die Innenseite seiner Wange. »Und du glaubst, du erinnerst dich an jeden, der an diesem Tag dabei war?«

Ich dachte einen Moment darüber nach. »Nicht an jeden«, erwiderte ich. Feltock blickte mich aufmerksam an und versuchte zu erkennen, ob ich es wusste, ob ich mich erinnerte. *Das gibt mehr Ärger, als es wert sein wird,* dachte ich, aber ich war etwas betrunken und auch müde, also sagte ich: »Aber da du schon fragst, ja, General Feltock, ich erinnere mich an dich.«

Feltock riss kurz die Augen auf, dann lachte er bitter. »Nicht ›General‹«, sagte er. »Schon seit einigen Jahren nicht mehr.«

Schweigend tranken wir noch etwas.

»Also«, sagte er und stellte die übereinandergeschlagenen Beine ächzend wieder nebeneinander. »Und stürzt du dich jetzt auf mich, mein Junge?«

Ich seufzte. »Nein.«

»Warum nicht? Ich war dort, oder? Ich gehörte zu jenen, die deinen König vom Thron stürzten, oder? Wo liegt also der Unterschied zwischen mir und Lynniac?«

»Du hast nicht gelacht.«

Eine Weile schaute er mich bloß an, dann sagte er: »Hm!« Und er stand auf und ging zurück in Richtung Wagen.

»Warum ›Hauptmann‹ Feltock?«, fragte ich ihn, als er ein paar Schritte entfernt war. »Warum bist du kein General mehr?«

Feltock drehte sich um und schenkte mir ein saures Grinsen. Er warf mir seinen Weinschlauch mit dem Rest zu. »Weil ich, mein Junge, als sie den Kopf des Königs auf diese Pike spießten, zu lachen vergaß.«

8
KÖNIGSMORD

Ich kann nicht mit Bestimmtheit sagen, was geschah, nachdem ich Aline in diesem Gasthaus fand. Ich erinnere mich an ein paar Bruchstücke – ein paar Splitter, die ich in Gedanken zusammensetze. Aber die Umrisse, die sie bilden, sind nie ganz vollständig. Ich weiß, dass ich dort lange Zeit stand. Ich könnte sie hinter dem Haus begraben haben, aber da bin ich mir nicht sicher.

Es gab dort einen Wirt, und auch wenn ich mich nicht daran erinnere, mit ihm gesprochen zu haben, erinnere ich mich dennoch seltsamerweise an Dinge, die er mir sagte. Er erzählte mir, dass man auch seine Tochter umgebracht hatte, als sie schließlich zu laut schrie. Aber ich konnte die Leiche seiner Tochter nirgendwo entdecken. Ich bin mir nicht sicher, ob ich den Wirt nun getötet habe oder nicht. Das ist schwer zu sagen. Schließlich gab es so viele Leute, die getötet werden mussten. Ich glaube, ich fragte ihn nach der Richtung von Schloss Aramor, und er erklärte mir, dass es vier Tagesritte im Süden stand. Ich hatte kein Pferd, also konnte ich nicht einfach dort hinreisen. Aber ich dachte ohnehin nicht über Pferde oder Reisen nach. Ich dachte über gar nichts nach. Abgesehen davon, dass ich unbedingt nach Schloss Aramor musste, um den König zu töten. Offensichtlich würde ich auch den Herzog und seine Männer töten müssen und auf jeden Fall Fost mit seiner Axt. Aber der König musste als Erster dran glauben, und schließlich würde ich kaum den Rest des Haufens vergessen.

Ich erinnere mich, dass es Nacht war, als ich das Gasthaus verließ. Ohne Pferd oder Geld wanderte ich einfach nach Süden. Ich glaube nicht, dass ich mich sehr schnell bewegte, aber ich blieb nie stehen. Ich ging ohne Rast, und wenn ich nicht mehr konnte, ließ ich mich einfach am Straßenrand fallen und schlief. Dann marschierte ich weiter. Irgendwann muss ich etwas gegessen haben, denn vier Tagesritte entsprechen mindestens zwanzig Tagen zu Fuß, aber auch daran erinnere ich mich nicht. Ich glaube, ich wurde ein- oder zweimal angegriffen, aber ich konnte die Verzögerung nicht brauchen, also brachte ich alle um und ging weiter. Es müssen mindestens zwanzig Tage gewesen sein, aber ich erinnere mich nur an die Nächte.

Manchmal sprach Aline zu mir. Sie befahl mir, stehen zu bleiben und mich auszuruhen. Sie sagte mir, sie müsse nur noch einmal für den Herzog und seine Männer die Beine breit machen, denn dann ließen sie uns in Ruhe, und wir würden gemeinsam alt werden und darüber lachen. Ich glaube, zu diesem Zeitpunkt hatte die Geschichte längst bewiesen, dass sie sich irrte, aber wenn sie es sagte, lachte ich trotzdem, nur um zu sehen, wie sich das wohl anfühlen würde. Manchmal teilte mir Aline mit, dass ich gerade jemanden getötet hatte und sie das nicht ins Leben zurückholen würde, und ich fragte sie, ob sie jetzt, da er tot war, für ihn im Leben nach dem Tod die Beine breit machen würde. So etwas zu sagen war wirklich nicht besonders nett, aber mein Kopf war auch nicht besonders klar, und davon abgesehen bildete ich sie mir ja ohnehin nur ein.

Also wanderte ich weiter. Irgendwo auf der Straße muss ich dem Herzog begegnet sein, denn ich trug später einen Sack mit mir, in dem sich sein Kopf befand. Ich grübelte darüber nach, wie ich an seinen Männern vorbeigekommen war, aber vielleicht hatte ich ihn ja in irgendeinem Gasthaus aufgespürt und ihn getötet, während sie schliefen. Ich schien ganz schön verschlagen geworden zu sein.

Irgendwann war da eine alte Frau, die mir etwas zu essen gab. Ich hatte nichts, was ich ihr dafür geben konnte, und als ich ihr den Kopf des Herzogs anbot, befahl sie mir, ihn wieder in den Sack zu stecken, und dann traten wir nach draußen und begruben ihn in ihrem Garten. Sie gab mir noch mehr zu essen, und wir packten Vorräte in den Sack, den ich dann wieder mitnahm.

Manchmal frage ich mich, ob einige der Dinge, an die ich mich erinnere, wirklich geschehen sind. Es erscheint unwahrscheinlich, dass ich auf der Straße nach Süden dem Herzog begegnet bin, ganz zu schweigen davon, ihn zu köpfen, ohne dass es jemand bemerkt hätte. Und in Wahrheit töte ich nicht oft Menschen, nicht einmal, wenn ich zornig bin. Und Aline – seit damals sprach sie nie wieder zu mir, also habe ich mir auch diesen Teil entweder eingebildet, oder ich habe etwas wirklich Schlimmes gesagt, und sie ist mir noch immer böse.

Also wanderte ich weiter nach Süden in Richtung Schloss Aramor, wo der König lebte – zumindest noch eine Weile lang. Manchmal regnete es, manchmal auch nicht. Der Unterschied erschien nicht besonders wichtig. Ich sprach zu keinem, der mir begegnete, mit Ausnahme der alten Frau, andererseits bestritt sie den größten Teil unserer Unterhaltung. Das ist vermutlich auch der Grund, warum ich bei meiner Ankunft in Schloss Aramor und dem langen, langsamen Aufstieg in den Tunnel, durch den man Exkremente und Tierkadaver entsorgte, nichts davon gehört hatte, dass der König bereits tot war. Nicht, dass es einen großen Unterschied gemacht hätte; es würde immer einen neuen König geben, den man umbringen musste.

Als Erstes fiel mir auf, dass er gar nicht so groß war, wie ich ihn in Erinnerung hatte. Tatsächlich war er die kleinste Person, die mir je begegnet ist. Und die Haare stimmten nicht. König Greggor hatte kurzes graues Haar und trug einen Militärschnitt. Dieser Mann hatte langes strähniges braunes Haar unter einer schlecht sitzenden Krone. Und er roch schlecht, was bemerkenswert war, hatte ich doch den größten Teil des Tages damit verbracht, durch einen schmalen Steintunnel zu klettern, der die Abwässer von Schloss Aramor in die Grube beförderte, die einst vielleicht der Anfang eines Burggrabens gewesen war.

Nein, dieser Mann war der Falsche. Aber er kniete vor mir, und ich hatte mein Schwert an seinem Hals, und im nächsten Moment würde sein Kopf durch die Luft fliegen und mit einem satten *Klatschen* gegen die Wand prallen. Ich freute mich auf das *Klatschen.* Ich hatte die endlosen Meilen im Regen, die mich zu Fuß und halb tot hergeführt hatten, davon geträumt.

Der Mann wollte etwas sagen, aber dann schüttelte ihn ein kleiner Hustenanfall, und ich hielt es für höflich, einen Moment zu warten, da er ziemlich verhungert aussah und zweifellos an einer hässlichen Erkältung litt. Außerdem wollte ich keinen störenden Lärm, wenn ich ihm den Kopf abschlug.

Einen Augenblick später endete das Husten. »Bevor du mich tötest, wäre es unangebracht, eine Frage zu stellen?« Seine Stimme war dünn und angestrengt, und in meinen Ohren klang sie zur Hälfte ganz ruhig und zur Hälfte völlig verrückt, aber das kann ich eigentlich schlecht beurteilen, war ich zu diesem Zeitpunkt doch selbst völlig verrückt.

»Du willst wissen, warum ich dich töten werde?«

»Nein, das weiß ich bereits«, erwiderte er. »Ich habe mich nur gefragt, warum du mich ausgerechnet an diesen Ort gebracht hast.«

Die Frage verwirrte mich, und ich hatte wirklich keine Zeit, verwirrt zu sein, da sich zweifellos bald jemand entschließen würde, der Dreckspur zu folgen, die ich auf dem Weg in die königlichen Gemächer hinterlassen hatte. Also entschied ich mich, ihm den Kopf abzuschlagen und ihn mitzunehmen. Dann konnten wir das alles auf meinem Heimweg in Ruhe diskutieren.

»Ich meine«, fuhr er fort und unterbrach meinen Gedankengang, »hätte mein Vater mich tot sehen wollen, damit Dergot König wird, warum sich die ganze Mühe machen und mich in dieses Zimmer bringen?«

»Du bist dumm«, sagte ich. »Ich muss König Greggor töten. Du bist in seinem Raum, und du trägst eine Krone. Und ich habe dieses Schwert und den Sack, den mir die alte Frau mit den Vorräten gab, aber die sind alle aufgegessen, und ich muss etwas in den Sack tun, und ...«

»Du hast einen Grund, König Greggor zu hassen?«

»Das habe ich«, sagte ich. Und dann hielt ich die ganze Rede, die ich für den König geplant hatte, und wenn auch nur, weil ich sie in Gedanken immer wieder geübt hatte und es einfach nicht richtig erschien, sie niemandem vorzutragen. Was er Aline und meinem Leben angetan hatte, und dass uns der Herzog, der auf jeden Fall den Tod verdient hatte, vermutlich in Ruhe gelassen hätte, wäre der König nicht gewesen, und dass ich ihn jetzt töten und kein Gott ihn aufnehmen oder seinen Namen preisen würde, und wie ich dafür sorgen würde, dass man sich, was seine Herrschaft anging, nur daran erinnern würde, dass sich ein dreckiger Bauer eines Nachts in sein Zimmer schlich und ihn ermordete.

Ich hatte mir alles auf der Straße zurechtgelegt, und die Ansprache war kurz und, wie ich fand, gar nicht schlecht, aber dann redete ich einfach weiter, sprach von dem Marsch und dem Regen und den Männern, die mich zu töten versucht hatten, vom Kopf des Herzogs, der jetzt im Garten einer alten Frau begraben lag. Ich sprach davon, wie es sich anfühlte, kein menschliches Wesen mehr zu sein, nein, wirklich nicht, und schließlich durch einen Fluss aus Scheiße zu steigen, um einen Mann zu töten, der es mehr als jeder andere Mensch in der Geschichte der Welt verdient hatte, getötet zu werden – nur um dann herausfinden zu müssen, dass er durch einen kleinen dürren Mann ersetzt worden war, der Blödsinn redete.

Das alles sagte ich ihm, und er kniete einfach dort und hörte zu. Als ich fertig war, fragte er: »Und wirst du mich trotzdem töten?«

Ich dachte kurz darüber nach. »An etwas anderes kann ich im Moment wirklich nicht denken.«

»Darf ich dir zuerst sagen, wer ich bin?«

»Wenn ich zuhöre, versprichst du mir dann, nicht mehr zu reden, damit ich das *Klatschen* hören kann, wenn dein Kopf an der Wand landet?«

Der kleine dürre Mann dachte kurz darüber nach. »Mein Wort drauf«, sagte er dann.

»Wie lautet dein Name?«

»Paelis«, sagte er. »Paelis der Erbärmliche, zweiundzwanzig Jahre alt, Sohn und größte Enttäuschung von König Greggor. Dem es allen Leuten zufolge an physischer und moralischer Stärke mangelt und der deshalb durch ein königliches Dekret von der Thronfolge zugunsten seines dreijährigen Bruders Dergot ausgeschlossen wurde, der, wie sich herausstellte, aus dem Fenster stürzte, als niemand auf ihn aufpasste, ungefähr zwei Stunden nach dem Tod des Königs gestern.«

Der kleine Mann fing wieder an zu husten, und ich fragte mich, ob sein Kopf noch immer husten würde, sobald er vom Körper getrennt war. Nach einem Moment hörte er auf zu husten. »Seit dem Tag vor drei Jahren, an dem mein Vater schließlich einen weiteren Sohn aus dem Schoß meiner Stiefmutter ziehen konnte, ließ er mich in einen ungeheizten Turm einsperren, in dem es so gut wie nichts zu essen gab und als Wasser das reichen musste, was durch das Dach tropfte. Er wartete darauf, dass ich entkräftet sterbe, und das auch nur aus dem Grund, weil ihm nicht gefiel, was ich zu sagen hatte. Er wollte nicht von den Heiligen verflucht werden, weil er königliches Blut vergossen hatte. Du bist nicht der erste Mann, dessen Leben König Greggor zerstörte. Du sagst, dass deine Trauer schlimmer als die meine ist, und das akzeptiere ich. Du sagst, dass seine Herrschaft für immer in Vergessenheit geraten soll? Ich sage, da bin ich dein Mann. Ich habe jeden Tag meines Lebens damit verbracht, davon zu träumen – nein, es waren mehr als Träume, es waren *Pläne* –, diese Welt von der gnädigen Berührung meines Vaters zu befreien. Du willst dieses Königreich zerstört sehen? Und wieder sage ich, ich bin dein Mann!«

Ich bin dein Mann. Es war das erste Mal in meinem Leben, dass sich jemand mir unterordnen wollte, und dann hatte das ein König gesagt. Ich dachte über seine Worte nach und was ich jetzt tun sollte, und ich sagte etwas, aber ich kann mich nicht mehr daran erinnern, was es war, weil mich in diesem Augenblick ein Armbrustbolzen in den Rücken traf.

Ich erwachte und hörte einen Laut, der mich an die Näharbeiten meiner Mutter erinnerte. Sie hatte immer eine stabile, dicke Nadel mit einem dicken Faden benutzt, und dem leisen Geräusch, das die Nadel verursachte, wenn sie den Stoff durchstieß, folgte unweigerlich der schleifende Laut des Fadens, der hindurchgezogen wurde. Ich versuchte diesen Augenblick so lange wie möglich festzuhalten, aber selbst so benommen wie ich war, wusste ich doch, dass meine Mutter schon mehrere Jahre tot war, dass ich ein zwanzigjähriger Mann war und dass ich versucht hatte, einen König zu ermorden.

»Du kannst ruhig die Augen aufmachen«, sagte eine Frauenstimme, und als ich gehorchte, entdeckte ich auf einem Stuhl in der Nähe meines Bettes eine alte Frau, die ein blaues Stoffstück mit Goldfaden bestickte.

»Dich kenne ich doch«, sagte ich.

Sie nickte, nähte aber einfach weiter.

»In der Hütte an der Südstraße. Wir … begruben wir einen Kopf in deinem Garten?«, fragte ich.

Sie schnaubte. »Ich würde sagen, das erwähnen wir besser nicht.«

Ich blickte mich in dem Raum um. Er sah aus wie der Raum, in dem ich versucht hatte, den König zu ermorden. Tatsächlich war ich sogar so gut wie davon überzeugt, dass er es war.

»Ich bin in seinem Zimmer«, sagte ich.

»Die Zofen haben mir gesagt, dass er dich nicht von ihnen wegschaffen lassen wollte. Er dachte, du würdest es nicht überleben, mit deinen ganzen Verletzungen.«

»Der Armbrustbolzen. Er traf mich im Rücken«, sagte ich albern.

»Der Bolzen? Bei allen hässlichen Heiligen, mein Junge, als man dich fand, hast du aus einem Dutzend entzündeter Wunden geblutet. Ich glaube, sie hielten dich nur am Leben, um herauszufinden, welcher Gott diesen Handel mit dir abschloss.«

Der Tod. Die Liebe hat mich verlassen, also schloss ich einen Pakt mit dem Tod.

»Bist du Näherin?«, fragte ich.

Sie rümpfte die Nase. »Eine Näherin ist die Person, die dein Kleid flickt, mein Junge. Ich bin Schneiderin. Tatsächlich die letzte echte Schneiderin.«

Vermutlich wäre es nicht sehr höflich gewesen, ihr zu sagen, dass es in jeder Stadt auf der Welt ein Dutzend Schneider gab. »Schön, dann eben eine Schneiderin. Was tust du hier?«

Diesmal machte sie sich nicht die Mühe aufzusehen. »Nun, eine gute Schneiderin weiß, in welche Richtung sich die Fäden bewegen. Nachdem du gegangen warst, dachte ich eine Weile darüber nach, dann kam ich zu dem Schluss, dass man meine Talente möglicherweise hier braucht.«

»Der König hat keine Schneider?«, fragte ich.

Sie sah mich an, als wäre ich einfältig. Was man ihr vermutlich nicht verdenken konnte. »Ich habe es dir doch gesagt, mein Junge, es gibt keine Schneider mehr. Außerdem gibt es auch keinen mehr, der weiß, wie man das nähen muss, was ich erschaffe.«

»Und das wäre?«

Jemand klopfte an der Tür, und ich ging davon aus, dass die Frau etwas sagen würde, aber sie stickte einfach weiter. Einen Moment später wiederholte sich das Klopfen.

»Es ist dein verdammtes Schlafzimmer«, rief die Frau. »Auf wessen verfluchte Einladung zum Eintreten wartest du?«

Die Tür öffnete sich, und der Mann von vergangener Nacht – vermutlich der König – trat ein. »Wenn ich doch bloß meine treuen Untertanen dazu bringen könnte, mich so respektvoll zu behandeln«, sagte er jovial. »Die meisten, denen ich begegnete, wollten mich einfach bloß umbringen.«

Er hatte die Kleidung gewechselt und gebadet, und meiner Meinung nach sah er jetzt viel majestätischer aus. Außerdem sah er aus, als hätte er etwas gegessen. Der Gedanke war wie ein Weckruf für mich. »Wie lange war ich ohne Bewusstsein?«, fragte ich.

»Zwölf Tage lang warst du dem Tode nah«, sagte der König.

»*Zwölf* Tage? Wie ist das möglich?«

Er hustete, dann kam er und setzte sich auf den Bettrand, was ich unhöflich fand, aber dann fiel mir wieder ein, dass es ja eigentlich sein Bett war.

»Du lagst in der Umarmung des Todes, erinnerst du dich nicht? Die Heiligen mögen wissen, wie lange du nicht geschlafen hast, und vermutlich hattest du seit einer Woche nichts mehr gegessen.«

Ich fühlte einen gewissen Unmut in mir aufsteigen, was mir verriet, dass ich noch immer nicht ganz richtig im Kopf war. »Und warum bin ich dann nicht verhungert, wenn ich seit zwölf Tagen bewusstlos war?«

Die Schneiderin warnte mich. »Das solltest du besser nicht fragen. Es war nicht sehr hübsch. Hatte mit einem Tuchtrichter und ein paar Stöcken zu tun.«

Der König ignorierte sie. »Keine Sorge, mein seltsamer Freund. Du hattest die beste Versorgung.« Die Schneiderin schnaubte bloß, aber der König fuhr fort. »Ich habe mich selbst um dich gekümmert, mit Unterstützung der königlichen Ärzte.«

Es fiel mir schwer, das zu glauben. »Ihr habt Euch *persönlich* um mich gekümmert? Meine Wunden ausgewaschen und meine Laken gewechselt?«

»Und deinen Hintern abgewischt«, warf die Schneiderin fröhlich ein.

»Nun«, sagte der König, »das war nur gerecht. Mein Mann hat dich in den Rücken geschossen, also hielt ich das für einen gerechten Handel. Die Welt sollte gerecht sein, weißt du?«

Die Welt sollte gerecht sein. Aus irgendeinem Grund ließ mich das lachen, und ich dachte an all die Dinge, die geschehen waren, und ich lachte weiter, konnte einfach nicht damit aufhören, und plötzlich verwandelte sich das Lachen in etwas anderes, und ich hörte laute, stockende Schluchzer aus meinem Mund dringen, und meine Augen bluteten Tränen, und ich schwöre, ich glaubte in ihnen zu ertrinken, weil ich aus irgendeinem Grund einfach nicht damit aufhören konnte.

Der König flüsterte der Schneiderin etwas ins Ohr, und sie stand auf und ging. Dann tat er etwas sehr Seltsames. Er beugte sich vor und nahm mein Gesicht zwischen die Hände, so wie es Aline manchmal getan hatte, wenn ich ihr genau zuhören musste, so wie sie es an dem Tag vor der Hütte getan hatte. Und der König sprach folgende Worte. »Ein weiser Mann würde dir sagen, dass sie fort ist, Freund, und dass du sie gehen lassen musst, weil nichts sie jemals zurückbringen wird. Aber ich bin kein weiser Mann – zumindest noch nicht. Also verspreche ich dir dies: Ich hole sie dir zurück. Ich schwöre dir, mein Freund, dass ich sie dir eines Tages irgendwie durch den Einfluss, den ein König vielleicht auf Götter und Heilige hat, zurückholen werde. Man behauptet, dass jeder dem Tod allein gegenübertritt, aber ich werde dieses Gesetz brechen, wenn das dazu nötig ist.« Er ließ mich los, dann senkte er die Hände. Er hustete und wischte sich etwas vom Mund. »Aber nicht heute. Heute brauche ich deine Hilfe. Ich muss die Welt verändern, weil es mit der Welt nicht mehr lange so weitergeht. Ich kann das schaffen – in meinem Herzen und meinem Kopf weiß ich, dass ich das kann, aber ich brauche jemanden wie dich. Ich brauche jemanden, der zwanzig Tage und Nächte laufen kann und sich durch jede Hölle auf der Erde durchkämpft, um Gerechtigkeit zu erlangen. Aber nicht Gerechtigkeit für sich selbst, sondern Gerechtigkeit für andere.« Er ließ die Worte einen Moment lang wirken. »Eines Tages bringe ich dir deine Frau zurück, aber heute brauche ich dich, damit du meinen Untertanen Gerechtigkeit bringst.«

Er setzte sich zurück, und seine Schultern sackten nach unten, und er war wieder der schwache, dürre Mann, dem ich beinahe zum zweiten Mal den Tod gebracht hätte. Ich hatte aufgehört zu weinen, obwohl mir klar war, dass ich bald wieder damit anfangen würde. Dieser kleine König war verrückt, so verrückt wie ich, aber etwas anderes gab es nicht mehr. Ich wusste, dass er die Wahrheit gesagt hatte. So launisch und unberechenbar die Götter auch waren, lange würden sie eine Welt voller Könige wie Greggor und Herzöge wie Yered nicht mehr dulden.

»Ich bin nicht bereit«, sagte ich.

»Aber du musst es sein. Es muss jetzt anfangen.«

Einen Moment drohte ich an meinem eigenen Speichel zu ersticken. Wenn einem die letzte gute Sache in seinem Leben genommen wird, was antwortet man dann?

»Wie soll es denn anfangen?«, fragte ich.

Ein winziges Lächeln trat auf das Gesicht des Königs, winzig, kaum merklich. Ich sollte noch erfahren, dass das eine seiner unverwechselbaren Eigenheiten war. »Wie heißt du?«, fragte er.

»Falcio«, antwortete ich. »Falcio val Mond.«

»Falcio«, begann er, »als du noch ein kleiner Junge warst, hat dir da jemals jemand die Geschichte von den Greatcoats erzählt?«

9

DIE TORE VON RIJOU

»Und ich schwöre Euch, meine Lady, Ihr wollt nichts mit Rijou zu tun haben«, brüllte ich zurück. »Es heißt nicht ohne Grund ›Stadt des Streits‹.«

Die Stimme aus dem Wohnwagen klang ausgeglichen, allerdings konnte ich einen Hauch von Ärger heraushören. »Und ich habe dir gesagt, mein Lumpenmantel, dass wir etwas mit Jillard, dem Herzog von Rijou, zu regeln haben, und wir werden die Stadt heute Abend betreten.«

»Herrin … in diesem Punkt hat er nicht ganz unrecht.« Selbst Feltock stand in dieser Sache auf meiner Seite, und er widersprach der Karawanenherrin *niemals*. Rijou war eine Stadt mit neunzehn Adelshäusern, die sich alle ununterbrochen mit Intrigen, Attentaten und gelegentlich auch offenem Krieg bekämpften. Der Herzog von Rijou tat nichts, um die Gewalt zu beenden, und alles, um sie zu fördern, nicht zuletzt deshalb, weil die Morde diejenigen in Schach hielten, die auf seine Stellung aus waren, und die Kriege sorgten dafür, dass ihre Privatarmeen klein und beherrschbar blieben.

Aber für jeden anderen war Rijou ein schrecklicher Ort. Aus der Ferne glänzte es. Damit meine ich nicht, dass die Stadt schimmerte oder leuchtete; sie glänzte. Es war das Glänzen einer öligen Leichenhaut, das Glänzen im Auge eines Mannes, der der Ansicht ist, dass er einen töten kann, ohne Konsequenzen befürchten zu müssen. Die Stadt mochte reich und üppig sein, aber sie war ein unsicherer Ort für jeden, der keinen Sheriff in der Tasche und ein Heer hinter sich wusste. In Rijou konnte einen Hausbesitzer nichts daran hindern, jederzeit die Bedingungen des Mietvertrags zu ändern, solange er die Autorisation durch den Sheriff bekam. Der König hatte Brasti und mich einmal hergeschickt, um den Streit eines Juweliers mit seinem adligen Hausherrn zu schlichten. In diesem Fall hatte der Hausherr die Bedingungen geändert, damit er die Preise des Juweliers bestimmen konnte. Wir hörten uns den Fall an und entschieden zugunsten des Juweliers, nur um ihn am nächsten Morgen tot aufzufinden. Der Herzog bezahlte das Bußgeld, ohne Fragen zu stellen, und das Lächeln auf seinem Gesicht verriet uns, dass wir gern jederzeit zurückkommen konnten, wenn wir jemand anderen tot sehen wollten. An diesem Tag hatte ich geschworen, eines Tages zurückzukehren und diesem Scheißloch Gerechtigkeit zu bringen. Aber darin war ich gescheitert, wie in so vielen Dingen seither. Welche Gerechtigkeit konnte ich hoffen einer ganzen Stadt zu bringen, wenn ich nicht einmal einen alten Mann am Leben erhalten konnte?

»Meine Lady«, versuchte ich es ein letztes Mal, »sobald wir die Stadttore hinter uns gelassen haben, kann niemand versprechen, Euch zu beschützen.«

»Unsinn«, erwiderte sie. »Wir haben zehn gute Männer an unserer Seite, und du hast bis jetzt bemerkenswerte Arbeit geleistet, Banditen abzuwehren.«

»Aber versteht doch, wir können nicht die ganze Karawane in die Stadt bringen. Das werden die Männer des Herzogs nicht erlauben. Und wenn ihr mit mehr als zwei oder drei Waffenmännern eintretet, wird jemand glauben, dass Ihr einen Hauskrieg vom Zaun brechen wollt, und man wird Euch töten.«

Ich wartete, während sie hinter ihren Vorhängen darüber nachdachte. »Also gut«, sagte sie dann. »Feltock, nimm diesen Lumpenmantel und die beiden anderen und folge meinem Wagen in die Stadt, damit ich meine Geschäfte mit dem Herzog erledigen kann.«

Jetzt war ich an der Reihe innezuhalten, während ich versuchte, die richtigen Worte zu finden. »Es ist unwahrscheinlich, dass der Herzog Euch empfängt. Ich habe nicht den geringsten Zweifel, dass Ihr in Eurer Heimat Orison eine Person von hoher Stellung seid, aber in Rijou werdet Ihr nichts anderes als ein weiteres Ziel sein.«

»Nicht anderes?«, sagte sie hinter den Vorhängen. Ihr Tonfall verhieß nichts Gutes für mich. »Feltock?«, sagte sie nach einem Moment. »Befiehl deinem Pistolenmann, diesem Mann eine Kugel in den Kopf zu schießen, wenn er nicht sofort auf sein Pferd steigt und uns in die Stadt führt.«

Feltock zögerte nicht, dem kleinen Mann mit der Pistole ein Zeichen zu geben. Dann drehte er sich um und wartete ab, was ich tun würde. Mittlerweile konnte er mich besser leiden, und vermutlich teilte er meine Meinung über Rijou, aber er kam vom Militär und befolgte seine Befehle.

Kest stand hinter meiner linken Schulter. Brasti konnte ich nicht entdecken, also ging ich davon aus, dass er sich irgendwo hinter einem der Bäume, die die Straße zur Stadt säumten, mit bereitgehaltenem Bogen verborgen hielt.

»Ich glaube, ich könnte die Pistolenkugel aufhalten«, sagte Kest nüchtern. »Anhand des Winkels des Laufs müsste ich ungefähr ausrechnen können, wo die Kugel treffen soll.«

»Ungefähr?«, fragte ich.

»Das hat man noch nie zuvor versucht. Bei diesen Dingen muss man sich auf ein paar Risiken einlassen.«

»Was es auch wert sein mag, ich rate dazu, in diesem Augenblick nicht zu sterben und die Idee für einen anderen Tag aufzusparen«, sagte ich und stieg in den Sattel.

Ich blickte mich um und entdeckte Brasti auf ein paar Decken oben auf einem der offenen Wagen.

»Da hast du mir ja tolle Deckung gegeben, Brasti.«

Er gähnte und tätschelte den Bogen, der neben seinem

Bein lag. Er hatte zehn Pfeile vor sich ausgebreitet, also sollte ich wohl dafür dankbar sein.

»Ich habe volles Vertrauen in deine diplomatischen Fähigkeiten«, sagte er, »vor allem, wenn es darum geht, Befehle zu befolgen. Aber du bist verrückt, wenn du die Rückkehr nach Rijou für besser hältst als den Versuch, es mit einer Pistole aufzunehmen. Mach dir keine Sorgen. Ich bleibe hier und bewache die Karawane.«

»Beweg deinen Hintern, mein Junge, du kommst mit uns«, knurrte Feltock. »Da ihr alle so viel davon zu verstehen scheint, werdet ihr bestimmt die Ehre der Lady genauso gut wie eure eigene Haut beschützen.«

»Wir drei könnten dich auch umbringen und verschwinden, sobald wir ein Stück von der Karawane entfernt sind«, meinte Kest.

»Das ist wahr«, erwiderte Feltock. »Aber dann hättet ihr noch immer weder Geld noch Arbeitgeber, und soweit ich gehört habe, hat Herzog Jillard nicht viel für Lumpenmäntel übrig, oder?«

»Ich könnte dich einfach aus Prinzip töten, wenn du uns weiter so nennst«, sagte ich, aber dann führten Kest, Brasti, Feltock und ich den Wagen auf der breiten, von Bäumen gesäumten Straße an, die von der Karawanenstraße durch das erste Tor in die Stadt führte. Rijou ist nicht gerade eine Festungsstadt, aber es verfügt über drei Eisentore. Das erste Tor, durch das wir kamen, erschien unbewacht, aber die Bäume am Straßenrand boten ausgezeichnete Verstecke für ein halbes Dutzend Wächter mit Armbrüsten. Wenn man nicht verdächtig genug aussieht, um auf der Stelle erschossen zu werden, und niemand die Wächter dafür bezahlt hat, einen zu ermorden, fährt man zum zweiten Tor weiter, wo die Männer in Rüstungen stecken und die Torhälften zwischen Steinsäulen in Schienen bewegt werden können. Legt man einen Hebel um, krachen die Tore in einer Sekunde in die Tiefe und spießen alles auf, was ihnen im Weg ist. Die Wärter das zweiten Tores erzählen diesen tollen Witz: Man braucht nicht um Erlaubnis zu bitten, um Rijou betreten zu können; man geht einfach durch das Tor. Entscheiden sie, es einem auf den Kopf fallen zu lassen, bedeutet das, dass einem der Zugang verwehrt bleibt und man es am nächsten Tag noch einmal versuchen sollte. Nun, sie finden das witzig …

Feltock hielt nichts von dieser Vorgehensweise. Stattdessen reichte er einem Wächter das Bündel Referenzen, das er im Namen seiner Herrin trug. Der Wächter sah sie durch, dann reichte er sie an einen anderen Mann weiter, der sie noch genauer studierte. Der erste Wächter kam näher und musterte mich von Kopf bis Fuß. Er war noch recht jung, mit dunklen Haaren und einem kurzen, recht spärlichen Bart, der ihm nicht stand. Aber seine Haltung war selbstbewusst, und er erweckte den Anschein, unter seiner Plattenrüstung recht kräftig zu sein.

»Du bist einer dieser Lumpenmäntel, ist das richtig?« Sein Akzent war ausgeprägter, als ich erwartet hätte. Es erinnerte mich daran, dass uns die drei Wochen, die wir unterwegs gewesen waren, weit vom Karawanenmarkt fortgebracht hatten. Und erst recht von Baern, wo wir jetzt eigentlich hätten sein sollen.

»Wir benutzen diesen Begriff nicht, aber ja, das ist richtig.«

Der Wächter starrte meinen Mantel an, dann hob er die Hand, zog am Saum und untersuchte ihn genau. Ein paar seiner Kameraden versammelten sich um uns. »Stimmt es, dass ihr in diesen Mänteln schlaft?« Er wandte sich an seine Kameraden. »Riecht jedenfalls so!«

Nun ist der Mantel der wertvollste Besitz eines Reisenden Magisters. Er ist aus Leder gemacht, aber die dünnen, sehr leichten Platten, die aus irgendeiner Art Knochen bestehen und in diverse Einsätze eingenäht sind, können Hiebe abwehren – mit etwas Glück selbst den Messerstoß eines wütenden Klägers in den Rücken. Und er kann einen am Leben halten, wenn man irgendwo in der Kälte am Straßenrand gestrandet ist.

»Und stimmt es«, fuhr der Wächter fort, »dass ihr in diesen Mänteln hundert Waffen verbergt?«

Den vielen Geschichten zufolge gab es in meinem Mantel mehr versteckte Taschen, als ich je hatte finden können. Niemand vermag mit Sicherheit zu sagen, wie sie hergestellt werden, denn es gab nur eine einzige Schneiderin dieser besonderen Mäntel, und niemand weiß, was nach dem Tod des Königs aus ihr wurde.

»Nein«, antwortete ich, »aber ich verwahre hundert Hühner in meinem Mantel.«

Brasti mischte sich ein. »Ich habe hundert Fische. Ich mag kein Huhn.«

Die anderen Wächter lachten, aber wir hatten dem ersten seinen Witz versaut.

»Nun, vielleicht sollte ich mir dann beide Mäntel nehmen. Ich mag Huhn *und* Fisch.«

»Da gibt es nur ein Problem, mein Freund«, sagte ich ganz ruhig.

Er blickte seine Kameraden an, dann wieder mich. »Ja? Und das wäre?«

»Nun, wenn du meinen Mantel hast, dann müsstest du ihn auch tragen.«

Der Rest der Wächter lachte wieder, und der kräftige Bursche entschied, dass er genug hatte. »Verdammt richtig. Aber hätte ich ihn gewollt, hättest du ihn mir ganz schnell überlassen, das steht fest.«

Das war eine leere Drohung – nicht nur, weil jeder wusste, dass in unseren Mänteln viele Waffen verborgen sind, sondern weil nie ein Mantel eines Magisters gestohlen wurde. Als wir in der guten, alten Zeit noch bewundert wurden, war allgemein bekannt, dass jeder Mann oder jede Frau, denen es gelang, ihn einem Magister zu entwenden, bis ans Ende der Welt gejagt werden würde. Heutzutage wollte niemand auch nur tot damit erwischt werden. Also lagen Ruhm und Schande gar nicht so weit auseinander.

Schließlich ließ uns sein Befehlshaber durch, und wir suchten uns den Weg zum dritten Tor. Am dritten Tor gibt es keine gepanzerten Wächter, keine Armbrüste, Pfeile, Piken oder Schwerter, sondern nur einen kleinen Mann mit einer Feder und einem Hauptbuch, der am Ende eines dreißig Fuß langen Tunnels an einem kleinen Pult sitzt. Die Decke ist ungefähr zwölf Fuß hoch, und beide Wände sind genau wie die Decke mit Dutzenden kleiner Löcher versehen. Das alles sah aus, als bestünde es aus grauem Käse, aber sollte man den kleinen Mann an dem Pult reizen, würde man schnell entdecken, welch erstaunliche Anzahl tödlicher Dinge aus kleinen Löchern im Stein geschossen, fallen gelassen oder gegossen werden können.

Feltock überreichte dieselben Papiere, die er am zweiten Tor vorgezeigt hatte. Der kleine Mann hatte kaum einen Blick für sie übrig, bevor er sagte: »Zutritt verweigert.«

Feltock stieg von der Kutschbank des Wohnwagens und sah mich mit hochgezogenen Brauen an. Keiner von uns wusste, was zu tun war. Dafür wussten wir beide mit Sicherheit, dass jede Debatte mit dem kleinen Mann ein schwerwiegender Fehler sein würde.

»Mit Respekt, Euer Lordschaft«, begann Feltock.

»Ich bin kein Lord, ich bin Sekretär«, sagte der Mann hinter dem Pult.

»Mit Respekt, Euer … äh, edler Sekretär, man hat … Nun, am zweiten Tor hat man unsere Legitimation akzeptiert.«

Der Sekretär sah zu uns hoch. »Natürlich haben sie euch durchgelassen, du Idiot, sonst wärt ihr nicht hier. Ihr hättet Stahlstangen im Schädel. Wenn ihr euch dann besser fühlt, gebe ich euch für die Rückfahrt eine Nachricht für sie mit, damit sie das Tor auf euch fallen lassen.«

Brasti lächelte mich an. »Er gefällt mir. Erinnert mich an dich.«

Der Blick, den Feltock uns zuwarf, war zur Hälfte Drohung und flehentliche Bitte.

»Hoher Ehrenhafter Sekretär des Tores«, sprach ich ihn mit seinem formellen Titel an, »auch wenn Ihr uns das nicht mitteilen müsst, dürften wir nach dem Grund für Eure sehr vernünftige Entscheidung fragen, uns den Zugang zur Stadt zu verweigern? Darf ich annehmen, dass wir ›von Stellung, aber nicht von Berechtigung‹ sind?«

Der Sekretär schnaubte. »Ha! Ein Trattari, wie? Man kann sich doch immer darauf verlassen, dass einem ein Greatcoat die Gesetze unter die Nase hält. Ja, ihr seid in der Tat ›von Stellung, aber nicht von Berechtigung‹. Also könnt ihr jetzt umdrehen, oder wir finden heraus, was dieser Hebel bewirkt.« Er deutete auf einen stabilen Hebel, der neben seinem Pult aus der Wand ragte. Ich hatte bereits einen Verdacht, was dieser Hebel ausrichten konnte, und ich wollte keineswegs herausfinden, was genau von der Decke auf meinen Kopf fallen würde, wenn er daran zog.

»Feltock«, ertönte die Stimme der Lady aus dem Wagen, »was ist der Grund für unsere Verzögerung in dieser feuchten kleinen Höhle?«

Feltock sah mich an. »Das erklärst du ihr besser«, flüsterte er. »Ich habe keine Ahnung, worum es bei dieser ›Stellung‹ und ›Berechtigung‹ geht.«

Ich ging zurück zum Wagen. »Meine Lady, der Sekretär informiert uns, dass Euch Eure Papiere den Zugang zur Stadt gewähren, denn sie erklären Eure Stellung, also *wer* Ihr seid. Es sind die Unterlagen wegen der Berechtigung, also der Grund, *warum* Ihr um Einlass bittet, die man infrage stellt.«

»Man stellt ihn *infrage?* Ich bin gekommen, um den Herzog zu sehen! Wer ist dieser kleine Wurm, der mich infrage stellt?«

Ich betete, dass der Sekretär uns nicht hören konnte.

»Das habe ich gehört«, brüllte er. Dann hüpfte er vom Stuhl und kam zu uns herüber. Sein Gang glich einem Watscheln. Vor den Vorhängen an der Wagentür blieb er stehen. »Du fährst jetzt nach Hause«, sagte er in einem Ton, der vermuten ließ, dass er es mit einem zurückgebliebenen Kind zu tun hatte. »Verrückte Frau kann heute nicht zu Herzog. Herzog wichtiger Mann. Hat wichtige Dinge zu tun. Fickt verrückte Frau einen anderen Tag.« Dann lächelte der Sekretär und schaute zu mir hoch. »Ich mag euch Trattari. Ihr kennt das Gesetz, und das macht mich glücklich. Aber entweder kehrt ihr um, oder ihr entdeckt in etwa zehn Sekunden, was schlimmer schmerzt – brennendes Öl auf dem Kopf oder ein Dutzend Armbrustbolzen in der Brust.«

»Es ist das Öl«, sagte Kest.

»Es reicht!«, brüllte die Karawanenherrin aus dem Wagen. Ich hatte sie noch nie zuvor brüllen hören. Beinahe klang sie wie ein Kind. »Du gewährst mir auf der Stelle Zutritt zur Stadt. Du wirst eine Eskorte bereitstellen, und du wirst dafür sorgen, dass wir eine ungehinderte Fahrt zum herzoglichen Palast haben.«

Der Sekretär sah aus, als wollte er jemandem, den ich nicht sehen konnte, ein Zeichen geben, als sich die Vorhänge des Wagens teilten und die Dame ausstieg.

Ich muss gestehen, dass ich die Karawanenherrin in meinen Träumen mal für die verkleidete Trin gehalten hatte. Schließlich sahen wir Trin oft den Wagen verlassen, aber die feine Dame selbst hatten wir nie zu Gesicht bekommen. Obwohl Trin die nötige Haltung vermissen ließ, hatte sie mit Sicherheit genug Anmut für die Tochter eines Adelshauses und auch das richtige Aussehen. Was aber noch viel wichtiger war, die Vorstellung, dass die Frau, die den Befehl über diese sich anbahnende Katastrophe hatte, tatsächlich auch mal freundlich sein konnte, und selbst nur als Teil eines komplizierten Spiels, wäre nett gewesen.

Die Frau, die aus dem Wagen stieg, war in verschiedene Schattierungen Purpur gehüllt. Ihre Seidenbluse war modisch tief ausgeschnitten, und die Seidenhosen waren speziell für die Reise geschneidert. Ihr Haupt war unbedeckt, aber sie trug eine Kette und Armreife aus geschliffenen Edelsteinen, und am Mittelfinger einer jeden Hand funkelten Ringe. Ihr Haar war von einem tiefen Dunkelbraun und beinahe so seidig wie ihre Kleidung, was mich überraschte, weil es selbst in einem Wohnwagen nicht einfach ist, auf einer wochenlangen Reise auf sein Äußeres zu achten. Einen kurzen Moment lang glaubte ich tatsächlich, es mit Trin zu tun zu haben, die dort triumphierend ihren Kokon verließ, aber diese Frau war größer und selbstsicherer. Davon abgesehen verließ Trin hinter ihr den Wagen. Nun ja, so viel zu dieser Phantasie.

Die Frau hatte sehr viel Mühe darauf verwandt, dass ihre Männer oder zumindest die meisten davon sie niemals zu Gesicht bekamen. Feltock sah nicht gerade überrascht aus, also nahm ich an, dass er ihr irgendwann begegnet war, aber in all den Wochen unterwegs hatte keiner von uns sie auch nur einmal gesehen. Denn das hätten wir mit Sicherheit nicht vergessen, war sie doch eine atemberaubende Schönheit, mit hellen Augen von der Farbe des Meeres und fein geschnittenen Zügen. Sie bemerkte, wie ich sie anstarrte, und lächelte, und aus irgendeinem seltsamen Grund verletzte mich das mehr, als es vermutlich ihre Absicht gewesen war. Ich sah Kest an, und selbst er schien von dem Augenblick überwältigt zu sein.

Der Sekretär war es nicht. »Ja, meine Liebe, du bist wirklich hübsch, und ich nehme an, du bist sehr reich. Aber der Herzog ist ebenfalls attraktiv und vermutlich viel reicher, also kannst du ihn trotzdem nicht besuchen.«

»Und warum nicht, kleiner Mann?« Ihre Stimme klang unverändert, aber ich konnte jetzt hören, dass sie jünger als gedacht war.

»Nun«, sagte der Sekretär, »weil du irgendwie wie eine Hure aussiehst und der Herzog ein verheirateter Mann mit mehreren wichtigen Geliebten ist, und wir wollen doch keinen von ihnen beleidigen, oder?«

Ich ging davon aus, dass sie jetzt eine Tirade vom Stapel ließ, aber stattdessen streckte sie ruhig die Hände aus und ballte sie vor der Nase des Sekretärs zu Fäusten. »Kleiner Mann, sieh dir meine Ringe genau an.«

Der Sekretär tat ihr den Gefallen, und plötzlich wirkte er, als hätte er das Ende seines Lebens vor den Augen aufblitzen sehen. »Ich will verflucht sein«, sagte er.

Ich trat hinter ihn und konnte einen Blick auf die Ringe werfen, bevor sie sie wieder zurücknahm und die Arme unter den Brüsten verschränkte. Der Ring an der linken Hand war der herzogliche Siegelring von Hervor, was bedeutete, dass ihre Mutter nicht die Herzogin von Orison war, wie wir angenommen hatten, sondern Patriana, die Herzogin von Hervor.

»Bei allen verfluchten Höllen«, sagte Kest. Dass er fluchte, war ungewöhnlich, aber ich stimmte mit ihm überein. Patriana war von allen Adligen die schlimmste; sie hatte den anderen Herzögen Mut gemacht und sie überredet, sich gegen König Paelis zusammenzurotten. In diesem Augenblick hätte ich ihrer Tochter die Kehle mit noch weniger Bedauern aufschlitzen können, als ich für den Axtmann auf dem Markt gehabt hatte.

»Hervor«, sagte ich zu Kest, der den Kopf schüttelte.

»Nein, du verstehst nicht. Der andere Ring, das ist der herzogliche Siegelring von Rijou. Sie behauptet, die Tochter von Patriana, der Herzogin von Hervor, und Jillard, dem Herzog von Rijou, zu sein. Sie beansprucht transzendentes Blut!«

Die Adlige lächelte uns an, dann wieder den Sekretär. »Bist du jetzt mit meinen Papieren zufrieden, kleiner Mann?«

Der Sekretär stotterte kurz. »Nun, das heißt … ich meine, ich kann das nicht verifizieren … das heißt … willkommen in Rijou, Euer Durchlaucht.«

»Hoheit«, sagte sie. »Der Begriff, nach dem du so vergeblich suchst, lautet ›Euer Hoheit‹. Oder falls du das vorziehst, Eure Königliche Hoheit Prinzessin Valiana.«

Der Sekretär ließ sich auf ein Knie herab. Feltock, der überhaupt nicht überrascht schien, folgte seinem Beispiel, genau wie Trin. Brasti, Kest und ich blieben stehen. Laut dem Gesetz des Königs verneigten sich Greatcoats vor niemandem, nicht einmal vor dem König selbst. Davon abgesehen würde ich sie vermutlich umbringen.

Trotz meiner Vorurteile gegenüber dem Ort ist Rijou in der Abenddämmerung eine wirklich schöne Stadt, wenn man für den Augenblick vergessen kann, wo man sich gerade aufhält.

Der Sekretär des Tores hatte einem der Berater des Herzogs Bescheid gegeben, und ein Mann namens Shiballe traf ein, um uns in die Stadt zu eskortieren. Shiballe war fett und viel zu gut angezogen, um ein Laufbursche zu sein, aber das war zu diesem Zeitpunkt wirklich nicht mein Problem. Schlimmstenfalls würde er Valiana ermorden, was möglicherweise gar nicht so schlecht gewesen wäre.

Als Shiballe der Prinzessin die Hand küsste, sah sie mich an und lächelte, als wäre das alles ein großartiger Streich, den sie mir persönlich gespielt hatte, als hätte mich ihre Durchtriebenheit verblüffen und sprachlos machen sollen. Das allein hätte schon ausgereicht, um sie nicht zu mögen, ganz zu schweigen davon, dass ihre Mutter das Miststück war, das geholfen hatte, meinen König zu ermorden. Aber aus irgendeinem Grund ärgerte mich am meisten, wie sich Trin selbst erniedrigte und so brav wie ein Lamm auf dem Weg zur Schur drei Schritte hinter ihrer Herrin herging. Hätten wir uns dazu entschieden, jeden Eid zu brechen, den wir je geleistet hatten, und Valiana zu töten, hätten wir Feltock zuerst umbringen müssen – das wäre nicht schwergefallen; der Mann war Soldat und hatte sich sein eigenes Bett gemacht. Aber Trin würde ebenfalls sterben, bevor sie zuließ, dass jemand Valiana etwas antat, und das war eine echte Schande. Als Shiballe ihr die Hand küsste, sah sie aus, als hätte gerade ein Pferd darauf geschissen, was nur dazu führte, sie mir noch sympathischer zu machen.

Ihre Hoheit legte einen Halt ein, um mit Shiballe ein paar Erfrischungen zu sich zu nehmen. Feltock und Brasti hielten Wache, während Kest und ich ausgeschickt wurden, den Rest des Weges zu erkunden. Ich nutzte die Gelegenheit, die Stadt zwischen Sonnenuntergang und Mondaufgang zu genießen. Die Abenddämmerung ist vermutlich die einzige Zeit in Rijou, in der die Adligen der Stadt nicht das dringende Bedürfnis verspüren, ihre Mitbürger zu ermorden, mögen die Heiligen wissen, warum das so ist. Leider waren wir keine Mitbürger.

»Wir müssen das tun, Falcio«, sagte Kest zum hundertsten Male. Normalerweise wiederholt er sich nicht, weil er schließlich genau das tut, was seiner Meinung nach zu tun ist, und sich später mit den Konsequenzen auseinandersetzt, also musste ich annehmen, dass er weniger versuchte, meine Meinung zu ändern, als mich vielmehr sanft zu der unweigerlichen Lösung zu steuern. »Du weißt, dass sie das die ganze Zeit geplant haben, während wir durch das Land geirrt sind«, fuhr er fort. »Eine neue Monarchie zu gründen – die völlig von den Herzögen kontrolliert wird, damit sie niemals mehr fürchten müssen, dass ein neuer König wie Paelis an die Macht kommt.«

»Die Herzöge beherrschen doch ohnehin alles«, sagte ich. »Was macht das also schon aus?«

»Der Unterschied besteht darin, dass ihre Herrschaft dann im ganzen Land tief verwurzelt sein wird, und nicht nur allein in ihren Herzogtümern.«

»Sieh dich doch um«, sagte ich. »Die Welt ist korrupter und unterdrückerischer geworden, als sich das einer von uns je hätte vorstellen können.«

»Ja, und wenn wir zulassen, dass sie dieses Mädchen auf den Thron setzen, wird alles noch viel unerträglicher. So schlimm sie im Augenblick auch sein mögen, schrecken die

Herzöge noch immer davor zurück, das Gesetz des Königs zu brechen. Sie wissen, dass ihnen das Ärger machen könnte, sollte je ein starker, anständiger Herzog an die Macht kommen oder, wie nur die Heiligen hoffen können, ein neuer König. Aber wenn wir ihnen das durchgehen lassen, dann wird die egoistischste, gewaltsamste Herrschaft in der Geschichte zum Gesetz. Zum neuen Gesetz des Königs, Falcio.«

»Wenn es dazu kommt, dann kämpfen wir, oder nicht? Und wir werden siegen – am Ende siegen wir immer.«

»Bestärke Brasti nicht in seiner Meinung über dich«, wies mich Kest zurecht. »Du weißt genauso gut wie ich, dass es nicht mehr viele von uns gibt. Zu unserer besten Zeit waren wir hundertvierundvierzig, und jetzt, wo wir für jeden mit einer Klinge Freiwild sind, bezweifle ich, dass noch fünfzig Greatcoats übrig sind. Und wer vermag schon zu sagen, wozu die meisten von ihnen geworden sind? Ich kann jeden mit einer Klinge schlagen, Falcio, aber nicht zehn Männer mit Pistolen. Die alten Regeln werden uns nicht helfen. Wir können diesen Kampf gewinnen, aber ich glaube nicht, dass wir ihn auch auf faire Weise gewinnen können.«

Ich hielt mein Pferd an. »Du willst ein Urteil fällen, bevor sie überhaupt ein Verbrechen begangen hat. Der König hätte so etwas nie erlaubt. Es hätte ihn zerstört. Es würde uns zerstören.«

»Und was war mit Tremondi?«, fragte er.

»Tremondi? Was hatte sie mit ihm zu tun?«

Kest seufzte. »Dir ist das wirklich nicht klar?«

»Tu einfach so, als hätte ich keine Ahnung.«

Kest zeigte in die Richtung, in der wir den Wagen zurückgelassen hatten. »Wir wissen, dass Tremondi eine Affäre mit der Frau hatte, die ihn umbrachte. Wer entspricht genau dem Geschmack des alten Perversen? Valiana. Wer profitiert von seinem Tod? Sie. Wem gelang es nach unserem Eintreffen auf dem Markt in Solat eine Möglichkeit zu finden, uns sowohl an der kurzen Leine zu halten wie auch dafür zu sorgen, dass uns die anderen Karawanenwächter hassen? Das war sie, mit ihrer Herausforderung.«

»Und du brachtest mich dazu, sie anzunehmen.«

»Dir entgeht nichts, Falcio, ausgenommen das verflucht Offensichtliche. Sobald wir die Stadt und jeden hinter uns gelassen hatten, der unsere Geschichte möglicherweise geglaubt hätte, tauchen Lynniac und seine Ritter auf – und was tut sie? Sie bringt uns dazu, mit bloßen Händen gegen sie zu kämpfen.«

»Sie hätte sie uns auch einfach abführen lassen können.«

»Nein – ein viel zu großes Risiko, dass wir unterwegs entkommen. Auf diese Weise wusste sie mit Sicherheit, dass wir tot sind. Sie ist es, Falcio. Sie hat Tremondi umgebracht. Ohne das Aeltheca, mit dem sie uns benebelte, hätten wir sie identifizieren können. Aber vermutlich hat sie sich so lange wie nötig vor uns verborgen gehalten, um sicherzugehen, dass mögliche Bruchstücke von Erinnerungen endgültig in dem Augenblick verschwunden sind, in dem wir sie sehen.«

Ich hatte nichts darauf zu erwidern. Alles, was Kest gesagt hatte, erschien völlig logisch. Vermutlich hatten wir schon Männer mit weniger Beweisen verurteilt – die Heiligen wussten, dass uns die Herzöge mit noch weniger verurteilt hätten. Aber wir sollten *anders* sein. Wir sollten *besser* sein.

»Ist schon gut, Falcio«, sagte Kest leise. »Ich weiß, dass du das nicht tun kannst. Ich bitte dich auch nicht darum.«

»Was tun? Einen Mord begehen?«

»Die Dinge richtigzustellen. Aber ich werde es tun. Ich kann das allein tun, wenn der richtige Augenblick gekommen ist, wenn wir uns sicher sein können. Aber um unserer Freundschaft willen, versuche nicht, mich daran zu hindern, wenn es so weit ist.«

Ich starrte ihn an. »Und wie soll unsere Freundschaft dann aussehen?«

»So, wie sie war, bevor wir zu Greatcoats wurden. Ich weiß, dass du den König geliebt hast, Falcio. Ich auch. Aber sie haben ihn umgebracht. Sie können nicht auch noch diesen Traum töten.«

Nein, dachte ich, als ich mein Pferd wendete und antrieb, *das brauchen sie auch nicht. Das erledigen wir schon selbst.*

Eine halbe Stunde später signalisierte ich dem Wagen anzuhalten. Eine Gruppe Männer in schwarzen Uniformen hatte ein großes Herrenhaus umstellt. Sie hielten Piken und verrammelten Fenster und Türen mit großen Steinplatten, die auf Ochsenkarren angeliefert worden waren. Da stand auch ein Wagen voller Fässer.

Ich winkte Feltock heran. »Hast du eine Ahnung, was das soll?«

»Du weißt doch, wie ein Krieg aussieht, oder?«, erwiderte der Hauptmann.

Ich ignorierte ihn und stieg ab. Dann ging ich zu dem Kutscher des Wagens mit den Fässern. Zwei seiner Kameraden vertraten mir mit Kurzschwertern in der Hand den Weg, aber ich wandte mich trotzdem an ihn. »Was geht hier vor?«

»Was glaubst du? Um Mitternacht beginnt der erste Tag von Ganath Kalila, also kümmere dich um deinen eigenen Dreck, wenn du dich nicht auf der falschen Seite wiederfinden willst.«

Das war seltsam. Es hatte beinahe so geklungen, als hätte der Mann »Ganath Kalila« gesagt. Aber natürlich war das unmöglich, denn falls sich herausstellen sollte, dass wir zu Ganath Kalila eingetroffen waren, würde ich einfach eingestehen müssen, dass in diesem Augenblick tausend jungfräuliche Bräute meinen Namen verfluchten …

»Es tut mir leid«, sagte ich zu dem Mann. »Ich fürchte, ich habe dich nicht richtig verstanden, hast du wirklich gesagt, es ist …«

Die beiden Männer mit den Kurzschwertern stießen mich zurück.

Feltock kam herbei, und Kest schloss sich ihm an, die Hand auf dem Schwertgriff.

»Was hat er gesagt?«, wollte Feltock wissen.

»Ganath Kalila«, erwiderte ich. »Die Blutwoche. Wir sind ausgerechnet hier eingetroffen, als der Herzog die Blutwoche ausgerufen hat.«

»Was bei den Fünf Höllen für Narren ist das? Versuch mal daran zu denken, dass ich noch nie in dieser Stadt war, mein Junge, dann geht das alles bedeutend schneller.«

»Ganath Kalila ist in Rijou eine Tradition«, erklärte ich ihm. »Der Vater des Herzogs brachte sie von seinen Reisen im Osten aus Avares mit. Man nennt es die Blutwoche, obwohl es eigentlich neun Tage lang keine Regeln mehr gibt. Ausgenommen eine einzige: Was du nicht behalten kannst, gehört dir auch nicht.«

Ein alter Soldat sieht in einer langen Karriere viele verrückte Dinge und Gewalt, aber das ließ selbst Feltock blinzeln. »Wie soll das denn funktionieren? Der Mann mit der größten Armee nimmt sich alles, was er will? Das wäre doch das reine Chaos.«

»Dem Herzog gefällt Chaos«, erwiderte ich.

»Nicht unbedingt«, meinte Kest. »Ich habe über die damit verbundene Politik gelesen, und tatsächlich ist sie recht komplex. Eine Reihe von Bündnissen und Protektion sorgen dafür, dass die meisten Leute unter den Schutz eines ihnen Höhergestellten fallen, der wiederum von jemandem über ihm beschützt wird, der …«

»Der irgendwann vom Herzog beschützt wird. Also kann er seiner Herde ein paar Münzen mehr aus der Tasche ziehen, richtig?«

»Nur dass der Herzog manchmal durchblicken lässt, wen er *nicht* beschützen will, verstehst du?«

Feltock verstand. »Also ist für ein paar arme Teufel in Rijou die Jagdzeit angebrochen.«

»Diese Teufel sehen nicht so arm aus«, meinte ich und

betrachtete das Herrenhaus. Es war elegant im typischen Rijou-Stil, sah aber auch gut befestigt aus. Vermutlich verfügten sie über Bögen und vielleicht sogar Pistolen. Aber die Männer, die das Gebäude umstellten, trugen Rüstungen, und sie waren fleißig damit beschäftigt, die Steinplatten abzuladen und vor Türen und Fenstern zu wuchten.

»Was sollen diese Platten?«, fragte Kest.

»Für Feuer«, sagte Feltock. »Sie wollen sie ausräuchern.«

»Und sie vorher einsperren«, meinte Brasti.

»Oder sie bauen ihnen ein hübsches Gästehaus hier auf der Straße«, rief eine joviale Stimme hinter uns. Shiballe zwängte sich aus dem Wagen, gefolgt von Valiana. Sie hielten winzige Tassen mit irgendeiner sprudelnden Flüssigkeit, von der sie kleine Schlucke nahmen.

»Feltock«, sagte sie, »ich will meinen von allen Heiligen gesegneten Vater, den Herzog, nicht enttäuschen. Diese Wiedervereinigung muss heute Abend geschehen.«

Kest und ich wechselten einen Blick. Sie musste für ihre Konfirmation in der Stadt sein, um ihre Abstammung zu legitimieren. Das bedeutete, dass sie genau achtzehn Jahre alt war. Falls sie wirklich der Nachkomme zweier Herzöge war, dann musste Jillard, der Herzog von Rijou, vor neunzehn Jahren Patriana, die Herzogin von Hervor, für kurze Zeit im Geheimen geheiratet haben, um sich beinahe sofort wieder scheiden zu lassen, weil er kurz danach seine derzeitige Frau geheiratet hatte. Es war möglich, aber merkwürdig, ein Kind zu zeugen und dann sofort loszuziehen, um jemand anderen zu heiraten. Vermutlich ergab das auf eine verdrehte Weise einen Sinn, wenn man vor der Welt verborgen eine Prinzessin von königlichem Geblüt zeugen wollte – aber diese Verschwörung musste lange vor Paelis' Thronbesteigung ihren Anfang genommen haben, während Greggors Herrschaft, und das ergab keinen Sinn, weil die Herzöge kein Problem mit Greggor gehabt hatten. Er hatte sie in ihrem eigenen Herrschaftsbereich nach Lust und Laune wüten lassen.

»Aye, Euer Hoheit«, sagte Feltock. »Es bringt nichts, hier herumzusitzen und dabei zuzusehen, wie sich diese Leute den ganzen Abend lang gegenseitig erschießen.«

»Ach, ich glaube kaum, dass viel geschossen werden wird«, sagte Shiballe und lächelte liebenswürdig.

»Warum nicht?«, fragte Kest.

»Die Garde der Familie Tiarren ist nicht in der Stadt, müsst ihr wissen.«

»Tiarren?« Ich sah Kest an. »Unter dem niederen Adel zählte Lord Tiarren zu einem der engsten Verbündeten des Königs.«

»Tatsächlich?«, sagte Shiballe gleichgültig. »Wie interessant. Ich glaube, der Herzog befahl Lord Tiarren, mit seinen Männern einen Disput an der Grenze zu schlichten. Seine Gemahlin hat sich in seiner Abwesenheit in der Lokalpolitik von Rijou recht lautstark hervorgetan.« Der fette kleine Mann musterte lächelnd das Haus. »Ich glaube, da wird jemandem eine strenge Lektion erteilt.« Er warf einen Blick zum dunkler werdenden Himmel. »In ungefähr zwei Stunden.«

»Also kann keiner vor Mitternacht zu kämpfen anfangen?«, fragte Feltock.

»Das ist richtig, nicht bevor Ganath Kalila beginnt«, antwortete der Dicke mit einem durchtriebenen Lächeln.

Feltock deutete auf die Männer, die vor dem Haus Steinplatten auf dem Bürgersteig abluden. »Was tun sie dann hier?«

»Dummer Mann. Es schadet ja wohl nichts, sich vorzubereiten, oder? Solange niemand einen Schuss abfeuert oder ein Schwert schwingt.«

Ich schaute nach oben zu einem der offenen Fenster. Eine Frau Ende dreißig blickte hinaus; in ihrer Hand baumelte nutzlos eine Armbrust. Das musste Lady Tiarren sein. Sie war umgeben von einer Kinderschar, und ich konnte sehen, wie die Kleinen an ihren Röcken zupften.

»Ihr sagt mir also, dass sie und ihre Kinder und ihre Diener dort bleiben und zusehen müssen, wie diese Männer ihre Ausgänge versperren und das Feuer vorbereiten, das sie alle bei lebendigem Leib verbrennen soll?« Die Tiarrens waren Verbündete des Königs gewesen. Was, wenn sie den Aufbewahrungsort der königlichen Charoite kannten? Was, wenn sich einer der Edelsteine sogar in diesem Haus befand? Ich trat auf die Männer zu, die mit den Platten hantierten.

»Vergiss deinen Platz nicht, Trattari«, warnte Shiballe. »Genau das habe ich gesagt. Aber keine Sorge, Lord Tiarren hat eine große Familie. Und ich bin davon überzeugt, dass ihm der Herzog irgendwann erlaubt, sich wieder zu verheiraten. Zweifellos wird er dieses Mal jemanden erwählen, der ihn besser berät und treuer zu ihm steht, als es Lady Tiarren getan hat.«

Ich wandte mich sofort an Kest. »Verlass die Stadt. Hol so viele Wächter, wie kommen wollen. Sorg dafür, dass du den Blonden und Kurg mitbringst; sieh, wen sie sonst noch überzeugen können.«

Ich nickte Feltock zu. »Bring die Lady Valiana zum Haus des Herzogs. Kest und ich folgen, sobald wir können.«

Feltock zog am Geschirr des Führungspferdes des Wagengespanns, aber Valiana wandte sich ihm zu. »Hör sofort auf«, befahl sie.

»Meine Lady, hier wird es nicht sicher sein«, fing ich an.

»Es wird sicher sein – sogar absolut sicher«, sagte sie, »denn du und deine Männer werden uns auf der Stelle begleiten. Du arbeitest für mich, nicht für diese Lady Tiarren. Ist das klar?«

Hitze stieg in meiner Brust auf. »Seid Ihr verrückt? Sie wollen sie bei lebendigem Leib verbrennen! Sie werden die Türen und Fenster versperren und warten, bis sie brennen oder aus den oberen Fenstern in den Tod springen.«

»Trattari, du wirst nicht in diesem Tonfall mit mir sprechen«, warnte sie.

»Ihr wollt eine Prinzessin sein?«, brüllte ich. »Ihr wollt über Eure Untertanen herrschen? Nun, da sind sie.« Ich zeigte mit dem Finger auf die Frau und ihre weinenden Kinder am Fenster. Ein paar der älter aussehenden Jungen hielten Schwerter in den Händen. Mann genug, um ein Schwert zu tragen, und Junge genug, um zu glauben, dass das etwas nutzte. »Ihr wollt Macht? Dann hört auf, darüber nachzudenken, wie Ihr sie bekommt, und fangt an, darüber nachzudenken, was Ihr damit zur Freude der Heiligen anstellen wollt.«

Ich hatte meine Grenzen meilenweit überschritten, aber einen kurzen Augenblick lang sah sie aus, als könnte man sie überreden. Dann hörte ich jemanden hüsteln und drehte mich um.

Shiballe hielt eine Pistole in der Hand und zielte auf meine Brust. »Seid nicht so dramatisch, mein in Lumpen gekleideter Freund. Solange Tiarrens Frau nicht völlig verblödet ist, wird sie das Familienwappen aus dem Fenster werfen und ihre Niederlage eingestehen. Und sollte sie so dumm sein, befinden sich immer noch mehrere Diener in dem Gebäude, von denen viele eine Militärausbildung haben, und die werden sie schon um ihretwillen zur Aufgabe zwingen.«

»Und wenn das geschieht?«, fragte Kest und unterzog Shiballe einer genauen Musterung.

»Dann wird man den Namen Tiarren aus der Adelsliste streichen, und sie und ihre Brut werden ihr Leben als wohlgefütterte Diener des Siegers beschließen.«

»Und wer sind in diesem Fall die Sieger?«, fragte Feltock vorsichtig.

»Ich weiß es nicht«, sagte er. »Wie du deutlich siehst, tragen diese prächtigen Burschen keine Wappen auf ihren Harnischen.«

»Das ist die Welt von morgen, Falcio«, flüsterte Kest mir ins Ohr, »wenn sich die Herzöge durchsetzen können.«

In meinem Kopf drehte sich alles, und ich rang um meine Selbstbeherrschung.

Aber Shiballe hatte kein Problem, die Situation unter Kontrolle zu bekommen. »Und jetzt, meine hübschen zerlumpten Vögel, schlage ich vor, ihr tut genau das, was Prinzessin Valiana vorgeschlagen hat, und macht eure Arbeit.« Er drohte Kest mit dem Finger. »Und verschwende keine Zeit mit sinnlosen Tagträumen, mein Freund. In dem Gebäude hinter uns sind mehrere meiner Männer mit Armbrüsten stationiert. Während der Blutwoche reise ich niemals ohne Wächter.«

Wir mussten uns fügen, ich wusste das, aber aus irgendeinem Grund konnte ich mich nicht bewegen. Meine Füße schienen Wurzeln im Boden geschlagen zu haben, und meine rechte Hand weigerte sich, den langsamen Weg quer über meinen Körper zu meinem Rapier aufzugeben.

Valiana trat vor mich. »Falcio, hör auf.«

Es war das erste Mal, dass sie meinen Namen benutzt hatte. Sonst hatte sie mich immer Trattari genannt.

»Ich bin nicht … unempfänglich für dein Mitgefühl für diese Menschen. Aber Shiballe hat recht. Die Frau wird sich ergeben, bevor Blut vergossen wird, und damit ist die Sache erledigt.«

Ich wollte sprechen, brachte aber nur ein Flüstern zustande. »Und was dann, Euer Hoheit? Die Dienerschaft? Sklaverei?«

Valiana starrte mir in die Augen. Sie war eine wunderschöne Frau, aber Schönheit hatte schon vor langer Zeit jede Macht über mich verloren. »Ich werde mich bei meinem Vater, dem Herzog, für sie verwenden. Ich verspreche dir, wenn du mich jetzt begleitest, hole ich seine Garantie ein, dass man sie nicht versklavt. Ich verspreche es.«

Mir wurde klar, dass sie über jede Beschwichtigung hinausgegangen war. Ich erwiderte ihren Blick und sah dort etwas, das mir zuvor nicht aufgefallen war. Keine Frustration, sondern Furcht. Sie war sich nicht sicher, was Shiballe betraf, und sie glaubte nicht, dass sie nur mit seinen Männern und Feltock als Eskorte in Sicherheit war.

Ich hätte sie seinen Machenschaften überlassen – aber was dann? Ich hatte nicht genug Männer, um gegen ganz Rijou zu kämpfen, und wenn ich kämpfte, würde ich am Ende die Lage für die Tiarrens möglicherweise nur noch viel schlimmer machen. Im Augenblick waren sie nur auf dem Weg in die Armut; betrachtete man sie als Verbündete der Greatcoats, konnten sie ein noch viel schlimmeres Ende nehmen.

Ich fühlte, wie mich der Boden freigab und sich meine Hand entspannte. »Danke, Euer Hoheit. Wir tun, was Ihr sagt.«

Shiballe ließ die Pistole irgendwo in den Falten seines Hemdes verschwinden und klatschte in die Hände. »Ausgezeichnet!«, rief er. »Es ist ja so erfrischend, in diesen unruhigen Zeiten einen Mann zu sehen, der seinen Platz kennt.«

10

DIE ENTSTEHUNG DER GREATCOATS

Ich glaube, die ersten Tage waren die besten. König Paelis und ich saßen zusammen, spielten uralte Kriegsspiele, sprachen über Strategie und Taktik, Philosophie und Ideologie, Gerechtigkeit und Gesetze. In diesen ersten paar Monaten aßen wir viel – keiner von uns hatte viel Fleisch auf den Knochen, also fühlte sich jede Mahlzeit wie ein Fest an. Meine Wunden schmerzten noch immer, und er musste noch immer gelegentlich husten, was beides nicht überraschend war, da sich das Wetter änderte, aber im Großen und Ganzen waren wir gesund und munter. Ich brachte ihm bei, wie man eine Klinge führen musste, und er zeigte mir Fechttechniken aus Büchern, von denen ich noch nie zuvor gehört hatte.

»Der einzige Luxus, den mein Vater mir in diesen drei Jahren im Turm gewährte, waren Bücher«, erzählte er mir eines Nachmittags auf dem Übungsgelände vor den Mannschaftsunterkünften. »Die hatte er mir auch verweigern wollen, aber ich fragte ihn, ob er sich wirklich so sehr davor fürchtete, dass ich ihn mit Büchern schlagen würde. In diesem Augenblick glaubte ich, er würde mich umbringen, aber der alte Aberglaube, es bringe Unglück, königliches Blut zu vergießen, war stark in ihm.«

»Und was habt Ihr gelesen?«, fragte ich.

»Alles«, antwortete er. »Wir hatten nur zwanzig Bücher in der Schlossbibliothek, phantastische alte Bücher über die

Kriegsführung und den Kampf. Falcio, ich könnte dir vierhundert Jahre alte Bücher von Schwertmeistern zeigen, Meistern, deren Techniken kunstvoll in Versen verborgen sind. Aber als ich mit ihnen durch war, ließ meine Mutter, sei sie gesegnet, aus dem Kloster von Gaziah Nachschub kommen. Ich las die Werke von Philosophen und Tyrannen, von Sekretären und Königen, und als ich fertig war, fing ich wieder von vorn an.«

»Ihr sprecht nie von Eurer Mutter«, sagte ich.

Er blickte zu Boden. »Ihr ist es lieber so.«

Ich hatte das Gefühl, ihn in Verlegenheit gebracht zu haben. »Ich habe mal in einem Buch gelesen«, sagte ich. »Da stand was Schmutziges. Das war nett.«

Paelis lächelte und gab mir eine Kopfnuss. »So etwas sagst du zu deinem König? Außerdem kannst du mich keine Sekunde täuschen, Falcio. Du bist genauso sehr ein Mann der Worte wie ich. Die Diener haben dich dabei gesehen, wie du nachts Bücher aus der Bibliothek schmuggelst.«

»Ich schlafe nicht mehr so viel«, stotterte ich, »und ich habe abends nicht viel zu tun …«

Eine Sekunde lang glaubte ich, er würde eine Bemerkung über die Hofdamen machen, aber falls das seine Absicht gewesen war, überlegte er es sich anders. »Manchmal sind Bücher gute Freunde, Falcio.« Er klopfte mir auf die Schulter. »Bediene dich in der Bibliothek, so oft du möchtest.«

Kest stieß als Erster zu uns. Ich spürte ihn in Luth auf, wo ich ihn zurückgelassen hatte, als die Tage unserer Kindheitsfreundschaft ihr Ende nahmen und wir uns anderen Gefährten zugewandt hatten.

»Ich habe auf dich gewartet«, antwortete er, als ich ihn fragte, warum er noch immer in der Schmiede seines Vaters Schwerter herstellte. Bevor ich etwas sagen konnte, legte er die Klinge, an der er gearbeitet hat, zur Seite, und zog einen Rucksack vom obersten Regalbrett. »Nun, lass uns gehen.«

»Willst du gar nicht wissen, was wir tun werden?«, fragte ich, »oder nicht zumindest deinen Eltern sagen, dass du gehst?«

»Meine Eltern wissen schon seit einiger Zeit, dass ich gehe. Ich habe mich schon vor langer Zeit verabschiedet. Und was wir tun werden, nun, ich nehme an, es wird interessant sein, wenn du für mich zurückgekommen bist.«

Als wir die Schmiede verließen, bemerkte er endlich Paelis.

»Oh, hallo«, sagte er. »Wer bist du?«

Die Schmiede war voller Rauch und Staub, der König hustete eine Weile, bevor er antwortete. »Paelis der Erste«, sagte er. »Dein König.«

»Aha. Das muss schön sein. Nun, gehen wir, am Horizont ziehen Wolken auf.«

Kest war ein seltsamer Mann, aber ich hatte ihn vermisst. Als wir nun auf unseren Pferden dieses Feld überquerten, ich meinen besten Kindheitsfreund an meiner Seite hatte und wir einem jungen, idealistischen König folgten, der die Greatcoats zurück ins Leben holen wollte, war das wahrlich einer der glücklichsten Augenblicke meines Lebens.

Der Höhepunkt dieser Jahre ereignete sich ein paar Monate später. Mittlerweile gab es zwölf von uns, neun Männer und drei Frauen. Kest, Brasti, Shana, Quillata, Morn, Bellow, Parrick, Dara, Nile, Winnow, Ran und mich. Zwölf Reisende Magister, die das Gesetz des Königs kannten und gerecht urteilen, schnell reiten und hart kämpfen konnten. Möglicherweise waren wir ein bisschen übermütig, aber wir waren auch bereit.

Der erste Tag des Frühlings ist ein guter Augenblick, um die Welt zu verändern. Der König rief uns in den Thronsaal, und wir nahmen an, es ginge um irgendeine Feier zu unseren Ehren, vielleicht mit Blumen und einer Parade. Ich hatte von der örtlichen Schneiderin einen langen Mantel erstanden – mir war durchaus klar, dass ich vermutlich da nur eine

Phantasie ausleben wollte, aber ich hatte als Kind immer davon geträumt, ein Greatcoat zu sein, und vermutlich würde ich dem nie näher kommen als jetzt. Außerdem gab es Brasti etwas zu lachen.

»Bei den Göttern, Falcio«, sagte er kichernd, »falls man dich gefangen nimmt und foltert, dann verrate bitte nicht, dass du einer von uns ist. Ich glaube nicht, dass ich diese Peinlichkeit ertrage! Und bitte, bitte versuch dich nicht vor den Scharen bewundernder Frauen, die mir der König versprach, zum Narren zu machen.«

Ich ließ die Hänseleien durchgehen, denn nichts von dem, was Brasti sagte, hätte mich dazu bewegen können, meinen Mantel auszuziehen. Er war schäbig und nicht besonders widerstandsfähig, aber ich würde ihn tragen, und wenn mich der ganze Hof auslachte.

Als wir den Thronsaal betraten, warteten dort nur der König und eine alte Frau.

»Schneiderin!«, sagte ich. Seit dem Tag, an dem ich durch die Geräusche ihrer Stickerei im Schlafzimmer des Königs erwacht war, hatte ich sie nicht mehr gesehen.

»Aye, mein Junge, ich bin es. Ich will euch richtig verabschieden.«

Brasti schnaubte. »Das ist meine Schar bewundernder Frauen?«

»Ich weiß nichts von Bewunderung«, erwiderte die Schneiderin. »Aber falls du's wirklich nötig hast, kann ich es dir durchaus besorgen.« Sie lächelte ihn mit ihren schiefen alten Zähnen an und machte eine rüde Geste, zu deren Wiederholung mich nicht einmal sieben Heilige bringen könnten.

Der König saß auf einer großen Kiste.

»Ausrüstung für die Reise?«, fragte ich.

»Sozusagen«, antwortete er. Er öffnete die Kiste, und darin befand sich eine Art Füllmaterial, das er vorsichtig entfernte und auf den Boden legte. Als er fertig war, ging er aus dem Weg und bedeutete mir, einen Blick hineinzuwerfen.

In der abgenutzten Holzkiste entdeckte ich die zur Realität gewordenen albernen Ideale eines kleinen Jungen. lange Mäntel, insgesamt zwölf Stück, und ein jeder war auf unsere individuellen Körpermaße zugeschneidert. An der Außenseite waren sie aus dem widerstandsfähigsten Leder gemacht, das man sich nur vorstellen konnte, und gefüttert waren sie mit einem Stoff, der weicher als ein Schafspelz und wärmer als Wolle war.

»Damit werdet ihr unterwegs auf der Reise nicht frieren«, sagte die Schneiderin. »Und es wird euch auch keiner aus dem Hinterhalt ein Messer in die Niere jagen.«

Sie zeigte uns die eingearbeiteten Rechtecke, die diese seltsamen biegsamen Platten enthielten, deren Beschaffenheit an Knochen erinnerte. Sie konnten einen Messerstoß und vielleicht sogar einen Pfeil aufhalten, behauptete die Schneiderin. Sie zeigte uns verborgene Taschen mit kleinen Klingen, starkem Faden, Feuerstein und fast allem anderen, was man brauchen würde, um eine lange Reise mitten durchs Nichts zu überleben.

Jeder Mantel präsentierte auf ein paar der Lederrechtecke auf der Vorderseite ein anderes, subtil gehaltenes Muster. Der König holte meinen aus der Kiste und hielt ihn mir vor. Er sah nicht im Mindesten so aus, wie ich ihn mir immer vorgestellt hatte, und war doch genau das, wovon ich immer geträumt hatte: Rüstung, Schutz und Abzeichen meines Rangs. Auf der rechten Brust entdeckte ich die eingearbeitete Pertine in weichem Blau, die ein silbernes Rapier kreuzte.

»Ich glaube, wir haben endlich herausgefunden, wozu die Pertine gedacht war«, sagte der König.

Mir fehlten die Worte, aber ich nahm den Mantel von ihm entgegen und zog ihn an.

Ich schämte mich nicht der Tränen, die ich an diesem Tag vergoss, genauso wenig wie die elf anderen, deren Tränen ihre Gesichter wuschen und ihre Vergangenheit rein spülten.

»Bei allen Heiligen, gut, dass ich sie gegen Regen abgedichtet habe«, keifte die Schneiderin. »Bei diesem Haufen werden sie vermutlich oft ziemlich nass.«

Die anderen lachten, aber ich stand aufrechter als je zuvor, und ich vertraute diesen Augenblick als Beweis gegen Tränen und Trauer unauslöschlich meiner Erinnerung an, denn das war der stolzeste Augenblick meines ganzen Lebens.

11

DER PALAST DES HERZOGS

»Wie geht das?«, fragte Brasti, als wir den Wagen über die breite, mit Steinen gepflasterte Straße der Erinnerung zum herzoglichen Palast geleiteten.

»Was meinst du?«

»Wie genau kann sich Ihre Durchlaucht von einem verkrampften Miststück in die Königin der Welt verwandeln?«

Ich warf einen Blick zurück zu dem Wagen mit Valiana und dem Mann des Herzogs, um mich zu vergewissern, dass weder sie noch der Kutscher, jetzt einer von Shiballes Männern, uns Aufmerksamkeit schenkten. »Ich bin mir nicht sicher. Ich glaube, es hat damit zu tun, dass der Herzogsrat die Macht hat, einen Regenten zu erwählen …«

»Nein«, sagte Kest, »das geht nur, wenn es einen Erben unter dreizehn Jahren gibt. Hier handelt es sich um die Regia Maniferecto De'egro.«

»Die was?«, fragte Brasti.

»Das ist die Alte Sprache. ›Regia‹ heißt Herrschaft, ›Maniferecto‹ heißt geltendes Recht und ›De'egro‹ Willen der Götter.«

»Ah, das erklärt natürlich alles.«

»Du hättest während unserer Ausbildung mehr lesen und weniger trinken sollen, Brasti.«

»Wir können nicht alle wandelnde Lexika sein, Kest.«

»Ich denke, es steht einem Magister besser, ein umfassendes Wissen des Rechts zu haben als eines, das sich nur um Ale dreht.«

Brasti lächelte. »Siehst du, da irrst du dich. Ich habe mehr Fälle mit Bier gelöst als du mit deinem esoterischen Wissen über Gesetze, die niemanden kümmern.«

Feltock schnaubte. »Beim heiligen Zaghev, der für Tränen singt, so löst ihr Greatcoats also die Probleme der Welt? Kein Wunder, dass alles so kaputt ist.«

Kest ignorierte ihn. »Nun, dieses Gesetz dürfte dich vermutlich interessieren, und man kann es sich ganz einfach merken. Die Regia Maniferecto De'egro oder das Göttliche Edikt des Gesetzmäßigen Rechts umfasst genau sieben Zeilen. Es besagt, es ist der Wille der Götter, dass nur ein König oder eine Königin herrschen dürfen und kein Rat. Es besagt weiterhin, dass die Götter die Linie der Könige mit begünstigtem Blut erfüllen, und das Wohlergehen des Königreichs ist mit der Qualität des Blutes des Herrschers verbunden.«

»Welch ein Schwachsinn«, sagte Brasti. »Blut ist Blut, solange es rot ist.«

»Wie dem auch sei, das Manifest und vermutlich auch die Herzöge widersprechen dir da.«

»Also was würden die Götter dann von dieser Situation halten?«, fragte ich. Meiner Meinung nach vermutlich gar nichts. Die meisten dieser uralten Texte waren berüchtigt vage, wenn es um nützliche rechtliche Einzelheiten ging.

Kest warf einen Blick zurück zu dem Wagen. »Überraschenderweise spricht das Manifest das in der Tat an, in der siebten und letzten Zeile. Zusammengefasst steht da, dass königliches Blut niemals stirbt, sondern sich nach dem Willen der Götter wieder manifestiert.«

»Nun, das ist nützlich«, schnaubte Brasti.

»Ich war noch nicht fertig. Nach dem Willen der Götter bezeugt von denen, die ›würdigen Blutes‹ sind.«

Scheiße! »Und ›würdiges Blut‹ würde hier bedeuten …«

Kest nickte. »Die Herzöge.«

»Nun, ist das nicht wirklich praktisch für alle Beteiligten?«, sagte Brasti etwas zu laut für meinen Geschmack. »Die verfluchten Herzöge ermorden den König, und nach diesem esoterischen verfluchten Gesetz, das irgendein korrupter Kleriker geschrieben hat, können plötzlich dieselben Leute, die den König umbrachten, auf magische Weise erkennen, wo das königliche Blut als Nächstes in Erscheinung tritt. Ich danke den Heiligen, dass ich ein Greatcoat geworden bin, um für solche weitsichtigen Gesetze zu kämpfen!«

»So einfach wird das doch nicht sein, oder?«, sagte Feltock und rieb sich das Kinn. »Ich meine, wenn es so einfach wäre, dann hätten die Herzöge doch sofort einen aus ihren Reihen ausgesucht, oder nicht?«

»Du hast recht, so einfach ist es nicht. Du warst einer der Generäle des Herzogs von Pertine. Glaubst du, er hätte still dagesessen, während ein anderer Mann von gleicher Geburt die Macht übernimmt? Bei allen Höllen, du arbeitest jetzt für Patriana – was glaubst du, was die Herzogin von Hervor davon hielte?«

Feltock schnaubte. »Ihre Durchlaucht ist nicht immer sehr mitteilsam. Vermutlich hast du recht. Also warum dann meiner Herrin erlauben, die Macht zu ergreifen?«

»Weil sie eine Närrin ist«, sagte Brasti.

Feltocks Hand fiel auf den Messergriff. »Du hältst den Mund, mein Junge. Ich erwarte nicht von dir, dass du die Dame liebst, aber du wirst mit Respekt von ihr sprechen.«

Brasti machte eine Geste spöttischer Unterwerfung. »Du hast recht, du hast recht«, sagte er zuvorkommend. »Ihren Eltern nach zu urteilen, ist sie praktisch eine verfluchte Heilige.«

»Das bringt uns nicht weiter«, sagte Kest zu mir.

»Warum?«, gab Feltock zurück. »Weil ich bloß ein dummer alter Soldat bin, zu weich in der Birne für eure tollen Greatcoat-Gedankengänge?«

»Feltock«, sagte ich, »ohne Ihre Durchlaucht beleidigen zu

wollen, aber es ist nun einmal eine Tatsache, dass sie sehr jung ist. Unerfahren, arglos und völlig formbar. Wenn der Herzog von Rijou wirklich ihr Vater ist, dann werden die anderen Herzöge sie vermutlich als leicht zu kontrollieren betrachten. Rijou interessiert sich für nichts, was sich außerhalb seiner Mauern abspielt, also wird er sie wohl kaum dazu benutzen wollen, seinen Einfluss zu vergrößern, und sein Reich ist völlig vom Handel abhängig, also wird er die anderen Herzöge zufrieden stimmen wollen. Valiana würde so begeistert wie ein Kind mit einem neuen Hundebaby sein, mit einem schönen Thron und hübschen Kleidern, und die ganze Zeit könnten die Herzöge mit ihrem Land machen, was sie wollen.«

»Nun, ich bin wirklich froh, dass du niemanden beleidigen willst.«

»Wenn du wirklich einen Grund suchst, beleidigt zu sein, dann sieh dir an, was die Herzöge ständig mit den jungen Bauerntöchtern auf ihrem Land anstellen«, sagte Kest. »Oder was mit Familien geschicht, wenn jeder starke Arm plötzlich dazu eingezogen wird, einem Herzog einen hübschen Tempel oder eine Statue zu bauen oder in einem sinnlosen Grenzkrieg zu kämpfen, damit sich der Herzog als Krieger fühlen kann.«

Feltock erwiderte seinen Blick. »Ich bin nicht dumm, ich weiß, was passieren kann, wenn ein schwarzes Schaf auf den Herzogssitz kommt.«

»Wenn du das glaubst, dann bist du dumm«, sagte Kest ruhig. »Ein Herzog, der seine Untertanen nicht mit der eisernen Faust beherrscht, wird bald Besuch von den anderen Herzögen bekommen, zusammen mit ihren Rittern, deren Ehre sich allein dadurch definiert, wie schnell sie einem Bauern den Schädel spalten können, wenn das ihr eigener Herzog befiehlt.«

»Und wie geht es jetzt weiter?«, unterbrach Brasti sie. »Wir gehen zu einer Zeremonie, und das war's dann?«

»Nein, aber das wird mit Sicherheit der Anfang sein«, erwiderte Kest. »Sie benötigt Abstammungsurkunden, die von allen Herzögen unterzeichnet sein müssen, sonst könnte es später Probleme mit der Legitimität geben. Niemand will einen Bürgerkrieg, nicht einmal die Herzöge.«

»Ich vermute, sie werden auch einen Magier haben, um sie einer Herzprüfung zu unterziehen«, fügte ich hinzu.

»Was wollen Sie prüfen?«, fragte Feltock. Er wurde sichtlich nervös. »Sie werden meine Herrin nicht mit Eisen oder Zaubern traktieren.«

»Es ist nicht das, was du denkst«, sagte ich. »Das ist bloß ein Ritual, mit der ein Magier angeblich in ihr Herz blicken kann. Sagt sie die Wahrheit, dass sie die Tochter von Jillard und Patriana ist, hegt sie irgendwelchen Groll gegen die Herzöge, trägt sie Böses im Herzen, plant sie irgendwelche finsteren …«

»Meine Herrin mag manchmal schwierig sein, aber in ihr ist nichts Böses oder Hinterhältiges.«

Kest sah ihn müde an. »Genau – und darum werden die Herzöge sie auch akzeptieren, und darum ist sie das perfekte Werkzeug für sie, um mit ihr dieses Land für alle Zeiten zu ruinieren.«

Dann blickte Kest mich an. Ich brauchte keine Herzprüfung, um genau zu wissen, was er dachte.

Der Palast des Herzogs war wie alles andere in Rijou; drei Ebenen aus fortschreitendem Verfall. Das Fundament war vor Hunderten von Jahren gelegt worden, als die Männer und Frauen Rijous wie die Eisenbären gegen Aggressoren aus dem Norden, Süden und Osten gekämpft hatten. Aus meilenweit entfernten Steinbrüchen hatten sie unbezwingbare Eidensteine herbeigeschafft, um Mauern zu errichten, die kein Feind zerschmettern konnte. Das Fundament selbst erstreckte sich über den Palast hinaus und bildete eine Promenade, auf der alle wichtigen städtischen Zeremonien stattfanden. Diese Promenade war auch als der Stein von Rijou bekannt – der Versammlungsort, an dem die Stadt zusammenkommen würde, falls ihre Bürger jemals wieder darum kämpfen mussten, ihre Häuser zu beschützen.

Auf diesem edlen Fundament erhoben sich Hunderte Jahre der Korruption. Sieben herzogliche Familien hatten sich darin abgewechselt, die üppigen Ballsäle und Gemächer abzureißen und neu zu errichten; sie hatten den Palast mit Geheimgängen und verborgenen Nischen, Kerkern und Folterkammern ausgestattet. Er war ein Geschwür auf der gegerbten Haut eines ansonsten großartigen Volkes.

Aber genau wie jede Hure mochte es der Palast gar nicht, die Falten und Narben seiner Geschichte zur Schau zu stellen, also verschwendete der derzeitige Herzog die öffentlichen Gelder dafür, die großen Gemächer und Korridore mit Edelmetallen zu vergolden und mit kostbaren Stoffen zu verkleiden. Wie viele Formen des Wahnsinns war er irgendwie geistreich in seiner Manifestation. Der Ballsaal wies mehrere Etagen auf. Die Edelsteinetage ganz oben enthielt den Tisch des Herzogs, auf der Goldenen Etage saßen die sich seiner besonderen Gunst erfreuenden Adligen, die Silberne war für die Adligen bestimmt, die den Herzog nicht unbedingt erfreuten. Militär, Kaufleute und Musiker fand man zusammen mit der Tanzfläche auf der Eichenetage, und die darunter befindliche Eisenetage beherbergte hinter großen Türen die Küche und andere Nutzräume.

Der Ballsaal und seine Beleuchtung waren geschickt konstruiert, sodass jeder die Etagen über sich sehen konnte, was allen neuen Antrieb gab, in der Gunst des Herzogs zu steigen. Andererseits konnte keiner die unter ihm liegenden Etagen genau erkennen, also konnten sie sich nur vorstellen, was sie erwartete, sollten sie ihren Herrn enttäuschen. Der Herzog und seine besonderen Gäste funkelten wie Edelsteine, um von denen unter ihnen bewundert zu werden, aber sie brauchten die niederen Ränge nie zu sehen – und der Herzog betrachtete dieses unglaublich idiotische Arrangement zweifellos als Demonstration seiner Zuversicht, dass nie jemand wagen würde, ihn anzugreifen.

»Ich könnte ihn nach siebzehn Schritten töten«, bemerkte Kest, als er ein Stück Brot abbrach.

»Ich schätze, ich würde mit meinem Bogen nur einen brauchen«, meinte Brasti, als wir zusahen, wie Männer in aufwendigen goldenen Livreen auf den Etagen über uns den Hauptgang servierten.

»Ich schätze, ihr werdet uns alle ohne einen Schritt das Leben kosten, wenn ihr nicht die Klappe haltet, ihr Narren«, flüsterte Feltock wütend.

Ich betrachtete die anderen Tagelöhner auf der Eisenetage. So gut wie jeder, den man dieser Etage zugeteilt hatte, arbeitete und brachte Essen und Trinken, schaffte geleerte Teller in die Spülräume, holte Besen und Eimer, um zerbrochene Teller aufzukehren. Die einzigen anderen Leute, die mit uns aßen, waren andere Leibwächter oder Diener, die nicht fein genug erschienen, um hinter ihren Herren zu sitzen. Die Tatsache, dass die schrecklich unbequemen Tische und Stühle auf unserer Etage sämtlich aus Eisenstangen geschmiedet waren – obwohl das unglaublich teuer war –, verriet mir alles, was ich über den Herzog wissen musste.

»Es fängt an«, bemerkte Kest.

Der Herzog erhob sich von seinem vergoldeten Stuhl. Sein dunkelrotes Samtgewand verbarg keineswegs seinen muskulösen Körperbau. Goldreifen umgaben Taille und Arme, und auf dem Kopf saß eine einfache Krone, eigentlich kaum mehr als ein flach geklopfter Goldreif, aber an der Vorderseite steckte der größte Diamant, den ich je gesehen hatte.

»Der muss oft nach vorn kippen«, meinte Brasti.

»Pst …«

»Meine erlauchten Gäste«, dröhnte die Stimme des Herzogs.

»Und eine gute Akustik«, sagte Kest.

»Würdest du aufhören, ihn anzustacheln?«

»Meine Freunde!«, fuhr der Herzog mit einem Lächeln fort. »Nein, nicht nur *Freunde,* meine *Familie.* Während wir uns hier am Abend von Ganath Kalila versammeln, unseres heiligen Festes, bei dem wir die Bande neu knüpfen, die Rijou zu einer wahren Familie machen, quillt mein Herz über!«

Großer Jubel erscholl. Es überraschte mich wenig, dass er gedämpfter klang, je tiefer die Etage war.

»Mein Herz quillt über, und meine Seele schwingt sich in die Höhe, und das nicht nur, weil heute meine wunderschöne Tochter in mein Leben getreten ist …« Und er zeigte auf Valiana, die in dunkles Purpur gekleidet und mit hellen fliederfarbenen Edelsteinen im Haar atemberaubend aussah und sich jetzt vom *Oh!* und *Ah!* der versammelten Menge begleitet erhob.

»Ich sage, dass meine Freude nicht allein davon kommt, dass sich eine Tochter zu mir gesellte, sondern dass sie so gut von herzoglichen Wächtern und tapferen Trattari beschützt wurde, die ihr Leben riskierten, um sie sicher zu uns zu bringen.«

Die Menge stöhnte auf. Möglicherweise war das die erste nette Bemerkung, die ein Adliger über uns machte seit … nun, wohl überhaupt.

»Also, das war wirklich nett«, sagte Brasti.

»Ja, aber warum?«, fragte ich.

»Und genau das, die Liebe und Hingabe solcher Männer von so unterschiedlicher Moral für meine Tochter zeigt uns allen …«

»Ah«, meinte ich, »und da kommt es.«

»… wirklich allen, ob es nun Menschen, Heilige oder Götter sind, dass Valiana die Glorreiche ist, die unser ganzes Volk vereinigt und vereinigen wird. Von der edelsten Familie zum verrufensten Kriminellen …«

»Also jetzt bin ich mir doch nicht mehr so sicher, ob er uns wirklich alle mag«, sagte Brasti.

»Sei still. Jetzt geschieht es.«

» … wird unser Volk Valiana lieben, bewundern und vor allem brauchen, um uns in die Zukunft zu führen. Sie hat ihre Herzprüfung bestanden, und ohne Flecken oder Arglist in ihrer Seele wird sie uns vereinen. Ein Volk, vereint und frei, unter der wohlwollenden Herrschaft von Prinzessin Valiana!«

Brausender Jubel kam von der Goldetage; zweifellos hatte man die in seiner Gunst stehenden Adligen vorher bereits auf ihren Enthusiasmus eingeschworen. Von der Silberetage kamen ein paar gedämpfte Laute, und ich glaubte, dort ein paar überraschte Rufe heraushören zu können, vielleicht sogar Zorn. Von der Eichenetage kam Verwirrung, gefolgt von ausgelassenem Jubel und Applaus, aber nicht, weil sie begriffen, was hier vor sich ging, sondern weil sie verstanden hatten, dass sie besser ihre Freude über die Ankündigung zeigten. Ich bezweifelte, dass sich irgendjemand dafür interessierte, was von der Eisenetage kam.

»Ich kann sie ausschalten, bevor die Wächter im Weg stehen«, sagte Kest. Er wandte sich Brasti zu. »Aber ich schaffe nicht auch noch den Herzog. Da werden sie mich erwischt haben. Kannst du an ihn herankommen und ihn töten, bevor sie dich aufhalten?«

Brasti sah zuerst ihn und dann die Stufen an, die die Etagen miteinander verbanden.

»Ich …«

Feltock hielt sein Essmesser in der Hand und war bereit, sich auf Kest zu stürzen.

»Bei allen Heiligen, jetzt haltet alle den Mund und setzt euch«, sagte ich.

»Das ist es, Falcio«, beschwor mich Kest. »So werden sie alles zerstören, wofür der König gearbeitet hat. Gib mir einen Grund, einen *guten* Grund, warum ich diesen Sturm nicht aufhalten soll, bevor er losbricht?«

Ich packte ihn am Nacken und zog ihn energisch zu mir, dass unsere Nasen nur einen Zoll voneinander entfernt waren. Unsere Blicke verkrallten sich ineinander. »Weil. Wir. Keine. Verfluchten. Meuchelmörder. Sind.«

»Ich hätte euch alle töten lassen sollen, ihr verdammten Verräter!«, knurrte Feltock.

»Aber, aber, der Herzog ist doch für Einigkeit – das hat er gesagt«, meinte Brasti. »Also lasst uns das Fest nicht verderben.«

»Bei eurer verfluchten Ehre – was auch immer die wert ist. Ihr schwört mir bei eurer verfluchten Ehre, dass ihr das Mädchen nicht verletzt, oder ich schwöre, dass ich euch mit mir nach unten in die sieben Höllen nehme, ob ihr nun Greatcoats seid oder nicht.«

Ich sah Feltock an. »Ich bin Falcio val Mond. Ich bin der Erste Kantor der Greatcoats. Ich schwöre, dass weder ich noch einer der meinen gegen Valiana die Waffe erhebt, sei sie Prinzessin, Königin oder bloß das alberne, zurückgebliebene Mädchen, an das ich mich gewöhnt habe.«

Kest ließ meinen Blick nicht los.

»Ich will es von ihm hören«, verlangte Feltock und zeigte mit dem Messer auf Kest.

»Es ist, wie er sagt«, sagte Kest leise. »Solange Falcio am Leben und der Erste Kantor der Greatcoats ist, erhebe ich keine Waffe gegen deine Herrin.«

Feltock legte das Messer auf den Tisch.

»Nun, ich nehme an, dann ist das geklärt, so weit das möglich ist«, sagte Brasti. »Oh, seht doch, der Tanz beginnt.« Mit diesen Worten eilte er die Stufen zur Eichenetage empor. Da ich keinen Wunsch verspürte, in Kests und Feltocks Gesellschaft zu bleiben, schloss ich mich ihm an.

Alle durften sich an den Musikanten und dem Tanz auf dem großen, ovalen Tanzboden erfreuen, von der höchsten bis zur niedersten Etage. Die ersten paar Tänze waren ein lustiges Umherwirbeln, gewürzt von einem formellen Tanz und dem gelegentlichen langsamen Tanz für Paare. Nur wenige Adlige nahmen daran teil, aber der Herzog betrat den Tanzboden, begleitet von mehreren seiner bevorzugten Familien, wie ich annahm. Brasti war so dreist wie immer und tanzte mit jeder Frau, die ihn tolerierte. Beinahe hätte er mit einer jungen Adligen getanzt, bis ihr Vater einen wütenden Blick in ihre Richtung warf und sie sich eilig zurückzog.

Ich fand es viel interessanter, die Musiker zu beobachten. Es waren ein volles Dutzend auf einer niedrigen Bühne auf der rechten Seite des Tanzbodens. Es handelte sich größtenteils um junge Männer, die aber von einem älteren Mann dirigiert wurden, der für die Aufgabe nicht besonders geeignet zu sein schien. Sein graues Haar trug er lang nach der Mode der Troubadoure, es reichte bis auf die Schultern, und seine Kleidung war durchaus elegant und in den Farben des Herzogs dunkelrot und golden gefärbt. Sein Gesicht war faltig, aber einst war er bestimmt sehr ansehnlich gewesen. Und er war blind. Es dauerte einen Moment, bis ich das begriffen hatte, denn er schien leuchtend blaue Augen zu haben. Dann wurde mir klar, dass er weder blinzelte noch sie jemals bewegte. Wo seine Augen hätten sein sollen, trug er Edelsteine in den Höhlen. Als ich ihn weiter studierte, bemerkte ich noch etwas anderes. Etwas stimmte mit seinen Füßen nicht. Er trug die bis zu den Oberschenkeln reichenden Lederstiefel eines Troubadours, aber seine Füße bewegten sich nicht, nicht einmal dann, wenn sich sein Körper im Takt der Musik wiegte. Natürlich tippt nicht jeder Musiker den Takt mit dem Fuß mit, wenn er spielt, aber ich konnte mich nicht erinnern, jemals einen gesehen zu haben, dessen Füße so fest am Boden verankert blieben. *Der Mann muss keine Füße haben,* dachte ich, *und seine Beine müssen irgendwie an Holzstümpfen in seinen Stiefeln befestigt sein.* Ich hatte ihn nicht hereinkommen sehen, aber direkt neben ihm stand ein Junge von vielleicht zehn Jahren und begleitete ihn auf der Flöte. Er hielt auch zwei schwarze Stöcke. Gelegentlich legte der Mann dem Jungen die Hand auf den Arm und tippte eine komplizierte Bewegungsfolge, und der Junge holte ihm Wasser oder seine Gitarre oder flüsterte den anderen Musikern das nächste Lied zu.

Obwohl ich ihn lange anstarrte, erkannte ich ihn erst, als er das langsame Tanzlied *Der Liebenden Zwielicht* anstimmte und seine Gitarre die schnelle Melodie spielte, die so simpel erschien, aber schrecklich schwierig zu spielen war, wie ich aus eigener Erfahrung wusste. Bal Armidor. Der Mann hatte mein Dorf besucht und Lieder und Balladen gesungen, die meine Seele bewegt hatten. Bal Armidor: der Mann, der von den Greatcoats sang.

Bals Finger huschten über die Saiten, und die restlichen Musikanten stimmten mit ihren eigenen Instrumenten in die Melodie ein. Der Junge spielte die Flöte, aber nach der ersten Strophe setzte er sie ab und sang, ein wunderschöner Sopran, der gut zu dem Lied passte. Aber ich folgte der Musik schon lange nicht mehr, denn ich war verwirrt. Wieso war Bal Armidor hier, im Palast des Herzogs? Ich hatte geglaubt, er sei schon lange in die Wüsten des Ostens zu den Sonnenstämmen gezogen, wo er geschworen hatte, als erster westlicher Troubadour die Musik des Ostens zu meistern.

Als das Lied endete, setzte ich mich in Richtung Bühne in Bewegung, aber sie stimmten sofort das nächste an. Das war etwas schneller, aber noch immer für Paare gedacht.

»Tanzt du mit mir, Falcio val Mord?«, fragte eine Stimme hinter mir. Ich sah zu Bal und wollte ihm irgendwie ein Signal geben, aber sein Kopf vollzog eine kaum merkliche Bewegung nach links und rechts. *Nicht jetzt,* schien er zu sagen.

Ich drehte mich um, um zu sehen, wer mich angesprochen hatte. Valiana bot einen prächtigen Anblick in ihrem kostbaren Kleid; ihr Haar lag nach einigen Tänzen nicht mehr ganz so perfekt, aber es war noch immer mit Edelsteinen besetzt und funkelte. Trin stand nur wenige Meter entfernt. Sie trug ein schlichtes purpurfarbenes Abendkleid, das zweifellos zu Valianas passen sollte. Auf ihre eigene Weise war sie so schön wie jede Prinzessin, und doch stand sie da wie immer in den Hintergrund verbannt – allein. Sie bemerkte, wie ich sie anschaute, und senkte den Blick.

»Val Mond«, sagte ich gedankenverloren und richtete den Blick wieder auf Valiana.

»Was?«

»Val Mond. Nicht val Mord.«

»Aber natürlich, wie komme ich nur darauf?« Sie lachte hell. »Sollen wir also tanzen, Falcio val Mond?«

Ich warf einen Blick in die Runde und entdeckte mehrere Adlige, die sich alle Mühe gaben, mich mit ihren kalten Blicken anzuzünden. Ich erblickte den Herzog, der lächelte.

Ich schüttelte den Kopf. »Nein, Euer Durchlaucht, ich …«

»Euer Hoheit«, korrigierte sie mich.

»Was?«

»Ich bin jetzt eine Prinzessin, Falcio, solange wir in der Öffentlichkeit sind, ziehe ich ›Euer Hoheit‹ vor.«

Ich verneigte mich. »Euer Hoheit, ich danke Euch für die Ehre, aber ich fürchte, ich bin nicht für den Tanz geeignet.«

Ihr Lächeln verblich. »Nicht für den Tanz geeignet oder für den Tanz mit mir?«

»Ich fürchte, ich könnte auf Eure königlichen Zehen treten, während mein Verstand darum ringt, meine eigenen Füße zu bewegen und zu verstehen versucht, welches Spiel Ihr jetzt spielt.«

Sie warf einen schnellen Blick zurück zum Herzog, dann sah sie wieder mich an.

»Dann werde ich es ebenfalls ganz einfach machen. Mein Vater ist der Ansicht, dass es große Demut und Einigkeit zeigen würde, wenn ich mit einem Greatcoat tanze. Falls es das leichter für dich macht, betrachte es als Befehl deiner Dienstherrin.«

Ich zuckte gleichgültig mit den Schultern, sprach aber mit lauter Stimme. »Als Euer Arbeiter akzeptiere ich natürlich, Euer Hoheit.« Ich verbeugte mich tief und streckte die rechte Hand nach hinten aus, während meine linke mit nach oben gedrehter Handfläche nach ihr griff. Es war die übliche Einladung eines Verehrers und für die Situation völlig unangebracht.

Es überraschte mich, dass sie meine Hand nahm und sich für die Eröffnung des Tanzes in meine Arme begab.

»Wie schlau du doch bist, Falcio von den Greatcoats«, flüsterte sie, als wir uns drehten. »Wie viel weiser und durchtriebener als das dumme Mädchen vor dir. Ich bat dich um etwas, das dich nichts gekostet hätte, aber dir gefiel meine Wortwahl nicht, also musstest du mich demütigen.«

»Vielleicht hättet Ihr ja einen der anderen fragen sollen«, erwiderte ich.

Sie lachte. »Welchen denn? Den, der mich ermorden will, oder den, der meinen Vater ermorden will?«

Feltock musste ihr berichtet haben, was vorgefallen war.

»Eine Sache interessiert mich, Durchlaucht. Wie habt Ihr …«

»Du meinst Euer Hoheit«, sagte Valiana.

»Ja, nun, was das angeht, wie genau habt Ihr es geschafft, die Herzprüfung zu bestehen? Man hat mir gesagt, dass es sehr schwierig ist, diesen Zauber zu täuschen.«

»Und du glaubst, dass ich irgendwie betrogen haben muss? Dass ich darüber log, wer ich bin oder was ich beabsichtige? Dir ist schon klar, dass man es in der Zeit vor König Paelis als Verrat betrachtete, die Ehre des Throns infrage zu stellen?«

»Ich bin überrascht, Euer Hoheit, dass ich dann noch nicht in Eisen geschlagen bin.«

Sie ignorierte die Frage. »Warum verabscheust du mich so sehr, Erster Kantor der Greatcoats?«

»Ich verabscheue Euch nicht, Euer Hoheit. Ich fürchte mich vor Euch.«

»Welchen Grund gab ich dir, mich so zu fürchten?«

Ich blickte ihr in die Augen und suchte nach Spott, entdeckte aber bloß eine ehrliche Frage. »So gut wie keinen, Euer

Hoheit.« Ich seufzte. »Aber Ihr habt auch keine Weisheit gezeigt, und ich glaube, dass man Euch als Teil einer Verschwörung erhebt, um einer neuen Linie von Königen und Königinnen eine falsche Legitimation zu verleihen, die wieder völlig von den Herzögen beherrscht wird. Ich bezweifle, dass Ihr böse seid – Ihr könntet sogar eine nette Person sein. Aber die Herzöge werden Euch wie ein gut dressiertes Tier benutzen, und Ihr werdet wie ein Ungeheuer für diese Welt sein. Und es ist meine Profession, Ungeheuer aufzuhalten, Euer Hoheit.«

Sie blieb stehen, und ich wäre beinahe über sie gestolpert, aber sie hielt mich fest. »Warum mich dann nicht einfach umbringen? Oder es von deinem Mann erledigen lassen, der es kaum erwarten kann?«

Ich hielt ihren Blick fest. »Weil mein König das missbilligen würde.«

Einen Augenblick lang regte sie sich nicht, dann nickte sie knapp, und wir überließen uns wieder dem Rhythmus der Melodie.

»Warum mich dann so scheußlich behandeln? Wenn ich eine solche Närrin bin und du so schlau bist, warum schmeichelst du dich dann nicht bei mir ein, manipulierst mich zum Nutzen deiner Greatcoats, so wie es mein Vater und die anderen deiner Meinung nach tun werden?«

»Weil ich nicht wie sie bin, Euer Hoheit, und mein König würde auch das missbilligen.«

»Warum dann …?«

»Hoheit«, fragte ich leise, »was wollt Ihr?«

»Ich …« Sie beugte sich nahe an mich heran und flüsterte mir so leise ins Ohr, dass ich um ein Haar nicht verstand, was sie da sagte. »Ich fürchte mich.«

Ich wich zurück. »Hat Euch jemand bedroht?«

»So ist das nicht, nichts Fassbares – es ist nur, in ihrer Gesellschaft spüre ich, was du behauptest, dass sie nicht *mir* zuhören. Stattdessen wollen sie nur sichergehen, dass ich das sage, was ich ihnen zufolge sagen soll. Meine Mutter …«

»Euer Hoheit, vergebt mir, aber Eure Mutter ist die Herzogin Patriana. Wenn wir von ihr sprechen, kann ich nicht für Eure Sicherheit garantieren.«

Valiana sah sich um. »Vor wem? Ich sehe weder Kest noch Brasti.«

»Vor mir, Euer Hoheit. Vor *mir.*«

»Ah. Ihr macht sie für den Tod des Königs verantwortlich.«

»Das tue ich.«

»Übernimmst du keine Verantwortung dafür? Spielt es für dich keine Rolle, dass der König uralte Gesetze und Bündnisse und Vereinbarungen brach, die seine Vorfahren und die Herzöge lange Zeit bewahrten?«

»Davon weiß ich nur wenig, Euer Hoheit. Ich weiß nur, dass dieses Land schwach ist und verfällt, und dank der vom Adel aufgehäuften Ungerechtigkeit bricht es auseinander. Ich weiß nur, dass mein König seinen Untertanen eine gewisse Gerechtigkeit und Gnade bringen wollte. Ich weiß nur, dass Eure Mutter und die anderen Herzöge ihn deswegen ermordet haben.«

»Wenn du wirklich eine gerechtere Herrschaft willst, Falcio, eine mitfühlendere Herrschaft, dann hilf mir. Sei einer meiner Berater. Ich würde … ich würde sogar in Betracht ziehen, die Greatcoats wiederzuvereinigen, mit einigen Kompromissen. Ich brauche jemanden, dem ich vertrauen kann, jemanden, der nicht nur einfach auf mehr Macht für seine Familie oder sein Haus aus ist. Feltock sagt, dass er an dich glaubt, obwohl die allgemeine Meinung ihm etwas anderes sagt. Sei loyal zu mir, und ich schwöre dir, dass wir den Leuten helfen können, die du angeblich retten willst.«

Der Tanz näherte sich seinem Ende. »Euer Durchlaucht – Euer Hoheit, heute Nachmittag habt Ihr gesagt, Ihr wollt Euch für die Familie verwenden, deren Haus belagert wird, sobald die Blutwoche beginnt.«

»Ich habe es nicht vergessen.«

»Rettet sie«, sagte ich ihr ins Ohr. »Rettet eine Familie.«

Der letzte Ton hing einen Augenblick lang in der Luft, als wir uns voneinander trennten, und sie blickte mich an. Ich verneigte mich, diesmal aber wie es sich gehörte, nicht als Verehrer, und wartete auf ihr Zeichen, dass ich gehen sollte.

Sie machte einen Knicks. Bevor die Musiker wieder anfangen konnten, hob sie eine Hand, und alles erstarrte.

»Mein Herzog von Rijou«, sagte sie in klarem, befehlendem Tonfall.

Ihr Vater stand nur ein paar Schritte weit entfernt am Rand des Tanzbodens. Sein Blick war kalt, als er erwiderte: »Tochter?«

»Ich muss dich um eine Gunst bitten.«

»Das scheint kaum der richtige Augenblick dafür zu sein, mein liebes Kind.«

»Es gibt in Rijou eine Familie, deren Schicksal in schrecklicher Gefahr ist.«

Er lachte. »Tochter, es ist Ganath Kalila. Ihr Schicksal liegt in ihren Händen, wie es bei den starken Menschen von Rijou immer der Fall war.«

»Trotzdem bitte ich darum, dass du sie deiner Obhut anvertraust.«

Eiseskälte schien sich im Raum auszubreiten. Das war eine gefährliche erste Prüfung ihrer Stellung.

Der Herzog lächelte, dann trat er zu ihr und nahm sie in die Arme. Die Geste sah unschuldig aus, sogar liebevoll, aber mir entging nicht, dass er sie zu kräftig hielt, zu nahe. Sein Becken grub sich in das ihre.

»Meine verehrten Freunde, vergebt meiner Tochter, denn sie ist noch jung und weiß nur wenig von der Welt außerhalb ihrer Heimat. Aber wir werden sie unterrichten, nicht wahr?«

Lachen und Beifall. *Der Klang von hundert Hyänen, die Blut riechen.*

Valiana schob sich vom Herzog weg. »Liebster Vater, du

hast recht. Ich habe so viel zu lernen.« Sie ging vor ihm auf die Knie, die Hände in einer unterwürfigen Geste zu beiden Seiten ihres Körpers ausgestreckt.

»Natürlich, meine Liebe, das ist völlig verständlich, wenn man …«

»Und dennoch«, sagte sie.

Wieder kehrte Stille ein.

»Und dennoch muss ich darauf bestehen, dass die Tiarrens beschützt werden. Sie werden auf eine äußerst unehrenhafte Weise von Banditen in schwarzem Tuch belagert, und die Stadtwächter beschützen sie nicht.«

»Tochter, es ist Blutwoche.«

»Als man anfing, sie in ihrem Haus einzusperren, war es noch nicht die Blutwoche. Die Stadtwächter hätten eingreifen sollen. Dein Mann Shiballe hätte eingreifen können. Er tat es nicht. Tatsächlich hinderte er meine Männer daran zu helfen.«

Die Augen des Herzogs waren wie Scheite, die wütend in dem Schatten loderten, der sich über sein Gesicht gelegt hatte.

»Shiballe«, sagte er, und im nächsten Augenblick war der weiche, fette Mann an seiner Seite.

»Euer Durchlaucht?«

»Kümmert Euch darum. Meine Tochter hat in meiner Gegenwart eine Bitte geäußert. Vor all diesen Leuten bat sie darum, dass das Leben der Tiarrens meine Verantwortung sein sollte.« Dann hob er die Stimme, um die versammelten Adligen anzusprechen. »Meine Freunde, wisset: Das Schicksal von Haus Tiarren ist für meine Tochter von großem Interesse und damit jetzt auch für mich. Ihr Leben bedeutet mir viel, wie das aller meiner Untertanen, und ihre Zukunft ist in meine ehrwürdigen Hände gelegt worden und keine anderen. Ich werde dafür sorgen, dass in dieser Angelegenheit mein Wille geschieht. Habt ihr mich verstanden, meine Freunde?«

Zustimmung erscholl, und Valiana erhob sich lächelnd.

»Vielen Dank, Vater, mit diesem Mitgefühl steigst du noch höher in meiner Achtung und meinem Herzen.«

Der Herzog lächelte sie an, dieses Mal war es ernst gemeint. Ich fand das beunruhigend.

Jemand zupfte an meinem Ärmel. Der junge Sänger.

»Er würde jetzt mit dir sprechen«, sagte er.

Der Junge führte mich zu einem Tisch in der Nähe der Bühne. Die anderen Musiker spielten weiter, aber Bal saß mit einem Becher in der Hand am Tisch. Ich nahm gegenüber von ihm Platz, und der Junge blieb neben ihm stehen.

»Bal – ich bin es! Falcio …«

Er antwortete nicht, sondern legte dem Jungen die Hand auf den Arm und tippte etwas mit den Fingern, wie ich schon zuvor beobachtet hatte. »Er erkennt dich«, sagte der Junge.

»Warum spricht er nicht?«

Bal machte den Mund weit auf, und ich sah die verstümmelten Überreste seiner Zunge.

»Bei den Heiligen!« Bal Armidor hatte eine Stimme gehabt, die Bienen Honig entlocken konnte und viele Frauen den Armen ihrer Ehemänner. »Was ist ihm zugestoßen?«, flüsterte ich entsetzt. »Waren das die Barbaren?«

Wieder fing er an, dem Jungen auf den Arm zu tippen.

»Er sagt, seine Zunge kam zuletzt an die Reihe.«

»Was bedeutet das?«

Weiteres Tippen.

»Auf seinem Weg nach Osten kam er vor Jahren hierher. Er blieb, um für den Herzog zu spielen, weil er hoffte, genug Geld für seine Reise zu verdienen.«

»Was ist geschehen?«

»Dem Herzog gefiel sein Spiel, und er war großzügig in seinem Lob und seiner Belohnung. Er bot Bal die Stellung seines Ersten Troubadours an. Bal erwiderte ihm, er sei dankbar, aber wie bei allen Troubadouren sehnten sich seine Füße nach der Straße.«

Bal zog mit den Händen eines seiner Beine aus dem Stiefel. Unterhalb des Schienbeins waren Fleisch und Knochen von einem Holzbein mit goldenen Intarsien ersetzt worden.

»Der Herzog löste großzügig das Problem für ihn.«

Bal zog den Stiefel wieder an und griff dann nach dem Arm des Jungen.

»Dann fand Bal Gefallen in den Augen einer der Damen am Hof, und sie gefiel ihm auch. Der Herzog schlug vor, sie sollten ihre Affäre beenden, da er sich selbst für die Frau interessierte. Er bot ihm stattdessen eine seiner Geliebten an, und als Bal ihm sagte, er hätte nur Augen für Senina, war der Herzog so fürsorglich, seine Augen entfernen zu lassen, um sie Senina als Geschenk anzubieten. In seiner unendlichen Großzügigkeit ersetzte er das Geschenk, das er sich nahm.«

Die Edelsteine in seinen Augenhöhlen. *Bei allen Heiligen, ich hätte Brasti ihn umbringen lassen sollen.*

»Tommer, der Sohn des Herzogs, fand Gefallen an Bal und bat darum, dass man ihn zu seinem Tutor in Musik und Geschichte macht. Da er ein Narr …«

Bal griff hart nach dem Arm des Jungen, dann tippte er wieder.

»Bal willigte ein und unterrichtete den Jungen. Er unterrichtete ihn in Musik und Gesang und Geschichte. Er unterrichtete ihn über die Könige und …«

»Die Greatcoats. Er unterrichtete ihn über die Greatcoats, nicht wahr?«

»Der Herzog war außer sich und befahl ihm, damit aufzuhören«, sagte der Junge. »Aber Tommer war erst sieben Jahre alt und begriff nicht, warum er nicht haben konnte, was er wollte. Bal liebte den Jungen und gab nach, erzählte ihm die Geschichten über die Greatcoats aber nur im Geheimen. Eines Abends belauschte sie einer von Shiballes Männern, und am nächsten Tag ließ der Herzog Bals Zunge herausreißen.«

Ich griff nach Bals anderer Hand. »Es tut mir so leid, mein

Freund. Ich glaubte … ich glaubte, du wärst in den Osten gezogen und dort geblieben.«

Bal zog seine Hand zurück und schüttelte den Kopf.

»Er sagt, er braucht kein Mitleid. Er sagt, du musst diesen Ort verlassen, noch heute Nacht, wenn du kannst. Hier gibt es nur Qualen und Tod für dich. Er sagt, geh zurück zum Karawanenlord und akzeptiere Tremondis Vorschlag.«

»Tremondi ist tot«, sagte ich.

Bal und der Junge schwiegen beide einen Moment lang. Schließlich tippte Bal etwas sehr Kurzes.

»Dann gibt es für dich nirgendwo etwas außer Qualen und Tod«, sagte der Junge langsam. »Jedenfalls musst du gehen.«

»Aber ich muss noch so vieles wissen, Bal kann mir noch so viel sagen …«

Bal schlug mit der Faust auf den Tisch, bevor er wieder hektisch auf den Arm des Jungen eintippte.

»Er sagt, er kann jetzt nicht mit dir sprechen und auch nicht in Zukunft. In dieser Welt sind ihm noch zwei Dinge geblieben, Finger, um Musik zu machen, und Ohren, um sie zu hören. Er sagt, du musst ihm nicht auch noch das wegnehmen.«

Ich lehnte mich auf dem Stuhl zurück und war mir plötzlich all dieser Leute bewusst, die uns sehen konnten, von denen jeder dem Herzog etwas ins Ohr flüstern und Bal auch noch den Rest dessen wegnehmen konnte, was von seiner Menschlichkeit übrig geblieben war.

Ich stand auf. »Ich gehe.« Ich drehte mich um, hielt dann aber inne. »Aber … wer bist du? Bist du irgendwie mit Bal verwandt?«

Der Junge schüttelte den Kopf. »Nein. Der Herzog hat mir einfach befohlen, Bal zu dienen, wenn er auftritt. Ich muss jetzt gehen. Wie ich sehe, ruft mich mein Vater.«

Der Junge verließ den Tisch und ging zur Treppe. Ich blickte ihm nach und sah den Herzog dort stehen, der mich musterte.

Als ich zur Eisenetage zurückkehrte, tranken Kest und Brasti mit Feltock. Anscheinend hatten sie sich vertragen.

»Falcio!«, sagte Brasti. »Was für ein Auftritt dort oben. Ich wusste ja gar nicht, dass das in dir steckt. Was kommt als Nächstes? Wirst du mit dem Herzog tanzen?«

Ich ergriff seine Schulter. »Lasst uns hier verschwinden. Ich will mein Zimmer und mein Bett. Am Morgen besuchen wir Lady Tiarren in ihrem Haus und finden heraus, was sie über die Charoite weiß, und dann will ich diese von den Göttern verdammte Stadt so schnell wie möglich verlassen.«

»Du gehst«, sagte Brasti und hob seinen Becher. »Wenn ich mir schon nicht das Leben des Herzogs holen kann, dann kann ich zumindest genug von seinem Wein trinken, um ihm wenigstens etwas zu schaden.«

Kest schaute mit leerem Blick in seinen Becher. »Das dürfte schwierig werden, Brasti. Die herzogliche Schatzkammer von Rijou ist ziemlich groß. Du würdest …«

»Halt den Mund und trink mehr Wein«, erwiderte Brasti. »Das könnte eine Weile dauern.«

Ich ließ sie dort zurück und nahm die Tür aus der Eisenetage, die in den Korridor führte, der an der Küche vorbei zu den Dienstbotenquartieren führte. Ich bog um eine Ecke und wäre fast mit einer Frau in einem purpurfarbenen Kleid zusammengestoßen. In dem Korridor war es dunkel genug, um sie einen Augenblick lang für Valiana zu halten. Dann wurde mir klar, dass es sich um Trin handelte.

»Falcio«, sagte sie. »Es tut mir so leid, ich …«

»Schon in Ordnung«, antwortete ich. »Alles in Ordnung? Solltest du nicht bei Valiana sein?«

Sie korrigierte mich. »Prinzessin Valiana.«

»Wenn du meinst. Warum bist du hier?«

»Ich …« Sie berührte meinen Arm und nahm die Hand wieder zurück. »Der Versuch, die Familie zu retten, war sehr mutig von dir.«

»Ich weiß nicht, wovon du sprichst. Es ist Valiana – Prinzessin Valiana –, die hier ein Risiko eingeht.«

Trin verdrehte kurz die Augen. »Ihr Vater, der Herzog, und seine fette Made werden wissen, von wem die Idee stammte.« Ihre Hand erschien wieder an meinen Arm. »Sie werden nach einer Möglichkeit suchen, wie sie dir schaden können.«

Das ließ mich auflachen. »Meine Liebe, seit dem Tag, an dem ich diesen Mantel anzog, haben die Herzöge und ihre diversen fetten Maden nach Möglichkeiten gesucht, mir zu schaden. Ich kann nicht viel tun, um das noch schlimmer zu machen.«

Sie lehnte sich mir entgegen. »Ich wünschte, ich könnte halb so tapfer sein.«

Der Geruch ihrer Haare war berauschend, genau wie das Gefühl ihrer Rundungen, die sich an mich drückten. »Du?« Ich nahm sie bei den Armen und schob sie sanft von mir. »Valiana wäre ohne dich verloren.«

Trins Miene wurde bitter. »Die Prinzessin liebt mich, so wie sie als junges Mädchen ihre Lieblingskatze liebte. Am Tag als die Katze starb, war sie am Boden zerstört – sie war untröstlich. Fast einen ganzen Tag lang. Dann bat sie um eine neue Katze.«

»Ich bin sicher, das ist nicht …« Ich wusste nicht weiter. Ich war zu müde, um ihr etwas vorzumachen, nicht einmal, damit sie sich besser fühlte.

»Valiana wird den Thron besteigen«, sagte sie, »und du und die anderen werdet euer Glück anderswo finden. Wirst du mich vergessen, Falcio von den Greatcoats?«

Ich blickte die junge Frau an, die sich sowohl als schlau und still, wie auch als schön und schüchtern erwiesen hatte. »Ich glaube nicht, dass das möglich wäre.«

Sie lächelte, als hätte ich ihr gerade einen Preis überreicht, und ihre Lippen öffneten sich einen Spalt.

»Ich sollte gehen«, sagte ich. »Es ist spät, und ich möchte diese Stadt so wenige Stunden wie möglich bewusst erleben.«

»Die Prinzessin befahl mir, sie heute Nacht allein zu lassen. Ich bin noch nie durch die Korridore dieses Palastes gegangen, und ich würde es nicht wagen, es allein zu tun, obwohl man mir erzählt hat, dass er sehr schön ist. Vielleicht könnten du und ich einen Grund finden, um nicht zu schlafen?«

Sie war schön und faszinierend, und ich bekomme nicht viele Angebote, die so süß waren, nicht seit meine Gemahlin Aline bei diesem Marktstand auf mich zutrat und …

»Nein«, sagte ich. »Es tut mir leid, aber ich muss gehen.«

Sie tat mir tatsächlich leid, so ganz allein und voller Furcht in einem Schlangennest. Sie hatte das Recht, etwas Schönheit in der Welt zu finden, etwas Gesellschaft, wo auch immer das sein mochte. »Vielleicht würde Brasti …« Sofort und trotzdem viel zu spät erkannte ich meinen Fehler.

Trins Miene wurde so kalt und tot wie ein Grabstein im Winter. »Ich danke dir, Erster Kantor, für deine aufmerksame Empfehlung. Ich habe schon zu viel von deiner Zeit in Anspruch genommen.«

Sie ging direkt an mir vorbei den Korridor entlang.

»Trin, warte …«

Aber sie war bereits weg.

Ein paar Minuten lang blieb ich dort stehen, hin- und hergerissen, sie zu finden und mich zu entschuldigen oder zu gehen. Sie war mit freundlichen Worten und großzügiger Absicht zu mir gekommen, und ich hatte sie abgewiesen. Um ihr einen Korb zu geben, hätte ich hundert andere Dinge sagen können, die Mitgefühl gezeigt hätten. Stattdessen hatte ich sie sich wie eine Hure fühlen lassen. *Ihr Heiligen,* dachte ich und ging zu der schäbigen kleinen Kammer, die man Brasti, Kest und mir zugeteilt hatte, *schafft mich aus dieser von den Göttern verfluchten Stadt, bevor ich noch in anderem versage.*

12

DER SCHWUR EINES FEIGLINGS

An diesem Morgen die verbrannten Trümmer des Herrenhauses anzustarren, gehörte zu den schlimmsten Augenblicken meines Versagerlebens. Es standen noch ein paar Mauern, aber der Rest war nur noch eine Hülle, die langsam in qualmende Teile zerbrach, gestützt von den hohen Steinplatten, die dazu benutzt worden waren, jeden am Verlassen des Hauses zu hindern, während die Angreifer ein Fass Öl nach dem anderen auf das Haus kippten, bevor sie es anzündeten.

Valiana hatte ihr Wort gehalten. Sie hatte den Herzog, ihren Vater, gebeten, Lady Tiarren und ihren Kindern die Freiheit zu versprechen, falls sie sich ergab, und er hatte viel zu bereitwillig eingewilligt. Ein Willkommensgeschenk für sein Kind. Aber die Angreifer hatten das hinuntergeworfene Wappen, das die Kapitulation signalisierte, genommen und in Öl getaucht, bevor sie es mit dem Rest anzündeten, und dann hatten sie zugesehen, wie jeder im Haus erstickte und verbrannte.

Kest stand neben mir. Feltock versuchte Lady Valiana zusammen mit Shiballe in ihrem Wagen zu halten, aber sie stieß ihn beiseite und gesellte sich vor den Trümmern zu uns. Trin vergoss neben ihr stumme Tränen. Feltock war nicht dumm. Er hatte sich eine Pistole besorgt und bereitete sich auf den Augenblick vor, in dem ich versuchte, Valiana zu töten.

»Lass es«, sagte er. Ich konnte deutlich die Furcht in der Stimme des alten Mannes hören. »Die Prinzessin hat von ihrem Vater den Befehl erhalten, ihre Abstammungsurkunden nach Hervor zu bringen. Du und ich, wir haben eine Aufgabe. Das ist alles, was wir haben, das ist alles, was wir tun können. Das hier ist keine Angelegenheit für Männer wie dich und mich.«

Valiana sprach meinen Namen leise und zögernd. »Falcio …«

»Ich bin im Augenblick irgendwie beschäftigt, Euer Hoheit«, sagte ich. Meine Stimme war ruhig und völlig natürlich. Ich war kein Narr. Ich würde mich nicht umbringen lassen, nur um meine Schuld am Tod der Familie Tiarren zu beruhigen. Für sie war es zu spät, übrig geblieben waren nur noch ein anständiges Begräbnis und sinnlose Vergeltung.

»Sag es, Trattari. Ich weiß, dass du es willst«, sagte sie.

Falls diese Frau zu wissen glaubte, was genau ich in diesem Augenblick wollte, dann war sie mit Sicherheit verrückt.

Feltock rief: »Euer Hoheit, bitte, sie sind zu dritt. Ich kann nicht versprechen …«

»Du gibst mir dafür die Schuld, nicht wahr? Du hältst mich für böse – sprich es schon aus«, verlangte sie.

Kest hatte die Hand am Schwertgriff. Er war bereit, falls ich die Selbstbeherrschung verlor und Feltock auf mich schoss, und in diesem Augenblick würde er blitzschnell die Klinge ziehen können und Valiana die Kehle durchschneiden. Und dann? Warten, dass der nächste geistig zurückgebliebene Nachkomme eines Herzogs kam und der nächste Tyrann wurde – was würde das bewirken? Wann würde es jemals enden?

»Nein«, sagte ich leise.

Ich glaube nicht, dass sie wussten, wen ich eigentlich meinte, weil sie alle zögerten. »Nein, Valiana, Herzogin, Prinzessin, Kaiserin, wie auch immer Ihr angeredet werden wollt, ich gebe Euch nicht dafür die Schuld.«

Ihre Augen weiteten sich, und ihr Mund öffnete sich einen Spalt, aber sie sagte nichts. Vorsichtig wartete sie auf die Absolution.

Aber die konnte ich nicht geben. »Ich glaube an das Böse, Euer Durchlaucht. Ich habe es gesehen. Ich habe es in meinem Haus gesehen, und ich habe es in den fernsten Ecken dieses Landes gesehen. Und ja, ich habe es hier in Rijou gesehen. Ich habe es in Shiballe mit seinem falschen Lächeln und seinen geheimen Plänen gesehen, und ich habe es im Herzog gesehen, als Ihr ihn gebeten habt, um der Tiarrens willen Nachsicht zu üben. Und es funkelte in seinen Augen, als er seinen kleinen privaten Scherz genoss. Solchen Männern brachte ich Gerechtigkeit. Ich habe sie sogar getötet, wenn ich musste. Und eines Tages werden Shiballe und Herzog Jillard das Schwert eines Greatcoats in ihrem Bauch stecken sehen.«

Ich hob ein kleines Stück Holz auf, das noch immer qualmte, und ließ es einen Augenblick lang meine Hand verbrennen, bevor ich es fallen ließ.

»Aber die meisten der schrecklichen Dinge, die in diesem Land geschehen, das sind nicht die Taten böser Männer. Eigentlich nicht. Sie werden von Menschen verursacht, die es einfach nicht besser wissen. Ein Steuereintreiber, der sich nicht fragt, ob die Ernte nicht zu klein ist, um das Silber zu garantieren, das er gerade eingesammelt hat. Das ganze Einkommen einer Familie. Ein Soldat, der nie infrage stellt, warum man ihm befohlen hat, Ölfässer zu holen und eine Mutter und ihre Kinder zum Flammentod zu verurteilen. Und eine Frau, kaum älter als ein Mädchen, die nur daran denkt, wie schön es doch sein wird, ein großes Schloss zu besitzen und einen hübschen Thron, und die sich keine Gedanken macht, warum so viele weitreichende Intrigen geschmiedet wurden, um sie dort hinzubringen. Also nein, Valiana, Durchlaucht, Herzogin, Prinzessin. Ich halte Euch nicht für böse. Ich glaube, Ihr seid viel, viel schlimmer.«

Sie blickte mich an, dann stolperte sie zurück, und Kests Reflexe waren schneller als seine Absichten, und er fing sie auf, bevor sie stürzte. Feltock war klug genug, sich zu beherrschen und Kest zu erlauben, sie in den Wagen zu heben.

Shiballe stieg mit einem Lächeln auf den Lippen aus. Aber das Lächeln verschwand, als er an mir vorbeiblickte. Trin, die in dieselbe Richtung schaute, wurde totenbleich.

Ich drehte mich um und sah etwas aus den Trümmern des Herrenhauses kommen. Es war ein junges Mädchen, kaum älter als zwölf oder dreizehn Jahre. Es war voller Asche und wirkte desorientiert. Es taumelte, und während Kest zu den Satteltaschen lief, rannte ich zu ihm. Ich hob die Kleine aus der Verwüstung, die einst ihr Zuhause gewesen war, und legte sie auf eine Bank auf der anderen Straßenseite in Nähe des Wagens. Kest reichte mir Wasser und Verbände. Ich ging davon aus, dass ihre Haut verkohlt war, aber ihre Arme mit Wasser zu säubern enthüllte, dass sie gar nicht schlimm verbrannt war.

»Wie hat sie überlebt?«, fragte Kest.

»Keine Ahnung.«

Shiballe rief seine Wächter zu sich und fing an, ihnen etwas zuzuflüstern.

Die Kleine öffnete die Augen und hustete. Ich gab ihr etwas Wasser, das sie trank, aber als sie zu sprechen versuchte, schüttelte sie ein Husten.

Ich wartete, bis das vorbei war, bevor ich ihr noch mehr zu trinken gab. »Versuch nicht zu sprechen, wenn das wehtut«, sagte ich.

Sie schüttelte den Kopf. »Ich kann … ich kann sprechen.«

»Das Mädchen kommt mit mir«, sagte Shiballe und trat auf uns zu.

»Noch einen Schritt«, sagte Brasti, »nur noch einen einzigen Schritt weiter, du fettes kleines Ungeheuer …«

»Sie ist eine Bürgerin Rijous und steht unter dem Schutz des Herzogs …«

»Da hat der Herzog aber keine gute Arbeit geleistet, oder?«

»Wie hast du das Feuer überlebt?«, fragte ich.

Sie hustete wieder. »Der Kriechkeller«, krächzte sie. »Als Mutter das Wappen fallen ließ und die Männer es anzündeten, statt uns rauszulassen, befahl sie uns, nach unten in den Kriechkeller zu gehen. Aber da war nicht genug Platz, denn er ist so klein, und meine Brüder wollten kämpfen, was dumm war, weil man mit Schwertern nicht gegen Feuer kämpfen kann. Und dann rannten die Kleinen wieder nach oben, und ich konnte nicht zu ihnen, weil etwas auf die Falltür fiel. Dort unten ist alles aus Stein, also konnte das Feuer mich nicht erreichen, und ich hatte Wasser und Tücher, die ich mir aufs Gesicht legte.« Sie nahm noch einen Schluck Wasser. »Ich versuchte es immer wieder, kam aber nicht aus dem Kriechkeller – und dann müssen die Dinge, die auf die Falltür fielen, wohl verbrannt sein …«

»Falcio«, sagte Kest.

Ich blickte ihn an.

»Sie ist die Letzte der Tiarrens. Wenn sie jemand sieht, ist sie tot.«

»Shiballe hat sie gesehen«, meinte Brasti. »Ich sage, wir bringen ihn auf der Stelle um.«

»Dann sind wir auch tot«, sagte Feltock. »Ich fürchte, wir müssen los, Männer.«

Ich starrte ihn an. »Wie kannst du Valiana noch dienen, wo du jetzt gesehen hast, welchen Preis das erfordert?«

Der alte Mann blickte traurig. »Ich bin Soldat, mein Junge. Ich diene immer nur einem Herrn, und ich gehe, wenn man es mir befiehlt. Wenn du schlau bist, tust du das Gleiche.«

»Das Mädchen kann mitkommen«, sagte Valiana zu mir, als sie wieder aus dem Wagen stieg. »Es ist das Geringste, was wir tun können.«

Ich schwieg.

»Und ich bin die geringste aller Frauen, nicht wahr?«,

sagte sie. Ihr Ton klang bitter, aber ich vermochte nicht zu sagen, ob das mir galt oder ihr selbst.

Kest packte die Verbände zusammen. »Wir müssen sofort los. Bald wird es dunkel, dann fängt die Gewalt wieder an.«

»Ich fürchte, das geht nicht«, sagte Shiballe. Seine Wächter standen hinter ihm.

»Mit welchem Recht widersprecht Ihr mir, Shiballe?«, wollte Valiana wissen. In ihrer Stimme lag eine Mischung aus Nervosität und Zorn.

»Euer Hoheit, das ist noch immer die Domäne Eures Vaters, des Herzogs. Seine Befehle in dieser Sache sind eindeutig.«

»Seine Befehle lauteten, dass sie beschützt werden soll.«

»Nein, Euer Hoheit, seine Befehle lauteten, dass sie hier bleibt, in Rijou. Er wird sich um sie kümmern, wie er es für richtig hält.«

»Ich gehe nicht«, sagte das Mädchen.

»Seht Ihr, das Kind weiß, dass sein Platz hier ist, bei seinen Mitbürgern.«

»Ihr habt ihre Mitbürger abgeschlachtet«, sagte Brasti.

»Und dafür hast du irgendeinen Beweis, Lumpenmantel?«

»Das Mädchen kommt mit«, sagte Valiana entschlossen.

»Dann werdet ihr das Stadttor nicht lebend erreichen, Euer Hoheit. Man wird Euch töten, weil Ihr Euch dazu verschworen habt, eine Bürgerin von Rijou an der Ausübung ihrer Pflicht dem Herzog gegenüber zu hindern.«

»Mein Vater würde niemals …«

»Es ist Verrat, Euer Hoheit. Euer Vater wird sehr traurig über Euren Verlust sein. Aber das ist auch schon alles.«

Valiana blickte mich an. Ich erwiderte den Blick, und was auch immer in meinen Augen zu lesen stand, war zu viel für sie. »Mein Vater schwor vor seinen Adligen, er würde ihre Familie beschützen!«

»Nein, Euer Hoheit, das tat er nicht. Er schwor, sich persönlich um die Angelegenheit zu kümmern und dafür zu sorgen, dass sein Wille geschieht, und genau das hat er auch getan.«

»Es muss eine Möglichkeit geben«, sagte sie flehend zu Shiballe.

»Das Mädchen bleibt hier. Sie bleibt bis zum Ende von Ganath Kalila. Falls sie dann noch lebt, kann sie am Morgen der Gnade zum Stein von Rijou gehen, wo ihr Name vom Stadtweisen aufgerufen und ihre Anwesenheit verzeichnet werden wird.«

»Und wie stehen ihre verfluchten Chancen, ohne Familie zu überleben?«, verlangte Brasti zu wissen.

»Ich habe ihre Mutter nicht zu solch unklugen Entscheidungen gezwungen, wen sie in ihr Bett holt, und ich gab auch nicht ihrem Mann Lord Tiarren den Rat, das zu tolerieren.«

Das Mädchen wollte sich auf Shiballe stürzen, aber Kest hielt es sanft zurück und setzte es wieder auf die Bank.

»Herzog Jillard würde eine Frau und ihre Familie töten, weil ihn Ehebruch so anwidert?«, fragte ich mit angespannter Stimme. Meine Hand näherte sich dem Griff meines Rapiers.

Shiballe lächelte. »Nein, das ist es nicht. Es war die Wahl des Geliebten, die den Herzog anwiderte.«

»Komm, Mädchen, komm mit mir. Wir finden einen Ausweg für dich«, sagte Kest zu ihr.

»Nein«, erwiderte sie sehr entschieden.

Er starrte sie an. »Was soll das heißen, ›nein‹?«

Das Mädchen legte die Hände auf die Bank und stemmte sich in die Höhe. »Es ist wahr, es ist die Blutwoche. Nehme ich am Ende der Woche nicht an der Zeremonie des Herzogs teil, wird der Name meiner Familie und alles, was wir haben, der Besitz der Männer, die das getan haben. Mein Name – sämtliche Rechte, die mir mein Blut gibt – werden für alle Zeiten verloren sein.« Verzweifelt schaute sie zu mir hoch. »Ich werde das nicht tun. Ich laufe nicht weg.«

»Dann wirst du sterben«, sagte Kest, so sanft er konnte.

»Ich bin schlau«, sagte sie, »und ich bin recht klein. Ich verstecke mich in der Stadt – ich bleibe immer in Bewegung. Ich muss nur diese Woche überstehen, und dann da sein, um meinen Namen auf die Liste des Herzogs setzen zu können.«

Ich konnte nicht glauben, was ich da hörte. Dieses Kind, das nicht älter als zwölf oder dreizehn sein konnte, hatte gerade alles verloren, seine ganze Familie, und als würde das noch nicht ausreichen, würde es nun von den Männern des Herzogs oder von Shiballes Männern oder sonst jemandem für eine Beleidigung getötet werden, an der es nicht die geringste Schuld trug. Und dennoch lautete seine Antwort, dass es bleiben und kämpfen würde.

»Wie lautet dein Name, Mädchen?«, fragte ich.

»Aline«, sagte sie. »Aline Tiarren.«

Mein Herz setzte einen Schlag lang aus, mir wurde schwarz vor Augen. Kest legte mir die Hand auf die Schulter, aber ich schüttelte sie ab. Es war ein Name, das war alles – ein sehr ungewöhnlicher Name, sicherlich, trotzdem nur ein Name. Ein dummer Name, den man einem kleinen Mädchen verliehen hatte, das es nicht besser wusste.

Ich kniete mich vor sie. »Weißt du, was ich bin?«, fragte ich.

»Du bist ein Greatcoat«, sagte sie. »Du bist einer der Magister des Königs.«

»Und weißt du, was wir tun?«

»Falcio …«, warnte Kest.

Ich hob eine Hand und ignorierte ihn. »Weißt du, was wir tun?«, fragte ich erneut.

»Ihr hört euch Rechtsstreitigkeiten an. Ihr fällt Urteile. Ihr kämpft.«

»Wir hören uns Rechtsstreitigkeiten an, wir fällen Urteile, und wir kämpfen. Ein Verbrechen wurde verübt, Aline. Willst du, dass ich mir deinen Fall anhöre? Willst du, dass ich ein Urteil fälle?« Ich hielt inne. »Aline, willst du, dass ich kämpfe?«

Sie blickte mir in die Augen, als wollte sie meine Ehrlichkeit ergründen. Dann sagte sie: »Ich will, dass du kämpfst.«

»Falcio«, sagte Kest, »das kannst du nicht tun. Der Bund …«

»Scheiß auf den Bund«, sagte ich, richtete mich auf und stieß ihn zurück. »Und scheiß auch auf dich, wenn du es nicht besser weißt, Kest. Wie sieht deine Lösung aus? Wie lautet deine Antwort? Hör zu«, flüsterte ich ihm wild ins Ohr, »wir wissen nicht einmal, was hier eigentlich vor sich geht. Was, wenn die Tiarrens getötet wurden, damit sie uns nicht verraten konnten, wo die Edelsteine des Königs sind? Was, wenn dieses Mädchen etwas davon weiß? Sie am Leben zu halten ist die einzige Möglichkeit für uns, herauszufinden, wie man die Herzöge aufhalten kann. Sie ist ein Teil davon, da bin ich mir sicher.«

Ich wandte mich an Valiana. »Ich habe da einen Krampf im Bein. Ich fürchte, ich würde Eure Reise nur verzögern, wenn ich Euch begleite. Ich bitte Euch um die Erlaubnis, mein Bein auszuruhen, dann stoße ich später zu Euch.«

»Wann?«, fragte sie.

»Ungefähr in neun Tagen. Ich bin davon überzeugt, dass mein Krampf bis dahin verschwunden ist.«

Sie sah Feltock an, dann Kest, dann Shiballe. Falls sie dort eine Antwort suchte, fand sie sie nicht.

»Du bist lästig, Trattari. Mein Vater und Herr besteht darauf, dass ich meine Abstammungsurkunden mit größtmöglicher Schnelligkeit nach Norden bringe, damit die Vorbereitungen für meine Krönung beginnen können. Ich kann deinetwegen keine weiteren Verzögerungen mehr brauchen.«

»Euer Hoheit …«, begann Shiballe.

»Ruhe. Ich habe Eure Instruktionen deutlich verstanden. Ich kann nicht bleiben. Ich kann das Mädchen nicht mitnehmen. Also gut dann. Falcio val Mond, ich befehle dir, hierzubleiben, bis du gesund genug bist zu reisen.«

»Ja, Euer Hoheit.«

»Euer Hoheit«, sagte Trin mit besorgter Miene. »Es ist zu gefährlich. Sie werden die ganze Stadt haben, um ihn zu töten. Geht doch zu Eurem Vater, dem Herzog, bittet ihn, dass Ihr das Mädchen mitnehmen könnt. Ihr könnt die Kleine retten, könnt ihr ein Heim geben, wie es Eure geliebte Mutter, die Herzogin, bei mir tat.«

»Du vergisst dich, Trin«, sagte Valiana, ohne sie anzusehen.

»O ja«, meinte Shiballe. »Euch mit Eurem Vater zu beratschlagen, wäre das Klügste.«

Ich fragte mich, ob Trin wirklich naiv genug war, um zu glauben, dass sich der Herzog jemals von Valiana überreden lassen würde, nachdem er ihre Bitte bereits auf solche Weise verdreht hatte. Viel wahrscheinlicher war, dass er es ihr höchstens unter die Nase reiben würde.

»Außerdem habe ich Gefallen an diesem Mädchen gefunden«, sagte Valiana. »Ich würde es gern besser kennenlernen. Sollte Ganath Kalila beendet sein, wenn dein Bein geheilt ist, befehle ich dir, mir dieses Mädchen zu bringen.«

»Ja, Euer Durchlaucht.«

»Du arbeitest noch immer für mich, Lumpenmantel. Sollte einer meiner besonderen Freunde hier in Rijou sich wegen der schlechten Manieren anderer belästigt fühlen, wirst du ihn in meinem Namen tadeln.«

Unsere Blicke trafen sich. »Da könnt Ihr sicher sein, Euer Durchlaucht.«

Sie erwiderte meinen Blick. »Also gut. Feltock, bringt uns hier fort. Ich habe es eilig, meine Reise fortzusetzen.«

»Aye, Euer Hoheit«, sagte Feltock. Dann wandte er sich kurz mir zu. »Nett, dich gekannt zu haben, Trattari. Aber du bist ein verdammter Narr.«

Kest, Brasti, das Mädchen und ich waren außerhalb der

Hörweite Shiballes und seiner Männer, die ein paar Schritte weit entfernt standen.

Während der Fette seinen Männern Befehle gab, sprach Brasti leise. »Du kannst nicht gewinnen. Es sind zu viele von ihnen – die ganze Stadt ist eine Schlangengrube, und jeder von ihnen wird nach dir beißen, um die Gunst des Herzogs zu erringen.«

»Ich fürchte keine Klinge«, erwiderte ich. Meine Stimme klang angespannt.

»Falcio, sie werden dich töten, und sie werden das Mädchen töten!«

»Ich renne nicht weg, Brasti. Du hast es selbst gesagt – wir sind bloß gerannt, mehr haben wir nicht zustande gebracht, und es hat uns nichts genutzt.«

»Wie dann? Verrate es mir. Selbst wenn es dir irgendwie gelingen sollte, die Blutwoche zu überleben, man wird dich niemals damit durchkommen lassen. Was willst du dann tun?«

»Ich erreiche den Stein«, sagte ich und sah Kest an. »Du bist so still.«

Er holte etwas aus seinem Bündel. »Hier.« Er gab mir eine kleine Verpackung. »Das habe ich noch von dem harten Konfekt übrig. Vielleicht hält es dich ja wach.«

»Oh, um aller Heiligen willen – glaubst du, er schafft das? Könntest du es schaffen?«, fragte Brasti.

»Nein, das glaube ich nicht«, sagte Kest. »Aber ich warte die ganze Blutwoche und fünf weitere Tage ab, um es herauszufinden. Falcio, falls du bis dahin nicht zurückgekehrt bist, töte ich die Frau. Sie wird nicht auf dem Thron von Schloss Aramor sitzen; das verspreche ich dir.«

Er drehte sich um und ging auf den Wagen zu. Ich hob einen kleinen Stein auf und warf ihn nach ihm, traf ihn am Hinterkopf. Er fuhr herum, zum Kampf bereit.

»Ich wollte dich nur daran erinnern, dass ich dich gelegentlich überrasche«, sagte ich ruhig.

Er lächelte nicht.

Trin trat auf mich zu. »Versteck dich«, flüsterte sie mir ins Ohr. »Man sagt, diese Stadt habe tausend Orte, an denen Menschen für Wochen, sogar viele Monate verschwinden können. Versteck dich, bis es sicher ist, und schaff sie aus der Stadt. Halte dich vom Morgen der Gnade fern, ganz egal, was das Mädchen sagt. Ihr Name ist nicht ihr Leben wert.«

»Ich tue mein Bestes«, sagte ich.

»Sei noch besser«, erwiderte sie und küsste mich auf die Wange, bevor sie zurück zu Valiana lief.

»Was tun die da?«, fragte Aline und zeigte auf Shiballe. Seine beiden Wächter schienen für ihn einen Stuhl auf die Straße zu setzen.

»Sie werden dafür sorgen, dass wir nicht gehen,«, sagte ich, »nicht vor Sonnenuntergang, wenn Ganath Kalila beginnt und die Gewalt anfängt.«

»Und dann?«, fragte sie.

»Dann fangen wir an.«

Brasti ging als Letzter. Er warf die Arme in die Luft. »Schön. Leb wohl, Falcio. Du warst ein anständiger Gefährte, wenn auch manchmal etwas prätentiös. Ich hoffe, dir ist klar, dass ich von jetzt an jede verdammte Leiche plündere, der ich begegne.«

Ich lächelte. »Ich schätze, das ist nur gerecht.«

Er setzte sich in Bewegung, blieb aber noch einmal stehen. »Ich schieße in deinem Namen einen Pfeil in das sterbende Tageslicht. Mehr kann ich nicht für dich tun.«

Womöglich konnte das trotzdem reichen.

Geduldig darauf warten zu müssen, dass die Sonne untergeht, damit drei Männer einen töten können, ist ein unbehagliches Gefühl.

Shiballe hatte sich von einem seiner Wächter einen kleinen Tisch bringen lassen, damit er sich mit einer Flasche Wein die Zeit vertreiben konnte. In seinem Schoß lag eine

Pistole, und gelegentlich strich er über den glatten Holzgriff. Das Mädchen hatte versucht, wach zu bleiben, aber Erschöpfung triumphierte über die Angst. Jetzt schlief sie ein paar Schritte hinter mir auf der Bank.

»Nur noch ein paar Minuten, Trattari«, sagte Shiballe und trank seinen Wein. »Bist du sicher, dass du dich nicht doch zu deinen Freunden gesellen willst?«

Ich verzichtete auf eine Erwiderung. In einer derartigen Situation drehen sich jedes Wort und jede Bewegung darum, einen Vorteil zu erringen. Ich musste ihn und seine Männer nervös machen, und das bedeutete, es kam auf den richtigen Zeitpunkt an.

»Ich frage mich, Trattari, was bewegt einen Mann dazu, dort reglos zu stehen, während der Tod ihn holen kommt. Fürchtest du den Tod nicht, ist es das? Oder vielleicht fürchtest du das Leben ja mehr.«

Ich wartete, bis er keine Antwort mehr erwartete und sich wieder seinem Wein zuwandte.

»Wie heißt du?«, fragte ich den Wächter, der mir am nächsten stand.

»Ruhe!«, sagte Shiballe, bevor der Mann antworten konnte.

Ich ignorierte ihn. »Mein Name ist Falcio.«

»Du hast keinen Namen, Lumpenmantel!«, sagte Shiballe.

Ich hielt den Blick auf den Wächter gerichtet. »Mein Name ist Falcio val Mond, und ich bin der Erste Kantor der Greatcoats. Weißt du, was das bedeutet?«, fragte ich.

Der Mann sprach nicht, aber sein Mund öffnete sich ein Stück, und trotz seiner Bemühungen, still zu stehen, schüttelte er den Kopf.

»Es bedeutet, dass, ganz egal, was mit mir geschieht, ganz egal, was mit dem Mädchen geschieht und ganz egal, was für ein kleines Spielzeug dein fetter Freund da liebkost, der Mann, der mir am nächsten steht, in die Hölle fährt, die auf Männer wartet, die Kinder umbringen, wenn das Tageslicht stirbt.«

»Hör auf, mit meinen Männern zu reden, Lumpenmantel!« Shiballe warf sein fast leeres Weinglas nach mir.

Ich gratulierte mir selbst, dass ich nicht zusammenzuckte, als es meinen rechten Arm traf und auf dem Boden zerbrach.

Aber Shiballes Männer zuckten zusammen.

»Mein Name ist Falcio val Mond«, sagte ich erneut.

»Sag ihn noch einmal, ich scheine ihn immer zu vergessen«, knurrte Shiballe. »Komm schon, Trattari, wie heißt du?«

»Du kennst meinen Namen«, sagte ich leise, den Blick noch immer auf den Mann vor mir gerichtet.

»Nein, wirklich, ich kann mich nicht daran erinnern. Bitte sag ihn noch einmal.«

»Du kennst meinen Namen«, wiederholte ich.

Unbewusst formte der Wächter vor mir mit den Lippen meinen Namen. Mit einer kaum merklichen Bewegung wich er ein paar Zoll zurück, was ihn ein kleines Stück hinter den zweiten Wächter positionierte, der sich plötzlich sehr unbehaglich zu fühlen schien. Gut. Sie hatten Angst. Sie würden vorsichtig sein, wenn es losging, und in solchen Situationen ist Vorsicht nicht immer von Vorteil.

»Der nächste Mann, der sich auch nur um Haaresbreite bewegt, stirbt«, verkündete Shiballe und richtete seine Pistole auf den zweiten Mann.

»Halte sie auf mich gerichtet«, sagte ich, und Shiballe riss die Pistole wieder in meine Richtung. »Wie heiße ich?«, fragte ich.

»Ich weiß es nicht. Die Namen von Hunden kann ich mir einfach nicht merken«, sagte Shiballe.

»Du kennst meinen Namen.«

»Ich töte dich jetzt gleich auf der Stelle, Hund«, sagte er, aber das war hauptsächlich eine leere Drohung. In Rijou würde niemand das eine Gesetz der Blutwoche verletzen, nicht einmal er. Andererseits verblichen gerade die letzten Sonnenstrahlen.

»Mädchen«, sagte ich, »stell dich sechs Schritte hinter mich und bleib dort stehen, bis es vorbei ist.«

Sie stand auf und fing sofort an zu husten, zweifellos wegen des Rauchs, den sie in ihrem Haus eingeatmet hatte, als ihre Mutter und ihre Brüder verbrannt waren, aber als sie jetzt hinter mich schlurfte, sah sie eher benommen als ängstlich aus.

»Wie heiße ich?«, fragte ich die Wächter erneut.

»Falcio«, murmelte einer von ihnen, und um ein Haar hätte Shiballe ihn auf der Stelle erschossen, was alles sehr viel einfacher gemacht hätte. Aber ich wusste, dass ich nicht so viel Glück haben würde.

Shiballe schaute zu dem hellen Glühen am Rand der Dächer und lächelte. »Noch wenige Sekunden, Lumpenmantel. Irgendwelche letzten Worte?«

Ich erwiderte das Lächeln. »Pass auf den Pfeil auf.«

Und dann verschwand das Licht, eine große Glocke ertönte, ein Pfeil schoss vom Himmel, und alle Höllen brachen los.

Wie versprochen hatte Brasti in meinem Namen einen Pfeil abgeschossen, als die Sonne starb. Vermutlich hatte er den Hügel außerhalb des ersten Tores erklommen, Hunderte Meter von meinem jetzigen Standort entfernt, und *Ausschweifung* von dem Haken an seinem Sattel genommen. Ausschweifung war ein Langbogen, der beinahe sechs Fuß lang und mächtig genug war, um eine Pfeilspitze tief in Stein oder Ziegel zu treiben, und auf jeden Fall reichte seine Kraft aus, um eine Plattenrüstung zu durchbohren. Für den Nahkampf war er nicht zu gebrauchen, aber aus der Ferne – nun, aus der Ferne schien er Blitze vom Himmel zu schleudern.

Nun habe ich behauptet, dass Brasti so gut wie nie verfehlt, aber das war ein unmöglicher Schuss. Um die nötige Distanz zu überbrücken, hatte er sorgfältig Wind und Entfernung berechnen und fast senkrecht in den Himmel zielen müssen, mit nur einer winzigen Neigung, die dafür sorgte, dass der riesige Kreisbogen den Pfeil mitten auf die Straße in Rijou beförderte. Wie bereits gesagt, ein unmöglicher Schuss, und ich werde keineswegs versuchen, die Legende in einen Mythos zu verwandeln, indem ich Dir, werter Leser, erzähle, dass er es irgendwie schaffte, den Pfeil durch Shiballes Pistolenhand zu treiben (was wirklich ausgesprochen nett gewesen wäre). Aber Brasti kam nahe genug heran, um den fetten Bastard so sehr zu erschrecken, dass er den eigentlich sicheren Schuss verriss. Die Pistolenkugel bohrte sich zwischen mir und dem nächsten der drei Wächter in den Boden, und der Mann stieß beinahe seinen Nachbarn um, als er zur Seite wich. Ich sprang so kräftig in die Höhe, wie ich konnte, mein linker Ellbogen zielte auf das Gesicht des ersten Wächters, während ich mit der rechten Hand gleichzeitig ein Rapier aus der Scheide zog. Wenn Du dich fragst, warum ich so schnell reagierte und nicht einmal zusammenzuckte, werter Leser, ist die Antwort ganz einfach. Ich hatte die ganze Zeit damit verbracht, dort mit Shiballe und seinen Männern zu stehen und mich auf das Unerwartete vorzubereiten. Denn es spielt keine Rolle, für wie schnell oder geschickt oder klug man sich hält; vier bewaffnete Männer mit gezogenen Waffen werden einen einzelnen Gegner immer überwältigen – es sei denn, etwas überrascht sie. Greatcoats tragen viele Dinge bei sich, um einen Gegner zu überraschen, aber leider funktioniert das nicht besonders gut, wenn man nicht in den Mantel greifen kann, um sie zu hervorzuholen. Wäre also nichts Ungewöhnliches passiert, wäre ich zweifellos gestorben, bevor ich auch nur einen Hieb hätte landen können. Ein kleines Wunder geschah und verschaffte mir die Initiative, und ich brauchte bloß zu handeln.

Mein Ellbogen und der Nasenrücken des ersten Wächters kollidierten miteinander. Der andere bekam seine Klinge rechtzeitig hoch, um mein Rapier abzuwehren, aber er war gar nicht mein Ziel. Ich lenkte meine Klingenspitze direkt unter die Parierstange seines Kriegsschwertes und hebelte es in das Gesicht des dritten Mannes. Leute unterschätzen grundsätzlich die Reichweite eines Rapiers – glaube mir, es ist länger, als es aussieht.

Hinter mir schrie das Mädchen auf, und ich sah, dass Shiballe nachlud. Ich ignorierte das. Bis er diese Pistole wieder feuerbereit hatte, würde ich entweder gewonnen haben oder tot sein. Ich will zugeben, dass es der Konzentration abträglich ist, wenn jemand nur wenige Fuß entfernt eine Waffe lädt, die einen mühelos töten kann, aber ich hatte drei andere Gegner, die mir halfen, mich zuerst um das Wesentliche zu kümmern.

Der zweite Mann – der, der versucht hatte, meine Klinge zu parieren – verwandelte seine Abwehr recht geschickt in einen weit ausgeholten Hieb, der auf meine linke Schulter zielte. Dummerweise kippte ich meinen Körper zur Seite und sah zu, wie die Klinge an meiner Nase vorbeisauste, bevor ich energisch darauf trat. Dann führte ich das rechte Rapier wieder am Gesicht des dritten Mannes vorbei und zog mit der linken Hand mein zweites Rapier, gerade noch rechtzeitig, um den ersten Mann (dem ich den Ellbogen ins Gesicht gerammt hatte) unbeholfen zu parieren. Die Wucht seines Hiebes schleuderte mein Rapier mit der flachen Seite kurz gegen mich, aber auf diese Weise erlitt ich nicht mehr als ein paar geprellte Rippen. Ich führte den Griffkorb meiner Klinge hart nach unten, um seine Waffe aus dem Gleichgewicht zu bringen.

Shiballe stopfte Pulver in seine Pistole, als das Mädchen dummerweise versuchte, sie ihm zu entringen.

»Aline, weg da!«, brüllte ich und fuchtelte mit den Klingen vor dem Gesicht meiner Gegner herum, um sie abzulenken.

Das Mädchen verschüttete Shiballes Pulver auf dem Boden, aber dann packte er sie an den Handgelenken, schleuderte sie herum und legte den rechten Arm um ihren Hals.

»Trattari!«, rief er. »Lass deine Waffen fallen, oder ich breche ihren Hals wie einen Zweig.«

Alle erstarrten. Ich hatte nicht den geringsten Zweifel, dass er es tun würde, aber hier kommen wir zu der dieser Situation innewohnenden Gleichung. Man betrachte es mal aus der folgenden Perspektive: Shiballe standen drei Männer zur Verfügung. Der mit der gebrochenen Nase blutete heftig, und bei den anderen beiden ließ bereits die Konzentration nach. Sagen wir, er bricht ihr auf der Stelle den Hals. Was geschieht dann? Nun, ich stürze mich mit ziemlicher Sicherheit auf ihn, stoße ihm meine Klinge in den fetten Wanst und werde von einem seiner Männer getötet. Schlecht für mich, schlecht für Shiballe – gut für Shiballes Männer, aber das ist ein geringer Trost, wenn man ein Rapier bis zum Anschlag im Bauch stecken hat. Das Ergebnis war nicht zu Shiballes Vorteil.

Nehmen wir nun einmal an, dass ich edel meine Waffen strecke. Die Wächter töten mich, Shiballe tötet das Mädchen, trinkt seinen Wein aus und geht vergnügt und zufrieden nach Hause. Das Ergebnis dieser Gleichung ist gut für Shiballe, aber ausgesprochen schlecht für mich und für das Mädchen. Also kommt diese Möglichkeit auch nicht infrage.

Was bleibt übrig? Nun, stellen wir uns einen Augenblick lang vor, dass die Zeit stehen bleibt. Wo stehen wir? Shiballe hat das Mädchen, also fühlt er sich besser, als wenn er nichts in der Hand hielte, und ich halte drei Wächter (kaum) in Schach. Noch ist niemand gestorben und alles möglich, und so seltsam das sich jetzt auch anhören mag, ist es doch die beste Option für jeden.

Aber natürlich erstarrt die Zeit nicht, und etwas muss geschehen.

Das ist der Augenblick, an dem die Mathematik wirklich ins Spiel kommt. Dazu muss man sich Folgendes vor Augen halten: Obwohl natürlich jeder daran interessiert ist, dass sich nichts verändert, hat es letztlich keinen Einfluss auf Shiballes Position, ob er nun drei Wächter gegen mich kämpfen lässt oder zwei. Ich behaupte hier nicht, dass er das genauso sehen würde, aber er ist immer noch zwei zu eins im Vorteil, und er hat noch immer das Mädchen. Wenn also etwas geschehen *muss*, dann ist der Tod eines der Wächter mathematisch gesehen die beste Möglichkeit, die uns allen zur Verfügung steht.

Darum stieß ich dem ersten Mann das linke Rapier in den Hals.

Shiballes Arm drückte fester gegen den Hals des Mädchens. »Du bringst sie um, Trattari.«

»Tut mir leid«, sagte ich. »Ein Reflex.«

»Lass deine Waffen fallen, du Hund, und zumindest das Mädchen bleibt am Leben.«

Aber sicher doch. »Du bringst sie um, und ich ramme dir diese Klinge mitten ins Gesicht, bevor auch nur einer dieser beiden inkompetenten Idioten einen Hieb gegen mich führen kann.«

Er zögerte. »Dann scheinen wir in einer Sackgasse zu stecken«, meinte er.

Seine beiden Männer hielten die Schwerter bereit, aber sie warteten auf ein Zeichen.

»Eigentlich nicht«, sagte ich. Wer erinnert sich noch an die Gleichung? »Weißt du, es gibt nur ein paar Möglichkeiten, wie das hier endet. Erstens, du tötest das Mädchen, ich töte dich, deine Männer töten mich. Die zweite Möglichkeit, du tötest das Mädchen nicht, ich töte deine Männer und dann dich.«

»Ich glaube, ich kenne eine andere Möglichkeit, Trattari. Weitere meiner Männer kommen, sehen, was hier geschieht, und bringen dich um.«

Diese Vorstellung ließ einen der Wächter lächeln.

»Mach dir keine Hoffnungen«, erwiderte ich. »Das hier ist lange vorbei, bevor das geschieht.«

Der Wächter fasste sein Schwert fester. Ich wandte mich wieder Shiballe zu. »Es gibt eine dritte Möglichkeit.«

»Ach ja, natürlich, du meinst die, wo wir dich einfach ziehen lassen und darauf vertrauen, dass du mich nicht im Schlaf ermordest?«, fragte er.

»Nein, sei nicht albern. Irgendwie werde ich dich töten, wenn nicht heute, dann irgendwann in der Zukunft. Du bist ein kranker Bastard, und ich ertrage die Vorstellung einer Welt nicht, in der es dich gibt. Nein, meine Lösung ist viel einfacher und könnte sogar funktionieren.« Ich holte tief Luft. »Du befiehlst deinen Männern, mich gemeinsam anzugreifen, und du rennst so schnell los, wie du kannst. Klar, sie müssen sich dann opfern, aber solange sie versuchen, am Leben zu bleiben, verschaffen sie dir die nötige Zeit, um in den Gassen dieses Scheißhauses, das du als Stadt bezeichnest, zu verschwinden. Die Chancen stehen gut, dass ich dich nicht erwische, bevor du dich entweder gut versteckt hast oder ein anderer vorbeikommt und mich und das Mädchen tötet.«

Ich ließ ihm einen Augenblick Zeit, gründlich darüber nachzudenken. »Das ist wirklich die beste Möglichkeit, mathematisch gesehen«, sagte ich, um ihm Mut zu machen.

Seine Männer regten sich nervös. »Ich mag dich, Lumpenmantel«, sagte Shiballe fröhlich. »Was du da sagst, ergibt schon Sinn. Aber wenn dich meine Wächter jetzt angreifen, wird es mich nicht viel Zeit kosten, wenn ich dieser Hurentochter noch schnell den Hals umdrehe, also glaube ich, wir machen das auf diese Weise.«

Ich seufzte. »Du verstehst wirklich nicht viel von Mathematik und Wahrscheinlichkeitsrechnung, Shiballe, was?«

Lautstark brüllte er seine Männer an, endlich anzugreifen, packte Alines Kopf mit der freien Hand, hielt den rechten Arm fest um ihren Hals gelegt, und spannte die Muskeln für einen kräftigen Ruck an.

Ich schleuderte mein rechtes Rapier wie einen Speer seinem Gesicht entgegen. Überrascht duckte er sich und stolperte beinahe. Während sich seine Männer auf mich stürzten, wand sich Aline aus seinem Griff und rannte albernerweise zu der Pistole, die noch immer ungeladen war. Ich wich einer Klinge mit einem Seitenschritt aus und parierte die andere. Shiballe griff wieder nach der Kleinen, aber mittlerweile hatte ich dem Wächter zu meiner Linken das Knie zerschmettert, und Shiballe erkannte, dass sich die Chancen gegen ihn wandten. »Kämpft, ihr verfluchten Narren!«, schrie er, als er auf die Gasse auf der anderen Straßenseite zurannte.

Der Wächter, dem ich das Knie gebrochen hatte, kämpfte trotz seiner Schmerzen auf bewundernswerte Weise weiter. Er packte mein linkes Bein, zerrte mich zu Boden und verschaffte seinem Freund eine Öffnung für dessen Klinge. Als ich auf dem Rücken landete, wechselte ich mein Rapier in die rechte Hand und ließ den Arm vorschnellen. Die Spitze bohrte sich in die Kehle des Angreifers, und er ließ die Waffe fallen, während seine Knie nachgaben.

Nun hielt das Mädchen eine leere Pistole und drückte vergeblich immer wieder ab, Shiballe war schon lange in den Gassen der Stadt verschwunden und suchte nach Hilfe, und ich lag auf dem Rücken, während der erste Wächter noch immer mein Bein festhielt und ein Messer aus dem Gürtel zog.

»Wie heiße ich?«, fragte ich ruhig.

Er hielt inne und betrachtete mich eine Sekunde lang, versuchte vermutlich seine Chancen einzuschätzen. Nach einem weiteren Moment schob er sich zurück, ließ das Messer fallen und sagte: »Der Narr hätte das Mädchen sofort umbringen sollen.«

»Stimmt«, antwortete ich und stand auf.

»Bringst du mich jetzt um? Ich glaubte, ihr Lumpenmäntel würdet so etwas nicht tun, solange es eine andere Möglichkeit gibt«, ächzte der Wächter und hielt sich das gebrochene Knie.

»Nein, ich werde dich nicht …«

Eine Rapierspitze bohrte sich in sein rechtes Ohr. Ich riss die Klinge hoch und erkannte erst dann, dass das Mädchen das getan hatte. Sie hatte die nutzlose Pistole weggeworfen, mein zu Boden gefallenes Rapier aufgehoben und es dem Mann in den Kopf gerammt.

Völlig unbewegt zog sie die Klinge wieder heraus, wischte das Blut am Gesicht des Wächters ab und reichte mir das Rapier mit dem Griff zuerst.

»Wir sollten laufen«, sagte Aline.

13

DIE SCHLÄGER

Meine Strategie, das Mädchen am Leben zu halten, war ganz einfach: ein Versteck finden und dort bleiben, bis die Woche vorbei war. Dann würde sie bei einer anderen Adelsfamilie Zuflucht suchen oder die Stadt verlassen können, ganz wie sie wollte. Bei beiden Möglichkeiten würde sie noch am Leben sein, und dieses Ergebnis reichte mir völlig. Ein Versteck finden, warten, bis alles vorbei war, nichts konnte einfacher sein. Etwa beim dritten Glockenschlag unserer ersten Nacht erkannte ich, warum das nicht funktionieren würde.

Shiballe war davon ausgegangen, dass er und seine Männer mehr als ausreichten, um einen Mann und ein junges Mädchen auszuschalten, und diese Fehleinschätzung hatte uns genug Zeit erkauft, um von Alines Straße durch das Kaufmannsviertel in den Rotziegelbezirk zu kommen. Vor zwei Jahrhunderten war das noch einer der wohlhabendsten Stadtteile gewesen, aber im Laufe der Zeit hatte der für die Ziegel benutzte rote Lehm angefangen sich zu zersetzen, was jedes Gebäude zur potenziellen Katastrophe machte. Die reicheren Kaufleute zogen weg, und die Armen zogen in die verfallenden Häuser und Straßen. Die, die die verfallensten Gebäude besetzten, waren die Ärmsten der Armen. Mit zerborstenen Abwasserkanälen, ohne fließendes Wasser und mit der handfesten Gefahr, dass jeder starke Sturm ein Unglück auslöste, war es ein schrecklicher Ort zum Leben – aber es wäre das perfekte Versteck gewesen. Hätte es nicht die Magie gegeben. Bei allen Heiligen, wie sehr ich doch die Magie hasse.

Wir brauchten weniger als eine Stunde, um ein passendes Versteck zu finden. Von dem Haus standen kaum noch Wände, direkt daneben verlief eine Sackgasse. Die beiden oberen Stockwerke waren völlig eingestürzt, und die verbliebene Etage wies eine lange Wand und die Reste einer anderen auf. Alles war den Elementen ausgesetzt. Aber im Inneren hatten die Trümmer in der Hülle des alten Gebäudes eine Art Festung erschaffen. Dort drinnen hatte man gute Sicht, und es gab falls nötig mindestens zwei Fluchtrouten. Im Gegensatz zu meinen Erwartungen beschwerte sich das Mädchen nicht über seine Unterbringung. Stattdessen blickte sie sich einmal um und trat dann ein. Ich machte eine schnelle Runde um das Gebäude, um nach möglichen Besitzern Ausschau zu halten, bevor ich mich neben sie setzte und anfing, mein Bein zu reiben. Die Wunde von der Armbrust des Konstablers war größtenteils verheilt, aber die Wochen der Reise hatten den Oberschenkel steif gemacht. Vermutlich würde er jetzt alle Ruhe bekommen, die er brauchte; allerdings würden wir bald Wasser und etwas zu essen finden müssen, wenn wir die Woche überleben wollten.

»Sie kommen«, sagte Aline leise.

»Tun sie nicht.« Ich war zuversichtlich, dass uns niemand gefolgt war, und bevor wir uns in Rotziegel die Unterkunft gesucht hatten, hatte ich die zusätzliche Vorsichtsmaßnahme ergriffen, mehrere Blocks zurückzugehen, nur um sicher zu sein. Und wenn uns keiner gefolgt war, dann konnte auch keiner wissen, wo wir waren. Und in einer Stadt von der Größe Rijous standen die Chancen, dass Shiballes Leute zufällig auf uns stießen, doch sehr schlecht.

»Ich kann sie hören.«

»Das sind die Ratten«, sagte ich, bevor mir klar wurde, dass es möglicherweise nicht besonders hilfreich war, ein junges

Mädchen an mögliche andere Bewohner des Gebäudes zu erinnern.

»Das sind keine Ratten. Das sind Menschen.«

Ich lauschte einen Augenblick lang. Mein Hörvermögen ist nicht herausragend, aber es ist auch nicht schlecht.

»Es leben viele Menschen in Rotziegel. Glaub mir, sie wollen nichts mit uns zu tun haben«, sagte ich. Dann vernahm ich das leise Klirren von Metall auf Metall. Metall war im Großen und Ganzen teuer, davon abgesehen kenne ich das Geräusch, das ein Handschild macht, wenn man ihn an der Hüfte eines Mannes befestigt und er sich an dessen Schwert reibt.

»Scheiße!«

Als ich um die Ecke spähte, entdeckte ich sie. Vier Gruppen aus jeweils zwei Männern, die sich von verschiedenen Seiten des Gebäudes ihren Weg suchten. So viel zu den Fluchtwegen.

Ich bemühte mich, eine Strategie zu finden, ohne einen Kampf hier wegzukommen, aber mir wollte nichts einfallen. Sie wussten offensichtlich, dass sich die Gesuchten im Gebäude aufhielten, und selbst wenn ich an einem Paar vorbeikäme, war das Mädchen doch nicht schnell genug, um den anderen weglaufen zu können. Ich konnte weder Pistolen noch Bögen entdecken, sondern nur Schwerter und Keulen. Das waren Schläger, primitive Burschen, die ihre Karriere damit begonnen hatten, andere Kinder zu terrorisieren, um dann später für Geld zu töten. Oder auch nur zum Vergnügen. Ich fluchte lautlos. Ich konnte es mit jedem von ihnen aufnehmen, sogar mit zweien auf einmal, aber nicht einmal ich kann gleichzeitig gegen sechs Männer antreten. Mein Plan eines überschaubaren Geländes, das jede Flucht ganz einfach machte, hatte sich gerade in eine perfekte Falle für uns verwandelt. Schläger waren nicht für ihre taktische Brillanz bekannt, und dieser Haufen war vermutlich viel zu dumm, um sich einen guten Plan einfallen zu lassen, wie man uns erwischen sollte; dafür hatten sie mich gebraucht.

»Wir sollten fliehen«, sagte Aline.

»Wie schnell kannst du laufen?«

»Schnell genug, um in die Gasse zu kommen, falls wir an den beiden auf der Seite vorbeikommen.«

»Das klappt nicht – die Gasse ist eine Falle. Das eine Ende ist versperrt, und sie ist schmal. Wir würden nie an den anderen vorbeikommen, sobald sie uns folgen.«

»Aber sie können uns auch nicht umgehen«, sagte sie.

Ich dachte einen Augenblick lang darüber nach und staunte dann, dass dieses kleine Mädchen, das noch immer hustete, weil es um ein Haar verbrannt wäre, und um sein Leben lief, ganz allein darauf gekommen war, dass wir hier nicht rauskommen würden. Ich würde kämpfen müssen, und ich würde viel bessere Chancen haben, wenn sie mich nur allein oder höchstens zu zweit angreifen konnten.

»Also gut«, sagte ich und zog ein Halfter mit Wurfmessern aus meinem Mantel. Insgesamt waren es sechs Stück, jedes davon ungefähr vier Zoll lang und an der Spitze beschwert. Für weite Entfernungen taugten sie nicht viel, aber in dieser Situation waren sie nicht schlecht. »Sobald wir bei den beiden an der Gassenmündung durchgebrochen sind, rennst du direkt zum Ende der Sackgasse. Und ich will, dass du von da an vier Schritte hinter mir bleibst. Hast du verstanden? *Vier Schritte.*«

Als Aline begriff, dass wir tatsächlich versuchen würden, uns den Weg frei zu kämpfen, sah sie etwas ängstlich aus.

Ich zeigte ihr die Messer. »Jedes Mal, wenn ich ›Messer‹ sage, reichst du mir eines davon. Du reichst sie mir mit dem flachen Ende. Verstanden?«

Als sie die Hand nach den Messern ausstreckte, hörte ich nicht weit von uns entfernt Füße scharren. Zwei von ihnen würden versuchen, uns aus dem Versteck zu treiben, also würde ich es ihnen leicht machen. Ich gestikulierte dem Mädchen, dann zog ich ein Rapier und sprang aus unserem Zufluchtsort.

Genau wie ich erwartet hatte, waren es zwei von ihnen, die ziemlich nahe beieinanderstanden; beide waren groß und stämmig und hielten Keulen bereit. Die anderen Männer befanden sich alle in Nähe der Ausgänge. Ich wollte die beiden in unserer unmittelbaren Nähe sofort ausschalten, aber das hätte uns Zeit gekostet, und diesen Luxus konnte ich mir nicht leisten. Also schwang ich mein Rapier so schnell ich konnte in einem großen Bogen und ließ sie zurückspringen.

»Lauf!«, rief ich, und Aline hielt sich dicht hinter mir, als wir direkt auf die beiden Männer neben dem Ausgang zur Gasse zurannten. Die beiden hielten ebenfalls schwere Keulen – eine alberne Waffe gegen ein Rapier, aber die meisten Schläger haben weder das Geld für ein gutes Schwert noch das nötige Interesse daran, ganz zu schweigen von der nötigen Unterweisung in seinem Gebrauch. Aber ich wollte auf keinen Fall einen Schlag auf den Hinterkopf davontragen, also konnte ich es nicht einfach dabei bewenden lassen, den Männern einen Schreck einzujagen und an ihnen vorbeizulaufen. Bei dem Rechten fintierte ich niedrig. Bei einem Gegner mit einer schweren Waffe sollte man immer niedrig fintieren – fällt er auf die Finte herein, kostet es ihn viel mehr Kraft, die Waffe wieder nach oben zu bekommen, als für einen Schlag nötig ist.

Die Finte funktionierte, aber der Mann auf der linken Seite zögerte nicht; er zielte mit der Keule auf meine Schulter. Ich duckte mich unter dem Schlag weg und stach dabei dem Mann rechts von mir in den Unterleib, bevor er Zeit hatte, die Waffe wieder zu heben. Wir standen alle so nahe beieinander, dass ich meine Klinge nicht zurück in Linie bringen konnte, also stieß ich einfach gegen den Ellbogen des linken Mannes und brachte ihn aus dem Gleichgewicht, dann versetzte ich dem Verletzten einen Tritt, damit er aus dem Weg war.

»Komm schon«, rief ich Aline zu, und wir rannten durch den Ausgang in die Gasse. Die Rückseiten der zwei- und dreigeschossigen Gebäude lagen so nahe beieinander, dass sie einen dunklen Tunnel ohne sichtbaren Ausgang bildeten – es gab weder Türen noch Fenster. Die Menschen hier fürchteten sich mehr vor Einbrüchen, als dass sie ihre Häuser schnell verlassen wollten. Wir hielten direkt auf das Ende der Sackgasse zu.

Sechs Fuß vor der Mauer drehte ich mich um. »Denk daran, vier Schritte hinter mir, es sei denn, ich verlange ein Messer.«

»Ich bin nicht blöd«, erwiderte sie und nahm ihre Position ein.

Mir blieb keine Zeit für eine Antwort. Der unverletzte Mann kam heraus, schwang seine Keule und rannte brüllend auf uns zu. Ich ließ den Narren auf vier Fuß herankommen und streckte einfach meine Klinge gerade aus, während sein Hieb mein Gesicht um einige Zoll verfehlte. Man sollte mit einer kurzen Waffe wirklich nicht loslaufen und damit auf einen Gegner einschlagen, der eine längere, spitze Waffe besitzt. Denn er braucht bloß den Arm auszustrecken, und man ist erledigt. Und das war er auch.

Der Rest der Schläger kam etwas vorsichtiger heran. Verflucht! Sie alle hatten Schwerter und Handschilde, und sie grinsten breit, als sie Schritt für Schritt näher kamen; sie wussten, dass sie sich die schmale Gasse besser zunutze machen konnten, wenn sie alle zusammenblieben.

»Messer.« Ich griff mit nach oben gehaltener linker Handfläche zurück. »Messer!«, wiederholte ich, als ich nichts fühlte. Die Männer waren etwa sechs Fuß weit entfernt, als ich kühles Metall auf der Handfläche spürte.

»Es tut mir leid!«, sagte Aline atemlos. »Es klemmte im Halfter.«

Ich hatte Klingen oder Halfter schon seit Wochen nicht mehr geölt; kein Wunder, dass sie Probleme hatte, es herauszuziehen. Ich verfluchte meine Faulheit, während ich die Klinge mit einem Unterhandwurf schleuderte. In diesem

Augenblick muss mir ein Heiliger zur Seite gestanden haben, denn sie grub sich tief in den Oberschenkel eines Mannes. Die Wurfmesser der Greatcoats sind kleiner als üblich, weisen aber eine federförmige Form auf, die eine hässliche Wunde hinterlässt – falls man sie überhaupt aus dem Fleisch bekommt.

»Kest, Brasti, jetzt die Armbrüste!«, rief ich und schaute zu den Dächern hinauf, während ich einen geraden Stoß auf mein Gesicht abwehrte. Der Mann vor mir ignorierte den Trick, aber der hinter ihm schlug die Arme über dem Kopf zusammen in dem ziemlich vergeblichen Versuch, sich vor dem Angriff oben vom Dach zu schützen. Kämpft man gegen eine Gruppe, nützt es, gelegentlich potenziell bedrohliche Dinge wie »Armbrüste!« oder »Feuer!« oder »Fliegende Riesenkatze!« zu brüllen. In einer Schlacht neigen Leute durchaus dazu, unwillkürlich nach oben zu sehen, und bei dieser Art Kampf bietet jede Sekunde eine Möglichkeit, Schaden anzurichten oder dem Unausweichlichen auszuweichen.

Ich ging ein Risiko ein und führte mein Rapier an dem Gegner vor mir vorbei, um es in die Brust seines so schreckhaften Freundes zu stoßen. Das ist aus zweierlei Gründen eine riskante Aktion: Erstens verlässt die Klinge die Linie, und der gegenüberstehende Mann kann nun zustoßen, bevor man sich davor schützen kann. Ich war zu diesem Glücksspiel bereit, weil mein Gegner nicht gerade flink war und er ein schwereres und darum langsameres Schwert benutzte. Das zweite Risiko liegt darin, dass man einen Mann niemals in die Brust stoßen sollte – Bauch, Unterleib, die Seiten mit den weichen Organen, selbst das Gesicht sind alles gute Ziele. Aber die Brust hat Rippen, und Rippen sind großartig dazu geeignet, Klingen zu fangen, vor allem, wenn der Getroffene nach hinten kippt. Und genau das passierte mir, als das Gewicht meines sterbenden Gegners auf meinem Rapier lastete.

Sein vor ihm stehender Freund erkannte meine Zwangslage und zeigte das große, dumme Grinsen eines Schlägers, der einen im Sack hat. Aber vermutlich hatte der arme Mann noch nie von Falcios Fliegenden Klingen gehört.

Du vermutlich auch nicht, werter Leser, also sollte ich das lieber erklären. Zu Anfang meiner Karriere als Greatcoat hatte ich die geniale Idee, meine Rapiere im Griffkorb mit einer schweren Feder versehen zu lassen. Betätigt man mit dem Daumen einen kleinen Hebel, löst das die Verriegelung und schleudert die Klinge auf den Gegner. Brillant, nicht wahr? Leider würde eine so kleine Feder niemals genug Triebkraft aufbringen, um eine zwei Pfund schwere Rapierklinge weit zu befördern – wie Kest, Brasti, der König und vor allem Heimrin, der Waffenschmied des Königs, alle vorher anmerkten. Wenn ich also meine überaus teuren Rapiere auf jemanden richtete und den Hebel betätigte, bestand das Resultat darin, dass die Klinge einen kleinen Satz machte, höchstens ein paar Zoll, und dann zu Boden krachte. Wie sich herausstellte, wurden Falcios Fliegende Klingen als Falcios Schlaffe Stümper bekannt. Aber die verdammten Dinger hatten mich ein Vermögen gekostet, und sie waren immer noch perfekte Waffen, solange man die Finger von dem Hebel ließ, also behielt ich sie.

Darum war mein Gegner, der nur wenige Zoll entfernt stand und mir gerade den Schädel spalten wollte, doch sehr überrascht, als ich mit dem Daumen den Hebel auslöste, meinen Rapiergriff mitsamt Korb von der Klinge löste und ihn ihm ins Gesicht rammte. Die kleinen Vorsprünge, die den Korb verzieren, hinterlassen einen besonders nachhaltigen Abdruck, und der Mann stürzte mit einem Gesichtsausdruck zu Boden, der ahnen ließ, dass er die ganze Sache doch sehr unfair fand.

Ich ließ den Griffkorb fallen und streckte meine Hand mit nach oben gerichteter Handfläche nach hinten zu Aline aus. »Messer«, sagte ich wieder, während ich mit der linken Hand das zweite Rapier zog.

Diesmal drückte mir das Mädchen das Wurfmesser augenblicklich in die Hand, und ich schleuderte die Klinge mit aller Kraft auf die vor mir stehende Menge. Mit einem erfreulichen dumpfen Geräusch bohrte sie sich einem Mann in die Brust. Messer in eine Brust zu schleudern ist übrigens völlig in Ordnung, muss man sie ja aller Voraussicht nach nicht sofort wieder herausziehen.

»Messer!«, sagte ich wieder, dann noch zweimal, um meinen Gegnern Stoff zum Nachdenken zu geben. Jedes Mal war Aline schnell und bereit, und als ich mein sechstes und letztes Messer schleuderte, staunte ich über die Tatsache, dass ich noch nie zuvor mit Wurfmessern so viel Glück gehabt hatte. Jedes einzelne hatte einen Gegner aus dem Kampf genommen. Abgesehen natürlich von dem sechsten.

Die beiden noch übrig gebliebenen Männer kamen direkt auf mich zu, aber mittlerweile hatte ich mich daran gewöhnt, von den Gassenmauern eingeengt zu kämpfen, und sie hatten zu viel Zeit mit dem Pochen ihres Blutes in den Ohren verbracht, während sie darauf hatten warten müssen, dass ihre Freunde den Kampf entweder für sie gewannen oder starben. Sie hatten beide ungefähr die gleiche Größe, also versetzte ich ihnen einen kurzen Hieb quer über die Augen, verfehlte den ersten, erwischte aber den zweiten. Der Geblendete fiel zurück, und sein Kumpan riss den Schildarm hoch, um sein Gesicht zu schützen, was mir die perfekte Öffnung lieferte, ihm einen Stich in den Unterleib zuzufügen. Es war nicht die eleganteste Art, den Kampf zu beenden, aber wir lebten noch und sie nicht, also war die Welt einen kurzen Augenblick lang in Ordnung.

Es ist wohl der Erwähnung wert, dass die Schläger die ganze Zeit über einen beständigen Strom von Beleidigungen, Anfeuerungen, Drohungen und anderen Flüchen aufrechterhielten, aber nichts davon war besonders originell, und ich bin der Ansicht, dass es ihnen zu viel Ehre zugestehen würde, das alles zu wiederholen. Sie hatten auch Namen, und ich könnte ihre körperlichen Unterschiede und Kampfstile beschreiben, aber das werde ich nicht tun. Es mag kleinlich sein, aber ich glaube nicht, dass es diese Bastarde verdienen, dass man sich an sie erinnert.

Als sich mein Pulsschlag beruhigte, betrachtete ich das Blutbad vor uns.

»Darf ich jetzt näher kommen?«, fragte Aline. Eigentlich rechnete ich damit, dass der Anblick der auf dem Boden liegenden Körper sie schockieren würde. Ein paar waren bewusstlos, aber die meisten waren tot und lagen in Blutlachen. Und ich fand es seltsam beruhigend, als sie sich zusammenkrümmte und auf den Gassenboden erbrach, aber dann richtete sie sich auf, ging zu einem der Männer, zog mein Wurfmesser aus ihm und fing an, es mit einem Stück Stoff von seinem Hemd sauber zu machen.

»Das musst du nicht tun«, sagte ich, als ich eine Hand auf ihre Schulter legte.

Sie zuckte zusammen, dann schob sie meine Hand weg. »Jemand muss es tun. Kämpfen kann ich nicht, also kann ich genauso gut das tun«, sagte sie.

Ich lehnte mich gegen die Gassenmauer und rutschte zu Boden. Ich hätte dort schlafen können, genau in der Mitte einer Gasse voller Leichen.

Als sie die Messer gesäubert und im Halfter verstaut hatte, fing sie an, die Männer zu durchsuchen.

»Lass das«, sagte ich. Meine Stimme klang vor Erschöpfung belegt. Ich zwang meine unwilligen Beine, mich nach oben zu schieben, damit ich mein Rapier wieder zusammensetzen konnte.

»Ich habe kein Geld, und sie wollten mich umbringen. Sie können wenigstens für unsere Vorräte zahlen«, sagte sie. Brasti wäre stolz auf sie gewesen.

Aber die Männer hatten nicht viel Geld dabei. Aline zeigte mir eine Handvoll Münzen und ein einzelnes Silberstück. Verglichen mit meiner Ausrüstung waren ihre Waffen nichts Besonderes, also sparte ich mir die Mühe, sie mir anzusehen.

»Kann ich das mitnehmen?«, fragte Aline. Sie stemmte die Hand eines der Toten hoch, um mir eine kleine Scheibe auf der Handfläche zu zeigen, die etwas größer als eine Silbermark eines Karawanenlords war. Sie bestand aus Kupfer oder Bronze und war mit dünnen Lederbändern um seine beiden mittleren Finger und den Daumen befestigt.

»Ich glaube nicht, dass das wertvoll ist.«

»Ich weiß«, sagte sie defensiv, »aber es ist interessant, und mir gefällt, wie es fast etwas glüht, wenn man mit dem Daumen darüberreibt.«

Ich wollte nachgeben, aber dann war da plötzlich dieses Jucken im Nacken. Ich kniete neben ihr nieder und untersuchte die Scheibe. Sie wies ein paar undeutliche Zeichen auf, parallele Linien mit Kurven und Abzweigungen, und etwa im Zentrum funkelte sie stärker als auf dem Rest.

»Sieh«, sagte Aline. Sie drückte den Finger darauf, und die Scheibe funkelte heller, als wäre sie an dieser Stelle gerade gereinigt worden.

Ich sah mir das einen Moment an, dann griff ich nach ihrer Hand und ersetzte ihren Finger durch meinen. Nichts geschah. Die Stelle in der Mitte des Zentrums funkelte noch immer heller, das ja, aber nicht so hell, wie wenn Aline sie berührte. Ich nahm den Finger weg und hielt ihre Hand darüber. Die Stelle strahlte wieder heller, was sich noch verstärkte, je näher ihre Hand kam.

»Scheiße!«, sagte ich. »Magie. Ich hasse Magie.«

»Das ist doch albern«, sagte sie. »Warum sich die Mühe machen, eine Scheibe herzustellen, die nur eine helle Stelle bekommt, wenn man sie berührt? Selbst die magischen Symbole sehen seltsam aus – nur ein Haufen Striche.«

»Es wird heller, je näher du herankommst – und diese Striche sind keine ›magischen Symbole‹, das sind Straßen. Sieh nur.« Ich nahm dem Toten die Scheibe ab, und wir gingen zum Gassenende. Die kaum zu erkennenden Striche veränderten sich leicht.

»Das ist wie eine Karte«, sagte Aline, die offensichtlich das hervorstechendste Problem nicht erkannte.

»Es ist mehr als das«, sagte ich. »Es ist eine Karte, die sie direkt zu dir führt.«

Shiballe und der Herzog beschäftigten einen Magier, der mächtig genug war, um ein Amulett zu erschaffen, das ihre Männer überall in der Stadt zu uns führte. Es war aus billigem Kupfer geprägt – man konnte fünf für einen Pfennig machen. Und die Leute fragen mich, warum ich Magie hasse.

Wir liefen tiefer in die Altstadt hinein. Ich ging davon aus, dass wir etwas Zeit hatten, bevor Shiballe erfuhr, wie seine Schläger versagt hatten, und er jemand anderen hinter uns herjagte. Möglicherweise würde er die ganze Stadtwache schicken, aber Rijou ist kein guter Ort für solche Aktionen; dafür gibt es zu viele schmale gewundene Straßen und so viele Ein- und Ausgänge in den Bezirken. Davon abgesehen ist der größte Teil der Wache während der Blutwoche beschäftigt, müssen sie doch die Günstlinge des Herzogs beschützen und jenen Unglücklichen das Leben schwer machen, denen er nicht so zugetan ist.

Trotzdem machte mir das Amulett zu schaffen.

Ich holte es wieder hervor. Da wir nur eines davon gefunden hatten, hatte ich die schwache Hoffnung, dass sie einander möglicherweise aufhoben, wenn sie sich zu nahe kamen. Natürlich war das wahrscheinlich Unsinn. Immerhin verschaffte ich mir damit einen Eindruck der Straßen und Gassen in der Nähe. Die Altstadt war kein idealer Ort für ein Versteck, aber da uns nicht viele Möglichkeiten übrig blieben, war ich über eine hilfreiche Besonderheit froh. Die Gebäude standen nahe beieinander. Ich fand eine Mauer, aus der genug Balken und Ziegel herausragten, um daran hinaufzuklettern.

»Warum klettern wir nach oben? Wird das die Flucht nicht noch viel schwieriger machen?«, fragte das Mädchen.

»Die Amulette zeigen, wo wir sind, aber nicht wie hoch«, erklärte ich, als wir uns dem Dach näherten. »Die Verfolger könnten direkt unter uns stehen und uns nicht bemerken.«

Sie erwiderte nichts darauf, aber das lag vermutlich mehr an ihrer Erschöpfung als an allem anderen.

Wir erreichten das Dach des Gebäudes. Es war volle drei Stockwerke hoch und bot uns einen zweifellos schönen Blick auf die spätabendliche Stadt. Etwa eine Meile entfernt brannten mindestens zwei weitere Adelshäuser; zweifellos die Freunde des Herzogs bei der Arbeit.

»Wohin … jetzt?«, sagte Aline schwach und ließ sich einfach auf das Flachdach fallen. Ich betrachtete sie mir genauer und erkannte, dass die Erschöpfung sie in der Tat überwältigte.

»Wir versuchen nach Möglichkeit auf den Dächern zu bleiben. Wo das nicht geht, klettern wir gerade lange genug nach unten, um ein anderes Versteck zu finden.«

Zwei Tage, wurde mir bewusst. Sie war seit zwei vollen Tagen auf den Beinen, hatte nicht geschlafen. In der Nacht davor hatte sie ihre Familie verloren. Es war zu viel. Sie war zu keinem weiteren Schritt mehr fähig.

»Gibt es Adelshäuser, die dich beschützen würden?«, fragte ich, obwohl ich ziemlich sicher war, die Antwort bereits zu kennen.

Aline hob den Kopf, was ihr wirklich Mühe zu bereiten schien. »Nein. Meine Kinderfrau hat gesagt, wir wären einst eine mächtige Familie gewesen, aber das ist vorbei.«

Den König zu unterstützen, damit hatte man sich in Rijou noch nie Freunde gemacht.

»Ich bin deinem Vater einmal begegnet«, sagte ich. »Lord Tiarren war ein guter Mann.«

Alines Miene war nachdenklich, als hätte ich etwas Ungewöhnliches gesagt. »Er war stets freundlich zu mir«, sagte sie, »aber ich glaube nicht, dass er mich so geliebt hat wie meine Brüder.«

»Wie kommst du darauf?«

Wieder hielt sie inne, als würde sie nach den richtigen Worten suchen. »Er war sanft, und er machte mir kostbare Geschenke zum Geburtstag. Er sprach höflich mit mir, genau wie mit meiner Mutter. Aber bei meinen älteren Brüdern war er immer … stolzer.«

»Ich …« Verdammt! Was soll man einem Kind sagen? Dass Väter ihre Töchter nicht immer so lieben, wie sie es eigentlich sollten? Dass Adelsfamilien starke Jungen haben wollen, um ihre Häuser zu führen, und keine Mädchen, denen man die Mitgift bezahlen muss? »Ich glaube, wenn dich dein Vater jetzt sehen könnte, wäre er sogar sehr stolz.«

Sie schenkte mir ein kleines Lächeln, aber dieses Lächeln war für mich bestimmt und nicht für meine Worte. Die Erschöpfung überwältigte sie.

Ich kniete nieder und griff in eine der Innentaschen meines Mantels. Dort holte ich ein kleines, in Seide eingeschlagenes Rechteck hervor. »Hier.«

Aline nahm es und packte es aus, enthüllte das Konfekt.

»Was ist das?«

»Wir nennen das das ›harte Konfekt‹«, erwiderte ich.

»Etwas Süßes?« Sie sah verärgert aus.

»Iss bloß ein kleines Stückchen.«

Sie wollte ein Stück abbeißen, aber ich schnappte mir ihren Arm. »Nur ein kleines Stück«, sagte ich. »Nur probieren.«

Sie sah verwirrt aus, aber sie gehorchte und nahm nur einen winzigen Bissen von der Ecke. Dann verzog sie das Gesicht, und ich glaubte schon, sie würde es wieder ausspucken.

Ich hielt einen Finger hoch. »Warte ab.«

Wir blieben ein paar Augenblicke lang sitzen, während der Himmel dunkler wurde. Plötzlich sprang Aline mit weit aufgerissenen Augen auf die Füße, so angespannt wie eine Katze vor einem Rudel Hunde.

»Wie fühlst du dich?«, fragte ich.

»Als … als könnte ich zweimal durch die ganze Stadt

laufen«, erwiderte sie und blickte sich um. »Ich fühle mich überhaupt nicht müde – als wäre ich gerade aufgewacht!«

»Versuch dich zu beruhigen und zu konzentrieren«, sagte ich. »Es dauert eine Weile, bis man sich an das harte Konfekt gewöhnt hat.«

»Schon gut. Mir geht es gut. Wir können weiter, wenn du willst.«

»Nein, jetzt muss ich eine Minute lang ausruhen.«

Sie hielt mir das Konfekt hin, aber ich schloss ihre Finger darum. »Behalte du es. Es ist nicht viel, und ich versuche es nach Möglichkeit nicht zu nehmen.« Als sie mich fragend ansah, fügte ich hinzu: »Es ist gut, um dich wach zu halten, es ist gut, um zu laufen, es ist gut, um am Leben zu bleiben. Aber es ist nicht besonders gut für strategisches Denken oder Fechten.«

»Warum dann …?«

»Wir Magister müssen weit reisen, und manchmal müssen wir auch schnell irgendwohin, wir müssen tagelang durchhalten – oder wir müssen irgendwo weg, bevor man uns erwischt.«

Aline steckte das in Seide eingewickelte Stück in die Tasche.

»Nimm nur ganz wenig davon«, warnte ich. »Zu viel auf einmal kann dein Herz explodieren lassen.«

Sie setzte sich neben mich, obwohl ich wusste, dass es ihr jetzt schwerfiel, ruhig zu sein. »Warum ›hartes Konfekt‹?«

»Weil es nicht das Gleiche wie das ›weiche Konfekt‹ ist«, sagte ich und zog ein noch kleineres Briefchen aus einer anderen Tasche.

»Wenn einem das harte Konfekt also Kraft gibt, wozu ist dann das weiche Konfekt gedacht?«, fragte sie und griff danach.

Ich nahm es weg. »Das ist für etwas anderes«, sagte ich. »Das ist für etwas ganz anderes.«

»Falcio?«

Ich schlug die Augen auf. »Scheiße! Wie lange habe ich geschlafen?«

»Nur ein paar Minuten«, sagte Aline. »Ich wollte dich schlafen lassen, aber ich glaube, ich habe etwas gehört.«

Ich kam auf die Beine und lauschte. Nichts. Nicht zum ersten Mal wünschte ich, mein Hörvermögen wäre besser.

»Dort«, sagte sie, und dann hörte ich es: weiche Schuhe auf Stein, die in die Höhe kletterten.

»Verdammt!« Ich zog das Halfter mit den Messern aus der Tasche und gab es Aline. »Genau wie zuvor«, befahl ich. »Bleib vier Schritte hinter mir.«

Ich zog beide Rapiere. Das Dach war eine breite, offene Fläche, und das konnte ich zu meinem Vorteil nutzen.

Es waren acht von ihnen, die so dunkel wie Schatten über das Dach kamen. Bei allen Höllen. Ich hätte niemals einschlafen dürfen. Wir hätten in Bewegung bleiben müssen.

»Leg deine Schwerter weg, oder wir schlitzen dich auf«, sagte eine Stimme vom Nordrand des Gebäudes. Sie klang seltsam schrill. Eine Frau?

»Ich bin mir ziemlich sicher, dass ihr mich aufschlitzt, ob ich meine Schwerter nun weglege oder nicht«, rief ich zurück. »Also kann ich dich und deine Freunde genauso gut bluten lassen.«

»Nicht, wenn du diese hübschen Klingen weglegst, zusammen mit deinem Geld, und unser Territorium verlässt«, erwiderte die Stimme.

Territorium? Dann waren das gar nicht Shiballes Männer?

»Ich fürchte, wir haben kein Geld, und diese Schwerter brauche ich im Augenblick dringend. Wie wäre es, wenn wir einfach gehen und ihr euer Territorium behaltet?«

Ich hörte Aline aufkeuchen und dann die Geräusche von jemandem, der direkt hinter uns die Mauer emporkam.

»Sagt eurem Mann, er lernt gleich Geheimnisse, die nur

die Toten kennen«, sagte ich, hielt die linke Klinge erhoben und machte zwei Schritte zurück zum Dachrand, die rechte Klinge zum Hieb bereit. Etwas pfiff an meinem rechten Bein vorbei und prallte vom Dachrand ab. Es war weder ein Pfeil noch ein Bolzen. Konnte es der Stein aus einer Schleuder gewesen sein? Hinter mir ertönte ein Aufschrei.

»Boxer, du Narr! Ich habe dir doch gesagt, du sollst das nicht wieder versuchen. Scher dich bei allen Höllen zurück nach unten und pass auf!«, brüllte der Anführer.

»Geht nicht! Mein Fußhalt ist abgebrochen! Jemand muss mir nach oben helfen!«, erwiderte eine ängstliche Stimme. Sie war auch recht schrill.

»Seht mal, keiner muss sterben, wenn es nicht unbedingt nötig ist«, rief ich. »Wie wäre es, wenn ihr nicht auf mich schießt und ich dafür eurem kleinen Freund helfe?«

»Nenn mich ›Kleiner‹, du Hurensohn, und ich …«

»Halt den Rand, Boxer!« Der Anführer kam ein paar Schritte näher, und die anderen schlossen sich ihm an. Kinder. Es waren alles verdammte Kinder, kaum älter als Aline. Sie hatten einen Hund dabei, allem Anschein nach ein Sharpney, eine große, schnelle Rasse, die ausgezeichnete Jagdhunde abgibt. Ich hoffte, ich würde ihn nicht töten müssen.

»Versuch was Komisches, und das Mädchen stirbt zuerst«, sagte der Anführer. Er war ungefähr dreizehn, und ich konnte ein Büschel glatter Haare über einem dreckigen Gesicht ausmachen. »Und wenn du einen von uns reinlegst, reißt dir Mixer hier die Kehle heraus.« Er zeigte auf den Hund.

»Typisch«, sagte jemand aus dem Haufen; das war offensichtlich ein Mädchen. »Du versuchst immer zuerst die Mädchen zu schlagen, Venger.«

»Halt den Rand«, sagte er. »Keinen Scheiß; du hilfst Boxer rauf, und dann legst du deine Schwerter weg, oder es gibt Ärger.« Der Hund knurrte leise zur Bestätigung. »Mixer, ruhig«, sagte er energisch.

Ich lächelte, legte das linke Rapier auf den Boden und trat

zurück. Ich hielt die Hand über den Dachrand und fühlte, wie etwas sie ergriff und erst einmal versuchte, mich in die Tiefe zu ziehen, aber ich hatte einen sicheren Stand und war darauf vorbereitet.

»Versuch das noch einmal, und ich lasse dich fallen, du kleiner Scheißer«, sagte ich so freundlich, wie ich konnte.

»Boxer! Hör auf mit dem Mist«, sagte Venger ärgerlich.

»Schon gut«, erwiderte Boxer.

Ich zog ihn mit einer Hand in die Höhe – das fiel nicht so schwer, wie es gewesen wäre, wenn er mehr als Luft gewogen hätte. Als ich ihn vor mir baumeln ließ, sah ich einen weiteren dürren Jungen mit schmutzigem Gesicht, der vielleicht zehn Jahre alt war.

»Willst du mich jetzt als Geisel nehmen, Bastard?«, fauchte Boxer und bereitete sich offensichtlich darauf vor, mir den Ellbogen in den Unterleib zu stoßen.

Ich stieß ihn von mir, und er verlor das Gleichgewicht und stürzte ein paar Fuß entfernt zwischen mir und den Kindern zu Boden.

»Und was jetzt?«, fragte ich.

Venger musterte mich von Kopf bis Fuß. »Du kannst gehen, weil Boxer so ein dämlicher Hund ist. Aber du lässt dein Geld da. Und wenn dir etwas an deinem Leben liegt, dann ziehst du diesen Mantel aus und lässt ihn ebenfalls da.«

Ich schüttelte den Kopf. »Ich fürchte, das geht nicht. Das alles brauche ich. Was willst du überhaupt mit einem Greatcoat anfangen? Der ist doch größer als du.«

Venger grinste hämisch. »Ihn verbrennen«, sagte er.

Es ist schön, überall geliebt zu werden. »Du magst keine Greatcoats?«

»Ich mag keine Narren, die sich als sie verkleiden«, antwortete er. »Es weiß doch jeder, dass es keine Greatcoats mehr gibt.«

»Er ist wohl einer«, sagte Aline und trat hinter mir vor, um mich zu verteidigen.

»Halt den Rand, Mädchen«, sagte Venger, »du hast ja keine Ahnung.«

Das brachte ihm einen Schlag auf den Hinterkopf von einem der Mädchen in der Gruppe ein. »Hör auf, ständig auf den Mädchen herumzuhacken, Venger«, warnte sie.

»Au! Tue ich doch gar nicht. Sie läge auch falsch, wenn sie ein Junge wär.«

»Hört zu«, sagte ich, »mein Name ist Falcio val Mond. Der Erste Kantor der königlichen Magister. Ich gebe mir im Augenblick große Mühe, dieses Mädchen am Leben zu erhalten, und es sind viele Leute hinter mir her. Also entweder könnt ihr meinem Wort vertrauen und glauben, dass ich ein Greatcoat bin, und uns aus dem Weg gehen, oder ich kann dich auch übers Knie legen und dir den Hintern versohlen, bis du nicht mehr geradeaus schauen kannst. Du hast die Wahl.«

Das ließ viele seiner Freunde kichern, aber zu seiner Ehre muss man sagen, dass er die Häme ignorierte und beim Geschäft blieb. »Wenn du tatsächlich ein Greatcoat bist, dann beantworte mir eine Frage. Wieso habt ihr den König von den Soldaten töten lassen, wo ihr doch angeblich alle so harte Kämpfer seid? Wie kommt es, dass jeder Einzelne von euch euren alten Paelis verriet?«

»Weil die Greatcoats den Befehl erhielten, die Waffen zu strecken und den Bund zu ehren. Das war ein Befehl.«

»Ach ja? Und wer gab ihnen den Befehl?«

»Ich«, sagte ich.

Ich hatte in der Bibliothek von Schloss Aramor gearbeitet; auf dem langen Tisch lagen Karten und zwei Jahrhunderte alte Bücher über die Kriegskunst verstreut. Die herzogliche Armee würde in wenigen Stunden eintreffen, und uns standen nur hundertvierundvierzig Greatcoats und eine kleine Truppe königlicher Gardisten zur Verfügung, nicht zu vergessen die Dienerschaft und die Bewohner des Schlosses. Das war nicht viel, aber die alten Bücher hatten mich auf ein paar

Ideen gebracht. Schrecklich gern hätte ich Waffen zur Abwehr einer Belagerung gehabt, aber ich war bereit, es auch ohne anzugehen.

Ich hörte jemanden hereinkommen, drehte mich um und erkannte den König. Er war schlicht gekleidet, trug die Sachen, die wir bei unseren Fechtübungen benutzten.

»Ich nehme nicht an, Ihr habt es Euch anders überlegt?«, fragte ich ihn und betrachtete weiter den Grundriss des Schlosses, in der Hoffnung, eine Möglichkeit zu finden, das Südtor zu blockieren, damit ich dafür keine Truppen abstellen musste.

»Könige fliehen nicht, Falcio«, sagte er.

Ich schaute auf. »Nun, wenn man nicht schnell reiten kann, dann kämpft man eben hart.«

»Nicht dieses Mal. Das Motto lautet ›Richte gerecht, reite schnell, kämpfe hart‹, schon vergessen? ›Kämpfe hart‹ ist die letzte Möglichkeit. Außerdem gibt es einen Grund, warum kein König von Tristia je eine Privatarmee unterhalten durfte. Das Soldatentum war immer der Schutz der Herzöge gegen einen Tyrannen, der die Macht an sich reißt.«

»Was dann …?«

»Du wirst die Männer wegtreten lassen, Falcio. Ich *befehle* dir, die Männer wegtreten zu lassen.«

»Aber wir können kämpfen! Ich habe es durchdacht, und die Magister sind bereit. Wenn Ihr Euch nur diese Pläne anschauen würdet, dann kann ich Euch zeigen …«

»Genug. Ich bin noch immer der König, zumindest für die nächsten paar Stunden.«

»Aber ich sage Euch, dass wir kämpfen können!«

Er wollte antworten, aber dann schüttelte ihn ein Hustenanfall. Der Winter nahte, und er hatte seit drei Tagen nicht mehr geschlafen.

»Du kannst kämpfen, Falcio«, sagte er schließlich, »aber du kannst nicht siegen. Und selbst wenn du könntest, würde jeder Magister sein Leben verlieren.«

»Was für ein Leben werden wir haben, wenn die Herzöge uns besiegen?« Ich schlug mit der Faust auf eine der Karten. »Wo sind die Adelsfamilien, verdammt? Wie viele Reisen habt Ihr unternommen, um die ›niederen Adligen zu umwerben‹? Wo sind sie jetzt, wo wir sie brauchen?«

»Es ist nicht ihre Aufgabe, ihr Leben für einen Krieg wegzuwerfen, den sie nicht gewinnen können, Falcio. Die Heiligen wissen, dass ich von ihnen mehr verlangt habe, als sie überhaupt hätten geben müssen.«

»Ihr redet wieder drum herum, wo wir doch die Greatcoats vorbereiten sollten!«

Der König trat an mich heran und legte die Hand auf meine Wange. Leute scheinen das immer zu tun, wenn sie wollen, dass ich den Mund halte und etwas tue, das ich nicht tun will.

»Ich sage dir jetzt, was geschehen soll, Falcio. Ich werde dir den neuen Plan verraten. Ich bin dein Freund, aber zuerst bin ich dein König. Du wirst das Schloss den Männern der Herzöge im Austausch für eine sichere Passage und eine Amnestie für die Greatcoats übergeben.«

Er hatte recht. Er *war* mein König und mein Freund, und ich liebte ihn. Aber ich schwöre, in diesem Augenblick hätte ich ihn beinahe geschlagen. Meine Fingernägel bohrten sich in meine Handflächen, als ich die Fäuste ballte. Ich hätte ihn niedergeschlagen, hätte da nicht dieser Ausdruck in seinen Augen gelegen.

»Das ist mein Wille, Falcio, und so wird es auch geschehen. Die Herzöge werden einverstanden sein. Sie wissen, dass die Magister wilde Kämpfer sind, und sie werden nicht mehr für dieses Abenteuer bezahlen wollen, als absolut nötig ist.«

Der Gedanke, ihn an die Herzöge zu übergeben, war unzumutbar. Es würde die Zerstörung von allem bedeuten, wofür die Greatcoats standen. Wir hatten wirklich geglaubt, wir könnten der Welt Recht und Gesetz und Ehre bringen, und jetzt nahm er mir das weg. Ich fühlte mich verraten, mir wurde übel.

»Schön, seid verdammt, *mein Lehnsherr*«, sagte ich und wich vor ihm zurück. »Aber bittet mich nicht, diesen Befehl zu geben. Nehmt Dara oder sonst jemanden.«

Der König stützte sich auf den Tisch. »Du musst es sein, Falcio.«

»Warum? Warum bei allen Göttern? Warum solltet Ihr mich dazu zwingen, derjenige zu sein, der den Greatcoats diesen Befehl erteilt, diese *Abscheulichkeit?*«

Seine Stimme wurde sehr leise, als er sagte: »Weil, wenn du den Befehl nicht gibst, ihn niemand befolgen wird.«

Ein paar Stunden später, kurz vor dem Eintreffen der Vorhut der herzoglichen Armee, erteilte ich den Greatcoats den Befehl, und sie gehorchten.

14

DIE NEUEN GREATCOATS

»Glaubst du, er sagt die Wahrheit, Venger?«, fragte einer aus der Versammlung der Dürren.

Venger musterte mich. »Ich glaube schon. Vermutlich ist er, was er behauptet, und er tat, was er behauptet.«

Ich schob ein Rapier in die Scheide, hob das andere auf und steckte es ebenfalls weg. Ich nahm von Aline die Messer entgegen und steckte sie wieder in den Mantel. »Also sind wir fertig miteinander?«

»Wir wollten nichts Böses«, behauptete Venger. »Wir hielten dich für einen dieser Narren, die herumlaufen und sich als Greatcoats bezeichnen. Wir wollten dir bloß einen Schrecken einjagen, das ist alles.«

Das versetzte mir einen Stich. »Jemand gibt sich hier als Greatcoat aus? Wer sollte so etwas tun?«

»Ich«, sagte eine Stimme von der anderen Seite des Daches.

In der Zeit eines Blinzelns hielt ich meine Klinge in der Hand, und Vengers Mannschaft stand geduckt und zum Kampf bereit da. Der Mann kam in aller Ruhe auf uns zu. Er war jung, vielleicht achtzehn Jahre alt, und etwas größer als ich. Er war dünn, hatte sandfarbenes Haar und ein ebenmäßiges Gesicht, und an der linken Hüfte trug er ein Rapier, das meinem sehr ähnelte. Und er trug einen langen Mantel.

Venger erkannte ihn, und plötzlich verließ ihn und seine

Leute jede Anspannung. »Scheiße, Cairn, du blöder Arsch. Hau ab und kämpf mit deinem Schatten.«

Cairn reagierte nicht auf ihn, trat auf mich zu, ignorierte meine ausgestreckte Klinge und umarmte mich unbeholfen. »Bruder!«, sagte er. »Als ich hörte, dass einer von uns in der Stadt ist und von den Männern des Herzogs gejagt wird …« Er nahm Abstand und musterte mich von oben bis unten. »Und dann auch noch einer der Ersten! Bist du Parrick? Ich habe Gerüchte gehört, dass er am Leben und in diese Richtung unterwegs ist.«

»Parrick sieht mir nicht einmal ähnlich oder ist in der Nähe. Ich bin Falcio …«

Cairn stieß ein Keuchen aus. »Also ist es *wahr* …« Er fiel auf ein Knie. »Erster Kantor«, sagte er bedeutungsschwer, »mein Name ist Cairn von den Neuen Greatcoats. Mein Leben steht zu deiner Verfügung.«

Venger schnaubte. »Verfüge ihn weg.«

»Ruhe, Venger, oder du kriegst eine Maulschelle von mir.«

»Versuch es bloß, Cairn«, erwiderte Venger. »Ich habe dir schon einmal den Arsch versohlt, und das schaffe ich auch wieder.«

»Das war … das war reines Glück«, behauptete Cairn. Um dann schnell hinzuzufügen: »Da war ich noch in der Ausbildung.«

Ich unterbrach sie und legte Cairn eine Hand auf den Arm. »Was soll das mit diesen ›neuen‹ Greatcoats? Von wem sprichst du?«

Cairn wandte sich wieder mir zu. »Wir haben den Orden der Greatcoats wieder ins Leben gerufen«, sagte er, und seine Stimme sprudelte vor Aufregung und Stolz fast über. »Nun, eigentlich hat das Lorenzo getan. Er ist *unglaublich*. Ich kann es kaum erwarten, dass du ihn kennenlernst – sie alle kennenlernst. Das ist *erstaunlich!* Falcio val Mond, der *Erste Kantor!*«

»Warte, gebt mir einen Moment, um das zu verstehen. Du

erzählst mir, dass eine Gruppe von euch eure eigenen Greatcoats gegründet hat?«

Er nickte.

»Aber welche Gesetze vollstreckt ihr? Es gibt keinen König.«

Er zögerte, und Venger schnaubte wieder. »Sag es ihm, Cairn. Erzähle ihm alles über dich und deine tollen Helden!«

»Nun, es ist … ich meine, wir fangen gerade erst an …«

»Fangen gerade erst an! Ha! Ihr seid doch bloß ein Haufen geckenhafter Arschlöcher – reiche Jungs aus reichen Familien, die so tun, als wären sie hart und rebellisch.«

»Ich verstehe nicht«, sagte ich. »Wenn ihr euch keine Rechtsstreitigkeiten anhört, was tut ihr dann?«

»Wir sind immer noch dabei, den Orden zu gründen«, sagte Cairn. »Komm, begleite mich, lass mich dich Lorenzo und den Neuen Greatcoats vorstellen. Wir könnten dich *wirklich* brauchen.«

»Wie viele von euch gibt es denn? Ich versuche, dieses Mädchen für den Rest der Blutwoche am Leben zu halten – ihre Familie wurde umgebracht, und die Männer des Herzogs sind hinter ihr her.«

Cairn lächelte. »Es gibt fast dreißig von uns – vertrau mir, Falcio, wir können dir helfen, ihr Leben zu retten. Zusammen sind wir stark – Lorenzo ist der größte Fechter, den es je gegeben hat!«

Das bezweifelte ich ernsthaft, aber ich brauchte Verbündete, und ich konnte mir nicht vorstellen, dass Vengers Kinderbande uns helfen konnte.

»Du würdest besser bei uns bleiben«, sagte Venger, als könnte er meine Gedanken lesen. »Ich kenne diese Straßen besser als sonst jemand, und wir kennen Wege in jedes Gebäude der Altstadt und auch wieder heraus.«

Jetzt war Cairn dran, verächtlich zu sein. »Du? Diebe und Bettler? Du verkaufst sie doch vermutlich für eine Münze an den Herzog.«

»Sag das noch mal«, verlangte Venger und hielt ein kleines Messer in der Hand. »Sag es noch zweimal, und wir werden sehen.«

»Wie weit sind deine Männer entfernt?«, fragte ich Cairn.

»Nur ein paar Häuserblocks, auf der anderen Seite der Altstadt. Komm mit, wir können in einer halben Stunde dort sein.«

Ich sah Venger an. »Vielen Dank für das Angebot, aber die Männer, die hinter uns her sind, sind brutal, und sie werden auch keine Gnade walten lassen. Mir ist klar, dass du damit zurechtkommst, aber ein paar deiner Leute sind schrecklich jung.«

Venger gab ein Schnauben von sich, das bei einem Jungen seines Alters fast schon witzig war. »Ganz wie du willst«, sagte er. »Aber ich sage dir, ich würde diesen Narren nicht einmal eine tote Katze anvertrauen.«

Mixer bellte. Ich war mir nicht sicher, ob aus Zustimmung oder Hunger.

Ich weiß nicht, was ich von Cairns Neuen Greatcoats erwartete, aber es war nicht das, was mir in dem Stützpunkt auf der anderen Seite der Altstadt begegnete. In dem großen zweigeschossigen Steingebäude umringten kleine Räume einen einzigen großen Raum in der Mitte. Draußen war es noch immer stockfinster; drinnen erhellten Hunderte Kerzen und ein loderndes Feuer in einem zentralen Kamin die Halle. Eine Gruppe Musikanten spielte Melodien, die ich noch nie zuvor gehört hatte, und Cairns Greatcoats tanzten; ihre Körper warfen wogende Schatten an die Wände. Das Ergebnis war eine urtümliche, beinahe sexuelle Atmosphäre.

»Hast du davon gehört?«, fragte ich Aline. Schließlich lebte sie in Rijou.

Aber sie schüttelte energisch den Kopf. »Ich erinnere mich, dass Mutter mir erzählt hat, der Herzog würde seine Männer ausschicken, um rebellierende Greatcoats aufzuspüren.

Ich bin wohl immer davon ausgegangen, dass sie deine Leute meint.«

Das wunderte mich. Der Bund verbat ausdrücklich jede Vergeltung gegen die Greatcoats. Andererseits spielten die Herzöge nur gelegentlich fair, und sie spielten ohne Ausnahme, um zu gewinnen.

»Lorenzo!«, rief Cairn aufgeregt.

Der Mann, der sich daraufhin umdrehte, sah aus wie ein Heiliger aus einem alten romantischen Märchen. Hochgewachsen, maß er mindestens sechseinhalb Fuß. Sein langes goldenes Haar umrahmte ein braun gebranntes Gesicht, das Brasti wie eine alte Vettel aussehen ließ, und seine Gestalt ließ Kest wie einen unterernährten Waisenjungen wirken. Er trug schwarze Lederhosen und ein Kettenhemd, das ich neidvoll als Stahlringe aus Ilthen identifizierte; schwer herzustellen und sehr, sehr teuer. Die Ringe hielten Schwertern und Messern stand, waren aber so leicht wie Winterwolle. Es schmiegte sich liebevoll an seine Gestalt und unterstrich seinen Körperbau. Es fiel schwer, nicht auf die Idee zu kommen, dass das Absicht war. Sein Mantel jedoch … sein Mantel war zweifellos ein Langmantel; er war sicherlich gut gemacht und sah brauchbar aus, was einen Kampf anging. Aber es war nicht der Mantel eines Greatcoats. Er kam nicht aus der Werkstatt der Schneiderin. Ich hatte jeden Mantel gesehen, den sie je hergestellt hatte, und ihren Schnitt hatte niemand kopieren können. Ich hatte mich oft gefragt, ob der König die Greatcoats ohne sie überhaupt ins Leben hätte rufen können.

»Cairn? Wieso bei allen Höllen bringst du jemanden her?«, sagte Lorenzo. Es lag ein flüchtiges Lächeln auf seinem Gesicht, aber der gereizte Unterton blieb mir nicht verborgen – Gereiztheit und noch mehr, eine Art milde Verachtung, gemischt mit Toleranz.

»Er ist einer von *uns,* Lorenzo«, sagte Cairn, der seine Aufregung nicht länger unter Kontrolle hatte. »Er ist einer der Ersten! Das ist Falcio, der *Erste Kantor!*«

Lorenzo betrachtete mich einen Augenblick lang und war offensichtlich nur wenig beeindruckt von dem, was er sah. Das musste ich ihm verzeihen. Ich war erschöpft, müde vom Kampf und von der Reise, meine Kleidung war schäbig, und selbst mein Greatcoat war eingerissen und geflickt. Er unterbrach seine Musterung kurz und fragte bedächtig: »Wer ist das Mädchen?«

»Aline, die Tochter von Lord Tiarren«, sagte ich.

»Bei allen Heiligen«, sagte Lorenzo leise. »Ich habe gehört, was geschehen ist.« Er kniete nieder, bis sein Gesicht auf ihrer Höhe war. »Ihr seid hier sicher, meine Lady. Zu den Höllen mit Ganath Kalila; in diesen Mauern wird Euch die Blutwoche nicht erreichen.«

Aline machte einen artigen Knicks und streckte die Hand aus. »Ich bin dankbar, Herr. Wir werden von den Männern des Herzogs verfolgt. Ohne diesen Mann hier wäre ich bereits ein halbes Dutzend Mal gestorben.«

Lorenzo schaute zu mir hoch. »Also ist es die Wahrheit? Du bist wirklich einer der Magister des Königs?«

Ich nickte.

»Der Erste Kantor?«

Lorenzo erhob sich zu seiner vollen Größe. »Bei allen Heiligen«, sagte er, »das ist unglaublich.« Er riss mich in eine Umarmung und sagte etwas, das in meinen Ohren wie »Bruder« klang. Aus irgendeinem Grund fand ich die Geste zu vertraulich.

»Brüder! Schwestern!«, rief Lorenzo, und seine Stimme übertönte die Musik, und die Musikanten hörten fast sofort auf zu spielen. Offensichtlich hatte Lorenzo hier das Sagen. Alle Blicke richteten sich auf mich, und ich sah mich um. Meiner Schätzung nach starrten uns ungefähr vierzig Männer und Frauen an, die alle jung, stark und attraktiv waren. Ich setzte noch reich auf die Liste, da das vierte für gewöhnlich die ersten drei begleitet.

»Brüder und Schwestern, uns ist ein Zeichen gegeben

worden, ein Zeichen von den Göttern und den Heiligen«, verkündete Lorenzo. »Dieser Mann – dieser Mann ist Falcio val Mond, der Erste Kantor der Magister des Königs. Der Mann, der bei der Erschaffung der Greatcoats half, ist gekommen, um sich unserem großen Werk anzuschließen!«

Der erste Jubel war nicht unbedingt enthusiastisch, als wäre sich sein Publikum nicht sicher, was das alles zu bedeuten hatte, aber er wuchs stetig, bis er in meinen Ohren brauste. Ich fühlte, wie Aline näher an mich heranrückte.

»Ich weiß nicht, worum es hier geht«, sagte ich leise zu Cairn.

Lorenzo hörte mich. »Es geht um dein Kommen, gegen alle Wahrscheinlichkeit auf der Welt. Es ist ein Zeichen, Erster Kantor, verstehst du das nicht? Es ist das Zeichen, auf das wir gewartet haben. Heute ist der Tag, an dem wir mit der Revolution beginnen. Der Tag, an dem wir mit dem Kampf für die Freiheit unserer Stadt und unseres Landes beginnen!«

Noch mehr Jubel, und ich wusste nicht, was ich darauf erwidern sollte. Wollten diese Leute tatsächlich die Greatcoats zurück in die Welt holen? Wie hatte das angefangen? War das Teil von des Königs Plan? Gedanken kreisten in meinem Kopf, aber ich kam zu keinem Ergebnis, und mir blieb nur das beunruhigende Gefühl, dass etwas nicht in Ordnung war.

»Sag etwas!«, rief jemand. Ein paar Leute lachten, aber dann stimmten andere in den Ruf ein, bis so gut wie jeder schrie. »Sprich! Sprich!«

Lorenzo versetzte mir einen kleinen Stoß.

Zögernd fing ich an. »Ich kenne euch nicht. Ich kenne keinen von euch, wer ihr seid oder was ihr wollt. Ich bin nicht hier, um eine Revolution zu beginnen. Ich bin nicht hier, um ein Zeichen zu sein, und die Heiligen wissen, dass ich nicht hier bin, um noch mehr gute Männer und Frauen in ihren Tod zu führen.«

Ich hielt kurz inne und war neugierig, wie sie wohl reagieren würden, aber sie taten es nicht, also fuhr ich fort. »Das

Gesetz wurde gebrochen – das Gesetz des Königs. Die Familie dieses Mädchens wurde ermordet, und sie selbst ist das Ziel von Attentätern. Lorenzo sprach die Wahrheit, als er euch sagte, wer ich bin. Mein Name ist Falcio val Mond, und ich war der Erste Kantor der Greatcoats. Ich entschied zugunsten dieses Mädchens, also ist es meine Aufgabe, sie bis zum Ende der Blutwoche am Leben zu erhalten. Darum bin ich hier. Das ist alles.«

Falls Lorenzo von meiner Rede enttäuscht war, ließ er es sich nicht anmerken. Er lächelte breit, als hätte ich gerade die Vorfahren aller guten Menschen zur Schlacht beschworen.

»Habt ihr das gehört?«, rief er. »Das Gesetz ist gebrochen worden, das Leben eines Mädchens steht auf dem Spiel, und ein Greatcoat kämpft, um sie zu retten. Falcio val Mond wird sie retten.«

Er drehte sich zu mir um und ließ sich auf ein Knie nieder. »Mein Lord Kantor, mein Name ist Lorenzo; mein Schwert gehört dir, meine Kraft gehört dir. Mein Leben gehört dir.«

Ohne auf eine Antwort zu warten, erhob er sich wieder und wandte sich der Menge zu. »Wer steht sonst noch an Falcios Seite?«

Ein ohrenbetäubender Lärm ertönte: mein Name, der immer wieder gerufen wurde. Zu den Höllen mit den Amuletten, vermutlich konnte uns Shiballe noch im Palast hören.

»Ich bin dankbar«, sagte ich leise zu Lorenzo, »aber im Augenblick brauchen wir nur …«

Entweder konnte er mich wegen des Gebrülls nicht hören, oder er ignorierte mich. »Wir haben ein großes Vorhaben in Angriff genommen, meine Brüder, meine Schwestern – also lasst uns feiern! Jemand soll verflucht noch mal Essen und Trinken bringen!«

Neuer Jubel von der Menge.

Bei der heiligen Laina, die für die Götter hurt, dachte ich, *wer sind diese Leute?*

Die nächsten paar Stunden kamen mir wie ein Traum vor – jemand anderes Traum. Die Wirkung des harten Konfekts ließ nach, und Aline war hungrig und müde, also entschied ich, ihr besser eine Möglichkeit zu verschaffen, sich auszuruhen und etwas zu essen, statt sich auf eine Mixtur aus Kräutern und esoterischem Zucker zu stützen, die später ihren Preis fordern würde.

»Was hältst du davon?«, fragte mich Lorenzo und zeigte auf seine Neuen Greatcoats. Es wurde wieder ausgelassen musiziert und getanzt, und ein paar von ihnen übten sich ein Stück weiter entfernt im großen Saal im Fechten.

»Sie erscheinen sehr aufgeregt«, sagte ich und war mir nicht sicher, was ich sonst noch hinzufügen sollte. Sie schienen ordentlich mit einer Klinge umgehen zu können, waren vermutlich von Fechtmeistern unterrichtet worden, wie es bei den Reichen häufig der Fall war. Ich konnte ihnen das nicht zum Vorwurf machen, und auf jeden Fall erschienen sie sehr eifrig. Aber noch immer ergab etwas für mich nicht den geringsten Sinn.

»Wie hat das alles angefangen?«, fragte ich.

Lorenzo sah mich an und lächelte mit erhobenen Brauen. »Ach, das ist eine tolle Geschichte – aber sie muss warten. Es ist Zeit für die Duelle!«

»Duelle?«

Er erhob sich von seinem Stuhl und bedeutete den Musikern aufzuhören. »Brüder, Schwestern, zeigen wir unserem Kantor, wozu wir imstande sind!«

Neuer Jubel ertönte, und mehrere Männer und Frauen traten vor, zogen die Schwerter aus ihren Scheiden und warteten auf Lorenzos Befehl. Er zeigte auf ein in der Nähe stehendes Pärchen. Die Frau war außerordentlich attraktiv; dunkles Haar umrahmte ein scharf geschnittenes, aber wunderschönes Gesicht, und der Blick, den sie Lorenzo zuwarf, verriet mir, dass sie ein Paar waren. Der Mann neben ihr hatte ungefähr ihre Größe und war dreißig. Mit dem dunkelgrünen Hemd unter dem schwarzen Mantel war er sehr elegant.

»Etricia und Mott sollen die Ersten sein, dann Sulless und Cole.«

Ein paar der anderen blickten enttäuscht, aber alle machten den Kämpfern Platz.

»Sie kämpfen mit scharfen Waffen?«, fragte ich. Wir Greatcoats übten mit Klingen statt mit Holzschwertern, aber wir waren auch viel besser ausgebildet worden als diese Leute.

»Sieh nur zu«, sagte Lorenzo.

Mott warf sich auf Etricia, die anmutig auswich und ihre Klinge in eine Linie mit Motts Brust brachte. Sie führte einen Stoß aus, der ihn meiner Meinung nach durchbohren würde, aber er wehrte die Klinge mit dem Handrücken seiner behandschuhten Hand ab und zeigte dabei die Art von Ruhe und Präzision, die ich normalerweise von Kest erwartete. Dann drehte er die Hand und schlug sie ihr so schnell ins Gesicht, dass sie eigentlich unmöglich hätte ausweichen können – und doch gelang es ihr. Es war ein verblüffendes Schauspiel, beinahe als könnten sie die Gedanken des anderen lesen und wüssten jede Bewegung im Voraus. Dann begriff ich: Sie kannten die Bewegungen des anderen im Voraus.

Ich beugte mich zu Lorenzo herüber. »Sie duellieren sich nicht, sie führen etwas auf. Das ist alles choreografiert.«

Lorenzo schenkte mir ein Lächeln. »Nun, ja. Wir können doch nicht zulassen, dass sich unsere Greatcoats gegenseitig verletzen, oder?«

Ich war entsetzt. Von allen Methoden war das die schlechteste, um Fechter auszubilden. Sie gemeinsam eine Choreografie erarbeiten zu lassen und dann vorzuführen. Als würden sie glauben, dass Geschwindigkeit und geschärfte Klingen das irgendwie echter machen würden als ein richtiger Kampf mit stumpfen Holzschwertern. Was dachten sich diese Leute nur?

Der Kampf endete mit einer entzückenden Darbietung von Klingenarbeit, an deren Ende Etricia in einer lächerlichen Pose über Mott stand und die Schwertspitze einen Zoll von seinem Auge entfernt hielt. Der Applaus war ohrenbetäubend.

»Das ist Wahnsinn«, sagte ich zu Cairn. »Warum übt ihr nicht richtig?«

»Ich finde das etwas unhöflich, in unser Heim zu kommen und unsere Ausbildungsmethoden zu kritisieren, du nicht?«, sagte Lorenzo.

»Ich habe vorgeschlagen …«, begann Cairn.

»Niemand hat dich um deine Meinung gebeten, Cairn«, sagte Lorenzo mit einer unmissverständlichen Warnung in der Stimme. Aber vielleicht war es für Cairn nicht unmissverständlich genug gewesen.

»Bei einer Zusammenkunft der Greatcoats kann sich jeder zu Wort melden«, erwiderte er stur. »Warum nicht so üben, wie Falcio es vorschlägt? Holzschwerter, aber *richtige* Kämpfe, eine *richtige* Ausbildung.«

Lorenzo seufzte und stand auf. »Also gut«, sagte er und zog ein auffallend langes Rapier aus der Scheide. »Lass uns üben, Cairn. Du und ich, ein einfacher Kampf.«

Die Menge machte Platz für ihn, und Cairn blickte sich nervös um. Falls er hoffte, jemand hätte etwas dagegen einzuwenden, hatte er Pech gehabt.

»Aber ich bin noch nicht so weit … Ich bin …«

»Lasst es«, sagte ich. »Das habe ich nicht gemeint …«

»Komm schon, Cairn«, sagte Lorenzo und ließ seinen Gegner nicht aus den Augen. »Ein Greatcoat muss jederzeit bereit sein, nicht wahr?«

Zögernd ging Cairn zur Mitte und zog das eigene Schwert, eine kurze und offensichtlich billige Waffe. Ich hatte den Eindruck gewonnen, dass Cairn nicht so begütert war wie der Rest, und er wurde auch nicht besonders respektiert.

»Nehmt wenigstens Holzschwerter«, sagte ich. »So werdet ihr euch verflucht noch mal bloß umbringen.«

Lorenzo ignorierte mich. Er lächelte noch immer, während er den Blick auf Cairn gerichtet hielt. »Du hast doch keine Angst, Cairn, oder? Zeige unserem Gast, dass dir deine Ehre viel wichtiger ist als ein paar Blessuren.«

»Scheiß auf eure Ehre«, sagte ich. »Ehre ist etwas für Ritter. Benutz deinen Verstand, Junge.«

Die Zuschauer stellten sich zu einem Kreis auf und sperrten die beiden Männer darin ein.

Cairn sah mich wie ein Tier an, dem gerade klar geworden ist, dass sich hinter ihm die Käfigtür geschlossen hat. »Nein, nein, er hat recht. Ich *will* ein Greatcoat sein. Ich muss kämpfen können.« Er nahm so etwas Ähnliches wie eine Fechtstellung ein und wartete.

Lorenzo gab Etricia ein Zeichen, und sie trat auf ihn zu und küsste ihn leidenschaftlich, bevor sie mich durchtrieben ansah. Da erkannte ich, dass das gewissermaßen eine Falle gewesen war. Cairn genoss keinen großen Respekt, er war nicht beliebt, und er hatte Lorenzo in Verlegenheit gebracht, weil er mich angeschleppt hatte. Sie alle hatten sich in ihrer eingebildeten Welt aus Greatcoats, Ehre und Fechten wohl und sicher gefühlt, aber jetzt war ich da, die hässliche Wahrheit der ganzen Angelegenheit. Vermutlich hatte Cairn eine genauere Vorstellung als die anderen, worum es bei den Greatcoats wirklich ging und beschwerte sich auch viel öfter deswegen. Jetzt würde er dafür seine Prügel einstecken.

»Will unser Gast das Zeichen für den Beginn des Kampfes geben?«, fragte Lorenzo.

»Schön«, sagte ich, weil mir eine Idee kam. »Wenn ich das Zeichen gebe, dürft ihr anfangen, und ihr kämpft bis zum ersten Blut. Jeder Mann, der über das erste Blut hinausgeht, erweist sich als unfähig, seine Klinge zu kontrollieren, und verliert darum den Kampf.« *Wollen wir doch mal sehen, was du damit anstellen kannst, du pompöser Sack,* dachte ich.

»Wie du willst«, sagte Lorenzo und verbeugte sich in meine Richtung.

Cairn nickte.

»Gut. Fangt an«, sagte ich.

Lorenzos Klinge flog aus der Scheide, und ich dachte schon, es wäre vorbei, kaum dass es richtig begonnen hatte, aber er stoppte den Hieb, bevor er landen konnte. Eine Finte, die zweifellos sauber ausgeführt worden war – und überzeugend genug, dass Cairn zusammengezuckt war und die Arme vors Gesicht geschlagen hatte, um für alle Welt wie ein Kind dazustehen, das sich vor einer Ohrfeige schützen wollte.

Die Menge lachte.

»Alles in Ordnung mit dir?«, erkundigte sich Lorenzo fürsorglich, nahm die Klinge zurück und beugte sich mit tief besorgtem Ausdruck vor.

Weiteres Gelächter.

Cairn nahm wieder die Fechtstellung ein. Lorenzo griff an, und zwar mit fast genau der gleichen Bewegung. Es ist kein ungewöhnlicher Trick, den Anschein zu erwecken, dass man eine Finte wiederholt, den Hieb diesmal aber bis zum Ende durchführt. Aber da Lorenzo ihn nur in Verlegenheit bringen wollte, fintierte er in diesem Fall auf genau die gleiche Weise und erzielte genau das gleiche Resultat. Der arme Cairn war gedemütigt und aus dem Gleichgewicht gebracht.

Das Publikum zeigte erstaunlich wenig Mitgefühl.

Im ersten Augenblick war ich erleichtert. Lorenzo würde Cairn auf diese Weise nur in Verlegenheit bringen und seine Herrschaft über die Gruppe bekräftigen. Aber ich irrte mich. Lorenzo war ein ausgezeichneter Fechter, und er verfügte über die nötige Kontrolle, um den Kampf zu dominieren und kein Blut fließen zu lassen. Aber als der Kampf seinen Verlauf nahm, benutzte er diese Kontrolle nicht, um Cairn Angst zu machen, sondern um ihn gnadenlos mit der flachen Klinge zu verprügeln. Es floss kein Blut, aber Cairn trug immer wieder schlimme Treffer davon. Wenn er versuchte, defensiv zu kämpfen, stahl sich Lorenzo unter seine Verteidigungsposition und traf ihn mit dem flachen Stahl. Versuchte er selbst einen Treffer zu landen, bestrafte ihn Lorenzo mit noch härteren Schlägen.

Zu seiner Ehre muss man Cairn zugestehen, dass er nicht aufgab und seine Bestrafung hinnahm – und dann lenkte Lorenzo Cairns Klinge nach unten und führte einen gemeinen Schlag gegen sein Handgelenk aus. Ich hörte ein Bersten.

»Genug!«, sagte ich. »Die Kämpfer auseinander.«

Lorenzo trat kurz zurück. »Erster Kantor? Ich verstehe nicht – ich dachte, du hättest gesagt, bis zum ersten Blut?«

Ich betrachtete die Menge. Ein paar erschienen entsetzt über das, was hier geschah, aber die Mehrzahl weidete sich an dem Schauspiel, das sie geboten bekamen.

»Der Junge hat genug«, verkündete ich.

»Ich …«, begann Cairn.

»Er kann aufhören, wenn er will«, sagte Lorenzo glatt, »aber jeder Mann und jede Frau, die vor einem Kampf davonläuft, ist kein Greatcoat und hat nichts bei uns verloren.«

Ich lachte. »Der vor einem Kampf davonläuft? Du *Kind*. Wir alle laufen ständig vor irgendwelchen Kämpfen davon – wir laufen vor jedem Kampf davon, den wir vermeiden können. ›Richte gerecht, reite schnell, kämpfe hart‹ – der Kampf ist immer unsere letzte Möglichkeit.«

Lorenzo zeigte ein verächtliches Grinsen. »Nun, vielleicht erklärt das ja, warum ihr das letzte Mal so schnell gelaufen seid, als es einen Kampf gab, den zu gewinnen es wert gewesen wäre! Vielleicht gibt es ja darum keinen König und keine Greatcoats mehr. Vielleicht wollen wir« – und er drehte sich um und breitete die Arme aus –, »vielleicht wollen wir ja kämpfen und nicht fliehen.«

Aline legte die Hand auf meinen Arm. »Lass uns gehen, Falcio. Ich glaube, wir sollten jetzt gehen.«

Ich schüttelte ihren Arm ab.

»Du bist ein Narr, Lorenzo, genau wie jeder hier, der sich diesen Unsinn anhört. Du glaubst, du kannst vierzig Männer und Frauen nehmen und damit gegen eine gepanzerte Division Ritter kämpfen? In Plattenrüstungen? Die Armee, die für den König kam, bestand aus tausend Reitern. Du glaubst, du könntest dir aus so etwas den Weg frei kämpfen?« Ich verspürte durchaus den Stich der Ironie, da ich mir alle Mühe gegeben hatte, den König davon zu überzeugen, mich genau das tun zu lassen.

»Weißt du, Erster Kantor, du siehst erschöpft aus. Vielleicht brauchst du ja Ruhe, damit du süße Träume über die Vergangenheit träumen kannst, während jüngere und bessere Männer den Kampf für dich erledigen. Oder vielleicht« – er drehte sich um und lächelte wölfisch – »würdest du uns ja gern mal zeigen, wie du es in den alten Tagen getan hast?«

»Komm schon, Falcio«, sagte Aline. »Das ist nicht unser Kampf.«

Aber sie irrte sich. Diese Leute bezeichneten sich als Greatcoats. Ich hatte dieser Sache mein Leben verschrieben, und hundertdreiundvierzig andere hatten genau das Gleiche getan. Wir hatten für diese Sache gekämpft und geblutet und waren gestorben. Mein König hatte seinen Kopf für diese Sache verloren.

Aber in einem hatte Lorenzo recht. Ich war erschöpft und alles leid. Ich war die Herzöge und Ritter leid, und ich war es sogar leid, dass uns das gemeine Volk als »Trattari« und »Lumpenmäntel« und Schlimmeres bezeichnete. Ich war es leid, dass die Erinnerung an all das, was wir versucht hatten, für die Welt zu tun, in den Dreck gezogen wurde. Und mehr als alles andere war ich es leid, ständig auf der Flucht zu sein und mich zu verbergen. Ja, ich hätte einfach mit Aline gehen und ein anderes Versteck finden sollen. Ich konnte Brasti praktisch hören, wie er mir ins Ohr brüllte, nicht schon wieder meinen Zorn über jede Vernunft zu stellen. Er hatte recht.

Aber ich wollte dreimal verdammt sein, bevor ich diese Narren, diese arroganten Hurensöhne, der Erinnerung an die Greatcoats den Todesstoß versetzen lassen würde.

Ich ging auf die Mitte der Halle zu und musterte die Menge. Manchmal können solche Dinge sich schnell gegen einen wenden, falls man die Situation falsch einschätzt. Man glaubt, man würde zu einem Duell gehen, aber wenn fünfzehn Männer entscheiden, mitmachen zu wollen, kann man ihnen nicht bloß »Das ist nicht fair« entgegenbrüllen und hoffen, dass sie es lassen. Aber diese Leute interessierten sich nur für ein ordentliches Schauspiel. Sie hielten Lorenzo für unschlagbar. Der heilige Caveil selbst war gekommen und hatte ihnen die Fechtkunst beigebracht. Nun, gut. Kest meint immer, dass Heilige nur kleine Götter sind und vermutlich sowieso Prügel verdient haben.

Als ich Cairn erreichte, blickte er offensichtlich schmerzgequält auf. »Ich bin noch nicht fertig«, sagte er. »Ich kann noch kämpfen; das erste Blut ist noch nicht geflossen.«

»Er hat recht«, sagte Lorenzo. »Gut für dich, Cairn. Machen wir weiter!«

»Steh auf und such dir einen Arzt für dein Handgelenk«, befahl ich.

»Ich bin kein Feigling!« Das kam wegen seiner Schmerzen je zur Hälfte als Schrei und als Krächzen heraus.

»Schön«, erwiderte ich. Ich zog das Rapier und versah Cairns Arm mit einem Schnitt. Ein dünner roter Strich erschien, und er schrie auf.

»Warum?«, stieß er durch zusammengebissene Zähne hervor.

»Deiner Ehre ist Genüge getan. Du hast dich nicht zurückgezogen. Jetzt geh zu dem verdammten Arzt und lass dein gebrochenes Handgelenk behandeln, oder du wirst nie wieder ein Schwert schwingen können.«

Lautes Kichern ertönte in dem Raum.

»Sollen wir anfangen, o mächtiger Lehrer?«, fragte Lorenzo.

Ich wartete, bis sich Cairn erhoben hatte und aus der Tür war, bevor ich antwortete. »Ich prügele dich, bis du nicht mehr weißt, wie du heißt, du dummer aufgeblasener nichtsnutziger Junge.«

Ich weiß nicht, was genau an diesem Satz ihn so wütend machte, aber etwas musste ihn getroffen haben. Lorenzo stürzte sich mit seinem langen Rapier auf mich, sieben verfluchte Höllen in seinem Blick.

Ich würde ja gern berichten, dass ich irgendeine ganz schlichte, aber geniale Bewegung aus dem Hut gezogen und ihn mit einem Schlag zu Boden geschickt habe. Ich würde gern berichten, dass alle gelacht haben und er sich gedemütigt aus der Stadt schlich, um irgendwo eine Karriere als Dorftrottel anzufangen. Leider passierte das nicht.

Erst einmal war Lorenzo tatsächlich ein ausgezeichneter Fechter. Möglicherweise konnte er, Kest einmal ausgenommen, besser mit einer Klinge umgehen, als mir je einer begegnet war. Und er war mehr als zehn Jahre jünger als ich. Er war größer und stärker, verfügte über eine größere Reichweite, mit einer viel sichereren Hand. Ich war müde und verletzt und hatte kein Recht, ihm eine Lektion erteilen zu wollen. Wäre dies ein Ringen der Stärke oder des Geschicks gewesen, hätte er mühelos gewonnen.

Aber ich prügelte ihn. Ich prügelte ihn blau und schwarz und rot.

Als er versuchte, meine Klinge zu binden, nahm ich sie aus der Linie und packte sein Klingenende mit der behandschuhten Hand, verbog es kräftig und machte es ihm schwer, die Waffe zurückzuziehen. Als er frustriert an seinem Rapier zerrte, ging ich mit der Bewegung mit und schmetterte ihm meinen Rapierknauf gegen die Schulter. Als er Größe und Kraft ins Spiel bringen wollte, um einen schweren Schlag von oben zu führen, vollbrachte ich einen tänzelnden Ausfall auf seine rechte Seite und schmetterte ihm die Breitseite meiner Klinge hart gegen das Knie. Griff er mit Finesse an, erwiderte ich das wie ein betrunkener Grobian. Griff er zornig an, begegnete ich dem mit Finesse. Ich setzte jeden

Trick ein, den ich kannte, um einen Gegner wütend und unvorsichtig zu machen, um einen Mann dazu zu provozieren, Fehler zu begehen, um ihn zu demütigen und ihm wehzutun. Ich wollte ihn nicht nur einfach besiegen. Ich wollte ihn brechen.

Ich brach ihm zwei Rippen und die Finger seiner rechten Hand. Ich wischte das hämische Grinsen von seinem Gesicht und hätte dabei beinahe seinen ganzen Mund zerschlagen. Am Ende besiegte ich ihn, weil ich gemeiner und verzweifelter war und weil es für mich kein Spiel war. Vermutlich war er noch nie zuvor besiegt worden. Nun, mich hatte man schon oft besiegt, und das hat auch sein Gutes: So lernt man wenigstens, was wirklich auf dem Spiel steht. Die Welt ist kein romantisches Bühnenstück; es geht nicht nur um Liebe oder Ruhm. Und bei einem Fechtkampf geht es nicht immer um Geschick oder Stärke, manchmal, vielleicht sogar meistens, geht es nur darum, wer bereit ist, einen Schlag zu empfangen, um bei seinem Gegner einen noch viel schlimmeren landen zu können.

Er lag zusammengekrümmt zu meinen Füßen am Boden und schaute zur Decke empor, als würden die Heiligen vom Himmel herabsteigen. Ich glaube, er war so entsetzt, wie er Schmerzen litt. Ich wusste, dass ich ihm etwas genommen hatte, etwas Kostbares. Eines Tages hätte er zu einer Legende mit der Klinge werden können, hätte vielleicht sogar Kest übertrumpft, aber er wäre auch ein Ungeheuer geworden. Und es ist meine Aufgabe, Ungeheuer aufzuhalten.

»Gehen wir«, sagte ich zu Aline. Die Menge stand so reglos da wie Steinstatuen, aber als ich in Richtung Tür ging, machten sie mir den Weg frei. Alle bis auf Lorenzos Mädchen Etricia, die ihre Klinge hob und damit vor mir herumfuchtelte.

»Kämpfe gegen mich!«, schrie sie.

Ich sah sie an, nichts als verletzter Stolz und bis über beide Ohren verliebt. »Nein.«

»Komm schon, du *Feigling!* Was, glaubst du nicht, dass Frauen kämpfen können? Kämpfe wie ein Mann gegen mich, verflucht!«

»Na schön«, sagte ich, schlug ihre Klingenspitze aus der Linie und trat sie dann, so hart ich konnte, zwischen die Beine. In sichtlicher Agonie stürzte sie neben Lorenzo zu Boden. Es war eine bösartige und primitive Aktion gewesen, aber an diesem Tag, in dieser verfluchten Stadt? An diesem Tag war ich in der Tat ein sehr bösartiger und primitiver Mann.

»Noch jemand?«, fragte ich die Menge.

»Noch jemand?«, fragte ich erneut, dieses Mal nur lauter. Meine Stimme klang angespannt, fast schon schrill. Für gewöhnlich bin ich nach einem Kampf erschöpft; ich will bloß ein Bad und ein Bett. Aber diesmal war es etwas anders. Ich war wütend – möglicherweise war ich sogar noch wütender als bei dem Kampf gegen Lorenzo. Er war der Anstifter, aber diese Leute hatten ihm zugejubelt. Sie waren keine Ungeheuer; sie waren die Leute, die das Ungeheuer fütterten.

»Zieht eure Mäntel aus«, befahl ich.

Sie sahen mich an, als spräche ich in einer fremden Sprache.

»Zieht eure Mäntel aus. Zieht sie aus und werft sie ins Feuer.«

»Falcio, hör auf«, sagte Aline. »Wir müssen hier weg.«

Ich ignorierte sie und machte einen Schritt auf die Menge zu. »Jeder Mann und jede Frau, die noch einen Mantel trägt, wenn ich sie erreiche, bekommt meine Klinge in den Bauch. Zieht die verdammten Mäntel aus und werft sie ins Feuer!«

Sie gehorchten, jeder Einzelne von ihnen. Etricia krümmte sich noch immer vor Schmerzen; eine andere Frau half ihr dabei, Lorenzo den Mantel auszuziehen. Am Ende konnte die große Feuerstelle in der Mitte sie kaum alle aufnehmen, und die Flamme drohte unter dem Gewicht des Leders zu ersticken. Bei den Göttern, was für ein Gestank!

»Und was … was tun wir jetzt?«, fragte ein Junge, der kaum älter als ein Halbwüchsiger war.

»Sucht euch etwas anderes zum Anziehen.«

Niemand versuchte mich aufzuhalten, als ich Aline mit mir zog und den Raum verließ.

15

DAS WEICHE KONFEKT

Es war Morgen in Rijou. Obwohl es noch kalt war, fühlte sich das Licht so stechend an, dass es den Eindruck erweckte, den Gestank aus der Gosse zu schneiden.

»Das war dumm«, sagte Aline.

Ich sah einen Augenblick lang auf sie herunter, bevor ich mich nach rechts wandte, um auf der breiten Straße namens Pikenmannsweg nach Osten zu gehen.

»Das war dumm.«

»Was denn genau?«

»Alles. Aber im Augenblick ist es ziemlich dumm, dass wir im hellen Tageslicht gehen und jeder sehen kann, in welche Richtung wir unterwegs sind.«

»Sie sind Narren und Feiglinge«, erwiderte ich. »Nicht einer von ihnen wird nach uns suchen. Wir halten uns im Osten und gehen zum Holzschnitzerbezirk. Dort wird während der Blutwoche nicht so viel passieren, und dort gibt es viele Verstecke.«

»Es war trotzdem dumm«, sagte sie und ignorierte mich.

»Wie oft willst du das noch sagen?«

Sie blieb stehen und packte mich am Ärmel, versuchte mich umzudrehen. Es war Zeit, ihr klarzumachen, wer hier das Kommando hatte.

»Hör zu …«

Ihr Gesicht war tränenüberströmt.

»Warum …«

»Weil ich Angst habe! Begreifst du das nicht? Hast du denn niemals Angst?«

Ich ging auf die Knie, um auf Augenhöhe mit ihr zu sprechen, aber dazu war sie zu groß, also stand ich wieder auf und beugte mich zu ihr herunter. Das war bemerkenswert unbequem und ließ das, was ich dann sagte, noch dümmer klingen. »Ich habe immer Angst, Aline. In diesem Augenblick habe ich Angst. Aber wir müssen weiter und einen Ort finden …«

»Das hast du nicht!« Ihre Stimme war zugleich ein Kreischen und ein Knurren, und sie ließ mich einen Schritt zurückweichen. Es war noch früh genug, dass keiner auf der Straße war, trotzdem sorgte ich mich, dass uns irgendein Mieter über den Läden in der Nähe hören konnte.

»Das hast du nicht«, wiederholte sie leiser. »Niemand, der Angst hat, würde etwas so Dummes tun, wie du dort drin getan hast. Diese Leute hätten uns helfen können.«

»Diese Leute waren keine …«

Sie fuchtelte mit den Armen herum, um ihrer Hilflosigkeit und Frustration Luft zu machen. »Diese Leute waren keine Greatcoats, aber sie hätten uns helfen können. Sie hätten uns eine Unterkunft besorgen können, sie hätten auf uns aufpassen können, hätten uns auch nur Geld oder eine Kontaktadresse geben können. Irgendetwas! Egal was!«

»Ich verstehe, dass das schwer ist, aber du verstehst nicht genau, worum es hier geht«, fing ich an, aber sie unterbrach mich.

»Nein, Falcio val Mond von den Greatcoats, *du* verstehst nicht. Du verstehst nicht, was du da tust.« Sie sprach mit der Sicherheit eines jungen Mädchens, das noch immer glaubt, das Leben sollte verlaufen wie die romantische Geschichte eines Geschichtenerzählers.

Aber ich war müde, und mein Körper schmerzte von mehr Kämpfen in zwei Tagen, als ich im ganzen letzten Jahr ausgetragen hatte. »Ich versuche dich nur am Leben zu erhalten, verflucht!«

»Nein«, erwiderte sie ganz ruhig und leise, »du versuchst es ihnen allen heimzuzahlen – Shiballe, dem Herzog, der Frau, die sich als Prinzessin bezeichnet. Jedem, der nicht an dich und deine Greatcoats glaubt.«

»Sei nicht albern«, erwiderte ich. »Wenn ich ihnen wehtun wollte, dann könnte ich das auf vielerlei Weise erreichen, die alle weniger anstrengend und weniger gefährlich wären, glaub mir.«

»Aber das wäre dann Rache, oder? Oder ein Attentat? Ich bin für dich bloß ein Vorwand, damit du gegen all die Leute kämpfen kannst, die du hasst. Damit du so viele von ihnen wie möglich schlagen kannst, bevor einer von ihnen dich endlich umbringt und du edel und heroisch sterben kannst.«

»Ich wünschte, ich hätte die Zeit, um hier herumzustehen und mir anzuhören, wie du mich beschimpfst, kleines Mädchen, aber ich fürchte, ich muss versuchen, dein Leben zu beschützen«, antwortete ich verdrossen.

»Dann tu das! Hör auf, jeden, der dir begegnet, zu einem Kampf zu provozieren, und finde eine Möglichkeit, wie wir das überleben können!«

»Schön«, stieß ich durch zusammengebissene Zähne hervor. »Und wie genau sollen wir das deiner Meinung nach angehen?«

»Das weiß ich doch nicht! Ich bin dreizehn Jahre alt. Ich muss nicht wissen, wie man am Leben bleibt, während alle versuchen mich umzubringen. Du solltest derjenige sein … Du solltest derjenige sein, der weiß, was zu tun ist.« Und sie brach unkontrolliert in Tränen aus.

Ich griff nach ihr, aber sie schlug meine Hand weg, und wir standen schweigend da, und ihr Schluchzen war der einzige Laut, der die Leere der Straße auflockerte.

Schließlich sagte ich leise: »Ich weiß es aber nicht.«

Sie schaute mit Tränen in den Augen auf. »Ich weiß.«

»Es tut mir leid. Ich weiß nicht, wie wir das schaffen sollen. Es ist nicht … Ich glaubte, es wäre möglich, aber diese Stadt – sie ernährt sich von Mord und Verrat. Ich weiß nicht, wie viele hinter uns her sind oder warum, aber ich weiß, dass Shiballe jeden in dieser Stadt dazu bringen kann, seinen Willen zu erfüllen. Dieser ganze Ort – seine Menschen … Er ist praktisch für Mord konstruiert.«

»Ich werde sterben, oder?«, sagte sie stoisch.

Ich wollte es nicht aussprechen; es diente keinem Zweck. Selbst vergebliche Hoffnung ist noch immer Hoffnung und ein Grund, um weiterzumachen. Aber irgendwie erschien es in diesem Augenblick falsch, sie anzulügen. Sie hatte ihre Familie verloren und würde bald ihr Leben verlieren, und das aus keinem besseren Grund als den Machenschaften von Männern, die daran weniger Gedanken verschwendeten als an die Frage, welchen Wein sie zum Abendessen trinken würden. Aline hatte das Recht zu wählen, ob sie sich der Realität stellen oder sich davor verbergen wollte.

»Ja, sie werden uns finden«, bestätigte ich leise. »Einer oder mehrere werden uns erwischen. Und ja, sie werden uns töten.«

Sie schaute zu Boden, dann erschauderte sie und blickte mich mit klarem Blick an. »Dann bin ich bereit«, sagte sie.

Ich schüttelte den Kopf, als wollte ich ihn klären. Ich war mir nicht sicher, was sie damit meinte, und ich war mir nicht sicher, was ich sonst sagen sollte.

»Ich will, dass du es tust«, sagte sie entschlossen.

»Was tun?«

»Mich töten.« Sie sah meine Reaktion und legte sofort die Hand auf meine Brust, bevor ich mich abwenden konnte. »Das musst du. Du weißt nicht, was ich weiß, Falcio. Sie werden mich nicht einfach auf der Stelle niederstechen. Sie werden mich mitschleifen, und sie werden mich foltern – sie werden mich den Männern übergeben, die diese Dinge für sie erledigen. Das ist in Ordnung – ich meine, ich ertrage es, dass ich sterben muss, aber ich will nicht noch mehr Schmerzen erleiden. Ich will nicht, dass sie …«

»Aline, du bist die Tochter eines ansonsten durchschnittlichen Adligen, der zufällig den Herzog geärgert hat, indem er die falsche Frau heiratete. Sie werden eher mich töten und foltern«, sagte ich leise.

»Das ist mir egal«, erwiderte sie stur. »Ich will nicht, dass sie gewinnen. Wenn ich schon sterbe, dann zu meinen Bedingungen. Ich kann nicht länger weglaufen.«

Ich dachte kurz darüber nach. Was soll man antworten, wenn sie einem die letzte gute Sache nehmen, die man noch in seinem Leben hat? Dieselbe Frage hatte ich mir die ganzen Jahre über gestellt, seit sie den König ermordet hatten – ehrlich gesagt schon vorher, seit sie meine Frau umgebracht hatten, meine tapfere Aline. Bei allen Göttern, wie in aller Welt war ich nur an diesem hoffnungslosen Ort gelandet, wo ich ein zum Tode verurteiltes Mädchen aus keinem besseren Grund am Leben zu erhalten versuchte, als weil es den Namen meiner toten Frau trug?

Ich griff in die Innentasche meines Mantels und zog das kleine Briefchen heraus. Ich gab es ihr.

»Ich will nichts mehr von dem harten Konfekt«, sagte sie.

»Das ist es auch nicht. Mach es auf.«

Sie gehorchte. Darin fand sie ein kleines rechteckiges Stück Konfekt mit hellroten und roten Streifen. »Was ist das?«

»Das ist das weiche Konfekt«, sagte ich.

»Davon hast du schon gesprochen. Wozu ist das gut?«

»Es ist für den Augenblick gedacht, in dem du nicht mehr laufen kannst. Wenn es keine Hoffnung mehr gibt.«

Sie nahm es vorsichtig aus seiner Verpackung und führte es zum Mund.

»Es gibt immer Hoffnung«, sagte der König und schob mir das kleine Briefchen wieder zu. Er war verreist gewesen und hatte eine der großen Städte besucht. »Die Adligen umgarnen«, so nannte er es, als wäre das alles nur ein toller Witz, an dem er seinen Spaß hatte. Allerdings lächelte er jetzt nicht. »Du hättest den Apotheker ohne meine Erlaubnis nicht darum bitten dürfen, das zusammenzubrauen, Falcio. Und wenn auch nur aus dem Grund, dass es widerlich riecht.«

»Hättet Ihr mir die Erlaubnis gegeben?«

Er stieß mich auf einen der großen Stühle in der Bibliothek zu – in jenen frühen Tagen verbrachten wir viel Zeit dort. Der König hatte, was den Krieg betraf, keinerlei Erfahrungen vorzuweisen; er hatte weder in der Armee seines Vaters gedient, noch hatte er zu Greggors Verwaltung gehört oder dieses Land irgendwie regiert. Einen Großteil seines Erwachsenendaseins hatte er als Gefangener verbracht und nur die Bücher zur Gesellschaft gehabt, die seine Mutter für ihn gestohlen hatte. Diese Gnade hatte ihn zu einem überzeugten Befürworter des Lesens gemacht, und darum verbrachten wir Stunden in der königlichen Bibliothek und lasen Bücher über Krieg, Politik und Strategie.

»Nein, Falcio, ich hätte dir nicht die Erlaubnis gegeben, meinen Greatcoats den Selbstmord zu ermöglichen.«

»Wenn einer von uns gefangen genommen wird, wenn wir Dinge wissen …«

»Was für Dinge denn?«, fragte der König.

»Dinge – geheime Dinge. Verflucht, Ihr wisst, wovon ich spreche!«

»Und du willst dich selbst töten, bevor dich jemand zwingen kann, diese *Dinge* zu enthüllen?«

»Ja.«

»Warum sie ihnen nicht einfach verraten?«

»Warum sie ihnen nicht einfach …? Macht Ihr Euch über mich lustig, Euer Majestät?«

Der König lächelte mich an. Für einen Monarchen war

sein Lächeln eigentümlich. Obwohl er besser ernährt war und gesünder aussah als bei unserer ersten Begegnung, ließ es ihn noch immer leicht verblödet aussehen und erinnerte mich an die Nacht, in der ich ihn töten wollte.

»Falcio, warum in aller Welt sollte ich einen meiner Magister verlieren wollen, nur um ein Geheimnis zu bewahren, von dem ich offen gesagt ohnehin nie erfahren werde, ob es verraten wurde oder nicht?«

»Also sollen wir ihnen einfach alles sagen, wenn wir gefangen genommen werden?«

»Nun, ich bin mir sicher, dass ihr irgendeinen symbolischen Widerstand leisten könnt – so etwas wie ›Geheimnisse? Was für Geheimnisse?‹ –, aber mal ernsthaft, warum nicht? So weiß ich wenigstens, dass das Geheimnis keines mehr ist. Und es gibt zumindest eine Chance, dass ich meinen Magister behalte, der vielleicht später entkommen kann und wichtige Informationen mitbringt.«

»Euer Majestät, hier gibt es etwas, das Ihr nicht richtig versteht.«

»Ich bin sicher, du wirst mich darüber aufklären«, entgegnete er trocken.

»Falls einem Greatcoat die Gefangennahme droht, könnte er sich zu bereitwillig ergeben, wenn er weiß, dass er die Chance hat, seine Haut zu retten. Ganz egal, wie tapfer oder loyal der Mann auch ist, das wäre ein Handel, zu dem er vielleicht bereit ist.«

»Während du es vorziehen würdest, wenn sie bis zum Tod kämpfen?«

»Ihr habt behauptet, es gäbe immer Hoffnung. Nun, es gibt immer Hoffnung, wenn man weiterkämpft.«

Der König lächelte. »Nein, Falcio, gibt es nicht. Aber es bleibt fast immer einer übrig, den man töten kann.«

»Das ist doch auch was, oder?«

Der König stand auf und füllte unsere Weingläser nach, dann saßen wir ein paar Minuten lang schweigend da und schauten auf die Seiten des aufgeschlagenen Buchs, das schwer auf dem großen Eichentisch lag.

»Du warst nicht immer ein Greatcoat, Falcio«, sagte er schließlich.

»Ich war nicht immer bei den Greatcoats, aber ich war immer ein Greatcoat im Herzen«, korrigierte ich ihn.

Er lachte. »Welch ein Romantiker! Welch ein Optimist!«

»Immerhin hat Euch das vor einem Schwert im Bauch gerettet, nicht wahr?«

»Ich glaube eher, dass daran auch Erschöpfung in Verbindung mit mehreren Armbrustbolzen beteiligt waren.«

»Ihr glaubt, ich hätte Euch sonst ermordet?«

Er dachte einen Augenblick lang darüber nach. »Nein, nicht, nachdem dir klar wurde, dass ich nicht mein Vater und darüber hinaus so hilflos wie ein verhungertes Kätzchen war. Aber wäre ich etwas besser ernährt gewesen, etwas stärker …«

»So wenig haltet Ihr von mir? Ihr glaubt, ich würde jemanden einfach so töten, weil …«

»Du würdest jemanden töten, weil er größer ist als du, Falcio, ja. Stünde er auf der falschen Seite, wäre aber halb verhungert, würdest du eine Möglichkeit finden … nun, um ihn irgendwie bewusstlos zu schlagen oder so was in der Art. Aber hättest du mich in dieser Nacht gesund und kräftig vorgefunden? Ja, ich glaube, du hättest mich getötet und dann nach dem nächsten Thronerben gesucht, bis du jemanden gefunden hättest, der zu schwach gewesen wäre, um sich zu verteidigen.«

Mir gefiel nicht, in welche Richtung sich das entwickelte, also nahm ich den Weinbecher und trank. Er war bereits leer, also kam ich mir wie ein noch größerer Narr vor.

»Nun, wie gut, dass ich Euch zuerst fand, nicht wahr?« Ich stellte den Becher ab.

Der König beugte sich auf seinem Stuhl vor und drückte meine Schulter. »Sogar sehr gut. Ein wahres Wunder. Das beste aller Dinge«, sagte er. »Die Greatcoats werden dieses Land besser machen, Falcio. Sie sind mein Traum. Sie sind meine Antwort. Ich will, dass sie leben.«

»Eure Antwort worauf?«

»Meine Antwort auf die Tatsache, dass ein Mann aus keinem besseren Grund als dem getötet werden kann, weil es einem Höhergeborenen gerade so gefällt. Meine Antwort auf die Schwäche, die diese Tatsache in einem Land und in einem Volk entfacht. Meine Antwort auf die Tatsache, dass Avares und die anderen Nationen in unserer Nähe eines Tages die Entscheidung treffen werden, über die Berge zu kommen – vielleicht, weil sie zu wenig zu essen haben oder es ihnen an Reichtum mangelt, vielleicht, weil sie mehr haben wollen, vielleicht auch nur, weil ihre Kleriker behaupten werden, die Götter verlangten es. Vielleicht auch aus keinem besseren Grund, als dass sie gerade nichts Besseres zu tun haben. Unsere Nation wird von einem System geschwächt, das einen so tief sitzenden Hass züchtet, dass die meisten Menschen die Welt lieber brennen sehen würden, als dass sie so bleibt, wie sie ist. Andererseits mangelt es ihnen aber an dem Willen für den Versuch, sie zu verändern.«

»Und das ist Eure Aufgabe, nicht wahr, derjenige ganz oben auf der ganzen Maschinerie zu sein?«

»Meine, ja, und auch deine. Und Kests, Brastis und aller anderen. Zuerst bringen wir Gerechtigkeit, dann bringen wir Veränderung.«

»Gerechtigkeit ist eine Veränderung.«

»Nein, Gerechtigkeit ist nur der Anfang. Sie wird die Veränderung erst ermöglichen.«

Ich dachte einen Moment lang darüber nach. »Ihr vergesst die Frauen«, sagte ich dann.

»Was meinst du?«

»Auch eine Frau kann aus keinem besseren Grund getötet werden, als dass es einen Höhergestellten erfreut.«

König Paelis seufzte. »Es läuft immer wieder darauf hinaus, nicht wahr, Falcio? Man hat deine Frau ermordet, und alles, was du seit diesem Tag tust, geschieht aus diesem Grund, oder?«

»Ist das so verkehrt? Darum zu kämpfen – und falls nötig zu sterben?«

»Wenn dich das antreibt, dann kann es nicht so falsch sein – es ist ein genauso guter Grund zum Sterben wie jeder andere. Es ist nur kein besonders guter Grund, um zu leben.«

Darauf wollte ich nicht antworten. Ich liebte den König, aber manchmal verlangte er mehr, als ich zu geben bereit war. »Er wird für den Augenblick reichen müssen«, sagte ich schließlich. »Und wenn Ihr mir überhaupt vertraut, dann glaubt mir, dass sich ein Greatcoat eines Tages in einer Position wiederfinden wird, in der es keine bessere Möglichkeit als einen schnellen Tod gibt.«

Der König schob das Briefchen in meine Richtung. »Schön. Du bist mein Erster Kantor, und wenn du wirklich eine Möglichkeit verlangst, mit der sich die Magister selbst töten können, dann spreche ich höchstpersönlich mit dem königlichen Apotheker.«

Ich entspannte mich etwas. »Vielleicht könntet Ihr ihn ja auch bitten, dass es besser riecht. Vielleicht mit Erdbeergeschmack?«

König Paelis hieb mit der Faust auf den Tisch, und trotz seiner schmächtigen Gestalt flogen Bücher durch die Luft. »Tu das nicht!«, brüllte er.

Ich wollte »Was denn?« erwidern, aber die Wut in seiner Miene hielt mich davon ab.

Er wusste es auch. »Lass es einfach, Falcio. Du hast deine Ansicht vorgebracht und bekommst deinen Willen – aber glaube bloß nicht, du hättest mich überzeugt. Denke bloß nicht, dass sich in dieser Angelegenheit deine Vernunft über meine Schwäche durchgesetzt hat. Du hast gewonnen.« Er hustete und wischte sich den Mund ab. »Nun belasse es dabei. Es war eine lange Reise, und ich brauche Ruhe.«

Ein paar Wochen später brachte ein Wächter einen Holzkasten. Darauf klebte eine Notiz, auf der stand: *Verwechsle sie nicht.* In dem Kasten lagen hundertvierundvierzig Briefchen, von denen jedes ein Rechteck enthielt. Ich öffnete eines davon und achtete darauf, den Inhalt nicht mit bloßer Haut zu berühren. Es roch nach Erdbeeren, und ich kam zu keinem Schluss, was das zu bedeuten hatte.

16

DIE APOTHEKER

Ich hatte mir geschworen, ihr eine Wahl zu ermöglichen, sie nicht daran zu hindern, das weiche Konfekt zu nehmen. Es war eine kalte, herzlose Kalkulation, die aus meiner eigenen Schwäche geboren war, aber wenn ich ihr keine Sicherheit garantieren konnte und falls die Gefangennahme Folter und einen langsameren Tod bedeutete, dann stand ihr mit Sicherheit das Recht zu, eine eigene Entscheidung zu treffen. Es war die Wahl, die ich an ihrer Stelle getroffen hätte – und die Wahl, die, hätte sie mir jemand ermöglicht, ich vor vielen Jahren getroffen hätte, als ich auf den verstümmelten Körper meiner toten Frau blickte. Hätte ich ein Briefchen in der Hand gehalten, eine nach Beeren schmeckende Süßigkeit, die meinem Schmerz auf der Stelle ein Ende bereitet hätte, dann hätte ich sie, ohne auch nur einen Augenblick zu zögern, genommen. Und dann? Es hätte keinen langen Abstieg in den Wahnsinn und wieder hinaus gegeben, keine Kletterpartie durch das stinkende Abwasserrohr nach Schloss Aramor hinein, um zum Königsmörder zu werden, keine Begegnung mit einem jungen, schwachen, aber brillanten König. Keine Greatcoats. Keine königliche Bibliothek, keine Nächte, in denen man über uralten Texten über Fechten und Strategie brütete. Kein Schach mit dem König und auch kein Ritt in jede Stadt und jedes Dorf des Landes mit Kest und Brasti und den anderen, um der Welt ein kleines bisschen Anstand und Gerechtigkeit zu bringen. Keine Greatcoats. *Keine Greatcoats.*

»Bitte.« Das kleine Wort zerstörte den Zauber.

Ich blinzelte. Ich umklammerte Alines Handgelenk. Ich konnte mich nicht daran erinnern, danach gegriffen zu haben. Mein Griff war fest, und ich konnte sehen, dass ich ihr wehtat, aber ich schien einfach nicht loslassen zu können. Der Ausdruck auf ihrem Gesicht war ängstlich, verzweifelt, und ich sah, dass sie glaubte, ich hätte sie angelogen, dass ich sie nicht ihren Tod wählen lassen würde. *Es ist ihr Tod,* sagte ich mir, *nicht deiner,* und meine Finger lockerten sich gerade genug, dass sie die Hand fortzog. Sie trat mehrere Schritte zurück und rieb sich das Gelenk. Sie sah verletzt und verwirrt aus.

Dann blieb sie stehen und führte das weiche Konfekt zum Mund.

»Aline!«

Der Ruf erklang hinter mir, also zog ich das rechte Rapier aus der Scheide und duckte mich in die Fechtstellung. Ein Mann und eine Frau rannten auf uns zu, und sie hielten weder Waffen in den Händen, noch trugen sie welche an den Seiten, soweit ich sehen konnte. Der Mann war stämmig, aber nicht muskulös genug, um Soldat oder Schmied zu sein – also jemand, der für seinen Lebensunterhalt arbeitete, mit den Händen arbeitete, aber keine körperlich schwere Tätigkeit ausübte. Seine Kleidung verriet mir, dass er nicht mittellos war, aber sein buschiger Bart und das dunkle Haar machten klar, dass er auch kein Kaufmann war. Die Frau an seiner Seite war ähnlich gekleidet und hatte die gleiche Haltung, allerdings war sie schlanker und hübscher. Ich schätzte beide auf Mitte dreißig.

»Aline!«, riefen sie erneut, und ich richtete mich etwas auf. Ich hielt die Rapierspitze aber auf den Bauch des Mannes gerichtet.

»Tu ihr nichts«, stieß er voller Sorge hervor.

»Wem soll ich nichts tun?«, fragte ich.

»Aline, komm her«, sagte er, ließ mich dabei nicht aus den Augen und hielt den rechten Arm schützend vor seine Frau.

»Radger?«, sagte Aline hinter mir. »Laetha? Was tut ihr hier?«

»Wir suchen nach dir, du dummes Mädchen. Wir hörten, was geschehen ist, und Mattea schickte uns los, um dich zu finden.«

»Wer ist Mattea?«, wollte ich wissen und senkte das Rapier keinen Zoll.

Aline wollte sich an mir vorbeidrängen, aber ich versperrte ihr mit dem Arm den Weg.

»Mattea war meine Kinderfrau«, erklärte sie ungeduldig. »Radger ist ihr Sohn, und Laetha ist seine Frau. Sie sind Apotheker – sie sind meine Freunde. Jetzt lass mich vorbei, Falcio.«

»Hebt die Arme«, sagte ich zu ihnen.

»Welcher Schwachsinn treibt dich denn an, Mann?«, protestierte Laetha. »Wir sind hier, um Aline in Sicherheit zu bringen. Wir hielten dich für einen der Männer des Herzogs, der sie wegbringen will.«

»Trotzdem, hebt die Arme und dreht euch um.«

»Falcio, hör auf damit.«

»Gleich. Zuerst will ich, dass sie die Arme heben und sich umdrehen.«

Radger musterte mich misstrauisch. »Aline, halte dich bereit wegzulaufen«, sagte er drängend. »Wenn er uns angreift, renn einfach los und blicke nicht zurück.«

»Bei allen Höllen! Ihr seid alle Narren!«, rief Aline.

»Jeder hält jetzt den Mund«, befahl ich. »Also, wenn ihr wirklich Freunde seid, dann tut ihr, was ich euch sage. Wenn nicht, lasst uns das hinter uns bringen. Ich habe schon seit ein paar Stunden keinen mehr getötet, und ich kriege einen Krampf.«

Der Mann wirkte ängstlich; der Blick der Frau schweifte

von Aline zu mir, und sie sah wütend aus. Aber sie gehorchten beide. Sie hoben wie befohlen die Arme, wodurch die Kleidung enger an den Körper gezogen wurde, was ich beabsichtigt hatte. Das erleichtert es beträchtlich, zu sehen, ob jemand eine verborgene Waffe trägt. Als sie sich umdrehten, hielt ich nach Wölbungen in ihrer Kleidung Ausschau, nach Stellen, an denen der Stoff straffer gespannt war als üblich – Anzeichen versteckter Dinge. Aber da war nichts. Ich weiß nicht, warum Leute versuchen, ihre Gegner abzutasten. Dabei vergrößert sich bloß die Wahrscheinlichkeit, dass man etwas übersieht, und man macht sich durch die Nähe angreifbar, selbst wenn man einen Kameraden dabeihat.

»In Ordnung«, sagte ich und schaute mich ein letztes Mal um. Als ich die Klinge wegsteckte, stieß mich Aline zur Seite und rannte zu dem Paar, das sie fest umarmte. Radger sagte ihr etwas ins Ohr, das ich aber nicht verstehen konnte.

»Wo ist Mattea?«, fragte Aline. »Geht es ihr gut?«

»Sie ist wohlauf«, antwortete Radger. »Natürlich ist sie völlig außer sich, weil sie genau wie anscheinend der Rest der verdammten Stadt nach dir sucht.«

»Der heiligen Birgid sei Dank, dass wir dich zuerst gefunden haben«, sagte Laetha. Sie legte Aline den Arm um die Schulter. »Ist das der Mann, der Lumpenmantel, der dich mitnahm?«

»Sicherlich willst du das nicht noch einmal sagen«, sagte ich ruhig.

»Vergib uns, Fremder«, sagte Radger. »Wir kennen deine Bräuche nicht. Bevorzugst du ›Trattari‹?« Entweder war er der beste Schauspieler auf der Welt, oder er begriff es wirklich nicht, also gab ich es auf.

»Ich ziehe Falcio vor«, sagte ich.

»Dann eben Falcio. Ich will dich ja nicht beleidigen, aber warum hast du Aline mitgenommen?«

»Ihre Familie wurde ermordet, und sie wird von den nicht gerade netten Handlangern des Herzogs gejagt, ganz zu schweigen von jedem Stadtwächter und Schläger in Rijou. Es war sonst keiner da, der sie hätte mitnehmen können.«

»Du hättest sie zu uns bringen können«, sagte Laetha wütend. Sie schaute auf Aline herunter. »Liebling, du hättest doch zu uns kommen können.«

»Ich wollte eurem Haus nicht noch mehr Schaden zufügen«, sagte Aline. »Nachdem Mutter Mattea gehen lassen musste. Wir hatten kein Geld – der Herzog nahm …«

»Du dummes Mädchen«, erwiderte Laetha und umarmte sie wieder. »Glaubst du wirklich, das würde Mattea dir jemals vorhalten? Glaubst du, wir würden dich jemals abweisen?«

»Und wie gut würdet ihr die Männer abwehren, die sie gefangen nehmen wollen?«, fragte ich. »Wie würdet ihr die Klingen mit den Schurken und Banden kreuzen, die Shiballes großzügiges Korn ernten wollen?«

»Und wie gut hast du sie beschützt?«, wollte Laetha wissen.

»Nicht besonders gut«, gab ich zu.

»Fremder – Falcio.« Radger legte eine Hand auf meine Schulter, ungefähr so zögernd, als würde er einen toten Aal anfassen. »Kein Mann kann gegen eine ganze Stadt kämpfen. Es ist unglaublich, dass du sie bis jetzt am Leben erhalten hast. Aber wir können helfen. Wir können sie so still wie ein Schatten von Familie zu Familie weiterreichen und sie vor den Männern des Herzogs verbergen, bis diese verdammenswerte Blutwoche vorbei ist. Danach … danach kann sie bei uns leben. Wir kümmern uns um sie, das verspreche ich dir.«

»Wir können dich verstecken«, sagte Laetha zuversichtlich zu Aline.

»Aber, Laetha, ich will nicht, dass du oder die anderen verletzt werden, wenn ihnen klar wird, dass ihr mich versteckt habt«, sagte Aline. »Oder Schlimmeres.«

»Unsinn!«, sagte Laetha wie eine alte Großmutter auf komische Weise, und ich vermute, genau das hätte auch die Kinderfrau Mattea gesagt. »Sie werden es nie erfahren. Die einfachen Bürger von Rijou verstecken größere Dinge als dich schon seit Jahren, mein Liebling.«

Das bezweifelte ich stark; vermutlich interessierte sich der Herzog nicht für geringfügige Schmuggeleien oder Schwarzmarktgeschäfte. Aber für Aline aus irgendeinem Grund schon.

»Ich glaube nicht, dass das so einfach sein wird«, sagte ich.

»Glaubst du wirklich, sie hat in deiner Gesellschaft bessere Chancen?«, fragte Radger sanft.

Die Antwort lautete natürlich nein, aber ich konnte mich nicht dazu überwinden, das zuzugeben.

»Falcio«, sagte Aline leise und nahm meine Hand. »Ich glaube ... ich glaube, das ist einen Versuch wert. Ich weiß nicht, was wir stattdessen tun sollen, und mir steht ansonsten nur ein anderer Weg frei.«

Mir wurde bewusst, dass sie mir etwas in die Hand drückte. Es war das weiche Konfekt. »Also gut«, sagte ich und schob es zurück in meine Manteltasche. »Aber ich komme mit.«

Radger wollte protestieren, aber ich hob bloß die Hand. »Ihr könntet unterwegs Shiballes Männern begegnen. Sobald wir bei euch angekommen sind und Aline sich eingerichtet hat, verlasse ich euch und suche mir einen Weg aus der Stadt.«

Das beschwichtigte sie, und Radger drehte sich um und zeigte den Weg. »Es ist eine halbe Meile die Breitweinstraße hinunter, aber wir sollten die Gassen nehmen, damit wir keinem Ärger begegnen.«

»Geht voraus«, sagte ich. Ein Weg von einer halben Meile, und dann würde ich von alldem befreit sein – ich konnte mich wie ein Wurm aus der Stadt winden und zur Karawane und Kest und Brasti zurück. Und dann? Dabei helfen, eine kindische Prinzessin umzubringen, bevor sie noch mehr

Schaden anrichten konnte? Oder in dem sinnlosen Versuch, Kest davon abzuhalten, gegen ihn kämpfen und verlieren?

Radgers und Laethas Haus sah genau wie jede andere Apotheke aus, die ich je gesehen hatte. Eine Wand bestand aus einer dunklen Holzvitrine, deren mit Glas verschlossene Fächer mit einer Unzahl winziger Krüge und Tiegel gefüllt waren. Überall hingen Büschel getrockneter Kräuter und Blumen an Haken von der Decke. Eine lange Holztheke diente sowohl zum Verpacken als auch für die Anmischung der Rezepte. Hinter dem Laden gab es einen großen Raum, an den zwei kleinere angrenzten, und eine dicke Eichentür führte vermutlich in den Keller. Hinter einem Vorhang in einem der beiden Schlafzimmer befand sich eine verborgene Tür.

»Falls jemand vorn durch den Laden kommt, können wir hier hinten in die Gasse heraus schlüpfen«, sagte Radger und hielt den Wandteppich zurück.

»Mit Sicherheit postieren sie jemanden in der Gasse«, wandte ich sofort ein, aber er lächelte nur und stieß die Tür auf. Direkt zu ihrer Rechten erhob sich eine hohe Mauer.

»Siehst du die Gassenmauer? Von der Straße aus wirkt das wie eine Sackgasse, aber tatsächlich ist dieser Teil hinter der Mauer mit dem Büro eines Notars und der Werkstatt von Heb dem Schreiner verbunden. Sie könnten den ganzen Tag lang in dieser Gasse stehen und auf uns warten und würden doch nicht bemerken, dass wir bereits fort sind.«

Ich lächelte. Das war wirklich gut für sie.

»Wo ist Mattea?«, fragte Aline.

Mir war klar, dass die alte Frau eine wichtige und positive Kraft im Leben des Mädchens gewesen war, und diese Familie nahm eher den Platz von Vettern als von Dienern ein. Das war gut.

»Sie sucht noch nach dir«, sagte Laetha. »Los jetzt, besorgen wir euch erst einmal etwas zu essen. Ihr seht aus, als hättet ihr seit einer kleinen Ewigkeit nichts mehr gegessen.«

Laetha bedeutete uns, sich an den großen Tisch in der Mitte des großen Zimmers zu setzen. Die Holzstühle waren hart, aber für mich fühlte sich das an, als würde ich in einer Wolke versinken. Ich war erschöpft, aber Schlaf war noch Meilen entfernt. Ich musste sichergehen, dass das Mädchen in Sicherheit war, dann würde ich diesen Weg durch die Hintergasse nehmen und so schnell wie möglich auf ein Dach klettern. Ich würde auf dem Weg zur Außenmauer durch die am dichtesten bevölkerten Bezirke gehen und dann ... Nun, dann würde ich bloß noch herausfinden müssen, wie ich meinen erschöpften Körper eine zwanzig Fuß hohe Steinmauer hochschaffen konnte. Vielleicht über die Bäume ... Mir war aufgefallen, dass man in der Nähe der Außenmauer aufgehört hatte, die Bäume zurechtzuschneiden. Das war dumm. Es erleichterte den Leuten, rein- und rauszuschleichen. Falls nicht, kam vielleicht eines der zerfallenden Viertel infrage, oder ...

»Falcio, Essen!«, sagte Aline und holte mich aus meiner Schläfrigkeit.

»Wie lange?«, fragte ich müde.

»Beinahe eine Stunde. Ich hielt es für besser, dich schlafen zu lassen. Du sahst zufrieden aus, als würdest du nicht versuchen, den Nächsten zu töten, der durch die Tür kommt. Einen Augenblick lang warst du nicht wiederzuerkennen.«

»Witzig.«

»Genug geredet, ihr beiden«, sagte Laetha. »Esst.«

Ich hatte erwartet, eine schlichte Mahlzeit vor mir zu sehen, aber das hier war alles andere als schlicht. Es gab Bratkartoffeln und Gemüse, frisches Brot und die dunkelrote Butter, die man in Rijou bevorzugte. Es gab Soße und Salz zum Eintunken. Schließlich schleppte Laetha noch eine ganze gebratene Ente an. Ich konnte das Fett riechen, das von dem Vogel tropfte, und so müde ich auch war, hätte ich ihn beinahe mit beiden Händen an mich gerissen.

»Bei allen Heiligen, Mann«, sagte Radger und lachte. »Du

siehst aus, als würdest du bei Laethas liebevoll zubereiteter Mahlzeit gleich ohnmächtig werden! Hier, trink das.« Er holte ein Glas von der Kommode und schenkte eine klare, aber gelbliche Flüssigkeit ein.

Ich nahm das Glas von ihm entgegen, während er mich erwartungsvoll ansah. Ich zögerte.

Das blieb Laetha nicht verborgen, und sie legte das Messer zur Seite, mit dem sie die Ente zerteilte. »Ach, bei meinen geliebten Vorfahren!« Sie holte ein weiteres Glas von der Kommode und füllte es aus derselben Flasche. Sie nahm einen Schluck. »Siehst du? Ich falle nicht tot um. Das ist bloß Zitronensaft mit Zinwurzel – es hilft dir, wach zu bleiben.«

Ich stieß den angehaltenen Atem aus und trank dankbar. »Dann auf euer Wohl.«

»Gut, Schluss mit dem Unsinn«, sagte Laetha entschieden. »Essen wir.«

Als sie unsere Teller belud, merkte ich, wie die Zinwurzel mich tatsächlich aufweckte. Bei allen Heiligen, meine Arme waren völlig steif – ehrlich gesagt war mein ganzer Körper steif. Ich genoss die Vorstellung nicht, was die nächsten Stunden bringen würden, sobald ich das Haus der Apotheker verlassen hatte.

»Wird Mattea bald zurück sein?«, fragte Aline zwischen zwei Bissen.

»Oh, ich glaube, das wird noch ein paar Stunden dauern«, antwortete Laetha.

Ich achtete kaum auf die Unterhaltung, so sehr hatte ich mich in die gebratene Ente auf meinem Teller verliebt. »Das schmeckt *wunderbar*«, sagte ich, und Aline nickte grinsend, während ihr Bratensoße vom Kinn tropfte. Kaum das Benehmen einer jungen Adligen, dachte ich, und so weit von der verzweifelnden Kreatur entfernt, die noch vor kurzer Zeit davorgestanden hatte, sich das Leben zu nehmen.

Beim heiligen Caveil, welchen Wert hat meine Klinge, wenn sie auf der Welt so wenig Gutes bewirkt?

»Nun, ich bin nur froh, dass wir dich gefunden haben«, sagte Laetha. »Zuerst hatten wir hier kein Glück, und dann *puff*, da warst du, direkt auf der …«

»Laetha«, unterbrach Radger sie, »sie soll das nicht alles noch einmal durchleben. Großes Glück brachte uns zusammen, und mit noch etwas bisschen mehr können wir uns gut um unsere Aline hier kümmern.«

»Ich habe gelernt, mich nicht zu sehr auf das Glück zu verlassen«, sagte ich und spießte eine Bratkartoffel auf, nur um die Gabel auf den Tisch fallen zu lassen. »Entschuldigung.«

Die Mahlzeit vertrieb die Steifheit in meinen Gliedern nicht. Kein bisschen. Ich sah Radger und seine Frau an.

»Wo ist Mattea noch einmal?«

»Wie wir schon sagten, sie sucht mit einigen der anderen nach Aline.«

Laetha hatte angefangen, die nun geleerten Teller einzusammeln. Wir hatten das ganze Essen hinuntergeschlungen, und das in weniger Zeit, als man eine Scheibe Brot buttern konnte.

»Und doch ist keiner von euch aufgebrochen, um einen eurer Freunde wissen zu lassen, dass ihr uns gefunden habt.«

»Nun, sie … sie sind alle unterwegs. Es ist keiner da, dem wir Bescheid geben könnten. Niemand hat damit gerechnet, euch so schnell zu finden.«

»Aber ihr habt uns gefunden«, bemerkte ich.

»Das war großes Glück, gnädiges Glück der Heiligen«, sagte Radger fromm.

Alines Blick huschte zwischen uns hin und her; sie verstand nicht, worum es hier ging.

»Das war mit Sicherheit die beste Mahlzeit, die ich seit einer Ewigkeit hatte«, sagte ich und legte beide Hände auf den Tisch. Sie wollten zittern, aber sie taten es nicht, sie waren steif und schmerzten und waren ziemlich unbeweglich. Alle anderen sahen gut aus, Laetha eingeschlossen, die wieder ihren Platz rechts von mir eingenommen hatte. Aline saß links von mir, und Radger gegenüber.

»Nun, ich bin froh, dass ihr satt seid«, sagte sie lächelnd. Nervös. Noch immer nervös.

Sie weiß Bescheid, ist sich aber nicht sicher, wie weit ich schon weggetreten bin.

»Satt und müde, bereit fürs Bett und bald bereit für den Sarg«, sang ich und lachte.

Der alte Kindervers ließ Aline lachen, aber die anderen schlossen sich ihr nicht an.

»Da gibt es nur ein Problem«, sagte ich mit einem Lächeln.

»Was …«, setzte Laetha an.

»Jetzt brauche ich einen Nachtisch!«

Sie lachten mit mir, erschienen aber etwas verwirrt. »Die Zeit reichte nicht, um etwas vorzubereiten … Vielleicht könnte ich ein paar Zuckerkuchen und Marmelade holen«, meinte Laetha.

»Falcio, sei nicht unhöflich.«

Ich schüttelte den Kopf. »Das ist nicht nötig. Ich bringe meinen immer mit. Aline, meine Liebe, könntest du einem müden, alten, ausgebrannten und zerschlagenen Mann einen Gefallen tun? Greif in meine Tasche und gib mir eine meiner Süßigkeiten, bist du so lieb?«

Offensichtlich verwirrt sah sie mich an.

»Komm schon, ich sitze hier so gemütlich. Ich will bloß eine meiner Süßigkeiten. Die harten.«

Sie stand auf, und Radger machte kurz Anstalten, nach ihr zu greifen, ließ es aber sein, als er meinen Blick bemerkte. Ich lächelte ihn an. Ich konnte mich kaum bewegen, also musste ich ihm um jeden Preis vorgaukeln, dass ich noch immer handlungsfähig war. Ich schätze, dieser Augenblick ist genauso gut wie jeder andere, um zu erwähnen, dass ich in meinen schlimmsten Albträumen stets gelähmt bin.

Aline griff ungeschickt in die Innentasche meines Mantels und zog eines der kleinen Briefchen hervor. »Nein, Liebes, das harte Konfekt. Das weiche Konfekt schmeckt viel zu sehr nach Erdbeeren und wird sich nicht mit der Ente vertragen.«

Sie griff in die andere Tasche. Ihre Hand zitterte jetzt, aber sie versuchte es zu verbergen, weil sie entweder begriffen hatte, was hier geschah, oder weil sie glaubte, ich hätte endgültig den Verstand verloren.

»Genau das«, sagte ich. »Das ist das richtige.«

Ohne weiteres Zögern wickelte sie es aus und schob es mir in den Mund. Und ich schmeckte den strengen, beinahe metallischen Geschmack des harten Konfekts. Einmal an dem Zeug zu schnuppern weckt einen aus dem tiefsten Schlaf. Ein kleiner Bissen lässt einen zwei Tage und Nächte lang laufen, ohne dass man Schlaf braucht. Die Menge, die ich jetzt schluckte, konnte ein Lähmungsgift daran hindern, mein Herz anzuhalten – falls sie es nicht platzen ließ. Ich gab einen Laut von mir, wie man ihn vermutlich machte, wenn man die Titten der heiligen Laina schmeckte, die für die Götter hurt.

»Du scheinst ja wirklich vernarrt in dein Konfekt zu sein«, sagte Laetha trocken.

»Das bin ich in der Tat, gute Frau. Ich würde dir ja etwas davon anbieten, aber das war das letzte Stück. Vielleicht möchtest du etwas von dem anderen Konfekt probieren, das ich dabeihabe? Es ist weich und schmeckt nach Sommererdbeeren.«

»Nein danke«, erwiderte sie. »Du hast recht, Erdbeeren vertragen sich nicht gut mit Ente.«

Aline setzte sich wieder auf ihren Stuhl, rückte jedes Mal näher an mich heran, wenn sie unruhig herumrutschte, sah ständig zwischen uns hin und her und hatte offensichtlich Angst. Radger betrachtete mich von der anderen Tischseite mit Augen, die nichts preisgaben. Wartete einfach ab.

Schön. Ich wartete auch. Aber ich konnte meine Arme noch immer nicht bewegen.

»Wo sagtet ihr noch mal, ist die alte Frau?«, fragte ich.

»Das haben wir dir jetzt dreimal gesagt, sie ist mit den

anderen unterwegs und sucht nach Aline.« Laetha klang sehr gereizt, aber die Anspannung in ihren Schultern verriet Furcht. Radger stand auf und ging zu einem der Schränke in der Ecke.

»Richtig, richtig – entschuldige. Und wie habt ihr uns noch mal gefunden?«

»Das sagten wir dir auch schon, es war Glück. Reines Glück.«

»Natürlich. Was stimmt nur nicht mit mir?«

»Falcio …«, sagte Aline.

»Und dieses Getränk, das ihr mir angeboten habt – köstlich! Was war das noch mal? Zinwurzel?«

»Ja.« Laetha sah zu ihrem Mann hinüber, offensichtlich unschlüssig, was sie tun sollte.

»Es war das Glas«, sagte Radger nüchtern. In der Hand hielt er eine dicke Eisenstange, die nicht ganz zwei Fuß lang war. Jedes Ende war mit gegerbtem Leder überzogen. Das war eine Waffe, um einen Mann auszuschalten, vielleicht um ihn zu verkrüppeln, aber nicht um ihn zu töten. »Falls du dich das fragst, das Gift war bereits im Glas, nicht im Getränk.«

»Ah. Das Glas.« Die Lähmung machte sich in meinen Gliedmaßen und Organen bemerkbar. »Das hätte ich erkennen müssen.«

»Das tun nur wenige«, sagte Radger. »Auf diese Weise bringen wir manchmal Kinder dazu, ihre Medizin zu nehmen, wenn sie störrisch sind. Man trägt sie am Glasrand auf und füllte das Glas mit klarem Wasser, dann trinkt man selbst aus einem sauberen Glas, damit sie sich sicher fühlen.«

»Radger! Was tust du da?«, fragte Aline entsetzt.

»Pst, Mädchen. Du kommst jetzt mit mir«, sagte Laetha und stand vom Tisch auf.

Aline sprang vom Stuhl und war mit einem Schritt hinter mir. Sie zog das Halfter mit den Messern aus meinem Mantel und zückte eins, hielt es vor sich ausgestreckt.

»Sei nicht albern, Kind«, brüllte Laetha.

Radger machte einen Schritt auf sie zu, und Aline schleuderte ihm das Messer entgegen. Sie verfehlte ihn um einen Häuserblock, aber das Messer bohrte sich mit einem zufriedenstellenden satten Laut in die Wand. Mit fliegenden Fingern zog sie das nächste, bevor Laetha ihren Arm packen konnte, und fuchtelte damit vor uns herum.

»Wo ist Mattea?«, verlangte sie zu wissen.

»Jetzt wollen wir uns alle beruhigen, mein Liebling«, sagte Radger.

»Wo ist sie? Ihr könnt mir nicht erzählen, dass sie mir das antun würde – das ist unmöglich!« Mit der linken Hand schüttelte sie meine Schulter und versuchte mich zu einer Bewegung zu veranlassen, aber ich saß so unbeweglich wie ein Stein da.

»Aline«, sagte Radger und machte einen weiteren Schritt auf uns zu. »Es ist jetzt Zeit, dass du dich wie eine Erwachsene verhältst. Im Blut dieses Mannes ist genug Lindenfäule, um ein Rudel Hunde aufzuhalten. Du gehst jetzt mit Laetha und lässt mich das tun, was ich tun muss. Ich will dir nicht wehtun, aber das werde ich, wenn du nicht sofort aufhörst, so böse zu sein.«

»Seid verdammt!«, schrie Aline und schwenkte das Messer, während Radger einen weiteren halben Schritt auf uns zu machte und Laetha die Hand ausstreckte, um auf die Gelegenheit zu warten, Alines Handgelenk zu schnappen. »Seid alle verdammt! Ihr hättet meine *Freunde* sein sollen!« Sie schob die freie Hand wieder in meinen Mantel, und ich brauchte eine Sekunde, um zu begreifen, dass sie wieder nach dem weichen Konfekt griff.

»Nein«, sagte ich zu ihr, »das wird nicht nötig sein. Lass es und tritt ein paar Schritte zurück, Aline.«

Sie hielt kurz inne, dann gehorchte sie, aber sie behielt das Messer in der Hand.

Radger und Laetha sahen erleichtert aus. »Das ist gut, hör

auf diesen Mann«, sagte Radger. »Er weiß, wann man aufhören muss. Es ist nicht nötig, sich so aufzuregen.«

»Nur für den Fall, dass ihr euch später wundert«, sagte ich. »Es war das Konfekt.«

»Was?«

»Das Konfekt. Du bist Apotheker«, sagte ich. »Hast du nie vom harten Konfekt des Königs gehört?«

»Das … das ist ein Mythos«, erwiderte Radger. »Niemand hat jemals dieses Rezept zustande gebracht.«

»Narr«, sagte ich. »Du dummer verfluchter Narr. Glaubst du, du wärst der Erste, der je auf die Idee gekommen ist, einen Greatcoat zu vergiften? Glaubst du wirklich, dass der König mit seinem vielen Geld und seinen Apothekern, die die besten des Landes waren, und seinen zahllosen Büchern aus den ältesten Bibliotheken des Landes – glaubst du wirklich, er ist nie auf den Gedanken gekommen, wir würden es auch mit einem miesen Giftmischer zu tun bekommen? Glaubst du wirklich, wir hätten keine Möglichkeit, dagegen etwas zu unternehmen?«

»Du bluffst«, sagte er. »Du versuchst Zeit zu schinden, hoffst, dass dein albernes Konfekt wirkt, aber es braucht viel länger dazu, nicht wahr?«

»Komm einen Schritt näher«, sagte ich. »Nur noch einen Schritt, dann findest du es heraus.«

Radger zögerte.

»Komm schon! Ich bin direkt hier – ich sitze! Meine Rapiere stecken in ihren Scheiden. Glaubst du, ich könnte am besten Tag meines Lebens aufstehen, meine Klinge ziehen und dich durchbohren, bevor du einen Schritt machen und mir diese Eisenstange über den Schädel ziehen kannst? Also worauf wartest du?«

Einen Augenblick lang sah er Laetha an, dann wieder mich, dann brüllte er auf und machte einen Schritt, schwang die Eisenstange.

Zu meiner eigenen Verteidigung muss ich sagen, dass ich

den Stuhl schneller zurückschieben, aufspringen und das Rapier ziehen konnte, als ich das für möglich gehalten hätte. Aber das harte Konfekt wirkt im Körper von innen nach außen. Glücklicherweise sind die inneren Organe zuerst betroffen, dann Brust, Schultern und Oberschenkel. Hände und Finger schütteln die Lähmung zuletzt ab, was in diesem Fall bedeutete, dass ich nicht vernünftig zielen konnte und die Klinge zur Seite fuhr, und darum traf Radger meine Rippen mit weniger Kraft, statt mir den Schädel einzuschlagen.

Trotzdem traf er mich hart, und ich sackte auf den Stuhl zurück. Das Rapier fiel mir aus der Hand, und er holte zu einem weiteren Schlag aus, um erst dann das in seiner Seite steckende kleine Messer zu entdecken.

»Aline?«, stieß er ungläubig hervor.

Sie hatte sich unter seinem Schlag hinweggeduckt, während ich aufgesprungen war, und ihm die Klinge in die Seite gerammt. So ein großer Mann wie er hätte das lange genug ignorieren können, um sein Werk an mir zu vollenden. Aber wenn man noch nie zuvor eine Stichwunde davongetragen hat, tut das verflucht weh, und der Schock kommt schnell.

Radger stolperte ein paar Schritte zurück. Laetha rannte an seine Seite. Ich beugte mich vor und hob meine Klinge auf, bevor ich mühsam auf die Beine kam.

»Warum gibst du mir nicht das Amulett?«, sagte ich.

»Was?«, sagte Aline.

Ich hielt die Rapierspitze in die Nähe von Radgers blutender Wunde. Laetha griff in eine Rocktasche und holte es heraus. Sie warf es auf den Tisch, und Aline schnappte danach.

»Es ist genau wie das andere«, verkündete sie. Dann beugte sie sich vor und griff in meine linke Manteltasche.

»Es ist nicht da«, sagte ich. »Es muss beim Kampf mit Lorenzo herausgefallen sein. Darum erschienen wir für euch so ›plötzlich‹, nicht wahr, Radger?«

Grimmig nickte er und verbiss sich die Schmerzen. »Sie gaben uns allen diese Kupferdinger, aber nichts passierte, und wir liefen bloß im Bezirk herum. Aber plötzlich war da ein Licht auf der Oberfläche und die Striche von Straßen.«

»Sie funktionieren wohl nicht, wenn du eins trägst oder es in unserer Nähe ist«, erklärte ich Aline. »Hätten wir es nicht verloren, hätten sie niemals …«

Scheiße! Wäre ich nicht so ein verdammter Narr gewesen und hätte einen Kampf provoziert, der genauso gut hätte warten können, hätte ich das verdammte Ding auch nicht verloren.

»Sie gaben euch nur eines?«, fragte ich.

Er schüttelte den Kopf. »Sie gaben jedem von uns eines.«

»Jedem von euch …«, flüsterte Aline.

»Du begreifst es nicht, du dummes Mädchen«, schrie Laetha. »Sie kamen zu uns allen! Zu jedem, der dich oder deine verdammte Familie je kannte. ›Findet sie und seid reich, versagt und seid tot!‹ Diese Wahl hatten wir.«

Sie blickte das Mädchen flehentlich an, dann mich. »Was hätten wir denn machen sollen?«

»Aber Mattea – sie würde nicht …«, flüsterte Aline. »Ich *weiß*, dass sie das nicht tun würde. Wo ist sie? Sagt mir, wo sie ist!«

Laetha sah wütend aus, aber ihr Blick flackerte einen Augenblick lang.

Aline rannte zur Kellertür. »Ihr … Was habt ihr mit ihr gemacht? Mattea! *Mattea!*« Aline riss die Tür auf. Ich hörte, wie sie die Treppe in die Dunkelheit hinunterpolterte.

Radger sackte zu Boden, und Laetha kniete schluchzend neben ihm nieder und drückte den Saum ihres langen Rocks auf die Wunde.

Ich hätte mich auch gern wieder gesetzt. Aber es war besser, auf den Füßen und in Bewegung zu bleiben. Die Kombination des mir verabreichten Giftes mit dem harten Konfekt war eine gefährliche Mischung für das Herz, und je mehr ich mich bewegte, umso schneller würde beides aus meinem Kreislauf verschwinden.

Radger schaute zu mir hoch, und ich konnte sehen, wie bei ihm die Schuld durchbrach. Jemand sollte ihm versichern, dass es in Ordnung ging, dass jeder das Gleiche getan hätte – oder ihn anbrüllen und halb zu Tode prügeln.

Ich entschied mich, nichts davon zu tun. Dieses eine Mal verspürte ich keine Rachsucht. Ich war bloß müde. Diese verabscheuungswürdige Stadt sollte verdammt sein.

Einen Augenblick später hörte ich Alines Schritte und die von jemand anderem, die beide die Treppe hinaufkamen. Sie wurde von einer alten Frau begleitet. Graues, lockiges Haar umgab ein Gesicht, das eine Karte der Welt hätte sein können, bestünde die Welt nur aus Bergen und Tälern. Ihre Hände waren noch immer gefesselt, und sie war noch immer geknebelt. Aline rannte los und zog das Messer aus der Wand, wo sie es zuvor hingeschleudert hatte, und machte mit Fesseln und Knebel kurzen Prozess.

Die alte Frau hustete und räusperte sich, dann richtete sie sich so weit auf, wie sie konnte. Sie war noch immer gebeugt und verschrumpelt, aber ich erkannte Kraft in diesen alten Knochen, und in ihrem Blick lag Stahl. Sie öffnete den Mund und verzog die Lippen zu einem bösartigen Grinsen, das eine obszöne Sprache und ein brutales Temperament versprach – und das war der Augenblick, in dem ich sie endlich erkannte.

»Schneiderin!«

Sie musterte mich von oben bis unten – aber nicht mein Gesicht oder meine Hände oder Füße. Nur meinen Mantel.

»Wie ich sehe, hast du wirklich dein Bestes getan, meinen Mantel zu ruinieren, Falcio val Mond.«

Ich kam mir unnatürlich gehemmt vor. »Ich …«

»Halt die Klappe! Ich muss mich erst um wichtigere Dinge kümmern.«

Die Schneiderin wandte sich Radger und Laetha zu. »Nun, Kinder. Was habt ihr Dummes angestellt, während ihr mich gefesselt in den Keller gesperrt habt?«

Keiner gab eine Antwort, und sie versetzte Radger einen Tritt. Er stöhnte auf.

»Du hast *Kinder?*« Ich konnte es nicht glauben.

»Pff. Bestimmt nicht Radger und Laetha. Nein, ich habe die beiden Narren für eine Unterkunft und eine glaubwürdige Geschichte bezahlt.«

Sie versetzte Laetha einen harten Tritt. »Aber wie sich herausstellte, waren sie sogar noch dümmer, als ich geglaubt hätte, eh, Laetha? Dachtest wohl, du fesselst eine alte Frau und verdienst leichtes Geld, hm?«

»Und ›Mattea‹?«, fragte ich.

Wieder lächelte sie ihr böses Lächeln. »Ich hätte eigentlich gedacht, dass gerade du das kapierst, Falcio. Schließlich ist das ein altes pertinisches Wort.«

Mattea. *Faden.*

»Also verdienst du dir deinen Lebensunterhalt als Kinderfrau in adligen Häusern und bringst Geschichten über die Greatcoats unter die Leute?«

»Ist jedenfalls besser, als im strömenden Scheißregen nach Essensresten zu jagen, oder?«

Plötzlich schlang Aline die Arme um die Taille der Schneiderin und fing an zu schluchzen.

Die Schneiderin erwiderte die wilde Umarmung des Kindes. »Ach, mein Liebling«, sagte sie. »Ach, mein allerliebstes Mädchen. Es tut mir leid, falls meine kleine Lüge dich verletzt hat. Du darfst mich weiter Mattea nennen, wenn du magst. Und ich verspreche dir, ich habe dir bloß neunhundertneunundneunzig weitere Lügen erzählt – aber ich wäre nie, niemals auf die Idee gekommen, dass meine Dummheit dich in eine solche Gefahr bringt. Niemals, *niemals.*«

»Nicht deine Schuld«, stieß Aline zwischen Schluchzern hervor.

Die Schneiderin seufzte. »Nein, Liebes, ich vermute, du hast recht. Es ist nicht meine Schuld, aber ich bin dafür verantwortlich. Es ist jetzt meine Verantwortung.« Sie drückte das Mädchen noch einmal fest an sich, bevor sie seine Arme sanft von sich schob.

»Ihr müsst gehen«, sagte sie zu mir und richtete sich auf. »Radger und Laetha haben nicht nur gelogen; fast jeder auf den Straßen sucht nach euch und der Belohnung, die ihr einbringt.«

Sie nahm das Amulett vom Tisch und legte es Aline um den Hals.

»Dreckige Magie«, sagte sie, »aber dank der Faulheit der Männer auch billig. Nicht schwer für einen Meistermagier herzustellen, aber zusammen funktionieren sie nicht besonders gut. Behalte das, und die anderen werden nicht funktionieren, zumindest bis sie sich etwas anderes haben einfallen lassen.«

Sie wandte sich wieder mir zu. »Beeile dich jetzt, Falcio val Mond, du verfluchter Riesennarr. Du hast einen schrecklichen Schlamassel aus allem gemacht.«

»Und wieso genau ist das mein Fehler?«, fragte ich. Ich hatte den Eindruck, gerügt zu werden.

»Rijou und die Blutwoche. Was glaubst du, wie vielen kannst du im Umkreis von hundert Meilen vertrauen?«

»Niemandem«, sagte ich. »Keiner Seele.«

Sie schenkte mir ein gemeines Lächeln. »Seele? Irgendein Ärsche küssender Gott muss dich zum Optimisten gemacht haben, mein Junge.«

Die Schneiderin küsste Aline ein letztes Mal aufs Haar. »Und jetzt verschwindet hier. Findet ein Versteck, bis die Blutwoche zu Ende ist.« Die Schneiderin wandte sich mir zu, und in ihrem Blick loderten die Feuer sämtlicher Höllen. »Nun liegt es an dir, Falcio. Bring sie zum Teyar Rijou und sorg dafür, dass ihr Name aufgerufen wird. Das schuldest du ihm.«

Ich sah nicht ein, wieso ich Lord Tiarren mehr schuldete, als ich bei dem Versuch, seine Tochter am Leben zu erhalten, bereits gegeben hatte, aber ich war nicht bereit, was auch immer die Schneiderin antrieb, herauszufordern.

»Was ist mit ihnen?« Ich zeigte auf Radger und Laetha in der Ecke.

»Die? Um die brauchst du dir keine Sorgen zu machen.«

»Was ist – was ist mit den Männern des Herzogs?«, fragte Laetha, der Tränen über die Wangen strömten.

»Ach, süße kleine Laetha, wegen dieser großen bösen Männer brauchst auch du dir keine Sorgen zu machen. Nicht die geringsten.« Sie nahm Aline das Messer aus der Hand und wiegte es. »Das ist ein hübsches kleines Messer. Ich glaube, ich behalte es, wenn dir das recht ist.«

Ich nickte – was hätte ich auch sonst tun können? Sie zeigte auf die Hintertür, bevor sie ihre Aufmerksamkeit wieder ihrem »Sohn« und ihrer »Schwiegertochter« zuwandte. »Jetzt geht, wie ich sagte. Was jetzt geschieht, ist nicht für ihre zarten Augen geeignet und auch nicht für dein albernes Gewissen.«

Wir überließen die Schneiderin ihrer Verantwortung.

Ich nahm Aline an der Hand und zog sie durch die versteckte Tür im Schlafzimmer in die Hintergasse. Erst viel später wurde mir bewusst, dass sie, als sie mir das harte Konfekt aus dem Mantel geholt hatte, das weiche Konfekt für sich selbst eingesteckt hatte.

17

DIE DASHINI

Ein paar Stunden später liefen wir durch eine weitere schmale Gasse und hatten die Stadtmauer fast erreicht, als uns die beiden Dashini aufspürten. Dashi'nahiri Tahazu, um ihren vollen Titel zu nennen, ist eigentlich ein Satz, der übersetzt bedeutet »Die Jagd, sobald sie begonnen hat, endet nur mit Blut«. Sie sind schwer zu finden, teurer, als ein Menschenleben wert ist, und genießen den schlechten Ruf, gelegentlich den Auftraggeber zu töten, sobald das Ziel beseitigt ist. Sie sind der geheimste Meuchelmörderorden der zivilisierten Welt, obwohl es natürlich schwerfällt, eine Welt als zivilisiert zu bezeichnen, die Mörder dieser Klasse hervorbringt.

Die Dashini trugen von Kopf bis Fuß dunkelblaue Seide, was sie völlig verhüllte. Auf seine Weise ist das Material genauso genial wie das Leder, aus dem man unsere Mäntel genäht hatte. Ein Mann in Dashini-Tracht kann mit fast perfekter Klarheit sehen, aber sein Gegner erkennt nichts, nicht einmal seine Augenfarbe, was für alle Beteiligten von Vorteil ist, da die wahre Identität eines Dashini-Jägers nie enthüllt wird – nicht einmal den anderen Mitgliedern seines Ordens. Sie treten dem Tempel von Zhina als Säuglinge bei, um – nun, welchem Gott auch immer man sein Neugeborenes opfert – geopfert zu werden. Ein dunkelblau gekleideter Mönch hüllt das Kind in seine erste Seide, und das ist es dann; das Gesicht des Kindes bleibt für den Rest seines Lebens verborgen. Sie kämpfen immer zu zweit, aber selbst ihr Azu – ihr Partner – kennt weder Namen noch Gesicht des anderen.

Im Laufe der Jahre lernt das Kind, wie man sich lautlos und ungesehen bewegt, wie man Gift aus den Pflanzen, Fischen oder Tieren der Orte herstellt, an die man geschickt wird, wie man seine Feinde geistig verwirrt, und natürlich, wie man jeden Gegner besiegt. Und falls Du Dich das fragen solltest, werter Leser, ja, damit sind auch die Greatcoats gemeint. Tatsächlich sogar viele Greatcoats.

Der König verbrachte viele Jahre mit der Suche nach einer Lösung, wie wir sie besiegen könnten, aber es fiel schwer, seine Theorien einer Prüfung zu unterziehen, und die Lösung, auf die er schließlich kam, flößte nicht gerade Vertrauen ein. Andererseits war es alles, was ich in diesem Augenblick hatte.

»Mädchen …«, fing ich an und schob beide Hände auf Brusthöhe in meinen Mantel.

»Ich weiß, ich weiß«, sagte sie und nahm ein paar Schritte Abstand zu mir ein.

»Wir kommen für das Mädchen, nicht für ihren Mantel«, flüsterte mir einer von ihnen zu – vielleicht auch beide (der Stoff vor ihren Gesichtern lässt so etwas schwer sagen). »Vertraue deiner Furcht und geh.«

»*Viszu na dazi*«, erwiderte ich. Das war so ziemlich der einzige Satz, den ich in ihrer Sprache kannte. Er bedeutet »Niemand sah es«, und es bezieht sich auf die Tatsache, dass die Dashini keine Zeugen hinterlassen.

Sie bewegten sich wie Schlangen, tänzelten geschmeidig, während ihre langen Stilette wie Zungen züngelten. Wir hatten den Grund nie herausfinden können, aber irgendwie konnten diese dünnen, leichten Klingen unsere Mäntel müheloser durchdringen als normale Schwerter.

»Besser eine Chance unter tausend als gar keine«, flüsterten sie. Dann bewegten sie sich kaum merklich auseinander, positionierten sich, um mich von beiden Seiten in die Zange nehmen zu können. Ich trat einen Schritt zurück und zog meine Rapiere. Das Mädchen war schlau genug, ebenfalls rückwärtszugehen und den Abstand aufrechtzuerhalten.

»Könnten wir mit dem Dreck anfangen, den ihr Gift nennt?«, rief ich. »Wir sind gewissermaßen auf der Flucht, und ich komme mir hier etwas entblößt vor.«

Natürlich zeigten ihre Gesichter nichts anderes als die übliche dunkelblaue Stofffläche, aber ich stellte mir vor, dass das zumindest eine kleine Überraschung bei ihnen auslöste. Dazu muss man wissen, dass die Dashini, so gut sie auch sein mögen, nicht wissen, was ein fairer Kampf ist. Obwohl sie einen immer mit ihren Stiletten erledigen, gehen sie doch kein Risiko ein, und vor allem lassen sie sich auf keinen Fall durch Stolz von einem guten Mord abhalten. Bevor der eigentliche Kampf also beginnt, kommen sie gern nahe heran, führen ihren kleinen Tanz auf und pusten einem dann ein beinahe nebelähnliches purpurfarbenes Pulver ins Gesicht. Sie bezeichnen es als »Furchtzunge«, und es tut so ziemlich genau das, was der Name verspricht. Es verursacht Furcht und Desorientierung, außerdem stellt es etwas mit dem Hals an, was einen am Sprechen hindert. Es garantiert meistens dafür, dass man am Ende ein langes dünnes Stück Metall tief im Auge stecken hat. So bringen sie die Sache gern zu Ende.

Ihre Art, sich zu bewegen, sich ständig nach hinten und vorn zu wiegen, lässt einen leicht übersehen, dass sie die Distanz verkürzen. Vermutlich hätten sie mir das Gift auch aus dieser Entfernung ins Gesicht spucken können, aber die Dashini werden nie übermütig; sie erledigen nie etwas mit Hast. Sie morden auf die Weise, auf die ein Meisterbäcker Brot macht. Der richtige Augenblick ist alles, das wissen sie. Also schoben sie sich vor und zurück, um die zusätzlichen paar Zoll zu gewinnen, die sie brauchten, um sicherzugehen, dass sie mich mit der Furchtzunge trafen und mit Übelkeit und Entsetzen lähmten.

Ein klügerer Mann als ich hat mal die Frage gestellt,

warum die Furchtzunge die Dashini nicht beeinflusst, wenn sie doch so wirksam ist? Schließlich bewahren sie das Zeug im Mund auf, also müssen sie viel mehr davon inhalieren als ihre Zielperson. Die Antwort ist eigentlich recht simpel. Sie bauen eine Unempfindlichkeit dagegen auf. Wird man das erste Mal davon getroffen (was für gewöhnlich auch das einzige Mal ist, da man das erste Zusammentreffen mit den Dashini nicht überlebt), ist die Wirkung außerordentlich stark. Beim zweiten Mal ist man immer noch desorientiert und verspürt starke Angst, aber der gelähmte Hals bleibt einem meistens erspart. Und beim dritten Mal verschwindet die Desorientierung und lässt nur die Furcht übrig. Das wird eigentlich nie besser, aber wer kann nicht ein kleines bisschen Angst bezwingen? Furchtzunge ist unglaublich teuer, und sie ist auch nicht leicht zu finden, aber zu unserem Glück hatten wir einen König mit viel Geld und noch mehr Kontakten, der der Ansicht war, dass es einfach nicht gut aussehen würde, wenn sich seine Magister jedes Mal schon beim Anblick eines Dashini-Meuchelmörders in die Hosen pinkelten, übereinanderstolperten und vergeblich nach ihren Müttern schrien. Und so hatte jeder Greatcoat des Ordens auf beträchtliche Kosten des Reiches das Glück, ausreichend Erfahrung mit Furchtzunge zu machen, sodass er sich bei einem Angriff von Dashini nicht in die Hosen machte, bevor er starb. Gut investiertes Geld, Euer Majestät.

Als sie mir also den funkelnden Purpurstaub ins Gesicht pusteten, holte ich tief Luft und schleuderte zwei Wurfmesser auf ihre Brust. Ihre langen Stilette schlugen die Messer zur Seite. Das war ein hübscher Trick, den ich vermutlich nie hinbekommen hätte – Kest vielleicht, aber ich nicht. Es hätte mir gefallen, hätten sie meine kleine Überraschung mit einem Kompliment bedacht, aber sie sprechen nicht, wenn es nicht unbedingt nötig ist. Freilich brachte es ihren Schlangentanz kaum sichtlich aus dem Takt, und mehr konnte ich zu diesem Zeitpunkt wirklich nicht erwarten.

Allerdings erwiesen sie mir die Ehre, mich endlich anzugreifen. Ihre Klingen waren perfekt synchronisiert, also benutzte ich die Parade, die wir »Die Zurückweisung« nennen. Denn sie hat eine kleine Ähnlichkeit mit einer winzigen, verächtlichen Geste, mit der man jemanden zurückweist. Tatsächlich handelt es sich dabei aber um eine doppelte Kreisbindung, die gut gegen lange, gerade Klingen funktioniert. Das Manöver schlug ihre Stilette aus der Linie, aber sie verfügten über genügend eigene Tricks, und ich konnte mich nicht darauf verlassen, jedes Mal die richtige Gegenmaßnahme zu erraten; nicht, wo mich zwei von ihnen gleichzeitig angriffen.

Wir umkreisten einander noch eine Weile, und als der Gassenstaub langsam aufgewirbelt wurde, krallte sich die durch die Droge verursachte Angst aus meinen Eingeweiden in Richtung Brust. Ich tat mein Bestes, sie zu ignorieren. Ich musste mich auf die tolle Idee des Königs konzentrieren.

»Es ist wirklich nett, dich wiederzusehen, Tollar«, sagte ich zu niemand Besonderem.

Die Dashini erwiderten nichts, stachen aber wieder zu. Dieses Mal bewegten sie sich absichtlich etwas ungleichmäßig, was bedeutete, dass eine weitere doppelte Kreisbindung versagen würde, da zumindest eine davon nicht treffen würde. Stattdessen konzentrierte ich mich darauf, das Stilett zu meiner Rechten zu blockieren und mit dem linken Fuß einen halben Schritt gegen den Uhrzeigersinn zurückzugleiten. Die Klinge verfehlte mich, und der Versuch des Meuchelmörders, mir beim Zurückziehen einen Schnitt zuzufügen, fügte meinem Mantel nicht einmal einen Kratzer zu. Ihre Spitzen sind höllenscharf, aber die Schneiden selbst können unser Leder nicht durchtrennen, zumindest nicht bei einer so schwachen Berührung.

»Weißt du, Tollar, dein Gespür für den Augenblick ist noch immer scheiße«, fuhr ich im Plauderton fort.

Ich trat hart in den Boden, und als eine Staubwolke emporwallte, vollzog ich einen weiten Ausfall auf den rechten Gegner zu, während meine linke Klinge die andere Seite deckte. Natürlich scheiterte der Angriff, da der Dashini anmutig außer Reichweite sprang. Der Meuchelmörder versuchte über mein Rapier hinweg meinen Arm zu treffen, aber eine kleine nach oben gerichtete Bewegung meines Handgelenks ließ die Stilettspitze gegen den Griffkorb klirren.

»Beinahe hätte ich deinen Freund erwischt, Tollar. Hörst du jetzt endlich auf herumzuspielen und hilfst mir, ihn zu erledigen?«

»Du willst schlafen«, flüsterten sie, und das wäre beinahe auch passiert. Verfluchte dashinische Hirnspiele. Keiner weiß, wie sie funktionieren, aber man muss mit ihnen fertig werden.

»Weißt du, wie wir euch besiegen?«, fragte ich den Rechten. »Witzige Geschichte.«

»Du möchtest still sein«, flüsterten sie wieder, aber das war viel leichter zu ignorieren.

»Nein, ernsthaft, das ist eine tolle Geschichte. Ihr müsst wissen, es ist jetzt ein paar Jahre her, da hatte der König diese Idee – um ehrlich zu sein, hättet ihr schon vor langer Zeit darauf kommen müssen. Diese Sache mit der Geheimhaltung? Ihr wisst schon, euch nie die Gesichter zu zeigen, nie den Namen des anderen zu kennen? Diese hübschen Masken, die eure Stimmen so gut tarnen, dass euch nicht einmal eure eigenen Mütter hinter dem Stoff erkennen würden? Nun, der König, kluger Bursche, der er war, erkannte, dass, wenn wir, sagen wir mal, zwei Dashini erwischen und umbringen, und sie dann einfach – und jetzt müsst ihr mir schon gut zuhören –, also sie einfach durch zwei unserer Männer ersetzen … nun, es würde ihnen schrecklich leichtfallen, sich bei euch einzuschleichen, nicht wahr?«

Sie versuchten es mit einem wahren Hagel von Stichen, aber ich ließ die Rapierspitzen nach oben schnellen und hielt sie durch meine größere Reichweite auf Distanz.

»Was glaubt ihr also, was könnten wir mit zwei unserer

Männer in eurem Tempel alles anfangen?« Ich schüttelte den Kopf. »Nein, nein, wir würden unsere Zeit nicht mit einem heldenhaften Angriff verschwenden, der unsere Leute nur das Leben kosten würde, während ihr euch in einem neuen Loch verkriecht. Das wäre doch eine echte Verschwendung gewesen, nicht wahr? Aber wenn sich unsere beiden Leute stattdessen trennen und im Tempel spionieren? Falls – und ich weiß, das klingt weit hergeholt, aber ihr müsst jetzt mal einfach mitdenken, ja? –, falls also die Bastardmönche im Tempel einen Kontrakt übernehmen, Greatcoats zu töten, dann könnte einer unserer Leute dafür sorgen, dass er einer der für diese Mission ausgewählten Azu ist. Und dann … Nun, warum zeigst du es ihm nicht einfach, Tollar?«

Eine Sekunde lang, nur den Bruchteil einer Sekunde, erstarrten sie in ihrem Tanz und blickten einander mit plötzlichem Misstrauen an. Dann richteten sie die Blicke auf die Klingen meiner Rapiere, die direkt unterhalb ihrer Brust mit den spitzen Enden in ihnen steckten. Ich habe Geschichten gehört, dass Dashini ihren Blutfluss verlangsamen können – dass sie eine Verletzung überleben können, die einen normalen Mann töten würde. Also zog ich die Klingen zurück und durchbohrte jeden von ihnen noch ein paarmal, nur um sicherzugehen. Ich bin mir nicht sicher, ob das ihre übernatürliche Widerstandskraft zunichtemachte oder ob ihre Würde schließlich von ihnen verlangte, etwas zu tun, egal was, damit sie nicht immer wieder durchbohrt wurden, aber schließlich sackten sie beide zu Boden.

Ich widerstand dem Drang, mich auf den Hintern fallen zu lassen und dort eine Weile sitzen zu bleiben. Stattdessen zog ich ein kleines Tuch aus dem Mantel (ich wollte nicht riskieren, irgendein anderes Kontaktgift auf ihrer Kleidung zu berühren) und zog ihnen vorsichtig die Seidenmasken vom Gesicht.

»Nun, das ergibt Sinn«, sagte ich laut. »Sie haben also sehr exotische und vermutlich individuelle Tätowierungen auf dem Gesicht. Ich schätze, das würde es schwer machen, sich für sie auszugeben. Ich frage mich, ob die alle von ihnen haben. Scheint ein großer Aufwand zu sein, vor allem, wenn man bedenkt, dass die meisten von ihnen von den eigenen Lehrern umgebracht werden, bevor sie auf ihre erste Mission geschickt werden.«

Das Mädchen kam hinter mir heran und legte mir die Hand auf den Arm. Sie starrte die beiden an, blieb aber außer Reichweite. »Du meinst, ihr habt gar keine Männer in ihren Tempel einschleusen können?«

»Hm? Natürlich nicht – zwar hatte der König ein paarmal versucht, dort Spione einzuschleusen, aber die sind alle gestorben. Sie haben sich ein paar wirklich kreative Freiheiten genommen, was die Rückgabe der Leichen angeht. Und zwei ausgebildete Dashini gefangen zu nehmen und zum Reden zu bringen? Eine lächerliche Vorstellung.«

»Aber du hast sie doch dazu gebracht, dass sie an die Idee des Königs glaubten.«

»Ja, der König kam zu dem Schluss, dass Leute, die ihr ganzes Leben damit verbringen, die Kunst des Mordens zu lernen und nie Bücher, Menschen, Unterhaltungen oder selbst gelegentlich einen schmutzigen Limerick um sich haben, vermutlich dann und wann für etwas Paranoia anfällig sind.«

Sie starrte mich an, als wäre ich ein Narr.

Irgendwie war ich ganz kribbelig. Ich hatte gerade zwei Dashini-Meuchelmörder besiegt. *Das soll Kest erst einmal nachmachen.* Ich lächelte Aline an und stieß die Luft aus. Ihre Augen weiteten sich, und sie tat etwas Seltsames: Sie fuhr herum und rannte so schnell weg, wie sie konnte. Und etwas Hartes traf meinen Hinterkopf, und ich verlor das Bewusstsein.

Zwischen unserer Gefangennahme und der Ankunft im herzoglichen Palast wachte ich mehrere Male auf. Meine Hände und Füße waren an einen stabilen Holzpfahl gefesselt, und ich schwang hin und her. Der Mann vor mir war groß und breitschulterig; der hinter mir muss etwas kleiner gewesen sein, denn mein Kopf schien tiefer zu liegen als mein Körper.

»Er ist wach«, hörte ich den Mann hinter mir grunzen.

»Dann schlag ihn noch einmal«, erwiderte der vordere.

»Nein, noch nicht.« Die neue Stimme war männlich, aber höher, der Oberklasseakzent kam mir irgendwie bekannt vor. Plötzlich trat ein Gesicht in mein Blickfeld. Langes goldblondes Haar berührte fast meine Nase. Das Gesicht war ansehnlich und zeigte für meinen Geschmack bei Weitem nicht genug Blutergüsse.

»Lorenzo.«

Er lächelte. »Schön, dich wiederzusehen, Erster Kantor.«

»Lorenzo, für so kurze Zeit sieht dein Gesicht bemerkenswert geheilt aus.«

»Magie – teuer. Und kannst du dir das vorstellen? Sie bewirkt überhaupt nichts gegen die Schmerzen – alles schmerzt noch genauso wie in dem Augenblick, in dem du aufgehört hast, mich zu treten, Falcio.«

»Ja, deswegen wollte ich mich noch entschuldigen. Es tut mir leid, Lorenzo, wirklich leid.«

Ich schaute nach rechts und versuchte festzustellen, wo wir waren. Den vielen Menschen nach zu urteilen, mussten wir uns auf einer der Hauptstraßen befinden – vermutlich war es der Kestrelweg, die Straße, die am Palast des Herzogs endete.

Lorenzo packte mit starker Hand mein Gesicht – es war die linke, wie ich bemerkte. Mit seiner rechten hatte ich ein paar wirklich hässliche Dinge angestellt.

»Ich bin mir nicht sicher, ob ich deine Entschuldigung annehmen kann, Falcio. Nicht bevor ich mir völlig sicher sein kann, dass du es auch ehrlich meinst.«

Ich wollte mit den Schultern zucken, aber meine Glieder waren so taub, dass vermutlich nicht viel geschah.

»Wo ist das Mädchen, Lorenzo?«, fragte ich.

»Wir haben sie vorausgeschickt«, erwiderte er. »Wir wollten so schnell wie möglich mit ihr anfangen.«

Ich seufzte. Aline hatte das weiche Konfekt behalten, also würde sie mittlerweile vermutlich tot sein. Wenigstens konnte sie den Augenblick selbst bestimmen. Ich fragte mich, wie sie uns erwischt hatten, aber dann kam mir eine andere Frage in den Sinn.

»Wir«, sagte ich.

»Was?«

»Du sagtest: ›Wir wollten anfangen.‹ Ich nehme an, du meinst den Herzog. Was halten denn deine sogenannten ›Neuen Greatcoats‹ davon, dass ein kleiner Klaps auf die Finger schon reicht, damit du deine hochgestochenen Prinzipien vergisst und zum Herzog rennst?«

Lorenzo sah mich fragend an. »Ist das dein Ernst?«, fragte er ehrlich interessiert. Dann lachte er bellend auf. »Ehrlich? Du weißt es nicht?« Er lachte wieder. »Bei allen Heiligen, Falcio! Du weißt es nicht? Und doch prügelst du mich grün und blau? Weswegen? Weil ich dein Gespür für die große Würde der Greatcoats verletzt habe?«

»Ah. Nun, das ergibt jetzt tatsächlich mehr Sinn, nicht wahr?«

Er schien sich prächtig zu amüsieren. »Falcio, du magst ein Narr sein, und du wirst mit Sicherheit einen grausamen Tod sterben, aber du hast Stil.«

»Also deine Neuen Greatcoats?«

»Potenziell nützlich. Obwohl, in gewisser Hinsicht hattest du recht – ihnen fehlt es an Würde. Aber genau darum ging es. Die vom Volk so geliebten Greatcoats zurückzuholen, aber mit einer lenkbareren, *edleren* Einstellung.«

»Du meinst also, sicherzugehen, dass sie dumm, eitel und größtenteils nutzlos sind?«

Er lächelte. »Ich gebe zu, keine völlig ungerechte Charakterisierung. Aber ja, den Leuten etwas zu geben, das wie ein Greatcoat aussieht und redet, der aber auf eine Weise urteilt, die ein zufriedenstellenderes und berechenbareres Ergebnis bringt.«

»Und wenn die Leute irgendwann begreifen, dass sie ihnen nicht vertrauen können?«

»Dann werden sie sich von den Greatcoats abwenden, und das Resultat ist genauso gut.«

Ich dachte ein paar Augenblicke lang darüber nach. »Dann muss ich mich noch einmal entschuldigen, Lorenzo.«

»Wofür?«

»Wenn ich dich das nächste Mal zu Boden schicke, werde ich dafür sorgen müssen, dass du nie wieder aufstehst.« Das Schaukeln bereitete mir langsam Übelkeit. »Hey, du da vorn«, sagte ich zu dem Mann vor mir. »Halt die Stange etwas ruhiger, oder du bekommst am Palast kein Trinkgeld.«

»Ha! Seht ihr, das ist der Falcio, den ich in so kurzer Zeit bewundern gelernt habe. Du hast Sinn für Humor, für Stil.«

Das Schaukeln hörte auf. »Aber wir sind am Palast angekommen. Es war nett, dich wiederzusehen, Falcio val Mond. Ich bedauere, dass wir uns aller Wahrscheinlichkeit nach nie wieder begegnen werden.« Dann hielt Lorenzo meine Nase mit den Fingern seiner rechten Hand zu und drückte die linke auf meinen Mund, bis ich das Bewusstsein verlor.

18

DIE HERZOGIN

Mein erster Tag der Folter bescherte mir den besten Schlaf seit Jahren. Tagelang hatte ich keine Ruhe gehabt, war in ein halbes Dutzend Kämpfe verwickelt gewesen, die ich kaum überlebt hatte. Mein Körper wies Dutzende Prellungen und oberflächliche Verletzungen auf, von denen keine Zeit zur Heilung gehabt hatte, und natürlich war ich mit einem tödlichen Lähmungsmittel vergiftet worden, das nur die geringfügig weniger tödliche Überdosis des harten Konfekts überwunden hatte.

Aber viel schlimmer als all das war die tiefgreifende Erkenntnis, dass ich versagt hatte. Ich hatte so gründlich versagt, wie ein Mann in der Geschichte der Welt nur hatte versagen können, und keine Absicht oder Tat von meiner Seite konnte das ändern. Aline war tot, ich würde bald sterben, und selbst wenn Kest zum Mörder wurde, um Valianas Thronbesteigung zu verhindern, würden die Herzöge am Ende ihren Willen doch durchsetzen. Die lange Reihe von Fehlschlägen, die die Geschichte meines Lebens bildeten, hatten damit angefangen, dass ich darin versagt hatte, meine Frau Aline zu retten, danach hatte ich darin versagt, meinen König zu retten und die Greatcoats zusammenzuhalten, und jetzt hatte ich darin versagt, ein einfaches junges Mädchen zu beschützen, das ich aus keinem besseren Grund hatte retten wollen, als weil es den Namen meiner Frau trug. Auf mich warteten nur noch Folter und Tod, und ich fühlte mich befreit. Ich bezweifle, dass Kleriker so etwas laut sagen, aber in Wahrheit schlafen die, die völlig und wahrhaftig versagen, am tiefsten und ruhigsten von allen.

Aber schließlich wachte ich doch auf und fand mich in einer Zelle wieder, die nur wenige Fuß länger als meine Körpergröße war. Meine Handgelenke wurden von Handschellen gehalten, die von einem an einen Galgen erinnernden Holzgerüst hingen. Vermutlich hätten sie die Ketten auch an einer unerfreulicheren Stelle meines Körpers anbringen können, also zählte ich mich glücklich.

Es dauerte einen Augenblick lang, bis mir bewusst wurde, dass sich da noch ein Mann im Raum befand, der auf einem Hocker saß.

»Oh, hallo«, sagte ich.

Der Mann sah auf. Er war groß, keine Frage, hatte breite Schultern und eine ebenfalls breite Taille. Er trug die übliche rote Ledermaske eines Folterknechts.

»Habe ich das Frühstück verpasst?«

In Rijou besteht die Folter aus Schlägen und Gift, einer Vielzahl von Salben und Cremes, die Schmerzen verschiedensten Ausmaßes hervorrufen, von greller Qual bis zu einem schlichten Jucken, das einfach nicht aufhört. In gewisser Hinsicht ist das Jucken am schlimmsten. Sie reiben es einem auf die nackte Haut und lassen einen ohne Kette oder Handschellen in der Zelle zurück, dann warten sie darauf, dass man anfängt, sich die Haut vom Leib zu reißen. Die Substanz, mit der sie das Jucken hervorrufen, beschränkt sich nicht auf eine Stelle, also verbreitet sich das Gefühl über den ganzen Körper. Es gibt buchstäblich keinen Zoll, der nicht juckt. Üblicherweise gehen als Erstes die Augen drauf.

Aber damit fing er nicht an. Vermutlich wollte man mich zuerst weichklopfen, darum überraschte es mich nicht, als er begann, mich ins Gesicht, den Magen und den Rücken zu schlagen, und dabei die ganze Zeit über Fragen stellte.

Sein Akzent war so ausgeprägt, dass ich ihn kaum verstehen konnte, aber er wiederholte ununterbrochen eine Frage.

»Sie wissen wollen, ob es noch andere geben.« Ein Schlag in den Magen.

»Sie wissen wollen, ob es noch andere geben.« Der nächste Schlag, diesmal in die Rippen auf der rechten Seite.

»Andere was?«, fragte ich.

Der nächste Schlag, diesmal ins Gesicht. »Sie wissen wollen, ob es noch andere geben.«

Unsere Beziehung ging eine Weile auf diese Weise weiter.

Manchmal hörte er kurz auf, aber nur, damit er meine Haut mit Salbe beschmieren konnte, die wie brennendes Öl über meine ganze Brust züngelte.

Dann fing er wieder mit den Prügeln an.

Ich versuchte nicht, den Mund zu halten – das ist ein großer Fehler. Seinem Schmerz Ausdruck zu geben, ist ein Teil des Prozesses, wie der Körper ihn loswird. Er wollte, dass ich redete, also redete ich. Ich sagte ihm, wie ich mich fühlte. Ich sagte ihm, wo es wehtat. Ich erzählte ihm alles über mich. Ich grunzte und stöhnte und flehte um Gnade, und in den Augenblicken, in denen er innehielt, in denen ich es schaffte, wieder zu reden, tat ich das, was von einem Greatcoat erwartet wurde, wenn er gefangen genommen wird. Ich rezitierte das Gesetz des Königs.

»Das Erste Gesetz besagt, die Menschen sind frei«, sang ich leise. »Denn ohne die Freiheit der Entscheidung können die Menschen nicht ihrem Herzen dienen, und ohne Herz können sie nicht ihren Göttern, ihren Heiligen oder ihrem König dienen.«

»Was ist die mächtigste Waffe der Greatcoats?«, fragte uns König Paelis. Er stand auf einem niedrigen Podest im Hof, und alle hundertvierundvierzig Greatcoats hatten Haltung angenommen. Es war der erste Tag des Frühlings, und zum allerersten Mal würde die volle Macht der Greatcoats in die

Städte, Dörfer und Siedlungen des Landes strömen, um Klagen zu hören und die Gerechtigkeit des Königs zu vollstrecken. Wir waren ausgebildet worden; wir hatten uns vorbereitet. Wir waren bereit. Aber der König verspürte trotzdem das Bedürfnis, uns vor unserem Aufbruch noch eine letzte Lektion zu erteilen.

»Das Schwert ist die mächtigste Waffe«, rief einer.

Der König schüttelte den Kopf. »Es wird immer jemanden geben, der besser mit dem Schwert umgehen kann.«

»Nun, dann vielleicht Kests Schwert«, sagte ein anderer. Gelächter ertönte.

»Verschwiegenheit«, meinte jemand.

Wieder war der König anderer Meinung. »Wir tun unser Bestes, wenn die Menschen wissen, wer wir sind und was wir bringen.«

»Schnelligkeit!«

»Willenskraft!«

So ging das noch eine Weile weiter, und der König sah zu mir herunter, als erwartete er, dass ich das Wort ergriff. »Unsere großen Mäntel. Unsere Mäntel beschützen uns vor der Gefahr. Ihre Oberfläche beschützt uns vor den Schwertern unserer Gegner. Ihre Leichtigkeit lässt uns schneller reagieren als ein Ritter in seinem Panzer. Ihre Wärme beschützt uns vor der beißenden Kälte. Ihre Taschen verstauen die Dinge, die wir zum Überleben brauchen. Unsere Mäntel sind unsere beste Waffe.«

Die anderen murmelten zustimmend.

Aber der König schüttelte den Kopf. »Ach, Falcio, sogar du … Nein, dein Mantel ist trotz allem nur ein Werkzeug. Man kann ihn dir abnehmen.«

»Niemals!«, rief jemand.

Der König hob die Hände und bat um Ruhe, dann trat er an den Rand des Podests. »Eure größte Waffe ist euer Urteilsvermögen«, sagte er einfach. »Alles andere kann man euch wegnehmen, für alles andere kann auch ein anderer sorgen.

Es gibt viele Männer und Frauen mit Schwertern; jeder kann kämpfen oder laufen oder töten. Aber nur ihr, meine Magister, allein ihr bringt dem Volk die Macht eures Urteilsvermögens. Es ist eure Kenntnis der Gesetze – nicht nur die Worte, sondern ihre Bedeutung. Darum singen wir die Gesetze, damit man sich an sie erinnert! Ihr singt das Urteil, damit es die Männer und Frauen im Kopf und in ihrem Herzen behalten, lange nachdem ihr ihre Dörfer wieder verlassen habt. Eure Fähigkeit liegt darin, ein Urteil zu fällen, nicht nur als Bestrafung, sondern als Heilung für den Bruch im Herzen der Menschen, der auftritt, wenn die Gesetze gebrochen werden. Es ist euer Urteilsvermögen, das euch von den anderen unterscheidet. Meine Greatcoats, wendet euch in euren dunkelsten Stunden – und davon wird es viele geben, vergesst das nicht – wendet euch in euren dunkelsten Stunden zuerst an euer Urteilsvermögen, an eure Stimme, und singt die Worte.«

Wendet euch zuerst an euer Urteilsvermögen, an eure Stimme, und singt die Worte. Und während mein Folterer auf mich einschlug, tat ich genau das.

Meine Bemühungen, den Folterer von seinem Irrtum zu überzeugen, hatten keine Resultate erzeugt. Aber als ich am Morgen erwachte, erhielt ich meine Belohnung, denn er summte die Melodie des königlichen Gesetzes der Freien Reise. Es muss ihm peinlich gewesen sein, dass ich das bemerkte, denn an diesem Morgen prügelte er besonders grausam auf mich ein.

An meinem vierten Tag in der Zelle war ich nicht mehr weit von meinem Ende entfernt. Trotz der Heilsalben, die man regelmäßig auf meinen Körper schmierte, damit ich nicht einfach friedlich entschlummerte, hatte ich keine großen Reserven mehr übrig. Da ich kaum einen Finger heben, geschweige denn einen Fluchtplan schmieden konnte, hatten sie mich sogar von den Ketten befreit.

In solchen Zeiten glauben wir Pertiner, dass ein Engel kommen wird, um deine letzten Worte zu hören.

»Und hier sitzt Paelis' letzte große Hoffnung«, sagte eine Stimme. Sie hörte sich nicht gerade wie ein Engel an. Ich schlug die Augen auf.

Was ich sah, war eine Frau, die ihre mittleren Jahre schon hinter sich gelassen hatte. Ihre Gestalt war schlank, aber wohlgerundet, und sie trug ein dunkelrotes Gewand mit dazu passenden Juwelen – Rubine –, die an ihren Ohren und um den Hals hingen. Sie hatte auffallendes graues Haar, aufwendig frisiert über einem mit tiefen Linien versehenen und humorlosen Gesicht. Sie war nicht als schön zu bezeichnen – vermutlich war sie nie schön gewesen –, aber in den scharfen Kanten ihrer Züge und der Kälte ihrer Augen lag noch immer etwas Verführerisches, etwas, das andeutete, dass sie genau wusste, was man wollte, was man brauchte – etwas, das sowohl Bauern wie auch Adlige dazu bringen würde, sich ihrem Willen zu beugen.

Dann fiel mein Blick auf die Ringe an ihren Fingern: sieben Stück, groß, protzig und in der Form von Rädern. Trotz meiner Schwäche warf ich mich vorwärts, um sie zu töten.

Mein Folterer, den ich »Ugh« genannt hatte, weil das immer aus meinem Mund kam, wenn er mich schlug, packte mich mit einer Hand und hielt mich fest, obwohl das vermutlich überflüssig war. Mein versuchter Angriff war mehr, als mein Körper zu leisten imstande war, und hätte er mich losgelassen, wäre ich zu Boden gestürzt. Stattdessen versetzte er mir einen Hieb ins Gesicht und warf mich gegen die Wand.

»Ugh«, machte ich.

»Ts, ts. Eine Hinrichtung ohne Gerichtsverfahren? Ich war immer der Meinung, ihr Greatcoats würdet über solchen Dingen stehen«, sagte Herzogin Patriana.

»Du hast Tremondi umgebracht, du Dreckstück.« Ich hustete etwas hoch, von dem ich hoffte, dass es kein Zahn war.

»Hast du es selbst getan? Oder hat es jemand für dich erledigt? Ich schwöre, wenn es deine Tochter war, schlitze ich sie selbst auf.«

Sie sah unbewegt auf mich herunter. »Du bist respektlos, gewöhnlich und unwichtig«, sagte sie.

»Vielleicht solltest du dann verschwinden. Ich war gerade im Begriff, Ugh hier über die Feinheiten der Landbesitzerverträge und die Anbaurechte aufzuklären.«

Sie lächelte. »Ja, richtig, deine königlichen Gesetze. So gerecht, so ehrenhaft – sie zu meistern heißt den Sonnenschein zu meistern oder das Licht des Mondes. Sie allein laut auszusprechen wird die Seele der Bauern wachrütteln und das Land von der Unterdrückung des Adels befreien!«

»So ähnlich«, erwiderte ich.

»Es stellt sich die Frage, warum sich Paelis nie den ganzen Ärger ersparte. Hätte er den Herzögen seine wunderbaren Gesetze beigebracht, hätte er uns auf diese Weise von unserer tief verwurzelten Ignoranz befreit.«

Ich lächelte. »Aus dem gleichen Grund, aus dem wir darauf verzichten, Katzen das Zählen beizubringen. Sie sind entweder zu dumm dazu, oder es ist ihnen egal.«

Ugh hob mich vom Boden hoch und schlug mich.

Ich hustete und schmeckte Blut. »Du hast ja recht, Ugh. Es ist Zeit weiterzumachen … es gibt viel zu bereden … Kann ich dir sonst noch helfen, Durchlaucht?«

Patriana beugte sich nahe heran und musterte mein Gesicht mit der gelangweilten Aufmerksamkeit einer Heilerin, die einen ziemlich unwichtigen Patienten untersucht. »Dir ist schon klar, dass einige von ihnen jetzt für mich arbeiten?«, fragte sie leise.

»Einige wovon?«

»Die Trattari. Deine Greatcoat-Kameraden – die Hälfte von ihnen arbeitet für mich. Die andere Hälfte sind heutzutage Banditen.«

Ich schnaubte. Es tat weh.

»Lach, wenn es dir Spaß macht, Erster Kantor, aber es ist eine Tatsache. Deine edlen Greatcoats bestreiten ihren Lebensunterhalt damit, das Land zu plündern. Es hat Raubüberfälle gegeben, Falcio, und Morde. Und Vergewaltigungen. Und das waren alles deine Männer.«

»Lügnerin«, sagte ich, obwohl ich den Mund halten wollte.

Sie schüttelte den Kopf. »Unschuld mag ja eine Tugend sein, Falcio, aber sture Ignoranz ist es nicht. Man hat euch vor fünf Jahren aufgelöst. Hast du wirklich geglaubt, sie würden alle einem toten König loyal bleiben?«

»Es gibt keinen Verräter bei den Greatcoats. Nicht einen.« Das kam wie ein Rinnsal Blut über meine Lippen.

Patriana lachte. »Verräter? Du armer, verblendeter Narr. Die Greatcoats dienen dem Staat! Der König ist seit fünf Jahren tot, und die Herzöge sind die rechtmäßigen Herrscher dieses Landes. Die Männer, die für uns arbeiten, sind keine Verräter, Falcio – du bist einer!«

Wenn man gefoltert wird, liegt die wichtigste Fähigkeit darin, das zu ignorieren, was man hört. Die Schmerzen sind schrecklich, aber was sie sagen, das bricht einen. Darum muss man mit den Schmerzen leben, die Worte aber ausblenden.

»Nun gut, du scheinst alles zu haben, was du brauchst. Wenn es dir recht ist, gehe ich jetzt.« Ich ließ den Kopf sinken und schloss die Augen.

Ugh schlug mich ins Gesicht.

Die Herzogin richtete sorgfältig ihr Gewand und setzte sich auf den Hocker. Sie schlug einen Knöchel über den anderen.

»Gibt es andere?«, fragte sie.

»Ach ja, das. Ugh fragt mich das schon seit einer Weile.«

»Und anscheinend hast du nicht geantwortet. Also lass mich dich noch einmal fragen, gibt es andere? Dein Fluchtversuch aus der Stadt ist gescheitert, und es gibt keinen Grund, deine Qualen zu verlängern. Also beantworte die Frage: Wo sind die anderen? Leben sie noch?«

Ich wusste es ehrlich nicht, das war die Wahrheit. Abgesehen von Kest und Brasti hatte ich schon seit Jahren keinen anderen Greatcoat mehr gesehen. Ich hatte mich davon zu überzeugen versucht, dass Parrick, Niles, Dara und einige der anderen überlebt hatten, dass wir eines Tages alle wieder zusammenfinden würden, aber die Wahrheit war, dass das einzige Land, das wir jemals wieder teilen würden, das Land des Todes war.

»Viele«, sagte ich. »Hunderte. Und ich schwöre, die Zahl wächst jeden Tag.«

»Antworte mir!«, schrie sie, sprang auf und schlug mich ins Gesicht. Die Kraft des Schlages überraschte mich.

»Ich habe mein ganzes Leben einem Werk gewidmet, das dieses Land verwandeln wird – das es in den Augen der Heiligen und Götter stark machen wird. Und ich lasse nicht zu, dass man meine Pläne zunichtemacht, weil einer von Paelis' kleinen Bastarden losrennt und die Bauern oder die verfluchten Karawanenlords aufhetzt.«

»Hast du nicht behauptet, die meisten von uns würden entweder für dich arbeiten oder sind Banditen? Vielleicht traust du uns ja doch mehr zu, als du zugeben willst.« Ihre Überschätzung der Überredungskünste der Greatcoats überraschte mich etwas.

»Ich traue euch gar nichts zu, du Narr. Also, wenn du deine geistige Gesundheit oder deine Seele schätzt, beantwortest du die Frage. *Wo sind die anderen?*«

Etwas an der Art, wie sie diese Frage stellte – die Furcht, der Zorn, das tief sitzende Bedürfnis, es zu wissen –, etwas an der seltsamen Ehrlichkeit aus dem Mund der Frau, die mehr als jede andere lebende Person für die Zerstörung meiner Welt verantwortlich war, brachte mich dazu, wahrheitsgemäß zu antworten. »Ich weiß es nicht. Ich weiß es wirklich nicht.«

Sie beugte sich vor und grub ihre Nägel in meine Gesichtshälften. »Du dreckiger, dummer *Junge.* Du Hund. Du glaubst, du bist gefoltert worden? Du glaubst, Schmerzen zu kennen? Die Dinge, die man hier tut, sind nichts verglichen mit dem, was ich dir antun kann. Ich lasse deine Haut aufschlitzen und verhungernde Kinder holen, die das Blut aus deinen Wunden saugen, während du zusiehst. Ich streiche eine Salbe auf deinen Schwanz, die ihn hart macht, dann lasse ich sie dich damit alte Frauen zu Tode vergewaltigen. Ich erschaffe *Ungeheuer,* Falcio val Mond, und ich kann ein Ungeheuer aus dir machen. Ich kenne mehr Möglichkeiten, einen Mann zu foltern, als sich dieser Hund hier mit seinem Gift und seinen Schlägen vorstellen kann.«

»Pst«, sagte ich. »Mit diesem Gerede verletzt du Ughs Gefühle.«

Sie ließ meinen Kopf fallen. »Bring ihn«, befahl sie Ugh. »Und jemand soll das Mädchen holen, falls noch etwas von ihm übrig ist.«

Das Mädchen?

19

DAS FABELPFERD

Als ich wieder zu Bewusstsein kam, waren meine Handgelenke gefesselt, aber das störte mich nicht besonders. Benommen, wie ich war, musste mich Ugh immer wieder durch die Korridore des herzoglichen Kerkers tragen. Die Wände bestanden aus dem gleichen harten Stein, der das Fundament des Palastes und der Promenade an der Vorderseite bildete. Das hier war wahrlich der Stein von Rijou, ein ausbruchsicheres Gefängnis für die Herzöge, in dem sie sich am Leid anderer ergötzen konnten.

Ich weinte, ohne dass ich den Grund dafür in Worte hätte fassen können. Aber sosehr der Verstand den Körper im Laufe der Zeit auch verachten mag, wird der Körper die Schändung des Geistes doch immer betrauern. Ugh sang leise vor sich hin, und ich fragte mich, ob ihm bewusst war, dass er das königliche Gesetz gegen Ungerechte Bestrafungen summte. Falls nicht, war das ironisch, falls doch, entzog sich das ehrlich gesagt meinem Verständnis.

»Ich glaube, wir bald Abschied voneinander nehmen«, sagte er in seinem schweren Akzent, den ich noch immer nicht zuordnen konnte. Vielleicht kam er irgendwo aus dem hohen Norden?

»Abschied?«

Wir kamen ans Ende eines langen Gangs, der an einer schmalen Treppe nach oben endete. Sie führte zu einer Tür mit Gitterstäben, die das schwindende Nachmittagslicht zeigte.

»Ich bringen dich durch diese Tür, dann in Stall. Sie befiehlt. Wenn Pferd fertig, nichts mehr übrig zum Zurückbringen.«

»Pferd?«

»Ruhig jetzt.« Er warf mich über die Schulter und stieg die Stufen hinauf. »Reden bringen mir Ärger ein von Lady. Aber du interessanter Mann. Lustige Lieder. Sonst keine Musik für mich. Vielleicht doch kein so schlechter Mann, wie alle sagen. Gibt mir Wunsch, Abschied zu nehmen wollen.«

Oben an der Treppe donnerte er sechsmal hart gegen die Tür. Auf der anderen Seite blickte ein Wächter durch die Gitterstäbe, dann nahm er einen Schlüssel vom Hals und öffnete. »Ziel?«, fragte der Mann.

Ugh setzte mich ab, wobei er mich immer noch aufrecht hielt, aber jetzt, wo jemand zusah, war er bedeutend gröber. »Stall. Lady gibt ihm dem Pferd.«

»Befehle?«

»Befehle sein in meiner Scheißfaust, wie immer. Du wollen sie genau sehen?«

Der Wächter trat zur Seite und ließ uns passieren.

»Die Wächter hier sein verfluchte dumme Tiere«, sagte er zu niemand Besonderem, als wir über den offenen Hof gingen. »Du wollen vielleicht rennen, eh?«

»Klar«, erwiderte ich. »Ich brauche bloß einen kleinen Vorsprung.«

»Sie sagen, ihr Greatcoats sein damals verflucht harte Burschen. Trickreich, was? Vielleicht du haben auch Trick für mich?«

Ich sah ihn an. »Ich fürchte, ich habe alle meine Tricks verbraucht.«

Ugh versetzte mir einen Stoß, der mich vorwärtstaumeln ließ. »Sein egal. Überall Wächter von hier zum Palasttor. Du kommen keine zehn Schritte, bevor sie dich haben.«

Er drehte mich um und blickte mir in die Augen. »Also keinen Ärger, ja? Sinnlos, ja? Du machen mir keinen Ärger, ja?«

»Sehen wir uns das Pferd an«, sagte ich.

Er grunzte, drehte mich wieder um und stieß mich weiter.

Zum Stall war es ein kurzer Weg – ich hatte angenommen, dass es um den Palaststall ging, aber das hier war etwas anderes. Durch ein breites Tor betraten wir ein allein stehendes großes Gebäude, das wie sechzehn verschiedene Höllen stank. Außer einem aus Eisenstangen konstruierten Käfig in der Mitte stand es fast völlig leer. Neben dem Käfig saß Herzogin Patriana auf einem Stuhl und trank aus einem kleinen Becher. Im Käfig wartete ein Ungeheuer.

Die Bestie war gewaltig, beinahe doppelt so groß wie ein Streitross. Der Kopf war riesig und fast eine Armlänge höher als der Kopf eines wirklich großen Mannes. Das Fell war ruiniert, entblößte fast die darunterliegende Haut, und jeder Zoll des Körpers war mit Striemen und Narben bedeckt. Die Ohren lagen flach am Kopf an, die Augen waren so schwarz wie Kohle. Als das Biest das Maul öffnete, sah ich, dass die Zähne spitz zugefeilt waren. Der Laut, der aus diesem Rachen drang, kam einem Knurren näher, als ich es je bei einem Pferd gehört hatte.

Patriana bedeutete Ugh, mich näher zu bringen. Er ließ mich ein paar Fuß vor dem Käfig los, aber ich sackte sofort zusammen, und nur sein schneller Griff nach meinem Nacken rettete mich davor, dass mir die Kreatur im Käfig den Kopf abriss. Lodernder Zorn trat in ihre Augen, weil man sie ihrer Beute beraubt hatte.

»Bei allen Heiligen«, sagte ich. »Was ist das?«

Patriana lächelte. »Das? Das ist eines meiner kleinen Steckenpferde, wenn du den kleinen Scherz verzeihst.«

Der Käfig starrte vor Schmutz. Vermutlich hatte man ihn nie ausgemistet, und die Pferdescheiße hatte sich aufgeschichtet, bis sie an den Gitterstäben vorbeiquoll. Von der

Käfigdecke hingen die zerfetzten Kadaver irgendwelcher Kreaturen, aber es fiel schwer, sie zu identifizieren, da sie so zerfleischt waren.

»Du brauchst ein anderes Steckenpferd«, sagte ich im Plauderton.

Wieder lächelte sie. »Erkennst du es nicht? Ich hätte wirklich gedacht, dass ein Romantiker wie du es aus einem der Märchenbücher erkennt. Schließlich sind sie ja für deinesgleichen so etwas wie ein Namensvetter, nicht wahr?«

Plötzlich verkrampfte sich mein Magen, ein Kloß schien in meinem Hals zu sitzen. »Das kann nicht sein …«

»Ach, vertraue mir, das tut es doch. Und ich kann dir versichern, dass es sehr teuer ist, sie zu finden.«

»Ein Fabelpferd … du hast das einem Fabelpferd angetan?«

»Komm schon, nicht zu bescheiden. Hat man sie nicht auch als Große Pferde bezeichnet? Ich hätte gedacht, du fühlst dich ihnen verbunden.«

Natürlich hatte ich von den Großen Pferden gehört, oder den Fabelpferden, wie man sie im Volksmund nannte. Aber sie hatten keine Ähnlichkeit mit dem Wesen hier. Fabelpferde waren edel und wild. Die wenigen angeblich existierenden Herden waren das Thema von Kinderphantasien, bei mir vielleicht sogar noch ausgeprägter als bei anderen. Der Traum, ein Fabelpferd zu finden oder auf einem Tier zu reiten, das schneller als alles andere auf der Welt laufen konnte, das tagelang ohne Unterbrechung galoppieren konnte, das eine Herde Berglöwen oder jedes andere Raubtier besiegen konnte … Die Fabeltiere waren für Pferde, was die Heiligen für den Menschen sind – nur viel besser, denn Heilige können launisch und sogar böse sein. Die Fabelpferde in den Märchenbüchern waren edle Beschützer. Aber niemals das hier …

»Ja«, sagte Patriana, die mir die Gedanken perfekt vom Gesicht ablas, »das ist wirklich eines der Fabelwesen. Tatsächlich ist sie die Letzte ihrer Herde.«

Ich erinnerte mich an die alten Geschichten, von denen mir Bal Armidor einige in meiner Kindheit in dem Gasthaus erzählt hatte, während ich andere in den Büchern der königlichen Bibliothek gelesen hatte. Paelis und ich hatten darüber gescherzt, dass die Greatcoats mit den Großen Pferden viel schneller hätten reisen können. »Es sind vier Tagesritte nach Warrelton, glaube ich, Falcio, und zwei mit einem Großen Pferd«, pflegte er zu sagen. Es gab da ein Buch, eines unserer Lieblingsbücher, in dem von einem Jungen erzählt wurde, der die Sprache der Fabelpferde lernte und auf ihnen gegen die Ritter in die Schlacht zog, die seine Mutter gefangen hielten. »*Dan'ha vath fallatu*«, sagte der Junge in ihrer besonderen Sprache. »Ich gehöre zu eurer Herde.«

»Was ist mit dem Rest geschehen?«, fragte ich, den Blick noch immer fest auf die in den Wahnsinn getriebene Kreatur im Käfig gerichtet.

Patriana seufzte. »Fehlgeschlagene Experimente, fürchte ich. Kannst du dir das vorstellen, zwanzig von diesen Viechern, und nur eines entspricht auch nur annähernd meinen Wünschen? Nein, ich muss ehrlich sein, das war keine gute Investition.«

»Aber *warum nur?* Warum im Namen eines jeden Gottes und Heiligen solltest du etwas so Schönes nehmen und …«

»Und was? Und es *zerstören?* Welchen Nutzen hat ein Großes Pferd, das in der Prärie herumläuft, Falcio? Welchem Zweck dient es? Die Tiere existieren, um zu dienen, genau wie die Bauern, genau wie du. Welchen Nutzen hat ein Tier, das keinen Pflug zieht oder als Nahrung dient oder einen Ritter in den Krieg trägt?«

»Zwanzig«, sagte ich wie betäubt. »Zwanzig Große Pferde, und du hast sie alle vernichtet …«

»Ich habe sie gewissermaßen abgerichtet, aber es funktionierte nicht. Ich habe sie verbrannt. Ich habe ihnen Stücke aus dem Körper geschnitten. Ich habe sie mit Gift gefüttert, sie blutig geschlagen, ließ sie mit Stricken würgen, habe ihnen die Augen ausgestochen. Nichts davon machte sie für meine Zwecke brauchbar.«

»Was für Zwecke denn? Wozu wolltest du sie mit solchen Praktiken bringen?«

Sie erschien ehrlich überrascht. »Ich wollte sie natürlich zu Schlachtrössern machen. Stell dir eine Division Ritter vor, die auf diesen Bestien in die Schlacht reiten; sie wären unaufhaltsam. Weißt du, dass man diese Kreaturen mit Brandpfeilen beschießen kann, und ihre Haut ist so dick, dass sie nicht sterben werden? Sie laufen einfach weiter, und oftmals fällt der Pfeil wieder aus ihnen heraus, und die verdammten Viecher erholen sich völlig von ihren Wunden. Im Ernst, sie zu töten war so schwer, dass ich mich noch immer frage, ob es die Mühe wirklich wert war.«

»Was hängt da von der Decke?«, fragte ich entsetzt.

»Ah, das ist dir aufgefallen. Nun, das hat schließlich die Wende gebracht. Das da ist eine Stute. Also haben wir sie mit dem Samen anderer Pferde geschwängert. Sie können sich mit anderen Arten fortpflanzen; vermutlich konnte eine so kleine Zahl damit die Herden aufrechterhalten. Wenn sie gebiert, was so ziemlich der einzige Moment ist, in dem das verfluchte Vieh schwach genug ist, dass meine Männer in den Käfig können, nehmen wir das Fohlen und foltern es zu Tode. Nach dem vierten oder fünften hat das Mistvieh endlich seinen rechtmäßigen Zweck erkannt, der natürlich darin besteht zu töten. Eigentlich schade, dass es so lange gedauert hat, bis wir darauf kamen, und natürlich gibt es noch immer ein paar Probleme, die gelöst werden müssen. Wir müssen sie dazu bringen, Befehlen zu gehorchen und nicht bloß alles in Stücke zu reißen, das in ihre Nähe kommt. Aber das ist nur eine Frage der Zeit, das ist alles.«

Das alles sagte sie in einem völlig normalen Gesprächston, so als würde man mit seinem Nachbarn über das Wetter sprechen. Ich blickte mich im Stall um, sah die Wächter am Eingang an, dann Ugh. Wie konnte ein Mann sein Schwert nicht aus der Scheide ziehen und sie damit durchbohren? Wie konnte ein Mann das nur ertragen?

»Du wirst doch wohl jetzt in meiner Gegenwart nicht gefühlsduselig, oder?«, fragte Patriana, der die Tränen auf meinen Wangen nicht entgingen. »Schließlich sind wir hier noch nicht fertig.«

»Warum zeigst du mir das?«, wollte ich wissen. »Warum mich nicht einfach in meiner Zelle eingesperrt lassen oder mich gleich töten?«

»Weil ich im Herzen eine Lehrerin bin«, sagte sie in besänftigendem Tonfall. »Ich will, dass du lernst. Ich will, dass du *verstehst.*«

»Bei allen Göttern und Heiligen, was denn *verstehen?* Dass du ein Ungeheuer bist?«

»Nein, Falcio. Du sollst verstehen, dass ich *recht* habe.«

»Du bist wahnsinnig.«

Sie schüttelte den Kopf. »Kannst du wirklich so blind sein? Bist du wirklich nicht klüger als das Mistvieh in dem Käfig? Sieh es dir an! Das bist du, verstehst du nicht?«

Sie stand auf und kam auf mich zu. Ughs Hand schloss sich wieder um mein Genick, um mich daran zu erinnern, dass ich hier keine Macht hatte.

»Dein geliebter König Paelis war nicht anders. Er brauchte Waffen, also wählte er dich. Er hat dich ausgesucht genau wie die anderen, dich zu dem Zweck abgerichtet, den er geplant hat, und dich dann benutzt, um seine Feinde anzugreifen.«

»Du vergleichst den Aufbau einer Gerichtsbarkeit, um die Rechte der Menschen zu beschützen, mit der Erschaffung eines Ungeheuers, das nur zerfleischen und töten kann?«

»Ja!«, sagte sie. »Ja. Es ist genau das Gleiche. Falcio, Menschen haben keine Rechte, ausgenommen die, die ihnen ihre rechtmäßigen Herren zugestehen, ihre rechtmäßigen *Besitzer.* Paelis unterschied sich in keiner Weise von den anderen Adligen, auch wenn er gern so tat, als wäre das der Fall. Er erfreute sich daran, Bauern dabei zuzusehen, wie sie so taten, als wären sie glücklich. Wie unterscheidet sich das auch nur im Mindesten von dem Herzog, der eine andere Verwendung für sie hat? Am Ende hatte Paelis Macht, und er benutzte sie, um die Welt zu erschaffen, die er wollte. Aber er ging zu weit, Falcio. Die Monarchie hat immer begriffen, dass wir in unseren Besitztümern die absolute Macht haben, aber er wollte das ändern. Er war derjenige, der die natürlichen Gesetze dieses Landes brach, Falcio. Er war der Tyrann!«

Ich ließ den Kopf sinken und starrte zu Boden. »Er wollte nur, dass die Menschen frei sind, das ist alles. Er wollte …«

»Er wollte geliebt werden«, sagte sie mir leise ins Ohr. »Das war alles. Das nichtsnutzige Verlangen eines schwachen und dümmlichen Geistes, der nie für die Krone bestimmt war. Ein Zufall raubte das Leben seines Bruders Dergot, des rechtmäßigen Erben. Hätte ihn dieses dumme Miststück Yesa nicht auf die Fensterbank gesetzt, würde er noch immer leben. Greggor hätte kaum einen schlimmeren Fehlgriff mit seiner ersten Frau tun können, aber mit Yesa kam er nahe dran.«

»Warum erzählst du mir das alles, Herzogin? Du bist kalt, und du bist bösartig, aber du bist nicht eitel. Wenn ich so unbedeutend bin, warum bin ich dann hier? Warum ist es so wichtig, mir zu zeigen, dass du ein Fabelpferd korrumpiert hast?«

Sie packte mein Kinn. »Weil, mein lieber Junge, ich dir beweisen wollte, dass es möglich ist. Das hättest du mir doch nie geglaubt, wenn ich es dir gesagt hätte, nicht wahr? Das wird mein nächstes Experiment bedeutend erleichtern.«

»Und was ist dein nächstes Experiment?«, fragte ich müde.

Sie lächelte und küsste mich warm auf die Wange. »Du bist das, Falcio val Mond.«

Trotz allem hätte ich beinahe gelacht. »Ich?«

»Verkauf dich nicht unter Wert, Falcio. Jetzt bist du fast schon etwas wert für mich. Du musst wissen, ich glaube wirklich, dass du mich mehr hasst als jeder andere Mensch auf der Welt.«

»In diesem Punkt könnten wir sogar übereinstimmen, *Euer Durchlaucht.*«

»Und ich habe so viel von dir zu lernen, Falcio val Mond. Dich umzudrehen, dich von einem Greatcoat in meine mir hündisch ergebene Kreatur zu verwandeln, das wird mir viele neue Erkenntnisse bringen, wie ich meine eigenen Leute abrichten muss, wie ich sie noch nützlicher für mich machen kann. Das ist es, was ich tue, Falcio. Ich sorge dafür, dass Dinge einen Nutzen haben.«

»Du erschaffst Ungeheuer«, sagte ich.

»Wenn du es so bezeichnen willst. Aber dass du da keinem Irrtum erliegst, das mache ich sehr gut.«

»Bei deiner eigenen Tochter warst du nicht so erfolgreich. Sie mag eine Närrin sein, aber sie hat nichts von deinem abartigen Temperament.«

Patriana lachte. »Meine *Tochter?* Oh, meine Tochter ist viel gefährlicher als ich. Sie ist meine größte Leistung, das kann ich mit Fug und Recht behaupten.«

Ich dachte darüber nach. Log sie? Ich hätte mein Leben darauf verwettet, dass Valiana nicht böse war. Waren Kest und Brasti etwa schon durch ihre Hand gestorben? Wie konnte die Herzprüfung dergleichen nicht zum Vorschein bringen? War sie manipuliert gewesen? War das alles nur eine Täuschung gewesen?

»Aber genug davon«, sagte Patriana. »Fangen wir mit deiner Ausbildung an, was meinst du?« Sie ging zurück zu ihrem Stuhl und setzte sich. »Du hast mir gesagt, dass es keine anderen gibt, Falcio, und das Mädchen scheint dir in diesem Punkt zuzustimmen, also …« Sie gab einem der Wächter ein Zeichen, der eine Tür öffnete und Aline herauszog. Sie war blutverschmiert, und ihre Kleidung war zerrissen. Ein Knebel versperrte ihren Mund, und ihre Augen waren weit aufgerissen. Der Wächter brachte sie zu uns und stieß sie vor mir zu Boden. Ugh ließ mein Genick los, und ich fiel vor ihr auf die Knie.

»Warum?«, fragte ich. »Warum hast du das weiche Konfekt nicht genommen? Warum hast du sie …«

»Es reicht, Falcio. Zeit anzufangen.«

Der Wächter gab den anderen ein Zeichen, und sie kamen mit langen Stangen heran. Eine der Stangen war allerdings kürzer und aus Metall, und ihr Ende war geschickt zu einem einfachen Schlüssel geformt, den der Mann in das Schloss schob. Während er ihn umdrehte, hinderten die anderen Wächter das Tier daran, den Käfig zu verlassen. Schließlich packte einer der Männer grob Aline.

»Was tut ihr da?«, rief ich, aber sie ignorierten mich. »Hört auf!« Ich schaffte es, auf die Beine zu kommen, aber ein anderer Wächter stieß mich direkt vor den Gitterstäben wieder zu Boden. Zuvor hatte das Pferd mich angegriffen, als ich in der Nähe gewesen war; diesmal waren seine Augen weit aufgerissen, und es suchte offensichtlich nach einer Möglichkeit, durch die sich langsam öffnende Käfigtür zu fliehen.

Sobald die Lücke groß genug war, stießen sie Aline hindurch und schlugen die Tür zu.

»Pass jetzt genau auf, was das Vieh tut, Falcio. Sieh dir an, wie es die Beute zuerst quält, bevor es sie tötet, als hätte es die Absicht, jeder anderen lebenden Kreatur die Furcht und die Qualen zu zeigen, die es in den Augen seiner Fohlen las.«

»Sei verflucht!«, schrie ich. »Sei verflucht, Frau – schaff sie dort raus! Hole sie dort raus, und ich tue, was du willst – hast du gehört? Du wirst mir nichts antun müssen, ich gehorche deinen Befehlen – *aber schaff sie dort raus!*«

Aline hockte zusammengekrümmt in der Ecke, als sich das Fabelpferd mit gefletschten Zähnen und einem Übelkeit erregenden Grollen aus seinem Rachen über ihr auftürmte. Seine Hufe trafen den Boden.

»Nun ja, Falcio, so geht das aber nicht.« Die Herzogin wandte sich mir zu. »Was ich am faszinierendsten bei der Sache finde – und ich hoffe wirklich, dir wird es ebenso ergehen –, ist, dass der ganze Hass und Zorn, den du verspürst, die

Dinge beschleunigen wird. Ist das nicht seltsam? Zuzusehen, wie dieses Mädchen in Stücke gerissen wird, gefolgt von den anderen Spielen, die ich für dich geplant habe, wird dich tatsächlich bedeutend formbarer machen. Und nicht etwa weniger. Wie sich herausgestellt hat, sind dem menschlichen Geist Grenzen gesetzt, was er ertragen kann, und sobald man gebrochen ist, sind diese Grenzen … Wie drücke ich das am besten aus? Es ist, als würde man eine Statue wieder zu ihrem ursprünglichen Marmorblock machen, man kann daran arbeiten und ihn in die Form bringen, die man will. Als hätte die ursprüngliche Form niemals existiert.«

Das Pferd kam Aline jetzt immer näher und ließ die Zähne vor ihrem Gesicht und ihrem Haar zuschnappen. Ein fast greifbarer Zorn ging von der Stute aus: Zorn auf alles und jeden. Aline war geknebelt, aber ich glaube nicht, dass sie überhaupt zu schreien versuchte, dafür war das Entsetzen viel zu groß.

»Um der Götter willen, irgendwo musst du doch noch etwas menschlichen Anstand in dir haben …«

Jetzt konnte ich Aline hören, ihre Schreie waren gedämpft, aber voller Angst. An der linken Schulter blutete sie.

»Siehst du, wie sie mit kleinen Bissen anfängt? So machen wir das mit den Fohlen. Es dauert eine Ewigkeit, bis man fertig ist. Man könnte fast auf den Gedanken kommen, dass die Kreatur intelligent ist.«

Als sie den Ausdruck auf meinem Gesicht sah, sagte sie: »Weißt du, im Nachhinein erscheint es wirklich nicht gerecht zu behaupten, dass dieses Vieh ein gescheitertes Experiment ist. Es hat seinen Nutzen.«

Ich kämpfte mich auf die Füße und warf mich gegen die Gitterstäbe. *»Dan'ha vath fallatu!«*, brüllte ich dem Pferd entgegen. *»Dan'ha vath fallatu!«*

Die Herzogin sah verwirrt aus. »Was in aller Welt soll das sein? Dannavath? Ist das eine Art …? Ach du liebe Zeit!« Sie schlug die Hand vor den Mund und fing an zu lachen.

»Das ist vielleicht das Allerliebste, das ich je gehört habe!« Sie wandte sich einem der Wächter zu. »Weißt du, ich glaube, er zitiert der Bestie Märchenbücher!«

Der Wächter erwiderte nichts, aber er grinste mich an.

»Fabelpferd!«, brüllte ich in den Käfig. »Du bist ein Fabelpferd! Du gehörst zu den Ungefesselten, du kannst nicht kontrolliert werden, du kannst nicht angekettet werden. *Dan'ha vath fallatu!* Ich gehöre zu deiner Herde. Dieses Mädchen gehört zu deiner Herde! *Dan'ha vath fallatu!*«

Ich schluchzte und schrie wie ein Verrückter an den Gitterstäben vorbei. Ich griff nach der Stute – natürlich war sie viel zu weit weg, und vermutlich würde sie mir nur den Arm abreißen. Aber sie ignorierte mich und biss wieder zu, diesmal ins Gesicht des Mädchens.

Aline schrie wieder auf. Ihre Wange war blutig.

»Sie können dich nicht in Ketten legen!«, schrie ich. »Die Fabelwesen sind frei! Die Fabelwesen beschützen die Herde! *Dan'ha vath fallatu!* Sie gehört zur Herde! Du musst die Herde beschützen!«

Die Bestie bewegte sich nicht von ihr fort, wenn überhaupt wurde sie nur zorniger und wilder. Sie stampfte keinen Fuß von Aline entfernt mit den riesigen Hufen, dann stieg sie auf die Hinterbeine empor und trat wieder zu, dieses Mal nur einen Zoll von ihr entfernt.

»*Dan'ha vath fallatu*«, brüllte ich wieder. »Ich bin Falcio val Mond. Ich beschütze genau wie du die Herde. Wie dich hat man mich gebrochen. *Dan'ha vath fallatu.* Wir gehören zur selben Herde. *Dan'ha vath fallatu.* Das Mädchen gehört zur selben Herde. Beschütze die Herde. Du kannst nicht gefesselt werden. Du kannst nicht kontrolliert werden. *Dan'ha vath fallatu.* Du musst das Mädchen beschützen, sie ist wie du, wie ich …«

Meine Augen bluteten Tränen, und die Welt war ein verschwommener Schimmer. Ich vermochte nicht zu sagen, ob das Mädchen tot war oder ob die Stute mir an den Gitterstäben vorbei den Kopf abreißen würde. Ich redete einfach weiter auf sie ein, bettelte, flehte, sagte alles, das mir in den Sinn kam, während die Hufe auf den Boden trommelten. Das Knurren aus ihrem Maul veränderte sich mal zu einem Fauchen und mal zu einem Wiehern. Es hallte in meinem Herzen wider. Irgendwo im Hintergrund bekam ich mit, dass die Wächter unruhig wurden, während die Herzogin sie anbrüllte, und die ganze Zeit wiederholte ich ununterbrochen: »*Dan'ha vath fallatu.*«

Etwas traf mich am Kopf, und ich fiel zurück und blinzelte die Tränen aus meinen Augen. Ich sah, wie das Pferd immer wieder den Schädel gegen die Gitterstäbe donnerte und sich zu befreien versuchte, und blickte in die Ecke und sah Aline reglos am Boden. Ich hielt sie für tot, aber dann versuchten die Wächter das Pferd mit ihren Stangen zurückzutreiben, damit sie sie aus dem Käfig holen konnten. Ihre Brust hob und senkte sich schnell. Das Pferd schnappte nach den Stangen und schlug die Hufe gegen die Seiten des Käfigs, und die Wächter trauten sich nicht näher heran, obwohl die Herzogin sie immer noch anbrüllte. Das Pferd schrie, warf sich mit dem ganzen Körper gegen den Käfig, und die Gitterstäbe erweckten langsam den Eindruck, als könnten sie nachgeben.

Ugh hob mich auf. Die Herzogin brachte ihr Gesicht ganz nahe an das meine. Sie lächelte. »Du wunderbarer, wunderbarer Junge«, sagte sie und tätschelte meine Wange. »Wie wunderbar – so etwas habe ich noch nie gesehen! Ich glaube, du hast etwas tief im Kopf des Ungeheuers erreicht – und weißt du, was das bedeutet?«

»Es bedeutet, dass deine abscheuliche Folter versagt hat.«

»Ach, sei nicht albern«, sagte sie und küsste mich wieder auf die Wange. »Es bedeutet, dass ich es auch erreichen kann«, flüsterte sie mir ins Ohr.

Dann trat sie zurück und sah zu, wie sich das Pferd gegen die Gitterstäbe warf. »Bring ihn zurück in seine Zelle«, befahl sie meinem Wächter.

»Was ist mit dem Pferd? Was ist mit dem Mädchen?«, fragte einer der anderen Männer, der das zersplitterte Ende einer Stange hielt.

»Lasst sie in Ruhe«, erwiderte Patriana. »Entweder schlägt sich das Pferd am Gitter bewusstlos, oder es wird den Fluchtversuch leid und tötet das Mädchen. Beides ist in Ordnung. Ich habe jetzt andere Dinge im Kopf.« Sie wandte sich wieder mir zu. »*Dan'ha vath fallatu.* Köstlich, einfach köstlich.«

Ugh warf sich mich über die Schulter und trug mich zurück zu meiner Zelle. Dieses Mal gab er auf dem ganzen Rückweg keinen Ton von sich.

20

DES FOLTERERS GEWISSEN

Ein seltsames Geräusch weckte mich. Völlig benebelt hing ich wieder mit beiden Händen von dem seltsamen Holzgerüst, das den größten Teil der kleinen Zelle einnahm. Es dauerte einen Augenblick, um zu erkennen, was der Laut war, den ich da hörte. Jemand weinte.

Ich öffnete die Augen. Abgesehen vom Licht einer kleinen Kerze in der Nähe der Tür war es dunkel in der Zelle. Mitternacht war meiner Schätzung nach vorbei, obwohl das nicht mit Sicherheit zu sagen war. Ich suchte nach dem Ursprung des Lautes. Vielleicht hatte mich ja mein eigenes Weinen aufgeweckt, aber ich war es nicht. Auf seinem Hocker in der Ecke saß Ugh, mein Folterer. In der Hand hielt er eines der Messer, mit denen er den Unglücklichen, die den Zorn des Herzogs erregten, die Haut vom Leib schälte. Ugh weinte leise, schniefte gelegentlich und wischte mit dem Unterarm seine Nase ab. Dann fügte er sich mit dem Messer einen kleinen Schnitt am Arm zu und betrachtete das fließende Blut.

»Was tust du da?« Das Krächzen meiner Stimme machte mir bewusst, dass ich mich am Käfig des Fabelpferdes heiser geschrien hatte. In meinem Kopf sagte Brasti, dass er das nie für möglich gehalten hätte, und ich gab ein kurzes schwaches Lachen von mir.

»Nicht lachen«, sagte Ugh und starrte noch immer sein Messer an.

»Ich habe nicht dich ausgelacht. Ich war … ach, egal. Was tust du?«

»Pferd haben sich entschieden«, sagte er. Es klang fast wie ein Grunzen. »Du haben dafür gesorgt, dass sich Pferd entschieden haben.«

»Ich verstehe nicht.«

»Pferd nicht töten Mädchen. Du sagen Sachen zu Pferd, und Pferd sich entscheiden. Sich entscheiden, Mädchen nicht zu töten.« In seiner Stimme lagen so tiefe Qual und Verwirrung, dass ich ihm einen Augenblick lang am liebsten versichert hätte, dass alles gut war. Aber es war nicht alles gut.

»Scheißpferd«, sagte er und schnitt sich wieder in den Arm.

Ich wusste nicht, was ich sagen sollte, damit er sich besser fühlte – oder ob ich überhaupt wollte, dass er sich besser fühlte.

»Scheißpferd«, wiederholte er und sah mit Tränen in den Augen zu mir hoch. »Du reden mit Scheißpferd. Du sagen, es soll Mädchen nicht töten. Das Pferd … bei allen Scheißhöllen, was *sie* diesem Pferd antun – die Dinge, die sie uns zwingen, diesem Pferd anzutun … Und du reden und Pferd hören auf zu töten. Ich …«

Er schluchzte wieder und schnitt erneut in den Arm, diesmal härter und tiefer. »Ich tun, was man mir sagen. Ich tun, was Herzog befehlen. Ich tun, was Herzoghure sagen. Aber ich sein *Mensch!*« Er stand vom Hocker auf, der umkippte und zur Wand rollte. »Ich sein Scheißmensch!«, brüllte er und fuchtelte mit dem Messer vor meinem Gesicht herum.

»Du bist ein Mensch«, sagte ich leise.

»Ich sein Mensch«, wiederholte er. »Scheißpferd, armes Scheißpferd, haben keinen Verstand mehr. Keinen Verstand mehr, kein Herz mehr. Sie nehmen ihm weg, sie nehmen ihm weg, aber Pferd … Scheißpferd. Scheißpferd hören zu und hören auf. Nicht töten Mädchen. Scheißpferd hören zu und dann nicht töten. Wir quälten … wir töten …«

Er schluchzte wieder und trat zurück. »Ich sein Mensch, aber Scheißpferd sein besser als ich. Verrücktes Scheißding ohne Verstand, ohne Herz. *Sein besser als ich!*« Den letzten Satz schrie er eine Weile immer wieder, schmetterte die Fäuste gegen die Wände, schnitt sich, verfluchte sich. Es war genauso schrecklich wie zusehen zu müssen, wie sich das Fabelpferd seinen Weg aus dem Käfig zu bahnen versuchte.

Schließlich ließ er das Messer fallen. Er zog den Schlüssel aus seiner Hemdtasche und trat dicht an mich heran. Seinem Mund entströmte der Gestank von Alkohol, seinem Blick das nackte Elend.

»Du verraten mir«, sagte er halb drohend, halb flehend. »Du verraten mir, wie ich können sein … wie ich können sein wie Pferd, nicht wie ich. Wie ich sein können so gut wie Pferd. Du sagen mir, und ich lassen dich gehen. Ich lassen dich gehen. Ich schaffen dich hier raus. Aber du mir zuerst sagen.«

Ich hielt das für eine Lüge, aber dann entdeckte ich ein Bündel auf dem Boden in der Nähe des umgekippten Hockers. Es waren mein Mantel und meine Rapiere.

»Du sagen mir. Du …«

»Pst«, sagte ich. »Ich sage es dir.«

»Sagen es mir, sagen es mir jetzt«, verlangte er und wandte das Gesicht ab, als wollte er, dass dieses geheime Wissen direkt in seine Ohren und in sein Herz übertragen wurde.

Ich nahm einen harten, qualvollen Atemzug durch den offenen Mund. »Das Erste Gesetz besagt, alle Menschen sind frei«, sang ich leise. »Denn ohne Freiheit können sie nicht ihrem Herzen dienen …«

»Das Erste Gesetz sein Freiheit«, sang Ugh unbeholfen, während er mich durch den Korridor schleppte. »Das Erste Gesetz sein Freiheit. Mensch haben Herzen, muss frei sein. Muss entscheiden können. Kein Gott, kein König nehmen Herz weg, nehmen Freiheit weg.«

Es war eine unbeholfene Revision des Ersten Gesetzes des

Königs, aber auch nicht schlimmer als andere Versionen, die ich gehört hatte.

»Wohin gehen?«, fragte er, als wir die Treppe erreichten.

Ich sah hinauf. »Das Mädchen – ist es noch da?«

Er nickte. »Pferd lassen keinen heran. Haben beinahe Käfig gesprengt.«

Bei allen Heiligen, das Mädchen musste vor Angst von Sinnen sein.

»Dann bring mich dorthin. Zum Stall.«

Ugh schüttelte den Kopf. »Nein, falsche Idee. Ich dich dorthin bringen, Wächter sehen dich, rufen andere Wächter.«

»Ich hole das Mädchen und nehme es mit.«

Er schüttelte wieder den Kopf. »Nein, du sein noch immer dumm. Kennst ja viele Dinge – Gesetze, Pferde. Aber nicht den Palast. Zu viele Wächter auf diesem Weg. Ich bringen dich zu anderem Weg, Kücheneingang. Köchen das egal. Ich geben ihnen Geld; ich sagen ihnen, ich sie töten, wenn sie reden. Wir schaffen dich raus.«

Nun war ich dran mit Kopfschütteln. »Das Mädchen. Ich muss das Mädchen holen.«

»Und wie du kommen von Stall zu Palasttor? Wie du öffnen Tor?«

»Ich werde wohl ein schnelles Pferd brauchen.«

Er sah mich einen Augenblick lang an, als hätte ich den Verstand verloren. Dann lachte er. »Also gut. Also gut, Mann der Gesetze. Ich bringen dich zu Stall. Aber dann gehen ich. Ich glauben nicht, dass Pferd mich mögen.«

»Vielleicht kennt es dich nur noch nicht genug.«

Der Humor war an Ugh verschwendet. Er sagte bloß: »Jetzt Maul halten. Ich müssen dich an erstem Wächter vorbeischaffen.«

Er warf mich wieder über die Schulter und stieg die Treppe hinauf, klopfte wieder sechsmal an der schweren Tür.

»Was bei allen Höllen tust du hier?«, fragte der Wächter, als er die Tür öffnete und uns durchließ.

»Sie«, sagte Ugh, als würde das alles erklären. Als sich der Wächter nicht rührte, sagte er: »Er gehen zurück zum Pferd. Gehen in Käfig. Kommen nicht wieder raus.«

»Ich habe keine derartigen Befehle erhalten«, sagte der Wächter vorsichtig.

Ohne ein weiteres Wort schlug ihn Ugh hart ins Gesicht, und der Mann flog zurück und prallte mit dem Kopf gegen die gegenüberliegende Wand. Bewusstlos rutschte er zu Boden.

»Ich es dir sagen: Befehle in meiner Scheißfaust. Jetzt du sie sehen.« Ugh stellte mich auf die Füße, und wir gingen an der rechten Hofseite entlang zurück zum Stall. Als wir uns seinem Rand näherten, sagte er: »Lebwohl. Wir sagen Lebewohl. Nachts keine Wächter im Stall. Nur der Mann, der den Hof kontrolliert, kommen jede Stunde und sehen rein. Ich gehen jetzt aus Kücheneingang. Kommen nie zurück. Du gehen und sterben mit Mädchen und Pferd. Du sein frei. Du dich entscheiden.«

»Ich danke dir«, sagte ich.

Er schüttelte den Kopf. »Ich dir sagen, ich dich töten, als du eintreffen. Jetzt du gehen und bringen dich selbst um. Das sein nicht anders.«

»Für mich ist es ein Unterschied.«

Das ließ ihn nicken, dann drehte er sich um und ging zurück zur anderen Hofseite.

Ich betrat den Stall und sah das Tier in dem Käfig in der Mitte des Gebäudes. Es stampfte und schäumte noch immer, aber es warf sich nicht länger gegen die Gitterstäbe. Lautlos schlich ich näher, mir ständig bewusst, dass die anderen Wächter trotz Ughs Versicherung vorbeikommen konnten, und wäre es aus keinem besseren Grund, als nachzusehen, ob das Mädchen schon tot war.

Das Pferd machte diesen Laut, diese Mischung aus Knurren und Wiehern, die ich so beunruhigend fand.

»Falcio?«, flüsterte Aline.

»Ich bin es«, flüsterte ich zurück. »Alles in Ordnung?«

Sie nickte, was in dem schattenverhüllten Licht des Stalls kaum zu sehen war. »Die Bisse waren nicht tief«, sagte sie, »aber sie lässt nicht zu, dass ich mich bewege. Sie knurrt mich an, wenn ich aufstehen will.«

»Ich verstehe«, sagte ich.

Ich griff an den Gitterstäben vorbei nach der Mähne des Pferdes. »Hey, Mädchen«, sagte ich leise.

Die Stute biss mich und stieg auf die Hinterbeine, schlug mit den Hufen gegen den Käfig.

Der Schmerz brachte mich wieder zu Sinnen. »*Dan'ha vath fallatu*«, sagte ich. »Ich gehöre zu deiner Herde, verdammt. Hör auf, mich zu beißen.«

Die Stute machte wieder dieses Knurren.

»Sie ist wütend«, sagte Aline.

»Ich weiß, dass sie wütend ist!«

»Sie ist wütend – aber ich glaube, sie versteht. Als ich mit ihr gesprochen habe, schien sie zu verstehen. Wenn ich sage, dass ich nicht aufstehe, lässt sie mich in Ruhe. Wenn ich sage, dass ich mich bewegen will, wird sie wieder wild. Ich glaube, sie versteht. Falcio – sie ist sehr wütend.«

Ich seufzte. »Ich bin auch wütend«, sagte ich. »Sie holten sich meinen König. Sie ermordeten meinen König, und sie ermordeten meine Freunde, und sie ermordeten meine Frau. Verstehst du das, du großartiges verfluchtes Tier? Sie nahmen mir meine Frau. Meine Frau – sie bedeutete mir alles. Sie gehörte zu meiner Herde, du beschissenes Monstrum. *Dan'ha vath fallatu.* Du bist zornig? Sieh dir das Mädchen an. Sie ist auch zornig.« Ich zeigte auf Aline. »Sie haben auch ihre Familie geholt, ihre Herde.« Um ein Haar hätte mir das Pferd die Hand abgebissen, aber ich zog sie rechtzeitig zurück. »Schon gut. Hören wir auf damit.«

Ich ging zur Wand, wo die Metallstange mit dem Schlüssel hing, und nahm sie mir.

»Sie haben deine Herde umgebracht«, sagte ich zu dem

Fabelpferd. »Sie haben sämtliche Mitglieder deiner Herde umgebracht. Jetzt haben wir eine Wahl. *Dan'ha vath fallatu.* Wir können eine Herde sein und zusammen kämpfen, oder wir können allein sterben.«

Ich schob den Schlüssel in das Käfigschloss. Das Pferd fing an zu stampfen und warf sich wieder gegen die Gitterstäbe.

»Es ist Zeit, eine Entscheidung zu treffen«, übertönte ich den Lärm. »Ich werde diese Tür öffnen. Du kannst mich angreifen, und ich werde tot sein, genau wie das Mädchen, wenn sie kommen, es zu holen. Oder du kannst einfach weglaufen, und sie werden uns töten und am Ende auch dich aufspüren und töten. Oder du kannst uns tragen. Keiner von uns kommt hier allein lebend raus, aber wenn du uns trägst, können wir das Tor stürmen und möglicherweise, nur möglicherweise, kommen wir hier lebend heraus und in die Stadt.«

Die Stute beruhigte sich etwas, ließ aber durch nichts erkennen, dass sie meine Worte verstand. Ich bin mir nicht sicher, welche Zeichen ich eigentlich erwartete.

»Öffne den Käfig, Falcio, schnell! Ich höre sie kommen«, sagte Aline.

»Zeig mir, dass du uns hilfst«, sagte ich zu dem Pferd. »*Dan'ha vath fallatu.* Zeig uns, dass wir eine Herde sind.«

Ich hörte Rufe. Jemand hatte mich gesehen, und in kürzester Zeit würden Wächter kommen. Mit etwas Glück nicht so viele, aber ich war so schwach, dass einer oder zwei schon ausreichen würden. Trotzdem rührte ich mich nicht. Aber dann kam Bewegung in das Pferd, langsam, so schrecklich langsam; es erweckte beinahe den Anschein, als würde das große Tier schrumpfen. Aber das tat die Stute nicht. Sie ging bloß auf die Knie. Ich drehte den Schlüssel im Schloss und riss die Tür auf.

»Steig auf«, befahl ich Aline.

Sie sah mich an, als hätte ich den Verstand verloren.

»Entweder sie hilft uns, oder es spielt ohnehin keine Rolle mehr. Steig auf.« Ich hob sie hoch und setzte sie auf den Rücken des Pferdes. Es ließ das Mädchen am Leben, also betrachtete ich das als gutes Zeichen und stieg selbst unbeholfen auf den Rücken der Bestie. Genau in diesem Augenblick kamen die ersten beiden Wächter durch das Tor.

Ich machte mich auf dem Rücken der Kreatur ganz klein. »*Dan'ha vath fallatu*«, sagte ich und tätschelte ihr den Hals. Dann brachte ich den Mund ganz nahe an ihr Ohr und sagte das einzige andere Wort, an das ich mich aus den Märchenbüchern erinnerte. »*K'hey*«, flüsterte ich. »*K'hey, k'hey, k'hey.*« Flieg. Flieg. *Flieg.*

Als die Wächter mit gezogenen Schwertern den Käfig erreichten, fühlte ich, wie sich unter uns die Muskeln des Fabelpferdes anspannten. Und das Donnern eines zornigen Gottes wogte durch den Stall, als die Stute durch die Käfigtür in die Wächter hineinstürmte und sie tot auf dem Boden zurückließ, als wir aus dem Käfig in den Nachthimmel schossen.

21

SANFTES LEID

Es glich dem Versuch, sich an einem Erdbeben festzuhalten. Ich wurde auf dem Rücken der Kreatur hin und her geschleudert, und nur ihre gewundenen Bewegungen verhinderten, dass ich zu Boden stürzte. Für Aline war es noch schlimmer.

»Schieb die Arme durch die Schlaufen meines Mantels«, brüllte ich, als wir den Zugang zum Hof hinter uns ließen und ein weiterer Wächter tot unter den Hufen der Stute zurückblieb.

Das Fabelpferd war völlig gnadenlos mit den Wächtern, als könnte es sich an jeden Schnitt, jede Prügel, jede Demütigung erinnern. Vermutlich war es auch so.

»Raus!«, brüllte ich ihm ins Ohr. »Wir müssen hier raus! Du kannst nicht jeden Wächter des Palastes töten!«

Ich vermute, die Stute verstand zumindest den Sinn der Worte, denn sie hätte uns fast auf der Stelle abgeworfen.

»Schön! Du kannst sie alle töten – kannst jeden töten, aber das Mädchen wird durch ihre Schwerter sterben«, schrie ich. »Beschütze das Mädchen! *Beschütze das Fohlen!*«

Ich weiß nicht, ob mich das Pferd durch den Lärm der herumbrüllenden Wächter verstehen konnte, aber es hielt auf das Tor zu. Die Torflügel hatten eine Höhe von zwölf Fuß und waren aus Gitterstäben gemacht, die mindestens so kräftig wie die seines Käfigs waren. Ich konnte nur hoffen, dass das Schloss ein schwacher Punkt war.

»Halt dich fest!«, sagte ich zu Aline und machte mich auf dem Pferdehals ganz klein, während das Tier nach vorn schoss. Einen Augenblick lang befürchtete ich, es würde kopfüber gegen das Tor anrennen, aber im letzten Moment stieg es auf die Hinterbeine und ließ sich vom Schwung tragen, während die Vorderhufe gegen das Tor prallten. Die Gitterstäbe verbogen sich, während das Schloss in seine Einzelteile explodierte – und dann waren wir draußen. Hinter uns ertönten weitere Rufe, dann surrten Armbrustbolzen an unseren Ohren vorbei. Mindestens zwei davon landeten in den Oberschenkeln der Stute, aber wenn sie sie verletzten, ließ sie es sich nicht anmerken; sie galoppierte einfach die Hauptstraße entlang. Ich dankte allen Heiligen, dass es so spät war und kaum Menschen unterwegs waren, die von den Hufen der Kreatur niedergetrampelt werden konnten.

Wir waren mindestens eine Meile vom Palast entfernt, bevor die Stute zuließ, dass ich sie zügelte. Ohne Steigbügel oder Zaumzeug musste ich das bisschen verbliebene Kraft in meinen Beinen für den Versuch benutzen, sie zu lenken.

»Wo gehen wir hin?«, fragte Aline, als wir uns schließlich nur noch im Schritttempo bewegten.

Ich rutschte vom Rücken des Pferdes und versuchte meine Beine zu strecken, musste mich aber an ihm anlehnen, um nicht zu stürzen. »Ich muss mich bloß orientieren«, erwiderte ich. »Dann reiten wir zu einem der kleineren Stadttore und hoffen, dass wir uns den Weg mit reiner Gewalt erzwingen können.«

»Nein«, sagte Aline.

»Was soll das heißen, nein?«

»Das ist die letzte Nacht von Ganath Kalila«, sagte sie. »Morgen werden die Adelshäuser beim Teyar Rijou wieder anerkannt. Wir gehen zum Stein. Ich kann für meinen Namen aufstehen.«

»Bist du verrückt? Sie bringen dich um – und mich sowieso.«

»Der Tag nach der Blutwoche ist der Tag der Gnade. Niemand darf verletzt werden, und niemand kann verhaftet werden, es sei denn, er greift zuerst jemand anderen an.«

Ich seufzte und schaute in den Nachthimmel. »Erzähl mir, wie das Ende aussieht«, bat ich müde. »Erzähl mir, was danach geschieht.«

»Ich kann von einer der anderen Adelsfamilien Zuflucht erhalten – ich kann sogar die Stadt verlassen. Aber ich behalte meine Blutrechte, Falcio.«

»Deine Blutrechte? Und was sind sie wert, wenn der Herzog dich tot sehen will?«

»Das ist alles, was ich habe! Das ist alles, was mir meine Mutter hinterlassen hat … mein Vater …«

»Es tut mir leid«, sagte ich. »Ich habe Lord Tiarren nur flüchtig kennengelernt, aber ich bin überzeugt, dass er …«

»Ach, halt den Mund«, schrie sie. »Du verstehst *gar nichts.*«

Ich gab nach, und wir gingen weiter. Konnte sie recht haben? War es wirklich so einfach? Konnte das Ritual von Ganath Kalila Aline wirklich beschützen, selbst in Anwesenheit der Herzogin?

Die Straßen lagen verlassen da. In der letzten Nacht der Blutwoche blieb man zu Hause, obwohl die meisten Kämpfe zu diesem Zeitpunkt bereits ausgefochten und die meisten Morde verübt waren. Es fällt mir schwer, in Worten auszudrücken, wie sehr ich diesen Ort hasste.

»Hallo«, sagte eine weibliche Stimme und beugte sich von einer Straßenbank in den Schatten vor.

Aline schrie auf, mein Rapier glitt in meine Hand, und das Pferd stürmte auf sie zu, die Hufe bereit zuzutreten.

Die Frau ergriff nicht die Flucht; sie stand langsam auf und streckte die Hand nach dem Pferd aus, als hätte sie nicht die geringste Angst davor.

»*Dan'ha neta vath fallatu*«, sagte sie leise. »Ich gehöre nicht zu deiner Herde, Mutter. Aber ich bin auch kein Feind.«

»Wer bist du?«, verlangte ich zu wissen, das Rapier noch immer auf sie gerichtet.

Die Frau war wunderschön. Ihr weißes Gewand verhüllte ihren ganzen Körper, Schulter und Arme – ein hauchdünner Stoff, der im Mondlicht schimmerte. Eine Kapuze aus dem gleichen Stoff bedeckte ihren Kopf; dunkles Haar lugte hervor und rahmte ein Gesicht ein, das glatt und weich war und ein sanftes Lächeln zeigte. Es war ein Gesicht, das kein Mann je vergessen würde.

Ich fasste meine Waffe fester. »Wer bist du, und wem dienst du?«

»Ich bin der Freund in der dunklen Stunde«, sagte sie. »Ich bin der Windhauch in der brennenden Sonne. Ich bin das freiwillig gegebene Wasser und der liebevoll geteilte Wein. Ich bin die Ruhe nach der Schlacht und die Heilung nach der geschlagenen Wunde. Ich bin der Freund in der dunklen Stunde«, wiederholte sie, »und ich bin für dich gekommen, Falcio val Mond.«

»Eine Schwester«, sagte ich. »Eine Schwester des Gnädigen Lichts.«

»Eine was?«, fragte Aline misstrauisch.

Der Orden des Gnädigen Lichts war ein sehr spezialisierter geistlicher Orden. Die Nonnen standen in dem Ruf, erstaunliche Heilkräfte und visionäre Fähigkeiten zu haben. Neben anderen … Reizen.

»Sie ist eine Prostituierte«, sagte ich.

Die Frau lachte. »Das bin ich wohl«, sagte sie ohne den geringsten Anflug von Zorn oder Scham.

»Was willst du?«, fragte Aline.

»Meinen Eid erfüllen, den Willen meines Gottes und die Gebote meiner Heiligen ehren.«

»Die heilige Laina, die für die Götter hurt, gehört zu meinen Lieblingsheiligen, Schwester«, sagte ich ruhig. »Aber der Augenblick ist verdächtig.«

Sie trat auf mich zu und drückte mein Rapier völlig zwanglos zur Seite, bevor sie die Hand ausstreckte und mein Gesicht berührte. »Man hat dich verletzt, Falcio. Du hast viele Gründe, die Freundlichkeit von Fremden infrage zu stellen. Aber ich bin kein Feind. Mein Name ist Ethalia, und ich bin für dich hier, um dich vor deinen Feinden zu verbergen, dich von deinen Wunden zu heilen und dein Herz zu salben.« Sie sah mir in die Augen. »Aber du bleibst misstrauisch. Du bist ein Mann der Gesetze, ein Mann der Beweise, also werde ich dir drei Beweise liefern. Wird das reichen?«

»Kommt darauf an, wie überzeugend sie sind.«

»Ich werde es dir mit Magie, Erinnerungen und – auch wenn ich wünschte, es wäre nicht nötig – Herzschmerz zeigen, Falcio.«

»Falcio, ich vertraue ihr nicht«, sagte Aline.

Ethalia lächelte das Mädchen an. »Dein Vater würde dir da etwas anderes sagen, Kleines. Soll ich seinen Namen laut verkünden?«

Das ließ Aline erstarren.

»Wie du wünschst. Aber die Zeit verstreicht, und die Dunkelheit, die uns verbirgt, wird nicht andauern, also soll das hier mein erster Beweis sein.« Sie ging zum Pferd und legte beide Hände an seinen Kopf. Ich glaubte, es würde sofort zubeißen, aber stattdessen senkte es Ethalia die Nüstern entgegen, die das Fabelpferd auf eine Stelle zwischen den Augen küsste.

»Danke, Mutter«, sagte sie. »Du wirst deine Kinder wiedersehen, auf den endlosen Feldern, die sich jenseits der langen Nacht erstrecken, aber nicht jetzt, noch viele Jahre lang nicht. Es gibt viel zu tun.«

»Wie hast du …?« Ich war sprachlos.

»Wie hast du sie dazu gebracht, das Mädchen zu retten?«, fragte Ethalia. »Wie hast du ein Fabelpferd dazu gebracht, dich auf seinem Rücken reiten zu lassen? Die Stute erlaubte es, weil sie dein Herz kennt, so wie sie das Herz des Mädchens kennt. Und meines.« Ethalia wandte sich mir zu. »Der zweite Beweis ist dies.« Sie ging vor mir auf die Knie und hielt beide Hände wie zum Gebet in die Höhe, öffnete und schloss sie. Es war eine uralte und förmliche Weise, seine Dankbarkeit zu bekunden.

»Ich verstehe nicht, warum …?«

»Ich meinen Dank bekunde? Weil du mir das Leben gerettet hast, Falcio val Mond, und mein zweiter Beweis besteht darin, dir einen Grund zu geben, meine Hilfe zu verstehen.«

»Ich bin dir noch nie zuvor begegnet. Ich bezweifle, dass ich dieses Gesicht vergessen hätte.«

Sie lächelte und erhob sich wieder. »Damals war ich jünger.«

»Wie alt bist du?«, fragte Aline.

»Ich habe dreiundzwanzig Sommer vergehen sehen. Aber als Falcio mich rettete, war ich gerade dreizehn, nicht älter als du jetzt.«

Ich versuchte mich zu erinnern. Es war richtig, dass ich vor zehn Jahren im Auftrag des Königs in Rijou gewesen war. Es war um den Rechtsstreit des Juwelenhändlers gegangen; ich sollte mir seine Klage gegen seinen Vermieter anhören. Der König hatte gewollt, dass sogar in Rijou Gerechtigkeit geübt wurde; eine Stadt, die stattdessen nur die unberechenbaren Gebote des Herzogs kannte.

»Ah«, sagte sie, »sieh nur, wie dein Geist auf seinen schmalen Pfaden wandelt. Du denkst so oft an deinen König und seine Gesetze, dass du dich nicht einmal mehr an die kleinen Gnaden erinnerst, die du unterwegs gewährt hast. Wie ein Mädchen, das von einem Mann auf der Straße gegen seinen Willen festgehalten wurde …«

»Die Hure!«, sagte ich dümmlich. »Ich meine, das Mädchen … Du warst das Mädchen an der Straßenecke, ich erinnere mich.«

Sie lächelte geduldig. »Ja, und ein Mann, der mir Geld für meine Dienste gegeben hatte, wollte mehr, und ich weigerte mich.«

»Er bot dir mehr Geld«, sagte ich und erinnerte mich an die auf der Straße liegenden Münzen, während er ihr ins Gesicht schlug.

»Aber das Geld, das wir nehmen, hilft denen, denen wir dienen; es ist kein Preis, wie du ihn auf dem Markt für ein Schwein bezahlst.«

»Ich bin sicher, sie würden es auch gern umsonst bekommen«, bemerkte Aline.

»Sei still, Kind«, sagte Ethalia. »Lass ihn sich erinnern.«

»Da gibt es nicht viel zu erinnern«, sagte ich. »Ich erinnere mich an den Mann; ich erinnere mich, ihm befohlen zu haben aufzuhören. Er wollte nicht, also kümmerte ich mich um ihn. Er ging mit blutiger Nase nach Hause, noch immer am Leben, und ich zog weiter. Das hätte auch jeder Stadtwächter oder halbwegs anständige Ladenbesitzer getan. Ich war auf dem Weg aus der Stadt, nachdem ich darin versagt hatte, den Juwelenhändler zu retten, für dessen Klage ich gekommen war.«

Sie schüttelte den Kopf und sah mich enttäuscht an. »Drei Stadtwächter gingen vorbei, während es geschah. Und viele Ladenbesitzer sahen zu und Adlige. Und niemand blieb stehen. Niemand außer dir. Kannst du nicht wenigstens ein kleines bisschen Glück aus dem Wissen ziehen, dass du mir das Leben gerettet hast? Selbst wenn es nur das Leben einer Hure war, wie du es ausgedrückt hast?«

»Verzeih mir, ich wollte dich nicht beleidigen.«

»Du hast mich auch nicht beleidigt, aber du solltest dich entschuldigen, während ich dir den dritten Beweis präsentiere.«

Sie legte die Hände auf meine Brust und beugte sich vor. Einen Augenblick lang glaubte ich, sie würde mich küssen, und ich wusste nicht, was ich davon halten sollte, aber dann wich ihr Mund zur Seite, und sie flüsterte leise und traurig in mein Ohr. »Ich weiß, dass du mich liebst, und ich weiß, dass du für mich kämpfen würdest, aber nicht hier und nicht jetzt. Ich werde das tun, und ich zahle den Preis für uns beide. Ich werde nicht kratzen oder schlagen oder schreien, und er wird gehen und seine dreckigen Männer und seinen dreckigen König mitnehmen, und du und ich, wir werden zusammen alt und über den Tag lachen, an dem diese albernen Vögel auf unserem Feld rasteten.«

Ich stieß sie von mir. »Nein!«

Sie hielt den Blick auf mich gerichtet. »Ihr Verlust tut mir leid, so schrecklich leid.«

Grob packte ich sie an den Schultern. »Wie? Wie kannst du das wissen? Wie kannst du nur wissen, was sie zu mir sagte? Verrate es mir!«

»Weil ich Ethalia bin«, antwortete sie. »Ich bin Schwester des Gnädigen Lichts, und es ist mein *Geis*, dir zu helfen. Und weil dich nichts anderes überzeugen würde, Falcio val Mond aus Pertine. Weil du Schmerzen verlangst, bevor du Gnade zulässt.«

Ethalia drehte sich um und ging auf eine der Seitenstraßen zu.

»Falcio?«, fragte Aline. »Falcio, was sollen wir tun?«

»Wir gehen mit ihr«, sagte ich, legte in dem Wissen, dass sie mir hinterhertraben würde, eine Hand auf die Mähne der Stute, und folgte Ethalia.

22

EINE NACHT DER GNADE

Es fällt mir schwer, diese Nacht zu beschreiben – was Ethalia tat und was sie mir nahm. Sie hatte einen Schmerz in mir entfesselt, der so tief saß, dass sich die Folter der letzten paar Tage dazu im Gegensatz anfühlte, als würde ein Kind aus Versehen einen Herd berühren: Der Schmerz ist heiß, vergeht aber schnell. Aber das …

Als wir beim Tempel eintrafen, der, wie ich mir ins Gedächtnis rief, so gut wie ein Bordell war, brachte man mich in Ethalias privates Zimmer. Aline hatte darauf bestanden, bei dem Pferd zu bleiben, und man hatte ihnen einen Platz hinter dem Tempel zugewiesen, der groß genug war, damit das Pferd fressen und das Mädchen in einem aufgestellten Bett schlafen konnte. Ethalia versprach mir, dass man uns hier nicht finden konnte, und da mir die Willenskraft fehlte, etwas anderes zu tun, entschied ich mich, ihr zu vertrauen.

Sie befahl mir, mich auf ihr Bett zu legen. »Ich brauche ein Bad«, warnte ich sie.

»Ich werde dich baden«, erwiderte sie und bedeutete mir, den Mantel auszuziehen. Was von meiner Kleidung noch übrig war, war zerrissen und mit Blut, Schmutz und noch viel übler riechenden Dingen verkrustet. Mit einer kleinen Schere fing sie an, mir das Hemd vom Körper zu schneiden.

»Aufhören«, sagte ich.

Sie zeigte auf einen ordentlichen Kleiderstapel auf einem

Tisch neben der Tür. »Die sind für dich«, sagte sie. »Diese Lumpen passen dir nicht länger, und die Erinnerungen, die sie tragen, sind nicht süßer als der Geruch, den sie ausdünsten.«

Ich fing an zu lachen, aber sie stimmte nicht mit ein. Stattdessen schnitt sie meine Kleidung weiter auf, führte die Schere vorsichtig die Nähte entlang, bis sie Hemd und Hose entfernt hatte, und sogar meine Stiefel fielen durch ihre Bemühungen auseinander.

Sie bat mich, mich nackt und schmutzig auf ihrem Bett auszustrecken, und begab sich in den kleinen Raum neben ihrem Schlafzimmer. Sie kehrte mit einer Schüssel und einem Waschlappen zurück, die sie neben mich auf das Bett stellte. Von einem anderen Tisch holte sie einen Krug.

»Es tut mir leid«, sagte sie. »Ich weiß, dass sie mit Ölen und Salben Schmerzen verursachen, aber ich verspreche, das hier bringt nur Heilung.«

Sie fing an, meine Wunden sanft zu säubern, wusch den verkrusteten Schmutz von meiner Brust, meinem Gesicht, meinen Beinen und jedem Teil von mir. Es war eine langsame und mühevolle Arbeit, und so sanft sie auch war, schmerzte es dennoch wie der Teufel. Die Haut unter dem Schmutz und dem getrockneten Blut war empfindlich, und an einigen Stellen hatten sich die Verletzungen entzündet. Kommentarlos kümmerte sie sich darum. Die Salbe brannte zuerst, sorgte dann aber für wunderbare Erleichterung. Als sie fertig war, verspürte ich keine Schmerzen mehr, und dieses Gefühl war mir beinahe fremd.

»Es ist noch nicht Zeit zu schlafen«, sagte sie, als mir die Augen zufielen.

Ich öffnete sie wieder und sah sie an. Sie hatte die meisten Schichten des dünnen, fast durchscheinenden Stoffs ihres Gewandes abgelegt, und die wenigen verbliebenen hafteten an ihr und enthüllten mir im weichen, durch das Fenster fallenden Mondlicht ihren Körper.

»Nein«, sagte ich.

»Du hast Angst«, sagte sie ohne jede Bosheit oder Kränkung.

»Ich …« Ich erkannte, dass ich Angst hatte – aber nicht, wovor sie vielleicht glaubte. Wovor ich mich fürchtete, entsetzte mich, und ich schämte mich zu sehr, um es laut auszusprechen.

Sie drückte mich auf den Rücken und setzte sich sanft auf meine Hüften. »Du fürchtest dich vor dem Ding in dir«, sagte sie, und die Zartheit ihrer Haut flüsterte mir zu. »Du hast Angst vor dem Ding, das du an dem Tag, an dem man sie dir nahm, in deinem Inneren entdeckt hast.«

Ich spannte mich an und fing an, sie von mir zu schieben, indem ich mich umdrehen wollte, aber sie stieß mich zurück. »Du glaubst, du wirst mich verletzen, Falcio. Du glaubst, wenn du dich gehen lässt, und wäre es auch nur für einen Augenblick, strömt der Zorn aus dir heraus, und du wirst mich mit deinen Fäusten, mit deiner Gewalt, verletzen.«

»Ethalia … nicht.«

»Ich fürchte dich nicht, Falcio val Mond. Ich weiß, was in dir ist. Du hast es viel zu lange mit dir herumgetragen. Es hat dir das Leben gerettet und auch anderen, wenn dir die Kraft und das Geschick fehlten, dich zu verteidigen, aber jetzt musst du es gehen lassen. Du bist jetzt stark, du bist jetzt mächtig, und es ist nicht richtig, ein so dunkles Gefäß in deinem Herzen zu tragen. Wir müssen seine Verankerung lösen und es auf seinen Weg schicken.«

Sie bewegte die Hüften, nur ganz leicht, aber es fühlte sich an, als würde Energie durch jeden Teil meines Körpers geschickt und meinen Widerstand entfernen, würde Ketten lösen, deren Existenz ich mir nicht einmal selbst eingestanden hatte.

»Bitte«, sagte ich, »hör auf.«

Sie beugte sich vor und nahm meinen linken Arm, dann griff sie hinter das Kopfteil. Ich fühlte, wie sie etwas um mein Handgelenk schlang. Ich wollte es wegziehen, aber ich hing fest. Ich bewegte den anderen Arm, aber sie hatte ihn bereits festgebunden.

»Hör auf«, wiederholte ich.

»Ich habe keine Angst, Falcio. Ich glaube nicht, dass die Gewalt in deinem Körper größer ist als das Mitgefühl in deinem Verstand, nicht einmal, wenn du verletzt und zornig bist.«

Sie stand auf und begab sich an den Fuß des Bettes, wo sie einen weiteren Riemen hervorholte, der am Boden befestigt war. »Aber ich kann dich nicht dazu bringen, mir zu glauben, denn du hasst dich selbst viel zu sehr, um an deine eigene Wahrheit zu glauben. Also werde ich dich fesseln, und du kannst den Zorn in deinem Herzen in dem Wissen herauslassen, dass du mir nichts tun wirst.«

Sie blickte mich an, als würde sie auf eine Antwort warten, aber ich konnte nicht sprechen. In diesem Augenblick spürte ich nichts als Scham, und es wollten keine Worte kommen.

Als wäre das die Antwort, kehrte sie zum Bett zurück und setzte sich wieder auf mich.

Der Teil von mir, der immer so schlau sein will, schaffte es durchzubrechen. »Das wird garantiert …«

Ethalia legte einen Finger auf meine Lippen. Dann bewegte sie wieder langsam und sanft die Hüften. Ich erwiderte die Bewegungen nicht, und wir blieben lange Zeit so. Ich glaube, gelegentlich schlief ich ein paar Minuten lang ein. Aber irgendwie fand ich mich in ihr wieder, und sie bewegte sich nur sanft vor und zurück. Gelegentlich glaubte ich, gleich damit anzufangen, Dinge zu sagen, schreckliche Dinge, aber die sanfte Bewegung ihrer Hüften schien meine Stimme verstummen zu lassen. In anderen Augenblicken glaubte ich, gleich zu weinen, aber auch dann zog mich der Rhythmus ihrer Hüften und das Gefühl ihrer Hände auf meiner Brust zurück. Ich weiß nicht, wie lange wir so blieben. Ich erinnere mich nur, dass das erste tastende Licht des Tages seinen Weg durch das Fenster fand, bevor ich sprach. Sie musste mich bitten, es noch einmal zu sagen, denn meine Stimme war so zittrig. Aber vielleicht auch nicht. Vielleicht wollte sie nur dafür sorgen, dass ich es mich selbst sagen hörte.

»Die Riemen«, sagte ich. »Nimm mir die Riemen ab.«

Dieser Morgen war so anders als die vorangegangenen Tage, wie man sich das nur vorstellen kann. Ich erwachte, und meine Wunden schmerzten nicht länger. Was aber noch viel bemerkenswerter war, der Schmerz in meinem Inneren war verschwunden. Ich hätte gern gesagt, dass es für alle Zeiten so bleiben würde, aber es würde neuen Schmerz geben. Das wusste ich. Aber noch nicht, noch nicht.

Ich hörte leises Singen und entdeckte Ethalia am Fenster stehend, wo sie etwas Heißes in eine Tasse goss und dann Essen auf einen Teller lud. An diesem Morgen trug sie ein einfaches blau-weißes Sommerkleid und sah so völlig anders aus als das ätherische Geheimnis, das mich in der vergangenen Nacht begrüßt hatte. Ich fand diese Version viel schöner.

»Zeit zu essen«, sagte sie, stellte zwei Teller und die Getränke auf ein dunkles Holzbrett und brachte es zum Bett. Sie setzte es auf einem kleinen Tisch ab, bevor sie sich neben mich hockte.

Ich trank aus der Tasse. Das Getränk stellte sich als milder Kräutertee mit einer Spur Honig heraus.

Das Essen war schlicht, Brot mit Marmelade und ein Stück Käse. Ich wollte etwas Witziges sagen, dass ich ein ganzes Brathähnchen hätte verspeisen können, als sie den Kopf schüttelte. »Was man dir zu essen gab, was man mit dir machte, dem ist mit schweren Mahlzeiten nicht gedient. Du musst leicht und vorsichtig essen, zumindest eine Weile lang.«

Ich nickte zustimmend, aber in Wahrheit fühlte ich mich so viel besser, dass ich Mühe hatte, die richtigen Worte zu finden. Ich rieb mir das Kinn und entdeckte überrascht, dass der Bart fehlte. Irgendwie hatte sie mich rasiert, während ich schlief.

»Danke«, sagte ich einfach.

Sie lächelte mich an. »Gut gemacht«, erwiderte sie, als hätte ich etwas unglaublich Geistreiches gesagt.

Den Rest der Mahlzeit aßen wir schweigend. Aber nachdem wir fertig waren, fühlte ich mich genötigt zu sprechen.

»Das Mädchen, wo …«

»Ich vermute, sie kommt in diesem Moment die Treppe herauf«, antwortete Ethalia.

Und es klopfte hartnäckig an der Tür, und eine Stimme rief: »Falcio – Falcio! Bist du dort drinnen? Sie sagten, ich dürfte dich nicht stören, aber ich glaube ihnen nicht. Falcio! Bist du verletzt?«

Ethalia stand auf und entriegelte die Tür. »Er ist hier, Kind. Kein Grund zur Sorge oder um dir die Hand an meiner Tür zu brechen.«

Aline ignorierte sie und rannte zum Bett. Ich schaffte es gerade noch, die Decke um mich zu wickeln, denn mir war gerade erst wieder eingefallen, dass ich nackt war.

»Falcio! Alles in Ordnung?«

»Mir geht es gut«, antwortete ich. »Wie geht es dir?«

»Mir geht es gut. Ungeheuer geht es auch gut.«

»Ungeheuer?«

»Das Pferd, Dummkopf. Bist du sicher, dass es dir gut geht? Ich finde, du siehst benebelt aus.«

»Mir geht es gut, versprochen.«

»Gut«, sagte sie ernster. »Wir müssen bald gehen, Falcio. In ein paar Stunden beginnt die Zeremonie, und wir müssen dort sein, bevor die Namen aufgerufen werden.«

Ich war mir noch immer nicht sicher, ob dieser Plan so klug war.

»Geh und warte unten, Kind«, sagte Ethalia. »Dort gibt es etwas zu essen, und Falcio und ich habe noch einige Dinge zu besprechen.«

»Was denn? Die Bezahlung?«, sagte Aline boshaft, während sie zur Tür schlenderte und die Treppe hinunterging.

Ethalia schloss die Tür und verriegelte sie wieder, bevor sie sich auf die Bettkante setzte. »Das Kind hat nicht ganz unrecht«, sagte sie.

Es stand mir nicht zu, ihre Bräuche zu kritisieren, und die Heiligen wussten, dass sie mehr für mich getan hatte, als ich je bezahlen konnte. Aber es schmerzte trotzdem. »Ich habe nicht viel Geld, aber was ich habe, gehört dir. Was ich nicht habe, werde ich mir besorgen und dir bringen, wenn ich kann. Nenn einen Preis, Ethalia, und ganz egal, wie hoch er auch ist, ich werde immer dankbar sein.«

Sie beugte sich vor und küsste mich auf die Stirn. »So kluge und freundliche Worte. Es ist ein Wunder, dass du kein Dichter bist.«

Ich zuckte mit den Schultern und versuchte mir etwas Schlagfertiges einfallen zu lassen. Doch nichts kam.

»Du hast gefragt, also nenne ich meinen Preis, mein Schatz.«

Ich fragte mich, ob sie alle, denen sie half, am Morgen »mein Schatz« nannte. Ich hoffte nicht.

»Mein Lohn ist der folgende. An der Westküste gibt es im Süden eine Insel, nicht weit von Baern. Es ist ein wunderschöner Ort, abseits der Handelsrouten, unberührt vom Streit. Dort gibt es genug Fische, jagdbare Vögel, Beeren und Gemüse. Das Wasser aus den Bächen ist sauber und klar, und das morgendliche Sonnenlicht fällt an den Bäumen vorbei wie sanfter Regen auf Sand.«

»Ich verstehe nicht«, sagte ich. »Du willst, dass ich … was? Dir diese Insel beschaffe?«

Sie lächelte. »Ja. Ich will diese Insel. Sie gehört von Rechts wegen mir, das Erbe meiner Mutter und meines Vaters, bevor ich mich dem Orden anschloss.«

»Was …? Es tut mir leid, Ethalia, ich verstehe nicht, worum du mich bittest. Wenn dir die Insel bereits gehört …«

Sie beugte sich vor und küsste mich auf die Lippen. »Ich will *dich*«, sagte sie. »Ich will, dass du mich begleitest. Wir verlassen diesen Ort und nehmen den südlichen Handelsweg zur Küste, wo wir uns ein kleines Boot kaufen, das uns zur Insel und wieder zurück zum Festland bringt, wenn wir mal etwas anderes sehen wollen.«

»Aber, du bist eine Schwester, gehörst dem Orden an.«

Sie lächelte. »Das war der erste Teil meines Lebens, Falcio, und ich ehre ihn jetzt, indem ich weiß, wann es Zeit für den nächsten ist. Es war mein Schicksal, hier auf dich zu warten, dich zu heilen und zu befreien. Und das habe ich jetzt getan, und jetzt muss ich gehen.«

»Und ich soll mit dir kommen? Aber Ethalia, du kennst mich doch kaum.«

»Alberner Mann. Ich kenne dich sehr gut. Aber du weißt nicht so viel über mich wie ich über dich, das stimmt. Würdest du mir glauben, wenn ich behaupte, dass du mich mögen wirst, wenn du das tust? Dass du mich lieben würdest?«

»Ich ... das glaube ich gern. Aber ich ...«

Sie sah mich mit einem sanften Blick an. »Du kannst dir nicht vorstellen, dass uns vom Schicksal vorherbestimmt ist, zusammen zu sein? Hältst du es denn für völlig unmöglich, dass du glücklich sein sollst, dass ich glücklich sein soll und dass unser Glück ein gemeinsames sein könnte?«

»Ich weiß es nicht. Gestern hätte ich nie geglaubt ... Aber heute ... Ich weiß es einfach nicht.«

Sie stand auf, legte die Hände auf meine Brust und küsste mich wieder. »Dann muss ich es eben für uns beide wissen, zumindest noch eine Weile.« Wieder küsste sie mich, und wir blieben eine lange Zeit so, bis ich sie sanft zur Seite schob.

»Ich kann nicht«, sagte ich leise, mehr zu mir selbst als zu ihr.

Ethalia nahm meine Hände. »Wir können Aline mitnehmen. Hier gibt es keine Hoffnung für sie und dort draußen auch nicht. Ihr Vater war ein Narr, wenn er glaubte, sein verrückter Plan würde jemals etwas anderes als eine bittere Ernte einfahren.«

»Meine Freunde, die Greatcoats … Du verstehst nicht … Mein König erteilte mir einen Befehl, und ich muss ihn erfüllen.«

»Was denn?«, fragte sie. »Die Charoite des Königs finden? Wie oft bist du für deinen König schon beinahe gestorben?«

»Einmal weniger als er für mich«, sagte ich kühler als beabsichtigt.

»Falcio, hör mir zu. Ich habe dir gezeigt, dass ich weiß, wovon ich spreche. Dort draußen warten nur Qualen, Verletzungen und der Tod auf dich. Du hast lange und hart gekämpft, und die Götter, wo auch immer sie sein mögen, sind dankbar. Sie haben dich zu mir geführt, und ich bin keine geringfügige Belohnung.«

»Ich will nicht von den Göttern wie ein Kupferbecher auf einem Fest an eine Frau weitergereicht werden«, sagte ich verdrossen.

»So siehst du mich? Als eine Sache, die du lieber verdienen würdest, als sie einfach gegeben zu bekommen? Als eine *Hure?*«

»Ich habe nicht gesagt …«

»Ich bin eine Hure, Falcio, und stolz darauf. Als die Nachricht von deiner Gefangennahme bekannt wurde, habe ich mich verkauft, um herauszufinden, wo man dich gefangen hält; ich habe mich an einen traurigen, gebrochenen Wächter verkauft, damit du Gnade erfährst, und ich habe mich vergangene Nacht verkauft.«

»Der Wächter … der Folterer. Das warst du?«

Natürlich ergab das Sinn. Sie hatte ihre Reize dazu benutzt, um den Wächter für sich zu gewinnen. Das hatte ihn umgedreht.

»Ich glaubte … ich glaubte, es wären meine Worte gewesen … was ich ihm sagte … ich hätte nie von dir verlangt …«

»Dummer Mann. Natürlich halfen deine Worte, dass er

es sich anders überlegte, aber meine Berührung auch. Deine Weisheit öffnete seinen Verstand, und mein Körper öffnete sein Herz. So funktioniert die Welt manchmal, und das ist nichts, weswegen ich mich schämen würde, selbst wenn du mir das aufzwingst.«

»Es tut mir leid«, sagte ich. »Das alles.«

»Und wieder kannst du nicht glauben, dass du es wert bist, geliebt zu werden«, sagte sie und wandte sich ab.

»Ich …« Ich streckte die Hand nach ihr aus, aber sie trat einen Schritt zurück.

»Ich kann das Mädchen nicht im Stich lassen«, sagte ich. »Selbst wenn ich Kest und Brasti aufgebe und den Befehl des Königs. Das Mädchen ist entschlossen, bis zum Ende von Ganath Kalila zu warten, um den Namen seiner Familie zu bewahren. Ich kann sie nicht allein gehen lassen.«

»Sag: ›Ich werde es nicht tun‹, Falcio, denn wenn du so tust, als bliebe dir in dieser Sache keine andere Wahl, klingst du wie ein Kind.«

»Ich werde sie nicht im Stich lassen, Ethalia.«

Sie wandte sich mir wieder zu, und in ihren Augen funkelten Tränen. »Dann bist du noch genauso gebrochen wie zuvor, denn du glaubst noch immer nicht daran, dass du Liebe verdient hast. Du glaubst noch immer, dass du kämpfen musst, immer weiter kämpfen musst, bist du tot bist, und erst dann, in diesem Augenblick der Erlösung, wirst du dich selbst befreien und nach mir die Hand ausstrecken. Du bist noch immer verletzt, Falcio, und darum schuldest du mir keinen Lohn. Geh in deinen Untergang und überlass mich dem meinen.«

Und so endete es. Sie saß auf dem Stuhl am Fenster und weinte leise, während ich die Kleidung anzog, die sie für mich auf den Tisch gelegt hatte. Meinen Mantel zog ich zuletzt an, und noch nie hatte er so schwer auf meinen Schultern gelegen.

Zum Schluss sagte ich doch noch etwas, obwohl ich wusste,

dass es albern war, aber ich konnte mich einfach nicht davon abhalten. Ethalia hatte recht, genau wie Kest und Brasti. Wenn wir am Ende der Blutwoche vor dem Stein von Rijou standen, würde der Herzog einfach seinen Eid brechen und uns von seinen Soldaten töten lassen. Ich war nicht hergekommen, um zu gewinnen, sondern um bei dem Versuch zu sterben.

Trotzdem …

»Wenn alles getan ist«, sagte ich und kniete an ihrer Seite nieder. »Wenn das Mädchen in Sicherheit ist, komme ich zurück oder an den Ort, wo immer du dann auch bist. Falls ich das tue, nimmst du mich dann noch? Wirst du mir glauben, dass ich mir Glück wünsche, dass ich lieben will?«

Sie lächelte mich traurig an, ein Abschiedsgeschenk.

»Wenn du zurückkommst, bin ich hier. Wenn du zurückkommst, sage ich Ja.« Es war die Art und Weise, wie sie es sagte, so voller Resignation und Trauer, die mich überzeugte, dass ich sie nie wiedersehen würde.

23

NIEMAND BRICHT DEN STEIN

Das Ritual, das die Blutwoche beendet, findet am Teyar Rijou statt – die Ortsansässigen nennen ihn einfach den Stein von Rijou. Der Platz der ursprünglichen Stadtgründung befindet sich vor dem herzoglichen Palast. Man stelle sich einen großen, beinahe flachen Felsen von ungefähr der Größe eines ganzen Häuserblocks vor, der von üppigem Gras und einer Überfülle von hellen, süß duftenden Blumen umgeben ist. Nun stelle man sich diese Schönheit und Erhabenheit von der korruptesten Stadt der Welt umgeben vor.

Die versammelte Menschenmenge war gewaltig, vor allem weil der Herzog deutlich gemacht hatte, dass am Tag der Weihe jeder Bürger von Rijou am Stein zu erscheinen hatte. Ursprünglich hatte dieser jährliche Feiertag dem Gedenken an die Schlachten der Stadtgründer von Rijou gegolten. Als der Herzog Ganath Kalila aus dem Osten mitgebracht hatte, hatte er das Ende seiner Blutwoche einfach auf den Tag der Weihe gelegt, der jetzt in Morgen der Gnade umgetauft worden war. Der Augenblick, an dem er jedem Bürger für sein Versprechen, falls notwendig für Rijou zu kämpfen, Gnade erwies.

Aline und ich standen irgendwo in der Menge und hörten dem Herzog zu. Seine Rede war ausgezeichnet formuliert und beschäftigte sich ausführlich mit den Themen *Pflicht* und *Ehre* – obwohl er die beiden auf interessante Weise miteinander verschmolz, sodass Pflicht und Ehre am Ende der Ansprache im Grunde beide das Gleiche bedeuteten. Im Kern lief es darauf hinaus, dass man die Gesetze befolgte und jenen gehorchte, in deren Adern ein edleres Blut floss.

Der Herzog stand auf einem großen Podest, rechts flankiert von Shiballe und links von dem Jungen, der Bal Armidor geholfen hatte. Dutzende Wächter hatten um das Podest herum Aufstellung genommen und behielten die Bürger im Auge. Wir standen ganz hinten, so weit weg vom Herzog und seinen Leuten wie möglich.

»Und jetzt, meine guten Bürger von Rijou«, intonierte der Herzog, »ruft der Stadtweise die Namen der Adelsfamilien auf, damit ihr eure Pflichten gegenüber denen mit höherem Blut besser kennt.«

Der Stadtweise war ein alter Mann, der mir halb erblindet und größtenteils senil erschien. Seine Aufgabe bestand darin, nacheinander die Namen eines jeden Adelshauses zu rezitieren. Je edler das Blut in den Augen der Götter war, umso höher erschien der Name auf der Liste, und umso später würde der Name aufgerufen.

»Ruf die Namen auf«, befahl der Herzog dem Weisen. »Rufe die Namen auf und lass alle hier Versammelten wissen, dass der Stadtweise im Namen der Götter spricht und sein Wort über jeden Zweifel erhaben ist.«

»Calabrian«, sagte der Weise mit keuchender Stimme. Er ließ den Herzog kaum zu Ende kommen.

Ein Mann in einem blauen Gewand reckte die Faust in die Höhe. »Irobel Calabrian steht für Rijou!«, rief er.

Beifall ertönte.

»Oldeth«, sagte der Weise.

Jetzt hob eine Frau, die von ihren Kindern umgeben wurde, die Faust. »Mallia Oldeth steht für Rijou!«, rief sie.

Noch mehr Beifall.

Auf diese Weise ging es eine Weile weiter, während sie sich vom unbedeutenden Adel zur besseren Gesellschaft vorarbeiteten. Ich fragte mich, welches Gewicht das Wort des Stadtweisen tatsächlich hatte. Erkannten die Götter wirklich an, dass das Blut eines Menschen über dem eines anderen stand? Hatten sie eine Vorliebe – und wenn dem so war, worauf gründete sie sich? Ich hatte keine Ahnung; nach meiner Erfahrung sahen sie gern alle möglichen Arten von Blut und vergossen es mehr nach Quantität als nach Qualität.

»Humber«, sagte der Weise.

Richel Humber: ein weiterer Adliger, eine weitere Deklaration, neuer Beifall.

Ich fragte mich, wie unterhaltsam das wohl für die niederen Klassen der Stadt war – aber diese Adligen waren ihre Vermieter, ihre Schutzherren und ihre Kunden, also war es vermutlich ganz hilfreich, auf dem Laufenden zu sein, wer am Leben und wer tot war, welches Haus im Ansehen gestiegen war und welches schwere Zeiten erlitt.

»Barret«, sagte der Weise.

»Yerren.«

»Quistellious.«

»Zierry.«

Und so ging es weiter, jedes Adelshaus wurde aufgeführt, aber noch immer war der Name Tiarren nicht gefallen.

»Wir sollten lieber gehen«, sagte ich und nahm Aline beim Arm. »Das wird nicht funktionieren.«

Sie machte sich von mir frei. »Er ist noch nicht fertig!«

»Sieh doch nur.« Ich zeigte auf das Podest, wo der Herzog sich auf seine nächste Rede vorbereitete. »Der Weise hat alle Namen aufgerufen, die da sind. Der Herzog ist offensichtlich der Letzte, da er genauso offensichtlich das edelste Blut hat.«

»Jillard«, verkündete der Weise, und seine Stimme klang nicht anders als bei jedem der vorhergehenden Namen.

»Andreas Jillard steht für Rijou!«, rief der Herzog mit einstudierter Selbstverständlichkeit. Die Menge bejubelte seine emporgereckte Faust. Als der Beifall langsam erlahmte, hielt er sie weiter dort und schüttelte sie mehrmals, bis der Jubel wieder an Kraft gewann. Das tat er dreimal, bevor er damit aufhörte.

»Und jetzt«, sagte er, »rufe ich die …«

»Aline«, sagte eine krächzende Stimme.

Alle schauten sich um, um zu sehen, wer da gesprochen hatte, aber es war der Stadtweise, dessen Blick auf niemand Besonderen gerichtet war. Er vermittelte den Eindruck, nichts Wichtiges gesagt zu haben, und war sich nicht im Mindesten bewusst, dass alle Blicke auf ihn gerichtet waren.

»Was?«, verlangte der Herzog zu wissen.

Shiballe trat vor und schüttelte den Arm des Stadtweisen, flüsterte ihm etwas offensichtlich Unerfreuliches ins Ohr, aber der alte Mann ignorierte ihn.

»Aline«, wiederholte er, als wäre nichts geschehen.

Totenstille trat ein, als der Herzog die Menge musterte. Selbst ich war verwirrt. Der Stadtweise nannte sie bei ihrem Vornamen – warum?

»Aline, die Tochter von Lady Tiarren, steht für Rijou!«, rief Aline.

Die Menge brach in verwirrten Lärm aus, und der Herzog verlangte nach Ruhe.

»Aline, die Tochter von Lady Tiarren, steht für Rijou.« Sie sagte es erneut, und es klang, als hätte sie diesen einen Satz ihr ganzes Leben lang geübt.

Ich für meinen Teil verstand noch immer nicht, was hier eigentlich vor sich ging. Warum hatte der Weise sie aufgerufen – und warum hatte er sie als Letzte aufgerufen? Und warum sie beim Vornamen nennen und nicht beim Namen ihres Hauses?

»Ruhe!«, schrie der Herzog, als der Lärm wieder anstieg. »Wer wagt es, das geheiligte Ritual von Ganath Kalila zu beschmutzen?«, verlangte er zu wissen und blickte sich um, versuchte Aline zu finden, die noch immer von der Menge verborgen wurde. »Wer lädt Schande auf den Morgen der Gnade?«

»Das war wohl dein Stadtweiser!«, rief jemand aus der Menge.

Als Gelächter ertönte, schrie der Herzog: »Wer hat das gesagt? Wer war das?« Er wandte sich an Shiballe. »Findet den Mann, der seinem Herzog Widerworte gibt. Findet ihn und tötet ihn.«

Wieder kehrte Schweigen ein. Also war der Augenblick gekommen, mich zu Wort zu melden. Ich seufzte, dann rief ich: »Verzeiht, Euer Durchlaucht, aber so wie ich es verstanden habe, darf am Morgen der Gnade keiner getötet werden – darum heißt der Morgen ja so.«

»Ergreift diesen Mann«, brüllte Shiballe den Wächtern zu. »Er ist ein Krimineller – ein entflohener Verurteilter, der sich des Verrats schuldig gemacht hat!«

Die Wächter sahen hilflos aus, als sie nach einer Möglichkeit suchten, durch die Menge zu uns durchzukommen.

»Das Mädchen ist eine Betrügerin«, rief der Herzog. »Sie ist ... der Weise hat sich geirrt.«

»Der Weise kann keinen Fehler machen«, rief ich zurück. »Er spricht im Namen der Götter, schon vergessen?«

»Das Mädchen ist eine *Betrügerin*«, wiederholte er. »Ihr Blut ist falsch. Ihr Haus existiert nicht. Und selbst wenn es existieren würde, waren die Tiarren von niederem Adel, kaum der Aufmerksamkeit wert. Also wie könnte ihr Name nach ... nach dem von bedeutenderen Häusern aufgerufen werden.«

Einige der »niederen Adligen« in der Menge sahen beleidigt aus, aber jeder hielt den Mund.

»›Alle hier Versammelten sollen wissen, dass der Stadtweise im Namen der Götter spricht und sein Wort über jeden Zweifel erhaben ist‹«, wiederholte ich. »Das sind Eure Worte, Euer Durchlaucht.«

»Ich ...«

Shiballe flüsterte ihm etwas ins Ohr. Dann hörte ich ihn murmeln: »Ja – ja, Ihr habt recht. Das kann ich.«

Der Herzog blickte sich bei seinen Untertanen um. »Männer und Frauen von Rijou!«, rief er dann mit einem freundlichen Lächeln. »Freut euch! Freut euch, denn so stark Ganath Kalila unsere Stadt in der Vergangenheit gemacht hat, wird es uns in Zukunft noch stärker machen. Wie es mein Recht als Herzog und Oberster Herrscher der Stadt Rijou ist, verkünde ich hiermit, dass Ganath Kalila verlängert ist. *Heute* ist der letzte Tag der Blutwoche. Er soll uns daran erinnern, dass wir immer auf der Hut sein müssen, wir müssen immer stark gegen unsere Feinde sein. Und morgen kommen wir wieder zusammen, für ein … für ein Fest. Ein *Fest!* Das Fest der Gnade! Es gibt für alle zu essen und …«

»Ein hoher Preis«, rief ich. »Ein hoher Preis für ein nettes Mahl.«

Der Herzog schaute quer über die ganze Promenade von seinem Podest auf mich herunter. »Und was hat der Trattari zu sagen?« Seine Stimme troff vor Verachtung. »Ein in Lumpen gekleideter Verräter, der selbst den Tyrannen verriet, dem er diente. Ein Verräter des ganzen Landes. Welche Weisheit hast du den braven Menschen von Rijou mitzuteilen? Willst du uns über die falschen Gesetze deines mörderischen Königs belehren?«

»Ich kenne keine Weisheiten«, sagte ich. »Nicht eine. Und mit Sicherheit ist Rijou der letzte Ort, an dem ich die Gesetze des Königs verkünden würde.«

Das rief gemurmelte Zustimmung hervor. Die Greatcoats waren in Rijou nie populär gewesen, denn seine Bewohner hatten sich stets als eigenständiger Stadtstaat betrachtet und verabscheuten es von ganzem Herzen, der Herrschaft eines Hunderte von Meilen entfernten Mannes unterworfen zu sein.

»Aber falls Ihr mir das nachseht, ich weiß etwas über die Gesetze von Rijou.«

Der Herzog lachte. »Du willst uns unsere eigenen Gesetze erklären, Trattari? Jedermann wird einen hohen Preis dafür bezahlen, wenn er deinen Lügen zuhört – und jedermann, der auf deine Worte Taten folgen lässt, sogar einen noch höheren Preis.« Das Letzte richtete er direkt an die stumme Menge.

»Es kostet einen hohen Preis, sich an eure Gesetze zu erinnern«, sagte ich nun an die Menge gerichtet. »Eure Durchlaucht hat durchaus recht. Aber der gleiche Preis wurde von euren Vorfahren bezahlt, von den Männern und Frauen, die diese Stadt erbaut haben. Die dafür gekämpft haben und gestorben sind, deren Blut sich auf den Stein zu euren Füßen ergossen hat. Ihr Blut sickerte Hunderte von Jahren in den Teyar Rijou, als sie die Angreifer aus dem Norden, aus dem Süden, dem Osten und dem Westen abwehrten, damit eure Kinder und Enkel auf ihm stehen und etwas Stärkeres als den Felsen unter ihren Füßen fühlen konnten. Bürger von Rijou, euer Blut – euer Mut – ist der Zusatz, der diesen Ort stark macht, der euch an den Stein bindet. Denn nichts anderes seid ihr: Ihr seid der wahre Stein von Rijou. Tausend Jahre lang und länger habt ihr jeden Feind zurückgeschlagen, denn selbst als ihr noch keine offiziellen Gesetze hattet, gab es dennoch ein unverbrüchliches Gesetz. Euer Gesetz.«

Ich holte tief Luft und sprach dann die Worte. »Niemand bricht den Stein.«

Irgendwo brach Jubel aus, und ich glaubte ein paar alte Leute den Satz murmeln zu hören. »Niemand bricht den Stein.«

»Niemand bricht den Stein«, wiederholte ich. »Aber blickt in die Augen eures Nachbarn und verratet mir, was ihr dort seht. Erkennt ihr dort den Stein?« Ich wartete nicht auf eine Antwort, sondern schüttelte traurig den Kopf. »Nein, ihr seht *Furcht.* Furcht hat diese Stadt ergriffen, und sie hat sie erschöpft, nicht nur in eurer Zeit, sondern auch in der Zeit eurer Mütter und der eurer Väter. Blickt in die Augen eurer Kinder, und ihr werdet die Furcht auch dort verwurzelt finden. Und was wird aus ihren Kindern werden, euren Enkeln?

Furcht hat den Stein erschüttert, und sie erschüttert ihn ein Jahr nach dem anderen, schleift ihn wie fließendes Wasser. Schaut unter eure Füße. Seht ihr, wie die Furcht den Felsen zerfrisst? Wie viele Jahre Ganath Kalila sind noch nötig, bevor der Stein völlig ausgehöhlt ist? Wie viele Blutwochen noch, bevor der Stein nicht länger in euren Herzen ist?« Ich hielt kurz inne. »Niemand bricht den Stein«, sagte ich dann.

»Niemand bricht den Stein!«, hörte ich eine Frau rufen. »Niemand bricht den Stein!«

Ich sah, wie der Herzog Shiballe etwas ins Ohr flüsterte, und der kleine Mann stieg vom Podest und sprach mit einem Wächter, der einen seiner Kumpane nahm und sich einen Weg durch die Menge zu der Stelle bahnte, von der der Ruf ertönt war.

»Und seht«, rief ich, »hier kommt die Furcht schon wieder, bahnt sich ihren Weg durch die Risse im Stein. Seht zu. Sie stoßen euch zur Seite, um diese Frau zu ergreifen – und weswegen? Verrat? Mord? Diebstahl? Nein, sie kommen für sie, weil sie das Erste Gesetz von Rijou aussprach. Werden sie sie aus eurer Mitte holen? Und werden sich dann andere fürchten, die Worte auszusprechen, auf der sich eure Stadt gründet? Und wenn diese Furcht auf eure Kinder übergreift, werden sie ihr ganzes Leben leben, ohne sie je auszusprechen? Und wenn sie sie niemals aussprechen, werden eure Enkel zu Erwachsenen werden, ohne die Worte jemals gehört zu haben? Erinnert ihr euch überhaupt noch an die Worte? Erinnert ihr euch überhaupt noch an euer Erstes Gesetz?«

»Niemand bricht den Stein«, rief ein alter Mann irgendwo aus der Menge. »Nehmt mich! Kommt und schleppt mich weg, und eure verfluchten schwarzen Herzen sollen verdammt sein! Ihr könnt meine alten Knochen brechen. Ihr könnt mir den Hals brechen. Aber niemand bricht den Stein!«

»Niemand bricht den Stein!«, ertönte der Jubel. »Niemand bricht den Stein!«

»Niemand bricht den Stein«, stimmte ich ihnen zu und

hielt dann die Hände hoch und bat um Ruhe. »Der Herzog ist euer rechtmäßiger Herrscher«, sagte ich. »Ich bin Magister, und ich habe nicht zu bestimmen, wer euch beherrscht oder wem ihr *erlaubt*, euch zu beherrschen. Die Khunds aus dem Osten behaupteten, euch zu beherrschen, nicht wahr? Was ist mit ihnen passiert?«

»Sie machten mit dem Stein Bekanntschaft!«, ertönte ein Ruf irgendwo rechts von mir.

»Und die Lords von Orison, sie zogen mit ihren Heeren nach Süden und verkündeten ebenfalls, dass ihnen Rijou gehört, oder? Ich frage mich, was mit diesen Heeren passiert ist?«

»Sie machten mit dem Stein Bekanntschaft!«

»Und die Barbaren aus Avares im Westen? Mit ihnen gab es oft Scharmützel an euren Grenzen, nicht wahr? Und eines Tages werden sie kommen, und ihre Horden werden gegen diese Stadt anstürmen. Zahllose Reihen von mit Schwertern und Keulen und Speeren bewaffnete Männer. Macht euch nichts vor, die Männer von Avares fürchten weder Tod noch Verstümmelung. Ihre blutdurstigen Krieger sind in der Schlacht groß geworden und haben im Blut ihrer Feinde gebadet. Und eines schönen, nicht mehr fernen Tages kommen sie zurück, da könnt ihr euch sicher sein. Und was dann?«

»DANN MACHEN SIE MIT DEM STEIN BEKANNTSCHAFT!«

Shiballe sprach mit weiteren Wächtern und erteilte den Hauptleuten Befehle. Dort schien es ein gewisses Zögern zu geben.

»Sie werden mit dem Stein Bekanntschaft machen«, stimmte ich zu, sobald der Lärm verstummt war. »Aber nur, wenn es den Stein dann noch gibt.«

Diese Aussicht schien der Menge nicht zu gefallen, aber ich fuhr fort. »Euer Herzog – euer rechtmäßiger Herrscher – hat euch Ganath Kalila gebracht. Das ist eine Tradition aus dem Osten, nicht von hier.«

Hier und da ertönte wütendes Gemurmel; viele Leute erinnerten sich noch an die Zeit, zu der es keine Blutwoche gab.

»Er behauptet, das macht euch stark. Ich frage euch, wenn ihr euch in euren Häusern versteckt, während Meuchelmörder ungehindert durch die Straßen streifen, fühlt ihr euch dann stark?«

Schweigen.

»Wenn ihr hört, dass man eure Nachbarn aus den Betten zerrt und in der Nacht dahinschlachtet, fühlt ihr euch dann stark?«

Mehr Schweigen, aber der Zorn war jetzt deutlich greifbar.

»Dieses Mädchen«, sagte ich, nahm Alines Hand und hob sie. »Diesem Mädchen hat man die Familie genommen, jeden Einzelnen von ihnen, und getötet – nicht im Kampf, denn das ist nicht die Art von Ganath Kalila. Stattdessen kamen Männer – in Schwarz gekleidete Männer ohne Familienwappen. Sie verrammelten das Haus der Familie – *bevor die Blutwoche überhaupt erst begonnen hatte.* Die Wächter hielten sie nicht auf. Der Herzog hielt sie nicht auf. Ihr hieltet sie nicht auf.« Kurz versagte meine Stimme, bevor ich sagte: »Ich hielt sie nicht auf. Und jetzt sind sie tot, und dieses Mädchen steht allein auf der Welt. Und trotz allem, trotz allem steht sie jetzt hier und befolgt das Gesetz des Herzogs. Befolgt *euer* Gesetz. Sie hätte fliehen können, aber das wollte sie nicht. Stattdessen steht sie hier auf dem Stein von Rijou.«

Ich zeigte auf den Herzog. »Euer Herr behauptet, er kann die Gesetze erlassen, wie er es für richtig hält, also wird Ganath Kalila einen weiteren Sonnenaufgang erleben, einen weiteren Sonnenuntergang. Und warum solltet ihr euch beklagen? Denn er verlängert die Blutwoche ja nur um einen Tag – *nur ein Tag mehr.* Ich sage euch Folgendes: Ich habe dieses Land Dutzende Male von einer Ecke zur anderen bereist, und in jedem Teil des Landes, in jeder Stadt und jedem Dorf und jeder Ansiedlung und selbst hier in Rijou *dauert die Woche sieben Tage.* Trotzdem dauert Ganath Kalila – *die Blutwoche* – neun Tage! Und jetzt werden es zehn sein. Und nächstes Jahr? Und das Jahr danach? Der Herzog sagt, Ganath Kalila macht euch stark. Stellt euch nur vor, wie stark ihr sein werdet, wenn jeder Tag des Jahres Ganath Kalila ist!«

Ein Dutzend Wächter bahnten sich ihren Weg durch die Masse aus Männern und Frauen zwischen uns. Die Menge stand dicht gedrängt, aber auch wenn sie nur langsam vorankamen, kamen sie dennoch voran. Uns lief die Zeit davon. Ich musterte kurz Aline, bevor ich mich wieder der Menge zuwandte. »Dieses junge Mädchen ist eine kleine Sache, nicht wichtiger als eure Kinder. Sie wiegt kaum mehr als ein Krug Ale an einem heißen Tag. Also muss ich euch fragen: Hält der Stein ihr Gewicht? Oder bricht er unter dem Druck eurer Furcht?«

»Niemand bricht den Stein«, sagte eine Frau. Sie war groß und hatte breite Schultern, und sie trat zu uns, bevor sie vor Aline niederkniete. »Ich beschütze das Leben dieses Mädchens, wenn es bleibt, und ich beschütze seinen Namen, wenn es geht. Ich zahle den roten Preis.«

»Ich zahle den Preis auch«, sagte ein Mann, eigentlich kaum mehr als ein Junge, der kaum größer als Aline war. »Niemand bricht den Stein«, sagte er, als er niederkniete.

»Niemand bricht den Stein«, sagte eine andere Stimme. Den Sprecher konnte ich nicht ausmachen, aber bald wurden die Worte ständig wiederholt, während sich Männer und Frauen auf den Boden knieten. Als es endete, umgab uns eine breite, kreisrunde menschenleere Fläche, an deren Rand sich jeder in der Menge auf ein Knie niedergelassen hatte.

Ich hörte jemanden klatschen. Den Herzog. Er stand einige Hundert Fuß entfernt auf seinem Podest, flankiert von Shiballe und seinen Wächtern. Vor ihm hatten sich fünfzig Bogenschützen aufgebaut, Pfeile eingespannt, und zielten auf die Menge.

»So hübsche Worte«, sagte er. »Meisterhaft, Trattari, wie du Verrat so edel klingen lässt.«

»Das Erste Gesetz von Rijou ist kein Verrat!«, sagte ein Mann wütend und stand auf. Ein Pfeil bohrte sich in seinen Hals, und er stürzte zu Boden.

»Was Verrat ist, bestimme noch immer ich«, erwiderte der Herzog ruhig. »Und jeder Mann oder jede Frau, die jetzt spricht, ist ein Verräter und wird hingerichtet. Ganath Kalila wird heute abgehalten und in alle Ewigkeit. Das Mädchen ist eine Kriminelle! Und man wird sie ergreifen und sich um sie kümmern, und ihr Name und ihre Blutlinie werden ausgelöscht, genau wie alle anderen mit Verräterblut in den Adern.«

Er wartete. »Nun«, sagte er dann in die Stille hinein. »Nun, Trattari, ist das alles, was du ihnen zu bieten hast? Worte? Dafür wirst du nicht viel bekommen. Ein toter Mann kann seine Familie nicht ernähren. Was ist denn mit ihnen, wenn du wegläufst, Lumpenmantel? Wo sind deine Magister, um anzureisen und deine Interpretation des Gesetzes zu erzwingen, sobald du weg bist? Komm schon, Greatcoat, du hast die Beweise gehört! Jetzt verkünde uns dein Urteil!«

Alle sahen mich an, und plötzlich war die Furcht wieder da.

»Mein Urteil lautet wie folgt«, verkündete ich energisch. »Ganath Kalila ist ungesetzlich. Es verletzt die Gesetze dieses Landes – und was noch viel wichtiger ist, es verletzt die Gesetze dieser Stadt. Mein Urteil lautet daher, dass in Rijou keine Blutwoche mehr stattfinden soll. Aber der Herzog hat recht. Ich werde gehen – ob lebend oder tot, ich verlasse heute die Stadt. Also kann ich nicht hier sein, um diese Entscheidung zu verteidigen. Es wird kein Heer aus Greatcoats kommen, um das Urteil zu schützen. Es gibt nur euch. Es gibt nur den Stein.«

Ich riss die schwarzen Knöpfe von meinem Mantel, einen nach dem anderen, und zog die Lederhüllen ab, um die darunter befindlichen Goldmünzen zu enthüllen. Jeder von ihnen war das Symbol der königlichen Magister eingeprägt. Innerhalb weniger Augenblicke hielt ich genug Geld in der Hand, um zwölf Familien ein Jahr lang ernähren zu können.

»Ich brauche Geschworene«, sagte ich, »zwölf Männer oder Frauen, die dafür sorgen, dass das Urteil Bestand hat. Zwölf Menschen, die sich dem stellen, was nach meiner Abreise passiert, die dafür sorgen, dass niemand vergisst, was hier gesagt wurde. Zwölf, die möglicherweise bei dem Versuch ihr Leben lassen.« Dann warf ich die Goldmünzen auf den Boden und wartete, während sie klirrend in alle Richtungen rollten.

Niemand griff danach.

Stille erfüllte den Stein von Rijou, als Adlige, Soldaten und einfache Untertanen abwarteten, was nun geschehen würde. Aline drückte meine Hand, um mir Mut zu machen, aber ich konnte mich nicht dazu überwinden, ihr ins Gesicht zu sehen. Ich hatte sie im Stich gelassen. Ich hatte diesem kleinen Mädchen und mir den Tod gebracht, weil ich von dem Glauben besessen war, dass mein König irgendeinen genialen Plan verfolgte – dass er ihn schon die ganze Zeit gehabt hatte – und dass die Suche, die er mir vor so vielen Jahren aufgetragen hatte, irgendeine Bedeutung hatte.

»Finde die Charoite«, hatte er gesagt, als könnten Edelsteine die Welt mehr verändern als Worte. Und jetzt würde Aline aus keinem besseren Grund sterben, als weil sie den Namen ihrer Familie verkündet hören wollte, ihr Erbrecht bewahren wollte – als hätte das in diesem Höllenloch auch nur den geringsten Wert. Am Ende hatte der Stadtweise ihr nicht einmal das gegeben. Er hatte ihren Namen aufgerufen, aber nicht den ihrer Familie.

Der Herzog lächelte mich aus der Ferne an. Er würde lächeln, bis sich die letzte Münze nicht länger drehte, bis er sich an der resignierten Verzweiflung auf meiner Miene weiden konnte und jemand in der Menge erkannte, dass sie ihren Herrscher an die Grenzen seiner Geduld getrieben hatten, und zu dem Schluss kam, dass man seine Gunst besser dadurch errang, indem man uns tötete.

Der Stadtweise saß neben dem Herzog und sah aus, als wäre er eingeschlafen. *Der alte Narr konnte sich nicht einmal daran erinnern, Alines Familiennamen zu nennen.* Diese Erkenntnis brachte die Erinnerung an die Trümmer von Alines Haus zurück, das jetzt die ungeweihte Gruft der Familie Tiarren war. Tot und vergessen, würden ihre Namen nie wieder in Rijou gesprochen werden. So gut wie jeder Blick aus der Menge richtete sich krampfhaft auf die wirbelnden Münzen, aber ein paar starrten auch mich an. Hatte einer von ihnen Lady Tiarren und ihre Kinder gekannt? Machten sie mich für das verantwortlich, was gleich geschehen würde? Wie oft hatte ich dem Tod gegenübergestanden, nur um dieses dreizehnjährige Mädchen zu seinem Ende auf dem Stein von Rijou zu bringen, hatte in der Hoffnung, dass die Bewohner der korruptesten Stadt auf der Welt sich erheben und ihr Leben für Alines riskieren würden, mit ihrem Schicksal gespielt? Ich wandte mich ihr zu, und sie schenkte mir ein tapferes kleines Lächeln, das auf der linken Seite etwas schief war, als würde es ein Geheimnis andeuten, das gleich enthüllt werden würde. Dieses Lächeln. Ich wollte sie in die Arme schließen und ihr sagen: *Du liegst mir am Herzen,* obwohl ich den Grund dafür nicht kannte; dazu hatte ich weder ein Recht noch einen Anlass. Ich wollte ihr sagen, dass alles gut werden würde, dass ich sie, ganz egal, was auch geschah, beschützen würde, aber ich konnte es nicht. Ihr Leben lag in den funkelnden Goldstücken und den Händen, die sie entweder aufheben oder ignorieren würden. Aline und ich drehten uns wieder um und sahen den Münzen zu, die sich auf dem Boden immer langsamer drehten und zum unweigerlichen Ende kamen.

Niemand griff nach den Münzen.

Also spitzte ich die Ohren.

24
DIE GESCHWORENEN

»Du siehst nicht gerade so aus, als hättest du es bequem, Magister«, hatte die Schmiedin vor vielen Jahren in Uttarr während einer meiner ersten Missionen als Greatcoat des Königs gesagt.

Sie hatte durchaus recht. Der Pranger auf dem Dorfplatz war aus den Grünholzbäumen der Gegend konstruiert und durchaus stabil, wenn auch nicht übermäßig bequem.

Es war mein zweiter Tag am Pranger. Bei meinem ersten Versuch, den Streit zu schlichten, hatte ich mich zu dem lokalen Lord begeben, um sein Eingreifen zu erbeten. Einer seiner Sekretäre hatte einen Bauernsohn zum Duell gefordert, nachdem der Junge versucht hatte, die Jungfräulichkeit seiner Schwester zu beschützen. Auch wenn das Duellieren legal war – selbst wenn es um einen erwachsenen Mann mit Militärerfahrung ging, der gegen einen knapp siebzehnjährigen Jungen kämpfte –, den Jungen zu zwingen, ohne Waffe anzutreten, war es nicht.

Der Mann hatte sein Interesse an der Frau erneuert, und jetzt stand ihr alter Vater im Weg.

»Weißt du, was dein Problem ist?«, fragte die Schmiedin.

Ich verrenkte den Kopf nach oben, um sie ansehen zu können. »Ich höre nie zu?«

»Du hörst nicht zu. Worte purzeln aus deinem verdammten Mund, aber keine kommen in deine verdammten Ohren.«

Man hatte mich bei meiner Ankunft gewarnt. Ich hatte die Fakten der erbärmlich schlecht geschriebenen Beschwerde bestätigt, die uns ein fahrender Sänger gegeben hatte, der durch die Dörfer zog und Zeuge des ursprünglichen Vorfalls gewesen war.

»Du hast nicht zugehört, als ich dir sagte, du sollst die Finger von der Sache lassen. Du hast nicht zugehört, als ich dir sagte, dass der Junge schon lange tot ist. Du hast nicht zugehört, als dir sagte, dass keiner mehr deswegen sterben will.«

»Und das Mädchen?«

»Glaubst du ernsthaft, sie endet nicht im Bett irgendeines Adligen, bevor das hier vorbei ist?«

Der Lord hatte sich geweigert, etwas gegen den Mann zu unternehmen, also hatte ich es selbst getan. Ich hatte ihn zum Duell herausgefordert und ihn blutig geprügelt, und als er nach dem Ende des Duells versucht hatte, sich von hinten an mich anzuschleichen, hatte ich ihn die Erste Fechtregel gelehrt und seinen Bauch durchbohrt, was zu seinem Tod geführt hatte.

»Du hast geredet und geredet und geredet«, fuhr die Schmiedin fort.

Die Schmiedin hatte mich gewarnt, dass der Lord mich an den Pranger stellen würde, bevor er mich während ihrer monatlichen Gerichtsverfahren hängen lassen würde.

»Du hast von den Gesetzen erzählt und dem König und den Rechten. Man stelle sich das bloß vor: Rechte für Leute wie uns?«

Als die Männer mich holen kamen, hatte ich den Dorfbewohnern eine hübsche Rede über die Gesetze gehalten, die sie beschützen sollten, die ihnen *gehörten,* und dass sie manchmal auch selbst für ihr Recht würden kämpfen müssen. Als ich fertig gewesen war, hatte ich die Befehle des Königs befolgt und um zwölf Männer und Frauen des Dorfes gebeten, die die Rolle der Geschworenen übernehmen sollten, um nach meiner Abreise das Urteil zu schützen und dafür zu sorgen, dass der Familie des Jungen kein Schaden zugefügt wurde. Niemand war vorgetreten, um die Goldstücke aufzuheben. Zwei Tage später lagen sie noch immer vor dem Pranger, in dem ich nun steckte, auf dem Boden.

»Gute Frau, ehrlich gesagt bin ich mir nicht sicher, wieso das mein Fehler ist. Ich habe das Gesetz vollstreckt, ich habe gekämpft, um das Mädchen und seinen Vater zu beschützen, und doch stehe ich am Pranger.«

»Das ist wohl wahr. Aber keiner im Dorf will mit dir den Platz tauschen.«

»Und was genau hätte ich anders machen sollen?«

Sie kniete vor mir nieder, und eines ihrer Knie berührte beinahe eine der Goldmünzen.

»Du hättest zuhören sollen«, sagte sie. »Du hast die Worte gesprochen – und es waren hübsche Worte –, aber als keiner einen Satz machte und rief: ›Aye, Herr, nimm mich! Ich bin dein Mann!‹, hast du uns bloß angesehen, als wären wir Hunde oder Kinder. Und dann hast du dich wie ein Narr auf die Männer des Lords gestürzt.«

Ich versuchte mit den Schultern zu zucken. »Ich dachte, falls ich ihnen zuvorkomme, könnte ich vielleicht hier weg, bevor sie mich erwischen.«

»Nächstes Mal lauf einfach weg«, sagte sie.

Dann holte sie etwas aus der Tasche, einen Hammer und ein anderes Werkzeug, das wie ein Meißel aussah. Sie setzte beides an dem Schloss an, das den Pranger verschlossen hielt, und zerbrach es mit einem mächtigen Schlag. Sie verstaute das Werkzeug wieder in der Tasche, dann bückte sie sich, um eine der Münzen aufzuheben.

»Sieht gar nicht so wertvoll aus«, sagte sie, bevor sie sich wieder aufrichtete.

Ich befreite mich aus dem Pranger und rieb das Leben zurück in meine schmerzenden Schultern.

»Du solltest jetzt besser verschwinden. Dein Pferd ist hinten an der Scheune angebunden. Verschwinde hier, und ich mache von jetzt an weiter.«

»Sie werden hinter dir her sein«, sagte ich.

»Ich prügle meinen dummen Mann an die Arbeit; er wird helfen. Und es gibt hier noch ein paar andere, die mich unterstützen werden, falls es nötig werden sollte.«

»Ich verstehe es nicht«, sagte ich schließlich.

»Was gibt es da zu verstehen? Du hast geredet, ich hörte zu.«

Ich spitzte die Ohren, und die Wartezeit war so schlimm, wie man sich nur vorstellen kann. Eine gewaltige Menschenmenge und auf der anderen Seite ein Podest mit dem Herzog und seinem jungen Sohn, und seine Männer waren bereit, sich uns zu schnappen. Und ein paar kleine Goldmünzen, die sich von allem unberührt auf dem Boden drehten und dabei unausweichlich langsamer wurden.

Plötzlich blitzten Beine und Fell auf, und ein Hund, ein Sharpney, raste so schnell wie ein Rennpferd herbei und schnappte sich eine der funkelnden Münzen, als wäre es eine Ratte.

Ein Pfeil schlug ein, wo der Hund gerade noch gewesen war.

»Mixer!«, rief ein Junge, als er sich aus der Menge löste. Es war Venger, der kleine Tyrann, den ich vor wenigen Tagen kennengelernt hatte. Der Junge rannte direkt in den Kreis und schnappte sich eine der Münzen. Als er ihn verließ und wieder in der Menge verschwand, nicht ohne eine für mich bestimmte obszöne Geste zu machen, der die gleiche für den Herzog folgte, schlugen zwei weitere Pfeile ein und zerbrachen auf dem harten Stein.

»Jeder Mann und jede Frau, die eine dieser dreckigen Münzen nimmt, bekommt einen Pfeil zu spüren!«, tobte der Herzog. »Jetzt geht zurück in eure Häuser, oder ich lasse jeden von euch den roten Preis bezahlen, das schwöre ich!«

Dann rannte die Frau, die große, die Aline als Erste Schutz versprochen hatte, in den Kreis, schnappte sich eine Münze und tauchte wieder in der Menge unter. Eine weitere Gestalt rannte herbei, deren Arm geschient und fest an die Brust gebunden war: Cairn, der arme Narr, der einer von Lorenzos Greatcoats hatte sein wollen. Ihm folgte ein weiterer und dann noch einer, die in den Kreis eilten, sich eine Münze schnappten und wieder zurück in den Schutz der Menge rannten.

Aber eine Frau hatte nicht so viel Glück. Drei Pfeile durchbohrten ihren Körper, und sie stürzte zu Boden, die Münze noch immer umklammernd.

Ein Murren erhob sich. Den Leuten war ihr Zorn und ihr Trotz anzusehen. Mehr als nur einer erschien bereit, in den Kreis zu springen, eine Münze zu nehmen und sich als Geschworener zu verpflichten, aber jetzt schossen die Bogenschützen vereint alle paar Sekunden. Ein Pfeil nach dem anderen zersplitterte auf dem Stein. Aber sie bohrten sich nicht in Fleisch.

Ich hörte einen Schrei und entdeckte Unruhe in der Menge, als sich jemand einer kleinen, schmalen Welle gleich zwischen dem Herzog und uns einen Weg durch sie hindurchbahnte.

»Tommer! Bleib stehen, Tommer!«, brüllte der Herzog, und als ich zu dem Podest blickte, sah ich, dass sein Sohn nicht länger dort stand. Plötzlich stoppte der Junge direkt am Rand des Kreises. Vor ihm landeten ein halbes Dutzend Pfeile auf dem Boden, und ich staunte, dass er nicht getroffen worden war.

»Hört auf, ihr verdammten Narren – das ist mein Sohn«, wütete der Herzog.

Seelenruhig ging der Junge in die Mitte des Kreises und sah sich die Münzen sorgfältig an, bevor er sich bückte und eine aufhob. Er hielt sie zwischen Daumen und Zeigefinger, hob den Arm und zeigte sie der Menge. »Niemand bricht den Stein!«, rief er mit der schrillen Stimme eines wütenden Jungen.

Die Menge raste. Sie hoben den Jungen auf die Schultern und jubelten wie verrückt. Männer und Frauen liefen an uns vorbei, und plötzlich waren wir wieder so gut wie unsichtbar.

Der Sohn des Herzogs hat die Münze eines Greatcoats aufgehoben. Der Sohn des Herzogs hat die Worte gesagt.

Jetzt konnte ich elf Männer und Frauen ausmachen, die meine Münzen aufgehoben hatten, dazu kam ein glücklich kläffender Hund. Überall hallte der Jubel über den Stein. »Der Stein! Der Stein!«, sangen sie. Alles andere wurde ignoriert – der Herzog, Shiballe, Aline, ich, die Wächter. Für die Augen der Menge existierten wir alle nicht mehr.

Der Anblick verschlug mir die Sprache. »Sie hatte recht«, murmelte ich gedankenverloren.

»Wer hatte recht?«, wollte Aline wissen.

»Eine Frau – eine Schmiedin. Sie hat mir gesagt, ich müsste zuhören.«

Aline grinste, als hätte sie mir den gleichen Rat geben wollen. »Du redest etwas zu viel, Falcio«, sagte sie.

»Er tut nichts anderes, als zu reden, aber manchmal reicht das.« Ich drehte mich um und erblickte eine schäbig gekleidete, grauhaarige alte Frau mit Falten im Gesicht und Stahl im Blick. Die Schneiderin hielt einen schweren Reisesack in der Hand. »Aber die Zeit zum Reden ist vorbei, und jetzt ist der Augenblick gekommen, dass ihr beide von diesem dreifach verdammten Ort verschwindet.«

»Mattea!«, rief Aline entzückt und umarmte die Schneiderin ungestüm.

»Ja, Kind, sieht so aus, als würde ich mich noch eine Weile um dich kümmern.« Die Alte blickte mir in die Augen. Da glitzerte ein sanftes Funkeln, das ich dort noch nie zuvor gesehen hatte. »Du musst jetzt gehen, Kind«, sagte sie und sah Aline liebevoll an.

»Warum? Warum kann ich nicht hierbleiben? Ich würde dir auch bestimmt nicht zur Last fallen, Mattea …«

»Das ist nicht deine Bestimmung, Kind, so wie ich nicht dazu bestimmt bin, dich als mein eigenes Kind aufzunehmen, auch wenn ich das sehr gern tun würde. Du hast getan, was getan werden musste. Du hast die Blutwoche überlebt, und jetzt sind dein Name und dein Blut anerkannt. Kein Mann wird dir deinen Namen verweigern können, liebe Aline.«

»Ich verstehe nicht«, sagte ich. »Warum …?«

Mattea unterbrach mich. »Ja, Falcio, du hast deutlich zum Ausdruck gebracht, dass du nicht verstehst. Also wirst du stattdessen einfach das tun, was ich sage. Deine hübschen Worte waren nett, und jetzt herrscht Aufruhr, denn die Leute wollen etwas Besseres, als sie unter dem elenden Bastard von Herzog hatten. Aber das wird sich schnell genug wieder beruhigen, und Shiballe wird wieder seine Spiele in Gang setzen, um die Stadt zu beherrschen. Geh und finde die anderen Narren, bevor sie etwas Dummes tun und meine ganzen Pläne zunichtemachen.« Dann zeigte sie ein trockenes Lächeln. »Ich nehme mal nicht an, dass die riesige Bestie, die in dem ausgebrannten Laden dort hinten versteckt ist, euch gehört?«

»Das ist Ungeheuer!«, sagte Aline.

»Und ob es das ist«, erwiderte Mattea.

»Sag so etwas nicht – Ungeheuer ist ein *gutes* Pferd«, beharrte Aline. »Sie ist ein Großes Pferd.«

»Sie hätte einem Mann beinahe den Kopf abgerissen, als er ihn hereinsteckte. Tut das ein anständiges Pferd etwa?«

»Nun, tut ein anständiges Pferd denn auch so etwas?« Aline legte beide Hände an den Mund und rief, so laut sie konnte: *»Dan'ha vath fallatu! Dan'ha vath fallatu!«*

Die tobende Menge machte zu viel Lärm. »Sie kann dich nicht hören, Aline«, sagte ich. »Wir müssen gehen und …«

Ein Krachen wie ein Donnerschlag ertönte, und ein Stück

weit entfernt flogen verbrannte Türflügel durch die Luft. Und da war sie: Die Feuer einer jeden Hölle stürmten auf uns zu. Die wenigen noch in der Nähe stehenden Leute wichen wie eine verzweifelte Welle vor dem herandonnernden Sturmangriff zurück, und wenige Sekunden später war die Stute da.

»Bei allen Heiligen«, sagte die Schneiderin, »so ein Pferd habe ich noch nie gesehen. Aber danke welchem zornigen Gott auch immer sie erschaffen hat, dass sie dir dient, Kind.«

Mattea gab Aline einen Kuss auf die Stirn, und ich hob sie auf Ungeheuers Rücken, dann setzte ich mich hinter sie – was bei einem Tier von dieser Größe gar nicht so einfach war. Ich beugte mich nach unten und hielt Mattea die Hand hin. »Begleite uns. Wir können dich beschützen.«

Die Schneiderin lachte. »Aye, aber wer beschützt euch, wenn ich von meiner Aufgabe abgezogen werde?« Dann reichte sie mir den Reisesack. »Ich habe diesem Mädchen gedient, lange bevor du ihm begegnet bist, und ich werde ihm noch dann dienen, wenn es dich nicht mehr gibt.«

Ich verstand zwar nicht genau, was sie damit meinte, aber ich akzeptierte die Wahrheit, die sich in ihrer Miene abzeichnete. Sie wollte sich abwenden, aber etwas in meinem Ausdruck ließ sie innehalten. »Du hast wirklich keine Ahnung, was du hier heute getan hast, oder?«, fragte sie.

Ich lächelte. »Ich habe den Herzögen etwas genommen. Für sie ist das vermutlich so gut wie bedeutungslos, aber ich nahm es trotzdem. Sie wollten die Kleine tot sehen, und ich hielt sie trotz allem, was Jillard und Shiballe in dieser von den Göttern verdammten Stadt zur Verfügung stand, am Leben. Das wird weder ihre Korruption noch ihre Intrigen beenden, aber ich habe sie zumindest daran erinnert, dass man ihnen Widerstand entgegenbringen kann.«

Die Schneiderin sah mich entsetzt an. »Bei allen Göttern, Falcio – ist das möglich? Glaubst du wirklich, dass es hier darum ging?«

»Darum geht es doch immer – aber zumindest für heute ist es genug.«

Dann beugte ich mich an Ungeheuers Ohr. »*K'hey*«, sagte ich und spürte, wie sich die großen Muskeln anspannten. Ihre Hufe ließen den Boden unter mir erbeben, als ich rief: »*K'hey, k'hey, k'hey …*«

25

UNTERRICHT IM BOGENSCHIESSEN

Gelegentlich kann ich mich zu der Überzeugung durchringen, dass es so etwas wie Magie nicht gibt, sondern es sich nur um die Tricks von Scharlatanen handelt. Aber in den nächsten paar Tagen, die wir Den Speer entlangrasten, wurde ich daran erinnert, dass zumindest bestimmte Arten der Magie real sein müssen.

Mein Beweis war nicht das gewaltige Tier, das uns schneller als jedes andere Pferd, auf dem ich je gesessen hatte, transportierte, denn wenn ein Pferd groß sein kann, gibt es immer noch eines, das noch größer ist. Es war auch nicht der Stadtweise und seine Aufzählung der Namen, denn das war möglicherweise allein seiner Senilität geschuldet. Nein, mein Beweis, dass Magie existierte, bestand darin, dass Shiballe es irgendwie geschafft hatte, Männer auf uns zu hetzen, und dass sie sich hundert Meilen hinter Rijou *vor uns* befanden.

Die Männer konnten unmöglich aus der Stadt kommen, denn ihre Pferde waren nicht einmal annähernd so schnell wie Ungeheuer, und ich weigerte mich zu glauben, dass Shiballe an jeder Straße aus der Stadt Wachen für den Fall unserer Flucht postiert hatte. Nein, irgendwie kommunizierten seine Magier mit Mittelsmännern in nahe gelegenen Städten und versprachen offensichtlich riesige Belohnungen für unsere Gefangennahme.

Ungeheuer konnte, ohne anzuhalten, ununterbrochen galoppieren, aber wir konnten das nicht. Die Nachwirkungen der Blutwoche machten sich wieder bemerkbar. Ethalias Bemühungen hatten meinen Körper auf den Weg der Heilung gebracht, aber ich war völlig erschöpft bis in jede Faser meines Seins, und ich konnte nicht reiten, ohne alle paar Stunden anhalten zu müssen. Und selbst wenn ich darauf hätte verzichten können, konnte Aline es nicht. Also verwandelte sich unsere Reise nach Norden in ein tödliches Katz-und-Maus-Spiel.

Wenn wir kämpfen mussten, war Ungeheuer tödlich. Der Zorn, der sie definierte, wurde mit ihrer Freiheit nicht geringer, obwohl sie Aline leidenschaftlich beschützte und nur selten versuchte, mir den Kopf abzubeißen. Aber alles andere, das uns in den Weg geriet, war verloren. Das Fabelpferd ritt es einfach nieder, und seine Hufe und Zähne waren tödlichere Waffen als meine Rapiere.

Die Angriffe wurden seltener, als wir mehr Distanz zwischen die Stadt und uns gelegt hatte, aber der letzte endete beinahe mit einer Katastrophe. Vier von ihnen attackierten uns mit gezogenen Schwertern von den Seiten aus. Offensichtlich hatten sie im Unterholz an der Straße gewartet und ihren Angriff perfekt geplant, denn Aline und ich waren seit Stunden geritten und schliefen fast im Sattel – hätten wir einen Sattel gehabt.

Ungeheuer wollte kämpfen, aber ich drängte sie weiter, und obwohl sie vor unterdrückter Wut knurrte, rannte sie weiter. Als wir die Anhöhe passierten, entdeckten wir einen Mann, der hundert Schritte voraus mit gespanntem Bogen mitten auf der Straße stand und auf uns zielte. Ungeheuer brüllte eine Herausforderung und rannte noch schneller, um den Mann niederzureiten, aber nur wenige Schritte weiter erkannte ich ihn und schrie ihr »Spring! Ungeheuer, *spring!*« ins Ohr. Ich drückte so fest mit den Oberschenkeln zu, wie ich konnte, riss an ihrer Mähne – dafür würde ich später noch büßen, das war mir klar –, und im letzten Augenblick ließ sich der Mann seelenruhig auf ein Knie nieder, und Ungeheuer sprang über ihn hinweg. Ich drehte mich um und sah zu, wie Brasti einen Pfeil nach dem anderen auf unsere Verfolger abschoss, und als er fertig war, waren zwei Männer vom Pferd gefallen, und die anderen beiden hockten zusammengesunken in ihren Sätteln.

Natürlich waren sie alle tot. Angeber.

Aline überzeugte Ungeheuer anzuhalten, und ich lief zurück zu der Stelle, an der Brasti seine Pfeile wieder einsammelte und die Toten durchsuchte.

»Hör auf, Brasti«, sagte ich.

»Hör zu, Falcio, diese Männer gehören mir. Du hattest nichts damit zu tun, also …«

»Sie wollten mich umbringen«, erinnerte ich ihn.

»Nun, du hast nichts Nützliches dazu beigetragen. Also, was auch immer sie besitzen, gehört mir, und wenn dir das nicht passt, dann kannst du ja beim zuständigen Greatcoat Beschwerde einreichen.«

Ich konnte nicht anders, die Tatsache, dass er so gereizt auf meine Einmischung reagierte, überwältigte mich, und ich umarmte ihn wie ein Narr. »Ach, Brasti, Brasti …«, sagte ich und lachte hilflos.

»Äh … schon gut, schon gut. Falcio, es ist in Ordnung …« Unbeholfen klopfte er mir auf den Rücken, was mich noch lauter lachen ließ.

»Im Namen der kalten Fotze der heiligen Birgid, was ist denn das?«, rief er dann aus. Erst jetzt musste ihm die Größe des Pferdes aufgefallen sein, als sich Aline zu uns gesellte. Ungeheuer folgte ihr so friedlich, wie es nur vorstellbar war.

»Das ist Ungeheuer«, sagte Aline, »und ich glaube nicht, dass man ›Fotze‹ sagen darf.« Sie ging an uns vorbei und musterte die Toten auf dem Boden.

»Wie hast du das geschafft?«, fragte sie Brasti aufgeregt.

»Sie waren zu viert und du nur einer – du hast sie so schnell geschlagen!«

»Ich bin Bogenschütze, kleines Mädchen«, sagte Brasti und betrachtete seine Nägel. »Das ist wie ein Fechter, nur schneller.« Er sah mich an. »Komm schon, Falcio. Ich erkundete hinter uns die Straße für den Fall, dass du nicht gestorben bist. Die anderen werden sich fragen, was mich so lange aufhält, und ich will das Abendessen nicht versäumen.«

»Was ist …«

»Passiert? Eigentlich nichts. Kest wollte Valiana ein paarmal umbringen, aber er erinnerte sich daran, dass er schwor, es nicht zu tun. Ich versuchte ihm klarzumachen, dass du mit ziemlicher Sicherheit tot bist, aber aus irgendeinem seltsamen Grund scheint er davon überzeugt zu sein, dass man dich nicht töten kann. Trin war es nicht. Feltock hat sie dabei erwischt, wie sie ein Pferd stehlen wollte, um nach Rijou zurückzureiten und dir zu helfen. Ich bin mir nicht sicher, was sie dort zu erreichen glaubte. Valiana war stinksauer auf sie, aber dann überkamen sie Schuldgefühle, was ich fast so unerträglich finde wie ihr Gehabe als arrogantes Miststück.«

»Brasti!«, sagte Aline.

»Richtig, tut mir leid«, fuhr er fort. »Feltock hat schlechte Laune, was immer schlimmer wird, je weiter wir nach Norden kommen. Der Rest der Männer ist etwas zugänglicher geworden, aber sie passen sich der Laune des Hauptmanns an. Ehrlich gesagt kann ich nur Trin leiden – wenigstens hat sie ein fröhliches Wesen.« Sein Blick fiel auf Aline. »Natürlich gibt es noch etwas mehr zu berichten – Räuberangriffe und tollkühne Taten und dergleichen mehr. Ich will dir nicht verschweigen, dass ich während deiner Abwesenheit ziemlich heldenhaft war. Und da ist meine letzte Tat nicht mit eingerechnet, als ich dich und das Mädchen rettete. Zehn Männer griffen mit Speeren auf der Straße an, du flehtest um Gnade …«

»Vier Männer«, korrigierte ihn Aline. »Lüg nicht, es waren vier Männer.«

Brasti schaute auf sie herunter. »Kleines Mädchen, du weißt wirklich nicht, wie man eine Geschichte ausschmückt, oder? Nun, keine Sorge, Falcio, ich erzähle dir meine vielen Abenteuer nach dem Abendessen.« Er musterte mich abschätzend. »Und du? Irgendwas Interessantes erlebt?«

In der nächsten Woche machten wir uns wieder mit dem Karawanenleben vertraut, aber es brauchte viel Zeit, bevor ich mich wieder stark fühlte. Die Monotonie der Straße und das Fehlen jeder unmittelbaren Gefahr gruben eine Leere in meine Gedanken, die willkommen gewesen wäre, hätten sie sich nicht ständig um meine letzten Momente mit Ethalia gedreht. Sie hatte mir Glück angeboten, und stattdessen hatte ich … was gewählt? Ehre konnte ich es nicht nennen. Verräter können keine Ehre für sich in Anspruch nehmen. Ich konnte es nicht einmal auf den albernen letzten Wunsch des Königs schieben. Ich hatte noch immer nicht die geringste Ahnung, wo seine Charoite sein konnten, oder was ich mit ihnen anfangen sollte, wenn ich sie fand. Handelte es sich um magische Steine? Selbst wenn das der Fall war, ich traute Magie nicht viel zu. Sie war etwas, das andere immer gegen mich einsetzten, nicht etwas, das ich je als Werkzeug benutzen würde. Wenn die Charoite kostbar waren, dann konnten wir sie ja verkaufen, falls wir sie fanden. Aber was sollten wir mit dem Geld anfangen – eine Revolution finanzieren? Die Menschen um einen Anführer scharen? Aber um wen? *Uns?* Meine Erfahrungen in Rijou hatten unterstrichen, wie gespalten das Volk war. Die Menge hatte mich unterstützt – aber nur, weil ich an ihr Gefühl appelliert hatte, einzigartig zu sein, besser als der Rest des Landes zu sein, und das machte mich wirklich kein bisschen besser als den Herzog, nur dass er sich übernommen hatte. Sollte ich je versuchen, sie zur Sache der Greatcoats zu rufen, würde ich weniger Unterstützung finden als bei dem Versuch, die Blutwoche wieder einzuführen. Da hatte ich nicht den geringsten Zweifel.

Also verbrachte ich meine Zeit damit, mich zu erholen. Ethalia hatte meine Wunden auf eine Weise geheilt, die ich nicht einmal ansatzweise verstehen konnte, aber durch ihre Abwesenheit und meine Schuldgefühle, weil ich sie verlassen hatte, wurde ich das Gefühl nicht los, die Wirkung ihrer Pflege schwinden zu fühlen. Als würde mein Unvermögen, Vergnügen an meiner kurzen Zeit mit ihr zu haben, ihre Behandlung ungeschehen machen. Ich glaube, hätte sie das gewusst, hätte es sie sehr traurig gemacht.

Dass ich mich nicht dazu überwinden konnte, mit Kest oder Brasti über sie zu sprechen, machte die Sache nur noch schlimmer. Zwischen uns wuchs eine Kluft. Kest bestand noch immer darauf, Valiana zu töten, bevor sie auch nur einen Fuß in Schloss Aramor setzen konnte – und ich war genauso entschlossen, ihn daran zu hindern. Brasti versuchte einen Scherz daraus zu machen, in dem er anbot, demjenigen, der das Thema als Nächster ansprach, einen Pfeil in den Rücken zu schießen, was das Dilemma lösen würde. Wir lachten darüber und taten so, als könnte dieser Streit eine Weile ruhen, aber mir kam es dabei so vor, als würde unsere Freundschaft jeden Tag ein Stück mehr schwinden. Manchmal fragte ich mich, warum Kest und Brasti überhaupt noch bei der Karawane blieben, wenn man davon absah, dass es jetzt nur noch die lange, gerade Straße gab und man nirgendwo anders hinkonnte.

Valiana benahm sich als Einzige so, als machte sie unsere Rückkehr glücklich. Sie fasste sofort Zuneigung zu Aline, als wäre das Kind ein neues Schoßtier, überschüttete sie mit Aufmerksamkeit und ließ sie mit sich im Wohnwagen fahren.

Aline hingegen wurde ausgesprochen launisch, ihre Stimmung schwankte vom überschwänglichen jungen Mädchen zur mürrischen, zornigen jungen Frau, von glücklich zu traurig zu sehr still. Sie verbrachte keine Zeit mit mir, und eine Weile glaubte ich, sie würde mich trotz meiner Bemühungen für unsere Gefangenschaft verantwortlich machen. Aber sie hielt sich auch von Ungeheuer fern, obwohl das große Tier sie gerettet hatte. Ich fühlte eine seltsame Verbindung zu dem Fabelpferd. Zur großen Erleichterung der anderen Pferde mied die Stute ihre Nähe, und oft behielten wir das Mädchen gemeinsam aus der Ferne im Auge.

»Ihr gebt ein seltsames Wächterpaar ab«, sagte Trin und musterte Ungeheuer misstrauisch, als sie mir ein Stück hartes Brot und noch härteren Käse brachte. Ungeheuer und ich befanden uns am Ende der Karawane, was vielleicht der Grund war, warum mir nicht verborgen blieb, dass die anderen Männer besseres Essen bekamen.

»Vielen Dank«, sagte ich, als sie ging.

Sie drehte sich wieder mir zu. *Glaubt sie, ich würde sie verspotten?*

»Ich meine, dass du uns helfen wolltest«, sagte ich. »Brasti hat mir erzählt, dass du nach Rijou zurückreiten wolltest.«

»Ich wollte nur … es war nichts. Ein alberner Impuls, der schnell vergessen war.«

»Möchtest du uns eine Weile begleiten?«, fragte ich.

»Wenn du willst.«

Zuerst blieben wir schweigsam und betrachteten das lange Stück des Speers; die Masse der dem Straßenrand entgegenwuchernden Bäume und Büsche vermittelte ein Gefühl von Enge. Ich fühlte mich unbehaglich, beinahe als würde ich Ethalia untreu. Und das trotz der Tatsache, dass ich sie vermutlich niemals wiedersehen würde.

»Du bist anders«, sagte Trin nach einer Weile.

»Ach? Wieso?«

Sie sah mich an und musterte jeden Teil meines Gesichts. »Du hast etwas verloren. Vorher war etwas in den Falten um deine Augen und auf deiner Stirn. Es scheint nachgelassen zu haben.«

»Du klingst enttäuscht.«

Trin sah aus, als wäre ihr gerade bewusst geworden, dass sie irgendwie eine Beleidigung von sich gegeben hatte. »Nein … es ist nur, du hast dich als ganz anders erwiesen, als ich bei unserer ersten Begegnung erwartet hätte.«

Ich dachte an den Tag auf dem Markt in Solat zurück. »Was genau hast du denn erwartet?«

»Was auch immer es war, man kann mir nicht vorwerfen, dass ich dich unterschätzt hätte. Wer hätte ahnen können, dass Männer wie du tatsächlich existieren?« Sie lächelte mich an und hielt meinen Blick fest.

Wäre ich jünger und nicht so zynisch gewesen oder gar Brasti, hätte ich dieses Lächeln für ein Zeichen der Bewunderung gehalten.

»Ich muss zurück«, sagte sie. »Die Prinzessin wird sich fragen, wo ich bleibe.«

Als Trin ging, schienen Ungeheuers Blicke ihr zu folgen. Genau wie meine. »Glaubst du, dass sich eine schöne Frau, die halb so alt wie ich ist, aus einem unerfindlichen Grund in mich verliebt?«, fragte ich.

Ungeheuer schnaubte.

»Ja«, sagte ich. »Habe ich auch nicht geglaubt.«

Hielt sie sich lediglich alle Möglichkeiten offen – suchte bei jemandem Schutz, egal bei wem? Was hatte ich sonst noch zu bieten, das sie hätte wollen können? Vielleicht war es für sie auch nur ein Spiel – aber so, wie ich sie kennengelernt hatte, war sie nicht der Typ für so kindische Spiele.

Kest gesellte sich zu uns. »Störe ich?«, fragte er, als er meinen Gesichtsausdruck bemerkte.

»Ich berechne lediglich die Chancen.«

Kest hob eine Braue. »Bei einem Kampf?«

»Möglich. Ich weiß noch nicht.«

»Geht es um Aline?«

»Nein«, sagte ich. »Obwohl das sicherlich ein weiteres Problem ist, das auf seine Lösung wartet.«

Alines Situation würde unweigerlich kompliziert werden. Sie war noch immer eine Adlige, obwohl unklar war, welche Bedeutung das noch hatte, verfügte sie doch weder über Besitz noch Bedienstete. Ich war mir nicht einmal sicher, welchen Titel sie jetzt führte. Der Stadtweise hatte ihn nicht genannt; ich ging davon aus, dass Tiarren nur ein einfacher Lord gewesen war und nicht mehr. Valiana tat im Augenblick, als wäre sie in das Mädchen vernarrt, aber nach unserer Ankunft in Hervor würden sich die Dinge ändern, und die Kleine würde bald uninteressant werden. Würden ihre Feinde sie weiter verfolgen? Und wie sollte ich sie dann beschützen? »Ich glaube nicht, dass sie noch etwas mit mir zu tun haben will«, sagte ich laut.

»Sie ist jung«, sagte Kest. »Ich glaube, sie will bloß eine Weile ein ganz normales Mädchen sein.«

»Sie will sich von kaputten Dingen fernhalten«, erwiderte ich.

»In ihrem Herzen versteht sie. In ihrem Herzen liebt sie dich und das Pferd vermutlich sogar. Sie weiß, dass du ihr Leben gerettet hast. Aber in ihrem Kopf durchlebt sie noch einmal alles, was man ihr antat. Es wird seine Zeit dauern.«

Gedankenverloren tätschelte ich Ungeheuers raue, vernarbte Haut. Sie erlaubte mir, sie immer öfter zu reiten, aber ich ging lieber zu Fuß, nachdem die Armbrustwunde in meinem Bein endlich geheilt war.

»Der König hat mich angelogen«, sagte ich.

Kest sah mich an. »Wieso?«

»Das weiche Konfekt – Aline hat es gegessen. Als ihr klar wurde, dass man uns erwischt hat. Sie hat es gegessen, und doch musste sie das Furchtbare erdulden, das man ihr antat. Ich glaube, das macht sie mir auch zum Vorwurf.«

»Vielleicht ist es nur verdorben – es ist schon Jahre alt.«

»Das harte Konfekt wirkt noch immer«, meinte ich. »Der König hat sich von Anfang an gegen seine Herstellung gesträubt. Er hat mich angelogen.«

»Ich bezweifle, dass das das einzige Mal war. Lass es darauf beruhen, Falcio. Der König tat nur, was er für richtig hielt, genau wie du. Und immerhin lebt das Mädchen noch, und es wird gesund werden, wie es Kinder immer tun – aber es wird Zeit dazu brauchen.«

Aline mochte nur Verachtung für mich übrig haben und brachte Kest ein gewisses Misstrauen entgegen, aber Brasti hatte sie sofort ins Herz geschlossen.

»Zeig es mir noch einmal! Zeig es mir noch einmal!«, hörte ich sie begeistert kreischen.

Brasti lächelte breit. Er liebte es, sich vor einem dankbaren Publikum zu produzieren. »Also gut, was ist es denn dieses Mal?«

Aline beschattete die Augen vor der Sonne und streckte den Arm aus. »Dort drüben, an diesem Baum – siehst du es?«

Er beugte sich im Sattel vor. »Was denn? Ich sehe da nichts.«

»Der Apfel, Dummkopf!«

Brasti spähte zu dem schiefen Baum, der in der Ferne zur Hälfte in die Straße hineinragte. Der Rest von uns sah ihnen zu, während wir unser Brot und unseren Käse aßen und die Pferde ausruhen ließen.

»Da ist kein Apfel«, sagte er nach einer dramatischen Pause. »Das da kann nicht größer als eine Erbse sein – eine kleine rote Erbse.«

Aline kicherte. »Das ist ein Apfel, das sieht doch jeder.«

»Selbst wenn es das sein sollte – und ich bin alles andere als überzeugt, dass es sich in Wirklichkeit nicht um eine kleine rote Erbse handelt –, ist das *viel* zu weit weg.« Er rollte mit der rechten Schulter, schüttelte sich das Haar aus dem Gesicht. »Welcher Mann, welche Art von großem, *großem* Mann würde die nötige Kraft, das Geschick, den eisernen Mut haben, um sich an einem solchen Ziel zu versuchen? Diese Frage muss erlaubt sein!«

Kest blickte ihn schief an. »Mut? Hast du Angst, der Apfel könnte dich beißen?«

Aline kicherte.

»Sei still, Fechter«, erwiderte Brasti von oben herab. »Hier ist ein richtiger Mann gefragt.« Er rollte die rechte Schulter ein zweites Mal und legte einen Pfeil ein. Zuerst blickte er an dem Pfeil entlang, dann spannte er energisch die Sehne. Er richtete die Spitze nach oben und dann weiter nach links.

»Du zielst in die falsche Richtung«, sagte Aline besorgt, aber Brasti ignorierte sie und ließ den Pfeil fliegen.

Zuerst glaubte ich, er hätte es übertrieben, aber eine leichte Brise wehte, und als sich der Pfeil wieder senkte, trieb er etwas nach rechts ab und pflückte den Apfel vom Baum.

Aline klatschte aufgeregt. »Du hast es geschafft, Brasti!«

Brasti inspizierte seine Fingernägel. »Ehrlich, was für eine Art Mann muss so große und schreckliche Dinge vollbringen?«

»Einer, der zu faul ist, den Apfel selbst vom Baum zu pflücken?«, fragte ich.

Aline ignorierte mich und konzentrierte ihre Aufmerksamkeit auf Brasti. »Aber wie ging das? Du hast viel zu weit nach links gezielt.«

»Der Wind«, antwortete er. »Du musst den Wind mit einberechnen.«

»Aber der Wind weht doch gar nicht stark.«

»Betrachte die kleinen Äste an dem Baum dort drüben. Siehst du, wie sie sich bewegen? Dieser Teil der Straße wird von dem Kamm dort beschützt, aber dort vorn stehen die Bäume ganz frei.«

Voller Ehrfurcht sah sie ihn an. »Kannst du …?«

»Was, etwas anderes treffen? Onkel Brasti muss ein paar Pfeile für Schurken sparen, mein Liebling.«

»Nein, ich meine … nun, ich frage mich …« Nervös schluckte sie. Dann fragte sie hoffnungsvoll: »Könntest du mir vielleicht beibringen, so zu schießen?«

Brasti musterte sie, dann sah er zu mir herüber. Ich zuckte mit den Schultern. Das war nicht meine Entscheidung.

»Also gut«, sagte Brasti, »aber du lernst auf meine Weise, nicht wie du es willst. Einverstanden?«

Aline nickte sehr ernst. »Einverstanden.«

»Du brauchst einen Bogen.«

Sie dachte eine Sekunde lang darüber nach. »Ich habe keinen Bogen«, sagte sie dann, »und ich habe auch kein Geld.«

Brasti verschränkte die Arme und sah uns nacheinander an. »Wenn ich schon dein Bogenmeister sein soll«, sagte er schließlich, »dann sollte ich dir wohl auch den Bogen geben, den mein Meister mir gab, als ich sein Schüler wurde.«

»Wirklich?«, fragte sie voller Ehrfurcht.

Er stieg vom Pferd, begab sich zu einem mehrere Schritte entfernt stehenden Wagen und kramte hinten auf ihm herum. Als er zurückkehrte, streckte er die Hände aus, als hielte er da etwas unglaublich Kostbares. Dort war aber nichts zu sehen.

»Hier«, sagte er. »Dein erster Bogen.«

Es hatte den Anschein, als wäre dieser Scherz zu weit gegangen, denn Aline sah aus, als würde sie gleich in Tränen ausbrechen.

»Also wirklich, es gibt keinen Grund, so gemein zu sein«, sagte Kurg und winkte sie mit seinen großen Bärenarmen zu sich. »Komm her, kleines Mädchen. Ich mache dir ein schönes Holzschwert zum Spielen.«

Es war eindeutig, dass Aline nicht lernen wollte, wie man mit Holzschwertern spielte, dennoch wandte sie sich dem Mann zu.

»Ist das also deine Entscheidung?«, fragte Brasti.

»Was denn?«

»Hast du dich entschieden, den Weg des Pfeils doch nicht lernen zu wollen?«

»Du weißt, dass das nicht stimmt«, erwiderte sie. »Warum bist du so gemein? Warum seid ihr alle so gemein?«

»Komm rein zu mir, Aline«, rief Valiana aus dem Wagen. »Überlass die albernen Männer ihren Spielchen.«

Aline setzte sich in Bewegung, aber Brasti hielt sie auf. »Letzte Gelegenheit«, sagte er ohne einen Funken Humor in der Stimme.

»Du weißt, dass ich das will«, verkündete sie kläglich.

»Sage es«, verlangte Brasti. Er hielt die Arme noch immer so ausgestreckt, als ruhte ein Bogen darauf.

»Ich will den Weg des Pfeils lernen.«

»Wiederhole es.«

»Ich will den Weg des Pfeils lernen.«

Brasti ließ sich vor ihr auf ein Knie nieder. »Dann nimm diesen Bogen«, sagte er.

Sie zögerte.

»Nimm ihn.«

Behutsam streckte sie die Hände aus und tat so, als würde sie den Bogen von ihm entgegennehmen.

»Nun schwöre, Aline, schwöre, dass du meine Lektionen befolgst, immer richtig zielst und diesen Bogen behandelst, als wäre es der letzte, den du je besitzt.«

Sie sah verwirrt aus, stammelte aber: »Ich schwöre.«

Brasti stand auf. »Gut. Geh und bring den Bogen weg, dann kommst du zurück. Du wirst ihn für deine erste Lektion nicht brauchen.«

Aline rannte zu einem der Wagen und schauspielerte gekonnt, den Bogen sorgfältig zwischen den Vorräten abzulegen.

Kest sah Brasti an. »Ich muss zugeben, Bogenschießen habe ich nie studiert«, begann er.

»Nun, das ist für deine Sorte auch eine etwas zu anspruchsvolle Kunst, Kest.«

»Schon möglich – aber ich muss zugeben, dass ich nicht kapiere, was der imaginäre Bogen soll.«

»Wenn du mit einem imaginären Bogen einen perfekten Schuss schaffst, kannst du das auch mit einem richtigen.«

»So hast du wirklich das Schießen gelernt?«

»Als ich etwa in ihrem Alter war, hat es mein Meister genauso mit mir gemacht. Ein Bogenschütze muss seinem Geschick vertrauen, nicht dem Gefühl seines Bogens. Der Bogenschütze ist die wahre Waffe, der Bogen ist bloß ein langes Stück Holz.«

Das ließ ein paar der Männer belustigt schnauben, aber es fiel schwer, Brastis Worte in Zweifel zu ziehen, wenn er anscheinend niemals verfehlte.

Aline kehrte zurück und schaute zu Brasti hoch. »Kannst du mir das mit dem Wind beibringen?«, fragte sie. »Woher weißt du, wie stark er weht?«

»Nun, zuerst benutzt du deine Augen, das ist klar, aber dann musst du sie schließen, damit du deine Ohren benutzen kannst.«

»Die Ohren?«

»Schließ die Augen.«

Sie gehorchte, und ich tat es auch, um mir sofort albern vorzukommen.

»Jetzt lausche. Was hörst du?«

»Ich höre dich, und ich höre die Männer, wie sie sich bewegen.«

»Gut. Was sonst noch?«

»Eines der Pferde schnaubt, und ich glaube, etwas quietscht – vielleicht sein Zaumzeug.«

»Mach weiter«, sagte Brasti. »Was noch?«

»Ich höre, wie der Wind an den Blättern zupft.«

»Das ist richtig. Das machst du gut. Und jetzt versuche, daran vorbeizuhören. Versuch auf den Laut zu achten, den der Wind macht, wenn er wieder stärker wird. Wonach hört sich das an?«

»Es klingt wie – es klingt wie eine Katze, die über Blätter geht.«

»Das ist richtig, wie eine Katze, es ist – Scheiße!«

Ich öffnete die Augen und sah, wie Brasti nach oben auf

den ersten Wagen in der Reihe hechtete und dabei Pfeil und Bogen hob. Die echten.

»Was ist?«, fragte Feltock.

»Katzen treten auf Blätter«, antwortete er. »Auf diese Distanz hört sich nur eines wie Katzen an, die auf Blätter treten, und zwar eine Gruppe Männer, die sich leise anschleicht.«

Feltock zögerte nicht. »Zu den Waffen, sofort, verdammt! Holt die Pferde zurück, stellt die Wagen im Kreis auf, den Wohnwagen in die Mitte. Beschützt die Durchlaucht.«

Die Männer eilten los. »Kannst du mir sagen, wie viele es sind?«, wollte Feltock wissen.

Brasti schüttelte den Kopf. »Kann ich nicht mit Sicherheit sagen, aber es sind bedeutend mehr als wir.«

Es dauerte nicht lange, bis wir Bescheid wussten, denn sobald die Räuber bemerkten, dass wir zu den Waffen griffen, eilten sie auf uns zu. Auf beiden Seiten des Waldes konnte ich Bewegungen ausmachen.

»Verdammte Bäume«, fluchte Feltock. »Ich kann nichts erkennen – und auf der Straße sind wir ein leichtes Ziel.«

Die Männer formierten sich und nutzten die Deckung der Wagen aus, um sich auf einen Ausfall vorzubereiten, falls der richtige Augenblick kam. Brasti suchte nach Zielen.

Ich sah, dass Aline auf den Wagen zueilte, auf dem sie ihren »Bogen« verstaut hatte. »Aline! Geh zu Lady Valiana und bleib bei ihr!«

Dann musste ich mich umdrehen, weil genau vor mir ein paar Pfeile in den Boden einschlugen.

»Hast du mehr Pistolen?«, fragte ich Feltock.

»Die taugen nichts«, erwiderte er. »Man muss ein Dutzend der dämlichen Dinger herstellen, um eine zu bekommen, die vernünftig schießt. Außerdem dauert das Nachladen nach dem einen Schuss viel zu lang.«

Brasti ließ den ersten Pfeil von der Sehne schnellen, und ich verfolgte seinen Weg in den Wald, wo er sich in die Schulter eines Mannes bohrte.

»Ich würde das nicht tun«, rief da eine Stimme aus dem Wald.

»Ach ja? Warum?«, antwortete Feltock.

Pfeile regneten vom Himmel und bohrten sich vor unseren Füßen in den Boden. Es müssen mindestens dreißig gewesen sein.

»Verdammt, Feltock, warum hast du nicht mehr Männer auf dieser Reise mitgenommen, wenn das hier oben im Norden so schlimm ist?«

»Befehl ihrer Durchlaucht. Zehn Männer, mich eingeschlossen, und keiner mehr.«

»Warum hat Valiana so gehandelt, wo sie doch wusste, dass sie in Gefahr geraten wird?«

Feltock erwiderte meinen Blick. »Das war nicht sie – das war ihre Mutter, die Herzogin. Sie gab die Befehle.«

Kest und ich wechselten einen Blick. Er erschien genauso verwirrt wie ich – vielleicht sogar noch mehr, verfolgte er doch noch immer die Absicht, Valiana zu töten.

Der Anführer der Straßenräuber meldete sich wieder zu Wort. »Lasst die Wagen stehen und geht. Hier muss kein Blut vergossen werden.«

Ein Pfeil schoss aus dem Wald und bohrte sich in die Schulter des Blonden. »Außer seinem. Das ist für meinen Mann, den ihr in die Schulter geschossen habt. Das ist nur gerecht.«

»Wir können die Wagen nicht zurücklassen«, rief ich. »Der Weg voraus ist zu lang und zu gefährlich. Wir würden verhungern.«

»Besser ihr als wir«, antwortete der Anführer. »Jedermann hat das Recht zu essen und auf ein Minimum an Komfort.«

»Sagt wer?«, murmelte Feltock.

Der Räuberhauptmann hatte gute Ohren. »Das Gesetz des Königs, mein knurriger alter Freund. Du kannst es selbst nachschlagen, falls du jemanden findest, der dir das Lesen beibringt.«

»Nun, für einen Banditen weiß er ja mit Worten umzugehen«, sagte Feltock zu mir.

In der Tat, und das Gesetz des Königs hatte er auch richtig zitiert. Interessant.

»Verhandlung«, rief ich. »Jeder Mann und jede Frau hat das Recht, vor dem Blutvergießen zu verhandeln.«

Stille trat ein.

»Nun gut«, sagte der Anführer schließlich. »Wir kommen heraus, zwölf von uns für zwölf von euch, aber merkt euch, dass ich hier mehr als genügend Bogenschützen habe, um euch mit Pfeilen zu spicken, falls ihr etwas Dummes versucht, und wir halten unsere Waffen bereit.«

»Verstanden und nur gerecht«, sagte ich.

Sie kamen aus dem Wald. Es waren raue Männer mit größtenteils zerlumpter Kleidung, die mit Eisenschwertern oder Holzspeeren bewaffnet waren. Zuletzt kam ihr Anführer. Er trug ein Langschwert, das in der Sonne funkelte. Diese Waffe war nicht verrostet. Auf seinem Kopf saß ein brauner Hut mit breiter Krempe, der durch die Elemente ganz schön mitgenommen aussah. Und er trug den Mantel eines Magisters.

»Bei allen verfluchten Höllen«, sagte Brasti.

Feltock sah mich mit zusammengekniffenen Augen an. Er hatte es mir ja gesagt; ein paar Trattari waren zu Straßenräubern geworden.

»Er kann kein Magister sein. Er hat bloß einen umgebracht und seinen Mantel angezogen.«

»Nein«, sagte Kest. »Ich erkenne ihn jetzt. Das ist Cunien aus Orison. Er war Kantor.«

Jetzt erkannte ich ihn auch. Cunien war nicht lange nach mir zum Kantor geworden. Als solcher regelte er Gesetzesfragen, wo andere Magister gescheitert waren. Als Kantor musste man bereit sein, dorthin zu gehen, wo andere Magister getötet oder gefangen genommen worden waren, um das gefällte Urteil zu vollstrecken.

»Wenn das kein schönes Wiedersehen ist«, sagte Cunien. Er trat näher und musterte unsere Gruppe. Sein Blick fiel auf Valiana in ihrem Wagen. »Du bist aber hübsch. Kann ich einen Kuss bekommen?« Dann entdeckte er Trin neben ihr. »Oje! Zwei für den Preis von einer – wie schön!«

»Lass es«, sagte ich. »Bis jetzt ist noch keiner ernsthaft verletzt worden.«

»Warum sollte ihn das kümmern?«, sagte Valiana, verließ den Wagen und rauschte auf uns zu. Trin folgte ihr.

»Euer Durchlaucht …«, setzte Feltock an.

»Warum sollte es ihn interessieren? Er ist ein Trattari! Das ist jetzt ihre Arbeit, nicht wahr?« Sie wandte sich mir zu und gab mir eine schallende Ohrfeige. »Das ist für deine hochgestochenen Worte und deine Selbstgerechtigkeit. Du und deinesgleichen seid kein bisschen besser als alle anderen – tatsächlich seid ihr sogar schlimmer, weil ihr auf eure Höhergestellten herabschaut.«

Cunien strich sich über den Schnurrbart und lächelte Valiana an. »Dauert das lange? Ich will euch ja nicht drängen, aber ich würde gern bald einen Blick in diese Wagen werfen.«

»Ich bin die Tochter der Herzogin von Hervor«, erwiderte sie, »und ich sterbe eher, bevor ich mir von einem Lumpenmantel etwas wegnehmen lasse!«

Cuniens Stimme war eiskalt. »Das wirst du auch, Mädchen, wenn du mich noch einmal so nennst. Aber sosehr ich dieses Schauspiel auch zu schätzen weiß, das du hier bietest, fürchte ich, dass wir das Ende unserer Verhandlung erreicht haben. Als ich euch von den Bäumen aus sah, war ich neugierig, ob ihr wirklich Greatcoats seid oder bloß ein paar Soldaten, die Magister getötet haben. Aber wie ich jetzt sehe, seid ihr keins von beiden. Ihr seid bloß abgerichtete Hunde, die für die Herzogin von Hervor arbeiten. Das Miststück, das unseren König ermorden ließ. Du bist wirklich tief gesunken, Erster Kantor.«

»Das sagt der Richtige«, meinte Brasti.

»Wenn es weder Gesetz noch König gibt, bleibt einem nur etwas zu essen, gelegentlich eine Frau und das bisschen Gerechtigkeit, für das man in dieser Welt sorgen kann.«

Er gab seinen Männern ein Signal, und sie zogen sich zu den Bäumen zurück, um den Bogenschützen freies Schussfeld zu geben. Das war schlecht. Er vertraute uns nicht, und bei so vielen Zuschauern konnte ich nicht mit ihm sprechen. Ich musste wissen, was er hier in dieser Einöde bei diesen Räubern tat. Ich musste wissen, ob irgendwelche Greatcoats treu geblieben waren.

»Ein Duell«, sagte ich schnell.

Cunien drehte sich um, blickte mich an und lächelte. »Ein Duell? Das glaube ich kaum, Falcio. Wir nehmen uns die Wagen – aber ihr könnt gern kämpfen. Die Erinnerung, ein paar Männer der Herzogin zur Strecke gebracht zu haben, wird mich heute Nacht wärmen.«

»Du hast keine Wahl«, sagte ich. »Das ist das Gesetz des Königs.«

»Was persönliche Streitigkeiten angeht, ja, aber ich glaube nicht, dass es die Herzogin interessiert, wenn man dich umbringt, also werde ich mich mit den Wagen begnügen müssen.«

Ich lächelte ihn an und sprach laut und deutlich. »Du hast völlig recht, Cunien. Du hast mehr Männer als wir, und du wirst deine Wagen bekommen. Natürlich werden wir ein paar deiner Männer töten. Brasti ist hier bei Weitem der beste Bogenschütze, und wir haben eine Pistole. Und Kest und ich werden ein paar niedermachen, bevor wir sterben. Aber wie hoch ist dieser Preis, wenn man ihn mit einem Duell vergleicht? Gewinnst du, bekommst du kampflos die Wagen. Gewinne ich, lässt du uns ziehen. Aber es stimmt schon, warum das Risiko einer Niederlage eingehen, wo deine Männer garantiert gern in den Tod gehen, um deinen Stolz zu beschützen?«

Cunien schaute mich böse an. »Bei allen Göttern, Falcio, du hattest immer eine flinke Zunge, was?«

»Wenn du es darauf ankommen lässt, wirst du herausfinden, dass meine Klinge wesentlich beredter ist als meine Zunge.«

Er hob das Langschwert. »Also gut. Ich wollte immer schon herausfinden, ob ich den Mann schlagen kann, der angeblich Kest im Kampf besiegte.«

Ich zog mein Rapier aus der Scheide und nahm die Fechtstellung ein. »Ich stehe zu deiner Verfügung.«

Cunien nahm keine Fechtstellung ein, sondern ging lässig um mich herum und zwang mich, meine Position zu verändern.

»Ich muss ehrlich mit dir sein, Falcio«, sagte er leise, fast schon beruhigend. »Einst schaute ich zu dir auf – aber jetzt sehe ich dort nur noch einen Mann, der etwas zu alt und zu weich für diese Art von Arbeit ist. Ich glaube nicht, dass du noch das nötige Feuer in dir hast.«

»He, Cunien«, rief Brasti. »Du hast wohl keine Axt dabei, oder?«

»Was?«

»Egal.«

Cunien zielte mit seinem Schwert tief und kam direkt auf mich zu, wirbelte die Klinge in letzter Sekunde zu einem Schleifenschnitt herum. Sie raste auf meinen Hals zu, aber ich warf mich diagonal zu meiner linken Seite nach vorn und ließ sie an mir vorbeirasen, ohne sie zu parieren. Ich versuchte seinem Schwertarm einen Treffer beizubringen, aber er brachte seine Waffe mit einer harten, nach unten geführten Parade zurück, die mir um ein Haar das Rapier aus der Hand geprellt hätte.

Nun gut. Er wollte die Höflichkeiten hinter sich bringen.

Ich ließ die Klingenspitze nach unten kippen und sich dann wie ein Mühlrad weiterdrehen, auf seinen Kopf zielend. Sein Schwert fuhr nach oben und fing den Hieb ab, schlug dann nach unten auf meinen Kopf. Ich riss das Rapier parallel zum Boden gehalten nach oben, und unsere Klingen klirrten gegeneinander und verharrten so. Er packte das Gelenk meiner Schwerthand, und ich folgte seinem Beispiel, und so rangen wir einen Moment lang miteinander.

»Das ist ja ganz nett«, sagte er, »aber falls du nichts dagegen hast, würde ich gern zum Ende kommen.«

Ich hob den linken Fuß, um sein Knie zu zerschmettern, was ihn zwang, zurückzutreten und seinen Griff um mein Handgelenk zu lockern. Wir trennten uns wieder voneinander, was uns erlaubte, mit der eigentlichen Unterhaltung zu beginnen.

Er griff mit der Hurenschwäche an, einem geraden Stoß, der im letzten Augenblick zur Seite gedreht wird, um der Parade zu entgehen, und dann weiter auf sein Ziel zuhält. Ich war mir nicht sicher, ob er es ernst meinte, also ließ ich sie durch und trat zur Seite, um dem Treffer zu entgehen. Er wiederholte das, also ließ ich mein Rapier kreisen, was mir erlaubte, seine Klinge kurz zu berühren und aus der Linie zu stoßen. Von der Seite schlug ich nach seiner Brust, was ihm bei Erfolg einen hässlichen Schnitt verpasst und ihn aus dem Gleichgewicht gebracht hätte. Der seitliche Angriff war eine Frage, die er mit einem Ducken und einem Schlag mit dem behandschuhten Handrücken beantwortete, der meine Klinge nach oben beförderte. Also lautete die Antwort nein.

Ich versuchte es erneut, fintierte auf seinen linken Oberschenkel, zog die Klinge gerade wieder weit genug zurück, um seine nach unten gerichtete Parade ins Leere gehen zu lassen, bevor ich zustieß. Das nennt man Schlangenzunge, und er erschien darüber ehrlich erstaunt zu sein. Er erwiderte mit einer halben Drehung, gefolgt von mehreren schnellen, auf meine Arme und Beine gezielten Schnitten, die ich alle ohne große Anstrengung abwehrte.

Und die Unterhaltung nahm ihren Verlauf.

Wir machten noch einige Zeit so weiter, und dann sah ich,

wie er die Deckung seines rechten Beins eine Winzigkeit vernachlässigte, und ich wusste, dass die Zeit gekommen war, das hier zu beenden. Ich schlug nach seinem Kopf und ließ ihn die Klinge mit seinem Langschwert zur Seite fegen, bevor es horizontal auf meinen Hals zuraste. Im letzten Augenblick schwang ich auf meinem Hinterbein zurück, ließ mich in eine niedrige Hocke fallen und durchbohrte seinen entblößten Unterschenkel. Einen Schrei ausstoßend ließ er das Schwert los, das mir auf den Kopf fiel. Um ein Haar hätte ich ihn dafür noch einmal durchbohrt, aber vermutlich war das nur fair.

»Gib auf. Es ist entschieden«, sagte ich und zog meine Klinge aus seiner Wade.

Cunien stürzte zu Boden, und ich sah, wie sich seine Männer anspannten.

»Streckt die Waffen«, rief er. »Streckt die Waffen. Ein fairer Kampf, und eine Entscheidung ist gefallen.«

So schäbig und arm seine Männer auch waren, gehorchten sie dennoch so schnell, wie es jeder Soldat getan hätte.

Ich schob das Rapier zurück in die Scheide und streckte die Hand aus, um ihm aufzuhelfen.

»Verdammt, Mann«, sagte er. »Das schmerzt mehr, als ich in Erinnerung hatte.«

»Du hast das Ziel präsentiert, nicht ich. Davon abgesehen, wer lässt denn einem anderen Mann sein Schwert auf den Kopf fallen? Mal ehrlich, das soll Anmut sein?«

Cunien lächelte. »Ich konnte dich doch nicht ohne Kratzer davonkommen lassen.« Er winkte Valiana zu. »Vielleicht ein anderes Mal, meine Lady! Lasst Euch nicht von Falcio mit seiner flinken Zunge verführen. Falls Ihr mit einem von ihnen schlafen müsst, dann nehmt Brasti. Er hat mehr Erfahrung.« Er wandte sich seinen Männern zu und führte sie zurück in den Wald.

»Ich konnte ihn immer gut leiden«, sagte Brasti. »Trägt einen vernünftigen Kopf auf den Schultern.«

Feltock atmete erleichtert auf, und seine Männer folgten seinem Beispiel. Sie holten die Pferde und bereiteten die Wagen vor. Allerdings hielten sie dabei die Waffen griffbereit.

Aline stand noch immer da und starrte auf den Wald, in dem die Räuber verschwunden waren.

»Es ist alles in Ordnung, Mädchen«, sagte Kest. »Die kommen nicht zurück.«

»Das ist es nicht«, erwiderte sie.

»Was ist es dann?«, wollte ich wissen.

»Nun, zuerst hatte ich Angst – ich glaubte, er würde dich töten, und wir würden unsere Wagen verlieren.«

Ich kicherte. »Schön zu hören, dass du so um meine Sicherheit besorgt warst.«

Sie ignorierte die Bemerkung. »Aber dann schien sich der Kampf zu verändern – meiner Meinung nach sah er nicht richtig aus.«

»Was meinst du damit?«, fragte Brasti.

»Ich meine, es sah fast schon nicht mehr wie ein richtiger Kampf aus. Es war mehr wie eine Unterhaltung, als würden die Klingen miteinander reden.«

Kest, Brasti und ich vermieden es einen langen Augenblick, einander anzusehen.

»Und was haben sie gesagt, was glaubst du?«, fragte Kest vorsichtig.

Sie runzelte die Stirn. »Das war schwer zu sagen. Zuerst hatte es den Anschein, als würde Falcio Fragen stellen und der Räuber ›nein‹ sagen, und dann ging es hin und her und wurde viel zu schnell, um es verstehen zu können.«

Brasti lächelte und zerzauste ihr Haar. »Da hat der Verstand eines albernen Mädchens aber hart gearbeitet«, sagte er. »Vergessen wir dieses dämliche Schwertzeugs, und ich zeige dir, wie du einen Bogen richtig hältst.«

Unwillkürlich kicherte sie. »Man kann einen eingebildeten Bogen doch gar nicht richtig oder falsch halten. Den gibt es doch nur in deinem Kopf.«

Es beunruhigte mich, wie schnell ihre Stimmung von ängstlich zu zornig zu kindlich wechselte. Was sie durchgemacht hatte, hätte ausgereicht, um jeden Erwachsenen in den Wahnsinn zu treiben, ganz zu schweigen von einem Kind, und ich hatte nicht die geringste Ahnung, was dieses Verhalten zu bedeuten hatte – oder was wir dagegen tun konnten.

Brasti und sie gingen zurück zu den Pferden, und Kest und ich folgten ihnen.

»Und?«, sagte er leise. »Was hatte Cunien nun zu sagen?«

26

PRINZESSIN UND BETTLERIN

»Cunien sucht auch nach den Charoiten des Königs«, sagte ich, als Kest und ich unsere Pferde hinter der Karawane herführten. »Er wusste, dass wir nichts in dieser Gegend zu suchen haben. Zuerst war er ernsthaft davon überzeugt, wir wären Herzogsmänner geworden.«

»Wie viele sind noch von uns übrig?«, fragte Kest.

»Das konnte er nicht sagen. In Cheveran hat er Quillata auf einem Schiff arbeiten gesehen.«

»Quillata? In Cheveran? Verabscheut sie das Meer nicht?«

»Jetzt, wo ich darüber nachdenke, bin ich mir gar nicht mehr sicher, ob er sie überhaupt gemeint hat. Es war eine der ersten Zwölf und eine Frau – er könnte auch Dara gemeint haben. Du weißt, es ist keine präzise Sprache.«

»Also hat er keine Spur von den Edelsteinen gefunden?«

Ich seufzte. »Nein. Er ist immer weiter nach Norden gegangen und steckte plötzlich in der Klemme, als er auf diese Bande stieß.«

»Und jetzt ist er ihr Anführer?«

»Er hat sie davon überzeugt, dass sie bei ihm ein besseres Leben haben als bei seinem Vorgänger.«

»Wie hat er das denn geschafft?«

»Er hat ihn getötet.«

Kest runzelte die Stirn, aber ich hielt die Hand hoch. »Er schwört, der Mann sei ein Schlächter gewesen, und es war ein fairer Kampf.« Ich zog Ungeheuer von den Resten eines Busches weg, auf den sie sich gestürzt hatte. Sie knurrte mich auf ihre merkwürdige Weise an, um mich daran zu erinnern, dass wir einen Waffenstillstand und nicht etwa eine Beziehung hatten. »Auf jeden Fall ist Cuniens Bande deutlich größer geworden, seit er sie besser ernähren kann und es weniger Verwundete gibt.«

»Er hat da den Grundstock einer kleinen Armee«, meinte Kest nachdenklich.

»Vierzig Männer, gut ausgebildet und bewaffnet. Aber er führt sie nach Norden, während er weiter nach den Charoiten sucht. Da wir nicht wissen, wie sie aussehen, könnten sie überall sein, und wie wir König Paelis kennen, sind sie vermutlich eher in einem kleinen Dorf als in einer großen Stadt.«

»Konnte er herausfinden, ob es mehr als einen dieser Charoite gibt?«

»Nein, aber ich vermute schon. Paelis hat seine Wetten gern breit gestreut, nicht wahr?«

Kest warf einen Blick auf den dunkler werdenden Himmel. »Falcio, wie sollen wir diese Dinger finden? Seit fünf Jahren leben wir von Gerüchten, Klatsch und Hoffnung. Wie stehen die Chancen, dass wir jemals etwas finden, ernsthaft?«

»Ich weiß es nicht«, gab ich zu, »aber wir sollten es besser schaffen, bevor die Herzöge ihren Würgegriff um den Thron zementieren. Dieser ›Regentenrat‹ wird ihnen nicht halb so gut dienen wie eine echte Königin in ihrer Tasche. Da Tremondi tot ist und die Möglichkeit, dass die Greatcoats die Hüter der Handelswege werden, mit ihm gestorben ist, kann sie eigentlich nichts mehr aufhalten.«

»Also warum Valiana nicht töten und sie zumindest etwas bremsen?«, fragte Kest. Ich bewunderte ihn. Er konnte ihren Namen aussprechen, wenn er davon redete, sie zu ermorden.

»Möglicherweise ist sie ja gar nicht die beste Wahl«, sagte ich. »Ist dir das schon einmal in den Sinn gekommen?«

»Was meinst du?«

»Nun, wenn du seit achtzehn Jahren geplant hättest, das Königreich mit einer Marionettenprinzessin als Majestät zu übernehmen, würdest du sie da nicht, ich weiß nicht, ein kleines bisschen besser vorbereiten?«

»Sie ist relativ kaltherzig und eingebildet – was fehlt ihr denn deiner Meinung nach noch?«

Darüber dachte ich einen Moment lang nach. »Grausamkeit«, sagte ich schließlich. »Ich meine, hättest du nicht jemanden erwartet, der etwas berechnender ist?«

»Ich weiß nicht, aber ich glaube, du greifst hier nach Strohhalmen.«

»Beschreibe ihre Mutter«, forderte ich Kest auf.

»Die Herzogin von Hervor?« Und als ich nickte, fuhr er fort, hakte jede Eigenschaft an einem Finger ab. »Eiskalt, berechnend, aber auch brillant – und auch kühn. Sie ist die Tyrannin aller Tyrannen.«

»Das kann ich alles bestätigen«, sagte ich. »Also, warum hat sie ihre Tochter nicht besser dazu erzogen? Valiana ist arrogant und fordernd, aber sie ist nicht herzlos. Und was ist mit Aline? Wenn der Herzog von Rijou herausfindet, dass seine Marionettenprinzessin jemandem Zuflucht gewährt, den er höchstpersönlich zum Tode verurteilt hat, wird er vermutlich nicht besonders begeistert sein, nicht wahr? Er hat in Rijou Valianas Abstammungsurkunde unterzeichnet, also kann sie sich dem Regentenrat vorstellen, trotzdem könnte er ihr in der Zwischenzeit schaden – er kann die anderen Herzöge auf alle möglichen Arten gegen sie aufhetzen.«

»Das ist Politik, Falcio«, sagte Kest ungeduldig, »Politik und Philosophie und Strategie. Du klingst wie der König, wenn du so sprichst, und das macht mich nervös.«

»Deiner Meinung nach macht es also keinen Unterschied, wenn die Herzöge den Thron für immer übernehmen?«

»Natürlich ist das ein Unterschied. Darum warte ich auf den richtigen Augenblick, um Valiana zu töten. Ich habe auf dich gewartet, Falcio – sogar länger, als ich versprach. Du wolltest losziehen und ein kleines Mädchen in der Hoffnung retten, dass du dabei irgendwie auf die Antwort stößt, wie man die Verschwörung der Herzöge aufhalten soll. Nun, du bist gescheitert. Das Mädchen ist am Leben, und das ist gut, aber in meinen Augen ändert sich dadurch gar nichts, also werde ich tun, was du nicht tun willst, und Valiana töten. Und wenn ich ihre abscheuliche Mutter dabei auch erwischen kann, dann tue ich auch das. Und hättest du noch einen Funken Verstand, würdest du mich dabei unterstützen. Eigentlich solltest du derjenige sein, der …«

»Fang nicht wieder damit an, Kest«, sagte ich. »Ich bin erschöpft und wund, und eben hat ein Mann ein Langschwert auf meinen Kopf fallen lassen. Lass mir Zeit.«

Ich konnte nicht glauben, dass ich seinen Plan ernsthaft in Betracht zog. Waren wir tatsächlich so tief gesunken?

»Brasti ist da mit mir einer Meinung, Falcio«, sagte Kest leise. »Er wollte es nicht sagen, aber er ist es.«

»Also haben damit alle großen Denker der Greatcoats ihre Meinung kundgetan.«

Kest seufzte. »Wo sind alle nur geblieben, Falcio?«

»Was meinst du damit?«

»Wie konnte alles nur so schnell auseinanderbrechen, davon spreche ich. Quillata, Dara, Nile, Jakin, der alte Tobb – es gab hundertvierundvierzig von uns, und doch sind wir in fünf Jahren nicht mehr als zwei oder drei von ihnen begegnet.«

»Ich glaube, genau das war die Absicht des Königs. Wir sollten nicht zusammenbleiben, dafür wollte er sorgen, denn das hätte uns zu gefährlich für die Herzöge gemacht, und sie hätten uns früher oder später ein Heer auf den Hals geschickt.«

Kest lächelte. »Das hätten sie getan, nicht wahr? Einhundertvierundvierzig Greatcoats, die mit gezogenen Schwertern und flatternden Mantelschößen galoppieren, während sie Kriegslieder brüllen, in denen verfluchte Gerechtigkeit für die Welt verlangt wird – das wäre ein Anblick gewesen, was?«

Meine Kehle war wie zugeschnürt. Es wäre in der Tat ein Anblick gewesen – der Anblick, den ich erwartet hatte, als die Herzöge ihr Heer nach Schloss Aramor schickten. Die versammelte Streitmacht der Greatcoats, die gegen ein fünfzigmal so großes Heer Aufstellung nahmen, das nicht einmal über ein Zehntel unseres Geschicks oder unserer Leidenschaft verfügte. Es wäre in der Tat ein prächtiger Anblick gewesen.

Aber ich hatte den Befehl gegeben, die Waffen zu strecken, und stattdessen waren wir wie gebeugte Greise, die um Essen bettelten, an ihnen vorbeigeschlurft. Einer der Generäle der Herzöge gab uns unsere Amnestie, während seine Männer den König in das Turmzimmer schleiften, in das ihn sein Vater die vielen Jahre lang eingesperrt hatte.

Kests Hand auf meiner Schulter holte mich aus meinen Gedanken. Er deutete auf Feltock, der auf uns zugeritten kam. Wir waren ein ganz schönes Stück hinter der Karawane zurückgeblieben, aber der Hauptmann hatte darauf bestanden, denn wir sollten uns vergewissern, dass uns niemand verfolgte.

»Wir sind nicht weit von Orison entfernt«, verkündete Feltock. »Perault, der Herzog von Orison, hat eine Eskorte geschickt, die uns in die Stadt bringen soll.«

»Das ist schön«, sagte ich und gähnte. »Ich hätte nichts gegen ein bequemes Bett einzuwenden.«

»So ein Pech«, erwiderte der Hauptmann. »Wir haben nicht um eine Eskorte aus Orison gebeten, und wir hatten auch niemals vor, der Stadt einen Besuch abzustatten.«

»Da soll mich doch einer erschlagen«, sagte ich zu Kest, als ich auf Ungeheuer stieg und sie zum Trott antrieb.

»Vermutlich haben sie genau das vor«, erwiderte er.

Es waren vierzig Männer, alle beritten und in Rüstung. Ich zählte acht mit Armbrüsten und Kurzschwertern am Gürtel, der Rest war mit Kriegsschwertern und Lanzen bewaffnet. Aufgestellt waren sie in vier Reihen, und zwischen der dritten und vierten stand eine prächtige, von vier Pferden gezogene Kutsche mit dem Banner von Orison.

Ein Mann stieg aus der Kutsche. Er war etwas größer als ich und gepflegt, hatte kurzes dunkles Haar und einen sauber gestutzten Bart nach Militärmode. Er trug ein dunkelblaues Wams mit passenden Hosen und hochschäftigen schwarzen Stiefeln. Um die Schultern lag ein kurzer Umhang. Das Rapier an seiner Seite wies ihn als Duellkämpfer aus, und das Wappen auf der rechten Brustseite als Perault, Herzog von Orison.

»Valiana, liebste Cousine«, sagte er und kam uns entgegen. »Ich wusste doch, dass Ihr mich in Orison besuchen kommt. Warum habt Ihr denn nicht einmal einen Boten geschickt, um mir von Eurer Ankunft zu berichten? Als wolltet Ihr meine Gesellschaft meiden.«

Valiana machte einen Knicks. »Vergebt mir, Euer Gnaden. Ich ... meine Dienerin Trin muss vergessen haben, die Botschaft zu schicken. Sie kann manchmal sehr vergesslich sein.«

Herzog Perault lächelte. »Wirklich? Ich fand sie eigentlich immer ausgesprochen tüchtig.«

»Euer Gnaden? Ich wusste gar nicht, dass Ihr sie kennengelernt habt ...«

Perault entdeckte Aline, die aus Valianas Wohnwagen spähte. »Und wer ist dieses reizende Kind? Komm, meine Liebe, lass mich dich ansehen.«

»Das Mädchen ist krank, Euer Gnaden«, sagte Valiana. »Ich möchte nicht, dass Ihr Euch bei ihr ansteckt.«

Der Herzog sah ehrlich besorgt aus. »Oje, mit was könnte ich mich denn anstecken?«

»Mit Feuer im Hintern«, murmelte Brasti hinter mir, »falls die Vergangenheit ein Anzeichen dafür ist.«

»Maul halten«, knurrte Feltock.

»Wie dem auch sei, Euer Gnaden«, fuhr Valiana fort, »ich will auf dem kürzesten Weg zum Heim meiner Mutter in Hervor, und kann meine Rückkehr nicht mit einem Abstecher nach Orison verzögern, so entzückend das auch sicherlich sein würde.«

Der Herzog lächelte wieder. »Zweifellos wäre das äußerst entzückend für mich, Cousine.«

Etwas stimmte nicht. Perault war viel zu selbstsicher und forderte bei der Frau, die bald seine Königin sein würde, sein Glück sichtlich heraus.

Feltock wandte sich an mich. »Glaubst du, du schaffst einen dieser gepanzerten Mistkerle so wie meinen Axtmann auf dem Markt? Kannst du die Platten durchbohren?«

»Vielleicht«, sagte ich.

»Glaubst du, du schaffst es vierzigmal schnell und sauber?«

»Vermutlich nicht.«

Er seufzte. »Das habe ich mir gedacht.«

Valiana hob nun die Stimme. »Ich bin die Tochter von Patriana, der Herzogin von Hervor, und Ihr könnt ruhig auch in diesem Augenblick erfahren, dass ich darüber hinaus die Tochter von Jillard, dem Herzog von Rijou, bin. Ich bin die königliche Prinzessin und werde bald den Thron besteigen. Ihr werdet meine Heimreise nicht behindern, Euer Gnaden.«

Der Herzog hatte während ihrer hübschen Ansprache angefangen zu lachen, und er lachte noch immer. »Du bist ein dummes kleines Mädchen, weder Prinzessin noch Königin, in Wahrheit nicht einmal eine Herzogin, und das Einzige, das du tun wirst, ist, dich über mein Knie zu beugen, damit ich dir anständig den Hintern versohlen kann, was eine hübsche Vorbereitung für die anderen Aktivitäten sein wird, die ich geplant habe.«

Peraults Stimme war jenseits aller Arroganz, beinahe schon bühnenreif – als würde er für ein Publikum etwas aufführen. *Jemand hat Valiana verraten.* Ich ließ die Blicke umherschweifen, zu Feltock, seinen Männern, einen Augenblick lang selbst zu Kest, und dann …

Trin. Trin war nicht da. Sie war im Wohnwagen geblieben. Ich blickte in seine Richtung und sah sie dort sitzen, vom eindringenden Sonnenlicht beleuchtet. Sie lächelte. Aber warum? Falls sie Valiana verraten hatte, erwartete sie Schutz? Eine Belohnung? Sobald Perault hatte, was er wollte, warum sollte er eine mit einer Dienerin getroffene Vereinbarung einhalten?

»Wie könnt Ihr es wagen, auf diese Weise mit mir zu reden?«, empörte sich Valiana. »Wenn meine Mutter davon hört, wird sie …«

»Applaudieren«, sagte eine Stimme. Sie war nicht besonders laut, aber sie war so klar wie kaltes Wasser, und sie ließ meine Seele erstarren. Ich hatte gehofft, diese Stimme nie wieder hören zu müssen. Sie war brillant und kühn, und in ihrem Ton lag alles, was ich auf dieser Welt hasste.

Patriana, Herzogin von Hervor, stieg vorsichtig aus der Kutsche des Herzogs.

Nur mühsam konnte ich Ungeheuer bändigen, die den wütenden Rachen so weit aufriss, dass man alle scharfen Zähne in ihrem Maul zählen konnte.

»Wenn du jetzt angreifst, sterben wir alle. Das *Mädchen* wird sterben«, flüsterte ich ihr wild ins Ohr.

»Ach«, sagte Patriana ungerührt, »wie ich sehe, hast du auch meinen anderen Besitz mitgebracht. Gut gemacht, Falcio. Ich habe dir doch gesagt, dass du einen wunderbaren Diener abgeben wirst. Es freut mich, dass du mir beweisen willst, wie recht ich damit hatte.«

Ich blickte Kest an, und ich blickte Brasti an, und auf ihren Mienen spiegelte sich der Ausdruck wider, den auch ich zeigte, das wusste ich genau.

»Mutter?«, fragte Valiana. Sie klang unsicher.

»Ich muss dir danken, Mädchen. Du hast deine Rolle so

gut gespielt, wie ich nur hoffen konnte. Aber jetzt ist der Traum vorbei, und ich brauche die Schriftrollen, die dir Herzog Jillard gab.«

»Aber die gehören *mir* – sie bestätigen meine Herkunft und die Rechte des königlichen Blutes!«

Herzog Perault lachte wieder. »Sie hat es noch immer nicht begriffen, Patriana! Sie hält sich für die Prinzessin Valiana. Ein echter Schatz!«

Oh, bei allen Höllen! Plötzlich war ich wieder in Rijou in dieser Zelle, und Patriana lachte und brüstete sich ihrer Erfahrung in der Erschaffung der von ihr benötigten Kreaturen. Als ich ihr vorgehalten hatte, wie sehr sie doch darin versagt hatte, aus ihrer Tochter ein Ungeheuer zu machen, hatte sie geantwortet: *Meine Tochter? Oh, meine Tochter ist viel gefährlicher als ich. Sie ist mein größtes Werk, das kann ich mit Fug und Recht behaupten!*

»Ach«, sagte die Herzogin. »Nun, dann sollte ich vielleicht für alle das Missverständnis aufklären. Komm jetzt raus, meine Liebe.«

Trin verließ den Wohnwagen – aber es war nicht unsere Trin, zumindest nicht die Frau, die ich für Trin gehalten hatte. Sie schüttelte das Haar zurück und trat mit hoch erhobenem Kinn vor, schaute auf uns alle herab. Verschwunden war das unsichere, zögerliche, hübsche Mädchen; diese Frau war personifizierter Stolz und Arroganz. In ihren Augen funkelte es bösartig. Da lag etwas Vertrautes in diesem Blick, und als er sich auf mich richtete, war es, als hätte man plötzlich den Schleier aus dem verfluchten blauen Staub, den sie uns in die Augen gepustet hatte, weggezogen.

»Das ist …«, begann Brasti und riss die Augen auf.

Kests Lippen bewegten sich kaum, als er sagte: »Die Meuchelmörderin – die Tremondi getötet und uns das angehängt hat.«

Trin lächelte mich an. *Sie will das – sie will, dass wir es wissen. Das Spiel steht kurz vor dem Ende.*

Valiana – oder die Frau, die ich als Valiana gekannt hatte – fing an zu stammeln. »Aber … das ist meine Dienerin *Trin*, Mutter, sie ist meine Zofe. Sie war schon immer meine Zofe, fast seit …«

»Fast seit deiner Geburt«, vollendete die Herzogin den Satz. »Und sie war treu, oder nicht? Hat dir in allem gedient, dich zu deinem Unterricht begleitet, die höfischen Sitten gelernt – und doch war sie immer nur deine Dienerin. Stell dir vor, wie es für sie gewesen sein muss, dass sie, meine leibhaftige Tochter, katzbuckeln und über deine dummen Späße kichern musste.«

Die Niedertracht in der Stimme der Herzogin war fast greifbar. Sie hatte einen Rhythmus, der in meinem Kopf und meinem Herzen pochte, und ich schwöre, sie blickte mich direkt an, als sie fortfuhr. »Stell dir doch nur vor, wie das einem Mädchen Disziplin und Berechnung beibringt – all diese Jahre als Dienerin leben zu müssen.«

Das Mädchen mit den harten Augen lächelte.

»Wir müssen jetzt einen passenderen Namen für dich finden, mein versteckter Liebling, und passendere Kleidung, und eine passendere Frisur. Und vor allem passendere Pflichten«, sagte die Herzogin.

»Wie konntest du das nur tun?«, schrie Valiana.

»Ich will nicht behaupten, dass es leicht war, aber es war notwendig. Dieser Narr Jillard hätte niemals deine Rechte anerkannt, hätte er dich nicht für die dumme kleine Puppe gehalten, die du bist. Ich konnte einfach nicht das Risiko eingehen, dass er das Potenzial meiner wahren Arbeit erkennt – oder, noch schlimmer, sich entscheidet, meine Tochter zu töten, statt sie auf dem Thron Platz nehmen zu lassen.« Die Herzogin hielt inne. »Also erzog ich dich hübsch und naiv, und mein ach so verehrter Herzog sah eine Marionette vor sich, deren Fäden er mühelos ziehen konnte. Darum hat er Valiana als Tochter von Hervor und Jillard anerkannt, die bald als Königin auf dem Thron sitzt.«

Valiana schluchzte verängstigt und rannte auf die Herzogin zu, hielt die Mappe mit den Papieren in der Hand, als bestünden sie aus Gold. »Das ist nicht richtig – das ist nicht wahr! *Ich* bin deine leibliche Tochter. Ich schwöre es. Ich *schwöre* es!«

Die Herzogin von Hervor, die diese junge Frau im Verlauf der vergangenen achtzehn Jahre zweifellos oft getröstet und verwöhnt hatte, schlug ihr so hart ins Gesicht, dass sie rücklings zu Boden stürzte. Dann bückte sie sich mit unendlicher Geduld und einer gewissen Anmut und zog ihr die Mappe aus den Fingern.

»Tatsächlich bist du nicht mehr als die Erleichterung eines meiner Männer, die man aus der Fotze einer Bäuerin gezogen hat, deren einzige nützliche Eigenschaft darin bestand, zufällig eine gewisse Ähnlichkeit mit mir zu haben.«

Valiana lag zusammengekrümmt auf dem Boden und schluchzte unkontrolliert, das Gesicht in den Staub gedrückt.

»Aber, aber, kein Grund, so traurig zu sein, Liebes. Die meisten Bauern leben ein elendes, kurzes Leben. Du hattest achtzehn Jahre als die Tochter einer Herzogin, lebtest in Saus und Braus und hieltest dich für eine Prinzessin. Das ist der Traum eines jeden dummen Mädchens, und du konntest ihn leben. Zumindest eine Weile lang. Aber jetzt ist es Zeit, nach Orison zu kommen, wo Perault noch eine Verwendung für dich hat. Vielleicht für seine Männer, vielleicht auch für seine Hunde.« Sie gab Feltock ein Zeichen. »Leg sie oben auf einen der Wagen und kneble sie, falls sie schreit.«

»Nein!«, schrie Aline und kam angerannt, um sich zwischen Valiana und die Männer des Herzogs zu stellen.

Brasti rannte hinter ihr her und legte ihr eine Hand auf die Schulter. »Ganz ruhig, Mädchen.«

Alines Augen waren voller Tränen, und sie blinzelte wild. Den linken Arm hielt sie gerade ausgestreckt, der andere war bis zu ihrem Ohr gekrümmt, als würde sie eine unsichtbare Bogensehne halten. »Ihr fasst sie nicht an«, schrie sie.

Herzog Perault lachte und machte einen Schritt auf uns zu. »Meine Güte, was für ein köstliches Mädchen! Bist du der kleine Schatz, der meiner lieben Patriana so viel Ärger gemacht hat? Das war sehr ungezogen, Mädchen. Für dich werden wir uns eine ganz besondere Strafe einfallen lassen müssen. Eine ganz besondere.«

»Bleibt zurück! Ich warne euch nicht noch einmal«, brüllte sie, während ihr Tränen die Wangen hinunterströmten.

Perault lachte und gab einem seiner Männer ein Zeichen. Der Mann hatte das Schwert gezogen und grinste böse, als er mit kleinen Schritten auf sie zuging und zwischendurch hüpfte, als würden sie ein Spiel spielen. Er lachte, als sich das Entsetzen des Mädchens steigerte.

Sie zog den Arm noch ein Stück weiter zurück.

»O nein, nicht ein tödlicher eingebildeter Bogen!«, rief er und griff theatralisch nach einem unsichtbaren Pfeil in seiner Brust. Dann grinste er wieder, machte den nächsten Schritt.

Aline schrie auf und streckte die Finger, als hätte sie einen Pfeil abgeschossen.

»Du dummes … das ist nicht …«, stammelte der Mann und starrte plötzlich auf den Pfeil, der aus seinem Bauch ragte.

Brastis Hand lag wieder auf Alines Schulter, wo sie noch vor einem Augenblick gelegen hatte.

»So ist das richtig, Mädchen«, sagte er leise zu ihr. »Such dir dein Ziel, warte darauf, und lass nicht los, bevor du weißt, dass du es gefunden hast.«

Herzog Peraults Mund verzog sich zu einer hässlichen Grimasse.

»Jeder Mann, der nach diesem Mädchen greift, wird tot sein, bevor er auch nur blinzeln konnte«, verkündete Brasti mit weit hallender Stimme. »Falls ihr in diesem Leben jemals auf eine sichere Sache setzen wolltet, jetzt ist der Augenblick dafür gekommen.«

»Wie lautet dein Name, toter Mann?«, fragte Perault, und seine Stimme erfüllte die Luft mit einer Kälte, die Brastis Feuer entgegenwirkte.

Brasti sah ihm direkt in die Augen, die rechte Hand noch immer ganz ruhig auf Alines Schulter liegend, während er mit der linken den Bogen hielt.

»Mein Name ist Brasti Gutbogen«, sagte er. Dann warf er Kest und mir einen schnellen Blick zu, bevor er langsam weitersprach. »Und ich bin der Pfeil des Königs.«

Kest trat an seine Seite. »Mein Name ist Kest von Luth«, sagte er, »der Sohn von Murrow dem Schwertschmied.« Er zog das Schwert aus der Scheide. »Und ich bin die Klinge des Königs.«

Jeder von uns trug so einen Namen, die uns der König selbst verliehen hatte. Dara war die »Wut des Königs«, Nile war der »Arm des Königs«, und ich …

Ich hatte den mir verliehenen Namen stets gehasst, weil ich ihn nicht verdient hatte. Der König hatte die Greatcoats erschaffen, der König, der uns alles gegeben hatte. Ich hatte uns alle nur in unserer Stunde der größten Not im Stich gelassen.

»Schon in Ordnung«, sagte Kest zu mir. Dann fügte er leiser hinzu: »Er hätte gewollt, dass du es sagst.«

»Sag es, verflucht noch mal«, fauchte Brasti. »Wenn nicht jetzt, wann dann?«

Ich holte tief Luft und trat vor. »Ich bin Falcio val Mond von Pertine«, verkündete ich. »Und ich bin das Herz des Königs.«

Aline gab ein Schluchzen von sich, als sie zu mir zurückblickte. Dann zog einer von Peraults Männern das Schwert, und sie zielte mit ihrem imaginären Bogen auf ihn.

»Schluss mit diesem Unsinn«, rief Herzogin Patriana, die wieder sicher in ihrer Kutsche saß. »Schluss mit diesen Possen. Perault, keine Spielchen. Schnappt sie euch alle.«

Feltock trat auf uns zu, wandte dem Herzog und seinen

Männern den Rücken zu und sah Brasti, Kest und mich an. »Nun, Jungs, ich werde nicht sagen, dass es eine Freude war, aber an eurer Seite zu kämpfen, war ganz in Ordnung. Jetzt ist es Zeit«, murmelte er.

»Zeit wozu?«, fragte Brasti.

»Wenn der Augenblick da ist, schnappt ihr euch Valiana und das Mädchen und reist so schnell und so weit ihr könnt nach Osten. Zehn Tagesritte von hier entfernt liegt das Dorf Gaziah. Dort gibt es ein Kloster und einen alten Mönch namens Hajan. Er beherbergt dort eine alte Frau. Sie wird die Mädchen nehmen und verstecken, bis man sie weiter nach Osten in die Wüstenkönigreiche bringen kann. Dort können sie sich einer Sonnenschwesternschaft anschließen – das ist kein tolles Leben, aber es ist besser als alles andere.«

»Du hast gewusst, dass das passieren wird«, sagte ich.

»Ich wusste nicht, was die alte Sau genau plante, aber mir war stets klar, dass sie Valiana nicht liebte, jedenfalls nicht so, wie es eine Mutter tun sollte.«

»Aber du arbeitest für die Herzogin«, unterstrich Brasti.

»Aye, das tue ich. Und ein Soldat befolgt seine Befehle. Sie befahl mir, das Mädchen zu beschützen, und diesen Befehl werde ich auch befolgen.«

»Und deine Männer?«

»Die meisten stehen loyal zu mir. Der Rest … nun, sagen wir einfach, dass ich es dir nicht übel nehme, diesen Axtmann auf diese Weise ins Gesicht zu stechen, wie du es gemacht hast.«

In diesem Augenblick wurde mir etwas Wichtiges klar. »Du *wolltest* uns«, sagte ich. »Ich wollte gehen, aber du hast mich verhöhnt, und als ich mich umdrehte, hat sie mich dazu gebracht, gegen diese Männer zu kämpfen.«

Feltock presste die Lippen zusammen, aber ein Funkeln lag in seinen Augen.

»Auf diesem Markt gab es genügend Männer, die man hätte einstellen können, aber du wolltest uns. Warum?«

»Ich wollte Trattari«, sagte er. »Es gibt keinen Mann, den die Herzogin nicht kaufen könnte, wenn sie es will, und meistens brauchte sie nicht einmal das zu tun, um sie dazu zu bringen, ihren Willen zu vollstrecken. Aber sollte es Männer geben, die die Herzogin genug hassen, um sich nicht von ihr kaufen zu lassen, dann konnten das meiner Ansicht nach nur Trattari sein. Bedenkt man, was sie eurem König antat.«

Er war auch dein König, wollte ich sagen, aber ich schluckte es hinunter.

»Feltock!«, ertönte die Stimme der Herzogin.

»Ihr schuldet mir nichts, das Mädchen auch nicht, was das angeht, aber von einem Soldat zum anderen bitte ich euch, reitet schnell und reitet hart, und schaut nicht zurück.«

»Was ist mit dir?«, fragte ich.

»Ich schätze, ich und die Jungs werden gleich sterben. Aber wir werden bei den verdammten Göttern ein paar von ihnen mitnehmen. Wir verschaffen euch die nötige Zeit wegzukommen.«

Ich warf einen Blick auf die Männer. Der Blonde zog langsam ein Schwert aus einem der Wagen. Er bemerkte meinen Blick und nickte. Er sah ängstlich aus, aber auch entschlossen, und ich vermute, so sieht Mut nun einmal aus, also erwiderte ich das Nicken.

Ich schaute zu Valiana am Boden und Aline, die neben dem Wohnwagen stand. »In Ordnung, Hauptmann. Auf euer Signal.«

Feltock grinste, es war das breite Grinsen eines Mannes, der gerade an einen dreckigen Witz gedacht hat. »Mein Signal, was? Also gut, hier kommt mein Signal!« Und er drehte sich um, zog das Schwert und brüllte in den Himmel. »Komm schon, du dreckige Hure! Ich habe dir lange genug deinen knochigen Arsch geleckt, und jetzt werde ich dich und deinen verfluchten Herzog so lange ficken, bist du anfängst, Piraten aus deinem Loch zu pissen!«

Seine Männer stießen ein Brüllen aus, und Kurg und einer der anderen Männer zogen Armbrüste aus den Wagen und schossen auf die Männer des Herzogs. Perault starrte sie ungläubig an, Pferde wieherten und stiegen auf die Hinterbeine, als Feltocks Männer etwas Schweres und Rundes in ihre Mitte warfen, das sofort mit Feuer und Rauch explodierte und Chaos verbreitete.

»Geh!«, sagte ich zu Kest, und er raste zu Aline, schnappte sie sich und warf sie über den Sattel, bevor er selbst aufstieg. Brasti sprang auf sein Pferd und spannte einen Pfeil ein. Er schoss auf den Herzog, der zu seiner Kutsche rannte. Der Pfeil traf ihn ins Bein.

»Das Mädchen!«, brüllte ich ihm zu. »Erschieß das Mädchen!«

Aber es war zu spät: Vier Männer in Rüstungen drängten sich um Trin; ihre Schilde beschützten sie und die Herzogin.

Ich sprang auf Ungeheuer und trat sie hart in Valianas Richtung, die endlich vom Boden aufgestanden war, sich aber verwirrt umschaute.

»Deine Hand! Gib mir deine Hand!«, rief ich, aber sie hörte mich nicht.

Einer der Soldaten des Herzogs versuchte Ungeheuers ungeschützten Hals aufzuschlitzen. Ich parierte den Hieb, aber er wich zurück und nahm mich ins Visier. Da erschien ein Pfeil in seinem Helmschlitz – ein fast unmöglicher Schuss –, und ich dankte dem heiligen Merhan, der die Pfeile lenkt, für Brastis wunderbare Treffsicherheit. Der Mann stürzte – und da sah ich es.

Zwei der vier Männer, die die Herzogin und ihre Tochter beschützten, hatten die Formation verlassen, und mir bot sich eine Blöße. Mit einem guten Rapierstoß konnte ich die Tochter töten, und mit etwas Glück würde ich auch die Herzogin niederstrecken, bevor mich die anderen Soldaten dann von hinten erwischten. Ich wollte es tun – und Ungeheuer wollte es auch. Ich sah es förmlich vor mir: zwei gebrochene Kreaturen, die direkt auf den Abgrund zurannten.

Als ich zum Stoß ausholte, blitzte kurz die Vision meines Königs vor mir auf, der an der Seite der Heiligen stand, dann berührte etwas meine linke Hand. Valiana versuchte hinter mir auf Ungeheuer aufzusteigen. Ich wandte mich wieder dem Gegner zu, aber die Soldaten hatten sich bereits neu formiert, und nun ragten nur noch Schilde vor mir auf.

Ich zog Valiana nach oben, dann galoppierten Brasti, Kest und ich wie der verfluchte Schwarze Tod nach Osten. Es machte mich krank, Feltock, den Blonden und die anderen zum Sterben zurückzulassen, aber es war ja nicht das erste Mal in meinem Leben, dass ich einen derartigen Befehl befolgte.

27

DIE SCHNEIDERIN VON PHAN

Wir ritten unter Morgenhimmeln und Sonnenuntergängen, vorbei an den Grenzsteinen von Orison und weiter in die gelben Felder des Herzogtums Pulnam. Ich musste Ungeheuer oft genug gewaltsam anhalten, damit sich die Pferde nicht zu Tode liefen, aber auch wenn wir so lange und so schnell ritten, wie wir konnten, schafften wir es dennoch niemals nach Gazia oder ins Kloster. Der einzige Weg aus Pulnam heraus in die Ausläufer der Ost-Wüste führte durch den Torbogen, eine fünfzig Fuß breite Schlucht mit steilen Felswänden auf beiden Seiten, die Wind und Sand aus der Wüste selbst gegraben hatten.

In einem kleinen Dorf ein paar Meilen westlich des Torbogens machten wir halt. Valiana und Aline waren nicht für lange Ritte ausgebildet worden und darum völlig erschöpft und wund. Darüber hinaus gab es noch die kleine Angelegenheit, dass ihr Leben zerstört war …

Als Brasti als Kundschafter vorausritt, entdeckte er das dort auf uns wartende Heer.

»Ich glaube nicht, dass ihre Späher mich gesehen haben«, sagte er, »aber sie sind bereits in diese Richtung aufgebrochen. Es gibt keinen Weg vorwärts und auch keinen zurück, denn wer kann schon sagen, welche Verstärkung aus Orison hinter uns her ist?«

»Wo sind wir jetzt?«, fragte ich.

»Das Dorf heißt Phan. Hier gibt es nicht viel. Ich habe mich mit einem Jungen am Straßenrand unterhalten. Es gibt nur ein paar Händler, einen Metzger, einen Schmied und eine Schneiderei, wenn ich ihn richtig verstanden habe.«

»Verstecken, reiten oder kämpfen?«, fragte Kest.

»Wir können weder reiten noch kämpfen«, erwiderte Brasti.

Ich wusste keine Antwort. Aber etwas nagte an mir.

»Dann verstecken wir uns«, sagte Kest. »Schaffen wir es in einen der Wälder?«

»Sieh dich doch um«, meinte Brasti. »Pulnam besteht hauptsächlich aus Feldern, bis man zum Torbogen kommt, und die Wälder hier sind zu klein. Dieses Heer scheint aus mindestens fünfhundert Mann zu bestehen. Die werden keine große Mühe haben, uns herauszutreiben.«

Aline fing an zu weinen, und Valiana, die seit Orison kein Wort mehr gesagt hatte, legte die Arme um sie.

»Wohin dann?«, wollte Kest wissen.

»Wir könnten versuchen, uns hier zu verstecken, aber ich glaube kaum, dass die Ortsansässigen für uns lügen, wenn die Männer des Herzogs eintreffen.«

»Was glaubst du, wie weit sind sie hinter uns?«, fragte ich.

Brasti holte tief Luft. »Ganz ehrlich? Ich glaube nicht, dass der Abstand groß ist. Sie hatten mehr und bessere Pferde, und wir mussten viel zu oft anhalten, um einen großen Vorsprung herausholen zu können. Die verfluchte Karawane hätte uns mittlerweile einholen können.«

»Kommt euch das nicht wie ein viel zu großer Aufwand vor?«, fragte ich.

»Sie wollen das Mädchen tot sehen«, meinte Brasti.

»Sie wollten die Dokumente, die Valianas Stammbaum beweisen, aber die haben sie bereits.«

»Nein, haben sie nicht«, sagte Valiana und blickte von der Stelle auf, an der sie und Aline zusammengekrümmt hockten. »Feltock ließ sie mich aus der Mappe nehmen, nachdem wir Rijou verlassen haben. Er wies mich an, dort stattdessen meine Karawanenpapiere zu verstauen.«

Sie griff in eine Blusentasche und zog zwei Schriftrollen mit herzoglichen Siegeln hervor.

»Das ist doch ein schlauer alter Fuchs, was?«, sagte Brasti voller Bewunderung.

»Damit haben wir etwas, um verhandeln zu können«, meinte Kest.

Mit der mächtigsten und durchtriebensten Frau auf der Welt verhandeln zu wollen, vor ihrem Heer? Und dann? Sie würde uns töten, und was wäre gewonnen? Es war besser, die verfluchten Papiere zu verbrennen und abzuwarten, welches Chaos das auslöste.

Ich war erschöpft und sattelwund und verwirrter als je zuvor. Ich ging zu Valiana herüber, die noch immer Aline an sich gedrückt hielt.

»Ich habe keine Ideen mehr und auch keine Hoffnung«, sagte ich. »Sag mir einfach, was ich tun soll, Valiana, und ich tue es, so gut ich kann.«

»Ich bin nicht Valiana«, erwiderte sie. »Ich bin niemand und nichts – oder falls ich doch etwas bin, dann genau das, was du in Rijou gesagt hast: ein närrisches Mädchen, das davon träumte, als Königin auf dem Thron zu sitzen, ohne je auch nur einen Gedanken daran zu verschwenden, was sie machen soll, wenn sie dort sitzt.«

Ich spürte eine Hand auf dem Arm und sah in Alines Augen. Sie schniefte. »Wir verstecken uns, Falcio«, sagte sie dann. »Wir verstecken uns, und dann reiten wir, und dann kämpfen wir.«

Ich wollte mich von ihr lösen, aber sie ließ nicht los. »Ich glaube nicht, dass wir gewinnen können, Aline«, sagte ich sanft.

Sie holte tief Luft und nahm die Schultern zurück. »Das weiß ich, aber was sie da tun, ist nicht richtig. Es ist nicht gerecht. Und wenn wir vielleicht auch nur ein bisschen kämpfen, dann können wir es ein bisschen gerechter machen. Die Welt sollte ein gerechterer Ort sein, findest du nicht.«

Da legte ich ihr die Hand auf die Wange, und sie schenkte mir ein schüchternes Lächeln, das nur ganz kurz Bestand hatte, aber ich schwöre bei jedem Heiligen, dass mir in diesem Augenblick das Herz brach und mein Verstand folgte. Lautes Schluchzen erfüllte die Luft, als sich tausend Verletzungen meldeten, die ich schon seit langer Zeit nicht mehr gespürt hatte, von meiner allerersten Schramme bis zu dem Bolzen in meinem Bein, jede Wunde, die ich auf dem langen Weg nach Schloss Aramor davongetragen hatte, wo ich hingezogen war, um einen König zu töten. Da war der Anblick des geschändeten Körpers meiner Frau auf dem Boden des Gasthauses und der Anblick des niedergebrannten Herrenhauses in Rijou; das Wissen, dass ich bei meinem König genauso versagt hatte, wie ich es bei diesem Mädchen tun würde – das alles kam aus mir heraus, bis jede Verletzung, jede Erinnerung, jedes Leid sich Gehör verschafft hatten. Die Tränen bluteten aus meinen Augen, bis ich glaubte, nichts mehr sei übrig – aber eine Sache war da doch noch. Nichts Großartiges, kein toller Plan oder Hoffnung.

Nur eine Winzigkeit.

»Brasti«, sagte ich leise.

Er kam zu mir und ging neben mir auf die Knie.

»Was kann ich tun?«, fragte er sanft.

»Hast du mir gesagt, dass es in diesem Dorf eine Schneiderei gibt?«

Es war ein kleines Dorf, also hätte es nicht so lange dauern dürfen, wie es tat, das kleine Haus am Dorfrand zu finden, aber endlich hatten wir Erfolg. Wir standen vor einer winzigen Schneiderei, die auf zwei Seiten von schiefen Bäumen gestützt wurde.

»Ich verstehe es nicht«, sagte Brasti. »Wie soll uns denn ein Schneider weiterhelfen?«

Kest antwortete an meiner Stelle. »Hast du je in deinem Leben von einer Schneiderei in einem Dorf dieser Größe gehört? Das ergibt keinen Sinn.«

»Was glaubst du denn …? Nein – du glaubst doch wohl nicht …«

Eine keifende Stimme zerbrach die Stille. »Ihr müsst wirklich das erbärmlichste Rudel halb toter Karnickel sein, das ich je gesehen habe.«

Auch wenn ich sie erst vor wenigen Wochen das letzte Mal gesehen hatte, fand ich den Anblick der Schneiderin seltsam. Sie bot ihren üblichen zerzausten und unseriösen Anblick, und doch hatte sich etwas in ihrer Haltung verändert.

»Mattea!«, rief Aline und rannte zwei Schritte auf die Schneiderin zu. Dann blieb sie abrupt stehen, als wäre auch ihr plötzlich die Erkenntnis gekommen, dass sich etwas an der alten Frau verändert hatte.

»Nun komm schon, Mädchen«, sagte die Schneiderin mit einer erhobenen Braue. »Ich habe nicht den ganzen Tag Zeit.«

Aline trat zögernd einen halben Schritt zurück und machte einen Knicks.

»Ha«, rief die Schneiderin. »Habt ihr das gesehen? Sie hat einen Knicks vor mir gemacht, als wäre ich irgendeine feine Dame!«

Die Schneiderin setzte sich in Bewegung, nahm Aline bei den Schultern und blickte ihr in die Augen. »Niemand verneigt sich vor einer Schneiderin, hast du mich verstanden, Mädchen? *Niemand.* Die Schneiderin ist viel zu unwichtig für Verbeugungen und Artigkeiten und bitte und danke und all das andere feine Getue.«

»Ja, gnädige Frau«, sagte Aline.

»Und wir hören auch nicht auf ›gnädige Frau‹.« Dann wurde ihre Miene weicher. »Ach, Kind, diese Schüchternheit ist doch jetzt nicht nötig, oder? Trotz allem bin ich noch immer deine alte Kinderfrau Mattea, oder nicht?«

»Du machst ihr Angst«, sagte Brasti.

Die Schneiderin richtete sich auf, und ihre Lippen zuckten, aber dann seufzte sie. »Aye, das ist wohl wahr. Ich schätze, die Zeit für Verstellungen ist vorbei.« Die Alte drehte sich um. »Kommt, setzt euch hier an den Tisch, ihr alle. Ich hole euch Essen und Trinken. Wir haben etwas Zeit, wenn auch nicht viel.«

Sie scheuchte uns in den Laden und bedeutete uns, an ihrem großen Nähtisch Platz zu nehmen.

»Wie …?« Mir wollte einfach nicht in den Kopf, wie wir alle an diesem Ort zusammentreffen konnten. »Wie ist es möglich, dass du hier bist? Genau *hier?* In einem Dorf, in das uns unser Weg niemals hätte führen sollen?«

Die Schneiderin brachte eine Platte mit Käse und Brot, dann schenkte sie mir eines ihrer Furcht einflößenden Lächeln. »Du hast allen Grund, hier zu sein, mein Junge. Du bist den Fäden deines Lebens gefolgt, und sie führten dich her, von Paelis' dummem Unternehmen zu Tremondis Tod und durch die Machenschaften dieses Miststücks Patriana. Dies alles zog dich an diesen Ort, und eine gute Schneiderin weiß, wo jeder Faden hinführt.«

Dann packte sie unsanft Kests Mantelkragen. »Und was im Namen eines jeden zur Hölle fahrenden Heiligen habt ihr mit meinen Mänteln gemacht?«, zeterte sie. »Zieht die verdammten Dinger aus.«

»Ein kleines Heer wartet ein Stück die Straße voraus«, sagte ich, »ein weiteres kommt von hinten auf uns zu.«

»Halt den Mund, mein Junge, ich weiß, wo sie sind, so wie ich weiß, wo ihr seid, wo ihr wart und wo ihr hingehen werdet. Ich weiß, wohin jeder Faden des Mantels reist, und ich bin zu alt, um euch zuzuhören, wie ihr mir eure Geschichten unbeholfen und im Schneckentempo erzählt. Und jetzt gebt mir eure Mäntel. In dem Zustand, in den ihr sie gebracht habt, nutzen sie euch nicht viel.«

Wir zogen unsere Mäntel aus und gaben sie ihr, und sie

fing an, sie sich genau anzusehen, während sie dabei keinen Augenblick lang verstummte. »Cheveran, eh, Falcio? Nur beschissener Regen, und allein die Götter wissen, was da außer den Ausdünstungen der Mühlen sonst noch drin ist. Brennt einem Löcher in die Kleidung, wenn man nicht aufpasst, aber nicht in diese Mäntel, nicht in meine Lieblinge.«

Sie legte meinen Mantel zur Seite, dann nahm sie Brastis und schnüffelte dran. »Verflucht, Junge, kannst du dich nicht gefälligst vor dem Ficken ausziehen?«

Die Schneiderin ließ ihm keine Zeit für eine Antwort, sondern musterte jeden Flicken, jeden Flecken, jeden Faden unserer großen Mäntel und murmelte dabei vor sich hin.

»Nun, so ist das also«, sagte sie schließlich.

»Kannst du sie flicken?«, fragte ich. Mir wurde klar, dass ich bei ihrer genauen Untersuchung tatsächlich die Hoffnung gehabt hatte, sie würde ein paar der ausgefransten Ränder meines Mantels wieder hinbekommen.

Sie erstarrte, nur einen kurzen Augenblick lang, dann sah sie mich mit verzerrtem Gesicht an. Ich glaubte, sie würde jetzt niesen oder einen Krampfanfall erleiden, aber dann wieherte sie bloß vor Lachen. »Ob ich sie flicken kann? Kann ich sie *flicken?* Bei allen lebenden und toten Heiligen, Falcio, mögen alle Götter, die nie existierten, deinen Namen segnen und mir tausend mehr von deiner Sorte schicken!«

Sie warf die Mäntel auf den Tisch und klatschte in die Hände. »Hier sitzt er, der am häufigsten in den Arsch gefickte Mann auf der ganzen Welt, mit einem Heer auf der einen und einem auf der anderen Seite; er hat keinen Ausweg, kein Versteck, kann nicht kämpfen und hat auch keine Ahnung, wofür er eigentlich kämpfen sollte. Das Schicksal einer ganzen Welt ruht auf seinen Schultern, und es ist nicht ein Retter in Sicht – und als Erstes fragt er mich, ob ich die Löcher in seinem Mantel stopfen kann, vielen lieben Dank!«

Die anderen fielen in das Lachen ein, aber ich fand das nicht so witzig.

Sie hörte gar nicht mehr auf zu kichern und zu schnauben, klatschte in die Hände. Schließlich sagte sie: »Ach, allein schon aus diesem Grund hast du, Falcio val Mond von Pertine, die Dankbarkeit einer Schneiderin.«

Ich fragte mich, ob die wohl ein Heer mit einschloss, war aber schlau genug, die Frage für mich zu behalten. Stattdessen fragte ich: »Kannst du uns etwas über die anderen Magister sagen? Hast du einen von ihnen gesehen? Hat jemand die Charoite des Königs gefunden?«

»Aye, sie alle, und aye, einen davon«, sagte sie. »Aber mehr sage ich dir nicht, und ich werde auch nicht deinen Mantel flicken, aber ich gebe dir das hier.«

Sie begab sich zu einem Schrank im hinteren Teil des Ladens und holte ein großes verschnürtes Bündel hervor. Sie warf es auf den Tisch und zerschnitt die Schnur, und trotz der vielen vergangenen Jahre und den Höllen, die wir durchgemacht hatten, raubte mir der Anblick den Atem.

Dort auf dem Tisch lagen nagelneue und perfekte Greatcoats mit denselben Wappen, die Brastis, Kests und mein Mantel aufgewiesen hatten.

»Wie ist das *möglich?*«, fragte Kest. »Wie konntest du wissen, dass wir herkommen? Schneiderin, warum bist du in dieses Dorf gekommen?«

»Das habe ich dir doch gesagt«, wies sie ihn zurecht. »Eine Schneiderin muss wissen, wo jeder Faden anfängt und wo er endet.«

Kest und Brasti nahmen ihre Mäntel, dann griff ich nach meinem, dem letzten des Stapels. Aber das stimmte gar nicht; darunter lag noch etwas. Ein weiterer Mantel, etwas kleiner als die unseren, hergestellt aus demselben dunkelbraunen Leder. Die Einlegearbeit in dem Rechteck auf der rechten Brust war in dunklem Purpur gehalten. Sie stellte einen aus der Asche emporsteigenden Vogel dar.

»Das kann nicht dein Ernst sein … Du kannst nicht ernsthaft glauben … Aline? Ein *Greatcoat?*«

Aline trat vor und sah sich den Mantel genauer an. Sie strich mit der Handfläche über die glatte Lederoberfläche, dann zog sie sie zögernd zurück, bevor sie den Kopf schüttelte. »Der ist nicht für mich«, sagte sie und zeigte dann auf Valiana. »Der ist für sie.«

Valiana erhob sich von ihrem Stuhl, und ihr Blick huschte von dem Mantel zu mir und wieder zurück. »Aber ich kann nicht … Ich meine, ich weiß nicht, was das zu bedeuten hat.«

»Wie ist dein Name, Mädchen?«, fragte die Schneiderin.

»Man hat mich Valiana von Hervor gerufen«, sagte sie unschlüssig.

»Nein, das ist nicht dein Name. Und das weißt du jetzt, richtig?«

Langsam nickte sie.

»Du hasst die Herzogin, und das ist in Ordnung, aber ich sage dir Folgendes. Hätte sich die alte Hexe nicht um deine richtige Mama gekümmert, als du in ihrem Bauch warst, hätte sie dich niemals zur Welt gebracht. Deine Mama war eine arme Frau und nicht die gesündeste.«

»Ich sollte niemals leben«, flüsterte Valiana.

»Das stimmt. Du solltest damals nicht leben, und du sollst auch jetzt nicht leben.«

»Was …?«, sagte ich.

»Du hältst jetzt dein dummes Maul, Falcio.« Sie winkte mich zur Seite. »Um die Wahrheit zu sagen, Mädchen, du hast keinen Platz auf dieser Welt. Ich kenne das Gewebe der Dinge, und du bist nur für die Klinge eines Ritters bestimmt, die dir den Bauch aufschlitzt. Aber gelegentlich braucht die Welt ein paar gute Arschtritte, also lass uns das Beste daraus machen.« Sie hielt Valiana den Mantel hin. »Du wirst jetzt einen neuen Namen brauchen, und du wirst ihn selbst wählen müssen. In dieser Welt müssen sich Menschen nicht selbst erfinden; sie haben Eltern, die ihnen sagen, wie sie heißen, was sie glauben, was sie sind – aber du hast das nicht, also wirst du das alles selbst herausfinden müssen. Aber du hast das hier, um damit anzufangen.« Die Schneiderin öffnete den Mantel, und Valiana schob die Arme in die Ärmel. Er passte, als wäre sie dafür geboren.

»Aber ich kann doch keiner von ihnen sein. Ich bin dazu weder qualifiziert noch ausgebildet …«

»Wer sagt das denn?«, fragte die Schneiderin. »Du hast die Gesetze studiert, die des Königs und die der Herzöge, richtig?«

»Das musste ich zur Vorbereitung, um später …«

»Und ich wette, Hervor ließ dir Fechtunterricht erteilen, nur um sicherzugehen, dass ihr kleiner Drache bei dir sein konnte, um zu lernen, wie man jemandem das spitze Ende in den Rücken rammt.«

»Ja, aber ich war nicht besonders gut darin.«

Die Schneiderin kicherte. »Nun, das sind die drei hier auch nicht, und gelegentlich haben sie ganz ordentliche Erfolge. Keine Sorge, Mädchen. Bei einem Greatcoat geht es nicht nur darum, Urteile zu fällen und zu reiten und ein Schwert zu schwingen, ganz egal, was diese Blödmänner dir erzählt haben.«

Sie richtete die Aufschläge von Valianas Mantel. »Aber darum kümmern wir uns später. Jetzt musst du den Eid leisten.«

»Was für einen Eid denn?«, fragte Valiana.

»Nun, wenn das so einfach wäre, als würde dir jemand die Worte vorsagen, dann würde es als Eid nicht viel taugen, oder?«

Valiana blickte uns nacheinander an. »Ich verstehe nicht – soll ich den Greatcoats die Treue schwören? Oder der Erinnerung an den König? Oder einem Heiligen?«

»Glaubst du daran? Willst du dafür sterben? Denn damit du dir da keine Illusionen machst, Mädchen, dieser Weg endet in einer schmutzigen, flachen Grube, in der deine Leiche liegt.«

Einen Augenblick lang sah Valiana der Schneiderin in die

Augen, dann schaute sie zur Seite. »Nein«, sagte sie leise. »Ich … es ist nicht so, dass ich nicht an diese Dinge glaube, andererseits weiß ich nicht, was es bedeutet, wirklich an etwas zu glauben. Mein Leben drehte sich immer nur um mich, so wie das Leben eines jeden in meiner Umgebung. Ich weiß nicht einmal, was für mich wichtig sein sollte. Ich habe niemandem jemals ein Versprechen gegeben, außer …«

Ihr Blick fiel auf Aline, die auf einem Hocker saß und ihre Hände betrachtete.

»Außer dir«, sagte sie. »Ich habe dir versprochen, dich zu beschützen, nicht wahr?«

Aline nickte und schniefte leise.

Valiana sah die Schneiderin an. »Ist das …?«

Die Schneiderin legte ihr die Hand an die Wange, dann gab sie ihr eine leichte, fast schon zärtliche Ohrfeige. »Das kann dir niemand sagen außer dir selbst. Das bedeutet es, frei zu sein – es geht nicht um das Recht, das zu tun, wozu du gerade Lust hast, sondern um das Recht, einen Standpunkt zu vertreten und laut zu verkünden, wofür du mit deinem Leben eintreten würdest und falls nötig sterben.«

Valiana stand einen Moment lang reglos da, dann kniete sie vor Aline nieder und nahm ihre Hand. »Hör zu. Ich weiß nicht, was das alles zu bedeuten hat. Ich weiß nicht, wer ich bin oder wie lange ich noch zu leben habe. Ich glaubte, das wichtigste Mädchen auf der ganzen Welt zu sein, und jetzt stellt sich heraus, dass ich gar nichts wert bin, nicht einmal den Mantel auf meinen Schultern. Ich bin nicht unschuldig – das weiß ich jetzt. Einfach nur unwissend zu sein, bedeutet nicht, dass ich frei von Schuld bin. Aber du schon. Du hast nichts Falsches getan, und jetzt kommen Menschen, um dich … Nun, sie kommen, um schlimme Dinge zu tun. Und du hast nichts Falsches getan. Du solltest das Recht zu leben haben, solltest herausfinden können, wer du sein willst. Ich bin nicht stark, und ich kann nicht mit einem Schwert umgehen, jedenfalls nicht vernünftig. Aber ich glaube … Ich glaube, ich kann tapfer sein oder kann es zumindest versuchen. Ich glaube, sollte jemand versuchen, dich zu töten, dann könnte ich … ich weiß nicht, mich einfach vor dich stellen. Ich weiß nicht, wie gut ich kämpfen kann oder laufen oder urteilen, aber wenn diese Klinge herabsaust, dann schwöre ich bei jedem, bei dem ich ihnen zufolge schwören soll, dass ich sie aufhalte, und wenn es mit meinem Körper sein sollte.«

Ich wollte etwas sagen, aber ich konnte nicht. Ein tiefer Ernst erfüllte diesen Raum, während wir alle dort standen und Valianas leise vergossenen Tränen lauschten.

Keine Ahnung, wie lange wir so verharrten, bevor Valiana sich nach der Schneiderin umsah, die ihr knapp zunickte.

»Schneiderin, wie …?« Ich brachte die Worte einfach nicht heraus.

»Still«, erwiderte sie, den Blick noch immer fest auf die Mädchen gerichtet.

Nach einem Moment nahm Aline Valianas rechte Hand und legte sie sich an die Wange. Irgendwie hatte ich gewusst, dass sie das tun würde. Denn …

»Nein«, sagte die Schneiderin zu mir. »Noch nicht. Du bist noch nicht so weit, um das zu verstehen.« Dann machte sie eine winzige Bewegung mit der Hand, als würde jemand eine Nadel durch Stoff stechen, und die Frage war verschwunden.

»Geht das in Ordnung?«, fragte Valiana. »Ist das ein Eid? Habe ich es richtig gemacht?«

Die Schneiderin blickte mich an. »Nun, Falcio, hat sie es richtig gesagt, was meinst du?«

»Das ist *mein* Eid«, sagte ich. »Es ist derselbe Eid, den ich meinem König gab. Und du hast ihn genau richtig geleistet.«

»Also das ist es?«, fragte Kest leise. »Sind Mäntel und Eide das Einzige, was uns noch geblieben ist?« Er wechselte mit der Schneiderin einen Blick, und sie ging zu ihm und nahm seine Hand.

»Die Antwort kennst du doch schon, nicht wahr, mein Junge?« Sie tippte ihm mit dem Finger auf die Stirn.

Kest nickte.

»Und du weißt, wer kommt, nicht wahr?« Dieses Mal kam die Frage viel sanfter.

»Das tue ich.«

»Also hast du geübt und gelernt, und jetzt hältst du dich für den Besten auf der ganzen Welt, richtig?«

»Das habe ich, und das bin ich.«

»Und du weißt, dass das nicht reicht, richtig?«

Ich glaubte, die Andeutung einer Träne in seinem Auge zu sehen, als ich ihn sagen hörte: »Ich weiß.«

Sie tätschelte seinen Arm. »Ich sage das für dich: Du hast dich sehr bemüht und viel gelernt. Aber du hast zu viel hier« – sie tippte ihm auf die Stirn – »und zu viel hier« – sie klopfte ihm auf die Arme – »und nicht genug hier.« Sie legte ihm den Finger auf die Brust. »Und jetzt kommt deine Zeit, und du bist nicht bereit.«

»Wie lange noch?«, fragte Kest.

»Wie lang ist der Faden in meiner Hand?«

»Ich weiß es nicht«, erwiderte er.

»Heute Abend«, sagte die Schneiderin. »Es geschieht heute Abend.«

»Ich verstehe nicht«, sagte ich zu ihr. »Ich verstehe gar nichts mehr.«

»Das sollst du auch nicht«, fauchte sie gereizt. »Verfluchte Magister, immer wollt ihr wissen, was zu tun ist oder wo man sich verstecken kann oder wer umgebracht werden soll. Darum geht es nicht mehr. Es bleibt nicht mehr viel Zeit, und was davon noch übrig ist, ist nicht fürs Urteilefällen oder Reiten oder Kämpfen gedacht. Es ist für das Leben gedacht, was davon noch für euch übrig ist.«

Steif ging sie zur Tür und öffnete sie. Sie schnalzte mit der Zunge in Ungeheuers Richtung, die dort draußen wartete, und das Fabelpferd öffnete den Mund und knurrte.

Die Schneiderin ignorierte die Warnung und legte beide Hände auf das Antlitz der vernarbten Kreatur. »Du kommst jetzt mit mir, Pferd. Ich habe eine Aufgabe für dich. Im Augenblick kannst du ihnen nicht helfen, sosehr du das auch vermutlich willst. Du und ich, wir sind Schwestern«, sagte sie gedankenverloren, »alt und gebrochen, von Narben übersät und zornig. *Sie* haben uns alles genommen.«

Sie wandte sich wieder uns zu. »*Sie* haben alles genommen«, verkündete sie. »*Sie* haben uns jede gute Sache auf der Welt genommen.«

Dann stieß sie die Tür weit auf. »Jetzt geht und zeigt ihnen eure Antwort.«

28

DER HEILIGE DER SCHWERTER

Was auch immer ich erwartet hatte, als wir zur Straße kamen, es war mit Sicherheit nicht Patriana, die Herzogin von Hervor, mit nur einem bewaffneten Wächter an der Seite. Sie saß auf einem Baumstumpf, und zwar so elegant, wie das unter diesen Umständen nur möglich war, und las in einem Buch. Ihr Wächter war von Kopf bis Fuß gepanzert, aber er war nur ein Mann und damit keine große Bedrohung für uns. Also ging ich davon aus, vollkommen umzingelt zu sein.

»Wir sind so gut wie allein«, sagte die Herzogin, als wir näher kamen. »Noch musst du keinen Pfeil im Rücken befürchten.«

»Nun, das erleichtert mich aber«, sagte Brasti und zog einen Pfeil aus dem Köcher. »Wartet, Jungs, ich töte eben die alte Kuh und bin sofort wieder bei euch.«

Die Herzogin lächelte ihn höflich an. »Ach, wäre es doch nur so einfach.«

Ich deutete auf die beiden Pferde, die an den Baum in der Nähe des Stumpfs gebunden waren. »Du bist ja mit leichtem Gepäck unterwegs«, meinte ich.

»Ja, die Wagen waren nicht schnell genug. Aber mit der richtigen Gesellschaft reist es sich angenehm zügig.«

»Ich nehme an, du wolltest vor Herzog Jillard hier sein?«

»Ja. Übrigens vielen herzlichen Dank, dass du das kleine Mädchen aus Rijou gestohlen hast. Anscheinend ist der Herzog fest entschlossen, sie zu töten, und ich kann es wirklich nicht zulassen, dass er euch fünf in die Hände bekommt. Es ist ihm gelungen, aus seinen loyaleren Soldaten ein Heer aufzustellen und es durch die Ostpassage und den Torbogen herzubringen, und bald kommen sie diese Straße entlang. Ich habe nicht vor, bei ihrem Eintreffen noch hier zu sein.« Sie musterte uns. »Aber ihr wart ja richtig fleißig, habt euch gewaschen und für unseren Besuch hübsch gemacht. Und du, mein liebes Kind.« Sie blickte Valiana an. »In diesem hübschen Mantel siehst du ja richtig erwachsen aus.«

»Ich langweile mich«, sagte Brasti. »Kann ich dich nicht einfach umbringen, und dann können wir weitergehen und … keine Ahnung, mit deinem Kopf spielen?«

»Ich glaube kaum, dass es dir viel Spaß machen würde, meinen Kopf als Ball zu benutzen, Trattari. Glaub mir. Ich habe es mehr als einmal versucht, und selbst der Kopf eines Verräters wird schnell matschig.«

Nicht zum ersten Mal fragte ich mich, wie die Welt die Last von so vielen widerwärtigen Menschen ertragen konnte.

»Außerdem wirst du noch entdecken, dass Geduld ein wertvoller Gefährte ist«, fügte sie hinzu. »Ich habe mich zwanzig Jahre lang geduldet, und ich vermute, die Verzögerung wird die Vollendung meiner Aufgabe nur noch zufriedenstellender machen.«

»Also gut, jetzt bin sogar ich gelangweilt«, verkündete ich. »Was willst du?«

»Verhandeln.«

»Was?«

»Kein Grund, schüchtern zu sein. Du hast die Abstammungsurkunden, und ich brauche sie. Ich will nicht, dass Jillard sie zurückbekommt, und ich bin bereit zu verhandeln.«

»Na gut«, sagte ich. »Sichere Passage für uns fünf und ein Fass Goldmünzen.«

Die Herzogin dachte kurz nach. »Nein, ich fürchte, das geht nicht«, sagte sie dann. »Obwohl das mit dem Gold machbar wäre, falls ihr so etwas wollt. Aber ich fürchte, ich brauche die meisten von euch baldmöglichst als Tote.«

»Du verstehst sicher, warum das für uns nicht besonders verlockend ist«, meinte ich.

»Ich bin nicht grausam«, sagte sie ernsthaft. »Die Mädchen müssen sterben, weil keiner meiner Pläne zufriedenstellend funktioniert, solange sie leben. Der Bogenschütze hat Herzog Perault beleidigt, also muss er sterben. Und Kest hier, die ›Klinge des Königs‹, nun, er ist versprochen.« Patriana lächelte freundlich. »Aber *du* kannst mich zurückbegleiten, Falcio, du und dieses entzückende Pferd. Wo ist es eigentlich? Du und ich, wir haben viel zu besprechen.«

»Brasti, schieß dem Wächter einen Pfeil ins Gesicht. Kest, schlag ihr den Kopf ab – sieh zu, ob du es schaffst, dass er mit einem satten Klatschen gegen den Baum da prallt«, befahl ich.

»Ein Duell«, fauchte Patriana.

»Was?«

»Ich beanspruche das Recht, diese Angelegenheit durch ein Duell zu klären. Das garantiert mir das Gesetz des Königs.«

Brasti zielte mit einem Pfeil auf den Wächter. »Soweit es mich betrifft, kannst du das Recht auf gekochten Fisch beanspruchen, aber ich habe keine Lust mehr, mir diesen Mist anzuhören.«

Brasti ließ den Pfeil von der Sehne schnellen. Ich habe ihn tausendmal schießen sehen, und ich habe ihn nie ein Ziel verfehlen sehen, nicht auf diese Distanz.

»Schon in Ordnung«, sagte Kest leise zu ihm. »Du hast nicht verfehlt.«

Der Wächter stand noch, und er schien sich nicht bewegt zu haben. Aber jetzt hielt er sein Schwert in der Hand, und der Pfeil lag vor ihm auf dem Boden – sauber in zwei Hälften geschnitten.

»Wir träumen alle davon, im Augenblick unseres Todes

den Heiligen zu begegnen, nicht wahr?«, sagte die Herzogin von Hervor. »Nun, das habt ihr, und das werdet ihr jetzt.«

Der Wächter nahm den Helm ab. Er hatte kurzes rotes Haar und einen durchdringenden Blick, und sein Gesicht hatte die Farbe von vergossenem Blut. Um ihn herum glühte die Luft rot. Bei seinem Anblick scheuten die Pferde, dann wieherten sie voller Angst und galoppierten von der Lichtung.

»Bei allen Göttern und Heiligen«, flüsterte Brasti.

»Wir ziehen es vor, wenn ihr uns nicht umsonst anruft«, sagte Caveil, dessen Klinge Wasser schneidet. Der blutgesichtige Heilige der Schwerter. »Manchmal macht uns das sogar zornig.«

»Das ist unmöglich«, sagte ich. »Heilige können nicht …«

Meine Gedanken rasten, während ich zu begreifen versuchte, was hier geschah. War das eine List? War das bloß ein Furcht einflößender Mann mit rot angemaltem Gesicht? Aber der Pfeil …

»Oh, das ist gar nicht so schwer, wie du vielleicht glaubst«, sagte die Herzogin. »Wenn man es ernsthaft genug versucht und bereit ist, dafür Opfer zu bringen, kann man eigentlich mit jedem zu einer gütlichen Einigung kommen.« Sie stand auf. »Das ist meine Verhandlungsbasis. Ihr könnt euch mit meinem Champion duellieren und verlieren, danach nehme ich mir dann die Urkunden und euer Leben, oder ihr könnt versuchen zu fliehen. Der heilige Caveil wird euch töten, und ich bekomme die Urkunden und euer Leben trotzdem.«

»Und was macht das für einen Unterschied?«, fragte ich und starrte noch immer den Heiligen an, der auf Erden wandelte.

»Auf meine Weise sterbt ihr bei einer prächtigen und ehrenvollen Tat. Ich weiß doch, wie viel dir so etwas bedeutet, Falcio.«

Der Heilige zog die Rüstung aus, ein Stück nach dem

anderen, und enthüllte eine kräftige, schmale Gestalt. Ein schwarzes Wams bedeckte den Oberkörper; wo die Haut zu sehen war, entpuppte sie sich als genauso blutrot wie in seinem Gesicht. Trotzdem beeindruckte mich sein Erscheinungsbild auch nicht mehr als das von hundert anderen Gegnern, die genauso muskulös und tätowiert gewesen waren. Aber irgendwie konnte man die in ihm lauernde Macht spüren. Er war ein Heiliger – der ultimative Ausdruck eines Ideals und in diesem Fall die meisterhafte Beherrschung des Schwertes.

Nun, dachte ich, *wenn ich schon sterben muss, dann besteht hier wenigstens die verdammt gute Möglichkeit, dass jemand ein Lied darüber komponiert.* Allerdings würde er uns alle umbringen, und dann würde es niemanden mehr geben, der die Geschichte erzählen konnte. Es sei denn natürlich, die Herzogin würde ihr Wort halten.

»Also gut«, sagte ich und zog das Rapier.

Der Heilige lachte. »Du? Mach dich nicht lächerlich. Du hältst das Ding doch nicht einmal richtig.«

Er wandte sich Kest zu. »Du. Du bist derjenige, für den ich gekommen bin.« Er sah ihm in die Augen. »Das hast du schon immer gewusst, nicht wahr?«

»Das habe ich«, sagte Kest schlicht.

»Und du weißt, wie das enden wird, oder?«

»Das tue ich.«

Caveil lächelte. »Es ist nicht gut, sich über einen Heiligen zu stellen, Kind.«

Kest zuckte mit den Schultern. »Ein Heiliger ist schließlich nur ein kleiner Gott.«

Der Heilige lächelte noch immer. »Mir gefällt dieser Mantel«, sagte er. »Darf ich deinen haben, wenn du tot bist?«

»Mein Wort drauf. Im Gegenzug habe ich eine Bitte«, sagte Kest.

»Das klingt vernünftig, auch wenn es völlig sinnlos ist.«

»Lass zuerst meine Freunde gehen. Falls ich verliere, wird

es dir keine Mühe bereiten, sie einzuholen, und wenn ich gewinne, verdienen sie einen Vorsprung für den Fall, dass die Männer des Herzogs angreifen.«

»Das ist inakzeptabel«, sagte die Herzogin. »Deine Freunde bleiben hier. Das wird nicht länger als ein paar Sekunden in Anspruch nehmen.«

Der Heilige hielt den Blick auf Kest gerichtet, seine Worte waren aber auf die Herzogin gemünzt. »Halt den Mund, Frau. Dein Gewieher beleidigt mich.«

»Du hast dein Wort gegeben«, beharrte sie.

»Ich habe mein Wort gegeben, diesen Mann zu töten«, sagte er. »Aber ich bin nicht hergekommen, um ihn mit einem einzelnen Schlag zu vernichten. Du wirst deine Rache bekommen, aber ich mein Vergnügen. Keine Angst, ich langweile mich schnell, und ich bin sicher, der da wird mich nur ein paar Sekunden lang beschäftigen. Bis dahin kannst du ja die Urkunden halten, wenn dir das Spaß macht.«

Die Herzogin riss Valiana die Papiere aus der Hand und untersuchte die Siegel.

Kest wandte sich mir zu. »Geh. Nimm die anderen mit. Zu den Höllen mit dem, was die Schneiderin sagte. Lauft schnell und bleibt nicht stehen.«

Jede Debatte war sinnlos. Ob nun allein oder zu fünft, gegen den Heiligen der Schwerter hatten wir nicht die geringste Chance. Aber wenn wir liefen und zu dem Fabelpferd kamen, würde ich vielleicht Aline und Valiana in den Sattel setzen können. Sie würden eine Chance haben, dem Heer von Herzog Jillard zu entkommen, falls die Herzogin die Wahrheit gesagt hatte und die Männer des Herzogs von Orison nicht direkt hinter uns waren.

»Haltet euch bereit«, sagte ich zu den anderen. »Wir halten auf die Bäume zu und dann die Felder.« Ich bezweifelte, dass die Herzogin dumm genug war, mir das abzunehmen, aber ich hatte keine Lust, ihr zu sagen, wo wir hingingen.

Ich wandte mich wieder Kest zu, um Abschied zu nehmen.

Er war mein ältester Freund, und er würde gleich sterben, um mir eine letzte, hoffnungslose Chance zu verschaffen.

»Kest?«, sagte ich.

Er starrte den heiligen Caveil an, der dort stand und uns anlächelte, die Füße schulterbreit aufgepflanzt und das Schwert lässig in der Hand haltend.

»Ich kann … nichts sehen«, sagte Kest mit zusammengekniffenen Augen.

»Was ist mit dir?« Hatte Caveil irgendetwas mit seinen Augen gemacht? Betrogen Heilige?

»Falcio, ich kann es nicht sehen … ich sehe nicht, wie er das Schwert bewegt.« Kest blinzelte wild und atmete seltsam.

Ich warf wieder einen Blick auf den Heiligen. Er hatte sich nicht bewegt.

»Kest, was redest du da? Er hat sich nicht gerührt.«

»Hör zu«, sagte Kest. »Hör einfach genau hin.«

Ich gehorchte, und im ersten Moment glaubte ich nur den Wind aus dem Osten zu hören, aber dann entdeckte ich einen Rhythmus in dem sanften Rauschen, eine Beinahemelodie subtiler Vibrationen. Der Laut, den ein Schwert macht, wenn es durch die Luft schneidet.

Wieder richtete ich den Blick auf den blutgesichtigen heiligen Caveil, der sich nicht zu bewegen schien und dabei das Schwert so schnell durch die Luft sausen ließ, dass meine Augen das nicht wahrnehmen konnten.

»Ich kann es beinahe erkennen … beinahe«, murmelte Kest. »Ein Schemen … Ja, da ist es, nein, warte … fast …«

Ich wusste nicht, was ich für Kest tun konnte. »Geht«, brüllte ich Brasti und den anderen zu.

Kest packte meine Schultern und sah mir in die Augen. Sein Blick war der eines Verrückten. »Falcio, du musst etwas für mich tun.«

»Alles!«

»Du hast mich besiegt – das eine Mal im Schloss, da hast

du mich im Kampf besiegt. Verrate mir, wie du das geschafft hast. Vielleicht kann ich … vielleicht gibt es ja etwas, das ich nie ausprobierte, irgendeine Technik oder etwas, das mir nie begegnete …«

Mein Herz sank. In diesem Moment hätte ich mich auf den Boden legen und einfach von dem Heiligen töten lassen können oder vom Heer des Herzogs niederreiten lassen oder irgendeine der anderen hundert Todesarten, die auf mich warteten. Mein ganzes Leben lang war Kest für mich wie die Berge, die Ozeane oder der Himmel gewesen. Er fürchtete nichts und ließ sich durch nichts in Wut bringen. Für ihn war alles einfach nur interessant – und jetzt verlor er den Verstand.

Ich legte ihm die Hände auf die Schultern und flüsterte ihm ins Ohr, erzählte ihm, wie ich ihn an diesem Tag in Schloss Aramor besiegt hatte. Und als ich fertig war, küsste ich ihn auf die Stirn und sagte Lebewohl.

Einen Moment lang schenkte er mir ein kleines Lächeln. »Nun, ich glaube nicht, dass das hier funktioniert, oder? Aber vermutlich sollte man alles einmal ausprobiert haben.«

Und damit drehte er sich um und stieß einen Schlachtruf aus, was ich ihn noch nie zuvor hatte tun hören, und sein Schwert blitzte im Sonnenlicht auf, als er auf den Heiligen der Schwerter zuging. Und ich drehte mich um und rannte so schnell, wie mich die Beine trugen.

Als das herzogliche Heer vor König Paelis' Schloss eintraf, hatte es fünfhundert Pferde, eintausend Fußsoldaten, zweihundert Bogenschützen und diverse Belagerungsmaschinen mitgebracht; genug Männer für einen wochenlangen Kampf. Als sie das Haupttor erreichten, begrüßte sie Pimar, der Diener des Königs.

Pimar war ein guter Junge, elf Jahre alt und darauf bedacht zu gefallen, und als die Vorhut das Tor erreichte, öffnete er es für sie und fragte, ob jemand Erfrischungen wünschte, um den Staub der Reise hinunterzuspülen. In der linken Hand hielt er das Wappen des Königs, in der rechten einen vom König und dem Ersten Kantor der Reisenden Magister unterschriebenen Vertrag.

Pimar zufolge verbrachten die Generäle eine Weile damit, das Dokument zu lesen, dann wandten sie sich an ihn und baten um Tee und Biskuits. Und sie baten, mich zu sprechen.

Wenn der Feind die völlige Kapitulation anbietet und die einzige Alternative ein blutiger Kampf ist, der einen hohen Blutzoll fordern wird, fällt es leicht, großzügig zu sein.

»Eine Amnestie für alle Magister? Nichts anderes?«

»Nichts anderes«, sagte ich beherrscht.

»Jetzt keine Tricks, mein Junge«, sagte der General zu mir. »Wenn du lügst, wirst du herausfinden, dass es schlimmere Dinge als den schnellen Tod durch ein Schwert gibt.«

»Bei meiner Ehre, Herr, ich schwöre Euch, dass das Schloss euch gehört, die Magister aufgelöst werden und der König im Thronsaal auf euch wartet.«

»Gut, gut.« Der General legte den Vertrag auf den Tisch, um ihn zu unterschreiben. Einer seiner Begleiter schnaubte und erregte meine Aufmerksamkeit. Er war ein schon älterer Mann mit grauen Haaren und einem dicken Schnauzbart. Einen Augenblick lang kam mir sein Mantel seltsam vor, aber dann begriff ich, dass es bloß das in einem öligen Blau gehaltene Blumenmuster auf der rechten Brustseite war.

»Ich habe in meinem Leben sieben Kriege erlebt«, fing er an. »Kriege gegen die Barbaren aus Avares, gegen den Osten und sogar Kriege gegen andere Herzöge. Ich habe Feigheit erlebt. Ja, das habe ich sogar oft. Aber es gibt Feiglinge, und es gibt *Feiglinge,* und, mein Junge, ein Mann, der seinen Herrn für eine Amnestie auf einem Fetzen Papier verrotten lässt, ist der schlimmste Feigling, der mir je untergekommen ist.«

»Kann ich etwas für den General tun?«, fragte ich.

Er schnaubte wieder. »Ja, mein Junge, du kannst mir verraten, welches Herzogtum solche Feiglinge wie dich hervorbringt, damit ich seinem Herzog einmal die Meinung sagen kann.«

»Nun, General«, sagte ich, »ich komme aus Pertine, wo Feiglinge wie Wildblumen auf einem Hügel wachsen.«

»Ich sollte dich für deine Impertinenz aufschlitzen, Hund«, bellte er.

»Ja, General«, erwiderte ich, »das war impertinent. Aber unter diesen Umständen fürchte ich, werdet Ihr das entschuldigen müssen.«

»Es reicht«, sagte der befehlshabende General und reichte das Dokument an den nächsten weiter. »Die Entscheidung ist gefallen. Wir akzeptieren den Vertrag. Wir werden unsere Vorhut sofort ins Schloss bringen.«

Ich verneigte mich und trat zur Seite, während sie an mir vorbeigingen. Der General aus Pertine warf mir einen giftigen Blick zu, aber ihm blieb nichts anderes übrig, als die Scheiße zu schlucken, die man ihm serviert hatte. Hatten wir zumindest das gemeinsam.

Stunden später stand ich noch immer vor dem Schloss und wartete darauf, gerufen zu werden. Ein Bote holte mich und brachte mich wieder zu dem Oberbefehlshaber.

»Der Usurpator bittet um einen Gefallen«, sagte er.

»Der was?«

»Der König, mein Junge, der König. Er bittet um einen Gefallen, und ich bin geneigt, ihn unter den Umständen zu gewähren.«

»Was ist das für ein Gefallen, General?«

»Er will dich sehen.«

Einen Augenblick lang rasten meine Gedanken, und ich versuchte irgendeinen Plan zu schmieden – eine Flucht, irgendein Gift für seine Wächter, irgendetwas.

Der General kicherte. »Mein Junge, manchmal gibt einem das Leben eine bittere Frucht, nicht wahr?«

»Ja, General, das tut es.«

»Nun, komm ja nicht auf irgendwelche Ideen. Zwei meiner Männer werden dich den Turm hinaufeskortieren, wo Paelis gefangen gehalten wird. Du kannst ihn sehen, mit ihm sprechen, von mir aus auch ihm etwas vorsingen, aber wenn die Wächter dich holen kommen, wirst du brav nach unten steigen und das Schloss mit deinen Kumpanen verlassen.«

»Und dann?«

»Und dann richten wir den König hin und ziehen wieder ab.«

»Es tut mir leid, General«, sagte ich, »aber ich schwöre Euch, das werdet Ihr nicht tun.«

Er schaute mir direkt in die Augen und kicherte. »Ich bin fast geneigt, dir Glück zu wünschen, mein Junge, aber ich fürchte, in dieser Welt gibt es kein Glück für dich. Nicht das geringste.«

Ich holte Brasti, Valiana und Aline auf den Hängen der Felder ein, die das Herzogtum Pulnam füllten. Valiana tat ihr Bestes, aber Aline war erst dreizehn, und ihre Beine konnten einfach nicht mithalten. Ich stemmte sie in die Höhe und trug sie eine Weile auf den Schultern, aber seit Orison waren wir alle bis zur Erschöpfung beansprucht worden, und wir konnten nicht mehr weiter. Als wir den Kamm eines Hügels erreichten, sackten wir alle zu Boden und schnappten nach Luft.

»Was glaubst du, wie lange haben wir?«, fragte Valiana.

»Ich weiß es nicht«, antwortete ich. »Ich bezweifle, dass dieser Kampf lange gedauert hat. Aber wer weiß schon, wie schnell ein Heiliger gehen kann?«

»Ziemlich schnell«, sagte Brasti und sah den Hügel hinunter. Ich stand auf und sah in die Richtung, in die er zeigte. Etwa eine halbe Meile entfernt kam eine Gestalt auf uns zu. Aus dieser Entfernung konnte ich keine Einzelheiten erkennen, aber die schwache rote Aura um die Gestalt blieb mir nicht verborgen.

Brasti hat schärfere Augen als ich. Er kniff sie zusammen. »Ich erkenne den rotgesichtigen Bastard.«

Ich sah noch einmal hin, und jetzt konnte auch ich die blutrote Gesichtsfarbe sehen. Und dann erkannte ich, dass er Kests Mantel trug. Ich zog das Rapier und ging den Hügel hinunter.

»Falcio!«, rief Brasti.

»Nimm Valiana und Aline und geh. Ich halte ihn so lange auf, wie ich kann.«

»Falcio, komm zurück, *bitte!*«

»Geht!«, schrie ich.

Sie riefen weiter nach mir, aber ich ignorierte sie. Ob Heiliger oder nicht, wenn nichts anderes funktionierte konnte ich mich ihm noch immer in den Weg werfen und hoffen, dass er über mich stolperte. Die Nachmittagshitze produzierte einen staubigen Schleier, der mir in Nase und Mund drang und mich husten ließ. Ich fand eine ordentliche Position in der Wegmitte und schloss die Augen. Wenn ich sowieso nicht sehen konnte, wie er die Klinge schwang, dann konnte ich auch genauso gut blindlings um mich schlagen und hoffen, einen Glückstreffer zu landen. Ich weiß nicht, ob das Glück nun ein Gott ist oder nicht, aber falls doch, würde ich dieser Tage gern einen besseren Handel mit ihm abschließen.

Ich hörte, wie sich die Schritte des Heiligen näherten, aber ich hielt die Augen geschlossen und bereitete mich auf den schnellsten Hieb vor, der mir möglich war. Als ich die von seinem Körper ausgehende Hitze spürte, schlug ich zu. Genauso gut hätte ich auf mich selbst zielen können. Ich hörte, wie ihn der Hieb weit verfehlte, und ich nahm die Klinge herunter, um das Unausweichliche zu erwarten.

»Mal ernsthaft, welcher Mann kämpft denn mit geschlossenen Augen?«, sagte eine heisere Stimme.

Ich riss die Augen weit auf und sah ihn dort stehen. Sein Gesicht hatte in der Tat die Farbe von Blut – hauptsächlich, weil es aus einem Dutzend oberflächlicher Schnitte blutete.

»Kest!«, rief ich aus. »Kest! Wie ist das möglich – wie in aller Welt konntest du den heiligen Caveil schlagen, dessen Klinge Wasser schneidet?«

»Das habe ich dir doch gesagt.« Er hustete. »Er war ein Heiliger – eigentlich nur ein kleiner Gott, was diese Dinge betrifft.«

Und dann brach er in meinen Armen zusammen.

Ich hörte Schreie, als Brasti, Valiana und Aline zu uns nach unten liefen. Sie schlangen die Arme um Kest, der nach Luft rang.

»Wer hätte gedacht, dass es so wenig Mühe kostet, damit sich eine Frau nach einem verzehrt«, sagte er schließlich.

»Wenig Mühe«, hauchte Brasti. »Bei allen Göttern, Mann, du hast einen Heiligen getötet! Weißt du, wozu dich das macht?«

»Einen Gotteslästerer?«

»Nein, Mann, du hast Caveil getötet – er war der Heilige der Schwerter. Das bedeutet, dass du der neue Heilige der Schwerter bist. Ich habe einen Heiligen zum Freund!«

»Glaube mir, Brasti, alle deine Freunde müssen Heilige sein.«

»Etwas muss entsetzlich falsch gelaufen sein«, sagte ich zu Kest.

»Was?«

»Du machst Witze.«

»Das Leben ist komisch«, meinte er.

»Warum?«

»Erinnerst du dich daran, was du mir gesagt hast, bevor du gegangen bist? Wie du mich besiegt hast?«

»Ja, aber …«

»Glaube es oder nicht – und meiner Meinung nach bleibt dir da keine große Wahl –, aber ich glaube, es hat funktioniert.«

Ich fing an zu lachen, aber Brasti unterbrach mich. »Was ist mit der Herzogin?«

»Sie ist geflohen. Ich fürchte, ich war etwas zu beschäftigt, um mich um sie zu kümmern.«

»Lasst ihn einen Augenblick lang in Ruhe«, sagte Valiana. »Er muss sich ausruhen. Wir haben eine Verschnaufpause.«

Er schüttelte den Kopf. »Nein – ich fürchte, ich habe mich aus einem bestimmten Grund so beeilt.«

»Warum?«

»O Scheiße!«, sagte Brasti, als in der Ferne Staub aufstieg, weil das Heer des Herzogs von Jillard in unsere Richtung die Anhöhen erklomm.

»Und schon kommt der nächste Versuch, einen mutigen Tod zu finden, was, Freunde?«, sagte Kest. Dann streckte er sich auf dem Boden aus, während der Rest von uns ihrer Ankunft entgegenblickte.

29

DAS KRIEGSLIED

Ich würde gern berichten, dass mein König seinem Tod furchtlos begegnete, mit einem Lächeln im Gesicht und einem Scherz auf den Lippen. Aber als mich der Wächter in das Turmgemach führte, hockte Paelis zitternd, weinend und hustend in der Ecke.

»Ich hätte nie geglaubt, dass es hier passieren würde«, sagte er schließlich. »Ich dachte an … ein Gerichtsverfahren oder eine öffentliche Hinrichtung, eine Gelegenheit, alles offenzulegen, aber es wird hier geschehen, heute Nacht, in der Dunkelheit.«

Er erschien mir so klein und schwach wie an dem Tag vor zehn Jahren, als ich Schloss Aramor mit der Klinge in der Hand betreten hatte, um einen König zu ermorden. Ich fand keine passenden Worte.

»Nein«, sagte er und riss sich zusammen. »Nein, alles in Ordnung mit mir. Ich hätte nicht gedacht, dass ich noch einmal mit dir sprechen kann, aber ihr General ist ein vernünftiger Mann, und er hat gesagt, dass er eine Bitte erfüllen würde, solange sie nicht unverhältnismäßig ist. Mir ist nicht einmal der Gedanke gekommen, dass er so etwas anbieten könnte, darum fiel mir nichts ein. Außer dass es schön wäre, noch einmal mit dir zu sprechen, Falcio.« Er sah sich in dem Raum um. »Bei allen Göttern. Ich hatte mich endlich davon überzeugt, nie wieder in diesem Raum zu enden. Kannst du dir das vorstellen? Ein Jahrzehnt der Freiheit, und sobald man sie für selbstverständlich hält …«

»Wisst Ihr, wir wären lieber gestorben. Das habt Ihr uns genommen«, sagte ich schließlich. Er war mein König und mein Freund, aber ich kam nicht umhin, das zu sagen. Seine letzte Tat hatte uns alles genommen, was von Bedeutung war.

Er ergriff meine Hand und küsste sie. Eine seltsame Geste für einen König. »Ich weiß, dass ihr das getan hättet«, sagte er, »aber das konnte ich nicht zulassen. Meine Zeit ist vorbei, Falcio, aber die Greatcoats sind mein Geschenk an die Welt. Die einzig wirklich wichtige Leistung meines Lebens.«

»Aber das ist jetzt vorbei«, erwiderte ich. »Wir sind für alle Zeiten aufgelöst.«

»Nein. Erinnerst du dich noch an König Ugrid? Er wollte die Greatcoats auflösen, und sein Befehl hatte hundert Jahre lang Bestand. Aber wir brachten sie zurück, Falcio, du und ich, wir brachten sie zurück in die Welt. Und du kannst das wieder tun.«

»Wie?«

»Ich bin nicht müßig gewesen, Falcio, und ich habe dir auch nicht alles erzählt, was ich tat. Schon vor Jahren fing ich damit an, überall im Reich meine Charoite zu verstecken. Du musst sie jetzt finden. Du und Kest und Brasti.«

»Mein König, das habt Ihr mir bereits aufgetragen, und ich werde mein Bestes tun, sie zu finden, aber könnt Ihr mir nicht mehr darüber erzählen?«

»Nur dass sie über alle Maßen kostbar sind, und nur einer von ihnen kann die Herzöge stürzen.«

»Aber wie sollen wir denn erkennen, ob wir einen gefunden haben?«

»Wenn wir beide viel Glück haben, werdet ihr genau das nicht tun – das ist die einzige Möglichkeit, wie die Edelsteine sicher sind, bis der richtige Augenblick gekommen ist. Suche nach ihnen, aber rechne nicht damit, sie zu finden. Hast du verstanden?«

»Nein.« Empörung übermannte meine Traurigkeit. »Natürlich habe ich nicht verstanden. Das könnte niemand, denn es ergibt keinen Sinn.«

»Dann sei kurz still und hör zu«, sagte er. »Da gibt es noch etwas, das du für mich tun wirst.«

Er verriet mir, was er von mir erwartete, und ich willigte ein. Dann setzten wir uns hin, und er redete, und ich hörte zu, aber ich erinnere mich nicht länger an seine Worte. Nach ungefähr einer Stunde hörten wir den Wächter die Stufen hinaufkommen, und ich zog die vier Zoll lange Klinge, die in einer der Taschen meines Mantels versteckt war, und ich rammte sie dem König ins Herz.

Und so erfüllte ich meinen Schwur dem General gegenüber, dass er meinen König nicht töten würde.

Das Heer von Herzog Jillard brauchte nicht lange, um uns zu erreichen. Jede weitere Flucht war sinnlos geworden.

»Du hast uns eine hübsche Verfolgungsjagd geliefert, Valiana«, sagte der Herzog.

Shiballe an seiner Seite grinste.

»Tatsächlich ist das nicht ihr Name«, sagte Brasti.

Der Herzog ignorierte ihn. »Aber stell dir nur meine Überraschung vor, als ich von Shiballe erfahren musste, dass du gar nicht die Tochter von Herzogin Patriana und mir bist, sondern nur der Spross irgendeiner Bäuerin. Nun ja, vielleicht bist du ja trotz allem meine Tochter. Während meiner Tage als Junggeselle habe ich in Hervor viele Jungfrauen gevögelt.«

»Ihr brauchte sie nicht«, sagte ich. »Ihr könnt sie gehen lassen.«

Stirnrunzelnd sah er mich an. »Und warum sollte ich das wohl tun? Ich habe sie, und bald habe ich die Dokumente zurück, und da sie sowohl das Siegel von Herzogin Patriana wie auch meines tragen, kann ich das Mädchen trotzdem zur Königin machen. Bestimmt wird sie sich meinen Wünschen fügen, wenn man sie ein oder zwei Jahre vernünftig abrichtet.« Er schaute auf Aline herunter. »Aber die Kleine muss sterben. Sie hat unerfreuliche Eigenschaften, die ich aus der Welt gemerzt sehen will.«

»Warum?«, fragte ich. »Warum ist es so wichtig, die Linie der Tiarren auszurotten?«

Der Herzog lächelte. »Lumpenmantel, die Familie Tiarren ist mir herzlich egal. Lord Tiarren war ein Trottel, und seine Frau war nur insofern für mich interessant, soweit es ihre früheren Techtelmechtel betraf.«

»Das könnt Ihr nicht machen«, sagte ich, obwohl ich nichts hatte, um meine Behauptung zu untermauern.

»Warum nicht? Wenn ich das richtig sehe, steht hinter mir ein Heer.«

»Wir haben einen Heiligen«, sagte Brasti und zeigte auf Kest.

»Euer Heiliger scheint bewusstlos zu sein«, erwiderte der Herzog.

»Euer Durchlaucht, da kommt jemand den Weg herauf«, sagte Shiballe.

Der Herzog blickte sich um, und wir folgten seinem Beispiel. Eine gebeugte Gestalt stapfte langsam den Hügel hinauf.

»Ach, bei allen Höllen, wieder sie«, stöhnte Brasti.

»Wer?«, fragte ich.

»Du weißt schon, wer«, bellte sie den halben Weg hinauf.

Ein paar der Soldaten rannten ihr entgegen und packten sie. Dann schleiften sie sie zum Herzog und stießen sie vor ihm zu Boden.

»Seid gesegnet, Jungs«, sagte die Schneiderin zu den Männern. »Ich glaubte wirklich, ich würde es nicht den Hügel hinauf schaffen.«

»Was hast du hier zu suchen, Alte? Schätzt du dein Leben nicht?«, verlangte Shiballe zu wissen.

»Nicht besonders«, antwortete sie, »da das hier anscheinend auch kein anderer tut. Aber um die Frage Seiner Durchlaucht zu beantworten, ich bin gekommen, um Euch eine Botschaft zu übermitteln und denen da ein Geschenk zu machen.«

»Du hast Zeit für die Botschaft, aber ich fürchte, nicht für das Geschenk«, sagte der Herzog. Er gab einem der Soldaten ein Zeichen, und der Mann richtete seine Lanze auf den Bauch der Schneiderin.

»Euer Durchlaucht«, sagte Shiballe. »Ich weiß jetzt, wer diese Frau ist. Ich habe Gerüchte über sie gehört, über ihren Einfluss bei den Greatcoats. Sie könnte etwas über ihren Aufenthaltsort wissen. Gebt mir die Erlaubnis, dieses Wissen aus ihr herauszuschälen.«

»Das ist nicht nötig, Fettkloß«, sagte die Schneiderin. »Ich sage euch ganz genau, was ihr wissen wollt – was ihr schon seit langer Zeit wissen wollt.«

»Und was sollte das sein?«, fragte der Herzog fast schon amüsiert.

»Wo die Greatcoats sind«, sagte sie beiläufig und wischte sich noch mehr Dreck vom Ärmel.

»Und wo? Wo sind sie?«

Sie drohte ihm mit dem Finger. »Das wird Euch etwas kosten. Nicht viel, keine Sorge, ein sehr vernünftiger Preis, von dem ich glaube, dass Ihr ihn mit Sicherheit gern bezahlt.«

»Euer Durchlaucht, übergebt die Frau mir. Ich werde …«

»Was willst du?«, fragte der Herzog.

»Nur eine Klitzekleinigkeit«, sagte die Schneiderin. »Es ist nur, der Bund, auf den ihr edlen Herzöge und der König euch verständigt habt, er hat mich immer gestört. Dieses ›Ihr könnt mich nicht töten; ich kann euch nicht töten …‹. Wenn Ihr ihn also für mich brechen könntet, wüsste ich das wirklich zu schätzen.«

Der Herzog warf den Kopf in den Nacken und lachte lauthals. »Der Bund? Frau, glaubst du nicht, dass der Bund schon eine ganze Weile gebrochen ist? Was glaubst du, was ich vorhabe, sobald du mir das Versteck der Greatcoats verraten hast? Ach, Alte, keine Angst. Der Bund ist wahrlich und für alle Zeiten gebrochen.«

»Großartig«, sagte sie. »Seht ihr?« Sie wandte sich Shiballe zu. »War das wirklich so schwer?«

Shiballe ließ die Blicke überallhin huschen, während er zu begreifen versuchte, was hier geschah. »Dann sag es uns, du dumme alte Kuh. Sag uns, wo die Greatcoats sind, falls du es wirklich weißt.«

Die Schneiderin blickte zum Herzog hoch. Dann lächelte sie. »Sie sind hier«, sagte sie.

Dann schrie sie ein einziges Wort in den Himmel, so laut und deutlich, dass sich dieser Laut selbst den Bäumen für alle Ewigkeit in ihre Rinde einprägte, das schwöre ich.

Das Wort lautete:

»*Paelis.*«

30

DIE ANTWORT

Zuerst war da nur der Widerhall ihrer Stimme zu hören, aber dann ertönte Donner. Am Fuß des Hügels wallte eine Staubwolke empor.

»Pferde«, sagte Brasti. »Müssen hundert oder mehr sein.«

Zuerst erblickte ich bloß Ungeheuer, deren Hufe in die Erde trommelten, als sie in eine Staubwolke eingehüllt vor allen anderen galoppierte. Und dann kamen sie aus der Wolke, und der Anblick, von dem ich einst geträumt hatte, erschien vor meinen Augen. Einhundert Greatcoats auf Pferden, mit gezogenen Schwertern und Schlachtrufen auf den Lippen.

»Ich habe es dir ja gesagt«, sprach die Schneiderin mit einem bösartigen Grinsen zu mir. »Ich weiß, wo jeder Faden ist, ich weiß, wo jeder Faden hinführt.«

»Aber wie?«

»Die Herzöge waren so damit beschäftigt, jeden Greatcoat aufzuspüren und zu töten – jeder Name und jedes Gesicht war ihnen bekannt –, und während sie nach einer Möglichkeit suchten, euch alle umzubringen, suchte ich mir ein paar neue, bildete sie aus und bildete sie richtig aus. Aber es hat Zeit gebraucht, sie zu versammeln, das gestehe ich dir zu. Dieser verdammte Narr von Paelis. Er hatte das Fundament einer großartigen Armee, und was tat er? Verstreute sie in alle vier Winde. Aber ich erschuf meine eigenen Greatcoats, und jetzt machen wir das auf meine Weise.«

Der Herzog hatte fünfmal so viele Männer wie wir, aber nur wenige waren beritten, und der Rest stellte nicht unbedingt das da, was man als kampfbereites Heer bezeichnen konnte. Es waren eingezogene Hauswächter, und er hatte sie durch den Ostpass gezerrt, um der Herzogin von Hervor gegenüberzutreten. Als sie diesen ersten Sturmangriff der Magister sahen, hätten sie sich beinahe schon in diesem Augenblick umgewandt.

»Tötet sie«, rief Shiballe. »Tötet sie alle!«

Aber ich hielt bereits das Rapier in der Hand, und Kest, Brasti und ich schlugen die Lanzen von der Schneiderin weg und nahmen sie in unsere Mitte, um sie vor jedem anderen zu beschützen, der Shiballes Befehl womöglich ausführen wollte.

Die Hauptmänner brüllten ihre Männer an, ihre Formationen einzunehmen, und während sie damit beschäftigt waren, drängte Shiballe den Herzog, sich hinter die Linien zurückzuziehen.

»Ich habe es euch gezeigt!«, gackerte die Schneiderin hinter uns. »Ich habe es euch allen gezeigt!«

Ich wandte kurz den Kopf und erhaschte einen Blick auf ihr Gesicht. Es bot einen schrecklichen Anblick. Eine Mischung aus überwältigender Freude und hasserfülltem Zorn. Sie riss sich die Kleider vom Leib und brüllte den Himmel an. »Ihr habt ihn mir weggenommen! Ihr habt mir jede gute Sache weggenommen! Das hier! *Das* ist meine Antwort! *Das ist meine Antwort!*« Und jetzt wirbelte sie nackt um die eigene Achse, tanzte wie eine Verrückte, während um uns herum die Schlacht tobte.

»Er war mein Junge«, schrie sie und schluchzte wie eine Wahnsinnige. »Mein kleiner Junge! Ihr habt ihn mir weggenommen!«

»Bei allen Heiligen, was stimmt nur nicht mit ihr?«, fragte Brasti.

Ein Gedanke schlich sich in meinen Verstand, eine Erinnerung, Bruchstücke von Dingen, die ich gesehen und über die ich flüchtig gegrübelt hatte. Jetzt kamen sie langsam zusammen.

»Ich glaube …«, fing ich an. War das wirklich möglich? »Ich glaube, sie könnte seine Mutter sein«, sagte ich, als sich sämtliche Traurigkeit der Welt in meinem Inneren entlud. »Ich glaube, sie könnte die Mutter des Königs sein.«

»Aber wieso?« Brasti starrte sie an. »Greggor hätte doch niemals … Ich meine, seht sie euch doch an.«

Kest unterbrach ihn. »Ja, seht sie euch an. Ihr Gesicht – das war nicht immer so. Jemand … Vielleicht hat sie ja jemand geschlagen, sie verstümmelt …«

»Er schickte mich fort«, schrie sie wie zur Antwort, während um uns herum Staub und Pferde und Tod wüteten. »Als das Baby geboren wurde, als ihm die Zeichen nicht gefielen, schlug er mich und sperrte mich weg – aber ich ertrug es, ich ertrug es, weil ich trotzdem mein Baby sehen musste, selbst als er größer wurde und Greggor ihn als schwach bezeichnete und auch ihn einsperrte. Und mich schließlich fortschickte. Selbst, als er diese dumme Kuh heiratete und ein weiteres Kind zeugte, ertrug ich es, weil ich eine Frau bin und es eine Männerwelt war. Es war *seine* Welt.« Sie schüttelte beide Fäuste. »Aber es musste eine Antwort für solche Dinge geben, also brachte ich ihm Bücher und erzählte ihm Geschichten. Ich brachte ihn dazu *nachzudenken.*«

»Die Greatcoats«, sagte Kest ehrfurchtsvoll. »Sie war es, die ganze Zeit über. Sie hat den König unterrichtet und sein Denken geformt.«

»Ich habe das alles in Gang gesetzt«, gackerte sie und stand nackt und faltig und stolz in der Sonne. »Es musste eine Antwort für all das geben, was er anrichtete, also erschuf ich euch. Ich gab der Welt einen großen König, und ich gab ihr Gerechtigkeit.«

Und plötzlich fing sie wie ein kleines Kind, das zum ersten Mal einen toten Vogel zu Gesicht bekommt, an zu weinen. »Aber dann nahmen sie ihn mir weg. Er wollte nur das Richtige tun, und sie ergriffen meinen Jungen. Also musste es dafür eine Antwort geben«, knurrte sie. »Wenn sie einem die letzte gute Sache im Leben nehmen, muss es eine Antwort geben.«

Sie packte mich am Mantelkragen, und ihre Augen waren so weit aufgerissen und wild, dass ich die hellrote Haut ihrer Höhlen sehen konnte. »Geht! Geht und gebt ihnen meine Antwort!«

Während sich Kest und Brasti Pferde gefallener Männer schnappten, kam Ungeheuer zu mir und stieß mich mit ihrem großen Kopf an. Ich brauchte keine weitere Einladung und sprang auf ihren Rücken.

»Kommt schon, ihr Herzöge, ihr Narren«, rief die Schneiderin. »Kommt und seht die Antwort einer Frau ...«

Das Wissen, was sie vollbracht hatte, schwirrte mir im Kopf herum, aber Kest zog an meinem Ärmel. »Lass uns gehen«, sagte er. »Ich bin bereit, ihnen jetzt auch meine Antwort zu geben.«

Wir ritten ins Herz der Schlacht. Ich war erschöpft, und ich sehnte mich danach, die Gesichter der Kameraden zu sehen, die ich so viele Jahre lang vermisst hatte – Dara, Winnow, Parrick und die anderen. Wo waren sie? Aber diese Männer und Frauen im Sattel, auch sie waren Greatcoats. Gut ausgebildet und furchtlos. Aufregung bemächtigte sich meiner, und ich schwang mein Rapier, als wir uns auf das Heer des Herzogs stürzten und seine Linien durchbrachen. Wir kämpften wie Raubvögel, stürzten uns aus der Höhe auf sie und stiegen wieder auf, nahmen bei jedem Angriff Leben.

Kest und Brasti und ich sangen. Wir sangen das Kriegslied der Greatcoats. Wir sangen von Gerechtigkeit und Gnade, und wir sangen auch von Blut und Gewalt. Wir sangen, bis wir heiser waren und sich Blut und Staub am Boden vermengten und sich für alle Ewigkeit mit der Landschaft der Gewalt vermählten.

Die Schlacht dauerte nur eine Stunde, aber es erschien viel länger, bevor die Männer des Herzogs die Waffen streckten und vor uns knieten.

»Ist das möglich?«, fragte Brasti gedankenverloren, als er zusammen mit mir und Kest dort stand.

»Dass wir gesiegt haben? Sieht auf jeden Fall so aus«, erwiderte Kest.

»Nein«, sagte er, »seht euch doch um. Ich sehe überall Tote liegen. Der Boden ist übersät mit Soldaten und Rittern. Ich sehe ein paar Greatcoats mit Verletzungen, aber keiner von uns ist unter den Toten.«

In der festen Überzeugung, dass er sich irrte, blickte ich mich um. Es musste sich mindestens ein Greatcoat am Boden finden.

»Bei allen Göttern«, sagte Brasti schließlich. »Was hätten wir für ein Heer abgegeben.«

»Ihr wart nie als Heer gedacht, du Idiot«, sagte die Schneiderin.

Brasti sah sie an. »Wie ich sehe, hast du deine Kleidung wiedergefunden. Zumindest dafür danke ich dir.«

Sie grinste ihn an. »Der Anblick einer richtigen Frau hat dir wohl nicht gefallen, was? Egal, vergiss es. Manchmal müssen wir alle ein bisschen verrücktspielen, nicht wahr, Falcio?«

Ich dachte einen Moment lang darüber nach. »Und manchmal müssen wir wieder zu Verstand kommen.«

»Aye, das ist wohl wahr«, erwiderte sie. »Jetzt überlasst den Rest des Spiels den anderen. Geht und kümmert euch um die Herzogin. Das hier war alles umsonst, wenn sie mit den Abstammungsurkunden davonkommt und mit ihrer verfluchten Tochter und ihren Männern zurückkehrt.«

»Wie finde ich sie?«, fragte ich und griff nach Ungeheuers Zügeln.

»Sie ist nach Westen geritten«, sagte die Schneiderin. »Sie hat ein Pferd, aber genau wie ich ist sie eine alte Frau, und sie muss ausruhen. Habt ihr die Höhlen hinter diesen Hügeln gesehen, als ihr von Orison gekommen seid? Begebt euch dorthin – das ist die einzige Zuflucht hier. Und da ihr Schutzheiliger tot ist, glaube ich nicht, dass ihr noch viel bleibt.«

Jemand zog an meinem Ärmel. »Nimm mich mit«, sagte Aline, »dann wird die Herzogin uns finden wollen.«

»Warum?«, fragte ich.

Die Schneiderin ohrfeigte mich. »Hör einmal in deinem nutzlosen Leben auf, so blöde Fragen zu stellen.« Dann schaute sie auf das Mädchen herunter und lächelte. »Du bist ein braves Mädchen«, sagte sie und tätschelte ihre Wange. »Geh jetzt, Falcio, und tu, was getan werden muss.«

»War das die ganze Zeit dein Plan?«, fragte ich, als ich Aline auf Ungeheuer setzte. »Hast du auch Tremondi in die Falle gelockt, damit er umgebracht wird?«

»Ich tat, was ich tun musste, Falcio. Die Herzöge hätten niemals zugelassen, dass die Karawanenlords die Greatcoats um sich scharen – aber es lenkte sie ab, und in der Zwischenzeit brachte ich die Greatcoats wieder zusammen.«

»Pläne versteckt in Plänen, und Verschwörungen, um andere Verschwörungen zu vereiteln. Was unterscheidet dich eigentlich von Patriana?«, fragte ich.

Sie schnaubte nur und wischte sich die Nase am Ärmel ihres schmutzigen Kleides ab. »Ich habe ihren Sohn nicht umgebracht«, erwiderte sie, drehte sich um und ging.

Bis zu den Höhlen war es nicht weit. Es gab mehrere Öffnungen in dem Berg, aber nicht viele davon waren hoch genug, um einem Mann oder einer Frau ein gutes Versteck zu bieten. Patriana hatte sich nicht die Mühe gemacht, ihre Spuren zu verwischen.

»Du hast das Mädchen mitgebracht.« Die Stimme der Herzogin hallte in der Höhle.

»Ich habe auch etwas anderes mitgebracht«, sagte ich und zog das Rapier.

»Ich auch«, sagte sie und kam hinter einem Felsvorsprung hervor. Sie hatte sich in einer natürlichen Felsnische verborgen. Da stand ein Kohlebecken, dessen Feuer die Höhlenwände beleuchtete. Ich entdeckte die Dokumente neben der Herzogin auf dem Boden. Sie hielt eine Armbrust auf meine Brust gerichtet.

»Du kannst das Mädchen hierlassen und gehen«, sagte sie. »Oder du tötest sie selbst, wenn du das für gnädiger hältst. Aber auf jeden Fall stirbt sie jetzt.«

Ich wollte etwas erwidern, aber die Herzogin war eine unhöfliche Gegnerin und schoss den Bolzen auf mich ab. Ich habe mich immer über Kests Ansicht lustig gemacht, dass ein Schwert einen Armbrustbolzen abwehren könnte, aber gelegentlich, ganz, ganz selten, hat ein Mann auch mal Glück. In meinem Fall war es der Griffkorb meines Rapiers, den ich gerade noch rechtzeitig vor meinen Bauch bekam, um den Bolzen abzuwehren. Die Aufprallwucht beulte die Stahlglocke um die Parierstange ein, und sie bohrte sich tief in meine Hand, aber das würde mich nicht daran hindern, die Herzogin zu töten.

»Wenn du glaubst, dass ich hier herumstehe und dich nachladen lasse, dann verwechselst du mich wirklich mit jemandem, der etwas zivilisierter ist«, sagte ich.

Die Herzogin warf die Armbrust zu Boden. »Also gut«, sagte sie, »Schluss mit den Spielchen. Wir sind fertig. Geh und nimm dieses Balg mit.«

Beinahe hätte ich gelacht. »Das kann nicht dein Ernst sein. Das ist doch der beste Teil daran – der Teil, wo ich dir den Kopf abschlage.«

»Du willst die Dokumente? Nimm sie dir. Vernichte sie, was immer du willst. Ich bin alt und müde, und die Dinge, für die ich gekämpft habe, werden während meines Lebens niemals Realität. Also geh und lebe und ficke und tu all die anderen Dinge, die Männer mit ihren sinnlosen Leben anstellen.« Sie wärmte die Hände über der Kohlenpfanne. »Du willst mich töten? Dann mach es. Komm schon, zeig der Kleinen, wie strategische und machtpolitische Entscheidungen wirklich getroffen werden.«

Ich starrte sie ungläubig an. »Wenn ich mir deine schlagfertigen Bemerkungen und profunden Proklamationen so anhöre, frage ich mich unwillkürlich, wie sich das wohl anfühlt, wenn man unheilbar geisteskrank ist?«

Sie lachte. »Du bist ein Junge«, sagte sie. »Ein Junge, der seine besten Zeiten hinter sich hat, wie ich dir zugestehen muss, aber trotzdem nur ein Junge.«

Ich hustete. Bedachte man, wer hier das Schwert hielt, hatte ich nicht viel von dieser Unterhaltung.

»Überleg doch mal: Mit diesen Dokumenten könntest du Valiana nehmen und die Welt nach deinen Wünschen formen. Stell dir tausend Greatcoats vor, einhunderttausend, und sie alle bringen dem ganzen Land die Gerechtigkeit, wie du sie für richtig hältst.«

»Ich glaube wirklich nicht, dass du begreifst, wie das funktioniert«, sagte ich. »Ich werde diese Dokumente vernichten, und Jillard wird sie nicht erneut unterschreiben, nicht wo er weiß, dass du Trin auf den Thron bringen würdest. Er weiß, dass du sie aufbaust, um in deinem Sinn zu herrschen und nicht in seinem. Mit der Vernichtung der Abstammungsurkunden hat sich deine Verschwörung erledigt. Ich lasse den Rest der Welt selbst entscheiden, wer sie beherrschen soll.«

Sie starrte mich mit zusammengekniffenen Augen an, dann fing sie an zu lachen. »Du … bei allen Göttern, Falcio, wenn du das nicht gewusst hast, warum hast du dir dann so viel Ärger aufgehalst, um …? Nein, das lasse ich dich selbst herausfinden. Das muss ich dir wirklich lassen, Falcio val Mond, du bist in der Tat der tapferste Mann, den ich je kennengelernt habe, und nur der drittdämlichste.« Sie hob die Dokumente mit der rechten Hand auf und hielt sie über die Flammen. »Hier. Lass sie uns gemeinsam verbrennen. Ein Tribut an die Träume einer alternden Frau.«

Sie ließ die Papiere fallen, und erst da entdeckte ich das Pulver, das sie in der linken Hand hielt. »Aline, lauf!«, brüllte ich, und das Mädchen floh in dem Moment, in dem die Herzogin das Pulver in die Flammen warf. Es gab eine Explosion, und einen Augenblick lang waren die Herzogin und ich in dunkelroten Rauch gehüllt. Genauso schnell hatte er sich wieder aufgelöst.

Aline kam zum Höhleneingang, den die Rauchwolke nicht mehr erreichen konnte. »Lauf!«, rief ich ihr zu. »Geh und hole Kest oder Brasti.«

Dann wandte ich mich wieder der Herzogin zu, aber sie war bereits tot. Der Staub und der Rauch in meinen Lungen ließen mich husten, und ich begriff, dass ich es auch war.

Irgendwie fand ich es merkwürdig, dass ich vor Rijou niemals vergiftet worden war und seitdem dreimal. Ja, ich war in der Vergangenheit geschlagen worden, ja, auch gefoltert, hatte Schnitte, Prellungen, Verletzungen durch Pfeile und Bolzen davongetragen und zahllose Male mit dem spitzen Ende gegnerischer Klingen Bekanntschaft geschlossen, war aber niemals vergiftet worden.

Jetzt kam ich von dem Zeug nicht mehr los.

Ich lehnte mit dem Rücken an der Höhlenwand, als das Gefühl aus Zehen und Fingern wich. Ich konnte fühlen, wie die Taubheit langsam meine Arme und Beine emporkroch, und ich fragte mich, was wohl geschehen würde, wenn sie mein Herz erreichte.

Die fehlenden Empfindungen waren seltsam angenehm. Mir war gar nicht bewusst gewesen, wie viele Schmerzen ich im Verlauf der letzten Wochen in meinen Gliedern angehäuft hatte – bei allen Heiligen, in den vielen vergangenen Jahren.

Ich fragte mich, warum das alles geschehen war. Die Herzogin und ihre Verschwörung – das verstand ich, soweit man eine Mischung aus Wahnsinn, Machthunger und Habgier jemals verstehen konnte, aber der Rest stellte für mich größtenteils noch immer einen verwirrenden Nebel dar. Vermutlich ist das der natürliche Lauf der Dinge. Dichter und Barden erkennen das ganze Bild, aber Menschen wie ich leben ihr ganzes Leben in einer oder zwei geschickt formulierten Zeilen, ohne ihre wahre Bedeutung jemals zu erfassen.

Ich hörte Aline mit Kest und Brasti zurückkehren. Valiana begleitete sie.

»Bei allen Göttern, was ist mit ihm passiert? Falcio, wo bist du verletzt?«, fragte Brasti.

»Mittlerweile fast nirgendwo.« Ich lächelte.

Er kniete neben mir nieder, und vermutlich stellte das, was auch immer die Herzogin benutzt hatte, etwas mit der Gesichtsfarbe an, denn Brasti fragte: »Gift?«

Ich nickte. Zumindest glaubte ich das. Ich vermochte es nicht mehr zu sagen. Mir war schwindelig.

Valiana kam an meine andere Seite, und Brasti packte ihren Arm. »Was tun wir? Was können wir für ihn tun?«

Traurige Augen suchten einen Moment lang meinen Blick. »Ich weiß es nicht. Ich glaube, es ist Neatha. Meine Mutter – ich meine die Herzogin – hat das manchmal bei ihren Feinden benutzt. Keiner hat es überlebt. Es wirkt sehr schnell, ist aber nicht schmerzhaft.«

Der Rest meines Gefühls im Gesicht verriet mir, dass etwas Feuchtes auf meiner Wange landete. Brasti hatte Tränen in den Augen.

»Bei den Göttern, Mann, fang jetzt bloß nicht so an«, sagte ich leise. »Wir bekommen noch einen schrecklichen Ruf, wenn wir nur noch weinend durch das Land ziehen.«

»Falcio?«

»Hallo, namenlose Freundin. Weißt du schon, wie du dich nennen willst?«

»Es tut mir so leid …«

»Nicht.« Meine Zunge fühlte sich dick an. »Dazu gibt es keinen Grund. Sei einfach etwas. Sei etwas, das zählt.«

Sie blickte mich schüchtern und unsicher an. »Gibt es in Pertine eine weibliche Fassung von ›Falcio‹?«, fragte sie.

»Ich glaube, ›Falcio‹ ist schon weiblich genug«, sagte Brasti automatisch und nicht dazu fähig, den Drang zum Witzereißen zu kontrollieren; also bestand für ihn noch Hoffnung.

»Nein«, krächzte ich. »Aber ›Valiana‹ gefällt mir. Das ist ein guter Name.«

»Er gehört mir nicht«, antwortete sie.

»Dann nimm ihn dir. Mach ihn zu deinem.«

Sie schaute mich mit Tränen in den Augen an.

»Ich weiß, was dieses Gift anrichtet«, sagte Valiana. »Und ich weiß, dass ich nicht so wichtig bin, also werde ich nicht viel Zeit darauf verschwenden …«

»Hör auf«, sagte ich. »Sei wichtig. Wenn … wenn ich dir einen Namen gebe, nimmst du ihn dann an?«

Sie wischte sich Tränen aus den Augen. »Ich werde alles annehmen, das du mir gibst, denn das wird mehr sein, als ich jetzt habe, es wird mehr meins sein als alles, was man mir je gab.«

Ich nahm mir einen Moment, um zu verschnaufen. Ich wollte das so sagen, wie es das verdiente. »Du musst nicht das Opfer in der Geschichte eines anderen sein. Du kannst ein Greatcoat sein. Du kannst …« Ich suchte nach dem passenden Wort, als mir plötzlich klar wurde, wonach ich diese vielen Jahre eigentlich gesucht hatte. Die eine Sache, die ich nie hatte finden können. Die eine Sache, die mir nicht einmal der König hatte geben können.

»Du kannst meine Antwort sein, Valiana val Mond«, sagte ich leise. Etwas Warmes lief meine Wangen hinunter, und vermutlich handelte es sich dieses Mal um meine eigenen Tränen.

Sie legte die Hand auf meine Brust. »Mein Name ist Valiana val Mond von den Greatcoats. Und ich bin Falcio val Monds Tochter und seine Antwort an die Welt.«

Dann war sie verschwunden, und Brasti kam und küsste

mich auf die Stirn, und ich hatte etwas wirklich Schlagfertiges dazu zu sagen, aber ich bin mir ziemlich sicher, dass da kein Wort herauskam.

Ich fühlte mich, als triebe ich vom Grund eines Sees empor, und meine Augen sahen je zur Hälfte die Welt des Wassers und die Welt des Himmels. Ich konnte einen Hügelkamm erkennen, der eine gewisse Ähnlichkeit mit denen in meiner Heimat hatte, aber der hier war grün und üppig, und es gab glücklicherweise keine dieser verfluchten blauen Blumen. Dort stand eine Gestalt, und ich konnte sie so deutlich erkennen, wie das nur vorstellbar war. Es war mein König, und er sagte etwas zu mir, aber ich konnte es nicht verstehen.

In der anderen Welt kniete dieses Mädchen namens Aline über mir, und auch wenn ich hier nicht so deutlich wie in der klaren Welt sehen konnte, war ihr Weinen doch unmissverständlich.

Ich mobilisierte meine ganze Kraft. »Lächle für mich«, schaffte ich zu sagen. »Nur einmal.« Vermutlich glaubte sie, ich wollte, dass sie sich besser fühlte, aber in Wahrheit musste ich dieses verdammte Lächeln wirklich noch einmal sehen.

Und sie tat es.

Und plötzlich begriff ich – alles war auf einmal ganz klar. Der Angriff auf ihre Familie, die geheimnisvollen *Edelsteine* des Königs, die rätselhaften Worte der Schneiderin und vor allem ihr Name.

Vielleicht wird jenen von uns, die ihr ganzes Leben in diesen paar Zeilen leben, ja am Ende doch klar, was das alles zu bedeuten hat.

Mein König erschien wieder, aber ich konnte ihn noch immer nicht deutlich verstehen. Er war in Begleitung, und ich glaube, er wollte mich vorstellen. Die Umrisse der Gestalt wurden schärfer – *sie* war es. Sie erschien mir wie eine völlig andere Person, vielleicht weil sich meine Erinnerungen an sie im Laufe der Jahre verändert hatten. Paelis hatte geschworen, sie mir eines Tages zurückzubringen. Meine schöne liebe Frau Aline, und er hatte seinen Schwur erfüllt. Mein König hatte seine Tochter nach ihr benannt, und jetzt sah sie mich sehr ärgerlich an. Ich fragte mich, ob es die Toten mitbekamen, wenn wir von ihnen sprachen, und ob die eher unerfreulichen Dinge, die ich während meiner Halluzinationen auf dem Weg zum Mord am König über sie gesagt hatte, ihre Ohren erreicht hatten. Falls dem so war, würde ich einiges erklären müssen.

Die klare Welt wollte mich endgültig zu sich holen, aber ich wehrte mich. *Verdammt,* dachte ich, *ich habe genug für Heilige und Götter getan, und ihr werdet mir diesen Augenblick geben.*

»Kest«, krächzte ich und sah ihn neben mir niederknien. Sein Gesicht war noch immer blutverschmiert, und diese Schnitte sahen gar nicht gut aus.

»Falcio«, sagte er leise.

»Du siehst furchtbar aus«, sagte ich. Irgendwo würde sich ein Gott oder ein Heiliger fragen, warum sie mir noch ein paar Augenblicke zugestanden hatten, wenn ich nur unhöflich sein wollte, aber das war mir egal. »Das Mädchen«, flüsterte ich. »Sie ist es, der Edelstein des Königs. Sein *Charoit.*«

»Ich weiß. Brasti ist darauf gekommen, ist das zu glauben?« Dann lächelte er. »Kannst du dir das vorstellen? Der großartige Plan des Königs, nach seinem Ende die Welt zu retten, bestand darin, durch das Land zu reisen und zu einigen adeligen Damen ins Bett zu steigen, damit wir seine Nachkommen finden und sie an die Macht bringen.« Ich fühlte Kests Hand auf der Schulter. »Sie weiß es nicht, Falcio. Sie glaubt noch immer, Lord Tiarrens Tochter zu sein. Die Schneiderin spricht gerade mit ihr.«

»Sie wird die Königin sein«, versuchte ich zu sagen, aber meine Worte waren jetzt kaum lauter als ein Flüstern. »Und ihr …«

»Ich weiß«, sagte er, »jetzt kommt der schwere Teil. Aber

mit hundert Greatcoats im Rücken gefallen mir unsere Chancen.«

Ich wollte den Kopf schütteln. *Mir nicht,* wollte ich sagen. *Ich habe meine Pflicht erfüllt. Ich habe das verdammte Rätsel des Königs gelöst und seine verfluchten Schlachten geschlagen. Ich gehe jetzt fort, um ihn wiederzusehen, um mir seine verrückten Träume und schlechten Witze anzuhören, um mit meiner Frau unter einem schattigen Baum zu sitzen.*

»Hast du dich also verabschiedet, was?«

Die Stimme war kalt und gehässig und hart. Mein Blick verschwamm, wurde wieder schärfer und kam schließlich auf dem hässlichen Gesicht der Schneiderin zu ruhen.

Bitte lass nicht ihr Gesicht meine letzte Erinnerung an die Welt sein.

Sie lachte. »Ach, Falcio, stets der personifizierte Sinn für Humor.«

Eine harte, schwielige Hand griff durch die dumpfe Watte des Gifts, packte mein Kinn und schüttelte mich. »Fertig?«, fragte sie. »Allen Lebewohl gesagt?«

Ich wollte ihr sagen, dass ich das hatte, dass ich nun bereit war.

»Ich höre dich tadellos, Falcio.«

Gut. Dann lass mich gehen. Und darf ich vorschlagen, dass du etwas gegen deinen Mundgeruch tust?

Sie ignorierte die Bemerkung – vielleicht hatte sie auch nur gelogen, mich hören zu können. »Bereit, jetzt das Opfer zu bringen, Falcio?«, fragte sie.

Das habe ich bereits. Ich habe alles getan, worum er mich bat.

Ich glitt wieder unter Wasser – oder etwa aus dem Wasser? Ich fühlte die Hand meines Königs auf der Schulter, die Fingerspitzen meiner Frau, die meine Wange berührten. Die Luft duftete nach Tannennadeln und gebackenem Brot. *Ich möchte jetzt aufwachen.*

»Schafft das Mädchen her.« Die raue Stimme der Schneiderin durchbrach das leise Rascheln der Blätter und das Gemurmel der fließenden Bäche. »Kest, gib mir dein Schwert.«

»Warum?«, fragte er.

»Halt einfach den Mund und tu, was man dir sagt. Ob nun ein Heiliger oder nicht, ich kann dir immer noch eine ordentliche Tracht Prügel verpassen.«

Wieder schüttelte mich die Hand am Kinn. Stinkender Atem erfüllte meine Sinne und zerrte mich zurück in die Welt. »Willst du wissen, wie Neatha wirkt, Falcio?«, fragte die Schneiderin.

Nein. Warum sollte mich das interessieren?

Sie schüttelte mich wieder, und meine Sicht kehrte kurz zurück. Das Gesicht der Schneiderin schwebte ganz dicht vor mir. In der Hand hielt sie Kests Schwert. Aline stand hinter ihr.

»Das ist eine pulverisierte Form des weichen Konfekts, Falcio – das du Paelis gezwungen hast, von seinen Apothekern herstellen zu lassen. Es überredet deinen Körper dazu, sich selbst loszulassen. Darum schmerzt es auch nicht. Das Gift tötet dich nicht – es lässt dich einfach nur sterben. Es nimmt einem die Willenskraft und das Verlangen und den dumpfen Zorn des unerbittlichen Lebens. Ganz schön ironisch, findest du nicht?«

Nicht unbedingt. Ihre Erwähnung des Königs ließ mich erneut nach ihm suchen, aber sie schüttelte meinen Kiefer ein drittes Mal. »Nein, nein, Falcio. Du hast meine Frage nicht beantwortet. Bist du bereit, das Opfer zu bringen?«

Ja! Ja, du stinkende alte Hexe! Ich habe alles geopfert. Ich kämpfte für seine Gesetze, und ich kämpfte für seine Tochter. Ich kämpfte ununterbrochen, bis von mir nur noch die Klinge in meiner Hand und der Zorn in meinem Herzen übrig waren. Ich habe das Opfer gebracht. Jetzt lass mich gehen!

»Ach, du Narr. *Sterben* ist kein Opfer. Hast du das noch immer nicht begriffen? All die Jahre, in denen du versucht hast, im Kampf zu sterben? Das ist kein Opfer, mein Junge.

Das ist Selbsthass. Das ist genüsslicher Selbstmord. Das ist *Eitelkeit.*«

Ich fühlte, wie sie meinen Kiefer losließ und aufstand. Sie stieß Aline vor mich und nahm das Schwert in beide Hände, holte dann damit in waagerechter Linie zum Hals des Mädchens aus. »Aber das hier? *Das* ist ein Opfer!«

Alines vertrauensvolle Augen ließen meinen Blick nicht los, während die Klinge auf ihren Hals zuraste.

Nein! Kest! Die Alte hat den Verstand verloren – sie ist verrückt vor Trauer, sieht das denn keiner außer mir … Sie wird …

Schmerz explodierte in jeder Faser meines Körpers. Die verschwommene Sicht schärfte sich zu einem schmalen Tunnel, aber außer Rot konnte ich nichts erkennen. Die ganze Welt bestand nur aus Blut und Staub, überall nur Qualen, deren Ursprung in meiner linken Hand lagen. Unkontrollierbares Husten erfüllte meine Ohren, Tränen strömten aus meinen Augen. Ich kniff sie mühsam zu. Mir kam es so vor, als wollten meine sämtlichen Sinne jede Spur von Frieden und Ruhe aus mir vertreiben.

»Falcio?« War das Kests Stimme?

Ich versuchte, die Klarheit, die zurückkam, mit einer Willensanstrengung zu vertreiben. *Nein – lasst mich gehen. Lasst mich zurückgehen.*

»Falcio, du musst jetzt die Augen aufmachen. Du musst das Schwert loslassen.«

Unerträglicherweise und unwillig öffneten sich meine Augen. Ich lag auf den Knien, Aline stand noch immer vor mir. Sie hatte sich nicht bewegt. Ein Schwert verharrte mitten in der Luft; die Klinge war keinen Zoll von ihrem Hals entfernt und wurde nur von meiner blutenden Hand abgewehrt. Das Gewicht ließ sie nur noch tiefer in mein Fleisch schneiden. Die Schneiderin hatte das Schwert bereits losgelassen, und nur noch mein Griff verhinderte, dass es klirrend auf dem Höhlenboden landete.

Kest nahm das Schwert mit der einen Hand und bog meine

Finger sanft mit der anderen auf. In seinem Blick spiegelte sich Trauer für mich. Jemand wickelte Stoff um meine Hand. Hätte ich die nötige Kraft gehabt, hätte ich ihn wieder abgerissen. Ich hatte Frieden und Liebe gekostet. Und eine Belohnung. Ich war an der Grenze der warmen Länder gewesen, ganz nahe bei denen, nach deren Wiedersehen ich mich verzehrte. Aber stattdessen war ich zurück in dieser fauligen Welt mit ihrer Korruption und Verwesung, ihren zerbrochenen Hoffnungen und verzweifelten Bedürfnissen.

Die Schneiderin schob Kest zur Seite und packte mich am Hinterkopf. Ihre Finger vergruben sich in meinen Haaren und zogen hart, zwangen meinen Blick hinauf zur Höhlendecke. Sie beugte sich so nahe heran, dass ihr Gesicht mein ganzes Blickfeld einnahm. »Das, Falcio, *das* ist ein Opfer. Das ist der Preis, den du für deinen Mut zahlst.« Sie küsste mich auf die Lippen. Möglicherweise das widerwärtigste Gefühl meines Lebens, aber es lenkte mich von den Schmerzen in meiner Hand ab.

Dann schenkte sie mir eines ihrer hinterhältigen Lächeln. »Und jetzt hoch mit deinem Hintern und an die Arbeit.«

Ich blieb noch ein paar Minuten auf meinen Knien. Ich hätte mich bewegen sollen, aufstehen sollen, mich dem stellen sollen, was nun kam, aber ich konnte es nicht. Ich hatte Freude und Erlösung gekostet, ein Ende der Qual und des Zorns, die mein Leben erfüllt hatten. Seit dem Tag, an dem ich den geschändeten Körper meiner Frau in diesem Gasthaus gefunden hatte, hatte ich Zuflucht im Wahnsinn gesucht. Jetzt hatte man mir den Wahnsinn genommen, und nur der Schmerz war geblieben. Ich verfluchte die Schneiderin für ihre Taten. Ich verfluchte den König, weil er sein Versprechen gebrochen hatte, mich wieder mit meiner Frau zu vereinen. Und sie verfluchte ich auch, weil sie an jenem Tag so verdammenswürdig mutig gewesen war. *Du und ich, wir werden zusammen alt und über den Tag lachen, an dem diese albernen Vögel auf unserem Feld rasteten.* Sie hatte sich geirrt, war so schrecklich dumm gewesen, und sie hatte mich an diesem Ort allein gelassen, dessen schwärende Fäulnis so überhandgenommen hatte, dass ich nicht einmal mehr die Grenzen des Verfalls um mich herum wahrnehmen konnte.

Hände ergriffen mich und hoben mich hoch. Das konnten nur Kest und Brasti sein, denn das hätte kein anderer gewagt. Ich hatte nicht einmal mehr das Verlangen, mich dagegen zu wehren, also ließ ich mich von ihnen aus der Höhle schleifen, die Arme wie ein Betrunkener um ihre Schultern gelegt. Die Augen hielt ich geschlossen, aber ich fühlte die Wärme der frühen Morgensonne auf dem Gesicht, also öffnete ich sie in der Hoffnung, dass mich das grelle Licht blenden würde. Zumindest eine Weile lang.

»Bei allen Höllen, Falcio«, sagte Brasti mit sanfter Stimme. »Keine Worte könnten ausdrücken, wie leid es mir tut.«

Automatisch öffnete ich den Mund, um etwas zu erwidern, aber da gab es nichts zu sagen.

»Lass es sein«, sagte Kest.

»Nein«, widersprach Brasti. »Nein. Das muss gesagt werden. Wir müssen uns dem stellen, was hier geschehen ist.« Er ließ mich los, und ich stand aus eigener Kraft. Kest wollte mich stützen, aber ich schob ihn von mir fort.

Brasti stellte sich vor mich hin, legte mir die Hände auf die Schultern und schüttelte den Kopf. »Bei allen Göttern und Heiligen, Falcio. Es tut mir so leid. Es tut mir so schrecklich leid. Ich kann mir nicht einmal vorstellen, was du gerade durchgemacht hast.«

»Brasti, lass ihn in Ruhe«, sagte Kest.

»Falcio, ich muss es wissen. Wie war es? Wie schlimm war es?«

Ich suchte seinen Blick. Ich konnte nicht glauben, dass mir jemand diese Frage stellte.

Brasti schüttelte mich sanft. »Ich muss es wissen, Falcio«, sagte er, und das Mitleid in seinem Ausdruck wurde plötzlich durch ein wildes Grinsen ersetzt. »Wie war es, diese schreckliche alte Vettel küssen zu müssen?«

Einen Augenblick lang schien die Welt selbst um mich herum stillzustehen. Selbst der Wind hielt den Atem an. Bis zu diesem Augenblick hatte ich Verzweiflung nie richtig verstanden, obwohl ich mein ganzes Leben lang damit gelebt hatte. Ich war immer davon ausgegangen, dass Verzweiflung etwas war, gegen das man bis zum Tod ankämpfte – etwas, vor dem man sich nur schützen konnte, indem man sich in Wahnsinn und Zorn hüllte. Aber dann hatte sich Brasti in diesem unmöglichen Augenblick gegen jede Logik und jeden Anstand entschieden, allen Schmerz der Welt zu einem Witz zu machen. *Du und ich, wir werden zusammen alt und über den Tag lachen, an dem diese albernen Vögel auf unserem Feld rasteten,* hatte sie zu mir gesagt. Leere Worte, aber trotzdem hatte genau diese Leere ein Loch hinterlassen, das gefüllt werden wollte. Der Laut, der über meine Lippen kam, war rau und unbeholfen, als käme er von einem Mann, der vergessen hatte, wie man sprach, aber er ließ Brasti losprusten, und er fing an, wie ein Verrückter zu lachen.

»Bei allen Göttern, Falcio, sie hat dich so hart geküsst, dass nicht einmal mehr dein Kiefer richtig funktioniert.«

Dann hörte ich das vermutlich lächerlichste Geräusch, das ich je vernommen hatte: Kest kicherte. »Das ist nicht komisch«, sagte er und versuchte damit aufzuhören.

»Natürlich ist es das nicht, du blöder Heiliger«, sagte Brasti. »An diesen schlaffen Lippen ist nichts Komisches, oder dem fauligen Atem, der tief in einen Mann eindringt. Sag mir, Falcio, sind deine Eier geschrumpft, als du ihre Zunge geschmeckt hast?«

»Hör auf damit«, sagte Kest, der noch immer so heftig gluckste, dass er aussah, als könnte er sich kaum aufrecht halten.

»Ich muss das wirklich wissen«, sagte Brasti flehentlich. »Wenn du schon der Heilige der Schwerter wirst, sollte ich mindestens der Heilige der Liebhaber werden. Da du dafür jeden im Kampf besiegen musst, nehme ich an, dass ich fähig sein muss, sie im Bett zu bezwingen – und welche bessere Vorbereitung könnte es da geben, als es mit der Schneiderin zu treiben? Komm schon, Falcio, leg ein gutes Wort für mich ein, hilf mir, zu dem Heiligen zu werden, der ich schon immer sein sollte!«

Kest stolperte zurück und ließ sich zu Boden fallen. »Aufhören«, keuchte er, »ich kann nicht mehr!«

»Ha!«, stieß Brasti hervor. »Ich habe den großen Heiligen der Schwerter besiegt!« Er hüpfte auf und ab, streckte die Fäuste zu einer spöttischen Nachahmung des waffenlosen Nahkampfs, den Kest früher unterrichtet hatte, in die Luft. »Komm schon, Kest, wie lange hast du als Heiliger durchgehalten? Einen halben Tag?«

In der Ferne entdeckte ich hinter ihm eine kleine Gestalt, die ganz allein dort stand. Ich ließ Kest und Brasti zurück und ging zu ihr. Sie hatte die Arme verschränkt. »Warum hast du mir nicht gesagt, wer mein Vater war?«, fragte sie. Ihre Stimme klang ganz heiser vor Zorn und Kränkung.

»Ich wusste es nicht«, erwiderte ich. »Es wurde mir erst klar, als ich … als das Gift wirkte.«

»Und Trin? Die Schneiderin sagt, sie lauert noch immer dort draußen.«

»Ich …«

Patrianas Gelächter in Rijou suchte mich noch immer heim. *Meine Tochter ist viel gefährlicher als ich.*

»Nein, ich schätze, ich habe auch nicht erkannt, wer sie war.«

»Nun, dann bist du ein sehr dummer Mann, nicht wahr?« Das war keine Frage.

»Das wird mir auch gerade klar, ja.« Dann betrachtete ich sie, als wäre es das erste Mal. Sie war ein hübsches Mädchen, auch wenn ihre scharfen Züge vermutlich verhindern würden, dass sie jemals zur legendären Schönheit einer Prinzessin aus dem Märchenbuch heranwuchs. Dafür hatten die lange Nase und der breite Mund meines Königs gesorgt. In ihrer Miene fanden sich so viele seiner kleinen Eigenarten, und trotz aller Geschehnisse ertappte ich mich bei einem Lächeln. Wie hatte ich das nur die ganze Zeit übersehen können?

»Was?«, fragte Aline und versetzte mir einen Tritt.

Ich lachte. »Dein Gesicht.«

»Was ist mit meinem Gesicht?«

Ich ging auf die Knie und umarmte sie. »Es erfreut mich.«

Plötzlich hielt sie mich ganz fest, und ein lautes Schluchzen ertönte, aber ich vermag nicht zu sagen, ob es von ihr oder von mir kam.

»Ich habe ihn nicht einmal gekannt«, sagte sie, »warum vermisse ich ihn dann so?«

Ich wollte ihr sagen, dass ich König Paelis besser als mich selbst gekannt hatte. Ich wollte ihr sagen, dass er ein Mann mit viel Humor gewesen war, mit einem großen Repertoire schmutziger Witze und einem durchtriebenen Lächeln – dass er Dunkelheit und Verzweiflung erfahren und sich davon befreit hatte, entschlossen, für jeden anderen eine Kerze zu entzünden. Er las jedes Buch, das er in die Finger bekam, und entnahm ihm tausend Ideen. Er hatte sein Leben damit verbracht, sie in die Realität umzusetzen, aber er hatte dabei niemals seine Freunde oder seine Leidenschaften vergessen. Ich wollte ihr sagen, wie sie zu dem Namen Aline gekommen war.

Aber nicht jetzt; noch nicht.

»Nun, erst einmal war er ein schrecklicher Fechter und ein lausiger Koch«, sagte ich.

Unsere Wangen berührten sich, als sie unkontrolliert kicherte, und so verharrten wir noch ein paar Minuten lang, während uns verrückte Hoffnung umgab und sich wie Regen über den verdorrten Boden der Welt ausbreitete.

DANKSAGUNGEN

Anstelle von Danksagungen folgt hier eine Anleitung in sieben Schritten, wie man ein Buch veröffentlicht:

Erstens: Heirate eine Bibliothekarin. Meine Frau Christine weiß mehr über Bücher und Leser, als ich jemals lernen werde. Sie inspiriert mich mit ihrer Genialität, ihrer Schönheit und ihrer begrenzten Geduld für mein Gejammer.

Zweitens muss einer der besten Freunde ein besserer Autor als man selbst sein. Eric Torin hat diese Geschichte mindestens so oft gelesen wie ich, und jedes Mal hat er mich in die richtige Richtung gelenkt, um sie besser zu machen.

Drittens braucht man Alphaleser. John de Castell, Terry Lanthier, Jessica Leigh, Clark-Bojin und Dennis Boulter waren alle so freundlich, dieses Buch zu lesen, lange bevor es lesenswert war.

Viertens … nun, erreicht man den vierten Schritt, dann weiß man genau, was man zu tun hat. Das ist der schwere Teil. Es hilft, wenn man mit ungewöhnlich kreativen Menschen wie denen auf der Filmschule von Vancouver zusammenarbeitet.

Fünftens: Sobald sich das Buch seinem Ende nähert, braucht man Leute, die das Werk lesen und einem sagen, was fehlt. Kathryn Zeller, Kim Tough und Samarth Chandola haben diese letzten Meilen des Schreibens mit großartigen Einsichten unterstützt.

Sechstens braucht man einen Agenten, der gerissen ist und einen unterstützt, der auch dann lächelt, wenn man von seinen lächerlichen Ideen und Erwartungen erzählt. Heather Adams von der HMA Literary Agency ist mein verlegerischer Schutzengel. Ohne Christina (siehe Erstens: Heirate eine Bibliothekarin) hätte ich sie niemals kennengelernt.

Schließlich muss man einen Verleger und einen Lektor finden, die bereit sind, die Geschichte besser kennenzulernen als man selbst. Die bemerkenswerten Jo Fletcher und Adrienne Kerr arbeiten mit Schriftstellern, die ich vergöttere, und doch widmen sie meiner Arbeit genauso viel Zeit. Außerdem half Jo, ein Bombenattentat zu verhindern. Ernsthaft.

Sebastien de Castell
Vancouver, 2013